Hanni Münzer

Heimat ist ein Sehnsuchtsort

PIPER

Zu diesem Buch

»Einen Lehrsatz ihrer Grundschullehrerin Fräulein Liebig würde Kathi für den Rest ihres Lebens verinnerlichen: Manchmal sei es klug, seine Klugheit zu verbergen, denn nur der Dumme zeige, was er kann ...«
Nichts wirkt stärker in uns, als die Wünsche, die wir bereits als Kinder hegten. Schon als kleines Mädchen verfolgt Kathi Sadler große Träume. Sie träumt von der Eroberung des Himmels und davon, die ganze Welt zu bereisen – zu einer Zeit, als viele Erwachsene kaum über die engen Grenzen ihres Heimatdorfes hinausdachten. Doch ihre außerordentliche Begabung, die es ihrem Geist erlaubt, jede Grenze zu sprengen, wird ihr eines Tages zum Verhängnis. Sie bringt damit nicht nur sich selbst, sondern auch ihre Familie in höchste Gefahr ...
Vor dem heraufziehenden Sturm des Zweiten Weltkriegs entfaltet sich das dramatische Schicksal der schlesischen Familie Sadler – eine Geschichte von Liebe und Leid, von Glück und Hoffnung.

Hanni Münzer ist eine der erfolgreichsten Autorinnen Deutschlands. Mit den Romanen ihrer »Honigtot-Saga«, der »Seelenfischer«- und »Schmetterlinge«-Reihe sowie der »Heimat-Saga« erreichte sie ein Millionenpublikum und eroberte die Bestsellerlisten. Mit den Romanen »Honigland« und »Honigstaat« (Am Ende der Nacht 1 und 2), setzt sie ihre erfolgreiche »Honigtot-Saga« ebenso spannend wie bewegend fort.

Hanni Münzer

Heimat ist ein Sehnsuchtsort

Roman

PIPER

Mehr über unsere Autorinnen, Autoren und Bücher:
www.piper.de

Von Hanni Münzer liegen im Piper Verlag vor:

Die Honigtot-Saga:
Band 1: Honigtot
Band 2: Marlene

Am Ende der Nacht:
Band 1: Honigland
Band 2: Honigstaat

Die Seelenfischer-Tetralogie:
Band 1: Die Seelenfischer
Band 2: Die Akte Rosenthal – Teil 1
Band 3: Showdown – Die Akte Rosenthal – Teil 2
Band 4: Das Hexenkreuz – Die Vorgeschichte zu »Die Seelenfischer«

Die Schmetterlings-Reihe:
Band 1: Solange es Schmetterlinge gibt (Eisele Verlag)
Band 2: Unter Wasser kann man nicht weinen

Die Heimat-Saga:
Band 1: Heimat ist ein Sehnsuchtsort
Band 2: Als die Sehnsucht uns Flügel verlieh

Unser Versprechen für mehr Nachhaltigkeit
• Klimaneutrales Produkt
• FSC®-zertifiziertes Papier
• Hergestellt in Europa

FSC www.fsc.org
MIX
Papier | Fördert gute Waldnutzung
FSC® C083411

Ungekürzte Taschenbuchausgabe
ISBN 978-3-492-31705-4
1. Auflage März 2021
3. Auflage August 2024

erschienen im Verlagsprogramm Pendo
Redaktion: Myriam Welschbillig
Umschlaggestaltung: U1berlin / Patrizia Di Stefano
Umschlagabbildung: Aaron Foster / Getty Images; De Agostini Picture Library / Bridgeman Images; Forum / Bridgeman Images
Satz: Satz für Satz, Wangen im Allgäu
Gesetzt aus der Dante
Druck und Bindung: CPI books GmbH, Leck
Printed in the EU

DRAMATIS PERSONAE

(Historische Persönlichkeiten sind mit einem * gekennzeichnet.)

Die Bewohner des Sadlerhofs:

Katharina Sadler (geb. 1928), genannt Kathi, eine mathematische Ausnahmebegabung

Franziska Sadler (geb. 1935), Kathis Schwester, genannt Franzi, manchmal auch Ida; leidet an Sklerodermie, lebt in ihrer eigenen kleinen Welt

Laurenz Sadler (geb. 1901), Kathis Vater – ein Landwirt, der im Herzen Musiker ist

Annemarie Sadler (geb. 1899), Kathis Mutter, eine Frau mit bewegter Vergangenheit und einem gefährlichen Geheimnis

Charlotte Sadler (geb. 1873), Laurenz' Mutter und Kathis Großmutter, eine Pferdenärrin und Zigarren rauchende Exzentrikerin

August Rudolf Sadler (geb. 1865), Mann von Charlotte und Kathis Großvater. Ein Kriegsversehrter

Paulina Sadler, geb. Köhler, Witwe von Kurt Sadler, Laurenz' Sadlers älterem Bruder

Oleg Rajewski, Knecht, begnadeter Handwerker und Kathis guter Freund. Heimlich in Paulina Sadler verliebt.

Dorota Rajewski, Olegs Ziehmutter, Wirtschafterin auf dem Sadlerhof mit Vorliebe für italienische Küche. Lebensklug und stets gut gelaunt. Besitzt die Gabe des Zweiten Gesichts.

Oskar, Kathis Hund. Ein Schatzsucher

Peter »Peterle« Pan, ein zahmer Rehbock

Die Luttichs/Köhlers:

Wenzel Luttich, Bürgermeister von Petersdorf

Elsbeth Luttich, geb. Köhler, Wenzels Frau. Spitzname: Gevatterin Fledermausohr; fanatische Nationalsozialistin

Anton Luttich (geb. 1927), Sohn von Wenzel und Elsbeth, Kathis Jugendfreund; will Pilot werden wie sein großes Vorbild Manfred von Richthofen, der Rote Baron

Hertha Köhler, Mutter von Elsbeth Luttich und Großmutter von Paulina Sadler. Seit einer Familientragödie etwas verwirrt.

Petersdorfer und andere:

Der wundersame Herr Levy, ein Wanderhändler

Berthold Schmiedinger, Pfarrer von Petersdorf; im Herzen ein Rebell

Johann Schmiedinger, Bruder von Pfarrer Berthold, Zahnarzt in Berlin und Widerstandskämpfer

Erich Klose, Wirt des Petersdorfer Gasthofs »Beim Klose«

Justus Gangl, Schmied und Freund von Laurenz Sadler

Fräulein Luise Liebig, Lehrerin in Petersdorf

Hermann Zille, höchst unbeliebter Lehrer in Petersdorf; später Direktor des Lyzeums in Gleiwitz, mit Elsbeth Luttich befreundet

Milosz Rajewski, Dorotas Neffe und Kathis Freund; polnischer Mathematiker, Kryptologe und Geheimdienstler

Dimitri Wassilijev Domratchev, Offizier des russischen Geheimdiensts NKWD

Konstantin Pawlowitsch Sokolow, russischer Spion, Tschekist

Jan, polnischer Zwangsarbeiter

Wanda, polnische Zwangsarbeiterin

*Franz Honiok**, Polensympathisant und erster Toter des Zweiten Weltkriegs; Freund von Laurenz Sadler

Niklas, Kommunist, genialer Ingenieur und Physiker

Ferdinand von Schwarzenbach, deutsch-österreichischer Raketenwissenschaftler

Hubertus von Greiff, SS-Sturmbannführer, Gestapo

Erwin Mauser, SS-Major, Gestapo

*Wernher von Braun**, Leiter des deutschen Raketenprogramms in Peenemünde

*Albert Speer**, Rüstungsminister

*Reinhard Heydrich**, SS-Obergruppenführer, Chef des deutschen Sicherheitsdienstes (SD) und Gestapo

*Heinrich Himmler**, SS-Reichsführer

*Ernst Kaltenbrunner**, SS-Reichsführer

Für meinen Großvater Josef und seine Emma, unvergessen.
Und für alle, die ihre Heimat verloren …

Die Heimat. Großvater sprach oft davon.

Er erzählte von einem fernen Ort in einem fernen Land, von Wiesen, in denen der Klatschmohn rot leuchtete, von Obstbäumen, die sich unter den Früchten bogen, von einem Ort, wo die Luft endlos nach Sommer duftete.

Ich liebte Großvaters Geschichten und lauschte gleichermaßen neugierig wie verzückt. Er schuf für mich das Bild eines verwunschenen Ortes, eines Königreichs, in dem alle Menschen glücklich waren.

Und so verstand ich nicht, warum mein Großvater dieses Märchenland namens Heimat verlassen hatte. Auf meinen fragenden Blick hin sah er mich lange an, strich mir dann über den Kopf und sagte: »Tschapperl, Kleines, das verstehst du nicht. Der Krieg ist ein Dieb.« Und verließ die Küche.

Nachdem Großvater gegangen war, drehte ich mich zu meiner Großmutter, um ihr eine zweite Tasse heißen Kakao abzuluchsen. Und da sah ich, dass sie weinte.

Damals wusste ich noch nicht, dass Heimat etwas ist, was man auch verlieren kann.

Für Annemarie und alle Liebenden …

Du warst nur ein ferner Traum.
Stimme, die in meinem Herzen flüsterte,
Melodie, die in meiner Seele sang.
Bis ich dich fand.
Und die Sehnsucht traf mich wie ein Lied.
Dir gehöre ich, mit allem, was ich bin.
Du bist die Eine,
Die eine Antwort auf die Fragen des Lebens.
Die Liebe traf mich mitten ins Herz.

PROLOG

Irgendwo in Russland, 1928

In einem abgeschiedenen Haus, inmitten dunkler Wälder, in denen nachts die Wölfe heulten, lebte seit Jahren die geheimnisvollste Gefangene Russlands.

Soeben hatte Dimitri Wassilijev Domratchev, der für ihre Bewachung abkommandierte Offizier des Geheimdienstes, seine abendliche Inspektionsrunde um das eingezäunte Areal beendet. Nicht, dass er Schwierigkeiten erwartet hätte – in all der Zeit hatte es nie welche gegeben. Aber es war seine Aufgabe, niemals in seiner Aufmerksamkeit nachzulassen. Dies schärfte er beim täglichen Appell auch dem halben Dutzend Wachsoldaten ein, die hier in dieser Einsamkeit mit ihm ihr Dasein fristeten.

Die Identität seiner Gefangenen war Dimitri nicht bekannt. Jedenfalls nicht offiziell. Bei seinem Dienstantritt hatte man ihm unmissverständlich zu verstehen gegeben, dass es seinem Vorgänger an der nötigen Diskretion gemangelt hatte.

Dimitri war daher fest entschlossen, seinen Vorgänger in dieser Position zu überleben. Soweit das in seiner Macht stand.

In diesen bewegten Zeiten verkörperte er den mustergültigen Offizier, der treu seine Pflicht erfüllte und das Denken seinen Vorgesetzten überließ. Was seine Fantasie jedoch nicht davon abhielt, auf Reisen zu gehen, über Mauern zu klettern und mit Geschichten zurückzukehren, die sich um seine Gefangene und ihre Besucher rankten. Diese fuhren von Zeit zu Zeit einzeln und in teuren Limousinen vor, ihre Gesichter dabei stets sorgsam mit einer Maske verhüllt. Zweifelsohne handelte es sich bei ihnen um hochgestellte Persönlichkeiten. Dimitri gegenüber legitimierten sie sich mit einer täglich aus Moskau übermittelten Parole sowie einer kleinen Zinnmarke, auf der ein Schwert abgebildet war.

Nach ihrer Ankunft verschwanden sie sofort im Zimmer der Frau. Einige blieben die Nacht über, andere brachen nach weniger als einer Stunde wieder auf. Als geschulter Beobachter konnte sich Dimitri Einzelheiten wie Gang, Statur und Siegelringe der Unbekannten einprägen. Er kam zu der Erkenntnis, dass nicht mehr als fünf verschiedene Personen der Bewachten ihre Aufwartung machten. Im ersten Jahr seiner Abkommandierung waren sie noch häufiger aufgetaucht, doch im Laufe der Zeit waren die Besuche rarer geworden. Es war augenscheinlich, dass ihr Interesse an der Gefangenen nachließ.

Mit im Haus lebte auch eine Hebamme. Die beiden Frauen waren ungefähr im gleichen Alter, und er hatte sie der Einfachheit halber zusammen eingesperrt. In den letzten Jahren hatte die Hebamme mehrmals tätig werden müssen. Bald würde die Gefangene zum fünften Male niederkommen. Sobald ein Kind geboren worden war, meldete Dimitri dies seinen Vorgesetzten in Moskau, und es wurde binnen Tagesfrist abgeholt. Was mit den Neugeborenen geschah, hatte Dimitri ebenso wenig zu interessieren wie die Identität seiner Schutzbefohlenen. Dennoch ließ ihm sein Instinkt seit Tagen keine Ruhe. Es war die Zahl Fünf, die ihm nicht mehr aus dem Kopf gehen wollte.

Fünf Männer, fünf Kinder. Das Geschehen war so offensichtlich, dass er sein Gewissen kaum zum Schweigen bringen konnte. Doch er musste den Dingen ihren Lauf lassen. Er hatte mit einem anderen inneren Konflikt schon genug zu kämpfen. Einst war er Lenins Bewegung aus Überzeugung beigetreten, wollte seinen Teil dazu beitragen, aus einem im Zarismus erstarrten Land ein neues Russland zu erschaffen. Sehr bald schon fühlte er sich betrogen. Das alte Russland lag in Trümmern. Aber wo war das neue Russland? Er vermochte es genauso wenig zu erkennen, wie er seine einstige Begeisterung für die Revolution begreifen konnte.

Als man ihm seine neue Aufgabe übertrug, sagte man ihm, dies bedeute eine hohe Ehre. Für ihn lag jedoch keine Ehre darin, den Gefängniswärter für zwei junge Frauen zu spielen.

Im Grunde war er selbst ein Gefangener. Noch am selben Tag, als man ihn auf diesen einsamen Posten berufen hatte, war ihm klar geworden, dass sein Dienst erst in der Stunde des Todes seiner Gefangenen enden würde. Ihr Tod würde auch sein Schicksal besiegeln. Er und seine Männer mussten sterben, damit die seltsamen Vorgänge in diesem Haus für immer das Geheimnis der fünf Männer blieben.

Die Gefangene zu befreien oder von diesem Ort zu fliehen stellte für Dimitri keine Option dar. Seine Vorgesetzten konnten sich seiner absoluten Loyalität sicher sein: Denn seine Frau und sein kleiner Sohn Kolja befanden sich in ihrem Gewahrsam. Und er, Dimitri, würde nichts tun, was sie gefährden könnte. Allein sein Opfer rettete das Leben seiner Familie. Und diese Hoffnung war es, die ihn tun ließ, was er zu tun beauftragt war.

TEIL 1

Frieden

Menschen und Zweige brechen;
preise das Leben,
da du noch schreitest und wachst;
es ist nur geliehen.

David Campell

1

Während der ganzen Jahrhunderte und Epochen schauten Menschen in den dunklen blauen Himmel und träumten …

S. P. Koroljow 1957
in einem Brief an seine Frau Nina

Breslau, Hauptstadt Schlesiens, 1928

Woher kommen wir, und wohin gehen wir? Sei es König oder Bauer, Philosoph oder Priester – seit Urzeiten grübeln jene, die zu tieferem Denken neigen, über diese Frage nach. Inzwischen geht das irdische Leben seine eigenen Wege und nimmt uns ungefragt mit auf die Reise.

Diese Erfahrung machte auch Laurenz Sadler. Der jüngste Sohn eines Landwirts im kleinen oberschlesischen Petersdorf hatte einen völlig anderen Lebensplan als Aussaat und Ernte – auch, weil Fortuna das Füllhorn einer großen musischen Begabung über ihn ausgeschüttet hatte. Musik studieren wollte er, Komponist und Dirigent werden und einmal ein großes Orchester leiten. Ein Träumer, ja, das war er.

Anfangs schien es, als wären die Sterne Laurenz durchaus gewogen, und er konnte sich Hoffnungen machen, dass aus dem erträumten Leben ein reales werden würde. Schließlich war der Vater im Großen Krieg als begabter Trompeter Mitglied der Marschkapelle seines Regiments gewesen, während die Mutter, eine geborene von Papenburg, als höhere Tochter in den Genuss einer höheren Erziehung gekommen war und neben dem Führen eines großen Haushalts auch Harfe- und Klavierspielen erlernt hatte.

Zwar hielt sich, was den Berufswunsch ihres Jüngsten anging, die Begeisterung der Eltern in Grenzen, aber sie legten ihm auch keine größeren Hindernisse in den Weg. Denn sie hatten noch zwei weitere Söhne, Alfred und Kurt – nüchterne und vernünftige junge Burschen, die keine närrischen Erwartungen an das Leben stellten und gerne auf Hof und Feld mit anpackten.

Also ging Laurenz nach dem Großen Krieg nach Breslau, legte im dortigen Schlesischen Konservatorium die Prüfung ab und begann sein Studium. Eigentlich hatte Laurenz geplant, nach seinem Abschluss sein Glück in Berlin zu versuchen, aber es kam anders. Denn er begegnete in Breslau seinem eigentlichen Schicksal, dem einzig wahrhaften seines Lebens: *Annemarie.*

Annemarie war zu jener Zeit keine Frau, auf die der Blick eines Mannes ein zweites Mal fallen würde. Sie war eine verhärmte Erscheinung, wie man sie in jenen bitteren Nachkriegszeiten häufig in den Gassen Breslaus antraf – der Gang schleppend, der Rücken gebeugt, die Gestalt unter einem unförmigen dunklen Kittel verborgen. Falls man diese vom Schicksal Betrogenen überhaupt wahrnahm, so vergaß man sie sogleich wieder.

Doch Laurenz war mehr als ein Träumer. Er war ein Getriebener und stets auf der Suche nach Perfektion – dem perfekten Ton, dem perfekten Klang, der perfekten Melodie. Laurenz besaß auch ein unbestechliches Gespür für die Zwischentöne – das, was über Dur und Moll hinausging. Er mochte das andere, das Unangepasste, das aus dem Rahmen Fallende, spürte im menschlichen Wesen jenen Tiefen nach, aus denen er seine Inspiration schöpfte.

Als Laurenz Annemarie das erste Mal begegnete, lief er den Bürgersteig entlang, ein Notenblatt in der Hand, um rasch eine Tonfolge zu notieren, die ihm eben eingefallen war. Und wenn zwei mit gesenktem Blick zur selben Zeit auf demselben Weg unterwegs sind, ergibt es sich zwangsläufig, dass sie ineinanderlaufen.

Erschrocken sah Laurenz hoch, erhaschte einen flüchtigen Blick in ebenso erschrockene Augen, die sich sogleich wieder zu Boden senkten. Aber diese eine Sekunde genügte. Sie brachte in Laurenz eine unbekannte Saite zum Schwingen – ein neuer innerer Ton, der ihn erfüllte und ihm die Sprache verschlug, sodass er die junge Frau nicht einmal um Verzeihung für seine Ungeschicklichkeit bitten konnte. Laurenz hatte gefunden, wonach er immer gesucht hatte: Vollkommenheit. *Perfektion.* Annemarie war perfekt – für ihn.

Die junge Frau las bereits ihre beim Zusammenstoß aus dem Korb gekullerten Äpfel wieder auf. Hastig half Laurenz ihr dabei und wünschte sich innig, dass sie ihn nochmals ansehen würde. Tatsächlich hob sie den Kopf, und er blickte in Augen so blau wie die Kornblumen zu Hause auf den Feldern seiner Kindheit. Die schönsten Augen der Welt. *Die traurigsten Augen der Welt.* Annemarie war Antwort und Frage zugleich, sie würde in ihm eine so gewaltige schöpferische Kraft freisetzen, dass er in wenigen Wochen eine ganze Oper zu schreiben vermochte. Annemarie war seine zur Wirklichkeit gewordene Sinfonie. Für sie wollte Laurenz ein Land aus Licht und Blumen schaffen – einen Sehnsuchtsort für seine Sehnsuchtsfrau.

Während er sich noch in fernen Träumen verlor, war der letzte Apfel aufgelesen und Annemarie bereits davongelaufen.

Denn Annemarie wollte nicht gefunden werden. Sie hütete ein Geheimnis, zu groß und tödlich, um es mit jemandem zu teilen.

Doch Laurenz hatte es sich in den Kopf gesetzt, sie zu finden. Ebenso hartnäckig, wie er schon als Junge seinen Traum vom Musikerleben vorangetrieben hatte, machte er sich nun auf die Suche nach der scheuen jungen Frau, um sie zu erobern.

2

»Kein schöner Land in dieser Zeit …«
Altes Volkslied

Anton von Zuccalmaglio

Auf den ersten Blick war an Petersdorf nichts Besonderes und auch nicht auf den zweiten. Doch für seine Bewohner bedeutete Petersdorf ihre ganze Welt. Dort waren sie geboren, dort würden sie sterben. Jede Familie besaß einen Grabstein auf dem örtlichen Friedhof, einige verwitterte Inschriften darauf reichten gar zurück bis ins vierzehnte Jahrhundert.

Petersdorf war ein typisches Reihendorf im Grenzgebiet zu Polen. Die Mehrzahl seiner knapp dreihundert Seelen verdingte sich in der Landwirtschaft. Es gab eine Kirche, ein Gemeindehaus, den Gasthof Klose, eine Brauerei (Petersdorfer Märzen), ebenfalls im Besitz von Klose, dazu einen kleinen Kaufmannsladen für den täglichen Bedarf und eine Schmiede für die zahlreichen Pferde, die, neben den Ochsen, für die Feldarbeit und als Fortbewegungsmittel eingesetzt wurden. Außer dem Bürgermeister besaß 1928 in Petersdorf noch niemand ein Automobil. Allein der alte Pfarrer, der seit einem Sturz vom Pferd am Stock ging, knatterte inzwischen auf einem Zündapp-Zweirad zu seinen Schäfchen.

Der Ort erwachte früh. Auch auf dem Hof der Sadlers brannte schon Licht. Kurt Sadler betrat wie an jedem Morgen gegen fünf Uhr die Küche. Die Dämmerung war noch fern, und außer ihm waren um diese Zeit nur Dorota, die polnische Wirtschafterin, und Oleg, der Knecht, auf den Beinen. Dorota hatte bereits den Holzherd angefacht, der Raum war warm und gemütlich, und das Aroma frisch gebrühten Kaffees kitzelte angenehm in Kurts Nase. Wie stets würde er sich nur eine schnelle Tasse gönnen und erst gegen sieben gemeinsam mit seiner schwangeren Frau Paulina und seiner Mutter Charlotte frühstücken.

Kurt schätzte die stille Zeit bis zum Sonnenaufgang – diese Niemandszeit zwischen Nacht und Tag, zwischen Dunkelheit und Licht, wenn er seinen morgendlichen Rundgang machte, in den Ställen nach den Tieren sah und das erste Heu gabelte. Bereits mit sechs hatte er seinen Vater frühmorgens begleitet, so wie sein Vater dessen Vater. Seit jeher waren die Sadlers Bauern gewesen. Mit Fleiß und durch umsichtiges Wirtschaften hatten sie ihren Besitz im Laufe der Zeit vermehren können und bescheidenen Wohlstand erreicht: fünfundzwanzig Hektar fruchtbares Ackerland, Hänge voller Obstbäume, ein paar Schweine, etwas Kleinvieh und eine überschaubare Anzahl von Kühen, die noch auf Namen wie Lotti, Erna und Liesel hörten.

Es war ein einfaches, aber auch ein erfülltes Leben. Im Winter im Stall, im Sommer auf dem Feld. Die Familie hielt zusammen, bis zu vier Generationen lebten zeitweilig unter einem Dach. Der Hof ging vom Vater auf den ältesten Sohn über, man verheiratete die Söhne und Töchter aus der Gegend miteinander, vermischte sich mit böhmischen, deutschen und polnischen Familien, und bis auf ein paar Unverbesserliche, die es bekanntlich überall gibt, störte sich niemand daran. Das Leben im polnischen Grenzgebiet war nicht immer einfach, aber im Großen und Ganzen war es ein friedliches Miteinander.

Der Große Krieg, der von 1914 bis 1918 in Europa wütete, änderte vieles. Die deutsche Niederlage wurde in Versailles besiegelt, danach Grenzen wie Bausteine verschoben. Dem Frieden folgte Unfrieden. Man stritt um Schuldzuweisungen, um Entschädigungen, um Land. Kurt für seinen Teil interessierte sich nicht für das politische Geschacher. Das Land war das Land, so wie Gott es geschaffen hatte; selbst kannte es keine Grenzen. Allein die Menschen zerrten daran herum. Auch fehlte ihm die Zeit, sich mit dem Versailler Vertrag zu beschäftigen – im Gegensatz zu seinem Freund Franz Honiok. Der behauptete, der Vertrag verschärfe die Situation für die Überlebenden und lege den Grundstein für weitere Konflikte und Kriege. Kurt wusste nur eines: Die Versehrten blieben versehrt und die Toten tot. Es war stets die Bevölkerung, die den Preis für den Krieg zahlte. Denn mochten auch neue Grenzen gezogen und neue Länder geschaffen worden sein, der Mensch war derselbe geblieben.

Für Kurt hatte der Krieg einiges an Veränderungen gebracht. Er war gemeinsam mit seinem älteren Bruder Alfred losgezogen und allein zurückgekehrt.

In jenen fiebrig-heißen Augusttagen des Jahres 1914 marschierten sie begeistert an der Seite ihrer Kameraden und landeten im Vorhof zur Hölle. Während Alfred in Bialystok sein Leben ließ, hatte Kurt die Schlachtfelder an der Somme und die fauligen Schützengräben von Verdun überlebt, sprang dem Tod zigfach von der Schippe, während seine Kameraden um ihn herum starben wie die Fliegen. An Kugeln und Schrapnellen, an Giftgas, Typhus, Ruhr und Wechselfieber und nicht zuletzt an Hunger und Kälte. Weit entfernt vom wilhelminisch glorifizierten Heldentod. Er selbst war mit einer leichten Taubheit und dem Verlust mehrerer Zähne davongekommen, Letzteres der Mangelernährung geschuldet. Er hatte auch die folgenden, entbehrungsreichen Jahre als Kriegsgefangener überstanden. Auch wenn ihm das erlittene Grauen bis heute so manche Nacht den Schlaf raubte, war er seinem Schicksal nicht undankbar. Vielen seiner Kameraden erging es schlechter. Überleben war nicht alles, so mancher verzweifelte am Krieg und nahm ihn für immer mit nach Hause. Wie sein eigener Vater August.

Nach der Rückkehr aus der Gefangenschaft hatte Kurt die Verlobte seines gefallenen Bruders Alfred, die Köhler Paulina, geehelicht und den Sadler-Hof als Bauer übernommen. Der Hof lag etwas außerhalb von Petersdorf, eingebettet zwischen grünen Hügeln und saftigen Wiesen, umgeben von Wald und gut bestellten Feldern, die sich wie exakt gezeichnete Mosaike in die Landschaft fügten. Hinter dem Haus zog sich eine Obstwiese in sanften Wellen den Hügel hinauf, die den Sadlers vom Frühsommer bis in den Herbst eine vielfältige Ernte bescherte. Sein jüngerer Bruder Laurenz, nicht nur Musiker, sondern auch Poet, hatte den Hügel *Himmelsleiter* getauft. Selbst Kurt, obschon mit weniger Fantasie als sein kleiner Bruder ausgestattet, musste zugeben, dass man tatsächlich den Eindruck gewinnen konnte, dass die Bäume den Hügel hinaufkletterten, um am Ende in den Himmel zu steigen.

Irgendwann, vor vielen Generationen, musste es unter den Vorfahren auch einen besonderen Beerenliebhaber gegeben haben. Sobald die Luft nach Frühling schmeckte und an Bäumen und Büschen die Knospen aufbrachen, versank der Hof unter einem weißen und rosa Blütenmeer, und den ganzen Sommer gab es Beeren satt: Erdbeeren, Johannisbeeren, Blaubeeren, Stachelbeeren … Deshalb war der Hof der Sadlers auch als Beerenhof bekannt und Dorota über die Grenzen von Petersdorf hinaus berühmt für ihre eingemachten Marmeladen und Kompotte. Honig lieferten die hofeigenen Bienenstöcke. Im Sommer stand das Getreide hoch, im Wald gab es reichlich Wild und vielerlei Pilze; Fische holte man aus dem nahen Weiher, und zweimal im Jahr wurde geschlachtet. Der Hof versorgte sich quasi selbst.

Während Kurt seinen Kaffee trank, holte Dorota je eine

Schütte Rüben und Kartoffeln aus dem Vorratskeller. Die Ernte in diesem Jahr konnte sich sehen lassen. Was sie selbst nicht verbrauchten, verkaufte Kurt wie alle Petersdorfer Bauern an Händler, die mit die Oder hinauffahrenden Booten die Ware in die nächsten Städte und teilweise bis nach Berlin brachten.

Kurt stellte eben die leere Tasse ab, als Oleg, Dorotas Ziehsohn und Knecht auf dem Hof, die Küche betrat. Er war von Kopf bis Fuß mit Mist besudelt. Dorota schnappte sich sofort den Besen und fegte den Knecht förmlich hinaus.

»Bei der Schwarzen Madonna! Oleg Rajewski, wie oft habe ich dir gesagt, dass du dich erst umziehen und waschen sollst! Vorher gibt es kein Frühstück!«

Oleg trollte sich, aber sie konnten ihn leise über Willi schimpfen hören. Willi war ein junger Ochse, der noch nicht ganz verinnerlicht hatte, wer der Herr im Stall war.

Kurt hatte Willi erst vorige Woche unter Preis erworben. Inzwischen schwante ihm, dass das angebliche Schnäppchen in Willis Charakter gründete und der Hoffmann Herbert ihn tüchtig übers Ohr gehauen hatte.

Kurt erhob sich und folgte Oleg nach draußen. Der Knecht holte eben einen Eimer Wasser aus dem Brunnen.

»Was ist, Oleg? Bekommst du Willi in den Griff?«

»Er will das Joch nicht tragen.«

»Wenn er sich nicht bald vor die Egge spannen lässt, geht er zum Metzger.«

Als Nächstes inspizierte Kurt das neue Tiefsilo, das er und Oleg angelegt hatten. Kurt plante noch mehr, träumte von elektrischem Licht und einer Toilette im Haus. Vorausgesetzt, die Ernte würde im kommenden Jahr 1929 genauso gut ausfallen.

Das Silo war bis zum Rand mit Rübenblättern gefüllt, die darin vergären sollten. Im Winter wurde das Gärfutter an die Kühe und Ochsen verfüttert. Das brachte Kurt zurück zu Willi. Auch wenn die Ernte gut war, die Zeiten waren es nicht. Er konnte es sich nicht leisten, ein unnützes Tier durchzufüttern. Er hatte den Großen Krieg überlebt, da würde er auch mit einem ungebärdigen Ochsen fertigwerden. Oleg hatte einfach zu viel Geduld mit dem Tier. Kurt steuerte den Stall an.

»So, Willi. Jetzt ist Schluss mit den Mätzchen!«

Willi hob bedächtig den Kopf, ließ sich jedoch bei seiner Mahlzeit nicht stören und kaute gemächlich weiter sein Stroh. Sobald Kurt das Stirnjoch vom Haken griff, ging eine Veränderung mit dem Tier vor. Willi begann, an der Kette zu zerren, stampfte und schnaubte. Kurt legte ihm die Hand auf den breiten Rücken.

»Ruhig, mein Dicker, ruhig.«

Ein Zittern lief durch den mächtigen Tierleib. Dann stand der Ochse still. »Siehst du, geht doch, Willi!« Kurt tätschelte Willis Stirn und setzte das Joch an.

Ohne Vorwarnung warf Willi plötzlich den Kopf herum und traf Kurt wuchtig am Brustkorb. Kurt spürte, wie seine Rippen brachen.

Laurenz, der jüngste der drei Sadler-Söhne, hatte nie Bauer werden wollen; sein Herz schlug bekanntlich seit frühester Kindheit für die Musik. Als 1914 der Große Krieg ausbrach, war er gerade dreizehn. In einer Zeit, in der es üblich war, dass Kinder von Bauern mit dem zwölften Lebensjahr von der Schule abgingen, besuchte er das Lyzeum in Gleiwitz, studierte die Klassiker, las Rousseau und Voltaire und nahm Unterricht in Cello und Akkordeon. Seit Kurzem hatte er auch entdeckt, dass Mädchen höchst interessante Wesen waren. Das Leben lockte mit all seinen Verheißungen.

Dann fuhr im Juni 1914 das österreichisch-ungarische Thronfolgerpaar nach Sarajewo, ließ sich dort von einem serbischen Anarchisten totschießen, und vier Wochen später war Krieg. An jeder Ecke sammelten sich glühende Vaterlandsverteidiger, der

Patriotismus schäumte bis unter die Pickelhaube, Wimpel und Fahnen wurden geschwenkt, Konfetti geworfen, und Marschmusik spielte nahezu Tag und Nacht. Als wäre Krieg ein Volksfest.

Laurenz' Brüder Alfred und Kurt wurden gleich bei Mobilmachung eingezogen, drei Jahre später noch sein Vater August. 1918 fand der Krieg zwar sein offizielles Ende und ging dennoch weiter. Angesichts der folgenden Streitigkeiten und Volksaufstände – allein in Oberschlesien waren bis 1921 dreitausend Tote zu beklagen – fragte sich Laurenz, wozu Kriege eigentlich angezettelt wurden. Damit hinterher noch mehr Chaos herrschte? Wäre es nicht vernünftiger, sich zu fragen, wie man künftige Kriege verhindern konnte, anstatt sich weiter die Köpfe einzuschlagen? Als er etwas Entsprechendes seinem Freund Justus gegenüber äußerte, dem Sohn des Schmieds, hatte der ihn mit schmalen Augen angesehen und gemeint, er sollte diese Meinung besser für sich behalten, sonst bekomme er von den Veteranen beim Klose noch eines auf die Mütze.

Bis zu Kurts Heimkehr aus der Kriegsgefangenschaft im Jahr 1922 erfüllte Laurenz seine Pflicht und half seiner Mutter Charlotte bei der Bewirtschaftung des Hofs. Doch zwei Monate nachdem sein Bruder in Petersdorf eingetroffen und wieder zu Kräften gekommen war, hielt ihn nichts mehr dort. Er machte sich ins hundertfünfzig Kilometer entfernte Breslau auf, um im Schlesischen Konservatorium Musik zu studieren.

Bis Laurenz im Spätsommer 1928 ein Telegramm seiner Mutter erreichte, dass sein Bruder Kurt von einem Ochsen getreten worden war und am Tag darauf seinen inneren Verletzungen erlegen sei.

Und als hätte sich das Schicksal noch nicht genug bei der Familie Sadler bedient, verlor Kurts schwangere Frau Paulina ihr Baby und floh unter der Last des doppelten Unglücks zurück in die Arme ihrer Mutter auf den elterlichen Hof.

Charlotte beorderte nun ihren jüngsten Sohn aus Breslau nach Hause. Womit sie allerdings niemals gerechnet hätte, war, dass ihr träumerischer Laurenz mit einer bis dato verschwiegenen und darüber hinaus hochschwangeren Schwiegertochter heimkehren würde! Einer Frau, die, wie Charlotte auf den ersten Blick erkannte, weder auf den Hof noch in diesen Landstrich passte, geschweige denn in die Familie Sadler. Zu blass, zu zart, zu scheu erschien sie ihr, mit Händen so fein und klein, dass sie nicht einmal ein Pferd richtig damit zügeln konnte. Kraft und Ausdauer jedoch waren für die passionierte Reiterin Charlotte der Maßstab schlechthin. Sie war eine stolze Frau und noch den alten Traditionen verbunden, jenen der Gutsherrentochter, die sie längst nicht mehr war.

Als geborene von Papenburg hatte Charlotte mit August Sadler einen Mann weit unter Stand geehelicht. Niemand in ihrer Familie konnte damals nachvollziehen, warum sie sich für ihn entschied, einen einfachen Leutnant, während gleichzeitig ein kaiserlicher Stabsoffizier, selbstverständlich von Adel, um sie warb. Es hieß, die übliche Tollheit, die schon viele junge Mädchen befallen hatte, habe Charlotte geblendet. Leider auch geschwängert. Daraufhin jagte der erboste Vater die Tochter in Schimpf und Schande vom elterlichen Gut.

Und nun war auch Charlottes letzter verbliebener Sohn einer Tollheit erlegen und schleppte ihr eine völlig mittellose junge Frau an, eine Waise, deren einziges Gepäck aus einem Schließkorb bestand und deren zierliche Konstitution für die harte Arbeit auf dem Hof wenig geeignet schien. Charlotte war die Schwiegertochter nicht willkommen, und das ließ sie sie auch spüren.

Nachdem den Petersdorfern ein einträgliches Erntejahr beschert worden war, setzte der Frost früher als gewohnt ein. Dem kurzen Herbst folgte ein langer, harter Winter. Der Nordwind blies von früh bis spät, und sein eisiger Atem fand seinen

Weg unter jede noch so dicke Kleiderschicht. Selbst die streitbaren Petersdorfer Alten waren sich ausnahmslos einig, dass es der kälteste Winter seit Menschengedenken sei. Alles Leben erstarrte.

Auch auf dem Hof der Familie Sadler litten Mensch und Tier unter der Kälte. Die jungen Küken wurden in einer Kiste auf dem Herd warm gehalten, und selbst die wilden Hofkatzen, stolze Einzelgänger, suchten in jenen Tagen die Nähe der Menschen.

Es war am Weihnachtsabend des Jahres 1928, als den Eheleuten Laurenz und Annemarie Sadler ihr erstes Kind, Katharina, geboren wurde. Schon bei ihrer Geburt hatte es die kleine Kathi eilig, sie kam einige Wochen zu früh, war winzig, aber wohlauf.

Für die junge Mutter wurde die Kleine zum Zentrum ihrer Welt. Auch dies zum Verdruss von Charlotte, die Annemaries Fürsorge für das Kind übertrieben fand.

Aber Annemarie war niemand, bei der Charlotte mit Kritik viel ausrichten konnte. Sie ignorierte sie nicht nur, nein, Annemarie schien die Rügen ihrer Schwiegermutter gar nicht als solche wahrzunehmen. Wenn Charlotte zu ihr sagte: »Annemarie, in diesem Haus werden Gegenstände nach ihrer Nutzung wieder an den ursprünglichen Ort zurückgelegt!«, so antwortete Annemarie: »Eine gute Sitte.« Wenn Charlotte sie ermahnte: »Annemarie, in diesem Haus werden Türen und Fenster am Abend geschlossen!«, erhielt sie zur Antwort: »Sehr vernünftig.« Und das nächste Mal lag der Schlüssel wieder an einem anderen Platz, und ein Fenster der guten Stube stand offen, was die Hofkatzen – und auch so manches Huhn – sehr zu schätzen wussten.

Annemaries Hang zur Unordnung wie auch ihr Drang nach frischer Luft stellten für Charlotte ein immerwährendes Ärgernis dar. Primär jedoch kreisten Charlottes Gedanken um zwei

Fixpunkte: die Mehrung ihres Landbesitzes, denn *»Nur Land macht aus einem Menschen einen Herren!«*, und die geplante Pferdezucht.

Charlotte tat das Ereignis von Kathis Geburt mit den Worten *»Das nächste wird sicher ein Junge werden«* ab und wandte sich wieder der Buchhaltung zu.

Doch es sollten Jahre ins Land gehen, bis Annemarie erneut schwanger werden würde.

3

Wo der Bauer arm ist, ist das ganze Land arm.

Polnisches Sprichwort

Im ersten Jahr unter Laurenz' Führung blieb die Ernte hinter jenen der Vorjahre zurück. Charlotte sparte nicht mit spitzen Bemerkungen, dass weniger Ernte weniger Einkommen bedeute. Aber wann immer sie zu einem neuen Lamento ansetzte, blickte Laurenz ihr in die Augen und erinnerte sie stoisch: »Ich bin kein Bauer, Mutter.«

Anders als seine Brüder hatte Laurenz die Hofarbeit nicht mit der Muttermilch aufgesogen, und seine Hände, die so virtuos mit Taktstock, Cello und Akkordeon umgehen konnten, taten sich mit Pflug und Sense schwer. Es dauerte Monate, bis die Blasen an seinen Händen verschwanden und sich Schwielen herausbildeten. Doch tapfer kämpfte sich Laurenz in sein neues Leben, zog mit dem Ochsengespann Furchen in den Acker, säte Roggen und Weizen als Winter- und Hafer und Gerste als Sommergetreide. Er orderte Bücher über moderne Landwirtschaft, die er oft bis spät in die Nacht hinein am Küchentisch studierte. Nach und nach eignete er sich die neuesten Kenntnisse über Aussaat, Zwischenfrucht und Fruchtfolge an, wusste bald mehr darüber als die Bauern in der Gegend, die nie etwas anderes gekannt hatten als die Dreifelderwirtschaft.

Darüber hinaus interessierte er sich auch für die neuen, effizienten Maschinen, die die Muskelkraft von Bauer, Ochs und Pferd künftig ersetzen sollten: Traktoren und Mähdrescher. Er war allen Neuheiten und technischen Erfindungen gegenüber aufgeschlossen. Während seines Studiums in Breslau hatte er die Bequemlichkeiten der Moderne schätzen gelernt: Licht auf Knopfdruck und Sanitäranlagen, die den Nachttopf überflüssig machten. Auf dem Sadlerhof nutzte man noch Petroleumlampen und pumpte das Wasser aus dem Boden; der Abort war im Stall untergebracht, sodass man sich im Winter den Allerwertesten wenigstens nicht ganz abfror. Wie sein verstorbener Bruder Kurt träumte auch Laurenz davon, den Sadlerhof zu elektrifizieren. Allein, es fehlte ihm an den finanziellen Mitteln.

Noch kurz vor dem Großen Krieg hatte Charlotte einen Kredit aufgenommen, um Land dazuzukaufen, das sie dann ohne August und ihre beiden älteren Söhne gar nicht bewirtschaften konnte. Viele Felder lagen brach; die Erträge in den Kriegsjahren hatten bei Weitem nicht ausgereicht, um die monatlichen Raten zu tilgen. Dazu kamen die Beschlagnahmungen durch die Armee. Man hatte ihnen mehr als die Hälfte aller Tiere weggeholt, die zugesagte Entschädigung kam nie. Dem Krieg war die Rezession gefolgt, die Kriegsanleihen waren das Papier nicht wert, auf dem sie gezeichnet waren, und die Inflation galoppierte in rasender Geschwindigkeit, sodass der Hof weitere Schulden anhäufte. Ähnlich erging es allen Bauern im Land, kaum einer, der nicht bis über die Ohren verschuldet war. Es lag viel Wahrheit in dem Spruch: »Wo der Bauer arm ist, ist das ganze Land arm.«

Seit ihrer Ankunft im Dorf wetzten viele ihre Zungen an Annemarie und Laurenz. Petersdorf war nichts anderes als ein Spiegel seiner Zeit – seine Einwohner jahrhundertealten Traditionen verhaftet, das Zusammenleben bestimmt von selbst auferlegten

Regeln und Konventionen. Neuerungen oder Fremden begegnete man daher zunächst mit Misstrauen; bürgerliche Empörung mischte sich mit Tratschsucht und der Schadenfreude, wenn anderer Leute Träume scheiterten. Wer selbst keine Träume hat, trachtet gerne danach, sie anderen zu verderben.

Die Älteren erinnerten sich noch gut an den jungen Laurenz Sadler, der meist grußlos an ihnen vorbeigestürmt war und dabei immer einen Stapel Bücher und Blätter Papier bei sich führte. Oft hatte man ihn auch am Dorfbrunnen sitzend angetroffen oder irgendwo am Wegesrand, stets mit dem offenen Notenbuch auf den Knien. Und all seine hochfliegenden Träume! Ständig schwadronierte er, wie er Musik komponieren, Opern aufführen und als Konzertmeister um die Welt reisen würde!

Und jetzt war er wieder da. Als Bauer auf dem Sadlerhof. In Petersdorf und nicht in der großen, weiten Welt. Eine Frau hatte er auch gleich mitgebracht. Eine Fremde, die kaum ihre Sprache sprechen konnte. Nur hochdeutsch! Schwanger war sie auch gewesen. Deshalb hatte er sie vermutlich gleich heiraten müssen. Warum konnte der junge Sadler nicht abwarten? In Petersdorf gab es schließlich auch hübsche Mädchen!

Der örtliche Pfarrer, Berthold Schmiedinger, musste sich dazu einiges anhören. Aber sagen tat er nichts. Alle Gemeindemitglieder waren seine Schäfchen, er selbst war nur der Hirte. Gott allein stand das Urteil über seine Herde zu.

Vielleicht deshalb beschäftigte sich der Pfarrer in diesen Tagen des Öfteren gedanklich mit der Familie Sadler. Das Schicksal hatte Charlotte wahrhaftig viel zugemutet. Kaum jemand erinnerte sich heute noch daran, dass den Eheleuten August und Charlotte als erstes Kind ein Mädchen geboren worden war, das mit drei Monaten dem Fieber erlag. Nun hatten sie auch die Söhne bis auf den jüngsten verloren, und der fügte sich nur umständehalber in ein Leben als Bauer – mit einer Frau, die aus der Großstadt stammte.

Doch Laurenz und Annemarie Sadler waren nun Teil von Pfarrer Bertholds Gemeinde, und als Seelsorger war er für ihr Wohlergehen verantwortlich.

Darum gesellte er sich am Sonntag nach der Kirche demonstrativ zu der Familie, oder er lud Frau Charlotte zu sich ins Pfarrheim ein.

Irgendwann waren Laurenz Sadler und seine Frau Annemarie durchgekaut wie ein alter Knochen, und man wandte sich neuem Tratsch zu.

4

Aus großem Unrecht erwächst stets großes Unglück,
und am Ende siegt die Rache.

Annemarie Sadler

Als 1918 Millionen Soldaten als Verlierer heimkehrten, fanden sie ein völlig verändertes Land vor. Der Große Krieg hatte all das hinweggefegt, woran diese Männer geglaubt hatten. Bisher kannten sie nichts als die Monarchie als ihre Obrigkeit, ihr hatten sie Treue und Loyalität gelobt, sie war ihnen in Herz und Hirn geschmiedet und getrommelt.

Aber die alten Wahrheiten galten nicht mehr. Ihr Kaiser hatte abgedankt, sein Vaterland verlassen und bewohnte jetzt ein Schloss in Holland.

Es folgten die Novemberrevolution, Putschversuche, die Wirren der Weimarer Republik. Dazu ging das russische Gespenst des Kommunismus um. Lenin und Trotzki schickten ihre Agenten in die Welt, um allerorts die rote Revolution voranzutreiben, Anarchisten verübten Sprengstoffanschläge auf öffentliche Gebäude, Parteibüros, Bahnhöfe und Züge. Politische Morde waren an der Tagesordnung, in den Großstädten herrschten Anarchie und Chaos.

Das Volk war des ewigen Kampfes müde. Es sehnte sich nach Sicherheit, rief nach Arbeit und Brot. Und so wurde es anfällig für Versprechungen …

Auch das verschlafene Petersdorf wurde von politischen Strömungen nicht verschont. An einem Aprilsonntag im Jahr 1929 klopfte gar der Kommunismus in Gestalt eines Studenten aus Berlin an. Und das kam so: Über einen Petersdorfer Jungbauern, der einen Drucker in Gleiwitz kannte, der einen Bruder in Breslau hatte, der wiederum einen Sohn hatte, der in Berlin studierte, tauchte ein ellenlanger Schlaks mit Mütze und rotem Schal im voll besetzten Klose auf. Dort erklomm der Schlaks einen Stuhl und war sich damit sofort der Aufmerksamkeit aller sicher. Redegewandt und mimisch begabt, warf er gleich einem Zirkusartisten Flugblätter in den Raum und schoss eine Salve von Parolen ab – *Krieg den Palästen, Friede den Hütten!* Er redete sich immer mehr in Rage, zündete gar eine mitgebrachte Fackel an und verkündete, das Feuer der Revolution höchstpersönlich durchs Land tragen zu wollen.

Die Petersdorfer Bauern lauschten ihm, wie sie wohl auch einem Bühnenschauspiel beigewohnt hätten, und am Ende applaudierten sie wohlwollend der Darbietung – während der Klose Erich heraneilte, den Studenten von seinem Stuhl holte und ihm die Fackel entwand. Revolution hin oder her, sein Lokal war weder Palast noch Hütte, dafür holzgetäfelt und holzbestuhlt.

Der Student wurde für seine erfrischende Einlage mit ausreichend Petersdorfer Märzen belohnt, zog alsbald schwankend von dannen und ward nie mehr in diesen Breitengraden gesehen.

Auch Laurenz hatte an diesem Sonntag den jungen Studenten erlebt und machte sich so seine Gedanken. Anders als die Petersdorfer Bauern, deren Radius selten über den Heimatort hinausging und maximal bis Gleiwitz reichte, war er schon in seinem ersten Jahr in Breslau mit Anhängern der marxistischen Lehre in Berührung gekommen. Viele seiner Mitstudenten liebäugelten entweder mit der Sozialdemokratie oder dem Kommunismus; er selbst war von Vertretern beider Parteien, mal mehr, mal weniger massiv aufgefordert worden, ihrem Bund beizutreten. Er hatte jedes Mal mit denselben Worten abgelehnt: dass er sich in erster Linie der Musik verbunden fühle. Tatsächlich stand er den Ideen der Sozialdemokratie nahe. Neben der *Oberschlesischen Volksstimme* hatte er auch die Parteizeitung der SPD, den *Vorwärts,* abonniert. Er bewunderte die Begründer der Partei, setzte sein Vertrauen in Männer wie Ebert und Stresemann, um die Wunden des Großen Krieges zu heilen und das Land in die Zivilisation zurückzuführen. Die Verfassung der jungen Republik gab Anlass zu Optimismus, sie war eine der modernsten der Welt, erstmals durften Frauen in Deutschland wählen. Dabei sah sich Laurenz stets als ein Beobachter der Ereignisse, fühlte sich aber nicht für das schmutzige Geschäft der Politik berufen. Er war jetzt Bauer und Vater und hatte Hof und Familie zu versorgen.

Doch in jüngster Zeit fragte er sich oft, warum er sich seinen kostbaren Sonntagnachmittag, die wenigen Stunden der Muße, die ihm der Hofalltag ließ, damit verderben sollte, Schlagzeilen zu lesen, die von neuen Unruhen und weiteren Toten kündeten? Laurenz erwog deshalb, den *Vorwärts* abzubestellen. Zweifellos beeinflusste die Vaterschaft seinen Gemütszustand. Wenn er seine kleine Kathi in der Wiege betrachtete, dann war er jedes Mal von dem Gefühl beseelt, wie fragil und kostbar das Leben war. Er fürchtete um die Weimarer Republik, die von allen Seiten bekämpft wurde. Von rechts die deutschnationalen Kräfte, von links die KPD und die Anarchisten des Schwarzen Blocks, bezahlt und befeuert aus Moskau. Auf diese Weise gebar das Deutsche Reich immer neue Fanatiker. Auch der Münchner Putschist der NSDAP, Adolf Hitler, war eine solche Ausgeburt. Aufwiegler und Aufständler, wohin man sah, und jede Demonstration drohte in einem Blutbad zu versinken.

Wann hörte das Schlachten endlich auf? Die Ereignisse in

Berlin erinnerten Laurenz an eine tickende Bombe. Die Frage war nicht, ob sie hochging, sondern wann sie das tun würde. Er betrachtete Annemarie, die ihm gegenüber auf der Ofenbank saß und die kleine Kathi stillte. Seine Frau hielt wie er Abstand zur Politik. Dennoch wusste er, dass sie sich für die Geschehnisse im Land interessierte. Vor einer Weile war er dahintergekommen, dass sie heimlich beide Zeitungen las. Er rührte nicht an ihr kleines Geheimnis, sollte sie es ruhig behalten. Ebenso wie jenes andere, das sie ihm verschwieg. Selbst seine Mutter hatte es bemerkt. Erst kürzlich hatte sie zu ihm gesagt: »Deine Frau verbirgt etwas, Laurenz! Wenn du das nicht siehst, dann bist du blind!«

»Was murmelst du da vor dich hin, mein Lieber?«, fragte Annemarie.

Ertappt sah er auf. »Wie? Oh, das war mir gar nicht bewusst.« Er lächelte sie an, bezaubert vom friedlichen Bild der Mutter mit ihrem Kind. Unvorstellbar, dass er sich je daran sattsehen könnte. Die beiden waren sein, seine Frau, sein Kind. Er konnte es sich gar nicht oft genug vorsagen. Es fühlte sich noch immer unwirklich an, dieses große Glück.

»Ich sehe doch, dass dich etwas beschäftigt. Möchtest du darüber reden?« Annemarie legte das Kind in die Wiege und deckte es sorgsam zu. Neben der Wiege schlief ein Welpe auf einem Schaffell. Eine kleine Handvoll Hund, die nun aufmerksam den Kopf hob und Annemaries Tun verfolgte. Sodann rückte das Fellknäuel noch näher an die Wiege heran und rollte sich mit einem zufriedenen Seufzer erneut zusammen.

Laurenz indessen rügte sich selbst, da er Annemarie ohne Not beunruhigt hatte. »Ach, es ist nichts Besonderes. Nur das Übliche, mein Herz.«

»Sie schlagen sich wieder in Berlin?«, erwiderte Annemarie darauf leichthin. Wobei Laurenz nicht entging, dass sie ihre Beunruhigung zu überspielen suchte. Vielleicht sollte er ihr verraten, dass er wusste, dass sie heimlich die Zeitung las. Warum sollte er nicht mit seiner Frau über Politik diskutieren können? In Breslau hatten sich vereinzelte Studentinnen durchaus damit hervorgetan. Sie nannten sich selbst Genossinnen, hatten Vorbilder wie Clara Zetkin oder Rosa Luxemburg.

Laurenz ergriff die Gelegenheit beim Schopf. Er tippte auf die Zeitung und sagte: »Dutzende Tote in Berlin! Sie nennen es schon *Blutmai!*«

»Wer hat angefangen?«

»Ist das nicht gleich?«

»Nicht für die Opfer und auch nicht für ihre Angehörigen«, entgegnete Annemarie. »Was meinst du, Lieber, sollen wir uns ein Glas Met gönnen?«

Ein eleganter Rückzieher, wie Laurenz fand. »Wir können gerne einen Met trinken, mein Herz, und dabei weiter über Politik sprechen. Ich bin nicht wie andere Männer. Mich interessiert deine Meinung hierzu.«

Annemarie beugte sich vor und strich ihm über die Wange. »Ich weiß. Wenn du wärst wie die anderen, hätte ich dich nicht genommen.«

»Was hältst du nun von den Ereignissen in Berlin?«

»Damit setzt du voraus, dass ich den Artikel schon gelesen habe«, konstatierte Annemarie.

»Nun, die Zeitung ist von gestern …«

Annemarie schaute ihn durchdringend an, dann zeigte sich ein kleines Lächeln in ihrem Mundwinkel. »Also gut. Ich halte die Eskalation für brandgefährlich. Wenn die KPD die Sozialdemokraten als Sozialfaschisten beschimpft, treibt das einen noch tieferen Keil in das Land. Am Ende nützt das nur den deutschnationalen Kräften. Im Übrigen glaube ich, dass es nicht mehr lange dauern wird, bis man in Berlin die KPD verbietet.«

»Das hört sich an, als würdest du es befürworten?«

»Ein Verbot der KPD? Durchaus.«

»Du magst die Kommunisten nicht?«

»Ich fürchte die Bolschewiken, das gebe ich wohl zu. Man kann die Menschen nicht gleichmachen, weder gleich arm noch gleich reich. Ich sehe darin vielmehr den Versuch, uns alle gleich dumm zu machen. Kein Anführer will ein Volk, das selbst denkt. Es gefährdet deren Machtanspruch.«

Laurenz schwieg. Es war dieses Schweigen, das Annemarie unvermittelt aus der Reserve lockte. Plötzlich stand sie mitten im Raum. »Zehn Millionen Tote durch die Gräuel der Russischen Revolution und den nachfolgenden Bürgerkrieg! Und jetzt führen Stalin und seine Schergen einen Krieg gegen die eigene Landbevölkerung. Sie ermorden Bauern und Kulaken in Russland und in der Ukraine, stehlen ihre Ernte und lassen Millionen Russen verhungern. Warum? Weil Stalin die Industrialisierung mit Gewalt durchsetzen will! Diese unmenschlichen Verbrechen werden niemals vergessen werden. Aus großem Unrecht erwächst stets großes Unglück, und am Ende siegt die Rache!« Annemarie hielt inne, wirkte über ihren Ausbruch selbst erschrocken. »Verzeih«, stammelte sie mit einem kleinen nervösen Lachen. »Ich sollte nicht so daherreden. Vermutlich klinge ich wie der Student beim Klose, von dem du mir kürzlich erzählt hast.«

Laurenz nahm ihre Hand und küsste sie. »Ich liebe dieses Feuer in deinen Augen! Wir sind Eheleute. Du kannst mir immer alles sagen.«

Annemarie spürte ein schmerzhaftes Ziehen in ihrer Brust. Denn es gab etwas in ihrer Vergangenheit, das sie Laurenz niemals würde sagen können.

5

Im Dunkel der Nacht leuchten die Träume.

Kathi Sadler

Jeder Mensch hat einen Traum, hegt große und kleine Wünsche. Auch die Bewohner des Sadlerhofs träumten …

Laurenz Sadler träumte von einem musikerfüllten Leben als Komponist und Dirigent, von Konzerten und Reisen in ferne Länder. Stattdessen wurde er Familienvater und Bauer, hatte Notenblatt und Notenschlüssel gegen Acker und Pflug getauscht. Und war glücklich.

Laurenz' Mutter Charlotte hatte ihre früheren Träume und Ambitionen schon so lange begraben, dass sie sich vermutlich selbst nicht mehr an sie erinnern konnte. Ihr kriegsversehrter Ehemann August, Laurenz' Vater, hingegen saß tagaus, tagein auf seinem Platz am Kachelofen, selbst im Sommer, wenn dieser gar nicht beheizt wurde. Seit er vom Senfgas blind, vom Kriegslärm taub und von den Schrecken des Krieges verwirrt heimgekehrt war, beschränkte sich seine Artikulation auf ein paar gelegentliche Flüche, die er unvermittelt und ohne erkennbaren Grund ausstieß. Es konnte auch geschehen, dass er am ganzen Körper zu zittern begann und sich dabei einnässte. Seine Frau Charlotte sah dann immer geflissentlich weg und rief nach Dorota. Wovon Laurenz' Vater träumte, konnte demnach niemand wissen. Aber vermutlich wünschte er sich, es hätte den Großen Krieg nie gegeben und seine Frau würde nicht wegsehen, wenn es ihm schlecht ging.

Dorota Rajewski hingegen wusste, dass Träume von Gott gesandt wurden und es ihm allein oblag, ob sie in Glück oder Tränen mündeten. Für sie war jeder Tag, den Gott ihr schenkte, ein guter Tag. So war es schon in ihrer Jugend gewesen, als sie von Hochzeit und Kindern träumte, ihr Verlobter aber noch vor dem Jawort an Schwindsucht dahinschied. Darauf wandte Dorota ihre Leidenschaft der Küche zu. Sie wirbelte zwischen Töpfen und Pfannen herum, kreierte mit erstaunlichem Erfindungsreichtum Gerichte, die nur noch entfernt der polnisch-schlesischen Küche ähnelten, und würzte »mit einer Prise Gott«.

Laurenz war überzeugt, Dorota könne es mit dem Chef de Cuisine eines jeden Grand Hotels der Welt aufnehmen. Dies hatte sich bereits vor Jahren gezeigt, als er 1923 erstmals einen Mitstudenten aus Breslau, einen jungen italienischen Bariton, während der Ferienwochen nach Hause mitgebracht hatte. Piero hatte es auf abenteuerliche Weise von Sizilien nach Deutschland verschlagen. Er war schwer heimwehkrank und vermisste die italienische Küche. Durch ihn machte Dorota Bekanntschaft mit Olivenöl, das sich Piero von seiner Familie nachsenden ließ. Die beiden entdeckten ihre gemeinsame Passion, und bald kochten sie zusammen so manches sizilianische Gericht. Wenn Piero nicht gerade mit feuchten Augen schmachtende Lieder über Mädchen und Sonnenuntergänge sang, erzählte er derart anschaulich von seiner Heimat Italien, dem Land, in dem die Zitronen blühen, dass er die gottesfürchtige Dorota damit ansteckte und den Wunsch in ihr weckte, es einmal selbst sehen zu wollen. Schließlich wohnte der Papst in all seiner Herrlichkeit dort. Einmal den Petersdom in Rom sehen und die vielen schönen Ruinen! Doch falls Gott ihr nicht zufällig ein Bahnticket zukommen ließ, würde daraus nichts werden. In Ermangelung einer Reise ins Zitronenland begnügte sich Dorota vorerst damit, ihre Nase in italienische Rezepte zu versenken, die Piero für sie aufschrieb. Piero verbrachte mehrere Jahre in Folge seine Semesterferien auf dem Hof der Sadlers. 1927 brach er sein Studium ab und kehrte nach Italien zurück, um dort gegen einen Mann namens Mussolini zu kämpfen. Noch bis Ende 1942 sandte er Dorota zweimal im Jahr regelmäßig Pakete mit italienischen Spezialitäten und Rezepten.

Es muss nicht extra betont werden, dass Dorota sich auch eine nette Frau für ihren Ziehsohn Oleg und einen Stall voller Enkelkinder wünschte.

Letzteres deckte sich in etwa mit Olegs eigenen Träumen – aber die Frau, nach der sich sein einsames Herz sehnte, war für ihn, den einfachen Knecht, unerreichbar.

Hätte man Annemarie gefragt, ob sie glücklich war, so hätte sie dies mit ganzem Herzen bejaht. Sie war tatsächlich glücklich mit dem, was sie bekommen hatte: Laurenz und ihre kleine Kathi. Annemarie hegte nur den einen Wunsch, ihre Familie zu schützen. Das Geheimnis, das sie hütete, veranlasste sie zu steter Wachsamkeit. Jeder Fremde im Ort stellte zunächst eine Bedrohung für sie dar. Für eine Weile hatte sich Annemarie der trügerischen Hoffnung hingegeben, ihre Vergangenheit hinter sich lassen und ein ruhiges Leben führen zu können. Doch in den letzten Jahren war zu viel geschehen, die politische Bühne hatte sich gedreht, und Annemarie sah in den neuen Entwicklungen eine Gefahr, die sie zunehmend beunruhigte. Überall in Europa brodelte und gärte es. Auf diesem fruchtbaren Boden gediehen Extreme, Nationalismus und Faschismus breiteten sich aus. Darüber hinaus waren da noch die existenziellen Sorgen; die Schulden drückten, und die Zeiten wurden nicht besser.

1929 erreichte die Arbeitslosigkeit ein nie da gewesenes Ausmaß und brachte Massen an Bettlern und Vagabunden hervor. Die Menschen verelendeten in den Städten, und so streunten sie durchs Land, auf der Suche nach Arbeit und Nahrung. Die Not trieb die Leute vielerorts zu Diebstählen. Federvieh und Kaninchen waren in ihren Ställen nicht mehr sicher. Selbst Wäsche wurde von den Leinen geholt. Nachdem auch in Petersdorf das eine oder andere vorgefallen war, stellte der Bürgermeister eine Dorfwacht zusammen, die nachts patrouillierte. Jeder Mann wurde dazu herangezogen. Auch Laurenz.

Dank der fabelhaften Dorota, die wusste, wie man Vorräte anlegte, und selbst aus den schlichtesten Zutaten eine nahrhafte Mahlzeit zaubern konnte, litt man auf dem Sadlerhof wenigstens nie Hunger. Geld aber war so gut wie keins vorhanden, und jede Neuanschaffung, und sei es nur ein Paar Schuhe für die heranwachsende Kathi, stellte Laurenz und Annemarie vor eine neue Herausforderung. Kleidung oder Stoff konnten sie sich nicht leisten. Dorota und Annemarie zerschnitten alte Kleider und Vorhänge und nähten daraus neue. Vieles wurde auch unter den Dorfbewohnern auf dem Basar getauscht, den Pfarrer Berthold einmal im Monat veranstaltete.

So standen für Laurenz die Alltagssorgen im Vordergrund, und die Politik rückte für ihn mehr und mehr in den Hintergrund. Wenn sich sonntags nach der Kirche die Männer beim Klose trafen, beteiligte er sich nicht an den mitunter hitzig geführten Debatten zwischen den Anhängern der aufstrebenden nationalistischen Parteien und den altgedienten. Versuchte man, ihn in die Diskussion hineinzuziehen, pflegte er zu antworten: »Ich höre gerne zu, wie ihr euch über Berlin beklagt. Das reicht für mich mit.«

Stammtischstreitereien waren keine Seltenheit in Petersdorf. Erst saß man einträchtig beim Gottesdienst zusammen und stimmte Choräle an, danach ging es im Gasthaus zünftig her, bis hin zu der ein oder anderen Rauferei. Und beim nächsten Kirchgang saßen die Kontrahenten wieder friedlich nebeneinander und sangen: *»Großer Gott, wir loben dich …«*

Politik und Politiker, dachte Laurenz jetzt oft, schienen extra dafür geschaffen worden zu sein, dass man am Sonntag nach der Kirche auf sie schimpfen konnte. Dann schmeckte das Bier besser. Wenn er sich nach dem Gottesdienst von Annemarie in Richtung Klose verabschiedete, pflegte er zu ihr zu sagen: »Ich gehe einmal hören, wer diese Woche Kanzler in Berlin geworden ist …« Denn seit der Abdankung des Kaisers kamen und gingen die Regierungen wie durch eine Drehtür. Annemarie gegenüber erklärte Laurenz, dass Berlin fern sei, und dort würden die Gesetze sowieso von Stadtmenschen für Stadtmenschen gemacht und nicht für Bauern auf dem Land. Das Leben sei auch vor dem Großen Krieg hart gewesen und sei es geblieben. Und solange »Berlin« nur mit sich selbst beschäftigt sei, würde man hoffentlich die Bauern auf dem Land in Ruhe lassen.

Denn das war jetzt Laurenz' größter Wunsch: in Friedenszeiten mit seiner geliebten Annemarie alt zu werden und dabei Kathi und, so Gott wollte, weitere Kinder zu anständigen und glücklichen Menschen zu erziehen. Für Laurenz stand seine Familie an erster Stelle, nicht der verlorene Krieg, nicht der Versailler Vertrag und schon gar nicht die Schuldfrage.

1932 stellte Laurenz fest, dass sich das Klima am Stammtisch allmählich veränderte. Was als schleichender, unmerklicher Prozess begann, gewann immer mehr an Fahrt, der Ton wurde rauer. Weniger Rede denn Gerede, weniger Sinn denn Gesinnung. Am Stammtisch schälte sich eine Einheitsmeinung heraus, die wortführenden Veteranen sahen in diesem Adolf Hitler gar einen Hoffnungsträger. Sie glaubten tatsächlich, der Mann gäbe ihnen die verlorene Ehre wieder, glaubten Hindenburgs Dolchstoßlegende, glaubten, sie seien »im Felde unbesiegt«. Wer nicht ihrer Meinung war, wurde einfach überbrüllt, es gab Rangeleien, und so mancher Bierkrug ging dabei zu Bruch.

Auch Laurenz handelte sich ein blaues Auge ein und verstand die Welt nicht mehr. Was war das nur für eine Zeit, in der man Prügel riskierte, nur weil man für ein friedliches Miteinander eintrat?

Anfangs hatte der Klose die Krawallmacher noch seines Hauses verwiesen. Doch dann wurden es zu viele – Männer, die er seit seiner Kindheit kannte, mit denen er gegessen, getrunken und gefeiert hatte, schlugen ihm nun alles kurz und klein.

Laurenz bedauerte den Klose, der keine Wahl hatte, als im eigenen Haus zu schweigen. Fortan mied er den Gasthof an den Sonntagen und ging mit seiner Familie nach der Kirche gleich nach Hause. Familienväter, überlegte Laurenz, waren selten zu Helden geboren. Denn was nützte es der Familie, wenn ihr Ernährer im Gefängnis saß? Darüber hinaus lebte man in einem kleinen Ort und war auf die Gemeinschaft angewiesen. Und so hielt so mancher seine Zunge im Zaum.

In der Zwischenzeit vermehrten sich inflationär Leute mit neuen Funktionen und Titeln, die es vorher weder gegeben noch gebraucht hatte. Vermutlich deshalb traten sie nun umso lärmender in Erscheinung: Ortsgruppenleiter, NS-Bauernführer, Scharführer, Kreisleiter, Gauleiter und so weiter. Die Fahnen und Devotionalien produzierende Industrie erlebte einen ungeahnten Aufschwung, und die Schneider konnten sich vor Aufträgen kaum mehr retten.

»Es ist unfassbar«, äußerte Laurenz gegenüber Annemarie, »keine fünfzehn Jahre sind seit dem Krieg vergangen, und die Leute verlangt es schon wieder nach militärischer Kostümierung!«

Auch Annemarie verlieh ihrer Besorgnis Ausdruck: »Mich ängstigt, wie geschickt sie dabei vorgehen. Diese Leute sind alles andere als dumm. Sie unterwandern Schritt für Schritt den Staat und übernehmen langsam die Kontrolle.«

So sorgten alle diese neuen Uniformträger dafür, dass niemand von der vorherrschenden Meinung abwich. Wer es dennoch wagte, den Führer zu kritisieren, wurde stante pede zum Feind Deutschlands und seiner Arbeiter erklärt, und Feinde durfte man ungestraft verprügeln.

Aber wie sehr die angeblichen Heilsbringer von Nutznießern und Wohlwollenden auch angepriesen wurden – Laurenz setzte weiter darauf, dass die Nationalsozialisten lediglich ein vorübergehender Spuk seien und die von falschen Versprechungen geblendeten Bürger bald zur Vernunft kämen und den Österreicher samt seiner nibelungentreuen Paladine davonjagen würden. Er stützte seine Hoffnung auf die Tatsache, dass in vierzehn Jahren Weimarer Republik die Regierung sechzehnmal gewechselt hatte und der Reichskanzler siebenmal.

Je politischer es im Dorf zuging, umso mehr hielt Laurenz Abstand. Dies war auch in Annemaries Sinne, die vermeiden wollte, dass er sich ein weiteres blaues Auge holte.

Dennoch gab es kaum eine Möglichkeit, den Braunen zu entkommen. An einem Septemberabend erschien der örtliche Ortsgruppenleiter der NSDAP gar bei Laurenz zu Hause, um ihn zu einem Eintritt in die Partei zu bewegen. Laurenz lehnte mit den Worten ab, dass er in erster Linie Bauer sei und ein absolut unpolitischer Mensch und die Politik deshalb lieber den Politikern überlasse.

Was Laurenz zu jenem Zeitpunkt noch nicht ahnen konnte, war, dass es bald auch gefährlich sein würde, unpolitisch zu sein.

6

Nein, wir liegen alle in derselben Gosse,
aber einige von uns schauen zu den Sternen hinauf.

Oscar Wilde

Inzwischen wuchs Kathi zu einem lebhaften Kind heran. Wie schon bei ihrer Geburt hatte sie es immer eilig. Sie war ein richtiger Wildfang und kaum zu bändigen. Die kleine Kathi lief, hüpfte und rannte immerzu, auf der Suche nach der Welt und ihren Geheimnissen. Das Leben war ein einziges aufregendes Abenteuer, und jeder Tag brachte neue Wunder. Kein Baum war zu hoch, kein Wald zu dunkel, kein Teich zu tief. Schrammen und aufgeschlagene Knie waren Kathis stete Begleiter. Später würden ihre Narben sie daran erinnern, dass sie eine glückliche Kindheit verleben durfte. Kleinere Kratzer ignorierte Kathi, sie bemerkte sie meist nicht einmal, und wenn doch, lief sie zu Dorota. Denn ihre Mutter Annemarie half jetzt meist dem Vater auf dem Feld, während sich Dorota um Haus und Küche kümmerte. Kathis Blessuren wurden von Dorota ausgiebig bestaunt, der Schmerz weggepustet und die Wunde mit einem Pflaster versehen. Dazu gab es ein Karamellbonbon, und Dorota, die wahrlich eine italienische Seele besaß und meist singend und wippend in der Küche anzutreffen war, stimmte für Kathi ein Liedchen an: *Heile heile Segen, drei Tage Regen, drei Tage Schnee, tut schon nimmer weh …* Niemand konnte Kinderkummer so gut wegtrösten wie Dorota. In Dorotas Mütterlichkeit konnte man ganz und gar versinken. Flüchtete man sich in ihre schützenden Arme und vergrub den Kopf in ihrer weichen Nachgiebigkeit, versiegten Tränen und Schmerz.

Von den gelegentlichen familiären Scharmützeln zwischen Mutter und Schwiegermutter blieb Kathi unberührt, zu dicht war der Kokon der Liebe, den die Eltern um ihre Tochter gewebt hatten. Auch Köchin Dorota und ihr angenommener Sohn Oleg trugen das Ihrige dazu bei. Für Kathi war die polnische Köchin die Großmutter, die Charlotte nicht sein konnte, und Oleg, obschon gute zwanzig Jahre älter, war für sie wie ein großer Bruder.

Auch Kathis Geist befand sich in ständiger Bewegung. Sie blätterte interessiert in den Büchern und Partituren ihrer Eltern, hatte schon mit zwei Jahren Buchstaben und Zahlen nachgemalt, und ganz besonders liebte sie es zu zeichnen. Vor allem Flügel hatten es ihr angetan. Sie malte sie in jedweder Variante und mit allem, was sie finden konnte. Kein Stift war vor ihr sicher; der Vater musste seinen guten Füller vor ihr verstecken. Aber für Kathi tat es zur Not auch Blaubeersaft, wie Dorota zu ihrem Leidwesen feststellen musste, als sie alle Mühe hatte, den riesigen blaubeerfarbenen Flügel vom Küchenfußboden zu schrubben, bevor Charlotte die Bescherung entdecken konnte. Kathi besaß auch das, was ihr Vater als »siebten Sinn für Schraubenschlüssel« bezeichnete. Wann immer er oder Oleg einen zur Hand nahmen, Kathi stellte sich wie herbeigezaubert ein. Vom ersten Tag an faszinierte sie der Pritschenwagen, ein Opel Blitz, den ihr Vater gebraucht anschaffte. Ginge es nach Kathi, hätte Oleg dessen Motor jeden Tag auseinandernehmen und wieder zusammensetzen können.

Die gemeinsamen Familienessen, die Kathi zwangen, am Tisch zu sitzen, waren für sie eine lästige Unterbrechung ihres Tatendrangs. Achtlos schlang sie ihre Mahlzeiten in sich hinein, auf den Moment wartend, wenn ihre Eltern sie vom Tisch entlassen würden, sodass ihre Mutter einmal seufzend zum Vater bemerkte: »Sie dazu anzuhalten, einfach nur ruhig dazusitzen, vermittelt mir bei diesem Kind das Gefühl, sie zu foltern.«

Kathi wirbelte durch das Haus und erfüllte es mit Leben.

Der in sie vernarrte Vater Laurenz nannte sie deshalb seinen kleinen Kolibri.

7

Es sind immer die Fetttöpfe,
um die sich die Fliegen versammeln;
Sahst du sie jemals auf den Essig fliegen?

Russisches Sprichwort

Aufgeregt wie ein Kind packte Dorota ihr Weihnachtgeschenk aus. »So schön, so schön! Danke, Frau Annemarie und Bauer Laurenz!«, bedankte sie sich überschwänglich. Andächtig strich Dorota über den gefalteten Stoff, der vom gleichen dunklen Rot war wie die Rosen, die im Sommer rund um ihren Kräutergarten wuchsen.

»Daraus kannst du dir ein schönes Sonntagskleid nähen«, sagte Annemarie lächelnd. Dorota besaß nichts aus dem Kaufhaus, schneiderte alle ihre Kleider selbst. Das lag auch ein wenig daran, dass ihre Üppigkeit sich jenseits gängiger Konfektionsgrößen bewegte.

»Aber der Stoff ist viel zu fein, Frau Annemarie! Nein, nein, wie meine Mutter, die alte Böhmin selig, g'sagt hat: *Sonntagsg'wand verlangt Schneiderhand.* Gleich im Januar geh ich zum alten Friedrich!«

Es wurde dann doch Februar, bis sie den Schneider im Nachbarort Michelsdorf aufsuchte. Bei ihrer Rückkehr hatte Dorota ganz rote Backen. Annemarie kam eben aus der Räucherkammer. »Nanu, Dorota, schon zurück?«

»Der Schneider hat mich weggeschickt!«, brach es aus ihr

heraus. »Zeit tut er keine haben, sagt er. Er sei mit Aufträgen überschüttet, sagt er. Arbeit für den Rest des Jahres hätt er. Und er tät jetzt auch keine Kleider mehr für Frauen schneidern, sondern nur noch Uniformen!«

»Mach dir nichts draus, Dorota. Nächste Woche fahren wir nach Gleiwitz und finden einen anderen Schneider.«

»Dorota!«, rief Frau Charlotte, die eben ihren Hengst Bukephalos aus dem Stall führte. »Hast du mir das Sauerkraut mitgebracht?« Sie sprach stets mit einer gewissen Strenge, als wollte sie damit andeuten, dass es dem Rest der Welt daran mangelte.

»Bei der Schwarzen Madonna von Tschenstochau!« Dorota schlug sich auf die Stirn. »Man sollt sich halt über nix ärgern. Dabei vergisst man das Wesentliche!« Das Wesentliche bedeutete in diesem Fall: Frau Charlottes Verdauung, die nur mit Fasssauerkraut so recht in Gang kommen wollte. In diesem Jahr stand es derart prekär, dass sich Dorotas selbst angelegter Vorrat bereits erschöpft hatte. »Ich mach mich gleich zur Krämerin auf, bevor es dunkel wird.«

»Darf ich mit, Mutter?« Kathi, die mit Kohlenstaub schwarze Quadrate in den Schnee gemalt hatte und zwischen ihnen hin und her hüpfte, dass einem dabei schon vom Zusehen schwindlig werden konnte, unterbrach ihr Spiel. Ihr kleines Gesicht war voller Eifer. Sie liebte es, in dem kleinen Krämerladen, den die Schwester vom Klose und ihr Mann betrieben, herumzustöbern. Irgendetwas fand sich dort immer. Ein Heft zum Malen, eine Lakritzstange oder ein Tütchen Ahoj-Brausepulver …

»Na schön«, meinte Annemarie und half ihrer vierjährigen Tochter noch beim Zuknöpfen des Mantels, während Dorota den Einkaufskorb holte.

Auf dem Rückweg, auf halbem Weg auf der Landstraße, begegnete Dorota und Kathi ein ganzer Zug Männer. In Uniform und mit brennenden Fackeln ausgestattet, zogen sie singend und in

Zweierreihen, von Michelsdorf kommend, in Richtung Petersdorf. Dorota und Kathi wichen zum Straßenrand aus. Obwohl sie das einzige Publikum weit und breit waren, streckten die Männer plötzlich den Arm in die Höhe und brüllten wie aus einem Mund: »Heil Hitler!«

Dorota und Kathi erschraken sich fast zu Tode. Fassungslos schüttelte Dorota den Kopf. »Madonna! Jetzt marschieren's wieder! Wie die braunen Gockel … Komm, Herzele, gehen wir heim.«

Zu Hause hielt Dorota mit ihrer Meinung nicht hinterm Berg. Sie saß bei August auf der Ofenbank und stopfte Socken. »Die kapiern's einfach nicht, die Politischen!«, schimpfte sie, und ihre Nadel stach heftig in die Wolle. »Man kann die Menschen nicht gleichmachen! Seh'n vielleicht die Blumen alle gleich aus? Hätt der liebe Gott das gewollt, dass wir alle gleich wär'n, dann hätt er's gleich selber so g'macht. Nein, verschieden hat er uns g'macht! Das ist ja seine Schöpfung, und jetzt pfuschen die Menschen da schon wieder dran rum! Das wird nicht gut ausgehen. Nein, das wird nicht gut ausgehen …«

August sagte wie immer nichts. Lediglich eine einzelne Träne löste sich aus seinem Auge.

Dorota zog ein Taschentuch aus den Tiefen ihrer Schürze und tupfte sie ihm voller Zartheit weg. »Ich sollt nicht so viel schimpfen, Altbauer, ich weiß das schon. Auf unseren Herrgott sollt ich vertrauen. Der wird sich schon was dabei gedacht haben, dass wir jetzt von den Braunen regiert werden. Das ist halt auch wieder eine Prüfung.«

8

Wie wenig Lärm machen die wirklichen Wunder.

Antoine de Saint-Exupéry

Wenn im Frühling neues Leben erwachte und die ersten Blüten aufbrachen, wenn sich im Scheunenstroh ein frischer Wurf Kätzchen regte und auf den Weiden die Lämmer und Fohlen ihre ersten Bocksprünge vollführten, dann kehrte auch Herr Levy auf den Sadlerhof zurück. Kathi liebte den alten Wanderhändler. Ihr Vater nannte ihn nur den wundersamen Herrn Levy. Weil er aus seinen Waren immer genau das hervorzauberte, was man sich am meisten wünschte, ohne dass man sich dessen vorher bewusst gewesen wäre. Das erste Mal kam Herr Levy am Tag von Kathis Geburt auf den Beerenhof. Damals hatte er für Laurenz eine Flasche schottischen Whisky dabei, Annemarie überreichte er einen Gedichtband von Heinrich Heine, und für Kathi übergab er den Eltern einen kleinen, schwarzen Stein. Einen Stein, der einst vom Himmel gefallen war. Einen Mondstein.

An diesem lauen Frühlingstag im Jahr 1933 wollte Laurenz nach dem Mittagessen gleich die Himmelsleiter hinauf, um nach seinen Obstbäumen zu sehen.

»Ich werde dich begleiten«, sagte Annemarie.

»Ich komme auch mit!«, rief Kathi. »Oleg hat erzählt, die Wiedehopfe im Apfelbaum sind wieder da.«

Laurenz tauschte einen ehelichen Blick mit Annemarie. Die wandte sich ihrer kleinen Tochter zu. »Hast du nicht noch vor fünf Minuten versprochen, Dorota in der Küche beim Abwasch zu helfen?«

»Heißt das, ich darf nicht mit?«, fragte Kathi zurück.

»Ja, das heißt es.«

»Och, ich weiß schon. Ihr wollt euch nur wieder küssen«, maulte die Vierjährige.

Charlotte biss sich auf die Lippe, Laurenz und Annemarie brachen in Gelächter aus. Annemarie gab Kathi einen Kuss auf den weichen Scheitel.

Draußen schlug Oskar an. Ein Willkommensbellen. Ein Freund war gekommen.

»Es ist Herr Levy!«, rief Kathi aufgeregt, die sofort zum Fenster gestürzt war. Die Wiedehopfe waren vergessen, die magischen Schätze im Bauchladen des alten Wanderhändlers lockten.

»Es ist doch erstaunlich«, meinte Annemarie. »Unser Herr Levy kann nicht nur die unglaublichsten Schätze aus seinen Waren hervorzaubern, er scheint auch das Geheimnis des Nichtalterns zu kennen. Ich schwöre dir, mein Lieber, er sieht jedes Mal jünger und frischer aus. Sieh nur, wie flott er ausschreitet!«

Als Herr Levy sie wieder verließ, besaß Laurenz eine neue Saite für sein Cello – erst tags zuvor war eine gerissen –, Annemarie eine Creme mit dem bezeichnenden Namen »Jungbrunnen« und Charlotte Nachschub an Havanna-Zigarren, für die sie ihre Seele verkaufen würde. Dorota verriet niemandem, was sie erworben hatte. Gefragt, lächelte die Sechzigjährige lediglich geheimnisvoll.

Kathi hatte der alte Wanderhändler ein kleines Gerät überreicht, das er als Abakus bezeichnete. Sie liebte den Rechenschieber, allein der Name »Abakus« klang wie ein Zauberspruch. Und tatsächlich stieß er für Kathi die Tür zur fantastischen Welt der Mathematik auf.

9

Du bekommst das Universum, ich behalte Italien.

Nikolaj Pchela

Es gibt Menschen, deren einziger Lebenszweck darin zu bestehen scheint, üble Laune zu verbreiten. Das macht sie nicht gerade beliebt. Gelinde ausgedrückt.

In Petersdorf kam diese Rolle Elsbeth Luttich zu. Und da sie nicht irgendwer, sondern die Frau des Bürgermeisters Wenzel Luttich war, musste man ihr Geschwätz entweder ertragen oder versuchen, ihr möglichst aus dem Weg zu gehen. Das hatte zur Folge, dass, wo auch immer Elsbeth Luttich im Ort auftauchte, sich jeder plötzlich an etwas erinnerte, das keinen Aufschub duldete, und sich eilig davonmachte.

Doch auf Dauer entkam Elsbeth niemand. Sie suchte in regelmäßigen Abständen jedes Haus und jeden Hof heim, indem sie sich einfach selbst auf ein Tässchen einlud.

An diesem frühen Nachmittag im Juni 1934 traf es die Familie Sadler. Anwesend waren lediglich die fünfjährige Kathi und ihr Vater, die sich eben in der Küche ein Stück von Dorotas neuester Kuchenkreation schmecken ließen. Oleg, der Knecht, war mit Kathis Mutter Annemarie und den Großeltern zum Arzt nach Gleiwitz gefahren. Dorota hatte heute ihren freien Tag und besuchte ihre weitläufige Verwandtschaft in Kattowitz.

»Sie muss mit halb Polen verwandt sein«, pflegte Kathis Vater zu sagen.

Und Kathis Mutter ergänzte dann: »Und mit der anderen Hälfte ist sie bekannt!«

»Und vergiss Böhmen nicht«, spann Laurenz das Garn weiter, da Dorotas Mutter eine Böhmin gewesen war. Und was für eine! Sie hatte die Gabe des Zweiten Gesichts besessen, und ihr Ruf als böhmische Pythia reichte weit. Selbst aus dem letzten Winkel des Kaiserreichs waren die Leute angereist, um sich von ihr die Zukunft weissagen zu lassen. Ihre Tochter Dorota hatte diese Gabe von ihr geerbt. Doch sie hielt dieses Erbe geheim, und so wussten nur sehr wenige davon.

»Was ist das noch einmal für ein Kuchen?«, fragte Laurenz und musterte die bröselige Konsistenz auf seiner Gabel.

»Schmeckt er dir nicht, Vater?«

»Doch, doch. Die Sahnefüllung ist prima.«

»Dorota sagt, die Italiener nennen den Kuchen *Mille Foglie.*«

»Erinnere mich daran, Kathi, dass ich künftig *Signora* zu Dorota sage.«

»Was heißt *Signora,* Vater?«

»Das heißt ›Frau‹ auf Italienisch. *Signorina* heißt übrigens Fräulein. Du bist also Signorina Kathi.«

»Signorina Kathi … Das gefällt mir! Bringst du mir Italienisch bei, Vater?«

Laurenz lachte. »Signora Dorota bringt dir doch schon Polnisch bei. Und Oleg Russisch. Was möchtest du denn noch alles lernen, kleiner Kolibri?«

»So viel, wie in meinen Kopf hineinpasst.«

Kathi meinte das durchaus ernst. Laurenz bedachte sie mit einem stolzen Blick. Der Lerneifer seiner Tochter war kein kurz entfachtes Feuer; er schöpfte aus einer tieferen Quelle als nur der natürlichen Entwicklung eines Kindes, das die Welt und ihre Schätze für sich entdeckte. Kathi ging den Dingen stets auf den Grund und ließ sich nie mit halben Antworten abspeisen. Laurenz wünschte, die eifrigen Stammtischbrüder beim Klose besäßen nur einen Bruchteil der Klugheit seiner Tochter.

»Vater, erzähl mir noch mal, wie du damals Mutter das erste Mal begegnet bist!«, verlangte Kathi mit vollem Mund.

Kathi liebte die Geschichte, konnte sie gar nicht oft genug hören. Vor allem liebte sie den Ausdruck in den Augen ihres Vaters, wenn er davon sprach. Sie leuchteten dann wie der nächtliche Sternenhimmel in einer klaren Nacht.

»Wie oft willst du sie denn noch hören, kleiner Kolibri?«, schmunzelte ihr Vater.

»Eine Trillion Mal«, erwiderte Kathi mit kindlichem Ernst, während in ihren Augen Vorfreude glomm. Ihr Vater würde ihr die Bitte nicht abschlagen.

»Also gut«, gab ihr Vater nach. Wie ein Märchenerzähler begann er mit gesenkter Stimme: »Es war einmal ein milder Frühlingstag. Die Sonne schien hell und freundlich, und der Himmel glänzte in einem Blau, als hätten ihn die Hausfrauen Breslaus genauso blank geputzt wie ihre Fenster. Nichts ahnend lief ich die Straße entlang, im Kopf eine neue Melodie, als ich plötzlich mit der Schulter gegen jemanden prallte. Ich sah auf, und da stand sie vor mir: deine Mutter. Sie hatte bei unserem Zusammenstoß ihren Obstkorb fallen lassen, und die Äpfel rollten in alle Himmelsrichtungen davon. Ich bemerkte es zunächst nicht, denn ich hatte nur Augen für deine Mutter. Es war, als wäre ich in einen Sonnenstrahl geraten, so sehr blendete mich das Blau ihrer Augen. Endlich bemerkte ich doch, was ich angerichtet hatte, und half ihr beim Aufsammeln der Früchte.« Wie immer an dieser Stelle legte Laurenz eine dramatische Pause ein.

»Und dann ist dir Mutter davongelaufen!«, ergänzte Kathi ungeduldig.

»Das ist sie. Sie war flink, deine Mutter.«

»Aber du hast sie gesucht!« Längst war die Geschichte zu einem vertrauten Spiel zwischen ihnen geworden, in dem sie sich die Sätze abwechselnd zuwarfen.

»Drei Wochen bin ich jeden Tag zur selben Zeit an die Stelle zurückgekehrt, wo wir uns zum ersten Mal begegnet sind.«

»Mit deinem Akkordeon!«

»Ja, ich hatte extra ein Lied für sie komponiert.«

»Das Mädchen mit den blauen Augen.« Kathi summte die ersten Töne, und der Vater fiel darin ein.

»Und dann hast du Mutter wiedergetroffen!«

»Nein. Erst wurde ich zweimal vom Gendarmen weggeschickt.«

»Und beim dritten Mal hat man dich verhaftet.«

»Weil es verboten war, auf der Straße zu musizieren.«

»Aber du bist nach deiner Strafe gleich wieder hingegangen.«

»Ohne mein Akkordeon. Das habe ich erst später zurückerhalten.«

»Du hast das Lied für Mama ohne Musik gesungen.«

»Und deine Mutter kam und bat: ›Hören Sie in Gottes Namen auf! Sie singen so schlecht, wie Sie gut spielen.‹«

»Das stimmt, Vater. Du kannst nicht singen. Du klingst wie der drehende Göpel beim Heudreschen.«

Der Vater rang theatralisch die Hände. »Darum antwortete ich deiner Mutter: ›Das ist der Grund, warum ich Komponist bin und kein Sänger!‹«

»Mutter hatte Mitleid mit dir.«

»Nein, sie hatte Mitleid mit den Anwohnern.« Vater und Tochter kicherten im Duett.

»Und dann hast du sie zu einem Kaffee eingeladen.«

»Sie sagte: ›Ich komme nur mit, wenn Sie mir versprechen, nie mehr für mich zu singen.‹«

»Und du sagtest …« Kathi hielt die Luft an, denn nun kam ihre liebste Stelle.

»Und ich sagte: ›Kommen Sie mit mir, und ich verspreche Ihnen die ganze Welt. Für uns beide werde ich ein Land aus Licht und Blumen schaffen.‹«

»Da hat Mutter gelacht und gefragt: ›Was? Nur die Welt? Was ist mit dem Mond und den Sternen?‹«

»Und ich antwortete: ›Du hast mein Herz und meine Liebe. Das ist unendlicher als jedes Universum.‹«

»Und ich bin das Kind eurer Liebe«, sagte Kathi feierlich.

Der Vater beugte sich vor und strich ihr liebevoll eine Haarsträhne aus dem Gesicht. »Ja, du bist unser kleiner Stern.« Er nahm sich noch eine Gabel Kuchen und stellte fest, dass er ihm mit jedem Bissen besser schmeckte.

Kathi und er hatten das erste Stück Kuchen noch nicht ganz verzehrt, als ihnen Hofhahn Adolf lautstark Besuch ankündigte.

»Oh, ist es Herr Levy?«, fragte Kathi eifrig. Doch es war nicht der Wanderhändler. Es war Elsbeth Luttich. Vom Küchenfenster aus beobachteten Kathi und ihr Vater Laurenz ihren Hahn, wie er sich zu ganzer Größe aufplusterte und mit ausgebreiteten Flügeln auf die Luttich zustürmte, als hätte er vor, sie höchstselbst mit einem Tritt vom Hof zu befördern. Auch Kathis Hund Oskar, der ihnen in der Küche Gesellschaft leisten durfte – wenn Charlotte nicht da war –, war knurrend aufgesprungen.

Kathis Vater zog eine Miene, als könnte er es Hahn und Hund nicht verdenken. »Himmel! Gevatterin Fledermausohr«, entfuhr es ihm. Er stopfte sich das letzte Stück Mille Foglie in den Mund, murmelte, er müsse die Jauchegrube leeren, und verschwand just durch die Hintertür. Zwei Sekunden später ging die Tür wieder auf, Laurenz steckte den Kopf in die Küche, warf Kathi eine Kusshand zu und rief: »Kleiner Kolibri, verzeih deinem feigen alten Vater«, um sich danach endgültig zu verdrücken.

Dass es keinen Kniff gab, die Bürgermeistersfrau schnell wieder loszuwerden, war allgemein bekannt. Offenbar baute Kathis Vater darauf, der Luttichkelch ginge an ihnen vorüber, wenn Elsbeth merkte, dass sie mit Kathis alleiniger Gesellschaft vorliebnehmen müsste.

Kathi rief zunächst Hund Oskar zur Ordnung, um anschließend Frau Luttich mit einem höflichen »Guten Tag!«, so wie sie es von ihren Eltern gelernt hatte, vor der Tür zu empfangen.

Im Gegenzug scholl ihr ein markiges »Heil Hitler!« entgegen.

Das Kind Kathi stellte sich vor, dass der Mann namens Hitler doch sehr krank sein musste, da in letzter Zeit immer mehr Leute darauf aus waren, dass er wieder heil wurde.

Hinter Frau Luttich trippelte verstohlen Hahn Adolf heran. Sicher nicht mit den besten Absichten. Kathi verscheuchte ihn mit einem »Husch!«.

»Dieses Mistvieh gehört schleunigst in den Kochtopf«, sagte Frau Luttich böse.

»Möchten Sie Kuchen?«, suchte Kathi die Aufmerksamkeit der Frau auf sich zu lenken. »Es ist auch Kaffee da.«

Frau Luttich schaute nun doch überrascht drein. So viel Gastfreundlichkeit wurde ihr anscheinend selten zuteil. »Äh ... Ist dein Vater da?«

»Ja. Vater mistet die Jauchegrube aus«, antwortete Kathi wahrheitsgemäß.

Frau Luttich wich unwillkürlich einen Schritt zurück. Jedes Schulkind wusste, dass sie als Heranwachsende einmal in die Jauchegrube gefallen war und seither einen großen Bogen um dieselbigen machte. Böse Zungen behaupteten, jemand habe sie damals hineingestoßen. Doch der Name des unbekannten Helden war bis heute nicht enthüllt worden.

»Kommen Sie herein, der Kaffee ist frisch gebrüht«, ahmte Kathi den Ton ihrer Großmutter nach, wenn der Pfarrer zu Besuch kam.

»Äh, nein. Ein andermal vielleicht. Heil Hitler!« Die Luttich trollte sich.

Na so was, dachte Kathi. *Sie geht, dabei ist sie doch eben erst gekommen?*

Später, als die Familie gemeinsam beim Abendbrot saß, erzählte Kathis Vater: »Gevatterin Fledermausohr war heute hier.«

»Grundgütiger, die Luttich? Du Armer«, bemitleidete ihn seine Frau.

»Oh, ich habe sie gar nicht zu Gesicht bekommen. Kathi hat mit ihr gesprochen. Sie ist sie aber schon nach fünf Minuten wieder losgeworden. Das dürfte ein Rekord sein«, sagte der Vater vergnügt.

»Wie hast du das denn geschafft?«, fragte die Mutter ihre Tochter interessiert.

Kathi zuckte mit den Schultern. »Ich weiß nicht. Ich war nur freundlich, Mutter.«

10

Wer zu viel grübelt, baut nie ein Haus.

Charlotte Sadler

Laurenz hatte nicht nur den Hof von seinem tragisch verunglückten Bruder Kurt geerbt, sondern auch dessen guten Freund, Franz Honiok.

Franz war ein kleiner verwachsener Mann, dem der Ruf einer gescheiterten Existenz anhaftete wie ein böser Fluch. In der Tat hatte er sich bereits in den verschiedensten Berufen versucht, und als Laurenz ihn aus Kurts Erbmasse übernahm, verdingte er sich gerade frisch als Vertreter für Landmaschinen. Eine Sparte, die durchaus eine Zukunft versprach. Der unverheiratete Franz hatte so gar nichts Verwegenes an sich. Dennoch hatte er sich 1921 ein Gewehr gegriffen und am Schlesien-Polen-Aufstand teilgenommen – jedoch auf polnischer Seite, weshalb er unter den Petersdorfer Veteranen nicht gut gelitten war.

Kurt Sadlers unerschütterliche Freundschaft mit Franz Honiok bestand seit ihrer Jugend: Als sich Franz bei einem waghalsigen Sprung in den Petersdorfer Teich unglücklich den Kopf stieß und das Bewusstsein verlor, hatte ihn der zufällig ebenfalls im Wasser planschende Kurt aus dem Wasser gezogen und somit sein Leben gerettet.

Seither war der Kurt dem Franz in Freundschaft verbunden gewesen – wobei er bald feststellen musste, dass er auch Franz' einziger Freund war. Laurenz erfuhr dies einmal aus einem von Kurts raren Briefen.

Nach dem Aufstand lebte Franz einige Jahre in Polen, doch 1925 kehrte er ins Deutsche Reich zurück und ließ sich nördlich von Gleiwitz im kleinen Dorf Hohenlieben nieder. Seither tauchte er mindestens einmal im Monat unangemeldet bei den Sadlers auf.

Der Tod seines Freundes Kurt hatte Franz sehr zugesetzt; Laurenz und Annemarie nahmen den Mann mit offenen Armen auf. Allein seine Freude zu erleben, mit der er jedes Mal die Aufforderung, zum Abendessen zu bleiben, annahm, war für Laurenz und Annemarie Grund genug, ihn gerne einzuladen.

»Der Franz ist einsam«, sagte Annemarie eines Abends beim Auskleiden zu Laurenz, nachdem Franz sich kurz zuvor verabschiedet hatte.

»Denkst du? Er hat doch seine Schwester, bei der er lebt. Und Nichten und Neffen.« Laurenz war nicht ganz bei der Sache. Schon den ganzen Abend schwirrte ihm eine neue Melodie im Kopf herum, und er hielt im Zimmer Ausschau nach seinem Notenbuch.

»Man kann auch unter Menschen einsam sein«, antwortete Annemarie leise.

Doch da hatte Laurenz den Raum bereits verlassen, um im Erdgeschoss weiter nach seinem Notenbuch zu fahnden.

Im Grunde war Annemarie erleichtert, dass Laurenz ihre letzte Bemerkung nicht mitbekam. Sie hatte sich unbedacht zu dem Satz hinreißen lassen. Er verriet zu viel über sie selbst.

11

Was ist ein Mensch?
Ein Bild der Schwäche, Beute des Augenblicks,
Ein Spielball des Schicksals, ein Bild der Unbeständigkeit,
Eine Verbindung von Leid und Missgeschick und das
Übrige: Schleim und Galle.

Aristoteles

Abgesehen von Wirtshausrandalen zwecks politischer Erziehung und den gelegentlichen Raufereien unter jungen Burschen, die als Spielart des Erwachsenwerdens verstanden wurden und deshalb nicht zählten, blieb es im betulichen Petersdorf bis 1934 ruhig. Das änderte sich im September.

Zunächst verschied Babette Köhler, Elsbeth Luttichs zehn Jahre ältere Schwester. Beinahe drei Jahrzehnte führte sie Pfarrer Berthold Schmiedinger getreulich den Haushalt, keinen einzigen Tag hatte sie wegen Krankheit gefehlt, stark und gesund war sie gewesen.

Pfarrer Berthold fand sie tot in ihrem Bett – friedlich entschlafen, mit einem sanften Lächeln auf dem Gesicht.

Anders als ihre Schwester Elsbeth hatte sich Babette im gesamten Ort großer Beliebtheit erfreut. Für jeden besaß sie ein gutes Wort, und für die Kinder fand sich stets ein Bonbon in ihrer Kittelschürze. Ganz Petersdorf trauerte um sie.

Auch der Pfarrer trauerte. Im Gottesdienst und auf dem Friedhof konnte jeder Petersdorfer sehen, wie mühsam er sich auf den Beinen hielt, mehrmals die Bibel fallen ließ und sich ungewöhnlich oft verhaspelte.

Wenzel Luttich, der Bürgermeister und des Pfarrers langjähriger Freund, hatte die vergangenen Abende bei Berthold verbracht, und gemeinsam tranken sie das eine oder andere Glas in Erinnerung an die Babette.

»Du hättest die Babette heiraten sollen«, sagte Wenzel nach dem vierten Glas.

»Und du hättest die Elsbeth *nicht* heiraten sollen«, kam es von Berthold zurück.

»Wohl wahr!«

Sie seufzten einträchtig, schwelgten in der Betrachtung dessen, was hätte sein können, wenn sie beide, damals vor bald dreißig Jahren, weniger verzagt, dafür entschlossener gewesen wären.

Wenzel griff zum Hochprozentigen, füllte die Gläser ein weiteres Mal bis zum Rand und erklärte, die Zunge schon ein wenig schwer: »Der Mensch ist seines eigenen Unglücks Schmied! Prost, Berthold!«

Und so tranken sie auf all das, was sie in ihrem Leben versäumt hatten.

Aber das Schicksal war nicht untätig. Für Wenzel Luttich hielt es in der nahen Zukunft einen ganzen Sack Unannehmlichkeiten bereit.

Denn kaum war die Babette vor ihren Schöpfer getreten, tauchte im Dorf ein Fremder in einem Mercedes auf. Der große blonde Mann ähnelte in seiner Erscheinung dem Schauspieler Hans Albers, dem Schwarm so mancher Petersdorferin. Dass sein Anzug von einem erstklassigen Herrenschneider stammte, das sah man gleich, und auch an seinen Umgangsformen gab es nichts zu bemängeln. Er stellte sich als Handlungsreisender für Hanomag-Landmaschinen vor und kam sofort mit Elsbeth Luttich ins Gespräch.

Am Abend, kaum dass Wenzel nach einer Parteisitzung heimgekehrt war, schwärmte ihm Elsbeth von dem Vertreter Hasso Thälmann vor und bestürmte ihn, wie dringend Petersdorf einen Traktor benötige. Schließlich fräßen die Ochsen das ganze Jahr Heu, während der Traktor genügsam in der Scheune stünde …

Der durchschnittliche Petersdorfer war von Natur aus misstrauisch, Bürgermeister Wenzel Luttich in besonderem Maße. Überdies hatte er bereits im Jahr zuvor versucht, den Petersdorfern den Kauf eines Traktors schmackhaft zu machen und eine gemeinsame Anschaffung angeregt. Doch die älteren unter den Bauern hatten sich sofort dagegen ausgesprochen. Fortschritt und Technik erfüllten sie mit tiefer Skepsis, und wenn es ihnen möglich gewesen wäre, hätten sie die Zeit angehalten. In Petersdorf verließ man sich bei der Ackerarbeit lieber weiterhin auf das Ochsengespann. Warum ändern, was sich Jahrhunderte bewährt hatte?

Wenzel Luttich besah sich den Handlungsreisenden am nächsten Tag persönlich, hegte sofort eine Antipathie gegen dessen Redegewandtheit und hielt Nachforschungen für angebracht. Erst am gestrigen Abend hatte man ihn höheren Orts zur Wachsamkeit ermahnt, weil russische und polnische Spione versuchen könnten, Deutschland über die nahe Grenze zu infiltrieren.

Er ließ von der Fernsprechvermittlung eine Verbindung mit der Hanomag-Firmenzentrale in Linden/Hannover herstellen, wo ihm die Auskunft erteilt wurde, dass tatsächlich ein Hasso Thälmann bei ihnen beschäftigt und derzeit auch im Reich unterwegs sei.

Einem Impuls gehorchend, bat Wenzel noch um eine Fotografie des Mitarbeiters Thälmann, und die Firma sagte zu, ihm eine zu senden. Allerdings erst, nachdem er die Nummer seines NSDAP-Ehrenausweises genannt hatte, die ihn als Mitglied der »Alten Garde der Arbeiterpartei« auswies. Ein Umstand, der im neuen Deutschland viele Türen öffnete.

Doch noch bevor die Fotografie bei ihm eintraf, lag der Vertreter mausetot im Luttich'schen Schlafzimmer. *Ein Toter in seinem Bett!* Wenzel konnte es nicht fassen. Wie sollte er das den Petersdorfern erklären? Den Parteigenossen? Der Polizei?

Wie alle Luttichs verstand er sich als Mann von Recht und Ordnung. Seit über zwanzig Jahren bekleidete er das Amt des Bürgermeisters, wie sein Vater und Großvater und Generationen männlicher Luttichs vor ihm. Die Luttichs hatten Petersdorf mitbegründet, hatten allen Stürmen der Zeit getrotzt. Mit dem frühen Eintritt in die neue deutsche Arbeiterpartei hatte er ein gutes Gespür bewiesen. Zuvor war er Mitglied der katholischen Zentrumspartei gewesen. Im Grunde waren ihm aber Partei und Parteiprogramme herzlich egal. Hier in Petersdorf machten sie ihre eigene Politik – zum Wohle der Petersdorfer. Er war zwar offiziell gewählt und nach der Machtübernahme durch die NSDAP bestätigt, aber eigentlich entsprang sein Bürgermeisteramt dem Gewohnheitsrecht. Ein Erbamt.

Lange Zeit hatte es so ausgesehen, als würde ihm selbst nie ein Erbe beschieden sein. Doch nach fünfzehn kinderlosen Jahren war ihm und Elsbeth das Wunder in Gestalt des kleinen Anton zuteilgeworden. Seit dessen Geburt träumte Wenzel davon, dass Anton einmal in seine Fußstapfen treten und die Tradition des Bürgermeisteramts fortsetzen würde. Anton war jetzt sechs Jahre alt und ein wahrer Prachtbursche!

Und das war das Dilemma.

Sein Junge hatte nicht gezögert, als es darum ging, seine Mutter zu verteidigen!

Da seine Frau zu dem Vorfall schwieg und sein Junge unter Schock stand, reimte sich Wenzel das Geschehene wie folgt zusammen: Der Fremde hatte Elsbeth heute aufgesucht, war ihr ins Schlafzimmer gefolgt und musste sie dort bedrängt haben. Das wiederum bekam sein Junge mit und holte sofort das Gewehr seines Vaters. *Waidmannsheil!* Ein Glück, dass sein

Haus an den nahen Forst grenzte und die Petersdorfer in der Jagdsaison Schüsse gewohnt waren.

Nun saß Elsbeth mit dem schockstarren Kind in dessen Zimmer, und er konnte gerade noch verhindern, dass sie ihm ein zweites Glas Bärenfang einflößte. Sie selbst hatte von dem Hochprozentigen bereits ausreichend intus; weiß der Teufel, wie viel Schaden sie noch bei dem Kind anrichten würde.

Bevor er sich jedoch um Frau und Kind kümmern konnte, musste er entscheiden, wie er mit dem toten Hanomag-Vertreter in seinem Ehebett verfahren sollte.

Er beugte sich über die Leiche, um sie genauer zu inspizieren. Im Krieg hatte er viele tote Menschen gesehen. Niemals ein schöner Anblick. Aber dieser Mann sah selbst tot noch ansehnlich aus. Wenzel fragte sich deshalb nicht zu Unrecht, warum sich dieser gut gebaute Adonis, der unter den schönsten Weibern wählen konnte, ausgerechnet an seine Elsbeth herangemacht hatte. Eine zänkische Hausfrau Anfang vierzig, mit sich andeutendem Oberlippenbärtchen und einer Stimme, von der die Milch sauer werden konnte.

In diesem Moment wurde der Klopfer an der Haustür betätigt, und Wenzels Herz verfehlte einen Schlag. Er hastete zum Fenster und entdeckte unten den alten Postboten. Dieser schaute just auf, erkannte ihn hinter der Scheibe und wedelte mit einem Packen Briefe. Wenzel blieb nichts anderes übrig, als die Sendung entgegenzunehmen. Er eilte zurück nach oben.

Einer der Umschläge stammte von *Hanomag* und enthielt das von ihm Tage zuvor angeforderte Bild des Landmaschinenvertreters. Sekundenlang starrte Wenzel auf die Aufnahme. Alle Achtung, dachte er, da hatte ihn sein Instinkt also nicht getrogen … Denn wie er die Aufnahme auch drehte und wendete, das plumpe Brillengesicht darauf glich nicht einmal annähernd dem Toten in seinem Bett. Was sein Problem schlagartig potenzierte. Wer zum Teufel war der Mann dann und vor allem: Warum hatte er sich für einen anderen ausgegeben? Darauf konnte es für Wenzel nur eine Antwort geben: *Der Tote in seinem Bett war ein Spion!* Ein Pole! Oder sogar ein Russe! *Ein Kommunist!*

Ungeachtet der Leiche ließ sich Wenzel auf dem Bettrand nieder. Jetzt galt es, gründlich nachzudenken. Den Vorfall zu melden würde eine Menge Staub in Petersdorf aufwirbeln. Jeder Dorfbewohner würde sich zu Recht das Maul darüber zerreißen, wie der Tote in sein Schlafzimmer gelangt war. Allerdings machte er sich nichts vor: Schlimmer als die Wahrheit konnten die Gerüchte gar nicht sein. Zudem würde die deutsche Sicherheitspolizei, bekannt und berüchtigt für ihre Gründlichkeit und Effektivität, von Elsbeth in erster Linie wissen wollen, was sie mit diesem Spion zu schaffen hatte. Am Ende gerieten sie beide noch in Verdacht! Das hatte er bereits gelernt: dass es dazu in diesen Zeiten nicht allzu viel brauchte. Manchmal reichte schon ein einziger falscher Satz aus, um abgeholt zu werden und auf Nimmerwiedersehen zu verschwinden. Was *Fraternisierung mit dem Feind* anrichten konnte, das wollte sich Wenzel gar nicht erst ausmalen.

Nein, überlegte er, er musste seinen kleinen Jungen, seine Familie und seinen Ruf schützen.

Zunächst legte er sich eine Geschichte zurecht, falls jemand bei ihm nach dem Fremden fragen sollte, und instruierte Elsbeth entsprechend und in aller Schärfe. Danach suchte er seinen Freund Berthold auf.

Noch in derselben Nacht ließen die beiden Leiche und Mercedes verschwinden.

Die darauffolgenden Tage schleppten sich mit einer Zähigkeit dahin, die Wenzels Nerven auf eine harte Probe stellte. Jeden Moment rechnete er damit, dass sich jemand bei ihm nach dem Verbleib des Fremden erkundigen würde. Zwischendurch raufte er sich die schütteren Haare wegen der von ihm voreilig angestellten Nachforschungen bei Hanomag. Dadurch würden eventuelle Ermittlungen sofort auf ihn weisen. Andererseits hätte er sonst niemals erfahren, dass der Fremde sie bezüglich seiner Identität belogen hatte.

Doch nichts geschah. Niemand stellte Fragen oder schien sich im Entferntesten für den Verbleib des vermeintlichen Handlungsreisenden zu interessieren. Es war, als hätte es den Mann nie gegeben; seine Existenz schien in dem Moment ausgelöscht, als er und Elsbeth Bett und Schlafkammer von seinem Blut gereinigt hatten.

Was Wenzel irgendwie auch schon wieder beunruhigend fand.

Was er jedoch nicht ahnen konnte, war, dass das Schicksal seiner Familie von diesem Tag an eng mit dem der Familie Sadler verbunden war – denn sein Geheimnis war mit jenem von Annemarie Sadler verknüpft.

12

Manchmal ist es klug, seine Klugheit zu verbergen.
Nur der Dumme zeigt, was er kann …

Luise Liebig

Eine Woche ging ins Land.

Während Wenzel Luttich weiter bangte, jemand könnte wegen des Verschwindens des Unbekannten Fragen stellen, erzürnte es ihn, wie schnell seine Elsbeth zur Tagesordnung übergegangen war – als hätte ihr Fehltritt keinen Anteil am Tod eines Menschen gehabt. Gleichzeitig registrierte er dankbar, wie sich sein Anton langsam von dem Schock erholte. Sein junges Gedächtnis schien den Tag gnädigerweise aus seiner Erinnerung getilgt zu haben.

Da trat das nächste Ereignis ein.

Plötzlich und unerwartet verschied eine Petersdorfer Institution: der Lehrer Herbert Bläuling. Der Schlagfluss hatte ihn getroffen. So mancher glaubte hinterher zu wissen, dass Herbert just zuvor Besuch von Elsbeth Luttich gehabt hätte. Aber hierbei handelte es sich sicher nur um ein böses Gerücht.

Generationen von Petersdorfer Kindern hatten unter Herbert Bläulings Knute das Lesen und Schreiben gelernt. Seine Härte und der unermüdliche Einsatz von Rohrstock und Gürtel waren unvergessen, die Trauer hielt sich daher in Grenzen. Dennoch war die Beerdigung gut besucht.

Wenzel nahm in seiner Funktion als Bürgermeister teil und hielt eine kurze Rede. Aber von so manchem Anwesenden war ihm bekannt, dass er sich nur deshalb zum Begräbnis eingefunden hatte, um sich zu vergewissern, dass der alte Sadist wirklich tot war.

Nun musste ein neuer Lehrer für Petersdorf gefunden werden.

Wenzel verlor keine Zeit und forderte bei der zuständigen Schulbehörde eine Lehrkraft an.

Das Gleiwitzer Schulamt reagierte prompt und schickte … eine Lehrerin! Fräulein Luise Liebig – jung, schön und natürlich ledig. Und als reichte dies nicht, um für Verwerfungen im Dorfgefüge zu sorgen, traf sie zu allem Überfluss auch noch auf einem schicken Motorrad der Bayerischen Motorenwerke ein. In Hosen!

Neugierige, die sich am folgenden Tag bei der Anlieferung von Fräulein Liebigs Gepäck rein zufällig einfanden, wussten hinterher von einem Paar Skier und einer Bergausrüstung, Zelt inklusive, zu berichten. Beides wies auf ungewöhnliche Freizeitbeschäftigungen hin. Für eine Frau. Ach ja, eine Staffelei sei auch gesichtet worden. Aber das Malen war seit Kurzem sehr in Mode.

Ehefrauen und unverheiratete Mädchen reagierten auf den ungewöhnlichen Dorfzugang schmallippig, die Ehemänner echauffierten sich über das undeutsche Benehmen eines deutschen Mädels, aber nur hinter Fräulein Liebigs Rücken. Begegneten sie ihr, grüßten sie artig, und selbst der letzte Bauer lüpfte für sie seinen Hut. Die Burschen im Dorf schlichen staunend um Fräulein Liebig herum, wobei sie vorgaben, sich ausschließlich für die technischen Details ihres rasanten Motorrads zu interessieren.

Bürgermeister Wenzel Luttich wurde in den ersten Tagen von allen Seiten bedrängt, und ganz besonders von seiner Elsbeth, dieses skandalöse Fräulein Liebig wegzuschicken und statt ihrer einen Lehrer männlichen Geschlechts anzufordern.

Doch Wenzel weigerte sich. Er hatte guten Grund, gerade in diesen Tagen wenig Staub aufzuwirbeln. Und das machte er seiner Elsbeth ungewöhnlich entschieden klar.

Er führte überdies ein Gespräch mit Fräulein Liebig und befand, sie sei von angenehmem Charakter; auch das Schulamt hatte ihr einen erstklassigen Leumund bescheinigt.

Die nächste Sonntagsmesse nutzte der Pfarrer für eine launige Predigt, in der er die Worte Jesu *Wer von euch ohne Schuld ist, der werfe den ersten Stein* geschickt einflocht und über die Anmaßung referierte, andere rein nach dem Äußeren zu beurteilen, wo doch allein das Herz zähle. Er beendete seine Rede damit, dass man mit der Zeit gehen müsse, denn der Führer selbst habe gesagt, *es sei eine neue Zeit gekommen.* Anschließend hieß er Fräulein Liebig als neues Gemeindemitglied auf das Herzlichste willkommen.

Es stimmte, der Führer pries den Fortschritt und die neuen großen Zeiten für das Reich in seinen Reden. Daher konnte und wollte niemand etwas gegen den Führerwillen einwenden, und so fand in Petersdorf nicht nur ein Lehrerwechsel, sondern auch ein Generationenwechsel statt. Für sich dachte Wenzel, dass in gewisser Hinsicht Fräulein Liebig den modernen Traktor verkörperte, während Herbert Bläuling der Ochse war.

Doch Misstrauen und Vorurteile wurzelten tief und ließen sich nicht so leicht ausreißen.

Elsbeth Luttich ließ keine Gelegenheit ungenutzt, um Fräulein Liebig in ein ungünstiges Licht zu rücken. Hier und da wurde ihr auch ein williges Ohr geliehen, vor allem von jenen, die fanden, Fortuna habe ihre Gaben zu großzügig an Fräulein Liebig verteilt. Sicher färbte sie sich die Haare – dieses Blond konnte ja unmöglich von der Natur gegeben sein!

Die wie immer tonangebende Elsbeth Luttich verstieg sich

dem Pfarrer gegenüber sogar zu der Behauptung, dass dieses blonde Gift ihre Kinder verhexen würde!

Pfarrer Berthold hörte ihr zu. Und schwieg. Denn Elsbeth suchte nie den Diskurs, nur nach Personen, die ihre Meinung teilten. Er jedenfalls erfreute sich an Fräulein Liebig und ihrer wöchentlichen Schachpartie. Gegenüber seinem Freund Wenzel erklärte Berthold: »Wenn der Herr einer Frau mehr Verstand mitgegeben hat als den meisten Männern, dann hat er sich etwas dabei gedacht.«

Wenzel nickte dazu, dachte an seine Elsbeth und wünschte sich, sie besäße auch mehr Verstand statt dieses Übermaßes an Gehässigkeit. Gleichzeitig verwünschte er sich selbst, weil es ihm ebenfalls an Verstand mangelte, sonst hätte er sie niemals geheiratet. Aber dann gäbe es auch nicht seinen Anton. Der Gedanke an seinen Sohn versöhnte ihn jedes Mal mit seinem Schicksal.

Luise Liebig fochten weder Ressentiments noch offen zur Schau getragene Feindseligkeit an. Sie war gleichermaßen freundlich zu jedermann; ihr Interesse galt in erster Linie ihren Schülern.

Nachdem die junge Lehrerin bei der Witwe Köhler das im Parterre liegende, frei gewordene Zimmer des Lehrers Bläuling bezogen hatte, begann sie am nächsten Tag mit dem Unterricht.

Sie besah sich die Kinder vor der Einschulung genau, besonders jene, die erst im laufenden Jahr ihren sechsten Geburtstag feierten. Sie nannte es »Schulreife«.

Hatte zum Beispiel ein Kind, so wie Kathi, erst am Ende des Jahres Geburtstag, so musste es einen kleinen Eignungstest bestehen. Kathi meisterte diesen mit Bravour.

Annemarie und Laurenz äußerten zuerst Bedenken, dass es vielleicht zu früh für die Einschulung sei. Doch nach einem Gespräch mit Fräulein Liebig stimmten sie zu, zumal Kathi selbst es sehr gerne wollte.

Natürlich gab es einen vom Reichsschulministerium in Berlin vorgegebenen Lehrplan, und jeder Schüler erhielt die entsprechenden Bücher. Aber Fräulein Liebig legte auch sehr viel Wert auf das, was sie eine natürliche Entwicklung nannte. Zum Beispiel zwang sie Kathi, die sich als Linkshänderin herausstellte, nicht dazu, mit rechts zu schreiben. Sie bemühte sich auch herauszufinden, wo die einzelnen Talente der Kinder lagen, und förderte diese entsprechend. Sie ließ sie auf spielerische Art Rätsel lösen, prüfte auf einem von ihr organisierten Klavier Gesang und Musikalität, und die Kinder durften nach Lust und Laune malen. Letzteres wenigstens rief keinen Protest hervor. Schließlich war der Führer auf diesem Gebiet selbst ein begnadeter Künstler und hatte damit einen regelrechten Boom im Reich ausgelöst: Alle Welt schien neuerdings das eigene künstlerische Talent in sich zu entdecken; in Scharen zog es die Stadtbürger an den Wochenenden mit ihrem Malgerät ins Grüne. Staffeleien, Farben und Pinsel waren deshalb im Reich zeitweilig ausverkauft.

Es dauerte nicht lange, bis den Petersdorfern auffiel, dass ihre Kinder morgens viel lieber in die Schule gingen. Bei einigen setzte gar unerwarteter Lerneifer ein.

Man mochte meinen, dass dies die Wogen glätten und den Argwohn gegenüber Fräulein Liebig eindämmen würde.

Das Gegenteil war der Fall.

Eine weitere Neuerung führte das moderne Fräulein Liebig in Petersdorf ein: einen Elternsprechtag. Leider stellten sich am entsprechenden Abend nur zwei Mütter ein: Annemarie Sadler und Elsbeth Luttich. Letztere weniger, um Lobpreisungen über ihren Anton zu hören – sie wusste selbst, dass ihr Junge vollkommen war –, sondern um zu spionieren, wer außer ihr dem überflüssigen Angebot nachkommen würde.

Also machte es Fräulein Liebig wie der Berg, der zum Propheten kam: Sie ging dazu über, die Eltern ihrer Schüler reihum selbst aufzusuchen. Kurzum, sie interessierte sich nicht nur für ihre Schutzbefohlenen, sondern auch für deren Umfeld. Sogar die Ernährung ihrer Schüler lag ihr am Herzen, und sie erklärte den verdutzten Eltern, dass zum Pausenbrot immer auch ein Apfel gehören sollte. Eines Tages berichteten die Kinder ihren Eltern, dass heute ein Arzt in die Schule gekommen sei, um sie von Kopf bis Fuß zu untersuchen, sogar in den Mund hätte der ihnen geschaut!

Erneut kochte die Empörung unter den Petersdorfern hoch. Unerhört, was fiel dieser Frau ein! Der Bläuling mochte vielleicht ein harter Hund gewesen sein, aber wenigstens hatte er sich nicht in ihr Leben eingemischt! Die Wogen glätteten sich alsbald, weil die Konsultation erstens kostenlos gewesen war, und zweitens alles seine Ordnung hatte: Fräulein Liebig konnte eine Bescheinigung des Schulamtes für diese Maßnahme vorweisen. Dennoch hing die Mehrheit der Petersdorfer der Überzeugung an, dass Fräulein Liebig das Schulamt erst auf diese Idee gebracht haben musste. Dem Herbert Bläuling selig wäre so etwas nie eingefallen! Hier und da wurde Bedauern laut, dass er so früh hatte sterben müssen. So schlimm sei das mit dem Gürtel schließlich auch nicht gewesen. Sie waren halt Lausejungen, und überhaupt komme nichts Gutes dabei heraus, wenn man Kinder zu sehr verhätschele …

Während Wenzel Luttich Mühe hatte, die Beschwerden seiner Schäfchen über Fräulein Liebig abzuwehren, waren die Petersdorfer Kinder von ihrer jungen Lehrerin begeistert. Keines von ihnen vermisste den Bläuling. Oder seinen Gürtel.

Vom ersten Tag an liebte es Kathi, in die Schule zu gehen. Sie, deren Forschergeist alles ergründen wollte und die jedermann mit Fragen bestürmte, konnte es gar nicht fassen, dass es jetzt jemanden in ihrem Leben gab, dessen Beruf es war, Fragen zu beantworten.

Durch Fräulein Liebig lernte die kleine Kathi früh, dass hinter Petersdorf nicht nur Breslau lag, wo der Vater studiert hatte, oder Kattowitz, wohin Dorota jeden Sonntag zu Verwandtenbesuchen aufbrach, oder auch Gleiwitz, die Stadt, in die man gelegentlich zum Einkaufen, ins Kino und auf den Jahrmarkt fuhr. Nein, eine ganze verlockende Welt lag hinter dem Horizont!

Schon mit sechs beschloss Kathi, dass sie später um die ganze Erde reisen und sich alle Länder und Meere anschauen würde, die ihr Fräulein Liebig auf dem runden blauen Globus gezeigt hatte. Doch vorerst war Petersdorf ihre ganze Welt.

Kathis Interesse an Fräulein Liebigs Globus hielt an, während das ihrer Mitschüler daran rasch wieder erlosch. Staunend, fast schon ehrfürchtig fuhr ihr Finger die vielen Länder, Gebirge und Wüsten nach. Fräulein Liebig erklärte, der Globus leuchte deshalb so blau, weil mehr als zwei Drittel der Erde mit Wasser bedeckt seien. Auf dem Nachhauseweg sah Kathi immer wieder in den wolkenlosen Himmel und fragte sich, weshalb er so blau leuchtete. War der Himmel vielleicht auch eine Art Ozean? Sie nahm sich vor, Fräulein Liebig bei nächster Gelegenheit danach zu fragen. Sie dachte oft über den Himmel nach. Nicht auf jene spirituelle Art, wie Pfarrer Berthold in der Kirche darüber sprach. Sie mochte den Gedanken nicht, dass man erst in den Himmel durfte, wenn man gestorben war. Sie stellte sich vor, dass man den Himmel genauso erforschen konnte wie einen Wald oder eine Höhle. Man musste nur hinaufkommen. Lebendig. Sie wollte die Welt nicht nur auf dem Globus betrachten, sie wollte sie selbst von oben sehen! Dorthin reisen, wo einst ihr Mondstein hergekommen war. Der Wunsch steckte einfach in ihr drin. So wie es Dorota nach Italien zog, sehnte sie sich danach, das Universum zu bereisen.

»Kann man mit einem Flugzeug zum Mond hinauffliegen?«, fragte sie eines Tages Fräulein Liebig.

»Nein, so hoch können Flugzeuge nicht fliegen.«

»Dann ist noch niemals jemand über den Himmel hinausgeflogen?«

»Nein.«

»Dann will ich die Erste sein!«, verkündete Kathi.

Nach dem regulären Unterricht kam es oft vor, dass Kathi noch blieb, um Fräulein Liebig mit Fragen zu bestürmen. Schon immer hatte sie wissen wollen, wie man Luft, unsichtbar und nicht greifbar, in einen Ballon sperren konnte, warum im Winter der eigene Atem sichtbar wurde, warum das Wasser bei hoher Hitze sprudelte und bei Kälte gefror. Für sie war nichts selbstverständlich.

Fräulein Liebig fand Gefallen am Lerneifer ihrer jungen Schülerin und bot Kathi an, ihr einmal in der Woche die Grundkenntnisse der Physik beizubringen – ein Fach, das erst in einigen Jahren auf dem Lehrplan stehen würde. Offiziell nannte es Fräulein Liebig Nachhilfeunterricht. Denn als Lehrerin durfte sie niemanden bevorzugen, und so hielten sie ihre Freundschaft geheim. Zum ersten Mal hörte Kathi vom Newtonschen Gravitationsgesetz und dem heliozentrischen Weltbild. Sie wurde ganz aufgeregt. Die Erde sollte wie eine Kugel frei in einem unendlichen Raum schweben? Und weder fiel sie herunter, noch floss das Wasser aus den Ozeanen – weil es eine unsichtbare Kraft namens Schwerkraft gab, die alles an ihrem Platz hielt? Kathi wollte unbedingt mehr darüber in Erfahrung bringen, denn wenn es eine Schwerkraft gab, musste es doch sicher auch eine »Leichtkraft« geben? Vielleicht war das ja die Lösung, wie man lebendig in den Himmel gelangen konnte? Sie fragte Fräulein Liebig. Aber ihre Lehrerin meinte, das Thema sei noch zu komplex.

Fräulein Liebig führte Kathi auch erstmals in die Logik der Zahlen ein. Es ging weit über das hinaus, was Kathis Abakus vermochte. Einen Lehrsatz des Fräuleins würde sie für den

Rest ihres Lebens verinnerlichen: Glauben ist das Gegenteil von Logik. Man muss eine Behauptung beweisen können!

Und noch eine wichtige Regel sollte ihr Fräulein Liebig mit auf den Lebensweg geben: Manchmal ist es klug, seine Klugheit zu verbergen. Denn nur der Dumme zeigt, was er kann …

13

Hörst du das Echo der Geschichte?
Den Klang von Schmerz, Wut und Traurigkeit?
Es ist der Ruf nach den Verantwortlichen.

Annemarie Sadler

Eines Abends kehrte Laurenz Sadler mit blutigem Gesicht vom Klose heim. Sein Freund Justus, der Schmied, hatte dort seinen Geburtstag gefeiert, und Laurenz hatte wie des Öfteren zu Petersdorfer Feierlichkeiten mit dem Akkordeon aufgespielt.

Es war schon spät, und alles im Haus schlief – bis auf Annemarie, die noch in der Küche saß und las.

»Um Gottes willen, was ist geschehen?«, rief sie entsetzt. Schon eilte sie, ein Geschirrtuch zu befeuchten, um Laurenz das Blut aus dem Gesicht zu tupfen.

Laurenz hätte zu gerne geantwortet: »Nichts.« Doch er wusste, damit kam er bei seiner Annemarie nicht weit. Also entgegnete er wahrheitsgemäß: »Nur eine kleine Meinungsverschiedenheit.«

Annemarie ließ das Tuch sinken und stemmte die Arme in die Hüften. »Gib es ruhig zu! Du hast dich mit den Fanatikern angelegt! Was ist aus deinem Vorsatz geworden, dich niemals einzumischen?«, schimpfte sie – allerdings mit gedämpfter Stimme, um niemanden zu wecken. »Wann, Laurenz, begreifst du, dass man mit Fanatikern nicht diskutieren kann? Sie sind unberechenbar und gewaltbereit. Und sofern *du* nicht bereit bist, selbst Gewalt anzuwenden, und als Erster zuschlägst, wirst du immer der Verlierer sein!«

Laurenz versuchte ein Lächeln, was mit seinen blutverschmierten Zähnen schaurig aussah. »Wer sagt denn, dass ich nicht zurückgeschlagen habe?«, verteidigte er sich lahm.

»Ich sage das.« Annemarie fuhr fort, das Blut von seinem Gesicht abzuwaschen, und ging dabei nicht eben sanft mit ihm um.

Laurenz versagte sich jeden Laut. Annemarie hatte nämlich recht: Nicht den Hauch einer Chance hatte er gehabt. Irgendwer begann beim Klose, über Juden zu hetzen, und verkündete dabei lautstark, wie gut es doch sei, dass der Hitler endlich aufräume und das ganze verlauste Geschmeiß aus den öffentlichen Diensten und Universitäten werfe, wo sie den deutschen Kindern nichts als Unfug ins Ohr flüsterten!

Als Absolvent des Schlesischen Konservatoriums zu Breslau, wo viele feingeistige und kunstsinnige Menschen jüdischen Glaubens seine Lehrer gewesen waren und er berühmten Musikern und Komponisten wie Otto Klemperer begegnet war, schwoll Laurenz ob dieser Blödheiten der Kamm, und er vergaß schlichtweg sein Versprechen, die Füße in politischen Angelegenheiten stillzuhalten. Allerdings hatte er für sich schon länger einen Weg gefunden, um heimlich Widerstand zu leisten: in der Auswahl seiner Musik.

Seit die Nazis mit ihrer Säuberungspraxis begonnen hatten und ab 1933 auch jüdische Musiker öffentlich diffamiert wurden, spielte Laurenz schon allein aus Trotz bei den diversen Feierlichkeiten ausschließlich Melodien jüdischer Komponisten. Von ihm eingängig für das Akkordeon arrangiert, ahnten die musikunkundigen Petersdorfer Faschisten nicht, was und wen sie da beklatschten. Auf der heutigen Geburtstagsfeier gab er zu fortgeschrittener Stunde erst ein melancholisch angehauchtes Lied von Felix Mendelssohn zum Besten, gefolgt von einer

Melodie Maurice Ravels, deren Rhythmus etwas von Marschmusik anhaftete und dazu einlud, auf den Tisch zu trommeln und mit den Füßen zu wippen. Das Stück, eigentlich Teil einer Ballettoper, trug ihm stets begeisterten Applaus ein. So auch dieses Mal. Daraufhin verbeugte er sich und konnte es sich nicht verkneifen zu erwähnen, wie sehr er sich freue, dass die Musik des wunderbaren jüdischen Komponisten Ravel derart beliebt sei und dass die heutige deutsche Kultur ohne jüdische Gelehrte, Schriftsteller und Musiker nicht denkbar wäre.

Was kommen musste, kam. Empörung, Aufruhr, die Gemüter der geprellten Petersdorfer kochten hoch. Die raren Beschwichtiger, wie Laurenz' Freund, der Schmied, und auch der Klose Erich, der erneut um sein Mobiliar fürchtete, gingen in dem folgenden Tumult unter. Die Fäuste flogen. Ehe Laurenz sichs versah, war er tüchtig vermöbelt worden und fand sich mit schmerzenden Gliedern draußen vor dem Dorfkrug wieder. Justus, dessen Gesicht genauso matschig aussah, wie sich das seinige anfühlte, half ihm hoch. Mehr jedoch als seine Knochen schmerzte Laurenz, dass sein Akkordeon nur noch Kleinholz war.

14

Gute Ansichten sind wertlos.
Es kommt darauf an, wer sie hat.
Karl Kraus

Kathi stürmte in die Küche, der Schulranzen landete in der Ecke. Es roch nach frisch Gebackenem. »Was gibt es zu Mittag?«, rief sie. Nach der Schule hatte sie immer einen Bärenhunger.

Dorota hob eben den Deckel vom sprudelnden Topf, in der anderen Hand hielt sie einen Schöpflöffel. »Grünkernsuppe und für später Mohnstriezel.«

»Mohnstriezel!«, jubelte Kathi. Da erst entdeckte sie den Besucher. »Milosz!«, begrüßte sie Dorotas Neffen überschwänglich. »Hast du mir was mitgebracht?«

»Na, na, Herzele«, mahnte Dorota mit spielerisch erhobenem Zeigefinger. »Das ist nix höflich.«

»Entschuldigung«, sagte Kathi und zu Milosz: »Und, hast du?«

»Natürlich. Schau!« Milosz kramte ein Buch hervor. Kathi stürzte sich sofort darauf.

»Ist das für mich?«

»Nein, Keplers *Die Harmonik der Welt* ist noch ein wenig zu zäh für dich. Aber ich habe dir etwas anderes von Kepler mitgebracht. Eine Erzählung!« Milosz, der von Kathis Traum einer

Reise zum Mond wusste, zog einen Packen eng beschriebenes Papier zwischen den Buchseiten hervor. »Sie heißt *Somnium,* der Traum, und handelt von einer Mondfahrt. Und das« – Milosz zog noch ein Heft aus seinem Rucksack – »dürfte dir auch gefallen.«

Das Heft war mit Zahlen, Formeln und geometrischen Zeichnungen gefüllt. Mit Feuereifer blätterte Kathi darin. »Was ist das?« Sie fuhr mit dem Finger ein in Raster eingeteiltes Quadrat nach. Einige wenige Ziffern waren darin eingetragen.

»Ich nenne es ein Teufelsquadrat. Man muss die fehlenden Zahlen ergänzen.« Milosz erklärte ihr, wie es funktionierte. Er sprach gut Deutsch, da er zwei Semester seines Mathematikstudiums in Göttingen absolviert hatte.

»Toll!«, freute sich Kathi und holte gleich einen Bleistift aus ihrem Schulranzen. Doch bevor sie sich an die Aufgabe machen konnte, sagte Dorota: »Später, Herzele. Deine Eltern kommen gleich vom Feld. Lauf, wasch dir die Hände! Und danach muss der Tisch gedeckt werden.«

Wenig später betraten Laurenz und Annemarie die Küche. »Was gibt es Neues aus Warschau?«, fragte Laurenz den jungen Mathematiker, als sie sich zum Essen niederließen.

»Marschall Pilsudski treibt die Sanacja weiter voran.«

»Was ist die *Sanacja?«,* fragte Kathi.

»Die Genesung des Staates Polen.«

»Oh, ist das Land krank?«

»Es ist durch viele Kriege geschwächt, kleine Katharina«, antwortete der Pole.

Später, nach dem Essen, stahl sich Laurenz eine halbe Stunde und zog sich für eine Zigarre mit Milosz in die gute Stube zurück.

»Du wirkst beunruhigt, Milosz. Ist es wahr, dass der Marschall verstärkt gegen die Opposition vorgeht?«

»Du scheinst gut informiert.«

»Ein Freund, Franz Honiok, hat mir das kürzlich zugetragen. Ich hatte ihn bei deinem letzten Besuch erwähnt. Franz sprach auch von Internierungslagern für ukrainische Nationalisten und Kommunisten.«

»Leider, eine Folge der Ermordung des Innenministers Pieracki durch einen ukrainischen Nationalisten im Juni.«

»Stimmen die Gerüchte, dass es Marschall Piludski gesundheitlich nicht sonderlich gut geht?«

»Ich kann das Gerücht nicht bestätigen«, sagte Milosz, jäh zugeknöpft.

»Natürlich.« Laurenz zog an seiner Zigarre. »Mein Freund hat übrigens noch etwas höchst Beunruhigendes erwähnt. Ist es wahr, dass Polen Frankreich im Vorjahr zweimal zu einem Präventivkrieg gegen das nationalsozialistische Deutschland aufgefordert hat?«

»Dein Freund scheint über höchst interessante Quellen zu verfügen. Angesichts des kürzlich geschlossenen deutsch-polnischen Nichtangriffspakts spielt der Wahrheitsgehalt ohnehin keine Rolle mehr. Am Ende zählt die Tat und nicht das Vorhaben.« Milosz schloss mit einem leisen Lachen, es klang allerdings etwas gekünstelt. »Ich bin Mathematiker, Laurenz. Überlassen wir die Politik den Politikern.«

»Natürlich«, wiederholte Laurenz freundlich. Beide wussten, dass Milosz mehr war als nur ein Mathematiker. Er arbeitete für den polnischen Geheimdienst.

15

Das kalte Herz stirbt allein.

Pfarrer Berthold Schmiedinger

Annemarie wollte, dass ihr Mann sich von der Politik fernhielt. Sie sprach es zwar nicht aus, aber ihr schien sehr daran gelegen, keine Aufmerksamkeit auf die Familie zu ziehen. Manchmal zwickte es Laurenz, Annemarie nach dem Grund zu fragen. Andererseits baute ihre Ehe nicht nur auf dem Fundament der Liebe auf, sondern auch auf dem des Vertrauens.

Um jeglicher Versuchung zu entgehen, schenkte Laurenz den Titel- und Politikseiten der *Oberschlesischen Volksstimme* – die SPD-Zeitung *Vorwärts* war inzwischen verboten worden – wenig Beachtung und beschränkte sich fortan auf die Kulturnachrichten. Dennoch erfuhr das Blatt eine nahezu lückenlose Verwertung: Charlotte las die Geburten- und Sterbeanzeigen, Dorota interessierte sich für Rezepte, Kathi für das Kreuzworträtsel, und Oleg schnitt aus der Zeitung vom Vortag Quadrate zurecht, die zur Endnutzung in seinem Aborthäuserl landeten.

Einzig Annemarie studierte die Zeitung gründlich, las sie jedoch nachts, wenn alles schlief.

Eines Tages im September 1935 brach anlässlich eines Berichts auf der Titelseite zwischen Annemarie und Laurenz beim Frühstück ein Streit aus. Dies hatte eine beträchtliche Wirkung auf ihre Tochter Kathi, denn bisher war nie ein böses Wort zwischen den Eltern gefallen. Soweit sie es verstand, ging es bei dem Zank um irgendein neues Gesetz aus Nürnberg.

Als ihre Mutter plötzlich das Wort »Auswanderung« fallen ließ, mischte sich auch die Großmutter Charlotte ein; selbstredend auf der Seite ihres Sohnes und sehr bestimmend. Also laut.

Da besann sich Annemarie rechtzeitig der Anwesenheit ihrer Tochter. »Ein schlechtes Beispiel geben wir vor unserer Kathi ab«, ermahnte sie die Beteiligten. Sie ging vor ihrer Tochter auf die Knie: »Denk dir nichts, Kathi. Erwachsene sind oft verschiedener Meinung. Alles ist gut. Du musst jetzt auch in die Schule, es ist Zeit.« Annemarie gab Kathi einen Kuss und begleitete sie bis zur Tür.

Bedrückt machte sich Kathi auf den Weg. Ihr Kinderherz spürte, dass nichts gut war, und ihre Eltern und Großmutter ihren Streit nun sicherlich fortsetzen würden.

Vielleicht hätte sie ihrer Neugier nachgegeben und hinter der Tür gelauscht, wenn es nicht einen guten Grund gegeben hätte, an dem Tag rechtzeitig zur ersten Stunde in der Schule zu sein.

Tags zuvor war Fräulein Liebig nicht zum Unterricht erschienen. Das erste Mal seit Kathis Einschulung. Sie brannte deshalb vor Ungeduld, ob die geliebte Lehrerin heute wieder zurück sein würde. Vor allem graute Kathi vor einem weiteren öden, nicht enden wollenden Unterrichtstag mit Pfarrer Berthold, der gestern ersatzweise für Fräulein Liebig eingesprungen war.

Stundenlang und monoton hatte er ihnen aus der Bibel vorgelesen. Kathi hatte ihre liebe Not gehabt, vor Langweile nicht einzunicken, so wie einige ihrer Mitschüler. Doch der Pfarrer hatte die friedlich Schlafenden hier und da gar nicht bemerkt; er schien Kathi selbst ein wenig müde zu sein, so oft, wie er gegähnt hatte.

Leider erfüllte sich Kathis Hoffnung nicht. Den Platz der jungen Lehrerin vor dem Schultor hatte erneut der Pfarrer eingenommen. An seiner Seite stand ein ihr unbekannter Mann in Anzug und Hut. Alles an ihm war klein, bis auf die Nase, die aus seinem Gesicht ragte wie ein Ausrufezeichen. Beim Näherkommen bemerkte Kathi, dass sein linker Anzugärmel leer herabbaumelte und in Höhe des Ellenbogens sorgfältig umgestülpt war. An seinem Revers haftete das Parteiabzeichen, daneben prangte jener Orden, den auch ihr Großvater August in seiner Schublade aufbewahrte. Offenbar dienten Orden den Militärs als Ausgleich für körperliche Versehrtheit.

Pfarrer Schmiedinger präsentierte den Einarmigen der versammelten Klasse als ihren neuen Lehrer, Herrn Hermann Zille.

Kathis Hand schoss sofort nach oben. »Bitte, was ist mit Fräulein Liebig? Ist sie krank? Wann kommt sie wieder?«

Der Pfarrer presste die Lippen aufeinander und überließ es Herrn Zille zu antworten. Der legte den verbliebenen Arm auf den Rücken und wippte mehrmals auf den Ballen auf und ab, bevor er knapp mitteilte: »Fräulein Liebig kommt nicht wieder. Ich bin jetzt euer Lehrer.«

»Aber warum denn? Wenn sie krank ist, wird sie doch wieder gesund, oder? Oder?«, insistierte Kathi.

»Schweig, Kind! Die Fragen stelle ich. Ich sehe schon, es fehlt euch hier an Zucht und Ordnung. Als Erstes lernen wir den deutschen Gruß. Klasse: Aufstehen!«, kommandierte er.

Am Ende des Schultags hätte Kathi alles für weiteren Unterricht durch Pfarrer Berthold gegeben. Hatte sie durch ihre Fragen nach Fräulein Liebig bereits das Missfallen des neuen Lehrers erregt, so rückte sie beim deutschen Gruß endgültig in seinen Fokus.

Wie befohlen hatte sie den Arm zum Gruß erhoben, und schon stand er vor ihr, brüllte: »Insubordination!«, ein Wort, das Kathi nicht kannte. »Der deutsche Gruß wird mit dem rechten Arm ausgeführt! Rechts! *Nicht links!*«, schrie er weiter. Er schien der Meinung zu sein, die Klasse sei taub, denn die überwiegende Zeit des Unterrichts brüllte er.

»Aber ich bin Linkshänderin!«, hatte Kathi noch zu erklären versucht. Und es damit nur verschlimmert. Herr Zille duldete keine Linkshänder. Fortan war er peinlichst darauf bedacht, dass Kathi ausschließlich ihre rechte Hand benutzte. Später würde Kathi erklären, dass dies die einzige Lektion war, die sie durch Zille gelernt hatte: sich einer Autorität zu fügen, solange sie am längeren Hebel saß, aber insgeheim an dem festzuhalten, was man selbst für richtig erachtete.

So hielt mit Hermann Zille der Nationalsozialismus Einzug in Kathis Klasse. Morgenappell, deutscher Gruß, Deutschlandlied, Horst-Wessel-Lied und immer wieder die Geschichte, wie aus Adolf Hitler, einem Helden des Ersten Weltkriegs, der geliebte Führer seines Volkes wurde. Zille lehrte sie auch, dass es keinen Gott geben konnte, denn der Führer und seine Getreuen hätten den gesamten Himmel persönlich mit Fernrohren abgesucht und ihn nicht gefunden. Kathi interessierte sich brennend für diese Fernrohre, war aber klug genug, nicht danach zu fragen.

Lehrer Zille behandelte die Kinder wie Soldaten, ließ sie bei jedem Wetter auf dem Schulhof exerzieren, rechts herum, links herum, und statt Klasse nannte er sie »Truppe«. Er stählte ihren Körper, ließ sie ständig in Wettbewerben gegeneinander antreten, ließ sie rennen, ließ sie hüpfen, ließ sie werfen. Der Geist blieb auf der Strecke. Neues lernten sie nicht; allgemein nahm der Lerneifer ab und pendelte sich wieder beim Stand zu Zeiten des Herbert Bläuling selig ein.

Es muss nicht besonders erwähnt werden, dass zwischen Hermann Zille und Elsbeth Luttich eine Wahlverwandtschaft bestand und sie innigste Freunde wurden. Hermann Zille war Herbert Bläulings Alter Ego. Bloß mit Hakenkreuz.

Das Rätsel um Fräulein Liebigs Verbleib ließ Kathi keine Ruhe. Gleich nach dem ersten Zille'schen Unterrichtstag machte sie sich auf zum Köhlerhof, in dem Fräulein Liebig zur Untermiete bei der Witwe Köhler wohnte, der Mutter ihrer Tante Paulina. Ausgerechnet heute war Tante Paulina nicht da. Sie fuhr jeden Dienstagvormittag nach Gleiwitz zum Markt. Obwohl ihr die alte Köhler immer ein wenig unheimlich gewesen war – sie konnte plötzlich wie aus dem Boden gestampft hinter einem auftauchen, und manchmal brabbelte sie auch Unverständliches –, klopfte Kathi tapfer an ihre Tür. Im Haus rührte sich nichts, und als Kathi durch das Fenster in das Zimmer von Fräulein Liebig im rückwärtigen Teil des Hauses schauen wollte, fand sie die Vorhänge zugezogen.

»Siehst du was?«, fragte jemand hinter ihr.

Erschrocken wirbelte Kathi herum. Es war ihr Klassenkamerad Anton Luttich. Er war schon fast acht und damit ein gutes Jahr älter als sie. Doch weil es in Petersdorf und Umgebung nicht genügend Schüler in der jeweiligen Altersgruppe gab, wurden teilweise bis zu vier Klassen zusammen unterrichtet.

»Was machst du hier?«, fragte Kathi ein wenig verlegen. Ausgerechnet der Sohn der Luttich musste sie beim Schnüffeln erwischen!

Freimütig antwortete Anton: »Ich will nachschauen, ob Fräulein Liebig da ist.« Er schob sich an Kathi vorbei und versuchte nun selbst, durchs Fenster zu spähen.

»Siehst du was?«, fragte Kathi nun ihrerseits hoffnungsvoll. Immerhin war Anton einen ganzen Kopf größer als sie.

»Nö, der blöde Vorhang ist im Weg. Warte! Weiter oben ist ein kleiner Spalt!« Anton reckte sich noch ein Stück. »Da liegt was Blaues auf dem Boden! Ich glaube, es ist rund. Ich seh aber zu wenig.«

Was Blaues, was Blaues, und es ist rund, überlegte Kathi. »Der Globus!«, rief sie. »Ist es ein Globus, Anton?«

Noch einmal streckte sich Anton zu ganzer Größe. »Ja, du hast recht! Das könnte glatt der Globus des Fräuleins sein!«, rief er aufgeregt.

Kathi wunderte sich, weshalb der Globus auf dem Boden lag. Fräulein Liebig hatte ihr einmal erzählt, er stamme von ihrem verstorbenen Vater, das Erbstück sei ihr lieb und teuer.

»Warst du schon vorne an der Haustür?«, erkundigte sich Anton bei ihr.

»Freilich! Ich habe geklopft, aber die alte Frau Köhler ist nicht da.«

»Ist die Tür abgeschlossen?«

»Äh … Das weiß ich nicht.«

Anton riss die Augen auf. »Du hast die Klinke gar nicht gedrückt?«

»Ich kann doch nicht reingehen, wenn Frau Köhler nicht daheim ist!«, entgegnete Kathi entrüstet.

»Wieso nicht? Vielleicht sind sie und Fräulein Liebig umgebracht worden, und da drinnen ist alles voller Blut! Deshalb hat der Mörder auch die Vorhänge zugezogen!«

»Was?« Entsetzt starrte Kathi Anton an. Das war mal wieder typisch Anton, dachte sie. Auf dem Schulhof trumpfte er ständig mit irgendwelchen blutigen Gruselgeschichten auf, weshalb Kathi bisher einen großen Bogen um ihn gemacht hatte.

»Komm, wir sehen nach!«, rief er eifrig. Schon lief er ihr voran, um die Ecke des Hauses.

Kathi folgte unschlüssig nach. Anton rüttelte bereits vorne an der Klinke. Doch die Haustür war verschlossen, und Kathi stieß ein erleichtertes »Gott sei Dank!« aus. Anton hatte ihr einen ziemlichen Schrecken eingejagt.

»Weshalb bedankst du dich?«, fragte Anton nach.

»Ein Mörder hätte die Tür sicher aufgebrochen, aber anschließend nicht wieder verschlossen. Das ist Logik«, erklärte Kathi.

»Du Schaf! Sie kann dem Mörder doch die Tür aufgemacht

haben. Und hinterher hat er wieder abgesperrt, weil er nicht wollte, dass die Toten zu schnell entdeckt werden. Siehst du, ich denke genauso logisch wie du!«, rief er triumphierend. »Komm, wir sollten …«

»Was treibt ihr Kinder da vor dem Haus?«, fragte eine scharfe Stimme in ihrem Rücken.

Anton und Kathi blieb fast das Herz stehen. Unwillkürlich fasste Anton nach Kathis Hand und flüsterte: »Bleib hinter mir, und lauf, wenn ich es dir sage.« Langsam drehten sie sich um, darauf gefasst, einem Axtmörder gegenüberzustehen.

Aber es war nur die alte Frau Köhler mit einem Kohlkopf unter jedem Arm. Sie ließ sie fallen, und mit einer Stimme, als erblickte sie soeben ein Wunder, rief sie: »Ja, der Anton! Dass ich das noch erlebe!« Ihr zerfurchtes Gesicht teilte sich und machte einem Lächeln Platz, dessen Leuchtkraft sich wie ein jäher Sonnenstrahl auf die beiden Kinder richtete.

»Grüß dich, Großmutter«, sagte Anton.

Kathi hätte sich beinahe gegen die Stirn gepatscht. Natürlich! Die Elsbeth war die Tochter der alten Köhler! Die schien über Antons Besuch sehr froh zu sein. So froh, dass Kathi die alte Frau fast schon wieder leidtat. Denn genau genommen war es ja kein Besuch. Sie hatte sie beim Spionieren erwischt …

Die alte Köhler sagte jetzt: »Komm, Jungele, hilf deiner alten Großmutter! Heb mir den Kohl auf, und trag ihn mir in die Küche, sei so gut.«

Anton blieb nichts anderes übrig, als der Aufforderung Folge zu leisten. Ergeben trottete er hinter seiner Großmutter ins Haus.

Kathi blieb allein zurück. Was jetzt? Hineingehen, obwohl die alte Köhler sie weder beachtet noch dazu aufgefordert hatte? Sie entschied sich, lieber draußen auf Antons Rückkehr zu warten. Da fiel ihr das Motorrad ein. Fräulein Liebig stellte es am Abend immer in der Scheune unter. Diese befand sich ungewöhnlich weit vom Haupthaus entfernt, am Rande einer kleinen Schonung. Von ihrer Tante Paulina kannte sie die Geschichte dazu: Die alte Scheune brannte vor über zwei Jahrzehnten ab. Ihr älterer Bruder Dieter war damals darin umgekommen – angeblich habe der Sechsjährige gezündelt und das Feuer selbst verursacht. Um nicht ständig an das Unglück erinnert zu werden, hatten die trauernden Eltern die neue Scheune in gebührendem Abstand vom Haupthaus errichten lassen.

Direkt daran schloss sich Tante Paulinas Gemüsegarten an. Wie Dorota begeisterte sie sich für alles »Grüne«. Kathi hielt darauf zu und lehnte sich über das Gatter, als interessierte sie sich für das Wachstum der Köhler'schen Gurken und Kürbisse. Doch heimlich linste sie zum Scheunentor. Es stand einen Spalt offen, weit genug, dass sie mit ihrer schmalen Gestalt hindurchschlüpfen konnte. Vorher musterte sie noch einmal verstohlen ihre Umgebung. Weit und breit war keine Menschenseele zu entdecken.

Drinnen herrschte Halbdunkel, aber durch die Bretterspalten fiel ausreichend Licht. Kathi mochte Scheunen. Sie rochen das ganze Jahr nach Sommer, und im Heu konnte man prima spielen oder sich verstecken.

Das Motorrad fand sie nicht. Fräulein Liebig musste also damit weggefahren sein. Sie wollte schon wieder verschwinden, als sie vom Heuboden her ein Geräusch hörte. Zuerst dachte sie an Mäuse. Doch dann mischte sich in das Rascheln Kichern und Flüstern. Zweifellos wurde die Scheune gerade als Versteck genutzt.

Draußen verbarg sich Kathi hinter einem Busch, um weiter auf Antons Rückkehr zu warten. Ihre Geduld wurde auf eine harte Probe gestellt. Fast eine halbe Stunde dauerte es, bis Anton auftauchte. Zuvor wurde Kathi eine andere Entdeckung zuteil.

Paulina Sadler, die Witwe ihres Onkels Kurt, steckte den

Kopf aus der Scheune und sah sich vorsichtig um, als stünde sie im Begriff, eine befahrene Straße zu überqueren. Dann wandte sie sich nochmals zurück, und Kathi schien es, als spräche sie mit jemandem im Inneren. Erst danach verließ sie die Scheune, überquerte mit raschen Schritten den Hof, um anschließend im Stall zu verschwinden. Unmittelbar darauf schickte sich eine weitere Person an, die Scheune zu verlassen. Allerdings nicht durch den Vordereingang, sondern auf der Kathi zugewandten Seite. Dort lösten sich plötzlich wie von Zauberhand zwei Bretter, und ihr Freund Oleg zwängte sich hindurch!

Kathi fand das seltsam. Sie hatte durchaus begriffen, dass Paulina und Oleg nicht zusammen gesehen werden wollten, aber sie verstand nicht, warum. Sie setzte an, Oleg zu rufen, aber der war bereits zwischen den Bäumen hinter der Scheune abgetaucht, sodass sie davon absah.

Endlich kehrte Anton zurück. Kathi lief ihm entgegen.

»Puh«, machte er. »Großmutter wollte mich gar nicht mehr gehen lassen. Die Kohlköpfe habe ich im Vorratsraum verstauen dürfen und zwei Kakao trinken müssen.«

»So schlimm ist das ja nicht«, sagte Kathi, die jetzt auch Lust auf einen Kakao verspürte. »Hast du sie nach Fräulein Liebig gefragt?«

»Was denkst du denn! Sie hat auf die Liebig geschimpft!«

»Wie? Geschimpft?«

»Na ja, sie sagte, die Liebig hätte ihre Gutherzigkeit ausgenutzt und sie angelogen, und wenn sie das vorher gewusst hätte, hätte sie sie niemals aufgenommen.«

»Verstehe ich nicht.«

»Ich auch nicht. Mutter hat recht: Großmutter ist schon ein wenig wirr im Kopf.« Er zog eine verschrumpelte Karotte aus seiner Hosentasche und begann, darauf herumzukauen. Kathi war schon aufgefallen, dass er ziemlich viele davon konsumierte. Er bemerkte ihr Interesse. »Ich will Pilot werden wie der Rote Baron! Dazu brauche ich gute Augen«, erklärte er. »Magst du auch eine?« Seine Hand fuhr in die Hosentasche. Angesichts von Herkunft und Zustand der gegenwärtigen Rübe verzichtete Kathi lieber.

»Und wo ist Fräulein Liebig? Hast du in ihr Zimmer geschaut?«

»Hab's versucht. Aber die Tür ist abgesperrt. Großmutter sagt, der Schlüssel sei weg. Du, Kathi, ich muss jetzt los. Die Mutter wartet mit dem Essen. Und danach habe ich Fußballtraining. Bis morgen!« Anton war schon ein paar Schritte losgespurtet, als er stoppte und sich nochmals zu Kathi umwandte. »Du, Kathi, frag doch mal den Pfarrer nach Fräulein Liebig.« Und weg war er.

An diese Möglichkeit hatte Kathi auch schon gedacht. Wenn jemand Auskunft über Fräulein Liebigs Verbleib geben konnte, dann Pfarrer Schmiedinger.

Die Kirchturmuhr schlug halb zwei und erinnerte sie daran, dass sie viel zu spät dran war und längst zum Essen zu Hause sein sollte. Trotzdem machte sie sich auf zum Pfarrhaus. Etwas nervös klopfte sie an die Tür. Noch nie hatte sie den Pfarrer allein in seinem Heim aufgesucht, nur ein-, zweimal ihre Großmutter Charlotte zu ihm begleitet.

Es dauerte eine Weile, bis der Pfarrer öffnete; Kathi wollte schon gehen, in der Annahme, er sei nicht zu Hause.

Oje, dachte sie, als sie ihn erblickte. Sie musste ihn wohl beim Mittagsschlaf gestört haben. Sein Haar war wirr, die Augen rot geschwollen und sein priesterliches Gewand zerknittert. Unter der Soutane lugten karierte Pantoffeln hervor, wie sie auch ihr Großvater August trug.

»Nanu?«, machte der Pfarrer und blickte suchend über Kathis Schulter. »Wo ist denn deine Großmutter, Lerge?« Er nannte alle Mädchen Lerge, weil er sich keine Namen merken konnte.

Kathi knickste höflich. »Ich bin allein gekommen, Herr Pfarrer. Ich … ich wollte Sie etwas fragen.« Kathi verspürte eine jähe Hemmung, Pfarrer Berthold vor der Tür nach Fräulein Liebig auszuhorchen.

»Hast du etwas auf dem Herzen?« Der Pfarrer kratzte sich hinter dem Ohr. »Na, dann komm mal herein«, sagte er und schlurfte vor ihr her durch den gekachelten Flur. Er ging gebeugt, als trüge er eine unsichtbare Last. Der Pfarrer führte seinen jungen Besuch in die gute Stube. Das Zimmer war unaufgeräumt, und es roch muffig. Das fiel sogar Kathi auf, obwohl sie von Olegs Kammer so einiges an derben Gerüchen gewohnt war. Das lag auch an Olegs Vorliebe für Knoblauchwurst.

Auf dem runden Tisch mit der Spitzentischdecke standen eine geöffnete Flasche Wein und ein Glas.

»Entschuldige die Unordnung, aber seit die Babette nicht mehr ist … Äh … nun ja …« Der Pfarrer machte eine hilflose Geste. Kurz wirkte es, als wollte er das Kreuz schlagen, doch stattdessen trat er zur Vitrine und entnahm ihr ein zweites Weinglas. Er wollte es schon füllen, als er innehielt, erst die Flasche ansah, dann Kathi und irgendetwas Unverständliches murmelte. Er stellte Glas und Flasche zurück und setzte sich mit einem Ächzen. Kathi bedeutete er, auf dem gegenüberliegenden Sessel Platz zu nehmen. »Nun, kleine Lerge, was kann ich für dich tun?«, fragte er freundlich blinzelnd.

»Es ist wegen Fräulein Liebig«, sagte Kathi.

»Aha. So, so«, machte der Pfarrer und kratzte sich wieder, diesmal unter dem Kinn. Er trank sein Glas leer, rülpste hinter vorgehaltener Hand und betrachtete die Flasche, als erwartete er von ihr die Antwort auf Kathis Frage. Der Wein schwieg, genauso wie der Pfarrer, und je länger sich die Stille dehnte, umso mehr wuchs Kathis Unbehagen. Seit Betreten der Stube hatte sie das Gefühl, Zeugin eines Schauspiels zu sein, das nicht für ihre Augen bestimmt war. Dennoch wiederholte sie tapfer ihre Frage: »Bitte, können Sie mir sagen, was mit Fräulein Liebig ist? Warum ist sie aus Petersdorf weggegangen?«

»Nun, äh ... sie ist, glaube ich ... ausgewandert.«

Wieder dieses Wort, weswegen sich am Morgen schon die Eltern gezankt hatten! Es musste sich um etwas Unschönes handeln und war gewiss nicht gleichzusetzen mit dem Wort »wandern«. Auch auf die Gefahr hin, dumm und unwissend zu scheinen, erkundigte sie sich: »Was bedeutet ›auswandern‹?«

»Nun, äh ... es bedeutet, dass Fräulein Liebig Deutschland, äh, das Deutsche Reich, meine ich, verlassen hat.«

»Sie ist verreist?« Kathi musste sofort an den blauen Globus in Fräulein Liebigs Zimmer denken. Ein wenig enttäuscht war sie schon, weil Fräulein Liebig nichts von einer Reise erwähnt hatte. Dennoch, wer verreiste, kehrte in der Regel zurück. »Wann kommt sie wieder?«

»Nun ja, sie ist verreist, das stimmt wohl. Aber wann sie wiederkommt, das weiß nur Gott.«

Ja, aber den kann ich nicht fragen, dachte Kathi. Die Enttäuschung machte sie ein wenig aufmüpfig. Fräulein Liebig hatte gesagt, sie seien Freundinnen, und nun war sie einfach weggegangen, ohne sich von ihr zu verabschieden! »Wohin ist sie denn verreist? Kann man sie da anrufen?«

Der Pfarrer betrachtete sie mit wässrigen Augen. Er schenkte sich nochmals nach und stellte die leere Flasche auf dem Tisch ab. »Wie alt bist du?«, fragte er nun.

Das fragte er sie jedes Mal. Kathi fand es seltsam, wie sich jemand ganze Bibelpassagen merken konnte, aber sonst nichts. »Fast sieben«, antwortete sie wahrheitsgemäß.

»So jung«, seufzte der Pfarrer und setzte das Glas erneut an die Lippen. Er musste wirklich sehr durstig sein. Kathi merkte, dass es sie durstig machte, ihm so beim Trinken zuzusehen.

»Weißt du, Lerge, es sind keine guten Zeiten«, murmelte der Pfarrer in sein Glas.

Kathi musste die Ohren spitzen, um ihn überhaupt verstehen zu können. Während er sprach, wurde seine Stimme mit jedem Wort ein wenig leiser, als drehte er sich selbst den Ton ab. »In unserem Jahrhundert«, fuhr Pfarrer Berthold fort, »sind der Herrgott und der Teufel aneinandergeraten. Und das bedeutet ein Gemetzel unter den Menschen. Aber unser Herrgott, der sieht alles, und abgerechnet wird am Schluss! Am Ende stirbt das kalte Herz allein. Das darfst du nie vergessen, hörst du. Und nun geh, geh und frag nicht mehr. *Sie* wollen keine Fragen. Fragen sind gefährlich, Fragen töten. *Fragen töten …*«

Er stemmte sich auf die Beine. Doch er fand seine Mitte nicht, schwankte bedrohlich wie ein Baum im Sturm und fiel zurück in seinen Sessel. Dort saß er und starrte mit trüben Augen in eine unbestimmte Ferne. »Das kalte Herz stirbt allein«, murmelte er ein letztes Mal. Dann sank sein Kopf schlaff auf sein Kinn herab.

Kathi, die aufgesprungen war, als sich der Pfarrer aus dem Sessel erhoben hatte, stolperte erschrocken ein paar Schritte zurück. *Fragen töten!* Hatte sie den Pfarrer mit ihren Fragen gerade umgebracht? Der Drang, einfach davonzulaufen, war übermächtig. Warum war Anton nicht mitgekommen? Er wüsste sicher, was jetzt zu tun sei!

Doch bevor sie vollends in Panik geraten konnte, begann der Pfarrer, laut zu schnarchen, und Kathi stieß einen erleichterten Seufzer aus.

Sie schlich davon, öffnete leise die Tür und wäre fast auf der Eingangstreppe mit einem älteren Herrn zusammengestoßen. »Holla, junge Dame!«, rief der Unbekannte. Er hatte ein freundliches Gesicht und erinnerte Kathi an jemanden. Sie machte einen Knicks, sagte: »Guten Tag, der Pfarrer schläft«, und lief die Treppe hinab, bevor der fremde Mann ihr noch Fragen stellen konnte.

Draußen traf sie erneut auf Anton. Er lungerte bei der Friedhofsmauer herum. Offenbar hatte er auf sie gewartet. Er knabberte schon wieder an einer verschrumpelten Karotte und trug sein Fußballtrikot vom SVgg Vorwärts-Rasensport. Die Fußballschuhe baumelten zusammengebunden von seiner Schulter. »Erzähl, was hat dir der Pfarrer gesagt?«, fragte er begierig.

»Wolltest du nicht zum Fußball?«

»Nicht so wichtig«, winkte er ab. »Also, sag schon!«

»Ich muss jetzt aber auch schnell nach Hause. So spät bin ich sonst nie dran.«

»Ich komme mit«, sagte Anton spontan. »Kannst mir ja unterwegs alles erzählen.«

Kathi hatte ihren Bericht längst beendet, doch vor dem Hof angekommen, machte Anton keinerlei Anstalten zu gehen. »Magst noch mit reinkommen, Anton?«, bot Kathi deshalb an. »Dorota hat Karamellbonbons gemacht.«

»Ich mag Karamellbonbons«, erklärte Anton und folgte Kathi ins Haus.

»Ja, Herzele, wen hast du denn da mitgebracht?«, fragte Dorota, als die beiden Kinder ihre Küche betraten.

»Du kennst mich doch? Ich bin der Anton Luttich«, antwortete Anton in jenem Ton, den Kinder für Erwachsene bereithielten, wenn sie in ihren Augen seltsames Zeug daherschwatzten.

»Weiß ich doch, Bubele, weiß ich doch. Tut's einen Hunger haben, ihr zwei? Ich hätt frisches Brot und eine Gemüsesuppe da. *Minestrone,* wie der Italiener dazu sagt.«

»Vielleicht später. Aber könnten wir bitte ein paar von deinen Karamellbonbons haben?«, bat Kathi.

Dorota legte den Kopf schief. Üblicherweise brachte die Kathi aus der Schule einen Bärenhunger mit. »Alles in Ordnung mit dir, Herzele?«, fragte sie.

»Ja. Wo ist denn die Mutter?«, lenkte Kathi mit ihrer Frage ab.

»Sie hat vorhin gesagt, sie tät dem Vater bei der Aussaat helfen. Also Karamellbonbons sollen es sein?« Dorota sah dabei Anton an.

»Ein Karamellbonbon tu ich schon mögen, danke sehr«, antwortete Anton artig.

»Oii, so ein höfliches Bubele aber auch!«, schwärmte Dorota. Sie entnahm einer Blechdose vier Bonbons und legte Kathi und Anton je zwei in die offene Handfläche. »Eins für jetztadle und eins für später«, sagte sie.

Die Kinder bedankten sich, und Kathi fragte Anton, ob er sich die gute Stube ansehen wolle, was er bejahte.

»Mann, ihr habt aber viele Bücher!«, staunte Anton über den prall gefüllten Schrank. »Und alle Karl May und sogar den Lederstrumpf! Und was ist das?« Er deutete auf die Schnitzereien am Rahmen. »Ist das ein Einhorn? Und ein Drache?«

»Ja. Oleg hat den Schrank gebaut. Ich habe die Tiere ausgesucht.«

»Wer ist Oleg? Ein Zimmermann?«

»Unser Knecht.«

»Meinst du, er kann mir eine Seifenkiste bauen?«

»Oleg kann alles! Er hat auch seine Hütte bei der Scheune selbst gebaut.«

»Prima. Und was habt ihr da in den Behältern?«, fragte Anton weiter und trat zur Sitzbank, auf der ein kleiner, schmaler und zwei größere Koffer lagerten. Kathi erklärte ihm, dass der eine die Trompete ihres Großvaters und die anderen Akkordeons beinhalteten. »Großvater war Trompeter im Krieg. Aber er kann nicht mehr spielen, weil ihm fast alle Zähne ausgefallen sind.« Kathi öffnete den kleinen Koffer. Der Anblick der Trompete entlockte Anton einen bewundernden Ruf: »Mensch, die sieht ja aus, als wäre sie aus Gold!« Kathi zeigte ihm auch ihr Akkordeon. Anton fuhr mit dem Finger über die elfenbeinfarbene Tastatur des Instruments. »Vater musste sich ein neues zulegen, das alte ist ihm kaputtgegangen«, erzählte Kathi weiter. »Das neue Akkordeon ist allerdings auch ein gebrauchtes. Großmutter sagt, wir müssen sparen.«

»Das sagt mein Vater auch immer zur Mutter. Und was ist da drin? Sieht aus wie eine riesige Geige!« Anton hatte sich einem Behältnis zugewandt, das an der Wand lehnte.

»Das ist das Cello vom Vater.«

Neugierig näherte sich Anton dem Ständer und inspizierte das Notenblatt. *»Ich bin der Welt abhanden gekommen* von *Gustav Mahler«*, las er. »Kannst du das spielen, Kathi?«

»Nein. Aber der Vater! Und die Mutter singt dazu. Sie singt sehr hübsch.«

»Kannst du auch singen?«

»Nein, lieber nicht. Aber dafür höre ich sehr gut. Papa sagt, ich habe ein musikalisches Gehör.«

»Mir sagt die Mutter immer, ich tät nicht gut hören. Wenn sie mich ruft«, fügte er an.

»Oh? Was machst du dann? Hältst du dir die Ohren zu?«

»Nein, ich verdrück mich bloß ganz schnell.«

»Das tun meine Eltern auch. Wenn deine Mutter kommt«, erklärte Kathi in aller Unschuld.

Anton zuckte mit den mageren Schultern. »Das macht doch jeder. Niemand mag meine Mutter.«

»Das tut mir leid«, sagte Kathi. Sie hätte jetzt gerne etwas Tröstliches zu ihrem Freund gesagt. Aber im Grunde entsprach es ja der Wahrheit. Dann fiel ihr doch etwas ein: »Aber du magst deine Mutter. Und dein Vater sicher auch?«

Wieder hob Anton die Schultern. »Keine Ahnung. Meine Eltern streiten sich ständig. Darum hört auch mein Vater nicht, wenn Mutter nach ihm ruft. Mutter sagt deshalb oft zu mir« – er fistelte jetzt – *»Du bist deines Vaters Sohn!«* Anton grinste breit. Aber Kathi konnte hinter seinem Lächeln dennoch etwas sehr Trauriges ausmachen.

Antons Familie war nicht wie die ihre. Ihre Eltern hielten sich an den Händen, lachten und scherzten miteinander und küssten sich selbst bei Tisch – trotz der Missbilligung von Großmutter Charlotte, die sie zur Mäßigung aufrief, da ein solches Benehmen den Anstand verletze. Kathi suchte noch immer zu ergründen, weshalb es nicht erlaubt sein sollte, sich im Beisein anderer zu küssen. In der Tat hielten sich die Erwachsenen an dieses Anstandsding. So hatte sie in der Öffentlichkeit bisher keine sich küssenden Eheleute beobachten können, streitende hingegen eine ganze Menge. Das verletzte den Anstand anscheinend nicht. Kathi fand keine Logik darin. Sie vermutete deshalb schon länger, dass es zwei Sorten von Logik geben musste: eine für Erwachsene, eine für Kinder. Sie erwiderte nun Antons Lächeln. »Weißt du, ich mache das genauso bei Großmutter Charlotte. Wenn sie ruft, höre ich plötzlich auch ganz schlecht.«

Anton stopfte sich das zweite Karamellbonbon in den Mund, dabei kaute er noch am ersten. »Die sind lecker«, nuschelte er mit der Beule in der Backe. »Darf ich mal?« Er zeigte auf Kathis kleines Akkordeon.

»Freilich.«

Anton hob es an die Brust und zog es auf. Ein Misston entstieg der Harmonika. »Ich wünschte, ich könnte auch ein Instrument spielen.« Ein sehnsüchtiger Ausdruck lag auf seinem Gesicht.

»Dafür kannst du sehr gut Fußball spielen. Und Schlittschuhlaufen! Und Flugzeugmodelle bauen«, erinnerte ihn Kathi.

»Das stimmt.« Anton ließ die Ziehharmonika sinken. »Ist der zitternde Mann auf der Ofenbank dein Großvater?«

»Ja, das ist Großvater August«, sagte Kathi. »Er war im Großen Krieg. Seither zittert er, sagt die Großmutter. Vorher nicht.«

Anton stellte sich vor August und beobachtete ihn aufmerksam. »Meine Mutter sagt, Zitterkranke seien Kriegsdrückeberger.«

Kathi legte die kleine Stirn in Falten. »Versteh ich nicht«, sagte sie. »Der Großvater *war* doch im Krieg. Da hat er seine

Augen und sein Gehör verloren. Und jetzt ist kein Krieg mehr. Richtig?«

»Richtig«, pflichtete ihr Anton bei.

»Also wenn kein Krieg ist, kann Großvater sich auch nicht davor drücken. Richtig?«

»Richtig«, wiederholte Anton.

»Also stimmt es nicht, was deine Mutter sagt. Es ist unlogisch.«

Anton nickte. »Ich glaube, meine Mutter versteht nichts von Logik.«

»Soll ich dir was vorspielen?«, fragte Kathi, da Anton ihr das Instrument entgegenhielt.

»Bitte ja!«

Keiner der beiden hatte Annemarie bemerkt, die sich nun lächelnd in den Flur zurückzog. Am Abend, während des Auskleidens, erzählte sie Laurenz von dem Gespräch der beiden Kinder. »Unfassbar, unsere Kathi ist noch keine sieben, aber sie argumentiert bereits wie ein griechischer Philosoph.« Sie knöpfte ihre Bluse auf und ließ sie achtlos auf die Truhe fallen. Der Rock folgte nach, ebenso die Strümpfe. In Unterwäsche begab sie sich zur Spiegelkommode und kramte in den Schubladen.

»Hoffentlich will sie kein Advokat werden«, bemerkte Laurenz trocken. »Und falls du gerade deine Haarbürste suchst, sie liegt unter deinem Stapel Kleider.« Laurenz schmunzelte. »Dir ist schon bewusst, dass wir einen Schrank mit ausreichend Bügeln besitzen und auch eine Reihe Kleiderhaken?«, zog er sie auf.

»Ich weiß«, sagte Annemarie leichthin. »Ich denke nur nie daran, die Sachen aufzuhängen. Außerdem habe ich sie so schneller zur Hand.«

»Das sagst du jedes Mal.« Doch in Laurenz' Stimme lag kein

Tadel. Er mochte seine Annemarie genau so, wie sie war: In den wichtigen Dingen des Lebens konzentriert und aufmerksam, nachlässiger in den häuslichen. Ordnung in ihrem gemeinsamen Zimmer zu halten war ihre Sache nicht, ständig verlegte sie irgendwelche Dinge.

Nun, nachdem sie ihre Bürste gefunden hatte, begann sie, ihr Haar damit zu bearbeiten. Er liebte es, sie dabei zu beobachten, wie sie sich für die Nacht vorbereitete. Ein intimer Moment, der allein ihm vorbehalten war. Wenn sie die langen, schweren Flechten löste, mit beiden Händen hineinfuhr und sich die seidigen Locken wie eine befreite Flut über ihren Rücken ergossen, schwoll sein Herz vor Glück und Liebe an, sodass ihm aus Freude oft Tränen in die Augen traten. Dann war er, wo er sein wollte. Bei Annemarie. *Für immer.*

»Woran denkst du, mein Lieber?«, fragte Annemarie, die sich zu ihm umgewandt hatte. Ihr wacher Blick lag auf ihm.

»An dich, mein Herz. Immer nur an dich.«

»Das hast du schön gesagt. Aber du solltest auch an deine Kinder denken, weißt du?«

Jäh weiteten sich Laurenz' Augen, und er kniete vor Annemarie nieder. »Kinder? Sagtest du Kinder?« Seine Augen leuchteten, als hätte sich in ihm ein neuer Himmel aufgetan.

»Ja, mein Lieber. Wir erwarten wieder ein Kind.« Auch Annemarie lächelte. Sie beugte sich zu ihm herab, und Laurenz küsste sie. Nicht stürmisch und verlangend wie sonst, sondern zart und vorsichtig.

»Aber, aber, Herr Konzertmeister! Heute piano statt andante?«, lachte Annemarie. »Du musst dich nicht zurückhalten, noch stehe ich ganz am Anfang. Du kannst mich ruhig richtig küssen! Fortissimo, prego!«

16

Eine Frau wird zweimal verrückt:
Wenn sie verliebt ist und wenn sie grau wird.

Polnisches Sprichwort

»Dorota, sind wir arm?«, fragte Kathi.

Dorota, die eben die Küche ausfegte, ließ den Besen sinken. »Oii, Herzele, du fragst mich immer Sachen.«

»Vor Kathis Wissbegierde ist nichts und niemand sicher«, sagte Paulina. Sie trat mit einem Glas Pflaumenkompott aus der Speisekammer.

»Oh! Grüß dich Gott, Tante Paulina!«, rief Kathi freudig. »Bleibst du zum Abendessen?«

»Ja. Deine Großmutter ist heute nicht da.«

Kathi war längst aufgefallen, dass ihre Tante und Großmutter Charlotte jedes Aufeinandertreffen vermieden. Sie hatte die beiden auf ihre direkte Art auch schon darauf angesprochen. Aber es war eine dieser Fragen, die Erwachsene nicht beantworten wollten. »Wo ist die Großmutter?«, erkundigte sie sich stattdessen.

»Beim Treffen des Pferdezüchterverbands«, verriet ihr Paulina.

»Prima, dann wird es spät. Dann können wir mit Oleg in der Küche noch Karten spielen.«

»Sicher!«, sagte Paulina lächelnd. Sie öffnete das Kompottglas, steckte den Zeigefinger hinein und schleckte ihn ab.

»Aber, Frau Paulina, es gibt bald Abendessen«, sagte Dorota tadelnd. Doch sie stellte zwei Schüsselchen auf den Tisch und legte Löffel dazu. »Siehst du, Herzele«, sie kniff Kathi liebevoll in die Wange, »man ist nie arm, wenn man genug zu essen hat.«

»Die Elsbeth Luttich hat das heute zu mir gemeint.«

»Die Elsbeth ist eine Hexe«, sagte Paulina.

»Aber, Frau Paulina!«, sagte Dorota erneut.

»Sie hat auch gemeint, ich sei vollkommen entartet. Weil ich weder Schuhe noch Schürze trage und mich wie ein Junge benehme«, erzählte Kathi weiter.

»Bei was hat dich die Luttich denn diesmal erwischt?«, fragte Paulina und füllte ihr Schüsselchen bis zum Rand mit Pflaumenkompott.

»Ich bin mit Anton auf die Eiche bei der Kirche geklettert.«

»Sie mag es nicht, dass du mit ihrem Anton befreundet bist. Dieses Weib gönnt nicht einmal ihrem eigenen Sohn eine Freude.« Paulina fuchtelte mit dem Löffel. »Ständig steckt sie ihre Nase in anderer Leute Angelegenheiten. Sie ist eine gemeine Person!«

»Aber, Frau Paulina!«

»Nichts *Frau Paulina*!«, gab Paulina laut zurück. »Ich hasse diese Frau! Ich hasse sie, ich hasse sie, ich hasse sie! Ich wünschte … ich wünschte …« Paulinas Stimme brach ab, in ihren Augen schwammen Tränen. Schluchzend sprang sie auf und rannte aus der Küche.

»Was ist denn mit der Tante?«, fragte Kathi.

»Oii, Herzele«, antwortete Dorota und sah selbst ein wenig traurig aus. »Das ist die Liebe.«

»Verstehe ich nicht.«

»Jetzt noch nicht, Herzele, jetzt noch nicht. Die Liebe, die ist ein Mysterium.«

»Was ist ein Mysterium?«

»Ein Geheimnis, das niemand sehen kann. Man kann es nur fühlen.«

»Werde ich dieses Mysterium auch einmal fühlen?«

»Das tust du doch schon, Herzele. Du liebst deine Eltern und die Großmutter, du liebst deinen Oskar und …«

»… und dich und Oleg und alle Tiere auf dem Hof«, fuhr Kathi eifrig fort. Dann stutzte sie. »Sag mal, Dorota … Darf man auch jemanden lieben, der nicht auf dem Hof wohnt?« Sie dachte dabei an Fräulein Liebig und an Anton. Den Pfarrer Berthold mochte sie auch ziemlich gern.

»Natürlich, Herzele, natürlich.«

»Aber wenn das Mysterium doch was Gutes ist, warum weint dann die Tante Paulina?«

Dorota rührte im Suppentopf. »Und da trifft die Sense auf den Stein«, murmelte sie. *Oleg und Paulina.* Sie wusste es schon lange und fürchtete um die beiden. Die Liebe mochte ein Mysterium sein, doch der Mensch war sich selbst das Verhängnis. Eine böse Vorahnung bohrte sich jäh in ihre Brust, der Kochlöffel entglitt ihr. Sie krümmte sich vor Schmerz und stieß einen leisen keuchenden Laut aus.

»Was hast du?«, fragte Kathi erschrocken. »Ist dir nicht gut?« Sie hob den Kochlöffel für sie auf.

Dorota fing sich. »Alles ist gut, Herzele. Man kann sich die Tränen halt nicht immer aussuchen. Sie sind wie die Wolken am Himmel, sie kommen und gehen. Doch bleiben, das tun sie nie. Vergiss das nicht, Herzele: Die Sonne kehrt immer wieder zurück und trocknet alle Tränen.«

17

Alles heut war braun und schwer.
Bringt mir ein Einhorn her,
Dann reite ich durch die Stadt.

Anne Morrow

»Wach auf, Kathi!«

Schlaftrunken regte sich Kathi. Im Zimmer war es bitterkalt und draußen noch stockfinstere Nacht.

»Dein Geschwisterchen kommt, Kathi«, sagte ihr Vater, der sie geweckt hatte. »Geh und hilf deiner Großmutter. Ich muss die Hebamme holen.«

Der Vater wirkte ruhig wie immer. Doch Kathi wusste, dass er sich sorgte. Sie hatte es schon während des Abendbrots gespürt, als sich ihre Mutter unwohl fühlte. Aber die Großmutter meinte, man fühle sich am Ende nun einmal unwohl, wenn man schwer wie ein Walfisch sei und auch so aussehe. Bei ihr sei es ganz genauso gewesen, und das hätte nichts mit dem Kind zu tun. Das käme, so Gott wolle, erst in ein paar Wochen.

Kathi war erst sieben, aber sie lebte auf einem Bauernhof und hatte daher schon einiges über die Natur der Dinge gelernt. Wie es schien, irrte sich die Großmutter am Abend, und Gott wollte, dass das Geschwisterchen schon früher zur Welt kam.

Kathi kletterte aus dem Bett. Das Waschen musste ausfallen, weil das Wasser in der Schüssel schon wieder gefroren war. Sie zog sich einen zweiten Pullover an und eine Hose unter ihren Rock, dazu zwei Paar Socken, was es ein wenig schwierig machte, in die Stiefel zu schlüpfen, und lief hinunter in die Küche.

Dorota schürte bereits den Holzofen, während die Großmutter in Reitstiefeln und mit aufgerollten Ärmeln Wasser in den Kupferkessel füllte.

»Kathi«, sagte die Großmutter, ohne sich umzudrehen, »du musst das Herdfeuer am Brennen halten. Und zünd auch das Feuer in der Stube an. Oleg und Dorota müssen sich um das Vieh kümmern, solange dein Vater fort ist. Danach schau nach deinem Großvater. Er braucht seine Medizin. Und vergiss nicht wieder, seinen Nachttopf zu leeren!«

»Ja, Großmutter«, erwiderte Kathi folgsam.

Nachdem sie alles, wie aufgetragen, erledigt hatte und der Großvater vorerst versorgt war, zog es sie zum elterlichen Schlafzimmer.

Aber die Großmutter schickte Kathi fort und schloss die Tür. Drinnen konnte Kathi ihre Mutter schreien hören, und kalte Furcht schlich sich in ihr Herz. Es verstörte sie, dass ihre Mutter Schmerzen erleiden musste, auch wenn ihre Tante Paulina behauptet hatte, Schreien sei bei einer Geburt normal. Bisher kannte Kathi nur Tiergeburten, da lief in der Regel eher alles still ab. Die Versuchung war groß, sich zu Oleg und Dorota in den Stall zu flüchten, doch Kathi harrte tapfer im Haus aus.

Als die Hebamme anderthalb Stunden später mit Kathis Vater aus Gleiwitz eintraf, hatten die Schreie der Gebärenden kaum an Kraft verloren. Nur einen kurzen Blick hatte Kathi auf die Mutter werfen können, dann schickte der Vater sie in den Stall.

Eine Weile half Kathi Oleg beim Ausmisten. Dorota kümmerte sich nebenan um die Ziegen und Schweine.

Oleg war Kathis bester Freund. Er war groß und kräftig, sein Haar rot wie Karotten und die Hände wie grob geschnitzte

Rechtecke, und er gewann alljährlich beim Petersdorfer Pfingstfest das traditionelle Ringen unter den Burschen. Doch mit seinen Tieren war Oleg ganz sanft. Er liebte die Tiere, und die Tiere liebten ihn. Nie sah man ihn auf dem Hof, ohne dass ihm eine Schar Gänse oder Hühner folgte. Er umsorgte sie alle, als wären sie seine Kinder, und entschuldigte sich jedes Mal bei ihnen, wenn er wieder eines schlachten musste. Was ihn nicht davon abhielt, sich das Fleisch danach schmecken zu lassen.

Denn ein jeder hat sein Schicksal. Tier wie Mensch, wie Oleg seiner kleinen Freundin Kathi einmal erklärt hatte.

Er war 1918 gemeinsam mit dem Großvater aus dem Großen Krieg auf den Hof zurückgekehrt. Oleg war damals kaum älter als vierzehn gewesen, und er hatte Kathis blinden und tauben Großvater aus einem fernen Land namens Russland bis heim nach Petersdorf gebracht. Danach war Oleg auf dem Hof geblieben – weil es das, was er einmal Heimat nannte, nicht mehr gab. In Dorota hatte er eine liebevolle Ersatzmutter gefunden. Vom ersten Tag an nannte er sie *Mütterchen.* In Petersdorf galt er allen als Pole, allein den Bewohnern des Sadlerhofs war bekannt, dass Oleg eigentlich aus der Ukraine stammte.

Seine Taubheit verdankte der Großvater dem andauernden Artilleriefeuer, das ihm die Trommelfelle zerrissen hatte, ein Schicksal, das er mit vielen heimkehrenden Soldaten teilte. Dazu kam die Schüttelkrankheit, ein weiteres Phänomen, das bei Frontkämpfern häufiger zu beobachten war.

Wie der Großvater und Oleg im Großen Krieg zusammengefunden hatten, war nicht bekannt. Oleg redete nicht darüber, und der Großvater konnte oder wollte bekanntlich nicht mehr sprechen – bis auf die gotteslästernden Flüche, die er zum Leidwesen der Großmutter dann und wann ausstieß. Deshalb wurde immer, wenn sich der Pfarrer zu einem Besuch ansagte, Oleg angewiesen, den Großvater in die Scheune zu bringen.

Natürlich wusste trotzdem jeder in der Dorfgemeinschaft

Bescheid. Das unsichtbare Geflecht von Gerüchten und Geheimnissen fand seinen Weg in jedes Haus.

Die bevorstehende Geburt veranlasste Oleg, Kathi nun von seinen eigenen Geburtserlebnissen im Stall zu erzählen. Als er an die Stelle kam, wo das Kalb im Mutterleib stecken blieb und er mit dem Messer hatte nachhelfen müssen, fand Kathi, dass auch der Stall kein geeigneter Zufluchtsort war.

Sie schnappte sich eine volle Milchkanne und kehrte ins Haus zurück. Wären nicht gerade Weihnachtsferien, müsste sie sich jetzt für die Schule bereit machen und anschließend Dorota bei der Frühstückszubereitung zur Hand gehen. Da Dorota noch die Ziegen melkte, übernahm Kathi kurzerhand ihre Pflichten. Sie deckte den Tisch, mahlte Kaffee, füllte den Krug mit Milch und schnitt dicke Scheiben vom safrangelben Stullen ab, den der Vater so gerne in seinen Milchkaffee tunkte. Für Oleg und Dorota schmierte sie Marmeladebrote, und für ihren Großvater bereitete sie Haferbrei zu, verquirlt mit rohem Ei und einem Löffel Zucker, und fütterte ihn anschließend damit. Wegen der Schüttelkrankheit war das eine knifflige Angelegenheit, aber Kathi erledigte die Aufgabe mit Sorgfalt und Geduld. Sie fühlte mit ihrem Großvater, der blind und taub in einem inneren Gefängnis gefangen war, abgekoppelt von der wirklichen Welt. Und dennoch lebte er, atmete, öffnete bei jedem Löffel seinen Mund und aß seinen Brei. Während Kathi ihn fütterte, erzählte sie ihm, dass er gerade wieder Großvater wurde. Denn wer konnte schon sagen, ob er sie an jenem fernen Ort nicht doch verstehen konnte?

Die Stunden vergingen, Kathi blieb sich selbst überlassen, während sich die Mutter im ersten Stock weiter die Seele aus dem Leib schrie. Lediglich Dorota schaute kurz auf einen Tee herein, gefolgt von Oleg. Der vertilgte alle Brote, half anschließend dem Großvater wie an jedem Morgen beim Waschen und Ankleiden und begleitete ihn die Treppe hinab in die gute

Stube, wo er bis zur Schlafenszeit auf der Ofenbank verbleiben würde. Oft schlief auch eine der alten Hofkatzen bei ihm. Sie genossen seit jeher das Privileg, sich dort wärmen zu dürfen.

Kathi machte sich weiter nützlich, schüttelte die Betten im Zimmer ihrer Großeltern auf, putzte Kartoffeln und Rüben für das Mittagessen.

Und dann trat plötzlich Stille ein.

Kathi, die die ganze Zeit über gebetet hatte, dass das Leiden ihrer Mutter aufhören möge, erstarrte. Die jähe Lautlosigkeit wirkte kaum minder beängstigend.

Endlich öffnete sich oben eine Tür. Der Holzfußboden knarzte, als ihr Vater den Flur überquerte und in das Schlafzimmer trat.

Kathi eilte sofort zum Fuß der Treppe. Mit klopfendem Herzen horchte sie, wie ihr Vater mit der Hebamme sprach. Kurz mischte sich auch die Stimme der Großmutter darunter. Doch die Unterhaltung wurde zu leise geführt, als dass Kathi etwas hätte verstehen können. Ihr Herz begann immer schneller zu schlagen; trotz des Verbots wollte sie zur Mutter hinauflaufen.

Da kam ihr der Vater bereits die Stufen hinunter entgegen. Er sah müde aus, noch viel müder, als wenn er spätabends von der Feldarbeit heimkam, und seine Stimme klang so heiser wie im letzten Winter, als er sich eine schlimme Halsentzündung eingefangen hatte. Doch das, was in seinen Augen lag, brachte Kathis kleines Herz ins Stolpern. Seit Monaten hatte sie sich auf das Geschwisterchen gefreut. Jetzt fühlte sie sich um ihre Freude betrogen.

Der Vater legte seine Hand schwer auf Kathis Kopf – eine Geste, die das Kind beruhigen sollte, jedoch das Gegenteil bewirkte. »Lauf hinauf, Kathi. Aber nur kurz! Die Mutter ist erschöpft und muss sich ausruhen.«

Kathi stürmte nach oben. Doch vor der Tür bremste sie abrupt ab, scheute davor zurück einzutreten. Woher kam dieses jähe Gefühl einer Bedrohung? Befangen sah sie sich um. Alles sah aus wie immer: der abgetretene Flurteppich, die Aussteuerkommode mit dem Jesuskreuz darüber und ringsum an den Wänden die Rahmenbilder, die Generationen weiblicher Sadlers mit Bibelversen bestickt hatten. Dennoch schien Kathi nichts mehr so, wie es vorher gewesen war. Benennen konnte sie diese Veränderung nicht, doch sie war deutlich zu spüren.

Ein Kind war geboren. Aber etwas stimmte nicht mit ihm.

Gerade als sich Kathi ein Herz fasste und nach der Klinke griff, öffnete sich die Tür zum Elternschlafzimmer, und die Großmutter stand mit einem Stapel blutiger Leintücher vor ihr. »Kathi, was stehst du da herum?«

»Der Vater sagt, ich dürfe kurz zur Mutter.«

»Deine Mutter schläft. Stör sie jetzt nicht!«

Kathi reckte den Kopf, doch nicht nur ihre Großmutter, auch die Hebamme, die am Fußende mit dem Neugeborenen hantierte, versperrte ihr die Sicht. Kathi hörte das Baby leise wimmern, und vor Erleichterung schossen ihr Tränen in die Augen. Das Geschwisterchen war am Leben! »Bitte, Großmutter, ich möchte nur …«

»Lassen Sie das Kind kurz zu ihrer Mutter, Frau Charlotte!«, mischte sich die Hebamme ein.

Kathi hatte noch nie jemanden in diesem Ton mit ihrer Großmutter reden hören. Ihre Großmutter anscheinend auch nicht. Ein höchst missbilligender Ausdruck malte sich auf Charlottes Gesicht ab. »Für Sie immer noch Frau Sadler!«, sagte sie scharf.

Die Hebamme beachtete sie gar nicht. Sanft sagte sie zu Kathi: »Geh kurz zu deiner Mutter, Kind. Aber weck sie nicht. Sie soll sich nach der schweren Geburt ausruhen.«

Flink schlüpfte Kathi an der Großmutter vorbei ins Zimmer.

Wachsbleich ruhte das schöne Gesicht ihrer Mutter auf dem Kissen, umrahmt von dem langen dunklen Haar, das Kathi von ihr geerbt hatte. Ihre Mutter glich in ihrer Haltung jenen marmornen Statuen auf den Sarkophagen der Edelfräulein im Kloster von Tschenstochau, das Kathi im letzten Jahr bei einem Schulausflug besucht hatte. Kurz schmiegte Kathi ihre Wange an die der Mutter. Doch diese zeigte keinerlei Regung, war in einen tiefen Schlaf gesunken.

Kathi versuchte, auch einen Blick in die Wiege zu werfen. Das Kind war von der Hebamme so fest eingepackt worden, dass kaum die Nasenspitze zwischen Zudecke und Häubchen zu sehen war.

Die Hebamme war das, was man allgemein unter einem »gestandenen Frauenzimmer« verstand. Rotgesichtig, mit starken Armen und üppigen Hüften, flößte sie Kathi nicht wenig Respekt ein. Doch sie war freundlich zu ihr gewesen, und so traute sich Kathi, sie zu fragen: »Bitte, habe ich einen kleinen Bruder oder eine Schwester?«

»Es ist ein … Mädchen.«

Die zögerliche Antwort erstickte Kathis neu aufgekeimte Hoffnung, dass vielleicht doch alles gut war. Was stimmte nicht? Warum benahmen sich alle so eigenartig?

Ihr fiel ein, wie ihre Großmutter kürzlich einer anderen Frau im Dorf ihr Beileid ausgesprochen hatte, und diese mit gesenktem Kopf sagte, das Kind sei nicht »überlebensfähig« gewesen.

War es das, was die Erwachsenen fürchteten, jedoch nicht aussprechen wollten: dass ihre kleine Schwester sterben würde?

18

Die Welt ist voller Wunder, für den, der sie sieht.

Trudi Siebenbürgen

Trotz aller negativen Prognosen überlebte das kleine Mädchen. Es war ein winziges Ding, zart und zerbrechlich wie Meißner Porzellan. Sie wurde auf den Namen Franziska getauft. Doch alle nannten sie Franzi.

Wie schon zu Kathis Geburt erschien der wundersame Herr Levy auf dem Hof und hatte erneut gar wundersame Gaben in seinem Gepäck. Kathi überreichte er ein kleines braunes Päckchen.

»Oh, was ist es?« Kathi packte es voller Eifer aus. Zum Vorschein kam ein kleines Buch mit einem Einband aus bunt gemusterter Seide. Es sah sehr hübsch und exotisch aus. Kathi blätterte darin. »Das sind ja nur leere Seiten?«, wunderte sie sich.

»Man nennt es Tagebuch«, erklärte ihr der Wanderhändler. »Darin kannst du alle deine Gedanken aufschreiben.«

»Oh«, machte Kathi. »Danke schön, Herr Levy.« Wie seinerzeit ihren Vater das Notenbuch überall in Petersdorf begleitet hatte, würde Kathi künftig ihr Büchlein stets bei sich tragen.

Laurenz empfing aus Herrn Levys Händen einen Autoatlas. Er wies deutliche Gebrauchsspuren auf, und als Laurenz ihn öffnete, fand er darin die Widmung *Für Ida.*

»Oha?«, meinte Laurenz. »Bedeutet das, ich werde demnächst verreisen?«

»Nein«, antwortete Herr Levy. »Der Atlas ist für Ihre neugeborene Tochter.« Eine weitere Erklärung folgte nicht. Das brauchte es auch nicht. Jeder, der je mit dem wundersamen Herrn Levy Geschäfte getätigt hatte, wusste, dass sich der Nutzen seiner Gaben mit der Zeit von selbst offenbarte.

Für Annemarie hinterließ Herr Levy ein Fläschchen mit wohlriechenden Essenzen. Laurenz sollte sie damit einreiben.

Auch Charlotte erhielt ein Fläschchen, allerdings zur inneren Anwendung: Es handelte sich um ein Magenelixier.

Bevor Herr Levy sich wieder auf Wanderschaft begab, verbrachte er eine Stunde mit Dorota in der Küche. Danach war Dorotas Sammlung italienischer Kochrezepte nicht nur um eine Rarität reicher, sondern sie trug wieder den gesamten Abend jenes geheimnisvolle Lächeln auf den Lippen, als wären ihr noch sehr viel mehr Wunder widerfahren als nur der Besuch des wundersamen Herrn Levy.

Laurenz folgte der Empfehlung und rieb noch am selben Abend seine Annemarie mit der duftenden Essenz ein. Die Geburt hatte Annemarie nicht nur körperlich geschwächt, auch ihr Gemüt litt darunter. So verbrachte sie die nächsten Wochen im Bett. Die meiste Zeit davon schlief sie, und wenn sie wach war, wirkte sie abwesend und traurig. Auch weinte sie viel, obwohl sie es vor Kathi zu verbergen suchte.

Die Hebamme bezeichnete es als »Kindsschwermut« und versicherte Laurenz, es sei kein Grund zur Besorgnis. Dies trete bei Frauen nach einer Geburt des Öfteren auf. Man müsse einfach ein wenig Geduld haben; meist würde sich dieser Zustand dann von ganz alleine legen.

Abwechselnd brachten Laurenz, Kathi und Dorota Annemarie die Mahlzeiten ans Bett und hielten sie dazu an, etwas zu essen. Wann immer es ihre Zeit erlaubte, setzten sie sich mit dem Neugeborenen auf dem Arm zu ihr, erzählten ihr etwas, lasen ihr vor oder spielten ihre Lieblingslieder auf dem Akkordeon.

Einzig Charlotte brachte weniger Verständnis für ihre schwermütige Schwiegertochter auf. Wo es doch auf dem Hof so viel zu tun gab und jede zusätzliche Hand gebraucht wurde!

Am Tag, als die Essenz des wundersamen Herrn Levy zur Neige ging und Laurenz den letzten Rest auf Annemaries Arme rieb, setzte sie sich auf und sagte: »Ich habe Appetit auf Dorotas Mohnstriezel.«

Kathi war völlig vernarrt in ihre kleine Schwester. Franzi war etwas Besonderes, Franzi war anders. Und ein jeder fand für dieses Anderssein einen eigenen Namen. Dorota nannte Franzi ein »herzigs Puppele«, der Vater sagte zärtlich »meine kleine Eidechse« zu ihr, ihre Großmutter nannte es *»Fluch«*, und Kathis Mutter hatte Franzi einmal *»ihre Strafe«* genannt, aber nur, als sie dachte, dass niemand es hören würde.

Es gab jene, die sich bei Franzis Anblick bekreuzigten, andere wiederum schienen von Franzis Existenz keine Notiz zu nehmen. Es verstand sich von selbst, dass Elsbeth Luttich ein ziemlich hässliches Wort für Franzi fand. Die Mehrheit jedoch folgte dem Beispiel von Pfarrer Berthold und erging sich in Mitgefühl.

Für die erfahrene Hebamme bedeutete Franzis Anderssein keine Krankheit, sondern eine Laune Gottes. Genauso wie ein krumm gewachsener Finger oder Segelohren. Sie sagte das sehr laut, damit die Großmutter es hörte, die selbst Segelohren hatte und stets darauf achtete, dass sie unter ihrem streng im Nacken gebundenen Haar verborgen blieben. Charlotte war ohnehin sehr auf ihr Äußeres bedacht und zwang auch alle anderen im Haushalt zum Einsatz von Kamm und Bürste. Einmal in der Woche mussten sie alle baden. Auch Oleg. Dann wurde die Zinkwanne in der Küche aufgestellt und mit heißem Wasser gefüllt.

Kathi trieben die Worte der Hebamme um. Seither kreiste eine zusätzliche Frage in ihrem Kopf, neben einer Billion anderer. Die Zahl stammte von einem Geldschein, den ihr Vater aus der Zeit der Hyperinflation aufbewahrte, die einige Jahre vor ihrer Geburt grassiert hatte.

Ihre Eltern waren der Meinung, Fragen seien der schönste Weg zum Wissen, und sie gaben stets ihr Bestes, um sie ihr zu beantworten. Doch die Arbeit auf Hof und Feld verlangte ihnen alles ab, und Kathi wollte ihnen nicht ständig in den Ohren liegen. Auf die Schule konnte sie auch nicht mehr zählen, seit das Fräulein Liebig von einem Tag auf den anderen verschwunden war. Herr Zille mochte keine Fragen und behandelte jede wie eine lästige Angelegenheit. Außer man fragte ihn nach dem Führer.

Selbst der Pfarrer hatte jüngst ziemlich seltsam reagiert, direkt blass war er geworden, als Kathi im Religionsunterricht nachfragte, in welcher Sprache Moses die Zehn Gebote empfangen habe, auf Latein, Deutsch, Polnisch oder in Schlesisch.

Deshalb verlegte sie sich mittlerweile meist aufs Zuhören. Doch vieles von dem, was die Erwachsenen sagten, schien eine ganz andere Bedeutung zu haben, als es die einzelnen Wörter vermuten ließen. Worte, das hatte Kathi gelernt, waren oft auch versteckte Botschaften. Auch der Satz der Hebamme über die Ohren der Großmutter besaß wohl einen tieferen Sinn. Kathi vermutete, es ging um die Sünde der Eitelkeit. Der Gedanke, ihre gottgefällige Großmutter könnte eine Sünderin sein, gefiel Kathi. Oder war eine Sünde erst eine Sünde, wenn der Pfarrer sie bemerkte? *Aber sieht Gott nicht ohnehin alles?* Kathi seufzte. So erging es ihr fortlaufend. Aus einer Frage erwuchsen ganz schnell zwei neue, und ehe sie sichs versah, hatte sie das Tor zu einem noch größeren Rätsel aufgestoßen.

Kathi wollte deshalb ihren Freund Oleg fragen, was er von der Segelohr-Bemerkung der Hebamme hielt.

Allgemein galt Oleg nicht als der Schlaueste – was auf alle Knechte zutraf, sonst wären sie ja keine Knechte. Diese Klassifizierung war Ausdruck einer allgemeingültigen Gesellschaftsordnung, die sich aus Vorurteilen und der katholischen Weisheit speiste, dass *der Herr einen jeden an seinen Platz stellte.*

Kathi jedoch, weder von Vorurteilen beeinträchtigt noch von Olegs Mundfaulheit abgeschreckt, hatte schnell herausgefunden, dass ihr Freund ausgesprochen klug war. Ihm konnte sie alles erzählen, und Fragen störten ihn nicht; er hörte genau zu, und bisher war er ihr nie eine Antwort schuldig geblieben.

Kathi stöberte Oleg auf dem Heuboden auf. Er gönnte sich gerade eine kleine Pause und war dabei, mit seinem Schnitzmesser die Haut von einer Salami zu pellen, deren Fettstückchen groß wie Knöpfe waren. Neben ihm im Stroh hockte ein braunes Huhn und brütete. Kathi kletterte zu Oleg auf den Strohballen und erzählte ihm von ihren Betrachtungen. Sie ließ ihre Beine baumeln, während sie auf Olegs Antwort wartete. Zwischenzeitlich verschwanden große Brocken Knoblauchsalami in seinem Mund.

»In der Bibel«, erklärte Oleg bedächtig kauend, »steht geschrieben, der Herrgott hätt in sechs Tagen alles geschaffen. Das Licht und den Himmel, die Erde, die Bäume und die Menschen. Also hat er auch die Segelohren gemacht. Genauso wie er die Franzi gemacht hat. Verstehst du, was ich damit mein, Kathi?«

»Ja!« Der Eifer rötete Kathis kleines Gesicht. »Alles ist Gotteswerk. Wenn jemandem etwas nicht gefällt, dann muss er sich an Gott wenden.«

»So ist das, Kathi. Dem Menschen steht kein Urteil nicht zu. Wer schlecht über die Franzi redet, der lästert Gott.«

In dem Moment gackerte das Huhn, wackelte kurz mit den Flügeln, sah nach rechts, sah nach links, als stünde ihr Applaus zu, und trippelte dann davon. Zurück blieb ein perfektes weißes

Ei. Oleg nahm es zwischen Daumen und Zeigefinger, kniff kritisch ein Auge zusammen und meinte: »Schon wieder ein weißes! Ich versteh's nicht. Die anderen Braunen legen doch auch braune Eier!«

»Wieso? Hühner mit roten Ohrenläppchen legen braune, die mit weißen weiße Eier.«

Oleg sah sie verblüfft an. »Wie kannst du das wissen?«

»Milosz sagt, Wissenschaft beginnt mit Beobachtung. Ich habe nur genau hingeguckt.«

»Manchmal, Kathi, bist du mir unheimlich.« Oleg betrachtete nochmals das Ei. »Ein Ohrläppchen macht also den Unterschied«, murmelte er. »Das muss ich mir merken.«

Der Arzt in Breslau, den ihre Mutter einen Spezialisten nannte, hielt Franzis Anderssein für einen Defekt, aber keine richtige Krankheit. Ihre Haut war an einigen Stellen ihres Körpers geschuppt und hart wie ein Panzer. Leider auch ein pfenniggroßes Stück an ihrem Mund. Franzi konnte deshalb nicht schreien wie andere Säuglinge, sondern lediglich ihren winzigen Mund wie ein Vögelchen zu einem »O« spitzen und leise wimmern. Es war herzzerreißend, ihren Versuchen, sich zu artikulieren, zuzusehen. Bei der Gelegenheit verlieh der Arzt seiner Befürchtung Ausdruck, dass Franzi, sollte keine Besserung eintreten oder eine spätere Operation nicht möglich sein, wohl niemals sprechen lernen würde. Von Zeit zu Zeit wurde die kleine Franzi auch von Krampfanfällen heimgesucht. Dann schüttelte es den winzigen Körper, und die Kleine stieß klagende Laute aus. Auch dagegen war der Spezialist machtlos. Auf jeden Fall gab es für dieses Leiden keinen Namen, nicht einmal einen lateinischen. Deshalb war der Arzt auch um einen medizinischen Rat verlegen, wie dieser Defekt zu heilen sei. Alles, was er an Spezialistentum dazu beitragen konnte, war, Mutter und Kind einmal im Monat zur Kontrolle einzubestellen und ihnen einzuschärfen, ihn im Falle einer Änderung des Krankheitsbildes ohne Verzögerung aufzusuchen. Auch seine Rechnungen trafen ohne Verzögerung ein.

Franzis Juckreiz behandelte er mit einer scharf riechenden Salbe, die jedoch beim Auftragen Gegenwehr bei der Kleinen hervorrief, denn sie schien den Juckreiz noch zu verstärken. Annemarie setzte die Salbe deshalb stillschweigend nach einem Tag wieder ab.

Es war die alte Hebamme, die Annemarie und Kathi zeigte, wie sie der Kleinen Linderung verschaffen konnten, nämlich indem sie ihre Haut mit Vaseline eincremten. Es war nicht viel, aber Franzi schien es gern zu haben.

Franzis Konstitution ermöglichte es zudem nicht, dass Annemarie sie stillte. Der Saugreflex des Kindes war dafür zu schwach. Immer wieder glitt ihr kleiner Mund ab. Annemarie, Dorota und auch Kathi wechselten sich daher mit dem Flaschengeben ab.

Das Ungewöhnlichste an Franzi waren ihre Augen, unterschiedlich groß und dunkel wie eine mondlose Nacht. Sie konnte sie überdies minutenlang offen halten, ohne einmal zu blinzeln. Das verlieh ihrem Blick einen irritierenden Ernst. Charlotte verleitete dies zu der spitzen Bemerkung, dass sie zuletzt von ihrem Vater, dem Baron von Papenburg, auf eine solch missbilligende Weise angesehen worden sei.

Franzi liebte es, wenn Kathi zusammen mit ihrem Vater in der Stube musizierte. Sobald Harmonika und Cello erklangen, strampelte sie mit ihren krummen Beinchen in ihrer Wiege und stieß summende Laute aus. Kathis Eltern freuten sich, sahen sie darin doch ein gutes Zeichen für die Entwicklung ihrer Jüngsten. Die Musik übte auch auf Großvater August, der früher so gerne die Trompete geblasen hatte, trotz seiner Taubheit eine positive Wirkung aus.

Laurenz meinte, der Großvater könne die Schwingungen der Musik in seinem Blut spüren. Wenn Laurenz und Kathi die Instrumente hervorholten, dann wurde August ruhiger, und die

Schüttelkrankheit fiel von ihm ab. Stets wippte dann ein Fuß rhythmisch mit, oder seine Hand klopfte eine Notenfolge auf den Oberschenkel. Deshalb hatte auch Charlotte nichts dagegen, wenn Vater und Tochter nach dem Abendessen Franzis Wiege neben August rückten und aufspielten. Darunter war stets ein von Laurenz selbst komponiertes Musikstück voller Süße und Melancholie. Er hatte es für Annemarie geschrieben: *Heimat ist ein Sehnsuchtsort*. Annemarie bat ihn oft darum, es auf seinem Cello zu spielen, und es rührte sie jedes Mal zu Tränen.

19

Wenn die Fahnen wehen, rutscht der Verstand in die Trompete.

Herta Müller

1936. Berlin. Reichshauptstadt. Stadt an der Spree, Stadt der Versprechungen, Stadt der Geheimnisse. Stadt der Täuschungen und Enttäuschungen. Und Schauplatz der Olympischen Spiele 1936.

Der nationalsozialistische Wolf präsentierte sich in seinem schönsten Schaffell, inszenierte vor den Augen der Welt das Trugbild einer freundlichen Diktatur. Die Welt staunte über das neue Deutsche Reich, staunte über Berlin. Das neue Rom, nach dem Willen seiner neuen Führer. Verdrängt wurden unverhohlener Antisemitismus, Bücherverbrennung und die Emigration von Deutschlands klügsten Köpfen.

Staatsoberhäupter, Diplomaten und die internationale Presse feierten mit den Sportlern die Spiele, als gäbe es kein Morgen und als wäre das Gestern nie gewesen. Eine ganze Stadt versank in Jubel und blutroten Fahnen; eine ganze Stadt war berauscht von sich selbst, und der Führer sonnte sich in ihrem Glanze.

Auch Petersdorf ließ sich da nicht lumpen. Hakenkreuze, wohin man sah – sie prangten an Kleidung, protzten in Fenstern und prunkten an öffentlichen Gebäuden. Mochte der Kaiser auch davongejagt worden sein, Pomp, Nationalstolz und Personenkult standen noch nie so hoch im Kurs.

Und während man in Berlin vor allem sich selbst feierte, erreichte Franzi das Alter, in dem sich ein Kind an den ersten Worten versucht.

Da bewahrheitete sich die Prophezeiung des Breslauer Arztes: Franzi war es nicht möglich zu sprechen.

Ihr kleiner Mund spitzte sich, versuchte, Wörter zu formen, und ihr Gesichtchen rötete sich vor Anstrengung. Doch mehr als ein paar piepsige Laute konnte Franzi nicht aus sich herauspressen. Sie hielt sich allerdings nicht lange mit den Versuchen auf. Stattdessen verlegte sie sich aufs Summen. Wollte sie einen Gegenstand haben, so zeigte sie mit ihrem Finger darauf und summte dazu einen bestimmten Ton. Nach und nach wurden aus den Einzeltönen Tonfolgen, aus Tonfolgen wurden ganze Sätze. Kathi, mit ihrem musikalischen Gehör, übte unentwegt mit Franzi, und so fanden die Schwestern bald ihren eigenen Weg, sich untereinander zu verständigen. Ihre Sprache war die Musik. Sie schauten sich auch so manches von der Natur ab, zwitscherten miteinander wie die Vögelchen und summten wie die Bienen.

Die Eltern Laurenz und Annemarie jedoch waren untröstlich. Sie wollten sich nicht damit abfinden, dass Franzi nicht sprechen lernen sollte. Mehrmals fuhren sie mit ihrer Tochter nach Breslau und einmal sogar bis nach Berlin, um einen weiteren Spezialisten zu konsultieren. Sie verschuldeten sich extra dafür. Doch außer hohen Rechnungen kam nichts dabei heraus. Vielleicht, sagte der Spezialist, könne eine spätere Operation Abhilfe schaffen, indem man das pfenniggroße schuppige Mal entfernte. Ein Vielleicht, das war alles, was die Ärzte den Eltern an Hoffnung mitgeben konnten.

20

Nicht allein für uns selbst, sondern für die ganze Welt sind wir geboren.

Cicero

Als Franzi zu krabbeln begann, erkundete sie die Welt auf ihre Weise: Sie entwischte immer wieder aus dem Haus. Nur einmal kurz nicht hingesehen, und schon war sie verschwunden. Die Geschwindigkeit, mit der sie sich fortbewegte, verblüffte alle.

Kathi hingegen glaubte nicht, dass es allein an der Geschwindigkeit lag – Franzi erkannte vielmehr intuitiv den perfekten Augenblick, um zu verschwinden.

Anton, der Geschichten von Karl May und James Fenimore Cooper verschlang und von den Riten der Indianer fasziniert war, hatte eine eigene Erklärung parat: »Ist doch glasklar! Die Franzi trägt das Zeichen der Eidechse. Es ist ihr Totem. Und daher kann sie wie eine Eidechse blitzschnell verschwinden.«

»Was ist ein Totem?«

»Die Indianer glauben, sie stammen von Tieren ab. Die jungen Krieger gehen in den Wald, und das erste Tier, das sie sehen, ist ihr Totem.«

Das war eine ziemlich vereinfachte Erklärung. Aber das erfuhr Kathi erst, nachdem sie selbst Indianergeschichten zu lesen begann, allen voran »Der Wildtöter« und »Der letzte Mohikaner«. Vielleicht stammte Franzi ja tatsächlich von einer

Eidechse ab? Das würde zumindest ihre Fähigkeit erklären, mit ihrer Umgebung zu verschmelzen und sich unbemerkt davonzuschleichen.

Dorota wiederum meinte, die Kleine sei wie der Luftgeist aus der Sage, der kam und ging, ohne dass ihn jemand bemerkte.

Von Anfang an entwickelte Franzi auch eine Abneigung gegen Kleidung und Schuhe. Ungeachtet der Temperaturen, warm oder kalt, streifte die Kleine alles ab und krabbelte hurtig davon. Ihre bevorzugten Aufenthaltsorte waren Stall und Scheune. Dort grub sie sich neben den Kätzchen im Heu ein und hielt ein Schläfchen. Und wenn Franzi schlief, dann schlief sie. Tief und fest. Kathi glaubte, dass ihre Schwester vielleicht auch einfach nicht aufwachen wollte, sie die Welt bewusst aussperrte.

Im Frühsommer zog es Franzi magisch zu Laurenz' Bienenkörben am Rand der Obststreuwiese. Eines Tages fand Kathi ihre Schwester dort, friedlich im Gras schlummernd, das kleine Mäulchen honigverschmiert. Sie erschrak, weil Franzi von einer ganzen Wolke Bienen umgeben war. Aber nicht eine Biene hatte Franzi gestochen. Kathi versuchte, ihrer Schwester zu erklären, warum es gefährlich war, den Bienen ungeschützt zu nahe zu kommen, und zeigte ihr die Schutzkleidung ihres Vaters.

Doch Franzi schüttelte nur störrisch den Kopf, naschte Honig direkt aus den Waben und legte sich weiter zu den Bienen. So blieb es nicht aus, dass auch Annemarie Franzi einmal dort entdeckte. Die Großmutter, unerschütterlich, merkte anschließend hierzu an, dass dies kein Wunder sei, schließlich summe die Kleine selbst wie ein Bienenstock.

Auch die Eltern wollten, dass die Franzi den Bienenkörben fernblieb. Aber nichts half, weder Schelte noch Erklärungen. Die Franzi besaß ihren eigenen Kopf und machte, was sie wollte; sie akzeptierte keine Regeln. Was sie nicht lernen wollte, das lernte sie auch nicht. Manchmal vergaß sie auch Dinge, die sie schon gekonnt hatte. Wenn man dann zu ihr sagte: »Aber, Franzi, gestern hast du dir die Schürze doch noch selbst gebunden«, dann summte Franzi als Antwort: »Gestern war gestern, und heute ist heute.« Franzi war ein Gegenwartskind.

Auch andere Erziehungsmaßnahmen scheiterten grandios. Besonders, wenn Charlotte sich daran versuchte. Einmal mokierte sie sich vor Franzi darüber, dass sich diese jedem Obst verweigerte außer Birnen. Wo es doch so gute Äpfel gebe! Charlotte nahm einen, biss herzhaft hinein und rief übertrieben: »Mm, dieser erste Bissen! Göttlich!«

Kurz darauf fand Dorota Franzi vor einer Kiste Äpfel, um sie herum lagen zwei Dutzend davon auf dem Fußboden. Alle zierte ein kleiner Halbmond, weil Franzi sie angebissen hatte. Gefragt nach dem Warum, summte sie nur: »Ich will göttlich sein!«

Franzi hielt auch länger als andere Kinder am Krabbeln fest. Erst mit zwei Jahren begann sie zu laufen. Kathi glaubte, ihre Schwester hätte es früher bereits gekonnt, es nur nicht gewollt.

Sobald Franzis Aktionsradius sich auf diese Weise erweiterte, wurde ihre Angewohnheit, sich stets aller Kleider zu entledigen, zum Problem. Spätestens, als Elsbeth Luttich Franzi nackt vor der Kirche aufgriff, wohin es das Mädchen regelmäßig zog. Dort legte sich Franzi mitten ins Kirchenschiff und schaute zur Decke auf, wo sich eine rosig nackte Schar Engelchen tummelte. Wenn Pfarrer Berthold sie fand, schlug er das Kreuz, segnete Franzi und breitete eines seiner Messgewänder über sie. Im Pfarrhaus bekam Franzi einen Kakao und ein Honigbrot, bevor Berthold sie zurück nach Hause brachte. Dort segneten ihn Franzis Eltern.

Als nicht minder problematisch erwies sich Franzis Talent, ständig Dinge aufzuspüren, die andere aus dem ein oder anderen Grund lieber versteckt hielten. Sie »fand« auch Dinge, die andere gar nicht verloren hatten. Und so kam es, dass Kathi oft Gegenstände bei Franzi entdeckte, die ihr nicht gehörten. Ebenso wenig, wie es ihr beizubringen war, sich nicht zu den Bienen zu legen, konnte Kathi ihrer kleinen Schwester den Unterschied zwischen eigenem und fremdem Eigentum nahebringen. Für Franzi unterschied sich ihr Tun nicht davon, den Bienen den Honig zu nehmen und den Bäumen ihre Frucht. Befragt, gab Franzi ihrer Schwester jedoch bereitwillig den Herkunftsort preis. Und so brachte Kathi die Fundstücke den Besitzern heimlich zurück, sodass diese annahmen, sie hätten sie nur verlegt.

Das führte dazu, dass sich auch Kathi mit der Zeit eine gewisse Fertigkeit im Schleichen und Nichtgesehenwerden aneignete.

21

Gold, das man nicht ausgeben kann,
ist nichts wert.

Kathi Sadler

Es gab sie noch im deutsch-polnischen Grenzland, die Wälder, die so riesig waren, dass ein einziger Tag nicht ausreichte, um sie zu durchqueren.

Einer von ihnen breitete sich gleich nordöstlich hinter Petersdorf aus und war Gegenstand vieler Legenden. Angeblich sollte es im Wald von Monstern wimmeln, die bevorzugt kleine Kinder fraßen. Andere Erzählungen berichteten von mörderischen Banden, die darin ihr Unwesen trieben, und hier und da hieß es auch, die rastlosen Geister vergangener Schlachten wandelten zwischen den Bäumen.

Die Erwachsenen wussten, dass diese Geschichten seit Jahrhunderten von den Wilderern verbreitet wurden, damit diese ungestört ihrem unlauteren Gewerbe nachgehen konnten. In der Regel hielten sich alle, die Abergläubischen und die Ängstlichen, an das unausgesprochene Verbot und blieben dem Wald fern.

Doch da gab es auch die Abenteuerlustigen und die Mutigen …

Als Anton nach Schulende nach Kathis Hand fasste und sagte: »Komm, ich will dir was zeigen!«, konnten sie beide nicht ahnen, dass an diesem trüben Aprilnachmittag die Weichen für das künftige Schicksal der Familien Sadler und Luttich gestellt werden würden.

Seit Kathi und Anton sich vor zwei Jahren auf der Suche nach dem verschwundenen Fräulein Liebig beim Köhlerhof getroffen hatten, hatte sich nach und nach eine zarte Freundschaft zwischen ihnen entsponnen. Inzwischen waren sie unzertrennlich. Meist trafen sie sich am Morgen beim Marterl am Kreuzweg, um das letzte Stück bis zur Schule gemeinsam zurückzulegen. Mit von der Partie war stets Kathis Hund Oskar, der selten von ihrer Seite wich. Oft fand er sich bei Schulschluss ein, um sie nach Hause zu begleiten. Auch heute wartete er auf Kathi und schloss sich den beiden Kindern an.

Wie selbstverständlich griff Anton nach Kathis Schulranzen, um ihn für sie zu tragen.

Anfangs hatte Kathi dagegen protestieren wollen, sie konnte das gut selbst. Doch dann begriff sie, dass es Antons Art war, ihr zu zeigen, dass er sie gern mochte. Natürlich entging es auch den Mitschülern nicht.

Das sorgte zuerst für ein wenig Spott unter den Jungen. Aber Anton war als Bürgermeistersohn auch Anführer auf dem Schulhof und erledigte die Angelegenheit auf Jungenart: ein bisschen Schwitzkasten, und damit war die Sache für alle Zeit geklärt.

Kathi entdeckte schnell die Vorzüge eines Freundes und Beschützers. Seit Franzis Geburt beeilte sie sich nach der Schule immer, zu ihrer kleinen Schwester zu kommen, und hatte dadurch wenig Gelegenheit, Freundschaften zu pflegen. Meist aß sie ihr Pausenbrot allein, den Kopf in ein Buch versenkt. Ihren Klassenkameraden galt sie als Streber.

»Wohin gehen wir?«, fragte Kathi, als Anton sie in den Wald

hinter der Schule lotste. Nur Fußgänger oder gelegentliche Ochsenfuhrwerke nutzten noch den unbefestigten Weg durch den Petersburger Forst. Er führte in den acht Kilometer entfernten Nachbarort Michelsdorf. Jedermann sonst befuhr die neu gebaute Verbindungsstraße, die entlang des Waldes verlief.

»Wirst schon sehen«, beschied Anton Kathi geheimnisvoll.

»Aber Oleg wartet doch auf uns«, wandte Kathi ein. »Er hat das Material für die Mondrakete beisammen, die wir bauen wollen. Und er wollte mir mit den neuen Flügeln helfen!«

»Später. Das hier ist viel interessanter. Wirst sehen!«, wiederholte Anton. Er versteckte ihre Schulranzen unter stacheligem Gestrüpp und zog Kathi weiter. Sie hatten ungefähr ein Drittel des Weges nach Michelsdorf hinter sich gebracht, als Anton unvermittelt nach links abbog, mitten hinein in den Wald. Kathi konnte weit und breit keinen Pfad erkennen. Doch Anton setzte zielstrebig Fuß vor Fuß. Sie kamen an einen Bach, der zu breit war, um einfach darüber hinwegzuspringen. Kathi rief sich in Erinnerung, was sie über den Petersdorfer Forst wusste. In den Erzählungen war auch von einem Bach die Rede – die Markierung einer Grenze, die zu überschreiten verboten war.

»Da müssen wir rüber«, sagte Anton prompt. Bevor Kathi Einwände erheben konnte, strebte Anton auf eine Linde zu und stocherte mit dem Fuß im dichten Blätterbelag, bis er auf etwas Hartes stieß. Er bückte sich und förderte ein langes Brett zutage.

»Pack mal mit an, Kathi!« Mit vereinten Kräften schoben sie das schwere Brett über den Bach und spazierten anschließend bequem auf die andere Seite. Dort zogen sie es bis zum nächsten Baum und tarnten ihren provisorischen Steg erneut mit Laub.

Sie setzten ihren Marsch fort. Kathi glühte vor Abenteuerlust. Selbst der Bau der Rakete und ihre Flügel waren kurzzeitig vergessen. Wo brachte Anton sie hin? Sie war mit Dorota bei der

Pilzsuche häufig in den Wäldern um das Dorf unterwegs. Ihr Verstand sagte ihr, dass sich der verbotene Wald in nichts von jenen unterschied. Lichte Buchen wechselten sich mit dichten Nadelbäumen ab, und über den Boden krochen die langen Finger der Farne, als spürten sie verborgenen Mysterien nach. Das Wissen um das Verbotene machte diesen Wald geheimnisvoll, und Kathi fühlte sich seltsam belebt. Hinter jedem Baum erwartete sie, ein Fabelwesen zu entdecken, und in jedem Schattenspiel sah sie fahle Gestalten, die sie aufmerksam beobachteten. Dabei waren es nur Zweige, die im Wind schaukelten. Auch Oskar genoss den Ausflug und trieb sich schnüffelnd im Unterholz herum.

Einige Hundert Meter stapfte Kathi konzentriert hinter Anton her, über raschelnde Blätter, morsches Holz und tückische Wurzeln hinweg, als Anton ihr das Zeichen gab, stehen zu bleiben.

»Was ist? Sind wir da?« Mit wachem Blick musterte Kathi ihre Umgebung.

»Psst!« Anton machte Kathi auf das Eichhörnchen über ihnen aufmerksam. Kopfüber in eine Tanne gekrallt, beäugte es die Kinder aufmerksam.

Nun entdeckte Kathi auch das Kleine, das sich an den Schwanz seiner Mutter klammerte. »Wie niedlich«, flüsterte sie. »Dorota sagt, Eichhörnchen seien verzauberte Einhörner.«

Anton setzte sich wieder in Bewegung. »Ah! Das ist sicher der Grund, warum es keine Einhörner gibt«, spöttelte er.

Kathi drängte sich vor ihn. »Du musst nicht so überheblich tun, Anton! Dorota sagt, es gibt sie. Man könne das Einhorn aber erst sehen, wenn man der wahren Liebe begegnet ist.«

»Dorota erzählt *Märchen,* Kathi.«

»Ich glaube ihr!«

»Glauben ist das Gegenteil von Logik. Man muss eine Behauptung auch beweisen können!« Damit zitierte Anton

Fräulein Liebig. Was Kathi ein wenig den Wind aus den Segeln nahm. Dabei freute sie sich über Antons kleine List. Geistesgegenwärtig antwortete sie: »Siehst du! Genauso geht logisch argumentieren.«

Sie liefen weiter. Nach ungefähr einer Stunde, in der Anton Kathis wiederholte Versuche, ihm mehr über ihr Ziel zu entlocken, jedes Mal abgeblockt hatte, zeichnete sich in der Ferne eine Erhöhung ab. Je näher sie ihr kamen, umso mehr fragte sich Kathi, ob sie natürlichen Ursprungs war. Es wirkte fast wie ein Wall, der sich mitten durch den Wald wand – als hätten ihn Menschen vor lang vergangenen Zeiten erbaut, um ihre Feinde daran zu hindern, weiter in den Wald vorzudringen. Der Wald hatte sich nun merklich gelichtet, als wichen die Bäume vor dem Wall zurück.

»Wo sind wir?«, fragte Kathi. Die Härchen an ihren Armen hatten sich aufgestellt. Dies war ein kalter, dunkler Ort.

»Hier hat vor langer Zeit eine Hussitenschlacht stattgefunden. Wenn man ein bisschen buddelt, findet man überall Spuren. Waffen und Schilde und Helme! In manchen steckt sogar noch der Schädel drin!«, erklärte Anton begeistert.

Puh, dachte Kathi, *für Schädelknochen können sich auch nur Jungs erwärmen ...* Nun verstand sie, was ihr Unwohlsein ausgelöst hatte. Die Toten hießen die Lebenden nicht willkommen.

Oskar hingegen teilte Antons Begeisterung und begann sofort zu graben.

»Nein, Oskar! Aus!«, hielt Kathi ihn davon ab. »Diese Knochen sind nicht für dich! Sitz!« Sichtlich widerstrebend, mit heraushängender Zunge, gehorchte der Hund.

»Komm«, sagte Anton eifrig zu Kathi, »in der Höhle ist noch mehr!«

»Mehr *Knochen?* Und überhaupt, welche Höhle?«

»Dort!« Anton zeigte auf den Wall und stürmte voran.

Kathi zögerte. Nicht aus Angst. Die hatte sie nie. Es war mehr eine Ahnung, dass es vielleicht besser wäre umzukehren. Andererseits, sagte sie sich, konnte man Abenteuer nur erleben, wenn man sich auch auf sie einließ. Sie spurtete Anton hinterher.

Als sie den Wall außer Atem erreichte, zeigte sich, dass ihr Freund gut auf den Ausflug vorbereitet war. Aus einem hohlen Baumstamm zog er einen kleinen Rucksack.

»Was hast du drin?«, fragte Kathi.

»Taschenlampe, ein paar Bienenkerzen. Und das!« Anton hatte eine kleine Papiertüte Karamellbonbons hervorgekramt. »Verflixt«, sagte er, als er in die Tüte spickte.

»Was ist?«

»Da krabbeln Ameisen drin rum.« Anton, wenig zimperlich, pulte die Ameisen kurzerhand herunter und steckte sich eine der Süßigkeiten in den Mund. Er bot auch Kathi davon an. Der Verzicht fiel ihr leicht.

Anton schnappte sich die Taschenlampe, hängte sich den Rucksack über eine Schulter und ging an dem dicht bewachsenen Wall entlang. Systematisch suchte er die Büsche ab.

»Hier ist es!«, rief er kurz darauf triumphierend und bog einige Zweige zur Seite. Tatsächlich verbarg sich dahinter ein Eingang.

Bevor sich Anton anschickte hineinzugehen, wies er Kathi an: »Die ersten Meter sind ein wenig niedrig, aber du bist klein genug, um dir nicht den Kopf zu stoßen. Bleib aber dicht hinter mir. Von der Höhle gehen mehrere Gänge ab. Nicht, dass du dich da drin verläufst.«

Kathi fuhr durch den Kopf, dass die von Anton angekündigten Knochen in der Höhle womöglich gar nicht von einer Schlacht stammten, sondern von Menschen, die sich darin verlaufen hatten. So abenteuerlustig sie auch veranlagt sein mochte – der Gedanke, ins unbekannte All zu reisen, reizte sie gerade mehr, als in ein dunkles Erdloch zu kriechen.

Oskar schien genauso zu empfinden. Knochen hin oder her,

für die Höhle konnte er sich nicht begeistern. Nachdem er den Eingang ausgiebig beschnüffelt hatte, legte er sich in einiger Entfernung flach auf den Boden.

Anton wies auf Oskar. »Ich glaube, er will lieber draußen bleiben.«

»Na so was«, meinte Kathi und ging neben dem Hund in die Hocke. Er winselte und wedelte zaghaft mit dem Schwanz. »Was hast du denn?«

»Ich glaube, er hat Angst im Dunkeln. Lass ihn da! Komm, gehen wir rein!«

Kathi gab der eigenen Neugier nach. Nach einem letzten Blick auf Oskar kroch sie Anton in die Höhle hinterher.

Sofort verstummten die vertrauten Geräusche des Waldes, und außerhalb des Taschenlampenkegels blieb es stockfinster. Dunkelheit und Stille waren nichts, wovor sich Kathi fürchtete. Doch da war auch die Gegenwart von etwas Unbekanntem, zutiefst Ursprünglichem. Ihr war, als ob die Höhle sie als Eindringlinge betrachtete. Vielleicht hatte Oskar das gespürt und es deshalb vorgezogen, draußen auf sie zu warten.

Der Gang führte stetig abwärts, nach kaum hundert Metern mündete er in einen großen, kreisförmigen Raum.

Anton reichte Kathi die Taschenlampe, kramte Streichhölzer hervor und entzündete die mitgebrachten Kerzen. Eine platzierte er am Stollen, durch den sie gekommen waren. Sogleich lenkte er Kathis Aufmerksamkeit auf die Schädel, die in der Mitte zu einem kegelförmigen Haufen aufgeschichtet waren. Auf dem felsigen Boden lagen Reste von Kriegsausrüstung: zerbrochene Schilde, schartige Schwerter und Lanzenspitzen. Kathi entdeckte auch Tonscherben und die Überreste verrottender Lederbekleidung.

Als Anton den Lichtkegel auf den Stapel Schädelknochen richtete, fiel Kathi ein kurzes Aufblitzen auf. »Du, Anton, leuchte noch mal den Haufen da an!«

Dieses Mal blieb das Blitzen aus. Erst als Anton die Taschenlampe mehrmals auf und ab bewegte, sah Kathi es erneut. Zielsicher fasste sie zu und hielt einen Schädel in der Hand. »Guck mal, Anton!« Kathi zeigte auf das gut erhaltene Gebiss. »Haben die damals auch schon Goldzähne gehabt?«

»Keine Ahnung.« Anton besah sich Schädel und Gebiss genauer. »Schau! Der hat ein großes Loch im Schädel. So ist er bestimmt gestorben!« Anton führte einen Hieb mit einem imaginären Schwert aus.

»Ihh! So genau wollte ich es gar nicht wissen.« Kathi legte den Schädel zurück und bekreuzigte sich.

Anton tat es ihr nach, als ihm plötzlich einfiel: »Mensch, Kathi, der Zahn ist aus echtem Gold! Wir sollten ihn mitnehmen und verkaufen. Dann könnte ich endlich das Albatros-Modell vom Roten Baron haben.«

»Sag mal, spinnst du? Das wäre Totenschändung!«

»Wieso denn? Der Schädel ist doch uralt. Wen interessiert das heute noch?«, hielt Anton dagegen.

»Tot ist tot, egal, wie lange«, beharrte Kathi, und als sie in Antons enttäuschtes Gesicht blickte, ergänzte sie: »Es geht nicht, Anton. Denk doch mal logisch: Du müsstest dann erklären, woher du das Gold hast. Am Ende heißt es noch, du hättest es gestohlen! Und dann nimmt man es dir weg! Und statt dem Gold hast du noch den Ärger am Hals.«

Anton verzog das Gesicht. Manchmal fand er es anstrengend, dass seine Freundin so gescheit war. Und so logisch. Mit einem schartigen Schwert stocherte er noch ein wenig in den alten Sachen herum. »Also gut«, meinte er. »Gehen wir wieder. Die anderen Stollen zeige ich dir das nächste Mal.« Offenbar trauerte Anton noch immer seinem Gold nach; für heute hatte es ihm jedenfalls die gute Laune verhagelt. Er begann eben, die Kerzen einzusammeln, als ein plötzliches Geräusch die Kinder herumfahren ließ. Es kam aus dem Stollen!

»Was war das?« Instinktiv suchten sie Schutz hinter den mannshoch aufgestapelten Knochen. Mit angehaltenem Atem lauschten sie. Das unheimliche Geräusch näherte sich, es klang wie Krallen, die über Felsen schabten. Schon zeichnete sich im Licht der flackernden Kerze ein riesenhafter Schatten im Gang ab und ließ sie erschauern. Anton fasste nach Kathis Hand, mit der anderen griff er nach einem herumliegenden Schwert.

Da erschien Oskar im Eingang zur Höhle, schnüffelte und war mit zwei Sätzen bei ihnen.

»Oskar!«, rief Kathi erleichtert. »Ist es dir draußen allein zu langweilig geworden?« Der Hund ließ sich ausgiebig von ihr kraulen, drehte eine schnelle Runde in der Höhle, um anschließend in einem zweiten Gang gegenüber zu verschwinden.

»Hey! Nicht da lang!«, rief Anton.

»Keine Bange, der kommt gleich wieder«, meinte Kathi und klopfte sich den Staub von der Kleidung.

»Aber der Gang ist nicht sicher! Da sind mehrere Gruben im Boden. Die sieht man im Dunkeln nicht«, rief Anton ehrlich erschrocken.

»Was? Oskar! Hierher! Hierher!«, schrie Kathi entsetzt und wollte ihm hinterherlaufen. Anton war schneller und versperrte ihr den Weg. »Warte! Lass mich vorgehen!«

Sie hörten den Hund bellen. Da die Erdstollen die Geräusche dämpften, war es schwer zu sagen, wie weit er entfernt war. Oder ob es aus einer Grube kam.

»O Gott!«, entfuhr es Kathi. Sie klammerte sich an Antons Arm.

»Keine Sorge, Kathi! Ihm passiert schon nichts.« Die Taschenlampe auf den Boden gerichtet, betrat Anton den Stollen. Es war, wie er gesagt hatte: Schon nach zwanzig Metern stießen sie mitten im Weg auf ein Loch. Anton leuchtete mit der Lampe hinein. Es war mindestens vier Meter tief.

»Siehst du was? Ist Oskar da unten?«, fragte Kathi ängstlich.

»Nein, da ist nur morsches Holz. Und noch mehr Knochen.«

»Woher willst du das so genau wissen?« Kathi kniete sich an den Rand und schaute angestrengt nach unten.

»Weil ich da schon mit dem Seil runtergeklettert bin«, erklärte Anton. »Die Gruben dienten vermutlich als Fallen gegen Eindringlinge.«

»Fallen?«

»Ja. Der Boden war ursprünglich abgedeckt, und unten hat man angespitzte Pflöcke reingerammt. Wer reinfiel, wurde aufgespießt. Daher die Knochen.«

Kathi wurde noch blasser. »Oskar…«, flüsterte sie und forschte angestrengt im Dunkel des Ganges vor ihr.

»Keine Angst. Die Holzpflöcke in den Fallen sind schon lange verrottet.«

Antons Sorglosigkeit entfachte Wut in Kathi. »Ich mache mir aber Sorgen! Du hättest mir ruhig sagen können, dass es gefährlich für Oskar werden könnte!«

»Ja, wie denn? Der Hund wollte doch erst gar nicht mit reinkommen!«, verteidigte sich Anton entrüstet.

»Trotzdem hättest du mich wegen der Fallen warnen können!«

»Jetzt bist du unlogisch. Wie sollte ich wissen, dass Oskar plötzlich bei uns auftaucht? Ich bin doch kein Hellseher!«

»Nein, du bist ein Heimlichtuer!«, schrie Kathi. »Wir haben ewig bis zur Höhle gebraucht. Da hättest du genug Zeit gehabt, um mir mehr darüber zu erzählen. Dann wäre ich gar nicht mit reingekommen und Oskar auch nicht!«

Es war ihr erster Streit. Kurz standen sie sich wie Kampfhähne gegenüber. Bis Anton hörbar die Luft ausstieß. »Komm, Kathi«, sagte er ruhig. »Gehen wir weiter und suchen deinen Oskar.«

Seine Nachgiebigkeit störte Kathi, weil sie ihr zeigte, dass Anton gerade der Vernünftigere von ihnen beiden war. Und deshalb wollte sie noch nicht klein beigeben. »Wenn Oskar etwas passiert, dann … Was?«, kreischte sie plötzlich auf. Fast wäre sie selbst in die Grube geplumpst, wenn Anton nicht rechtzeitig ihren Arm gefasst und sie gehalten hätte.

Etwas hatte Kathi in die Seite gestupst! *Oskar!* Er hatte sich am Rand der Grube vorbeigedrückt. Kathi fiel ihm sofort um den Hals.

»Was hat er denn da im Maul?«, fragte Anton interessiert und leuchtete den undefinierbaren Gegenstand an, den Oskar nun vor Kathis Füße legte.

Es war ein Erdklumpen. Antons Interesse erlosch.

»Oh!«, machte Kathi, die Oskars Fund aufgehoben hatte. »Der ist aber schwer!«

»Ein Klumpen Dreck halt«, meinte Anton.

»Pfui, Oskar! Wie du aussiehst. Total schmutzig!«, schimpfte Kathi und ließ den Klumpen fallen. Der brach beim Aufschlagen auseinander, und etwas Helles schimmerte durch.

»Da ist was unter dem Dreck«, rief Anton. Er bückte sich, pulte weiteren Schmutz ab. Nach und nach kam eine kleine Statue zum Vorschein. Sie starrten sie beide an. Sie schien aus nichts als Busen zu bestehen. Kathi fand, sie ähnelte Dorota.

Ehrfürchtig berührte Anton die Figur. »Ist die etwa aus purem Gold?«

Kathi zuckte die Achseln. »Scheint so. Sie ist hübsch, oder?«

»Boah! Das ist ja wie in Karl Mays *Der Schatz am Silbersee!* Wo hat Oskar sie her?«

Der Hund schien nur auf diese Frage gewartet zu haben. Er drückte sich an der Grube vorbei, drehte sich um und wartete.

»Er will es uns zeigen!« Anton schickte sich an, sich ebenfalls an der Grube vorbeizuzwängen.

Kathi zögerte. Erneut überkam sie das Gefühl, dass etwas Unausweichliches näher rückte.

»Was hast du? Willst du denn nicht wissen, ob da noch mehr Gold ist?«

Kathi überlegte sich ihre Antwort genau. »Denk nach, Anton. Selbst wenn da mehr Gold sein sollte … Es ist das Gleiche wie bei dem Backenzahn. Gold, das man nicht ausgeben kann, ist nichts wert.«

Anton stieß die Luft aus, seine Schultern sackten herab. »Deine verflixte Logik verdirbt einem den ganzen Spaß«, grummelte er. »Aber wir könnten doch wenigstens nachsehen, wo Oskar die Statue gefunden hat. Oder?«

»Also gut«, seufzte Kathi. Und anstatt umzukehren, wie es ihr eine innere Stimme riet, folgte sie ihm.

Der Stollen war verzweigt wie ein Labyrinth, und ohne Oskar hätten sie die Orientierung verloren. Plötzlich verschwand der Hund vor ihren Augen, abgetaucht in eine schmale Nische zwischen zwei Felsen. Sie hörten ihn wild scharren, Erde spritzte in ihre Richtung. Sie krochen hinterher. Anton lenkte die Taschenlampe auf Oskars Grabung. Dort schimmerte es! Er machte sich ebenfalls ans Werk.

Oskars Fund überstieg jede Vorstellungskraft: Münzen, Schmuck, mit Edelsteinen verzierte Trinkpokale und weitere Kultgegenstände, ähnlich der kleinen Statue. Sogar eine Krone fanden sie. Kriegsbeute. Zweifellos klebte Blut daran.

Kathi stand mit einem unbehaglichen Gefühl vor dem Schatz, unfähig, davon auch nur die kleinste Münze anzufassen.

Anton hingegen ließ sich nichts entgehen. Er hob dieses und jenes auf, um es im Licht der Taschenlampe einer genaueren Betrachtung zu unterziehen. »Sieh dir das an! Ich glaube, wir haben den Hussitenschatz gefunden!« Er hielt Kathi eine Goldmünze entgegen, auf der ein gekröntes Haupt abgebildet war.

Doch seine Freundin zeigte keinerlei Anstalten, danach zu greifen. »Wir sollten gehen, Anton«, ermahnte sie ihn.

»Aber wir können das alles nicht einfach so liegen lassen!«

»Wieso? Es liegt seit Jahrhunderten hier. Dann kann es da

auch noch länger bleiben. Wir können mit dem Gold nichts anfangen.«

Anton schaute ziemlich genervt drein. Aber er sagte nichts mehr.

Kathi rief: »Nach Hause, Oskar! Los, zeig uns den Weg nach draußen!« Oskar schoss davon, doch sie merkten schnell, dies war nicht der Weg, den sie gekommen waren.

»Wir müssten längst bergauf!«, keuchte Anton.

»Warte Oskar! Wo führst du uns bloß hin?«

Der Hund blieb kurz stehen, bellte zweimal heiser und sprang erneut einige Schritte voran.

»Horch! Hörst du das auch?«, rief Kathi jäh. »Es klingt wie ein Plätschern!«

Wenig später standen sie in einer weiteren unterirdischen Höhle. Ein munterer Bach schlängelte sich mitten hindurch und verlor sich zwischen den Felsen. Oskar sprang sofort ins Wasser und trank ausgiebig.

»Dein Hund hat Durst«, bemerkte Anton.

»Das sehe ich auch.« Kathi verstand, was Anton ihr eigentlich damit sagen wollte: *Dein Hund hat uns deswegen hierher geführt, und jetzt müssen wir den ganzen Weg zurücklaufen.*

Doch Anton wäre nicht Anton, wenn er nicht auch aus dieser Situation das Beste gemacht hätte. Er zog seine Schuhe aus und watete ins Wasser. Mit den Händen schöpfte er Wasser und kostete davon. »Es schmeckt prima!«

Aber Kathi war abgelenkt. »Wo will Oskar denn jetzt schon wieder hin?« Der Hund war dem Bachlauf bis zu der Stelle gefolgt, an der er sich im Felsen verlor. Plötzlich war er verschwunden, um gleich darauf mit einem großen Ast im Maul wiederaufzutauchen.

»Dein Hund hat wirklich eine Meise, Kathi. Er will spielen!«

Oskar ließ den Ast fallen, tauchte erneut im Wasser ab, um

kurz darauf, diesmal mit einem kleineren Ast, wieder vor ihnen zu stehen.

»Ich glaube, er will uns zeigen, dass es dort nach draußen geht!«, rief Kathi aufgeregt.

»Das schaue ich mir an.« Anton zog Hemd und Hose aus und folgte Oskar. Er war kaum eine Minute fort. Dennoch waren es die längsten sechzig Sekunden, die Kathi je durchlebt hatte.

Prustend kam Anton wieder an die Oberfläche. »Da geht es tatsächlich aus der Höhle! Du musst nur für ein paar Sekunden die Luft anhalten.« Er wischte sich die nassen Strähnen aus dem Gesicht.

Kathi fackelte nicht lange und zog sich ebenfalls bis auf die Unterwäsche aus. Anton wickelte ihre Kleidung in seine eigene und verstaute sie im Rucksack. »Der ist ziemlich dicht«, sagte er. »Gib mir deine Schuhe, die passen noch mit rein.« Er selbst zog seine Halbschuhe wieder an.

Auch wenn es nur wenige Meter waren und hinter dem Felsen nicht das Unbekannte lauerte, kostete es Kathi Überwindung, in die dunkle Öffnung unter dem Wasser einzutauchen. Da nahm Anton ihre Hand und sagte: »Wir machen das zusammen, Kathi!« Sie holten beide tief Luft, und nur Sekunden später krabbelten sie aus dem Bach und eine kleine Böschung hoch. Dort kleideten sie sich wieder an. Kathi löste ihre Zöpfe, damit ihr Haar schneller trocknen konnte. »Wo sind wir hier?«, fragte sie.

»Das wissen wir, wenn wir auf den Wall geklettert sind.«

Im Nu hatten sie die kaum zehn Meter Höhe überwunden.

»Schau, da hinten ist der Dolmen!« Anton zeigte auf die Stelle, wo Kathi eine kreisförmige Steinformation erkannte. Dorota hatte ihr einmal davon erzählt. Es sei eine Heimstatt der Geister. Kathi fand, dass der Ort tatsächlich wirkte, als wären dort zu Stein erstarrte Fabelwesen versammelt.

»Wir sind gar nicht weit vom ursprünglichen Eingang herausgekommen«, freute sich Anton. »Quasi sind wir im Kreis gelaufen! Gut gemacht, Oskar!« Er tätschelte dem Hund den Kopf. »Dafür hast du dir einen Extraknochen verdient.«

Sie rutschten die andere Seite des Walls hinab und machten sich auf den Rückweg.

Doch ihre Erleichterung war nur von kurzer Dauer. Denn Oskar benahm sich plötzlich seltsam. Er jaulte und duckte sich auf den Boden, kroch einige Meter weg und auf ein Gebüsch zu, als wollte er sich darin verbergen.

»Was hast du denn, Oskar?«, wunderte sich Kathi. Die Antwort folgte unmittelbar. Mehrere Schüsse hallten durch den Wald.

»Verdammt!«, fluchte Anton. Er folgte Oskars Beispiel und brachte auch Kathi dazu, sich flach auf den Boden zu werfen.

»Jäger?«, hauchte Kathi.

»Nein! Die Jagd ist noch gar nicht offen!«, schimpfte er weiter. Er musste es wissen, da ihn sein Vater schon seit zwei Jahren mit auf die Jagd nahm. »Das sind Wilderer!«

Weitere Schüsse fielen. Kathi zuckte bei jedem einzelnen zusammen. Verständlicherweise hatte auch Oskar für die Ballerei nichts übrig. Die Rute zwischen die Beine geklemmt, verharrte er neben Kathi. Mehrere Minuten vergingen, in denen kein Schuss mehr fiel. Unvermittelt stellte Oskar die Ohren auf, witterte und schoss wie der Blitz davon.

»Oskar!«, entfuhr es Kathi erschrocken. Blindlings lief sie ihm hinterher, nur von einem Gedanken beherrscht: Er durfte den Jägern keinesfalls in die Quere kommen! Sie würden ihn sofort erschießen!

Im Nu waren Hund und Mädchen vom Wald verschluckt. Anton schrie noch erschrocken: »Kathi, nicht!«, bevor er selbst hinter den beiden herstürzte.

Während er sich durchs Unterholz schlug, rief er wiederholt Kathis Namen und, um die Jäger auf sich aufmerksam zu machen, immer wieder auch: »Ich bin's, der Anton Luttich! Nicht schießen!«

Tatsächlich hatte das Schießen inzwischen ganz aufgehört; die Jäger schienen ihre Beute gemacht zu haben.

Aber wo war Kathi abgeblieben? Endlich glaubte er, sie schwach rufen zu hören. Er fand sie am Rand einer kleinen Lichtung. Sie kauerte auf dem Boden, während Oskar aufgeregt um sie herumtänzelte. Die beiden mussten etwas entdeckt haben.

Es war ein Rehkitz, höchstens ein paar Tage alt. Das Tier war völlig verängstigt, und es zitterte unter dem getüpfelten Fell. Sein kleines Herz pumpte, und die Flanke war blutverschmiert.

»Es ist verletzt«, hauchte Kathi.

Anton kniete sich neben sie und betrachtete die Wunde. Er war dabei sorgsam darauf bedacht, das Tier nicht zu berühren. »Ich denke, die Jäger haben es erwischt. Das sieht nach einem Streifschuss aus.«

»Wird es sterben?«, fragte Kathi ängstlich.

»Ich denke nicht. Sag, hast du das Tier schon angefasst?«

»Ich habe es gestreichelt, um es zu beruhigen. Warum?«

Anton blickte sich um. »Seine Mutter ist vermutlich in der Nähe und versteckt sich vor uns. Sie wird erst nach ihm sehen, wenn wir weg sind. Aber wenn das Kitz nach Mensch riecht, könnte sie es verstoßen.«

»Die Mutter würde es einfach so liegen lassen?«, fragte Kathi entsetzt.

»So ist es in der Natur, Kathi«, antwortete Anton leise.

Schuldbewusst starrte Kathi auf ihre Hände. Sie hatte nur helfen wollen. Sie musste sofort an Dorotas Fliegenfallen in der Küche denken. Einmal hatte sie versucht, eine gefangene Biene daraus zu befreien, aber am Ende hatte sie sie nur zerquetscht. Dennoch wollte sich Kathi nicht mit der Situation abfinden. »Aber wir können das Kitz doch nicht einfach so zurücklassen!«, begehrte sie auf.

Anton richtete sich auf und klopfte die trockenen Tannennadeln von seinen Knien. »Los, Kathi. Wir suchen uns einen Platz, von wo aus wir die Lichtung beobachten können. Da warten wir und schauen, ob die Mutter kommt und sich um ihr Kleines kümmert.«

Über eine Stunde lagen sie auf der Lauer, doch die Mutter ließ sich nicht blicken. Die ganze Zeit über stieß das Kitz herzzerreißende Laute aus, rief verzweifelt nach seiner Mutter. Kathi hielt es schließlich nicht mehr aus: »Was ist, wenn die Jäger die Mutter erwischt haben?«, flüsterte sie.

Anton hatte diese Möglichkeit längst erwogen, aber lieber für sich behalten. Wenn die Mutter tot war oder aus anderen Gründen nicht zurückkehrte, würde das Tier die Nacht nicht überleben. Es war hilflos. Beute. *So ist die Natur,* wiederholte er in Gedanken.

»Wir müssen was tun, Anton! Wir können das kleine Reh doch nicht einfach so sich selbst überlassen!« Bevor Anton Kathi zurückhalten konnte, sprang sie auf und rannte zu dem verletzten Tier zurück. Oskar lief ihr sofort hinterher.

Anton stieß ein ergebenes Seufzen aus. *Mädchen!* Er folgte Kathi, entledigte sich seiner Jacke, legte das winzige, zitternde Kitz hinein und trug es für seine Freundin nach Hause.

Kathi pflegte es gesund. Das Tier entpuppte sich als kleiner Rehbock, und da sie gerade mit Begeisterung James Barries Geschichte gelesen hatte, taufte sie es kurzerhand auf den Namen *Peter Pan.* Als Dorota ihn erfuhr, rief sie: »Zwei Namen für so ein kleines Tschapperle? Oii, ich sag Peterle, wenn's recht ist.« Bald folgten alle ihrem Beispiel.

Wie Oskar folgte Peter »Peterle« Pan Kathi auf Schritt und Tritt. Er war ein quirliger und frecher Geselle, mit nichts als Schabernack im Kopf. Seinem Charme zu widerstehen erwies sich als schier unmöglich, und auf diese Weise eroberte er die Herzen aller Hofbewohner im Sturm.

So wild sich der kleine Bock sonst auch gebärdete, bei der kleinen Franzi wurde er ganz zahm. Wenn Kathi in der Schule war, lag er oft zusammengerollt bei Franzi, und sie hielten gemeinsam ihr Schläfchen.

Doch der Sadlerhof war nicht Nimmerland, wo die Kinder nie erwachsen wurden und jeder Wunsch in Erfüllung ging, wenn man nur fest genug daran glaubte. Kathi mochte es sich noch so sehr wünschen, Peterle für immer zu behalten. Aus kleinen Böcken wurden irgendwann große. Schon bald war zu erkennen, dass Peterle zu einem besonders stattlichen Exemplar seiner Zunft heranwuchs. Stolz zeigte Kathi ihrem Freund Oleg das sich entwickelnde Gehörn.

»Zur Blattzeit sollten wir ihn im Wald haben«, meinte Oleg daraufhin.

»Blattzeit? Was soll denn das für eine Zeit sein?«

»Die Brunft.«

»Und was ist Brunft?«

»Das, was beim Ochsen nicht mehr geht.«

»Ach so«, machte Kathi und verdrehte die Augen. »Sag es doch gleich.« Sie wusste längst, was es damit auf sich hatte, wenn Oleg die Kuh zum Stier und den Bock zur Ziege führte.

Kathi fand, es sei zu früh, sich schon jetzt darüber den Kopf zu zerbrechen, wann Peterle sie würde verlassen müssen. Denn bis dahin waren es noch viele Monate. Und das war in ihrem kindlichen Universum eine Ewigkeit.

22

Blühe, blühe, Blütenbaum, bald kommt das Reifen.
Blühe, blühe, Blütenbaum.
Meiner Sehnsucht schönsten Traum,
Lehr mich ihn begreifen.

Rainer Maria Rilke

Zwei Monate nach Peterles Einzug auf dem Beerenhof hatte sich der Inspektor vom »Reichsverband für Zucht und Prüfung deutschen Warmbluts« bei den Sadlers angesagt. Er trug nicht nur sein goldenes NSDAP-Parteiabzeichen am Revers spazieren, sondern als Veteran des Großen Krieges auch das Eiserne Kreuz Erster Klasse.

Laurenz, der anders als Annemarie bereits das *Unvergnügen,* wie er sich ausdrückte, mit dem Mann hatte, erklärte, dieser sei ein Wichtigtuer *Erster Klasse,* und solche Personen riefen bei ihm Hautausschlag hervor.

Für Charlotte hingegen war es ein bedeutsamer Termin, und sie hatte lange darauf hingearbeitet. Seit Tagen wurde sie nicht müde, dies bei jeder Gelegenheit zu betonen, zuletzt beim morgendlichen Frühstück. Heute würde sich entscheiden, ob ihr Hengst Bukephalos IV. zur Körung zugelassen würde, die Voraussetzung, um ihn zur Zucht einzusetzen.

Laurenz wies seine Mutter bei dieser Gelegenheit darauf hin, dass er sich wünschte, sie würde seinen Kindern dieselbe Aufmerksamkeit zuteilwerden lassen wie ihren Pferden. Denn dann wäre ihr am Tag zuvor vielleicht aufgefallen, dass ihre neunjährige Enkeltochter mitsamt den selbst gebastelten Flügeln auf das Dach des Pferdestalles kletterte, um einen Flugversuch zu unternehmen.

Er selbst hatte sich mit Oleg und Annemarie auf dem Feld aufgehalten, während Dorota von Charlotte in letzter Minute zum Schuster gesandt worden war, um die guten Reitstiefel neu besohlen zu lassen.

Kathis Flugabenteuer nahm einen glimpflichen Ausgang. Ein paar Schrammen und ein aufgeplatztes Kinn, mehr war ihr nicht geschehen. Einzig die Schelte der Eltern schmerzte. Kathi verstand die Aufregung nicht. Schließlich sei der Versuch doch gelungen und sie tatsächlich ein paar Meter weit geflogen!

»Ja, nach unten!«, schimpfte Laurenz.

Doch Kathi beharrte darauf, dass ihre Flügel funktionierten. Als Beweis führte sie an, sie hätte ja sonst den Strohballen nicht verfehlt, den sie mit Olegs Hilfe, freilich ohne ihm vorher auf die Nase zu binden, welchem Zweck er diente, dorthin geschafft hatte. Während Laurenz Oleg aufsuchte, verarztete Annemarie das Kinn ihrer Tochter, das zeitlebens eine Narbe von dem Flugabenteuer zurückbehalten sollte. Auch von ihr bekam Kathi eine kleine Strafpredigt zu hören und wurde anschließend in ihr Zimmer geschickt.

Der bevorstehende Besuch des Inspektors löste die unterschiedlichsten Aktivitäten aus. Da dem Mann der Ruf als Pedant vorauseilte und seinem Auge grundsätzlich nichts entging, entschied Charlotte, dass nicht nur Bukephalos' Fell wie Seide glänzen sollte, sondern der gesamte Hof einer Generalüberholung bedurfte. Alles sollte perfekt sein, das Bild eines mustergültigen deutschen Betriebs. Angesichts der zusätzlichen Einnahmen, die die Körung als Zuchthengst versprach, öffnete die notorisch sparsame Charlotte dafür ihren Geldbeutel. Ein Maler wurde beauftragt, der Fassade einen frischen Anstrich zu verleihen, und Oleg angewiesen, die Ställe auszubessern. Während der Hof tagelang von Olegs Hammerschlägen widerhallte, nahmen sich Dorota und Kathi das Innere des Hauses vor. »Nicht die kleinste Spinnwebe darf zurückbleiben!«, lautete Charlottes Anweisung. Dorota, die grundsätzlich nichts gegen Sauberkeit einzuwenden hatte, erschienen die Maßnahmen dennoch übertrieben. Während sie mit einem Besen der Decke im Flur zu Leibe rückte, murmelte sie vor sich hin: »Oii, den Mann möchte ich schon sehen, dem Spinnweben auffallen täten …«

Am großen Tag war alles bereit. In den frisch geputzten Fenstern spiegelte sich die Morgensonne, und Oleg hatte in aller Frühe die Ställe gesäubert. Annemarie begab sich nach dem Melken ins Kühlhaus, um sich dem Buttern und der Käseherstellung zu widmen, und ging dem Veteranen auf diese Weise aus dem Weg. Charlotte legte ihr bestes Reitkostüm an und bürstete höchstpersönlich ihre frisch besohlten Reitstiefel auf Hochglanz, während Dorota auf ihr Geheiß eine ihrer berühmten Beerentorten buk. Auch bei der Auswahl des Mittagessens hatte Charlotte nichts dem Zufall überlassen. Da der Inspektor aus dem kleinen schlesischen Altreichenau stammte, hatte sie bei Dorota »schlesisches Himmelreich« geordert, ein Gericht aus Kassler und Backobst. Die zweieinhalbjährige Franzi wurde in der guten Stube im Laufstall untergebracht und blätterte verzückt im Autoatlas des wundersamen Herrn Levy. August döste auf der Ofenbank, und Kathi befand sich noch in der Schule. Laurenz und Oleg zogen gleich nach der Stallarbeit mit dem Ochsengespann zum Eggen auf den Acker; Oskar trieb sich irgendwo mit seinem neuen Kumpel Peterle herum.

Kurz vor dem erwarteten Besuch knatterte Pfarrer Berthold Schmiedinger auf seinem Zweirad auf den Hof. Ausnahmsweise unangekündigt. Seit Laurenz im letzten Jahre elektrische Leitungen verlegen und auch gleich eine Telefonapparatur angeschafft hatte, meldete sich der Pfarrer in der Regel vorher an, obwohl er zu jeder Zeit auf dem Sadlerhof willkommen war.

Heute hatte Pfarrer Schmiedinger, was in den letzten Jahren häufiger vorkam, dem Wein mehr zugesprochen, als ihm guttat – ein Umstand, über den die gesamte Gemeinde Bescheid wusste, jedoch im stillen Einvernehmen hinwegsah. Denn wer wollte schon den ersten Stein auf den Pfarrer werfen?

Berthold verirrte sich zunächst in den Pferdestall. Dort stiftete er reichlich Unruhe, indem er auf der Suche nach der Küche mehrere Boxen öffnete. Bukephalos IV. und die beiden Warmblutstuten, die Charlotte über die letzten Jahre angeschafft hatte, reagierten nervös, wandten sich aber dann wieder ihrem Hafer zu. Einzig Bukephalos V., das abenteuerlustige Hengstfohlen, ließ sich die Gelegenheit zu entwischen nicht entgehen. Mit fröhlichen Bocksprüngen jagte es über den Hof, versetzte Hühner und Gänse in Panik, sodass sie flügelschlagend in alle Richtungen davonstoben.

Mit dem Stock fuchtelnd, tauchte plötzlich August auf und geriet mitten unter das panische Federvieh. Fluchend stolperte er umher. Noch im Kühlhaus war der Radau zu hören und rief Annemarie auf den Plan. Hände und Arme notdürftig von der Molke gereinigt, sah sie sich bei Augusts Anblick als Erstes veranlasst, in die Stube zu eilen, um nach Franzi zu sehen.

Der Laufstall war leer. Auch im restlichen Haus war die Kleine nicht auffindbar. Annemaries erster Gedanke galt der Wiese beim Bienenhaus. Dorota jedoch teilte ihr mit, sie sei eben erst dort gewesen und hätte die Franzi sicher bemerkt. Laut nach ihrer kleinen Tochter rufend, lief Annemarie zurück in den Hof.

Dort mühte sich Charlotte weiter, das wilde Hengstfohlen wieder einzufangen, während sie gleichzeitig versuchte, den krakeelenden August zu bändigen, der ständig zwischen sie und das Pferd geriet.

»Hast du Franzi gesehen?«, rief Annemarie Charlotte zu.

»Nein.« Charlotte schüttelte den Kopf.

Gott sei Dank nahte Hilfe in Gestalt von Kathi, die eben aus der Schule heimkehrte.

»Wo ist Oskar?«, fragte Annemarie, da sie auf den Spürsinn des Hundes hoffte.

»Ist er nicht da? Was ist denn passiert?«

»Franzi ist ausgebüxt. Kannst du in der Scheune nachschauen, dann übernehme ich den Hühnerhof?«

»Was ist mit dem Bienenhaus?«

»Dorota war eben dort. Da ist sie nicht.«

Ihre Suche war erfolglos, die Kleine blieb verschollen.

Als Mutter und Tochter wieder auf den Hof traten, fanden sie dasselbe Bild vor: August tänzelte und fluchte, immerhin jetzt an Pfarrer Bertholds Arm, und Charlotte jagte weiterhin dem Fohlen nach.

Dafür schlenderte Anton just durch das Tor und wurde sogleich für die Suche rekrutiert. Nachdem sie alle Nebengebäude inklusive der diversen Ställe durchkämmt hatten, dehnten sie ihre Suche auf die nähere Umgebung aus. Sie begannen hinter dem Haus, wo sich die Sadler'schen Obstwiesen in der hügeligen Landschaft ausdehnten. Gleich am Fuß des ersten Hügels stand das Bienenhaus. Und genau dort lag Franzi still im Gras, zwischen Lupinen, Himmelschlüsseln, Margeriten und Sonnenhut, als wäre sie selbst eine kleine Blume. Kein Wunder, dass Dorota sie zuvor übersehen hatte.

»Mann, der Wahnsinn!«, stieß Anton aus. Damit beschrieb er den schockierenden Umstand, dass Franzis zarter Körper über und über mit Bienen bedeckt war. Zehntausende. Ein ganzer Stock.

Annemarie presste bei Franzis Anblick beide Fäuste vor den Mund. Sie versuchte, den Schrei zurückzuhalten, der aus ihrer Kehle drängte, wollte keinesfalls die Bienen damit aufschrecken. *Ihre kleine, süße Franzi! Lebte sie noch? Oder hatten die Bienen sie …?* Nicht einmal in Gedanken konnte Annemarie den Satz zu einem Ende bringen. Sie spürte, wie Kathis kleine Hand in ihre schlüpfte. »Sorge dich nicht. Franzi geht es gut. Sie schläft nur.«

Annemarie lächelte abwesend, alle ihre Sinne waren auf Franzi gerichtet.

»Es stimmt! Franzi legt sich öfters zu den Bienen«, versuchte Kathi weiter, sich Gehör zu verschaffen. »Glaub mir, die Tiere tun ihr nichts.«

»Was?« Kathis Worte sickerten nur langsam zur Mutter durch. Sie löste sich aus ihrer Starre und wandte sich ihrer älteren Tochter zu. »Was sagst du da?«

»Wirklich, Franzi geht es gut! Wir haben sie schon einmal hier entdeckt. Weißt du das nicht mehr?«

»Natürlich! Aber doch nicht so!« Annemarie zeigte hilflos auf Franzi.

»Ich habe Franzi schon einige Male so vorgefunden und mich neben sie gesetzt. Wenn sie aufgewacht ist, sind die Bienen von ganz allein weggeflogen.«

Annemarie kniete sich vor Kathi. »Kind, das hättest du mir oder Vater erzählen sollen!«

»Aber warum denn? Wenn doch alles gut war und die Franzi kein einziges Mal gestochen worden ist? Sie liebt die Bienen, und die Bienen lieben sie«, verteidigte sich Kathi.

»Grundgütiger! Ist das die Franzi? Was tut sie denn da!«, rief Charlotte schrill. Unbemerkt war sie hinter sie getreten.

Jäh schwoll das friedlich anmutende Summen des Bienenvolkes zu einem bedrohlichen Ton heran. Einige Bienen flogen auf Charlotte zu.

»Still, Charlotte!«, zischte Annemarie. »Siehst du nicht? Du bringst die Bienen auf!« Sie zog ihre Schwiegermutter kurzerhand ein Stück weit fort.

»Aber das Kind! Die Bienen!«, japste Charlotte zwischen Fassungslosigkeit und Entsetzen.

»Ja, ich sehe es. Kannst du Laurenz rasch vom Feld holen?«, bat sie ihre Schwiegermutter – aus dem einzigen Grund, sie schnell aus dem Weg zu schaffen. Charlotte hastete davon.

»Kathi«, wandte sich Annemarie an ihre Tochter. »Rasch! Schau nach, was mit dem Großvater ist. Am Ende hat sie ihn noch neben dem Fohlen angebunden.« Letzteres murmelte sie mehr in sich hinein.

Anton verstand es trotzdem. »Mann, der Wahnsinn!«, wiederholte er. »Den Altbauern festbinden!«

Annemarie bereute ihre Bemerkung sofort. Hoffentlich erzählte Anton das zu Hause nicht seiner Mutter …

Doch Elsbeth war längst im Bilde. Wie ein unseliger Geist war sie plötzlich neben Anton aufgetaucht. Sie packte sein linkes Ohr und zog daran. »Hab ich dich, du Lausjunge! Was habe ich dir gesagt? Du sollst nicht ständig der Kathi hinterherrennen! Das tut ein Junge nicht!« Sie zog fester, und Antons Ohr lief ganz rot an. Aber er verkniff sich jeden Schmerzenslaut.

»So lassen Sie doch den Jungen los, Elsbeth! Sie tun ihm ja weh«, versuchte Annemarie, sie zu beschwichtigen.

»Genau darum geht es! Der Führer sagt, die deutsche Jugend braucht Zucht und Ordnung! Der Bursche tanzt mir ständig auf der Nase rum«, giftete Elsbeth und versetzte Anton zusätzlich einen Nackenschlag.

»Was ist hier los? Warum schlägst du deinen Jungen, Elsbeth?« Diesmal war es Laurenz. Ihm auf dem Fuße folgte ein tropfnasser Pfarrer Berthold. Sein Priesterkleid klebte wie ein Sack an ihm und klatschte ihm bei jedem Schritt gegen die Beine. August, der gleich hinter ihm hertorkelte, war ebenfalls von Kopf bis Fuß durchnässt – als hätten sie gemeinsam ein Bad genommen. Doch dieses Rätsel musste warten.

Annemarie packte Laurenz am Arm und deutete auf die Wiese. »Laurenz, sieh! Unsere Franzi! Was in Herrgotts Namen können wir wegen der Bienen tun?«

Nun erst wurde auch Elsbeth auf das Drama aufmerksam. Anton an seinem Ohr hinter sich herziehend, trat sie auf das Kind zu, an dem der ganze Tumult bisher spurlos vorübergegangen war. Friedvoll lag es zwischen den Blumen, eine zarte menschliche Blüte, tausendfach von Bienen bestäubt.

»Ha! Hab ich's nicht gesagt? Hab ich's nicht gesagt! Das nimmt einmal ein böses Ende!«, rief Elsbeth in einem Ton, der in Annemarie wahre Mordgelüste weckte. Ihre Finger krampften sich noch fester um Laurenz' Arm.

»Still, Elsbeth, und mach dich fort!« Laurenz schob die Frau energisch zur Seite und sagte: »Ich hole eine Fackel, um die Bienen mit Rauch zu betäuben.«

In diesem Moment schlug Franzi die Augen auf. Und wie auf ein geheimes Signal hin erhoben sich die Bienen in die Lüfte. Sie bildeten kurz eine summende Wolke über Franzis Kopf und flogen dann in einem anmutig wogenden Schwarm davon.

Als wäre nichts geschehen, setzte sich Franzi auf, streckte sich wie eine schläfrige Katze und stieß behagliche Laute aus.

Verblüfft ließ Elsbeth Antons Ohr fahren und glotzte Franzi mit hängenden Armen an. Sie hob einen zitternden Finger, zeigte auf das Mädchen und kreischte: »Das ist unmöglich! Das ist Teufelswerk! Teufelswerk!« Einige Bienen näherten sich ihr und ließen sich auf ihr nieder. Sie bemerkte es nicht einmal.

Pfarrer Berthold, der Dusche sei Dank inzwischen ausreichend ausgenüchtert, trat vor und legte seine Hand sanft, aber bestimmt auf Elsbeths Arm. »Nein, Elsbeth, du irrst dich. Das ist Gotteswerk. Der Heilige Franziskus, Hüter und Patron aller Tiere, hält seine schützende Hand über unsere kleine Franzi. Denn sie trägt seinen Namen: Franziska. Wir alle sind soeben Zeuge eines Wunders geworden! Ein Wunder!« Der Pfarrer hob die Arme gen Himmel, beseelt von den eigenen Worten.

Franzi beäugte interessiert den Pfarrer und kommunizierte sodann mit Kathi.

»Was hat sie gesagt?«, fragte der Pfarrer sofort.

»Sie sagt, dass ihr Name Ida sei und nicht Franziska«, übersetzte Kathi.

»Ha! Das Kind kennt nicht einmal seinen Namen!«, rief die Luttich hysterisch. »Das Kind ist verrückt! Verrückt!«

Niemand achtete auf sie. Franzi teilte Kathi noch etwas mit. Wieder übersetzte Kathi für ihre Schwester. »Franzi fragt, ob heute Freitag ist.«

»Nein, äh, Dienstag. Warum möchte sie das wissen?«, fragte der Pfarrer zurück.

»Weil Freitag Badetag ist.«

Als entwiche Luft aus einem Ballon, entspannte sich die Situation. Allein Elsbeth entzog sich schmollend der Einladung von Laurenz und Annemarie zu einer Stärkung in der Stube. Die Bürgermeistersfrau packte Antons Hand, verbot ihm entschieden jeglichen Kontakt zu Kathi und zog den Widerstrebenden mit sich mit.

Kathi grinste. Sie wusste, dass Anton sich nicht an das Verbot halten würde.

Just als Mutter und Sohn Luttich durch das Tor schreiten wollten, begegnete ihnen eine schwarz glänzende Mercedeslimousine. Der Fahrer kurbelte das Fenster herab und streckte den Arm für den deutschen Gruß heraus. Sodann erkundigte er sich bei Elsbeth, ob dies der Sadlerhof sei.

»Nein!«, reagierte sie unwirsch. »Das ist ein Irrenhaus! Heil Hitler!« Sie stapfte davon, so wütend, dass ihr sogar die Neugierde abhandengekommen war.

In diesem Moment stachen die Bienen zu. Elsbeth jaulte auf, ließ Antons Hand fahren und raste wie eine Verrückte die Straße hinunter.

»Na, hören Sie mal!«, empörte sich der Fahrer und rollte weiter in den Hof.

Charlotte kam ihm freudestrahlend entgegengelaufen. Der

Inspektor vom Zuchtverband war eingetroffen. Keine Minute zu früh.

Wie sich später herausstellte, hatte der Pfarrer sein unfreiwilliges Bad Charlotte zu verdanken. Sie wusste sich nicht anders zu helfen, als das ausgebüxte Fohlen und ihren fluchenden August mit dem Wasserschlauch zu bändigen. Leider geriet der Pfarrer dabei zwischen die Fronten.

Elsbeth Luttich wiederum ward zwei Wochen nicht mehr im Dorf gesehen. So lange dauerte es, bis die Schwellungen in ihrem Gesicht zurückgegangen waren. Niemand vermisste sie.

Am Ende waren Chaos und Aufregung vergessen. Charlotte hatte ihr Ziel erreicht: Bukephalos IV. wurde zur Körung zugelassen! Sie hegte keinen Zweifel daran, dass er auch die Hengstleistungsprüfung bestehen würde.

Am selben Tag stellte der Postbote Dorota ein Paket von Piero zu. Als sie es öffnete, strömten ihr die Düfte Italiens entgegen. Getrockneter Oregano und Salbei, sonnengereifte, gleichfalls getrocknete Tomaten und goldgelbes Olivenöl, dessen Farbe das Licht Siziliens eingefangen hatte. Wie jedes Mal, wenn sie eine Sendung von Pieros Familie erhielt, wurde Dorota von einer sentimentalen Welle erfasst, und sie schwelgte in den gemeinsam mit Piero in der Küche verbrachten Stunden. Am Abend servierte sie ein neues italienisches Gericht: dünne, lange Nudeln, die sie Spaghetti nannte. Charlotte starrte grimmig auf den Teller mit der roten Soße.

Später machte sie sich bei August Luft. »Elsbeth hat recht! Das ist ein Irrenhaus. Ein Sohn, der kein Bauer sein will, eine Schwiegertochter mit Frischluftfimmel und eine polnische Köchin, die Spaghatti kocht. *Spaghatti!* Dazu eine Enkelin, die glaubt, sie könne fliegen. Und ein Bienenbaby!«

August sagte wie immer nichts.

Am Abend beschwerte sich Annemarie im ehelichen Schlafzimmer über Elsbeth. »Oh, diese garstige Person!« Heftig zerrte sie sich die Kleidung vom Leib und schleuderte ihre Schuhe mit einer Vehemenz von sich, dass beide in hohem Bogen durch den Raum flogen. Einer hätte beinahe Laurenz getroffen, wenn er sich nicht flink weggeduckt hätte.

»Diese Frau«, schimpfte Annemarie weiter, »ist eine Heimsuchung! Immer wenn ich sie sehe, überkommt mich der Drang, mit den Kühen ein philosophisches Gespräch zu führen, den Schweinen zu applaudieren oder einen Baum zu umarmen. Der Wenzel sollte einen Orden erhalten. Er hätte ihn wahrhaftig verdient.«

»Dafür, dass er es mit Elsbeth aushält?«, fragte Laurenz schmunzelnd, während er sein Hemd auszog und ordentlich aufhängte.

»Nein. Dafür, dass er ihr bisher nicht den Hals umgedreht hat!«

»Bist du sicher, dass *das* ausreichen würde?«, schmunzelte Laurenz und fing seine Frau ein, die, nur in Unterwäsche gekleidet, durchs Zimmer wirbelte, wieder einmal auf der Suche nach ihrer Haarbürste. »Komm her, mein Herz, und lass uns an schönere Dinge denken!«

Bis zum nächsten Morgen sperrten sie die ganze aus den Fugen geratene Welt aus und zogen sich in ihr eigenes kleines Paradies zurück – dorthin, wo ihr Flüstern und ihr Seufzen einzig ihnen gehörte.

23

Der Priester sieht in den Himmel,
preist seine Wunder und Segen,
der Bauer schaut hinauf
und wartet auf Regen.

Dorota Rajewski

Im Dorf erzählte man sich, dass der Apfelbaum hoch auf dem Hügel hinter dem Sadlerhof der älteste Baum von ganz Petersdorf sei. Sobald im Frühling die ersten rosa Knospen aufbrachen, kehrte dort ein Wiedehopfpärchen ein und zog in einem Astloch seinen Nachwuchs groß. Laut Dorota sei das auch schon so gewesen, als sie vor bald vierzig Jahren als Magd auf den Hof kam. Einer alten Prophezeiung zufolge würde der Baum im gleichen Jahr sterben, in dem der Wiedehopf ausblieb.

Kathi und Anton lagen oft unter diesem Baum im Gras, hielten sich an den Händen und träumten.

Kathi überlegte, dass es nichts Schöneres gab, als zusammen mit Anton hier zu sein. Sie konnte jeden Gedanken fliegen lassen: Anton fing ihn ein und spann ihn für sie weiter. Er verstand sie wie ihr zweites Ich; gemeinsam träumten sie vom Fliegen. Doch während Anton als künftigem Piloten der Himmel genügte, wollte Kathi noch ein ganzes Stück weiter hinaus.

»Woran denkst du?«, fragte Anton.

»An nichts. Und du?«

»Auch.« Verschwörerisch grinsten sie sich an, bevor sie beide gleichzeitig sagten: »Man kann nicht an nichts denken!«

»Du zuerst!«, forderte Kathi und beobachtete Vater Wiedehopf, vielleicht war es auch Mutter Wiedehopf, die mit einem fetten Wurm im Schnabel zurückkehrte.

»Nein, du zuerst«, wiederholte Anton.

»Wie du meinst.« Kathi griff in ihre Tasche und hielt Anton ihre offene Handfläche entgegen. »Vermisst du die hier?«

»Oh«, murmelte Anton verlegen. »Wo hast du sie gefunden?«

»Nicht ich. Franzi.«

»Diese diebische kleine Elster.«

»Sie hat sie gefunden!«

»Komisch. Die Franzi findet ständig Dinge, die andere Leute gar nicht verloren haben.«

»Lenk nicht ab!«, sagte Kathi streng. »Hast du noch mehr von den Goldmünzen mitgenommen?«

»Nein, nur diese eine. Als Andenken.«

»Wir waren uns doch einig, das Gold in Frieden zu lassen!«

»Du warst ›einig‹. Ich nicht. Aber ich sag dir was – du kannst die Münze behalten.«

»Ich will sie aber nicht!«

Der Wiedehopf kam mit frischer Beute zurück, und Anton rief: »Warte hier!« Er schnappte sich das Goldstück, packte einen dicken Ast und zog sich daran hoch.

»Was hast du vor?«

»Siehst du gleich!« Auf dem Ast sitzend, hangelte er sich zum nächsten hoch, bis er dem Nistplatz des Wiedehopfpaares nahe genug war. Dort beförderte er das Goldstück in das Astloch, als wäre es der Opferstock in der Kirche. »Wenn wir alt und grau sind und uns die Zähne ausfallen, holen wir es, schmelzen es ein und machen uns neue Zähne daraus. Was sagst du?«

»Dass du spinnst. Komm da runter!« Der Ast, auf dem Anton saß, knackte bedenklich. Oskar bellte und sprang um den Baum. Aber Anton schien nun etwas von seinem luftigen Aussichtspunkt aus entdeckt zu haben. Er rief: »Da kommt Peterle!«

Oskar lief seinem Kumpel sofort entgegen.

Anton kletterte vom Baum und fragte: »Was hat der Halunke in seinem Geweih hängen? Und wieso ist seine Schnauze so blau?« Als hätte Peterle Anton verstanden, machte er kehrt und trabte den Hügel hinab.

Die Kinder rannten dem Bock hinterher. Er verschwand in der Scheune. Drinnen trafen sie ihn beim Versuch an, sich den Stofffetzen, der sich in seinem Geweih verfangen hatte, an einem Heuballen abzustreifen. Kathi bekam das Stück als Erste zu fassen. Verblüfft hielt sie es hoch: »Das ist ja eine Miederhose! Wo hat der Frechdachs die bloß wieder her?« Die Ausmaße des Kleidungsstücks ließen für sie nur eine Lösung zu: »Ich glaube, die ist von Dorota.«

Anton kniff skeptisch die Augen zusammen. »Das gibt's doch nicht. Ich kenne die!«, rief er plötzlich. »Sie gehört meiner Mutter! Ich schwöre, die hing heute Morgen noch an unserer Wäscheleine!«

»Bist du sicher?«

»Ja, guck dir mal die Haken vorne an.«

»Igitt! Die sind ja wie Hakenkreuze geformt!«

»Eben! Mutter liebt ihr Hakenkreuz. Kürzlich hat sie sich eine Hakenkreuzbackform gekauft. Da soll einem der Blaubeerkuchen noch schmecken ...«

»Blaubeeren!«, rief Kathi. »Natürlich! Peterle hat Blaubeeren gefressen! Deshalb seine blaue Schnauze.«

»Meine Mutter«, meinte Anton nachdenklich, »wollte heute Blaubeerkuchen backen. Zum Auskühlen stellt sie sie immer ans Fenster.«

»Herrgott!«, entfuhr es Kathi. »Denkst du, er hat ihren Kuchen gefressen?«

»Keine Sorge. Ich werde behaupten, ich sei der Übeltäter.« Anton tätschelte Peterles Hinterteil. »Du bist ein echter Halunke!« Er kicherte.

Kathi fand den Wäsche- und möglichen Kuchendiebstahl weniger lustig. Wenn Elsbeth herausfand, um wen es sich bei dem Dieb handelte … »Du musst dich von der Elsbeth fernhalten, hörst du?«, schalt sie Peterle.

»Ja, sonst endest du noch als Rehkeule in Mutters Kochtopf«, ergänzte Anton. Das Grinsen klebte fest auf seinem Gesicht.

»Du bist nicht hilfreich«, sagte Kathi verschnupft. Ihr Unmut wurde noch von einem anderen Gefühl überlagert, das gleichen Ursprungs zu sein schien wie jenes, das sie warnte, Anton in die Höhle zu folgen. Damals hatte sie es ihrer Fantasie zugeschrieben. Nun jedoch war sie beinahe sicher, dass tatsächlich etwas Unausweichliches näher rückte. Erschrocken sah sie sich um, forschte in den Ecken der Scheune, als erwartete sie, dass sich dort im Schatten etwas verbarg, das nur darauf wartete, im rechten Moment zuzuschlagen.

Am selben Nachmittag kam Oleg zu Annemarie und erklärte: »Die Kühe sind unruhig, Bäuerin. Es kommt ein Unwetter.«

Annemarie sah hinauf zum wolkenlosen Himmel. Doch Oleg – oder vielmehr seine Kühe – hatte sich bisher noch nie geirrt. Deshalb sagte sie zu Dorota: »Oleg meint, es wird ein Gewitter geben. Ich hole die Wäsche von der Leine. Franzi setze ich so lange in den Laufstall. Die Tür zur Stube lasse ich offen.«

»Ist recht, Bäuerin«, rief Dorota zurück. Sie war beim wöchentlichen Brotbacken und steckte bis zu den Ellbogen im Mehl.

Keine zehn Minuten später kehrte Annemarie mit dem gefüllten Wäschekorb zurück und warf gleich einen Blick in die Stube. Der Laufstall war leer – bis auf den Autoatlas und eine Katze, die friedlich darauf döste.

Dorota eilte auf Annemaries Ruf sofort aus der Küche heran. »Ich schwör, Bäuerin, eben war das Puppele noch da … Oh, seht doch, Frau Annemarie! Der Altbauer hat unser Franzele!«

Eingerollt wie ein kleiner Welpe schlief Franzi friedlich prustend auf Augusts Schoß. Der Großvater hatte seine greise Hand in einer schützenden Geste auf Franzis Kopf gelegt, und kein Zittern schüttelte seinen gepeinigten Körper. Stattdessen lag ein Ausdruck von höchstem Glück auf seinem Gesicht.

Annemarie rührte die Szene so sehr, dass ihr Tränen in die Augen stiegen. Sie hatte ihren Schwiegervater noch nie so ruhig und friedlich erlebt, als hätte sich für ihn das erfüllt, wovon Großeltern immer träumten: das eigene Enkelkind im Arm zu halten.

Da die kleine Franzi nicht mehr ohne ihren Atlas sein wollte, dessen Größe und Gewicht jedoch zu unhandlich waren für das winzige Mädchen, zimmerte Oleg ihr einen Leiterwagen. Fortan zog Franzi das kleine Gefährt hinter sich her, als wäre sie mit ihm verwachsen. Meist waren auch eine oder zwei der Hofkatzen mit von der Partie. Franzi und die Katzen bildeten eine erstaunliche Allianz. Die Tiere waren scheu, man bekam sie sonst eher selten zu Gesicht. Das lag vielleicht auch daran, dass Oskar einen Heidenspaß daran hatte, sie über den Hof zu jagen.

Nur wenn sie alt und lahm wurden, forderten die Katzen das Privileg ein, bei August auf der Ofenbank ihren Lebensabend zu verbringen. Sie hatten erst keine richtigen Namen, waren *die Schwarze, die Rote, die Gefleckte* oder *die mit dem halben Ohr*. Es war Franzi, die ihnen ihre Namen gab. Die Auswahl geschah nach dem Zufallsprinzip. Franzi schlug den Atlas auf, setzte ihren Finger auf irgendeinen Punkt und malte einen roten Kringel um die Stelle. Dann ließ sie sich von Kathi vorlesen, was dort stand. Fortan gab es auf dem Hof einen Kater namens Ratibor, dazu einen Oderberg, Rybnik, Goldentraum, Frankenstein, Breslau und Görlitz.

24

Findet ein Armer ein Rubelchen,
so ist es bestimmt ein falsches.

Russisches Sprichwort

Nicht nur die Bauern kamen nach dem Gottesdienst auf einen Humpen beim Klose zusammen, auch die Knechte genossen am Tag des Herrn einige Stunden freier Zeit und ließen sich das Bier schmecken.

Eines Sonntags zog einer der älteren Knechte, den alle nur Krause nannten, Oleg beiseite und fragte ihn, ob er ein Geheimnis für sich behalten könne.

»Ja freilich«, antwortete Oleg. Daraufhin verriet ihm der Krause, dass im Nachbarort Michelsdorf einmal im Monat um Geld »gekartelt« wurde. Viel Geld! »Ich bin beim letzten Mal mit zwei Reichsmark hin und mit bald zwanzig heimgegangen!« Krauses Augen glänzten wie Goldstücke. »Aber das ist eine ganz geheime Information, hörst? Du darfst das niemandem erzählen. Aber ich geh bald wieder hin. Ich werd reich werden, und dann ist Schluss mit dem Krummbuckeln für meinen Bauern!«

»Das ist schön für dich, Krause, wenn du so viel gewinnst. Aber warum erzählst mir das, wenn es doch so geheim ist?«, fragte Oleg arglos. Nichts lag ihm ferner als Glücksspiel.

»Nur, wannst auch einmal Lust hast hinzugehen. Wir Knecht' müssen doch z'ammhalten, gell!«

Eines Tages zeigte sich, dass Charlottes wiederholter Ausspruch *»Nur Landbesitz macht aus Menschen Herren!«* bei Oleg auf fruchtbaren Boden gefallen war. Der Knecht überlegte, wenn Landbesitz aus Menschen Herren machte, dann konnte Land sicher auch Ehemänner aus ihnen machen. Also beschloss er, ein eigenes Stück Grund und Boden zu kaufen, damit er Paulinas Ehemann werden konnte. Er raffte seine gesamten Ersparnisse zusammen, versetzte gar sein einziges Stück Besitz, die Uhr seines Vaters, und machte sich auf nach Michelsdorf.

Alles war so, wie es ihm der Krause beschrieben hatte. Die Spielteilnehmer bekamen ein gutes Essen zum halben Preis, und sie durften so viel Nachschlag haben, wie sie wollten. Der Selbstgebrannte ging ganz aufs Haus. Immer wieder füllte der Wirt großzügig Olegs Glas auf.

Oleg spielte ehrlich, die anderen nicht. Am Ende verlor er alles und ging noch mit Schulden heim. Allein der Rausch war kostenlos. Oleg verfluchte den alten Krause, der kein Geheimnis für sich behalten konnte, und sich selbst, weil er darauf hereingefallen war.

Leider besaßen Schulden die fatale Eigenschaft, dass sie ohne eigenes Zutun immer weiterwuchsen. Ihr Dünger war die Zeit.

Als Oleg selbst die Zinsen nicht mehr tilgen konnte, obwohl die Eintreiber ihn mit Schlägen freundlich daran erinnerten, sah er keinen anderen Ausweg, als sein Bündel zu schnüren und den Schulden zu entfliehen. Der Entschluss stand fest, allein mit der Umsetzung haperte es. Ohne eine Erklärung bei Nacht und Nebel zu verschwinden bedeutete, all jene zu verlassen, die er liebte: Paulina, Dorota, Kathi, Franzi … Drei Tage hintereinander verschob er die Abreise, lief inzwischen wie ein Gespenst durch die Gegend, umarmte Kühe und Schweine, nahm Abschied von seinem alten Leben.

Doch Oleg wurde auch wiedergeliebt, und so blieb sein

Gemütszustand nicht verborgen. Dorota verbündete sich mit Kathi, und beide stellten ihn gemeinsam in seiner Behausung zur Rede.

Oleg hielt den zweien nur kurz stand. Dann fiel er in sich zusammen wie das Luftschloss, das er gebaut hatte, und beichtete.

Ein polnischer Sturm namens Dorota brach daraufhin über Oleg herein. Kathi begriff, weshalb Dorota die Zeitung mitgenommen hatte. Denn die flog nun Oleg rechts und links um die Ohren, während der nur noch »Mütterchen, Mütterchen!« stammelte. Kathi bekam richtig Mitleid mit ihrem Freund, dessen Kopf längst ganz klein zwischen seinen Schultern saß.

»Zinsen«, schimpfte Dorota, »das ist Loch mit Löchern stopfen!« Nach einer letzten Kopfnuss ging sie, um für ihren Ziehsohn das eigene, hart Ersparte zu opfern. Ihr Sparstrumpf würde kaum für die angefallenen Zinsen reichen, aber für Dorota kam es nicht infrage, dass Oleg den Hof verließ. Sie würde sich mit ihrer zahlreichen Verwandtschaft beraten, und gemeinsam würde eine Lösung gefunden werden. Auch Kathi bot Oleg sofort ihre gesamte Barschaft an, eine Reichsmark und zweiundsiebzig Pfennige. Oleg lehnte ab, bedankte sich jedoch gerührt bei seiner kleinen Freundin.

Dorota kehrte ohne ihren Sparstrumpf zurück. Dafür befanden sich Laurenz und Pfarrer Berthold in ihrer Begleitung.

Wie sich herausstellte, war Oleg nicht der einzige Geprellte. Auch den Krause hatte es bei seinem nächsten Ausflug nach Michelsdorf erwischt, und er hatte sich erbost dem Pfarrer anvertraut. Der hatte sich seinerseits sofort mit Bürgermeister Luttich ins Benehmen gesetzt und ihn über das illegale Glücksspiel in Michelsdorf informiert.

»Die Polizei hat die Betrüger festgenommen«, erklärte Berthold, »und Wenzel war so freundlich, mich einen Blick in die Liste der Geschädigten, respektive Schuldner, werfen zu lassen. Ich muss sagen, dass ich doch sehr erstaunt darüber gewesen bin, auch deinen Namen darauf zu entdecken, Oleg vom Sadlerhof«, wandte er sich direkt an diesen. Unter des Pfarrers strengem Blick fiel der hünenhafte Knecht noch mehr in sich zusammen. Die nachfolgende, wenigstens nicht allzu lange Strafpredigt nahm der Sünder stumm entgegen.

»Ich überlasse es deiner Ziehmutter Dorota, dir nochmals tüchtig die Leviten zu lesen, Oleg. Ich hoffe doch, du ziehst aus der gesamten Angelegenheit eine Lehre!«

»Heißt das, ich habe jetzt keine Schulden mehr?«, fragte Oleg aus dem Schutz hochgezogener Schultern.

»So ist es«, antwortete der Pfarrer. »Aber deine gesamten Ersparnisse sind verloren. Das Geld, das die Polizei bei den Delinquenten noch hat auffinden können, ist von ihr konfisziert worden. Du erhältst keinen Pfennig von deinem Einsatz zurück.«

»Ich bin schon froh, wenn ich meine Schulden los bin«, meinte Oleg, »und hier auf dem Hof bleiben kann. Ich darf doch bleiben, Bauer?« Unsicher sah er zu seinem Brotherrn.

Laurenz nickte. »Allerdings erwarte ich von dir, dass du dich künftig an Recht und Gesetz hältst, Oleg. Es heißt *illegales* Glücksspiel, weil es illegal ist.«

»Muss ich deswegen noch ins Gefängnis?«

»Nein«, antwortete der Pfarrer ihm. »Unser Bürgermeister hat das auf seine Art geregelt. Doch wir müssen noch über etwas anderes reden, Oleg. Über den eigentlichen Grund, warum du in Michelsdorf dein Glück versucht hast.«

»Kathi«, sagte der Vater an dieser Stelle. »Es ist spät. Bitte geh hinüber ins Haus.«

»Bitte, Vater. Lass mich bleiben!«

»Keine Diskussion, Kathi«, sagte Laurenz streng.

»Geht es um Tante Paulina und Oleg? Das weiß ich doch längst!«, begehrte Kathi nun auf.

Laurenz gab einen resignierten Laut von sich. »Warum wundert mich das nicht?«

Dennoch musste Kathi Olegs Hütte verlassen.

Später jedoch suchte der Vater sie auf, um mit ihr darüber zu sprechen.

»Ich verstehe das nicht, Vater«, sagte Kathi. »Warum darf Oleg Paulina nicht heiraten? Sie sind doch beide erwachsen?«

Das war eine durchaus legitime Frage. Im Stillen wünschte sich Laurenz, die Dinge in der Welt wären so einfach und unkompliziert, wie Kinder sie wahrnahmen. Die Welt, spann er den Gedanken weiter, könnte es tatsächlich auch sein – wenn Personen wie Elsbeth Luttich nicht einen Großteil ihrer Energie darauf verschwenden würden, ihre Nase in anderer Leute Angelegenheiten zu stecken. Laurenz fürchtete, dass ihm keine befriedigende Antwort auf Kathis Frage möglich sein würde. Jedenfalls keine, die seine Tochter akzeptieren konnte. Trotzdem wollte er es versuchen. Seine Kathi gehörte zu einer neuen Generation, und er war überzeugt, sie würde dereinst die Dinge vorantreiben, verändern und neu ordnen. Damit aus der alten Welt eine neuere und bessere entstehen konnte. Das tun, worin seine Generation kläglich versagt hatte …

»Es gibt leider Regeln«, begann er, »die das Zusammenleben in einer Dorfgemeinschaft bestimmen.« Bekümmert stellte er fest, wie schwierig es war, etwas zu erklären, wenn man selbst wenig Sinn darin sah.

»Du meinst ein Verbot?«

»Nein, nicht direkt.«

»Also ein Gesetz?«

»Nein, auch das nicht.« Obwohl er es der neuen Politik durchaus zutraute, in ihrer wahnhaften Ideologie auch dafür noch eines zu schaffen …

»Also gibt es kein geschriebenes Gesetz, das es Oleg und Paulina verbietet, zu heiraten?« Kathis Gesicht hatte sich aufgehellt.

»So ist es. Dennoch gibt es ungeschriebene Regeln. Und an die muss man sich genauso halten.«

»Wer macht die Regeln?«, bohrte Kathi weiter.

»Die Ignoranz«, entschlüpfte es Laurenz, und er schalt sich einen Narren. Einen Narren, der sich im Kreise drehte.

»Ignoranz«, wiederholte Kathi das neue Wort. »Ist das eine Frau wie Elsbeth?«

Das entlockte Laurenz ein bitteres Lachen. »Du weißt gar nicht, wie recht du damit hast, Kathi! Ignoranz, das ist die Summe aller Menschen, die wie Elsbeth sind.«

Kathis Gesicht verharrte in tiefer Konzentration. »Hm«, machte sie. »Aber dann sind die Regeln falsch. Oder, Vater?«

»Das sind sie, kleiner Kolibri.« Laurenz seufzte. Er erfreute sich an der Klugheit seiner Tochter – auch wenn ihm dieses Gespräch einmal mehr vor Augen führte, wie oft Erwachsene darin versagten, ihren Kindern eine bessere Welt zu schaffen. Weil sie sich in den ewig selben und veralteten Mustern verstricken …

»Aber wenn die Regeln doch falsch sind, warum ändert man sie nicht einfach?«

»Bevor die Regeln sich ändern, muss sich erst der Mensch ändern, kleine Kathi.«

Das Gespräch stockte. Kathi dachte nach. »Liegt es daran, dass Paulina reich ist und Oleg arm?«

Laurenz wandte sich ihr überrascht zu. »Was bringt dich darauf?«

»Anton hat gesagt, seine Mutter hätte gesagt, dass arme Leute keine Rechte haben, aber die Kommunisten das ändern wollen. Deshalb müsse man alle Kommunisten umbringen, bevor die Kommunisten alle Reichen umbringen.«

Diese Elsbeth! Laurenz umfasste mit beiden Händen seinen Kopf, fuhr sich müde über die Augen.

Kathi studierte ihren Vater. »Du siehst traurig aus, Vater.«

»Das bin ich.«

»Warum?«

»Weil es zu viele Elsbeths auf der Welt gibt. Komm, kleiner Kolibri.« Laurenz griff nach Kathis Hand. »Schauen wir nach Oleg. Bevor er noch irgendwelche Dummheiten anstellt.«

»Was für Dummheiten?«

»Wenn ich das vorher wüsste …«, seufzte Laurenz.

»Das verstehe ich nicht, Vater.«

»Man muss nicht immer alles verstehen, kleiner Kolibri. Manchmal sind die Dinge so, wie sie sind, und man kann nichts tun.«

»Und deshalb können Oleg und Paulina nicht heiraten?«

Da war er wieder; der verhängnisvolle Kreis, in dem er orientierungslos umherstolperte. Kathi gab nie auf, bevor eine Antwort sie nicht zufriedengestellt hatte. Er fühlte die eigene Ohnmacht. Wenzel hatte ihm kürzlich gesteckt, dass Elsbeth Verdacht geschöpft hatte und ihrer Nichte Paulina vermehrt hinterherschnüffelte. Sie habe dabei Paulina mit jemandem in der Scheune erwischt und glaubte, in dem Mann Oleg erkannt zu haben. Paulina stritt nicht ab, ein Verhältnis zu haben, weigerte sich jedoch strikt, Elsbeth den Namen des Mannes zu verraten.

Dennoch hatte Elsbeth ihren Verdacht brühwarm an Wenzel weitergetragen. Natürlich mit der Forderung, Oleg wegen Unzucht sofort zu verhaften.

Auch wenn nichts bewiesen war – fortan, das wusste Laurenz, würde Oleg vor Elsbeths böser Zunge nicht mehr sicher sein.

25

Es ist einfacher, sich nach flachen Gedanken zu bücken, als sich nach der Wahrheit zu strecken.

Annemarie von Sadler

Kathi liebte es, in Gleiwitz mit der Elektrischen zu fahren. Sie mochte die Geräusche, die die Fahrt auf den Schienen erzeugte, das leise Rumpeln, wenn sie das Gleis wechselten, das Bimmeln der Glocke.

Seit sie und Anton in der Stadt die Höhere Schule besuchten, trafen sie sich am Morgen mit dem Fahrrad am Petersdorfer Marterl, um die zwölf Kilometer bis zum Gleiwitzer Außenbezirk zu fahren. Dort stellten sie ihre Räder unter und bestiegen die Elektrische. Jeden Morgen und jeden Nachmittag wurde Kathi seither nicht müde, ihre Nase am Fenster platt zu drücken, die vielen umhereilenden Menschen zu beobachten und sich vorzustellen, wer sie waren, was sie fühlten und wohin sie unterwegs waren. Gleichzeitig überlegte sie, ob jemand gerade in diesem Moment, während sie mit der Bahn an ihm vorüberfuhr, zu ihr aufblickte und sich das ebenfalls fragte – wer das Mädchen hinter der Scheibe war, was es fühlte und wohin es unterwegs war.

Und während draußen die Stadt an ihr vorüberzog, genoss Kathi ein Gefühl von Freiheit. Vielleicht war es die Ahnung von etwas Unbegrenztem, von den Möglichkeiten, die noch nicht definiert waren, aber von denen sie dennoch wusste, dass sie ihr in der Zukunft offenstehen würden.

Seit einigen Wochen beobachtete Kathi eine Veränderung im Straßenbild. Sie war Uniformtragende gewohnt, doch ihre Anzahl hatte inzwischen geradezu inflationär zugenommen. Als gäbe es nicht schon genug braune Eierköpfe ... Sie wollte eben etwas Entsprechendes zu Anton bemerken, als ihr rechtzeitig einfiel, dass auch Anton Uniform trug – die der Hitler-Jugend. Eigentlich durfte er sie frühestens mit vierzehn anlegen. Aber weil ihr kluger Freund eine Klasse übersprungen hatte, war er fünfzehn Monate früher vom Jungvolk in die HJ übernommen worden. Dafür sorgte sein Vater Wenzel, frischgebackener Kreisleiter, denn sein Junge sollte als »Pimpf« in seiner Schule nicht ausgegrenzt werden. Schließlich trugen alle seine Klassenkameraden die Uniform der HJ.

Kathi hingegen war fest entschlossen, sich dem Jungmädelbund zu verweigern. Neben der Schule und den Pflichten auf dem Hof blieb ihr wenig freie Zeit. Und die wollte sie nicht mit Sticken, Sockenstricken und dem Auswendiglernen von irgendwelchem Führerquatsch verbringen.

Erst als sich ihr Gedankenkarussell etwas langsamer drehte, fiel ihr Antons verkrampfte Haltung auf. Er saß ihr gegenüber, stierte zum Fenster hinaus und war dabei blass wie vergorene Milch. Ihrem Freund war schon wieder übel, und dann ließ man ihn am besten in Frieden, bis er das Unwohlsein niedergekämpft hatte. Sie hatte einmal erlebt, wie er sich übergeben musste, und weil ihm das sichtlich peinlich gewesen war, tat sie seither so, als würde sie seine Übelkeit nicht bemerken.

Sie widmete sich wieder der Aussicht. Sie fuhren gerade durch die Wilhelmstraße am Deutschen Haus mit dem prachtvollen Pfauenbrunnen vorbei. Wenig später lehnte sich Anton zu ihr vor und raunte so leise, dass nur Kathi ihn verstehen konnte: »Ich träume ständig von der Höhle.«

Kathi antwortete mit einem vielsagenden Augenrollen. Sie konnte sich schon denken, wovon Anton träumte. »Fängt es mit ›Sch‹ an und hört mit ›atz‹ auf?«, gab sie ebenso leise zurück.

Anton verzog das Gesicht wie ein zu Unrecht Beschuldigter. »Nein, es ist der Schädel«, flüsterte er.

»Ach? Von welchem der tausend sprichst du?« Kathi war nicht mehr bei der Sache. Eine Schlägerei auf dem Bürgersteig nahm ihre ganze Aufmerksamkeit in Anspruch. Mindestens ein halbes Dutzend SA-Männer war dabei, mit Stöcken auf einen einzelnen, schwarz gekleideten Mann einzuschlagen. Er trug ein Schild um den Hals. Leider konnte Kathi nicht lesen, was draufstand. Mehrere Schaulustige wohnten dem Spektakel bei, ohne jedoch einzugreifen. Diese Sorte uniformierter Idioten hatte bereits ihren Vater und Oleg grundlos verprügelt. Wütend sprang Kathi auf. »Hast du das gesehen?«, empörte sie sich und presste sich gegen die Scheibe. »Diese Feiglinge schlagen zu sechst einen Mann!«

»Setz dich hin, Mädel!«, rief darauf eine ältere Frau mit Lodenhut forsch. »Der jüdische Schädling wird es schon verdient haben!« Zustimmendes Gemurmel in der Bahn.

Weiter vorne interessierten sich nun auch zwei SA-Männer für Kathi. Beide hatten sich in ihren Sitzen zu ihr umgedreht.

»Ach ja?«, rief Kathi kampfeslustig. Sie hatte sich von der Scheibe gelöst und tat einen Schritt auf die Dame zu. »Und das wollen Sie so genau wissen, weil…« In diesem Moment legte sich eine Hand auf ihre Schulter, und eine Stimme flüsterte nah an ihrem Ohr: »Setz dich lieber, Kleine. Sonst bekommst du noch Schwierigkeiten.« Überrascht wandte sich Kathi dem Sprecher zu, einem älteren Herrn. Seine gepflegte Erscheinung im dreiteiligen Anzug mit Fliege und Hut passte nicht so recht zu seiner eingeschüchterten Haltung mit den seltsam zusammengezogenen Schultern. Es sah aus, als suchte er, sich extra kleinzumachen. Kathi fiel auf, dass alle Gespräche in der Bahn verstummt waren. Das veranlasste sie, sich im restlichen Abteil umzublicken. Neben dem Herrn entdeckte sie eine junge Frau, die ihr Kind schützend an sich gezogen hatte, sowie eine Frau mit Kopftuch und dunklem Kittel, die sich in die letzte Ecke der Bahn drängte, als wollte sie in sie hineinkriechen. Beide Frauen hielten den Kopf gesenkt, vermieden jeglichen Augenkontakt. Doch genauso deutlich, wie sie deren Wunsch spürte, sie möge sich setzen und still sein, war Kathi bewusst, dass der Rest der Fahrgäste nur darauf wartete, sich geschlossen gegen sie zu wenden.

Was war bloß mit den Menschen los?, fragte sich Kathi. Schon seit Jahren schien jeder nur noch dem anderen beweisen zu wollen, dass er der bessere Nazi und der größere Führerverehrer war. Manch einer lernte ganze Passagen von Führerreden auswendig, als verkündete der Mann die Heilige Schrift. In Kathi schwelte rechtschaffene Wut. Doch Anton fasste jetzt nach ihrer Hand und zog sie auf den Sitz zurück. Er war immer noch bleich wie ein Gespenst. »Lass gut sein, Kathi«, flüsterte er und fuhr sich mit dem Ärmel über die feuchte Stirn. Kathi achtete nicht mehr auf die anderen, sondern kramte ein Taschentuch hervor und drückte es Anton in die Hand.

Der Fahrer rief die nächste Haltestelle aus. Ihr Ziel. Hurtig schnappten sie sich ihre Schulranzen und sprangen aus der Bahn. Im Augenwinkel registrierte Kathi noch, dass einer der weiterfahrenden SA-Männer ihr mit dem Zeigefinger drohte. Anton sagte etwas zu ihr.

»Entschuldige, was hast du gesagt?«

»Dass du mich nicht ernst nimmst.« Anton lehnte sich mit dem Rücken an eine Hausmauer. Er atmete stoßweise, Schweiß perlte auf seiner Stirn. Dieses Mal hatte es ihn besonders heftig erwischt.

»Wie meinst du das?«, wollte Kathi wissen.

»Na, deine Schädelbemerkung vorhin ...« Anton richtete sich auf und wischte sich über den Mund. »Ach, vergiss es.«

»Sicher nicht. Also, was wolltest du mir mitteilen?«

Anton sah konzentriert an Kathi vorbei, schließlich neigte er den Kopf. »Komm, ich lade dich ein.« Er zeigte auf das gegenüberliegende Kaffeehaus.

»Was? Ich dachte, dir sei schlecht? Außerdem müssen wir in die Schule.«

»Mir ist auf andere Art schlecht«, erläuterte Anton. »Pass auf. Ich erzähle meinen Eltern, dass es mir nicht gut ging und du mich deshalb nach Hause gebracht hast. Außerdem erspart es dir die Wochenschau und den x-ten *Hitlerjunge Quex*«, fügte er schlau hinzu.

Stimmt, überlegte Kathi. Heute war Dienstag, und Dienstag stand für die Klasse immer Pflicht-Wochenschau mit anschließendem Film an. Dann führte ihre Lehrerin sie ins Kino, und sie mussten sich eine Stunde lang damit berieseln lassen, wie der Führer gestikulierend Reden schwang, Paraden abnahm und Gebäude aller Art einweihte. Am Ende jeder Wochenschau wurden dem Führer ob seiner Wohltaten für das deutsche Volk stets Blumensträuße von kleinen blonden Mädchen in weißen Kleidchen überreicht. Davon wurde Kathi regelmäßig übel. Sie konnte die allgemein herrschende Begeisterung weder teilen noch begreifen. Manchmal, wenn sie zwischen den applaudierenden Klassenkameraden saß, kam ihr deshalb der Gedanke, ob vielleicht irgendetwas mit ihr nicht stimmte.

Anton wählte einen ruhigen Tisch in der Ecke und bestellte für sie beide Milchkaffee und Butterhörnchen.

»Dass mir öfters schlecht ist, hast du ja mitgekriegt«, begann er.

Kathi begnügte sich mit einem Nicken.

»Es fing an, nachdem wir zusammen in der Höhle waren. Seitdem träume ich bald jede Nacht von dem Schädel mit dem Loch.« Anton blickte sich kurz um, bevor er sich konspirativ zu Kathi vorbeugte: »Du weißt schon«, flüsterte er, »der mit dem goldenen Backenzahn. Aber das ist längst nicht alles. In meinem Traum liege ich in einem Bett voll Blut, und aus dem Schädel wachsen plötzlich lauter Hände und …« Anton schluckte.

»Und …?«, wisperte Kathi.

»Die Hände packen mich und halten mich fest«, raunte Anton, »und der Schädel öffnet seinen Mund und versucht, mich zu verschlingen. Dann ist da plötzlich eine Frau ohne Gesicht. Sie hebt mich hoch und trägt mich in ein anderes Zimmer. An der Stelle wache ich immer auf. Mein Herz klopft dann, als würde es gleich zerspringen, und mir ist so übel, dass ich kotzen muss.«

»Puh«, reagierte Kathi auf sein Geständnis. »Das klingt wirklich gruselig.«

»Das Schlimmste ist, dieser Traum fühlt sich für mich überhaupt nicht wie ein Traum an.«

»Logisch. Weil es kein Traum, sondern ein Albtraum ist.«

»Nein, ich hatte schon Albträume. Dieser Traum ist anders. Er ist so … echt. Inzwischen kann ich kaum mehr an etwas anderes denken, es verfolgt mich. Als hätte ich einen roten Nebel im Kopf und eine Stimme, die sagt: *Du musst dich erinnern!«* Anton stieß jäh den Atem aus und griff zum Kaffeelöffel. »Ach, vergiss einfach, dass ich darüber gesprochen habe.«

»Nein, lass uns darüber reden.« Kathi fasste nach Antons Hand, die nervös mit dem Löffel hantierte. »Das mit der Erinnerung klingt wirklich komisch. Lass es uns logisch angehen. Der Schädel in deinem Traum ist der aus der Höhle. Wir haben ihn beide angefasst, aber nur du hast diesen Albtraum.«

Anton schenkte ihr ein blasses Lächeln. »Hältst du mich jetzt für einen Jammerlappen, dem ein Schädel Angst einjagt?«

»Nein. Du bist flink wie ein Windhund, zäh wie Leder und hart wie Kruppstahl«, zitierte sie das Motto der HJ. Kathi zog ihn gern wegen der Uniform auf. Weit davon entfernt, eingeschnappt zu sein, drückte Anton ihre Hand. »Ich kann es mir ja auch nicht erklären, Kathi. Vielleicht ist es wie in den Winnetou-Büchern. Du weißt schon, wenn die Medizinmänner ihre Ahnen beschwören?« Unsicher blinzelte er sie an. Er hatte sich ihr anvertraut, in der Hoffnung, dass sie ihm vielleicht eine Erklärung für seine Albträume liefern konnte.

Kathi las es in seinen Augen. Sie wollte Anton unbedingt helfen. »Was ist mit deinen Eltern?«, fragte sie.

»Es ihnen erzählen? Vielen Dank. Mutter schleppt mich doch gleich zum Exorzisten. Und Vater? Ich weiß nicht. Dann müsste ich ihm auch beichten, dass ich ihm heimlich zur Höhle gefolgt bin.«

»Jetzt weiß ich zumindest, wie du von der Höhle erfahren hast… Eigentlich meinte ich die Frage anders. Haben deine Eltern deine Albträume bemerkt?«

»Na ja. Sie haben schon ein-, zweimal mitbekommen, dass ich nachts über der Schüssel hing. Aber ich habe was von einem verdorbenen Magen gemurmelt, und seither lassen sie mich in Ruhe. Hm…« Anton furchte die Stirn.

»Was?«

»Jetzt, wo du es erwähnst… Schon irgendwie komisch, aber Mutter scheint meine Albträume zu ignorieren. Sonst macht sie ja immer so ein Gewese um alles. Ich muss bloß niesen, und sie tut gleich so, als hätte ich eine Lungenentzündung. Und Vater, der beobachtet mich in letzter Zeit öfters bei Tisch und fragt: ›Alles in Ordnung mit dir, mein Junge?‹«

»Hm…«, machte nun auch Kathi. Sie überlegte, wie unterschiedlich ihre und Antons Eltern doch waren. Franzi litt auch manchmal unter Albträumen. Die Eltern kümmerten sich jedes Mal rührend um sie, kochten für sie Kakao, lasen ihr vor und blieben bei Franzi, bis sie wieder eingeschlafen war.

»Was denkst du, Kathi?«

Kathi gab sich einen Ruck. »Also wenn du mich fragst… Es könnte vielleicht sein, dass sie dir irgendetwas verschweigen.«

Antons Gesicht hellte sich auf. Er sah aus wie jemand, dessen Zweifel soeben bestätigt worden waren. »Ja, aber was könnte das sein?«

»Warum fragst du sie nicht? Das mit der Höhle ...«

»Was nicht in Ordnung, Kinder?«

Anton und Kathi sahen erschrocken auf, ihre Hände lösten sich abrupt voneinander.

Die Bedienung stand vor ihnen.

»Was?«, fragten beide verwirrt.

»Na, euer Milchkaffee wird kalt, und die Hörnchen habt ihr auch nicht angerührt!«

»Ach so, nein. Alles in Ordnung!«, versicherte Anton ihr.

Die Bedienung zwinkerte vertraulich. »Keine Schule heute? Ein bisserl jung für die Liebe, was?« Sie hob die Hände. »Ich hab nix gesehen!« Sie entfernte sich lächelnd.

Anton und Kathi tranken pflichtschuldig einen Schluck Kaffee und bissen die Hörnchen an.

»Eigentlich wollte ich dich um etwas bitten«, sagte Anton. Und dann erklärte er ihr, was er vorhatte.

Kathi sträubte sich zunächst dagegen, ließ sich aber am Ende überreden. Vielleicht half es Anton, vielleicht auch nicht. Aber Gewissheit würden sie erst erlangen, wenn sie es wenigstens versucht hatten.

Etwa zur gleichen Zeit beschloss Dorota, dass heute ein guter Tag zum Pilzesammeln sei. Sie streifte sich Gummistiefel über, rüstete sich mit Korb, Messer und einer kleinen Vesper aus und machte sich auf in den Wald. Sie marschierte stramm, denn der Weg war weit. Dorota genoss den Ausflug, als Kind hatte sie ihre verstorbene Mutter früher oft begleitet. Alles, was sie über Pflanzen wusste, hatte sie von ihr gelernt. Sie hoffte, dieses Mal niemandem zu begegnen, denn in letzter Zeit war im Wald allerlei zwielichtiges Volk anzutreffen. Die Männer trampelten auf ihren schönen Pilzen herum, scheuchten die Tiere auf und wurden nicht müde, sich gegenseitig zu ermahnen, leise zu sein. Es war offensichtlich, dass sie nicht gesehen werden wollten. Deshalb hatte sie sich vorsichtshalber immer vor ihnen versteckt.

Dieses Mal erreichte sie ihr Ziel ohne Zwischenfälle und machte sich an die Ernte. Plötzlich hielt sie inne und horchte. Bildete sie sich das ein, oder hatte der Wind ihr soeben Stimmen zugetragen? Es trat wieder Stille ein. Dennoch traute sie dem Frieden nicht so ganz und kauerte sich hinter einen Busch.

Nicht zu früh! Zwei Gestalten liefen unweit von ihr durchs Unterholz. *Aber das waren ja die Kathi und der Anton,* stellte sie überrascht fest. Sie wollte sich ihnen schon zu erkennen geben, als ein Impuls sie innehalten ließ. Sollten die Kinder ihr Geheimnis ruhig behalten. Aber wo wollten sie hin? Doch nicht etwa zum Wall? Sie konnte ihn in der Ferne aufragen sehen, eine grüne Mauer, die jedem Eindringling zuzurufen schien: Kehre um, bleib weg von mir! Dieser Wall war die wahre Quelle der Legenden, die sich um den Verbotenen Wald rankten. Ihre Mutter hatte sie jedoch gelehrt, dass man die Toten nicht fürchten müsse, nur die Lebenden. Sie war eine weise Frau gewesen.

Vorsichtig schlich sie den Kindern hinterher. Sie wollte sie nicht stören, nur da sein, falls es nötig werden sollte. Womit Dorota jedoch nicht gerechnet hatte, war, dass Kathi und Anton plötzlich verschwunden sein würden. Gerade noch standen sie vor dem Wall, und jetzt waren sie nicht mehr da!

Wie alle Polen war Dorota mit der Erzählung von der Schlacht vertraut, die sich vor langer Zeit hier zugetragen haben sollte. Darin war auch von einer Höhle die Rede gewesen. Hatten die Kinder sie womöglich entdeckt? Beim Gedanken, dass die beiden allein in einer dunklen Höhle umherkrochen, wurde ihr höchst mulmig zumute. Sie beschloss, ihnen nachzugehen, und hielt den Blick fest auf die Stelle geheftet, an der sie die Kinder zuletzt ausgemacht hatte. Vielleicht konnte sie den Eingang finden und nach ihnen rufen?

Plötzlicher Motorenlärm veranlasste sie, sich hinter einem morschen Baumstumpf lang auf die Erde zu werfen. Fassungslos beobachtete sie, wie ein Panzer, gefolgt von einem Fahrzeug und einem kleinen Lkw, durch das Unterholz brach und am Wall stoppte. Ein halbes Dutzend deutscher Soldaten in Tarnuniform sprang heraus, und sie begannen sofort damit, Kisten auszuladen. Als ihnen eine entglitt und zerbrach, stießen die Männer Flüche aus. Der Inhalt der Kiste entlockte Dorota einen erschrockenen Laut. Ein Mann in Zivilkleidung wies auf die Stelle, an der die Kinder verschwunden waren. Die Soldaten nahmen denselben Weg.

Die Kinder! Bei der Schwarzen Madonna! Was sollte sie bloß tun? Nach Hause laufen und dem Bauern Bescheid geben? Der könnte dann mit dem Wenzel Luttich sprechen; der Anton war ja sein Sohn! Aber wenn sie ihren Posten verließ, bekäme sie nicht mit, was in der Zwischenzeit mit den Kindern geschah. Also blieb sie und betete. Sie betete eine Stunde. Dann fuhren die Fahrzeuge davon, und vor der Höhle blieben zwei Soldaten als Wache zurück.

Dorota schlug ein Kreuz. So war das mit Gebeten – selten erfüllten sie sich so, wie man es brauchte. Zwar trat keines der fürchterlichen Szenarien ein, gegen die sie angebetet hatte, doch nun hockten Kathi und Anton in der Falle.

Es fiel ihr schwer, den Ort zu verlassen, wo sie die Kinder wusste. Aber sie musste Laurenz von ihren Beobachtungen berichten. Der Bauer würde wissen, was zu tun war.

Von Angst und Sorge angetrieben, rannte sie durch den Wald nach Hause. Im Hof traf Dorota direkt auf Annemarie, die eben mit zwei gefüllten Kannen aus dem Ziegenstall trat.

»Da bist du endlich, Dorota! Aber du siehst ja aus, als wärst du dem Leibhaftigen begegnet! Was ist geschehen?«

»Die Kinder, die Kinder …«, japste Dorota und stützte sich, um Atem ringend, auf ihre Knie.

»Was ist mit den Kindern? Vor einer Viertelstunde waren sie noch in der Stube«, rief Annemarie erschrocken. Angesteckt von Dorotas offensichtlicher Panik, stellte sie die Kannen ab und eilte ins Haus.

Schon im Eingangsflur schollen ihnen die Stimmen der Kinder entgegen. Sie diskutierten. »Ich habe dir gleich gesagt, was ich von der Idee halte!« Das kam von Kathi.

»Hast du! Aber ich konnte ja nicht ahnen …« Anton verstummte, weil er die Schritte hörte.

Als Annemarie die Stube betrat, saßen Kathi und Anton einträchtig am Tisch, die geöffneten Schulhefte vor sich und gespitzte Bleistifte in der Hand. Franzi vervollständigte die häusliche Szene: Wenn sie nicht neben August und einer der alten Katzen auf der Ofenbank schlief, lag sie meist eingerollt neben Oskar auf dem Boden. Es war ihr nicht abzugewöhnen; die Kleine hatte ihren eigenen Kopf.

So friedlich alles schien, im Raum hing dennoch eine diffuse Spannung. Annemarie rief sich ins Gedächtnis, wie die Kinder vor einer halben Stunde aus der Schule heimgekehrt waren: Die Wangen rot, die Kleider verdreckt und dabei seltsam aufgekratzt. Sie hatte darin keinen Anlass zur Sorge gesehen, die Kinder hatten sich vermutlich nur gestritten. Und Schmutz war sie von Kathi gewohnt. Es hätte sie eher gewundert, nähme Kathi plötzlich Rücksicht auf ihre Kleider. Laurenz und sie fanden es beide richtig, dass ihre Kinder so lange wie möglich frei und unbeschwert aufwachsen konnten.

Hinter sich spürte sie eine Bewegung.

Dorota war ihr zur Stube gefolgt. Stocksteif, mit geöffnetem Mund verharrte die Köchin an der Tür. »Aber, aber …«, stotterte sie, und ihre Hand wischte fahrig durch die Luft, als suchte sie einen Geist zu verscheuchen.

»Was ist mit dir, Dorota? Und wo bist du denn so lange gewesen?«, wandte sich Annemarie nun ihr zu.

»Pilze sammeln«, antwortete Dorota ganz automatisch.

»Ja, und wo sind sie?«

»Was?« Dorota blinzelte, als begriffe sie die Frage nicht.

»Die Pilze?«

Dorota taumelte gegen den Rahmen, blickte auf ihre leeren Hände. Der Korb! Er lag noch im Wald, mit dem guten Messer! Und Kathi und Anton waren auch im Wald gewesen! Sie wusste doch, was sie gesehen hatte, sie war doch nicht verrückt!

Und nun saßen die zwei quickfidel in der Stube. Wie konnte das gehen? »Verzeihung, Frau Annemarie. Mir ist nicht wohl«, stammelte sie und schwankte in Richtung Küche davon.

»Was ist mit Dorota, Mutter?«, fragte Kathi.

»Ich weiß nicht, Liebes.« Annemarie musterte ihre Tochter und kurz auch Anton. Der wich ihrem Blick aus. Ihr kam ein Verdacht. »Aber vielleicht könnt ihr zwei es mir ja sagen?« Sie dachte an einen Streich oder Ähnliches.

Kathi und Anton sahen sich kurz an. Als Kathi ihrer Mutter jedoch antwortete, klang es für Annemarie ehrlich.

»Nein, Mutter. Wir haben keine Ahnung. Soll ich mit Dorota reden?«

»Nein, Liebes. Ich schaue gleich selbst nach ihr.«

Annemarie überließ die Kinder ihren Hausaufgaben und begab sich in die Küche. Die Köchin hatte ihr wirres Haar bereits gerichtet, Gesicht und Hände gewaschen und eine frische Schürze übergezogen.

Mit einem Messer bewaffnet, machte sie sich daran, Rüben fürs Abendessen zu putzen. Annemarie entging nicht, dass Dorotas Hände lange nicht so sicher wie sonst hantierten.

»Alles in Ordnung mit dir, Dorota?«, erkundigte sie sich vorsichtig.

Die Köchin sah nicht von ihren Rüben auf. »Ja, Frau Annemarie. Alles ist gut. Und entschuldig'ns. Ich wollt keinen Aufruhr machen. Und Korb und Messer tu ich freilich ersetzen. Ich weiß nicht, was da vorhin in mich gefahren ist.«

Annemarie merkte wohl, wie peinlich Dorota das eigene Benehmen war. »Hast du dich denn im Wald erschrocken?«, bot sie ihr eine Brücke.

Nun sah Dorota doch auf. »Ja, stimmt, da hab ich mich erschrocken. Und dann bin ich g'rannt und g'rannt und …« Sie verstummte mit hilfloser Geste.

»Es ist gut, Dorota. Wenn du darüber reden möchtest, kannst du jederzeit zu mir kommen. Und Korb und Messer brauchst du ganz sicher nicht zu ersetzen.«

Den restlichen Tag machte sich Dorota Gedanken, wie mit dem Erlebten umzugehen war. Sollte sie schweigen oder etwas sagen? Wie sie es auch drehte und wendete, so oder so konnte sie den Ärger bereits auf der Zunge schmecken. Zwischen Polen und Deutschland herrschte seit Monaten ein harscher Ton, und die Deutschen hatten es sicher nicht gerne, wenn ihnen eine Polin beim Waffenverstecken zusah.

Und diese Sorte Ungemach, da machte sie sich nichts vor, würde auch ihre Herrschaft treffen. Denn durch seine Freundschaft mit dem Franz Honiok galt Bauer Laurenz ohnehin als Polensympathisant. Der ein oder andere braun Uniformierte hatte bereits die Faust in seine Richtung geschüttelt. Das wiederum hatte auch auf ihren Oleg abgefärbt, der neulich bereits zum zweiten Mal grün und blau geschlagen aus dem Klose heimgekehrt war.

Aber so ist der Mensch, dachte Dorota – immer alles in einen Topf, kräftig gerührt, und am Ende wird der Falsche verprügelt.

Zumindest mit Kathi würde sie ein Hühnchen rupfen müssen. Es ging nicht an, dass sich das Kind derart in Gefahr brachte! Aber dem Jungbauern und seiner Frau das Geschehen zu verschweigen, kam ihr gleichfalls wie ein Verrat vor. Also ging sie, um sich mit ihrem Ziehsohn darüber auszutauschen. Ebenso wie Kathi schätzte sie seinen Rat.

Oleg brauchte eine Weile, um das Gehörte zu verdauen, meinte dann jedoch, sie habe gut daran getan zu schweigen. »Besser, der Bauer weiß nichts davon. Und mit der Kathi reden wir zusammen.«

Dorotas Augen wurden schmal. Nicht was er gesagt, sondern wie er es gesagt hatte, ließ sie stutzen. Die letzten Tage war Oleg bedrückt gewesen, sehr sogar. Mehrmals im Jahr hatte er solche Momente, wenn ihn die Erinnerung an die verlorene Heimat und Familie einholte und ihn darüber hinaus die unglückliche Liebe zu Paulina quälte. Dann ließ man ihn am besten in Frieden, und nach ein paar Tagen war er wieder ganz der Alte. Täuschte sie sich, oder hatte ihr heutiges Erlebnis ihn gerade aus seiner Melancholie geholt? »Was ist mir dir, Oleg? Du siehst mit einem Mal so … so …« Sie rang nach Worten: »… so zufrieden aus?«

Ertappt! Olegs Gesicht war wie ein offenes Buch. Die Kisten der Deutschen mussten ihn auf einen Gedanken gebracht haben. Die Art, wie er die Lippen zusammenpresste, ließ sie vermuten, dass es nichts Gescheites sein konnte. Sie sprang auf, was sie zumindest auf Augenhöhe mit dem sitzenden Oleg brachte und schimpfte: »Oleg, Oleg! Du wirst mir keine Dummheiten machen! Egal, was du in deinem Holzschädel gerade ausbrütest!« Sie klopfte ihm mit den Fingerknöcheln gegen die Stirn. »Lass es sein! Hörst du?«

»Mütterchen …«, stammelte Oleg.

»Nix Mütterchen! Versprich es mir bei der Schwarzen Madonna von Tschenstochau!«

Und Oleg versprach.

Am Ende war seine Verzweiflung größer, und er brach sein Versprechen. Für seine Paulina würde er die Hölle in Kauf nehmen.

Als Dorota und Oleg sie so geheimnisvoll in die Scheune lotsten, schwante Kathi gleich, dass ihr Abenteuer, dem ein Schulschwänzen vorausgegangen war, doch noch ein Nachspiel haben würde. In der Schule war es glimpflich ausgegangen, denn Anton hatte dafür gesorgt, dass sein Vater ihm die Geschichte mit der Übelkeit abnahm und ihnen beiden eine Entschuldigung schrieb.

Leider plante Anton bereits die nächste Dummheit. Er wollte einen weiteren Versuch unternehmen, den Schädel aus der Höhle zu holen.

»Hast du sie noch alle?«, fuhr Kathi ihn an. »Reicht es nicht, dass die Soldaten uns gestern beinahe erwischt hätten?«

»Aber ich muss es tun«, verteidigte er sich. »Ich werde sonst verrückt!«

»Besser, als wenn du am Ende tot bist!«

»Och, ich habe doch meine Uniform an! Und das sind ja unsere Soldaten. Die werden mich schon nicht gleich erschießen«, gab er sich betont munter. »Ich schleich mich hinten durch den Bach rein, schnapp mir den Schädel, und schon bin ich wieder draußen. Die werden gar nicht merken, dass ich da war!«

»Und woher willst du wissen, dass es keine Wachen in der Höhle gibt? Bitte, lass es sein, Anton.«

»Das kann ich nicht, Kathi. Ich halte das einfach nicht mehr aus.«

»Und wenn der Schädel dir nicht hilft?«

Anton zuckte mit den Schultern.

»Wenigstens bist du ehrlich. Wann willst du es tun?«

»Gleich morgen. Ich will es hinter mich bringen.«

»Also gut.«

»Gut, was?«

»Ich werde mitkommen.«

»O nein, das will ich nicht!«, wehrte Anton zu ihrer Überraschung ab. »Es ist zu gefährlich.«

»Ach? *Für Mädchen?*«, fragte sie provozierend.

»Ich will bloß nicht, dass dir was passiert, Kathi.«

»Und ich will nicht, dass dir was passiert. Wir machen das morgen zusammen oder gar nicht«, verkündete Kathi.

Anton gab nach. »Weißt du, du bist die beste Freundin und Kameradin überhaupt.«

»Für ein Mädchen?«

»Für mich«, sagte Anton schlicht, nahm ihre Hand und lächelte sie an.

Bis an ihr Lebensende würde sich Kathi an dieses Lächeln erinnern.

»Du hast Anton und mich am Wall beobachtet?«, reagierte Kathi auf Dorotas Enthüllung verblüfft. Ihr Geheimnis war keines mehr!

»Ja, Herzele. Du musst mir versprechen, dass du dich künftig von ihm fernhältst.«

Kathi dachte daran, was Anton und sie in der Nacht vorhatten, und wich einen Schritt zurück. »Das kann ich nicht.«

»Natürlich kannst du das, Herzele. Du gehst da einfach nicht mehr hin. Versprich es mir. Du weißt, dass ich es sonst deinen Eltern erzählen muss.«

Kathi ließ den Kopf hängen. *Was für eine missliche Lage!* Dabei konnte sie schon froh sein über Dorotas Angebot, es ihren Eltern gegenüber zu verschweigen. Erführen ihre Eltern von dem verbotenen Abenteuer, wäre ein Monat Hausarrest das Mindeste, was ihr blühte. Kathi merkte, dass sie keine andere Wahl hatte, als Dorota das verlangte Versprechen zu geben. Während sie das tat, arbeitete ihr Verstand bereits fieberhaft an einer Lösung. Wenn es ihr nicht gelang, Anton doch noch von seinem Plan abzuhalten, dann … Plötzlich fuhr ein Geistesblitz in sie.

Dorota verabschiedete sich, um das Abendessen vorzubereiten. Kathi blieb mit Oleg allein und ergriff die Gelegenheit beim Schopf.

Wie erwartet, reagierte Oleg zunächst ablehnend auf ihren Vorschlag. Am Ende willigte er aber ein.

Am nächsten Morgen, auf dem Schulweg, unternahm Kathi einen letzten Versuch, Anton das verrückte Vorhaben auszureden. Aber egal, was sie an Argumenten ins Feld führte, Anton ließ sich nicht davon abbringen. Also berichtete ihm Kathi, dass Dorota sie am Wall gesehen hätte und ihr das Versprechen abgenommen habe, sich künftig von Wall und Höhle fernzuhalten.

»Bist du sicher, dass Dorota deinen Eltern nichts sagen wird?«, fragte Anton unsicher. Kathi verstand, was ihn umtrieb. Wenn sein Vater von der Sache erfuhr, käme er in Erklärungsnot, woher er von der Höhle wusste.

»Keine Sorge, auf die Dorota ist Verlass.«

»Na gut«, sagte Anton. »Ich hatte ja sowieso von Anfang an vor, allein zu gehen.«

»Das musst du nicht. Hör zu …«

Anton bremste sein Rad schon nach ihren ersten Worten abrupt ab. »Du hast es Oleg erzählt?«, rief er entgeistert. »Auch, dass ich von dem Schädel träume?«

»Oleg ist mein Freund, und ich vertraue ihm. Bei ihm ist dein Geheimnis sicher. Du magst Oleg doch auch.«

»Darum geht es nicht. Du hättest mich vorher fragen müssen«, murrte Anton.

»Ja, wie denn? Es war doch keine Zeit!«

Anton fuhr sich müde durch den widerspenstigen Schopf. Egal, wie kurz seine Mutter ihm das Haar schor, nach kürzester Zeit begann es sich schon wieder zu locken.

»Du hast wieder eine schlechte Nacht gehabt, was?« Kathi mühte sich um einen neutralen Ton. Anton mochte es nicht, bemitleidet zu werden.

Zu ihrer Überraschung gab er es bereitwillig zu: »Hab mich wieder in der Klosettschüssel gespiegelt. Also gut«, lenkte er ein. »Wie hast du dir das denn für heute Nacht vorgestellt?«

Kathi erklärte es ihm.

Es wurde eine schlaflose Nacht. Immer wieder schaute Kathi auf die Uhr. Zur Untätigkeit verurteilt, in Sorge um Anton und Oleg, schien die Zeit zu einem zähen Klumpen verschmolzen. Gegen drei erfolgte endlich der erlösende Käuzchenruf. Sie lief zum Fenster. Anton stand neben Oleg und schwenkte im schwachen Mondlicht seinen Rucksack. Er hatte den Schädel!

Vor Erleichterung entfuhr Kathi ein lauter Seufzer. Schnell sah sie zu Franzi. Doch ihre kleine Schwester schlief, erfüllte den Raum mit ihrem zarten Atmen, als würde sie schnorcheln. Kathi liebte dieses drollige Geräusch. Ihren Eltern hingegen bereitete Franzis Schlafbedürfnis zunehmend Sorge, denn Franzi schlief auch tagsüber viel. Kathi war aufgefallen, dass Franzis Schlafbedürfnis im Winter besonders ausgeprägt schien, und vermutete deshalb, ihre Schwester habe sich dem Rhythmus der Bienen angepasst. Manchmal beneidete Kathi ihre kleine Schwester um die Fähigkeit, die Welt und ihre Nöte jederzeit aussperren zu können.

Sie schwang sich jetzt aufs Fensterbrett und hangelte sich geschickt am Spalier nach unten. Oleg verabschiedete sich sogleich in Richtung Bett. In zwei Stunden begann sein Stalldienst.

»Gehen wir rauf zum alten Apfelbaum«, schlug Kathi Anton vor.

»Es war ein Kinderspiel«, begann Anton euphorisch, nachdem sie am Bienenhaus vorbei den Himmelsleiterpfad betraten. »Wir haben uns durch den Bach reingeschlichen, und Oskar führte uns schnurstracks zum Schädelraum. Dort habe ich mir das Teil geschnappt, und genauso flink waren wir wieder draußen!« Anton holte den Totenschädel hervor und hielt ihn wie Hamlet mit beiden Händen hoch. Oskar sprang aufgeregt neben ihm her und schnappte spielerisch danach. »Aus, Oskar! Der ist nicht für dich. Aber danke, dass du ihn gefunden hast.«

»Oskar hat ihn gefunden?«

»Ja, in der Höhle herrschte ein heilloses Durcheinander. Die Soldaten hatten alles in eine Ecke verfrachtet, um Platz für ihre Kisten zu schaffen. Da hätten wir lange suchen können.«

»Was ist in den Kisten?«

»Vermutlich sind es Waffen. Wir konnten nicht hineinsehen, weil sie mit Schlössern gesichert sind.«

»Warum verstecken deutsche Soldaten ihre Waffen in einer Höhle nahe der polnischen Grenze?«, wunderte sich Kathi.

»Sie bereiten sich vor.«

»Auf was?«

»Auf einen Angriff?« Anton klang widerwillig.

»Du denkst, die Polen wollen uns angreifen? Wer soll denn den Zinnober glauben?«, entrüstete sich Kathi.

»In letzter Zeit ziemlich viele.«

»Ich jedenfalls nicht.«

»Tja! Jedenfalls war es ein Fehler, dass Oleg mit dabei war und jetzt von den Kisten weiß.«

»Wieso?«

»Weil er Pole ist …«

»Oleg ist kein Pole«, wies ihn Kathi zurecht. »Das denken alle bloß, weil er Dorotas Ziehsohn ist. Er stammt aus der Ukraine! Außerdem habe ich erst kürzlich gehört, wie mein Vater zu meiner Mutter sagte, es wird keinen weiteren Krieg geben. Vater erwähnte auch einen Friedenstag in Nürnberg. Hast du davon gehört?«

»Ja, der Führer hat einen Reichsparteitag des Friedens angekündigt.«

»Siehst du!«

»Ja, aber du verstehst da was falsch, Kathi. Der Führer und

das Deutsche Reich wollen selbstverständlich den Frieden erhalten. Aber was ist, wenn wir von den Polen überfallen werden? Dann müssen wir unser Vaterland doch verteidigen!«

»Warum heißt es eigentlich Vaterland und nicht Mutterland? Oder Menschenland?«

Anton schnaubte. »Typisch Kathi! Du lenkst ab, sobald du merkst, dass ich einmal recht habe.«

»Ich wollte nur ein bisschen die Luft aus dir rauslassen. Dorota würde jetzt sagen: *Bubele, lass uns nicht über ungelegte Eier gackern.* Verrat mir lieber, ob der Schädel wirkt. Erinnerst du dich schon an etwas?«

»Nein, bisher nicht«, seufzte Anton. Er fasste nach dem Schädel, hob ihn dicht vor sein Gesicht und sagte: »Also los, du alter Halunke. Woher hast du das Loch in deinem Kopf?«

»Ich glaube nicht, dass das so geht«, bemerkte Kathi skeptisch.

»Ach, du hast Erfahrung in der Unterhaltung mit Totenköpfen? Da, nimm du ihn!« Anton hielt ihr den Schädel hin.

Oskar verfolgte ihr Geplänkel mit Interesse. Nun ergriff er die Gelegenheit und schnappte erneut nach dem Schädel. Dieses Mal mit mehr Erfolg: Prompt fiel er Anton aus der Hand und kullerte den Hügel hinab, bis es Oskar gelang, ihn mit seiner Schnauze zu stoppen. Das Teil erwies sich als zu sperrig für sein Maul, dennoch versuchte er, ihn zu fassen.

Aber Anton war bereits zur Stelle. Er packte den Schädel und ließ ihn sofort wieder fallen, als hätte er sich an ihm verbrannt. Erschrocken sah er sich um. »Hast du das gehört?«

»Was denn?«

»Na, den Schuss!«

»Welchen Schuss? Da war kein Schuss. Nicht wahr, Oskar?«

Oskar saß in der Tat ruhig auf den Hinterläufen und ließ das Objekt seiner Begierde nicht aus den Augen.

»Aber da war ganz sicher ein Schuss«, beharrte Anton. »Den

musst du doch auch gehört haben!« Unvermittelt riss er die Augen auf. »Glaubst du, ich habe mich an den Schuss nur … erinnert?«

Beide starrten sie auf das Loch im Schädel.

»Gówno«, entfuhr Kathi das polnische Wort für Scheiße. »Es funktioniert! Du erinnerst dich!«

»Meinst du?« Antons Augen weiteten sich. Er wandte sich wieder dem Totenkopf zu. »Und jetzt«, sprach er mit Grabesstimme zu ihm, »wirst du mir alle deine Geheimnisse verraten!«

26

Was jetzt bewiesen ist, war einst nur gedacht.

William Blake

In der folgenden Woche, an einem Tag, der so heiß und schwül war, dass die Tiere auf den Weiden die Köpfe hängen ließen und die Menschen jede überflüssige Bewegung vermieden, tauchte in der Mittagsglut völlig unerwartet Franz Honiok auf dem Sadlerhof auf. Sein fadenscheiniger Anzug war zerknittert und fleckig, und seine Augen zuckten nervös, als rechnete er jeden Augenblick damit, dass sich jemand hinterrücks auf ihn werfen würde.

Schon als sie ihn ins Haus bat, befiel Annemarie eine ungute Ahnung. Sie begegnete Franz Honiok seit jeher mit gemischten Gefühlen. Denn sie konnte sehen, was Laurenz nicht sehen wollte: An diesem Mann klebte das Pech. Egal, wohin er sich wandte, egal, welche Richtung er einschlug, das Unheil erwartete ihn bereits. Und heute hatte Honiok das Unheil mit auf den Sadlerhof gebracht.

Der Drang, ihn einfach wegzuschicken, war groß und wuchs mit jeder Minute. Aber Franz war Laurenz' Freund. Also bat Annemarie Dorota, Laurenz, der eben erst mit Oleg zum Heuwenden losgezogen war, wieder zurückzuholen.

»Was gibt es denn so Dringendes, Franz?«, erkundigte sich Laurenz nach der Begrüßung.

Franz' Blick huschte zu Annemarie. Zweifelsohne wollte er sein Anliegen erst vortragen, wenn sie die Stube verlassen hatte.

Doch hier hatte Franz die Rechnung ohne Annemarie gemacht. Sie verstand sich ebenfalls auf die stumme Kommunikation und signalisierte ihrem Laurenz unmissverständlich, dass sie an der Unterredung teilzunehmen wünsche.

Laurenz nickte. Die Sonne hatte ihm die Haut verbrannt, er war verschwitzt, und bis zum Abend wartete noch eine Menge Arbeit auf ihn. Das Letzte, wonach ihm der Sinn stand, war, sich wegen Franz' Geheimniskrämerei auf eine Diskussion mit seiner Frau einzulassen. »Annemarie bleibt«, sagte er schlicht. »Also, was gibt es, Franz?«

Franz beugte sich vor, und vor Aufregung überschlug sich seine Stimme: »Der Hitler will Polen angreifen!«

»Ich habe von dem Gerücht gehört«, erwiderte Laurenz ruhig. »Und wie die meisten Gerüchte ist es Unsinn.«

»Nein, nein! Er *wird* es tun!«, beharrte Franz. »Du verstehst das nicht! Ich habe …«

»Hör mir zu, Franz«, unterbrach ihn Laurenz. »Das würde der Hitler niemals wagen! Wenn er Polen angreift, dann werden die anderen Länder nicht mehr schweigen – dann muss ihm England den Krieg erklären! Und Frankreich wird den Briten nachfolgen. Und hinter diesen beiden Ländern stehen die Vereinigten Staaten von Amerika. Und vergiss Russland nicht. Die haben selbst ein Auge auf Polen geworfen. Nein«, schloss Laurenz überzeugt. »Der Hitler wird es nicht wagen.«

Während Laurenz sprach, hatte sich Franz' Nervosität gelegt. Laurenz war das schon früher an ihm aufgefallen: Während die meisten Menschen dazu neigten, sich in Wortgefechte hineinzusteigern, wurde Franz dabei immer ganz ruhig – es war beinahe so, als würden sich die Konturen des verhuschten kleinen Mannes schärfen. Franz schien plötzlich zu wachsen, als entschlüpfte er kurzzeitig seinem inneren Kokon. Auch jetzt verwandelte er sich in jenen politischen Franz Honiok, der sich auf vertrautem Terrain wähnte. Selbstsicher, eine Hand aufs Knie gestemmt, beugte er sich vor: »So wie Adolf Hitler es 1936 nicht gewagt hat, in die entmilitarisierte Zone des Rheinlands einzumarschieren? Wie er 1938 nicht in Österreich einmarschiert ist? Wie er es nicht gewagt hat, sich kurz darauf das Sudetenland unter den Nagel zu reißen?«

Der Punkt ging an Franz.

Doch Laurenz hatte ausreichend Gegenargumente parat: »Österreich fiel ihm wie eine reife Frucht in den Schoß. Neunundneunzig Prozent seiner Bürger stimmten für den Anschluss!«

»Ja, *nach* dem Einmarsch, und es war keine echte demokratische Wahl.«

»Es war aber auch mitnichten ein Überfall«, hielt Laurenz dagegen. »Genauso verhält es sich mit Böhmen und Mähren – auch dort wollte die Mehrheit ›heim ins Reich‹. Hitler hat dem britischen und dem französischen Regierungschef darauf in die Hand versprochen, dass das Sudetengebiet seine letzte territoriale Forderung in Europa ist.«

»Ja, Neville Chamberlain und Édouard Daladier!«, winkte Franz verächtlich ab. »Die haben dem Hitler das geglaubt, weil sie das glauben wollten! Warum? Weil niemand einen neuen Krieg will! Man beschwichtigt und redet die Tatsachen klein. Und ignoriert dabei das Offensichtliche! Seit 1935, seit der Wiedereinführung der Wehrpflicht, rüstet der Hitler doch wie besessen auf! Und die Amerikaner halten still, pflegen ihren Isolationismus. Das Schaf füttert den Wolf, in der Hoffnung, als Letztes gefressen zu werden! Du bildest hier keine Ausnahme, mein Freund. Weil du keinen Krieg willst. Und noch weniger willst du daran glauben, dass er längst von den deutschen Faschisten geplant ist, um uns Polen alle umzubringen!«

»Du bist Deutscher, Franz«, erinnerte Laurenz ihn leise. »Und selbstverständlich will ich keinen Krieg! Nur Wahnsinnige können das wollen.«

»Endlich ein wahres Wort! Der Hitler ist wahnsinnig!«

Laurenz fand, er habe genug Geduld bewiesen. Die Arbeit wartete. »Ich weiß nicht, warum wir diese Diskussion führen, Franz. Ich bin weder Politiker noch Soldat. Ich bin Bauer. Und ich muss jetzt zurück aufs Feld.« Er erhob sich halb, doch Franz' Finger schossen vor und krallten sich in seinen Arm.

»Ich habe Beweise, dass Hitler den Angriff auf Polen plant. Danach gibt es Krieg mit den Briten, wie du es eben selbst vorausgesagt hast, Laurenz. Und dann braucht Hitler Soldaten. Dann werden auch Bauern in Uniformen gesteckt…«

Laurenz' Blick suchte Annemarie. Äußerlich war ihr nichts anzumerken, aber er kannte sie. Hinter ihrer Stirn arbeitete es. Erst kürzlich hatte sie noch zu ihm gesagt: *Politik ist wie Schach. Als Erstes werden immer die Bauern geopfert.* Laurenz strich sich müde durchs Haar. Ihm ging jeglicher Elan ab, Franz nach seinen angeblichen Beweisen zu fragen.

Das übernahm nun Annemarie: »Von welchem Beweis sprichst du, Franz?« Auch ihr fiel auf, dass dieser Franz Honiok nur noch wenig mit jenem gemein hatte, der vor einer guten halben Stunde in ihr Haus gekommen war. Die in seinen Augen flackernde Unruhe schien einer Art Vorfreude gewichen, als fieberte er einem Triumph entgegen. Mochte auch das Pech bisher an seinen Sohlen geklebt haben – Laurenz' Freund schien davon überzeugt, dass seine große Stunde bevorstand. Franz Honiok wollte seinen Platz in der Geschichte. Doch was wollte er von Laurenz?, fragte sich Annemarie.

Als Franz auf ihre Frage antwortete, hielt er seinen Blick auf Laurenz geheftet: »Nicht ein Beweis! Mehrere! Es gibt untrügliche Aktivitäten. Immer mehr hochrangige Offiziere werden in Gleiwitz und Umgebung gesichtet, Leute vom Sicherheitsdienst SD, Abwehr und SS. Gleichzeitig werden Truppen und Panzer an Polens Grenzen verlegt und geheime Waffendepots angelegt. Zudem ist Außenminister Ribbentrop eben erst in geheimer Mission nach Moskau gereist. In Hitlers persönlichem Flugzeug!«

»Moskau? Was will der Hitler von Moskau?«, rief Annemarie verwirrt.

»Ist es nicht offensichtlich?«, entgegnete Franz, ganz in seinem Element. »Der Führer will erreichen, dass die Russen die Füße stillhalten, wenn er in Polen einmarschiert. Also gibt er Stalin die Hälfte vom Kuchen ab.«

»Das ist alles reine Spekulation!«, wiegelte Laurenz ab.

»Das ist es nicht! Ich selbst konnte ein Gespräch im Hotel Oberschlesien belauschen. Zwei hochrangige SS-Männer sprachen in ihrem Hotelzimmer genau darüber!«

»Du warst also rein zufällig im Hotel zur Stelle, als diese Männer sich gerade über die geheimsten Pläne unserer Regierung unterhalten haben?« Laurenz machte keinen Hehl aus seiner Skepsis.

»Meine Verlobte arbeitet im Haus Oberschlesien als Zimmermädchen«, spielte Franz seinen Trumpf aus. »Von ihr habe ich auch, dass dort die SS-Leute ein und aus spazieren.«

»Du hast deine eigene Verlobte zum Spionieren angehalten?«, reagierte Laurenz entsetzt.

»Wo denkst du hin! Natürlich nicht. Sie hat nur beiläufig erwähnt, dass sie es höchst wunderlich findet, dass die Männer ihre schönen Uniformen im Schrank hängen lassen und stattdessen in Zivil herumlaufen.«

»Und das hat dich neugierig gemacht«, seufzte Laurenz.

»Jetzt wissen wir aber immer noch nicht, was du von Laurenz willst, Franz«, übernahm erneut Annemarie die Initiative. »Also, warum bist du hier?«

»Weil ich nicht die richtigen Leute kenne. Aber der Laurenz

kennt sie! England und Frankreich müssen so schnell wie möglich erfahren, dass der Hitler sie getäuscht hat. Adolf Hitler muss aufgehalten werden! Man stelle sich vor, wenn der Mann sich erst mit Moskau verbündet. Stalin und Hitler vereint reißen die gesamte Welt in den Abgrund!«

»Nun geht deine Fantasie aber mit dir durch, Franz«, entgegnete Annemarie bestimmt. »Faschismus und jüdischer Bolschewismus vereint? Niemals! Hitler hat nie einen Hehl aus seinem Hass auf alles Rote gemacht. Er hat die deutschen Kommunisten entweder einsperren oder sie gleich ermorden lassen.«

»Hitler würde seine Großmutter verkaufen, wenn er daraus einen Nutzen ziehen könnte«, hielt Franz dagegen.

»Was soll das eigentlich heißen, ich würde die richtigen Leute kennen?«, kehrte Laurenz zu Franz' ursprünglicher Bemerkung zurück.

»Als du in Breslau studiert hast, hast du doch berühmte Musiker und Komponisten kennengelernt! Juden, die ins Ausland geflohen sind, nach England und in die Vereinigten Staaten! Wie den Otto Klemperer. Und der verkehrt in den USA mit Thomas Mann! Du musst …«

»Jetzt mal langsam mit den Pferden, mein Freund«, gebot Laurenz Franz' Redefluss Einhalt. »Ich muss gar nichts. Und woher willst du das alles so genau wissen?«, hakte er misstrauisch nach.

»Man hat so seine Quellen«, antwortete Franz mit der Miene eines Mannes, der diese selbst unter der Folter nicht preisgeben würde. »Du musst deinen Kontakten schreiben, was ich dir erzählt habe. Es gilt einen Krieg zu verhindern!«

Laurenz und Annemarie wechselten einen verständnislosen Blick. »Verstehe ich das richtig?«, hob Laurenz an. »Du verlangst von mir allen Ernstes, ehemaligen Lehrern und Kommilitonen im Ausland zu schreiben, dass Adolf Hitler plant, Polen anzugreifen?«

Honiok, gegen jede Ironie gefeit, antwortete eifrig: »Ja genau! Du musst auch schreiben, dass Hitler mit Stalin paktiert. Deine Bekannten kennen selbst wichtige Leute. Das Ausland muss erfahren, was Hitler vorhat. Ich helfe dir bei dem Brief. Hier!« Franz kramte ein zerknittertes Papier aus der Brusttasche. »Meine Notizen!«

Ohne hinzusehen, spürte Laurenz Annemaries stummen Protest. Er hatte ihr nach der Schlägerei beim Klose in die Hand versprochen, sich niemals aktiv in die Politik einzumischen, und dieses Versprechen gedachte er zu halten. Da spielte es keine Rolle, ob er Franz glaubte oder nicht. Er nahm seinem Freund das Blatt ab und sagte: »Es wird von mir keinen Brief geben, Franz. Mein Studium ist über zehn Jahre her, und meine Kontakte dürften heute so gut wie unauffindbar sein. Davon abgesehen, finde ich es höchst fragwürdig von dir, mir dieses Blatt ins Haus zu bringen.« Laurenz schritt zum Ofen, öffnete die Klappe und warf das Papier in die Glut. Es fing sofort Feuer.

»Was tust du da?«, rief Franz erschrocken.

»Das, was nötig ist. Diese Notizen bringen uns alle in Gefahr.«

»Hast du mir nicht zugehört? Das ganze Land ist in Gefahr! Es wird Krieg geben! Und wir können ihn vielleicht verhindern.«

»Du sagst es, Franz. *Vielleicht*. Vielleicht gibt es Krieg, vielleicht nicht.«

»Du enttäuschst mich«, sagte Franz. »Ich dachte, du bist mein Freund.«

»Mein Ehemann denkt an seine Familie. Das ist seine erste Pflicht«, wies Annemarie ihn nun zurecht. Sie hatte sich erhoben. »Schau, Franz«, fuhr sie freundlicher fort. »Du bist ein mutiger Mann, und ich respektiere deinen Einsatz für nichts weniger als den Frieden. Das verdient unsere Anerkennung. Doch das, was du von Laurenz verlangst, könnte uns alle in tödliche Gefahr bringen. Ein Brief kann jederzeit abgefangen und an die Gestapo weitergeleitet werden. Wir sind keine Spione, und wir werden auch nicht so handeln. Bitte geh jetzt, Franz. Was auch immer du jetzt vorhast, tu es allein. Aber komm nicht mehr hierher. Wir möchten in deine Umtriebe nicht hineingezogen werden. Bitte verstehe das.«

Sie sahen dem schmächtigen Mann nach, wie er den Hof durch das Tor verließ. Kaum dass er außer Sicht war, schloss Annemarie die Tür zum Flur. »Was denkst du, Laurenz? Wird Hitler tatsächlich Polen angreifen?«

»Nun, Goebbels war erst im Juni in Danzig, um dort die antipolnische Stimmung weiter zu schüren. Und die deutsche Presse verbreitet vermehrt Propaganda über angebliche Polengräuel. Doch die überwiegende Mehrheit will Frieden. Schau, mein Lieb«, Laurenz zog seine Frau an sich und legte seine Wange an die ihre, »wir erleben einen wunderbaren Sommer. Es sind Ferien, die Menschen gehen schwimmen, besuchen Cafés und sitzen am Abend im Biergarten. Niemand denkt an Krieg. Und nächsten Monat findet in Nürnberg ein *Reichsparteitag des Friedens* statt. Nein, ich glaube nicht wirklich an einen Krieg.«

»Und wenn Franz doch recht hat?«, murmelte Annemarie eng an ihn geschmiegt.

»Womit? Dass Hitler ein Wahnsinniger ist und in Polen einmarschiert?«

»Dass wir nicht an die Möglichkeit des Krieges glauben, weil wir nicht daran glauben wollen.«

Laurenz konnte spüren, dass Annemaries Herz viel zu schnell an seiner Brust schlug. Er liebkoste ihre Schläfe, suchte ihren inneren Aufruhr zu besänftigen und verfluchte gleichzeitig den Freund für seinen Besuch. »Das nennt man Selbstschutz, mein Liebling. Sich im Voraus zu sorgen bedeutet, das eigene Leben zu verpassen. Sag mir, mein Herz, was glaubst du?«

Annemarie löste sich von ihm, um ihm in die Augen sehen

zu können. »Wir leben nahe der polnischen Grenze. Sollte es tatsächlich Krieg geben, wären wir unmittelbar betroffen. Es ist wunderschön hier, und ich lebe gerne mit dir auf unserem Hof. Aber ich wäre überall glücklich, solange du und unsere Kinder bei mir seid.«

»Ich verstehe nicht … Was willst du mir genau sagen?«

»Vielleicht sollten wir erwägen, Deutschland zu verlassen«, erklärte sie.

Laurenz versteifte sich unwillkürlich in ihren Armen, eine steile Falte teilte seine Stirn.

Sanft legte sie ihm die Hand auf den Mund. »Nein, sag jetzt nichts, mein Lieber. Aber versprich mir, dass du wenigstens darüber nachdenken wirst …«

27

Wer einen Raben aufzieht,
dem wird er die Augen aushacken.

Türkisches Sprichwort

Franz' Besuch bescherte Laurenz eine albtraumhafte Nacht.

In seinen Träumen wüteten Feuerstürme, und giftige Asche regnete auf das Land, bis alles Leben darunter erlosch. »Es ist deine Schuld! Du hast es nicht verhindert! Alle sind tot, tot, tot…«, rief ihm die Stimme Franz Honioks aus dem Dunkel zu. Und Laurenz schrie seine Qual laut heraus. Annemarie weckte ihn, umschlang ihn mit ihrer Wärme und küsste die Ängste von seiner schweißnassen Stirn.

Auch sie sorgte sich. Doch sie ließ es sich nicht anmerken. Denn die Sorgen der Eltern übertrugen sich auf die Kinder.

Für Warnungen oder Briefe war es ohnehin zu spät. Die Schicksalswürfel waren gefallen. Die Spieler hießen Adolf Hitler und Josef Stalin, und der Einsatz war nichts Geringeres als die Welt.

Nur einen Tag nach Franz Honioks Besuch auf dem Sadlerhof, am 24. August 1939, schlossen Hitler und Stalin einen Nichtangriffspakt. Die Vereinbarung enthielt auch ein geheimes Zusatzprotokoll; neben anderem regelte es die verbrecherische Aufteilung der souveränen Republik Polen unter den beiden Mächten: Deutschland sicherte sich Westpolen und Litauen, die

Sowjetunion nahm sich Ostpolen, dazu Finnland, Estland, Lettland und Bessarabien.

Ende August 1939 kamen auch die Spitzen der Sicherheitsbeamten der Sowjetunion und des Deutschen Reichs zusammen, um den Gefangenenaustausch enttarnter Agenten in die Wege zu leiten. Die von Deutschland überstellten russischen Agenten wurden nach entsprechender Folterung durch den sowjetischen Geheimdienst NKWD entweder sofort exekutiert oder verschwanden auf Nimmerwiedersehen in einem sibirischen Gulag. Enttarnte Spitzel galten dem Regime grundsätzlich als »unzuverlässig«.

Deutsche Gestapo und SD verfuhren kaum minder brachial mit ihren Agenten. Doch eines war beiden Vertragspartnern gemein: Die Angehörigen dieser Männer und Frauen sollten nie etwas über den Verbleib ihrer Lieben erfahren. Ihr Schicksal blieb für alle Zeiten ungeklärt.

Dies vor Augen traf Konstantin Pawlowitsch Sokolow eine folgenreiche Entscheidung. Eine Entscheidung, die eines fernen Tages auch Auswirkungen auf Annemaries Sadlers Schicksal haben würde.

Eben erst war Sokolow aus Berlin in Moskau eingetroffen. Von seinen Informanten in der Reichshauptstadt hatte er höchst Beunruhigendes über die jüngsten deutschen Absichten erfahren. Sofort, nachdem er diese verschlüsselt nach Moskau kabelte, hatte man ihn zurückbeordert. Ein Freund passte ihn am Flughafen ab und warnte ihn rechtzeitig, dass sein jüngster Bericht die Aufmerksamkeit Lawrenti Berijas geweckt habe. Sollte er die Lubjanka betreten, würde er sie nie mehr verlassen. Jedenfalls nicht lebend. Stalin glaubte an den deutsch-sowjetischen Pakt. Jeder, der den Pakt infrage stellte, zweifelte somit am geliebten Führer des Sowjetvolkes. Und verdiente damit den Tod. Berija, Stalins neuer Henker und Nachfolger Jeschows als

Leiter des NKWD, setzte dessen willkürlichen Terror fort, dem bereits Hunderttausende zum Opfer gefallen waren.

Vor die Wahl gestellt, Tod oder Verrat, wählte Sokolow den Verrat. Anstatt sich, wie geordert, sofort in das Hauptquartier des NKWD zu begeben, fuhr er zu seiner Wohnung, um aus einem Geheimversteck Unterlagen zu holen. Kaum dort angekommen, hämmerte es bereits an seine Tür. Er konnte gerade noch die Dokumente ergreifen und sich mit einem abenteuerlichen Sprung aus dem ersten Stock in den Hinterhof retten. Vorerst. Sein Bein war verletzt, weit würde er damit nicht kommen. Es gelang ihm, einen der beiden SD-Männer zu kontaktieren, die sich in Moskau unter die Delegation des deutschen Außenministers Ribbentrop gemischt hatten, und sich ihm als Überläufer zu erkennen zu geben.

Die Brisanz der Lage ließ den SD-Major zögern. Sollte der neue russische Bündnispartner herausfinden, dass der deutsche SD erwog, einem sowjetischen Agenten zur Flucht aus Moskau zu verhelfen, konnte dies alle Pläne des Führers zunichtemachen. Andererseits schien Sokolow ein größerer Fisch zu sein; sein Wissen konnte sich als entscheidender Vorteil im Spiel der Spione erweisen. Aber war dem Mann zu trauen? Womöglich war das Angebot des NKWD-Spions eine Finte der Russen, um die Zuverlässigkeit des künftigen Bündnispartners zu testen? Der SD-Mann beschloss, den Kreis der Mitwisser kleinzuhalten und sich Rückendeckung zu holen.

Er nutzte das deutsche Delegationsflugzeug, die Privatmaschine des Führers, das über eine sichere, für die Russen nicht abhörbare Funkverbindung nach Berlin verfügte, um direkt im Prinz-Albert-Palais anzurufen. Forsch verlangte er dort den Chef des SD, Obergruppenführer Reinhard Heydrich, zu sprechen. Er kannte Heydrich noch aus seiner Zeit in München bei der Bayerischen Politischen Polizei. Er musste sich eine Weile gedulden, bis sich sein früherer Weggefährte zurückmeldete.

»Ich hoffe, es ist so dringend, wie du es gemacht hast«, meldete sich Heydrich ungehalten. »Du hast mich aus einem Empfang beim Führer geholt.«

SD-Major Erwin Mauser erstattete Bericht.

»Eine Aktion ist in der Tat genau abzuwägen«, äußerte sich Heydrich. »Ich teile deine Bedenken, dass es sich hierbei um eine Finte der Russen handeln könnte. Wie schätzt du diesen Sokolow ein?«

»Nun, seine Verzweiflung scheint mir nicht gespielt, und seine Verletzung ist übel. Ich bin kein Arzt, aber ohne die richtige Behandlung wird der Mann vermutlich bis an sein Lebensende humpeln.«

»Dennoch, diese Kommunisten sind fanatisch. Er kann diese Verletzung auch freiwillig auf sich genommen haben, um uns zu ködern.«

Erwin Mauser neigte eher dazu, Sokolow zu glauben. Er wollte jedoch die Verantwortung nicht alleine tragen: »Wenn Sokolow ist, wer er behauptet zu sein, und sich seine Dokumente als authentisch erweisen, haben wir einen der erfahrensten Agenten der Russen in Gewahrsam. Sollten uns die Sowjets wirklich täuschen wollen, hätten sie vermutlich jemand anders ausgewählt. Mit Sokolows Wissen könnten wir in Berlin aufräumen.«

In der Reichshauptstadt blieb es still. Erwin Mauser wusste, dass der Obergruppenführer kein Mann der spontanen Entschlüsse war.

»Also gut«, entschied Heydrich. »Wir spielen auf Risiko. Ich will den Mann hier in der Hauptstadt haben. Arrangiere das. Du kannst jede Ressource nutzen.«

Das überaus gewagte Unternehmen gelang, und Obergruppenführer Reinhard Heydrich, der Chef von SD und Gestapo, führte in der Folge die Vernehmung des übergelaufenen Spions

Konstantin Pawlowitsch Sokolow persönlich durch. Neben ersten mündlichen Informationen erschienen ihm die Unterlagen, die der russische Agent bei sich geführt hatte, von besonderem Interesse. Neben anderem war ihnen zu entnehmen, dass die Sowjets die deutsche Mobilmachung komplett verschlafen hatten und überdies die Ambitionen des deutschen Führers als nicht besonders relevant für die Sowjetunion einstuften. Berlin, ansonsten recht kleinlich, wenn es darum ging, beim Wiegen als zu leicht empfunden zu werden, machte in dem Fall eine Ausnahme. Verschaffte es dem Reich doch einen strategischen Vorteil.

Unter Sokolows Papieren befand sich auch eine Schwarz-Weiß-Fotografie. Auf diese richtete sich nun das Augenmerk Heydrichs. Das Porträt zeigte ein junges Mädchen mit ernstem Gesicht. Daran geheftet war eine lebensechte Skizze, die sichtlich dieselbe Person darstellen sollte. Darauf wirkte sie jedoch um etliche Jahre älter. »Wer ist das?«, wollte Heydrich wissen.

»Darüber wurden wir nicht informiert«, log Sokolow. Natürlich kannte er die Identität der Frau. Doch er würde sie den Deutschen nicht verraten. Hier ging es um Mütterchen Russland. Er mochte vielleicht einige unbedeutende Geheimnisse verraten, aber niemals sein Land. »Was ich sagen kann, ist, dass 1929 allen unseren Agenten Kopien des Fotos und der Zeichnung ausgehändigt wurden. Laut einem Hinweis soll der Frau die Flucht aus der Sowjetunion ins Deutsche Reich gelungen sein.«

»Diese Sowjetbürgerin hält sich also unerlaubterweise im Deutschen Reich auf.« Es war weniger eine Frage als eine Feststellung, und Sokolow begnügte sich mit einem Nicken.

»Woher stammt der Hinweis?«, setzte Heydrich die Befragung fort.

Sokolow schluckte. »Von einem Polen.«

»Wie heißt er, und wo lebt er?«

»Ich kenne seinen Namen nicht. Er wurde von unseren Leuten vor einigen Jahren in Warschau bei der Leerung eines toten Briefkastens geschnappt.«

»Wo befindet sich dieser tote Briefkasten?«

»Er war in einem Laden für Spezereien und Tabak untergebracht.«

»War?«

»Das Geschäft existiert schon seit Jahren nicht mehr. Es gehörte einem polnischen Juden und wurde niedergebrannt.«

»Nennen Sie mir weitere tote Briefkästen«, forderte der Gestapochef.

Sokolow wusste von dreien, gab jedoch nur die Standorte von zweien preis. Weil er von diesen beiden mit Sicherheit sagen konnte, dass sie nicht mehr genutzt wurden, während der dritte in einer Breslauer Kirche weiterhin in Betrieb war. Heydrich machte sich Notizen und versenkte sich danach abermals in die Schwarz-Weiß-Fotografie. »Eine hübsche Person«, bemerkte er. Er nahm auch die Zeichnung nochmals zur Hand, um sie eingehend zu studieren.

Unaufgefordert erklärte Sokolow: »Ein Spezialist hat die Skizze angefertigt. Das Foto hingegen ist schon mehrere Jahre alt. Die Gesuchte dürfte heute in etwa so aussehen wie auf der Zeichnung.«

»Zurück zu der Frau. Wer ist sie? Eine Spionin?«

»Ich weiß nur, dass sie die meistgesuchte Person der Sowjetunion ist. Es geht das Gerücht, Genosse Stalin habe Genosse Berija persönlich mit der Jagd nach ihr beauftragt. 1934 gab es erstmals eine heiße Spur aus der Gegend um Gleiwitz. Ein Agent meldete von dort, er gehe einem Hinweis nach. Das war das Letzte, was wir von Juri Petrow gehört haben.« Unwillkürlich drängte sich Juris Zwillingsschwester Sonia in Sokolows Gedanken. Nachdem Sonia vom Verschwinden ihres Bruders erfahren hatte, war sie kurz darauf ebenfalls wie vom Erdboden verschluckt. Bis heute wurde im Dienst darüber spekuliert, was aus den Petrov-Zwillingen geworden war.

Heydrich lehnte sich zurück und gestattete sich ein süffisantes Lächeln. »Vielleicht haben wir den russischen Spion auf unserem deutschen Boden geschnappt? Oder er ist wie Sie zu uns übergelaufen?«

»Geschnappt, vielleicht. Übergelaufen? Niemals! Petrov war ein bolschewistischer Fanatiker. Und ein ebenso sadistisches Schwein wie sein Onkel Lawrenti Berija.«

»Die Suche nach der Frau ist für den Chef des NKWD also eine persönliche Angelegenheit«, konstatierte Heydrich.

Sokolow schenkte es sich zuzustimmen. Er hoffte auf ein baldiges Ende der Befragung, denn er war erschöpft, und sein verletztes Bein bereitete ihm Höllenqualen. Doch die Deutschen hatten ihm erst nach dem Verhör medizinische Versorgung in Aussicht gestellt. Er wäre genauso verfahren.

Ansonsten behandelte Heydrich ihn, als wäre er ihr Gast. Ihm wurden Kaffee, Wasser und Zigaretten angeboten, sogar die Möglichkeit, sich zu waschen und die Kleider zu wechseln. Und geschlagen hatte man ihn bisher kein einziges Mal. Eine ähnlich zuvorkommende Behandlung in der Lubjanka wäre undenkbar.

Überhaupt, diese Deutschen! Er war inzwischen einigen ihrer obersten Anführer begegnet. Diese Männer mit ihren glatt rasierten Gesichtern und den auf Hochglanz polierten Stiefeln gaben sich alle so überaus kultiviert und korrekt. Nun erst verstand er Stalins Aussage, die Deutschen seien unfähig zur Revolution, denn dazu müssten sie erst den Rasen betreten. Undenkbar, sich diese Männer dabei vorzustellen, wie sie in feuchte Keller hinabstiegen, um selbst zu foltern und zu töten. Sie waren nicht wie Stalin oder Berija, die nie gezögert hatten, selbst die Schmutzarbeit zu erledigen. Stalins gesamtes Umfeld bestand aus Männern, die vor keiner noch so abscheulichen Tat zurückscheuten. Er hatte die Chefs des NKWD, Jeschow oder Berija, selbst in Aktion erlebt, wie sie eigenhändig Knochen brachen, mordeten.

Dieser Heydrich hingegen besaß sogar manikürte Fingernägel. Vor Sokolows inneres Auge trat Genossin Stalin bei der Maniküre. Belustigt kräuselte der Agent die Lippen. Und erst Heydrichs Stimme! Sokolow hatte zwar Gerüchte über sie gehört, sie jedoch nicht geglaubt. Undenkbar, dass ein Mann mit diesem unangenehmen Falsett und eitel wie ein Zirkuspferd unter Josef Stalin Karriere gemacht hätte.

Es klopfte. Ein Adjutant trat ein und informierte den Obergruppenführer, die erwartete Delegation sei eingetroffen. Heydrich erhob sich und befahl, den Gefangenen in seine Zelle zu führen. Sokolow ahnte, dass dies nur das Vorspiel gewesen war. Er und Heydrich würden sich wieder begegnen.

Am Abend desselben Tages erstattete Heydrich seinem Chef, Reichsführer SS Heinrich Himmler, Bericht.

»Setzen Sie sich, Obergruppenführer! Was halten Sie von diesem Sokolow?«

»Ein harter Hund, Reichsführer. Er hat während des Verhörs gelächelt.«

»Wenn er gelogen hat, wird es ihm schnell vergehen. Was denken Sie? Ist er ein echter Überläufer oder ein Doppelagent?«

»Da bin ich mir noch nicht ganz schlüssig, Reichsführer. Aber ich tendiere dazu, seinen Ausführungen Glauben zu schenken. Offenbar suchen Stalin und Berija seit mindestens 1929 nach einer untergetauchten Frau. Sie vermuten, dass sie sich ins Deutsche Reich geflüchtet hat.«

Himmler horchte auf. »Dann müssen wir sie unbedingt vor den Russen finden.«

»Selbstverständlich, Reichsführer.«

»In dieser Sache gilt die allerhöchste Geheimhaltungsstufe, Heydrich. Die Russen sind jetzt unsere Verbündeten!«

»Natürlich! Ich leite die Suche nach der Frau selbst, Reichsführer.«

28

Schadenfreude, das weichste aller Daunenkissen.

Pfarrer Berthold Schmiedinger

Kathi war noch keine elf, doch sie hatte bereits die Erfahrung gemacht, dass es Tage gab, an denen alles wie am Schnürchen lief. Dann wieder reihte sich innerhalb weniger Stunden ein Missgeschick an das andere. Die Milch wurde sauer, eines von Charlottes Pferden hatte eine schwere Kolik, und Oleg rammte sich einen Nagel in den Fuß.

Aber dass sich innerhalb einer Woche gleich mehrere Katastrophen ereignen würden, damit hätte sie dennoch niemals gerechnet.

Franzi eröffnete den Reigen. An einem Vormittag war sie einmal mehr entwischt.

Neben Annemarie und Dorota beteiligte sich auch Charlotte an der Suche. Kathi befand sich in der Schule, Laurenz und Oleg kämpften auf dem Feld gegen eine Kartoffelkäferplage.

Zwei Stunden später hatten sie längst alle von Franzi bevorzugten Orte abgesucht, auch die Wiese beim Bienenhaus. Ihre Ratlosigkeit wandelte sich alsbald in tiefe Sorge.

Oskar, der bei der Suche hätte helfen können, glänzte ebenfalls durch Abwesenheit. »Es ist schon nach zwölf«, stellte Charlotte fest. »Oskar wird vor der Schule auf Kathi warten.«

»Ich laufe rasch hin. Wir brauchen seine Spürnase«, entschied Annemarie.

»Unsinn! Du bleibst hier.«

»Nein!«, widersprach Annemarie. »Franzi ist erst vier und …«

»Du musst nicht gleich die falschen Schlüsse ziehen«, schnitt ihr Charlotte das Wort ab. »Ich fahre mit dem Wagen zur Schule. Das geht schneller, und ich kann Oskar und Kathi gleich mitnehmen.«

Doch es war keiner der beiden, der Franzi schließlich fand, sondern Oleg. Er entdeckte das Mädchen nach dem Mittagessen in seiner Kammer. Ungeachtet des Aufruhrs, den ihr neuerliches Verschwinden verursachte, schlummerte Franzi friedlich in seinem Bett. Dabei hatte sich die Kleine so gründlich in seine Zudecke eingegraben, dass er sie erst entdeckte, nachdem er sich beinahe auf sie gesetzt hätte. Er suchte sie aufzuwecken, indem er sie vorsichtig an der Schulter berührte. Aber Franzi war wie immer kaum aus dem Schlaf zu holen. Erst als er sie regelrecht rüttelte, öffnete sie kurz die Augen, eine kleine Hand tauchte aus den Tiefen der Decke auf und übergab ihm einen Gegenstand. Sodann kuschelte sich Franzi wieder in das Bett und war erneut in Schlaf gesunken.

Verblüfft betrachtete Oleg die Patrone in seiner Handfläche. Wo hatte die Franzi denn die Munition her? Plötzlich war ihm, als streifte ihn ein kalter Luftzug. Er eilte zu seinem geheimen Depot und fand seinen Verdacht bestätigt: Die Munitionsschachtel war aufgerissen! Diese verflixte Kleine! Sie fand einfach alles, was nicht gefunden werden sollte!

Er wusste, dass alle fieberhaft nach der Franzi fahndeten. Andererseits fürchtete er sich vor dem Bauern und noch mehr vor der Frau Charlotte. Wenn herauskam, was er getan hatte, würde nicht nur er in Schwierigkeiten stecken. Nein, es würde auch sein Mütterchen treffen und die Kathi! Kathi würde ihn zu schützen versuchen. So war Kathi. Also ging er sie holen. Weil Kathi immer eine Lösung wusste.

»Du hast Waffen aus der Höhle gestohlen, um sie zu verkaufen?«, stammelte Kathi fassungslos, nachdem Oleg ihr den versteckten Verschlag im Boden seines Aborthäusels gezeigt hatte.

»Ich möcht halt die Paulina so gern heiraten! Aber dafür brauche ich Geld. Ich weiß, dass das falsch von mir war. Darum hab ich auch vor, heute Nacht alles zurückzubringen.« Unglücklich ließ Oleg die Schultern hängen. Kathi zweifelte nicht daran, dass er es mit seinem Vorhaben ernst meinte. Dennoch spürte sie, dass hinter seinem Verhalten noch mehr steckte. »Weiß Paulina davon?«

Oleg zuckte zusammen. Der erschrockene Ausdruck in seinem Gesicht sprach Bände.

»Die Waffen zu verkaufen war ihre Idee«, sagte sie ihm auf den Kopf zu.

Oleg schwieg.

Kathi fuhr fort: »Und Paulina will nicht, dass du die Sachen zurückbringst?«

Oleg senkte den Kopf.

Franzi, die sich bei Kathis Eintreten geregt hatte, zupfte nun an ihrem Rock und ließ die Schwester wissen, was sie von der Sache hielt. Kathi übersetzte für Oleg: »Franzi sagt, dein Aborthäusel sei kein gutes Versteck.«

»Wo sie recht hat, die Franzi, hat sie recht«, erwiderte Oleg ergeben. Er sah aus wie ein geschlagener Mann.

»Das sind eine Menge Waffen. Wie hast du das alles allein hierhergeschafft?«

»Bin zweimal gegangen.«

Kathi schlug die Hand vor den Mund. »Gówno! Dann musst du heute und morgen gehen!«

»Nein, ich nehme den Schubkarren und bringe alles zusammen in die Höhle zurück. Mit ein bisschen Glück haben die Soldaten den Diebstahl noch gar nicht bemerkt. Ich habe die Kisten nämlich wieder ordentlich verschlossen.«

»Warum lädst du sie nicht einfach irgendwo vorher im Wald ab? Das wäre weniger gefährlich.«

Wieder zupfte Franzi ihre Schwester und summte etwas.

»Was hat die Franzi gesagt?«

»Dass die Dinge immer dorthin zurückkehren müssen, woher sie gekommen sind.«

»Wieder hat die Franzi recht. Wenn ich sie zurückbringe, hab ich sie nicht gestohlen. Also muss ich es auch nicht dem Pfarrer beichten.«

»Und es wäre auch nicht so einfach für Paulina, dich wieder loszuschicken und sie zurückzuholen«, vermutete Kathi als weiteren Grund.

»Das auch«, stimmte Oleg ohne Zögern zu.

»Also gut. Aber ich komme mit und helf dir!«, sagte Kathi spontan und vergaß dabei völlig das Dorota gegebene Versprechen. Sie glaubte Oleg zwar, dass er es ehrlich meinte. Trotzdem wollte sie sichergehen. Für den Fall, dass Paulina noch dazwischenfunkte.

Oleg reagierte darauf erschrocken. »Nein!«, wehrte er ab. »Ich schaff das allein! Östlich vom Eingang, wo der Dolmen ist, da ist der Wall niedriger. Da lad ich ab und geh rüber.«

»Wann ziehst du los?«

»Gegen elf.«

»Ich komme auf jeden Fall mit«, beharrte Kathi.

»Nein!«

»Wie willst du mich denn daran hindern? Etwa einsperren?«

Olegs Lächeln entgleiste. Bevor er noch etwas erwidern konnte, sagte Kathi: »Also abgemacht! Um elf hol ich dich ab. Und solltest du auf die Idee kommen, früher loszuziehen, dann lauf ich dir hinterher.« Kathi stupste ihre Schwester. »Komm, Franzi. Erlösen wir die Mama.«

Niemand von ihnen bemerkte die schattenhafte Gestalt, die sich draußen leise davonschlich.

Während des gemeinsamen Abendessens fürchtete Kathi, ihre Eltern könnten ihr das nächtliche Vorhaben von der Stirn ablesen. Mehrmals spürte sie, wie der prüfende Blick ihrer Mutter auf ihr ruhte. Doch Franzi war eine gute Ablenkung. Sie war heute äußerst mitteilsam, zwitscherte und summte, und Kathi übersetzte für sie bei Tisch.

Später, als Kathi Dorota beim Abwasch in der Küche half, ließ ihre mütterliche Freundin plötzlich die Spülbürste ins Becken fallen, als wäre sie von etwas aufgeschreckt worden. Die Hände der Köchin begannen zu zittern.

Kathi, die Dorota schon zweimal in diesem Zustand erlebt hatte, wusste, dass sie gerade von inneren Bilderwelten geflutet wurde, Dinge sehen konnte, bevor diese geschahen. Gespannt wartete sie, ob Dorota etwas sagen würde. Es war auch schon vorgekommen, dass sie aus ihrer inneren Starre erwachte, sich verwirrt umsah und fragte: »Wo bin ich?«

Sekundenlang starrte Dorota Kathi an, ohne sie wirklich zu sehen. Ihr Blick war glasig, ihre Lippen bewegten sich lautlos. Unvermittelt krallte sich ihre Hand in Kathis Arm, und sie rief beschwörend: »Heute Nacht sind zu viele weiße Raben unterwegs! Nur zwei dürfen gehen! *Nur zwei dürfen gehen!«*

Kathi erschrak, riss sich los und wich einen Schritt zurück. Dorota wusste über ihr Vorhaben Bescheid! Nervös wartete sie, ob Dorota noch mehr sagen würde. Aber die schüttelte sich nun und fuhr mit den Händen die Konturen ihres Oberkörpers nach, als versuchte sie, unsichtbare Schatten abzustreifen. Sie murmelte: »Wo bin ich? Es ist so dunkel?« Unsicher sah sich Dorota um, tastete sich wieder in die reale Welt. »Oh?«, machte sie mit runden Augen, als sie Kathi vor sich entdeckte. »Was habe ich gesagt, Herzele? Hab ich dich erschreckt? Geht es dir gut? Du bist so blass.«

Kathi knetete das Geschirrtuch. »Du hast gesagt, dass heute Nacht zu viele weiße Raben unterwegs sind.«

Dorotas Blick verirrte sich zum Fenster. »Wohl wahr, wohl wahr«, murmelte sie. »Aber hier im Haus ist es sicher. Keine Raben im Haus. *Keine Raben im Haus«,* wiederholte sie und lächelte. »Alles ist gut, Herzele.«

Nachdem sie ihr Nachtgebet gesprochen hatten, schlüpften Franzi und Kathi gegen acht Uhr in ihre Betten. Ihre Mutter gab ihnen wie jeden Abend einen Gutenachtkuss und löschte das Licht.

Während Kathi den vertrauten Atemzügen ihrer Schwester lauschte, lag sie selbst wach und grübelte über Dorotas Worte nach. Die Raben machten ihr weniger Sorgen, die flogen nachts nicht. Aber was hatte es mit dem »nur zu zweit gehen« auf sich? Bedeutete es, Oleg und sie sollten Oskar zu Hause lassen? Sie würde ihren Hund kaum daran hindern können, ihr zu folgen. Außer sie sperrte ihn ein. Was ihr nie in den Sinn kommen würde.

Gegen zehn Uhr vernahm Kathi draußen den vertrauten Käuzchenruf. *Verflixt, Anton! Ausgerechnet heute!* Ihr blieb nichts anderes übrig, als seinen Ruf zu ignorieren. Sie hoffte, ihr Freund würde nach einer Weile seine Versuche aufgeben und verschwinden.

Anton rief noch dreimal nach ihr, und Kathis Herz schlug die ganze Zeit in einem wilden Stakkato. Wie schwer es war, nicht zu reagieren! Doch es musste sein. Was Oleg und sie vorhatten, war riskant. Deshalb bestand sie auch so hartnäckig darauf, Oleg zu begleiten. Erst vor wenigen Tagen hatte Anton ein Telefonat seines Vaters belauscht und ihr berichtet, wie kürzlich im Grenzgebiet zwei Polen bewaffnet aufgegriffen worden seien und sofort standrechtlich erschossen wurden. Dies würde von nun an jedem Polen blühen, den man dort mit einem Gewehr anträfe.

Und Oleg besaß eine ganze Schubkarre voller Waffen!

Um halb elf verließ sie ihr Bett, kletterte die Rabatte hinab und schlich über den Hof.

»Da bist du ja endlich«, flüsterte Anton hinter ihr, und Kathi machte vor Schreck einen Satz. »Anton, was tust du hier?«

»Komisch, das fragst du mich sonst nie.«

Kathi antwortete nicht gleich, weil sie überlegen musste, wie sie Anton schnell loswerden konnte. Aber eigentlich saß sie in der Falle. Warum hatte sie nicht daran gedacht, ihn vom Fenster aus wegzuschicken, schalt sie sich selbst.

Anton war längst misstrauisch geworden. »Was ist los, Kathi? Wo willst du hin? Triffst du dich mit jemandem?« Sie waren vor der Scheune angelangt. Kathi zog ihn hinter das Gebäude. Um Zeit zu gewinnen, sagte sie: »Du zuerst!«

Sie hatte erwartet, er würde den Ball gleich wieder zurückspielen, doch Antons Bedürfnis zu reden war groß.

»Ich kann mich jetzt wieder an alles erinnern«, platzte er heraus.

Kathi riss die Augen auf. »Der Schädel hat es dir verraten?«

»Ja, und es ist keine schöne Sache. Ich habe den Mann getötet!«

»Was redest du da? Welchen Mann?«

»Den Schädelmann! Das Loch im Kopf, das habe ich ihm verpasst.« Anton erzählte ihr alles, woran er sich erinnern konnte, redete sich die Last vom Herzen. Kathi hörte ihm still zu. Als er geendet hatte, fragte sie: »Was ist mit der gesichtslosen Frau, von der du mir das erste Mal erzählt hast?«

»An sie kann ich mich immer noch nicht erinnern. Vielleicht

habe ich sie mir wirklich nur eingebildet. Was soll ich tun, Kathi? Ich will, dass diese schrecklichen Träume aufhören!«

Kathi überlegte, was sie selbst tun würde. »Vielleicht solltest du diesen Schädel loswerden. Ich würde ihn anständig beerdigen. Und sprich mit deinen Eltern darüber.«

»Aber meine sind ganz anders als deine!«

»Was ist mit Pfarrer Berthold? Wenn du es ihm beichtest, kann er dir einen Rat geben und darf es niemandem weitersagen. Und er kann dir helfen, den Schädel zu beerdigen.«

Antons Züge hellten sich auf. »Du bist ein Genie, Kathi! Und jetzt du. Was hast du vor?«

Zu lügen entsprach nicht Kathis Naturell. Also weihte sie Anton in ihr nächtliches Vorhaben ein.

Wie zu erwarten, war er von der ganzen Angelegenheit wenig erbaut. Allerdings erregte er sich weit mehr über Kathis Beteiligung an der gefährlichen Mission als über Olegs Diebstahl. Sie gerieten in Streit, vergaßen zu flüstern. Oleg wurde auf die beiden Kinder aufmerksam und zog sie rasch in die Scheune.

Dort setzten sie die Diskussion zu dritt fort. Am Ende fanden sie eine Lösung.

29

Was dir auch zustößt,
es war dir von Ewigkeit her vorbestimmt.

Marcus Aurelius Antonius

Sie zogen los, Oleg schob die volle Schubkarre.

Der Dolmen, den sie ansteuerten, lag circa dreihundert Meter nördlich des Höhleneingangs.

»Hier ist es«, sagte Oleg überflüssigerweise, als er die Schubkarre zwischen den kreisförmig angeordneten Felsen hindurchschob und neben dem Altarstein hielt. Er griff nach dem Tuch, das sein Gesicht verhüllte, um es abzustreifen. Anton hatte darauf bestanden, um wie echte Banditen auszusehen.

In diesem Moment geschah es.

Scheinwerfer flammten auf, und eine scharfe Stimme bellte: »Halt! Keine Bewegung! Die Hände nach oben!«

Oleg reagierte im Bruchteil einer Sekunde und brüllte: »Wirf dich hin! Dir werden sie nichts tun!« Er selbst hechtete mit einem Satz zwischen die Felsen, raus aus dem Scheinwerferlicht, und sprintete in so hohem Tempo den Wall hinauf, dass die Soldaten erst reagierten, als er die Kuppe schon fast erreicht hatte. Die Schüsse pfiffen ihm um die Ohren, während er sich mit einem waghalsigen Sprung auf die andere Seite rettete, kopfüber den Hang hinabrollte und im Bach landete. Sofort rappelte er sich auf und spurtete weiter. Doch anstatt blindlings in den Wald in Richtung Grenzübergang zu laufen, wo ihn die Deutschen zuerst vermuten würden, wählte er den südlichen Weg und rannte geduckt in der Mulde am Wall entlang. Nachdem er mehrere Hundert Meter hinter sich gebracht hatte, war er sicher, dass ihm niemand unmittelbar auf den Fersen war. Daher kroch er den Wall wieder hoch, legte sich flach auf die Kuppe und beobachtete, wie sich die Deutschen mit ihren irrlichternden Taschenlampen immer weiter von ihm in den Wald hinein entfernten. Er stieg die andere Seite hinab, um sich anschließend in großem Bogen wieder an den Dolmen heranzuschleichen. Dort wurde er Zeuge einer Tragödie.

Den ganzen Rückweg bis zum Sadlerhof weinte Oleg.

In Olegs Kammer in der Scheune wartete Kathi derweil ungeduldig auf seine Rückkehr. Was Oleg nicht geschafft hatte, war Anton gelungen: Er konnte Kathi dazu überreden, auf dem Hof zu bleiben und ihm und Oleg die Angelegenheit zu überlassen. Kathi willigte ein, auch, weil Dorotas Prophezeiung noch in ihr nachhallte. Oskar saß neben ihr, sodass Oleg und Anton tatsächlich nur zu zweit losgezogen waren.

Kathi machte kein Licht, aus Furcht, ihre Eltern könnten sich fragen, warum bei Oleg so spät noch eine Lampe brannte.

Sie hatte sich zwar auf dessen Bett ausgestreckt, aber in ihrer Aufregung war an Schlaf nicht zu denken. Und obwohl sie auf jedes Geräusch draußen lauschte, schrak sie zusammen, als sich plötzlich die Tür öffnete und sie Olegs vertrauten Umriss erkannte. Sie hatte ihn weder so früh zurückerwartet noch gehört.

»Ihr seid aber schnell zurück«, wunderte sie sich. »Habt ihr alles erledigt?«

Oleg antwortete ihr nicht. Mit einem erstickten Laut fiel er vor ihr auf die Knie. Sein schwerer Körper zitterte und brachte den gesamten Bretterboden zum Vibrieren. Kathi blickte zur

Tür. *Wo war Anton?* Da ging ihr auf, dass etwas fürchterlich schiefgegangen sein musste. Angstvoll bohrten sich ihre Finger in Olegs Arm. »Oleg, was ist passiert? So sag doch! Wo ist Anton?«

Statt einer Antwort sank Oleg, dieser große, starke Mann, der einen Ochsen in die Knie zwingen konnte, nach vorne, barg sein Gesicht in den Händen und begann, hemmungslos zu schluchzen. Sein Verhalten erschütterte Kathi zutiefst. Sie kniete sich vor Oleg, packte seine Schultern und rüttelte ihn, so fest sie nur konnte. »Oleg, Oleg, was hast du? So sprich doch mit mir! Was ist mit Anton? Wo ist er?«

»Anton«, heulte Oleg. Dann plötzlich riss er Kathi in seine Arme und erdrückte sie beinahe. »Es tut mir so leid. Es tut mir so unendlich leid«, stammelte er und gab sie wieder frei. Er wischte sich Augen und Nase mit dem Ärmel und stand ächzend auf, als würde ihn jeder einzelne Knochen im Leib schmerzen.

»Wir müssen deinen Vater wecken. Sie werden bald kommen.«

»Wer, Oleg? Wer wird kommen?«

»Die Soldaten.«

30

Immer enger, leise, leise
Ziehen sich die Lebenskreise,
Schwindet hin, was prahlt und prunkt,
Schwindet Hoffen, Hassen, Lieben
Und ist nichts in Sicht geblieben,
Als der letzte dunkle Punkt.

Theodor Fontane

Laurenz presste die Hände gegen die Schläfen, zwang sich zum Nachdenken.

Annemarie hatte sich mit Kathi in das Elternschlafzimmer zurückgezogen. Ihr kleiner Kolibri stand unter Schock. Anton war tot. Oleg hatte ihnen alles erzählt – wie er beim ersten Zuruf der Soldaten Anton zugebrüllt hatte, sich hinzulegen, während er selbst sein Heil in der Flucht suchte. Denn ihn, als Nichtdeutschen, hätte man sofort erschossen, während davon auszugehen war, dass es für Anton, den zwölfjährigen Bürgermeistersohn, glimpflich ausgehen würde.

Stattdessen war alles anders gekommen. Anton sprang Oleg blindlings hinterher. Die Soldaten eröffneten sofort das Feuer, und Anton wurde dabei getroffen.

Oleg schlich sich zum Ort des Geschehens zurück und entdeckte, wie Antons Vater, der den Trupp Soldaten begleitet hatte, bei seinem Sohn kniete, die Hände auf dessen Bauch gepresst, und ihn anflehte durchzuhalten. Oleg sah auch, wie Wenzel sich nah zu Anton herabbeugte. Anton schien ihm etwas sagen zu wollen. Wenig später habe Wenzel aufgeheult wie ein verwundeter Wolf. Mit diesen Worten endete Olegs Bericht.

Der arme Wenzel. Den einzigen Sohn verloren. Laurenz litt mit den Eltern und auch mit seiner Kathi.

Anton war so ein feiner junger Kerl gewesen, zielstrebig und dabei hochanständig. Und seiner Kathi ehrlich zugetan.

Nun würde Kathi innerhalb weniger Stunden auch ihren Freund Oleg verlieren. Denn Oleg musste sofort von hier weg. Es kam zwar einem Schuldeingeständnis gleich, in dessen unheilsamen Sog auch die Bewohner des Sadlerhofs gezogen werden würden. Aber es gab keine andere Lösung. Zu bleiben bedeutete für Oleg den sicheren Tod.

Doch in erster Linie galt es für Laurenz, seine Familie zu schützen. Er weckte Charlotte und bat sie, Pfarrer Berthold telefonisch zu verständigen und ihn zu bitten, zum Sadlerhof zu kommen. Denn auf ihn hörten die Leute im Dorf. Laurenz rechnete jetzt mit allem. Elsbeth Luttich hatte heute Nacht ihr einziges Kind verloren. Ihr Zorn und ihre Rache würden fürchterlich sein.

Pfarrer Berthold erschien eine Stunde später. Er kam nicht allein, Wenzel Luttich begleitete ihn.

Oleg war inzwischen seit einer Dreiviertelstunde auf der Flucht. Schaffte er es hinter die polnische Grenze, befand er sich so gut wie in Sicherheit.

Dorota hatte keine langen Erklärungen von ihrem Ziehsohn gefordert, sondern sofort akzeptiert, dass Oleg fortmusste. Während Oleg seine wenigen Habseligkeiten packte, schnürte ihm seine Ziehmutter ein ordentliches Paket mit Reiseproviant. Sie nötigte ihm zudem ihr gesamtes Erspartes auf, und dieses Mal nahm er es an. Auch Laurenz steckte dem langjährigen Knecht und Retter seines Vaters zu, was er an Barem erübrigen konnte.

Und während Oleg durch Wald und Wiesen schlich, sich einen verdammten Narren schimpfte, weil er nicht nur alles verloren hatte, sondern auch Schuld an Antons Tod trug, wusste Wenzel Luttich Erstaunliches zu berichten. Zunächst versicherte er Laurenz, dass niemand Konsequenzen aus dieser Nacht zu fürchten habe, auch Oleg nicht. Sein Junge hätte sich mit seinen letzten Atemzügen für den Knecht verwandt. Oleg sei wegen der Maskierung nicht erkannt worden, und niemand außer ihm und Elsbeth wusste von seiner Beteiligung, aber er habe dafür gesorgt, dass Elsbeth ihren Mund hielt.

»Ich verstehe es trotzdem nicht. Warum tust du das, Wenzel?«, fragte Laurenz.

»Ich habe meine Gründe. Das muss dir genügen, Sadler. Ich schlage vor, ihr holt den Oleg zurück. Damit die Leute sich nicht das Maul zerreißen und eins und eins zusammenzählen. Und jetzt muss ich noch mit der Kathi reden.«

»Ist das wirklich nötig, Wenzel? Die Kathi hat genug an Antons Tod zu tragen.«

»Denkst du, ich nicht?«, erwiderte Wenzel brüsk. »Ich würde mich jetzt auch gerne in einen dunklen Winkel verkriechen, das kannst du mir glauben, Sadler. Aber ich bin hier. Weil es Antons letzter Wunsch war. Also, holst mir jetzt die Kathi?«

Laurenz gab nach. Kurz darauf betrat Kathi die Stube. Sie lief zu Wenzel und tat etwas, was sie noch nie getan hatte. Sie schlang die Arme um seinen Bauch, und auch Wenzel legte nach kurzem Zögern seine Arme um sie. Eine Weile standen sie ganz still da, teilten ihre Trauer und fanden Trost im gemeinsamen Schmerz.

Laurenz verließ leise die Stube. Etwas sagte ihm, dass dieser Moment nur Wenzel und Kathi gehörte. Dem Vater, der seinen Sohn verloren, und dem Mädchen, dem dieser Sohn alles bedeutet hatte. Irgendwann ließ Wenzel die Arme sinken, rieb sich die verquollenen Augen und sagte: »Setz dich, Kathi. Wir müssen reden. Der Anton hat mir alles erzählt. Wie ihr den Schädel gefunden habt, mein ich. Und wie er sich wieder an alles erinnern konnte, was geschehen ist, als er sechs Jahre alt war. Kann ich mich darauf verlassen, dass du das für dich behältst?«

»Ja«, antwortete Kathi schlicht. »Genauso wie der Anton sich darauf hätte verlassen können.«

»Gut, Kathi.« Wenzel nickte ernst. »Dann wäre das geklärt. Und ich soll dir noch was vom Anton ausrichten. Er möchte, dass du eines Tages mit einer Rakete auf den Mond fliegst. Er würde dort auf dich warten. Und ich soll dir sagen, er hätte das Einhorn gesehen. Ich weiß zwar nicht, was der Junge damit gemeint hat. Aber er hat gelächelt, als er das gesagt hat. Und das genügt mir. Ich weiß, er hat dich sehr gern gehabt, Kathi.« Wenzel räusperte sich, weil seine Stimme am Ende immer dünner geworden war. »Wenn du ein Problem hast, Kathi, dann komm damit zu mir.« Er erhob sich und streckte ihr verlegen die Hand entgegen. Dann überlegte er es sich anders und strich ihr kurz über den glatten Scheitel. Seine Hand zitterte. Müde und gebeugt verließ der gebrochene Vater in dieser Nacht den Sadlerhof.

31

Dein Gesang, o Nachtigall, ist ein Wunder dieser Welt,
Weil ihn keiner kann verstehn,
Und er jedem doch gefällt.

Wilhelm Müller

Für Kathi waren die Sommerferien immer die schönste Zeit gewesen. Sommer, das bedeutete weniger Zwänge, mehr Freiheit und Unbeschwertheit, Hitze auf der Haut und Nachmittage im Wasser; das ganze Jahr fieberte sie dem entgegen. Nun war ihr jede Freude daran vergangen. Der Anton war gestorben. Seither schmerzte sie jeder Atemzug. Sie verschanzte sich in ihrem Zimmer unter der Bettdecke. So sah sie auch ihr künftiges Leben: als einen langen, dunklen Tunnel, der alles Licht und jede Freude aussperrte. Oskar jaulte so lange unter ihrem Zimmerfenster, bis die Eltern ihn zu ihr ließen.

Laurenz und Annemarie taten ihr Möglichstes, Kathi in ihrem Kummer zu trösten. Sie setzten sich zu ihr, redeten mit ihr, während Dorota Kathi alle ihre Lieblingsspeisen auftischte. Lustlos knabberte sie ein paar Bissen, hinterließ weniger Spuren als eine Maus, konnte sich nicht erinnern, je so etwas wie Hunger verspürt zu haben – genauso wie sie den Geschmack von Kakao vergessen hatte oder ihre Neugier auf die Wunder der Welt. In ihrem Inneren tat sich ein dunkler Abgrund auf, der alles verschlang, jedes Wort, jeden Satz, jeden Gedanken, bis auf einen: *Der Anton ist tot … Der Anton ist tot … Der Anton ist tot …*

Und während alle Welt versuchte, Kathi zu trösten, forderte Franzi ihr Recht auf sie ein. Der Anton war nicht mehr da ... Sie schon!

Erst legte sie sich zu ihrer Schwester, aber das wurde ihr nach wenigen Tagen langweilig, so gerne sie auch schlief. Am vierten Tag schleppte sie alles an, was ihr selbst lieb und teuer war, um es mit Kathi zu teilen. Sie legte ihren Atlas auf Kathis Decke und schmuggelte auch die eine oder andere Katze zu ihr aufs Bett. Die fanden das zeitweilig großartig, hatten aber noch anderes zu tun. Mehrere Weckgläser mit eingelegten Birnen, Franzis unangefochtene Lieblingsspeise, fanden ebenfalls den Weg nach oben – ohne dass Dorota den Dieb in ihrer Speisekammer erwischt hätte. Franzi öffnete alle Gläser, vielleicht schmeckte ja eines besser als das andere. Sie pflückte Arme voll Blumen und verteilte sie im Zimmer. Wenn Kathi nicht rauswollte, dann holte sie das Draußen eben herein! Die beiden Fenster hatte Franzi ebenfalls weit geöffnet, damit die Sonne hereinkonnte. Und die Bienen.

Kathi rührte sich nicht. Verschanzt in ihrem Tunnel der Traurigkeit, verschloss sie sich gegen alle Vorgänge außerhalb ihres Bettes.

Doch irgendwann konnte sie sich dem gleichmäßigen Summen nicht mehr entziehen. Sie lüpfte die Decke ein klein wenig und konnte nicht fassen, was sie sah. Das Zimmer hatte sich in eine Blumenwiese verwandelt! Und mittendrin lag die saftverschmierte Franzi und naschte Birnen, umschwärmt von einer Wolke ihrer geliebten Bienen. Kathi setzte sich auf und rieb sich die Augen.

Franzi summte: *Magst du Birnen?*

Da regte sich etwas in Kathi, eine Art inneres Summen, als schwärmten die Bienen in ihrem Bauch, auf der Suche nach dem Nektar des Lebens. Auf einmal verspürte Kathi tatsächlich Lust auf Birnen, erinnerte sich wieder an ihre Süße. Der

Schmerz war noch da, und er würde sie auch immer begleiten. Aber sie war nicht allein, sie wurde gebraucht.

Franzis ungewöhnliche Gabe, irdische Angelegenheiten aus ihrem angestammten Rahmen zu reißen und auf den Kopf zu stellen, ließ Kathis Innerstes in Bewegung geraten und die Dinge wieder an den richtigen Platz purzeln. Dadurch geriet auch ihr Tunnel in Schieflage, und ihr wurde wieder bewusst, dass sie eine Menge Dinge erledigen wollte. Da war die Rakete, deren Bau Anton und sie begonnen hatten und die noch lange nicht fertiggestellt war. Und so kroch sie aus dem Dunkel ihrer Traurigkeit und wandte sich wieder dem Leben zu.

Fortan werkelte Kathi mit Olegs Unterstützung in jeder freien Minute an der Fertigstellung der Rakete. Sie baute sie nicht nur für sich selbst, sondern auch für Anton, stellte sich vor, wie er auf dem Mond saß und von dort oben auf sie herabsah. Die Eltern ließen sie gewähren, schauten ab und zu vorbei und bewunderten die Fortschritte von Kathis Werk. Franzi lag meist nah bei ihrer Schwester und schlummerte. Kein Lärm konnte sie wecken.

Auch Justus, der Schmied, fand Gefallen an dem Projekt. Ursprünglich hatte er ihnen nur sein Schweißgerät geliehen, aber bald fräste er nach Kathis exakten Zeichnungen Zubehör wie Gewinde und Stabilisatoren. Die zwei Meter hohe Rakete würde niemals fliegen, schon allein, weil es ihr am richtigen Treibstoff mangelte. Doch sie war das Symbol von Kathis Traum. Kathi wog jedes Teil zuvor ab, und Seite um Seite füllte sich ihr Notizbuch mit Tabellen und Berechnungen zu Start und Flugbahn. Wochenlang befasste sie sich in der Schulbibliothek mit dem Rückstoßprinzip, wie es der Raketenforscher Hermann Oberth 1923 beschrieben hatte.

Als Oleg Kathi fragte: »Wie soll sie fliegen?«, holte Kathi einen Luftballon und blies ihn auf. »Pass auf, was passiert!«, erklärte sie und ließ ihn los. Die Luft zischte heraus, und der Ballon flog in die entgegengesetzte Richtung. »Siehst du? Eine Rakete funktioniert genauso. Nur dass es bei einer Rakete nicht austretende Luft ist, die sie vorwärtstreibt, sondern austretende Antriebsgase!«

Oleg legte den Kopf in den Nacken. Hoch über ihnen zog ein Falke seine Bahnen. »Ein Vogel muss fliegen«, sagte Oleg. »Du bist kein Vogel, Kathi. Warum willst du da hinauf?«

»Weil es mein Traum ist. Und Träume kann man nicht erklären.«

32

Sperlinge werden nie verstehen,
warum Adler höher fliegen, als Kirschbäume wachsen.

Polnisches Sprichwort

Elsbeth erwachte. Im Zimmer war es dunkel, aber durch die Ritzen der geschlossenen Fensterläden sickerte Tageslicht herein. Sie erhob sich, griff nach dem nächstbesten Kleidungsstück und ging in die Küche. Sie wollte einen Blaubeerkuchen für ihren Anton backen. Anton liebte den Kuchen und konnte einen ganzen auf einmal verschlingen!

In der Speisekammer fanden sich weder Butter noch Blaubeeren. Überhaupt irritierte Elsbeth die Leere darin. Ihre selige Großmutter Lina Köhler pflegte zu sagen: »Volle Speisekammer, gute Ehe.« Aber aus ihrer Speisekammer waren ja selbst die Mäuse ausgezogen! Sie musste sofort einkaufen.

»Ja, die Frau Bürgermeisterin!«, wurde sie von der Krämerin im Laden begrüßt. Die Frau klang aufrichtig erfreut. Seit Antons Beerdigung war die Elsbeth nicht mehr im Dorf gesehen worden. »Wie geht es dir denn, Els …«

»Schlecht«, wurde sie von Elsbeth unterbrochen. »Ich habe keine Butter und keine Blaubeeren.«

»Willst einen Kuchen backen?«

»Geh, Krämerin, frag doch nicht so blöd!« Sie reichte ihr den Korb. Die Krämerin ging nach hinten in die Kühlkammer, um die Butter zu holen. Im Flur traf sie auf ihren Angetrauten, der soeben ein Fass Blaukraut hereinrollte. »Du, Engelbrecht«, sagte sie zu ihm, »ich glaub, die Luttich ist plemplem geworden.«

»Wieso *geworden?*«, grunzte der. »Das war sie doch schon immer!«

»Ja, aber du müsstest sie sehen, Engelbrecht! Keine Schuh hat sie an, und sie rennt im Waffenrock vom Wenzel rum. Drunter schaut das Nachtgewand raus.«

»Das muss ich sehen.« Engelbrecht ließ Fass Fass sein und linste durch die Schwingtür, die den hinteren Ladenbereich vom vorderen trennte. Er grinste. »Tatsächlich. Hätt ich jetzt einen Fotoapparat …«, flüsterte er.

»Spinnst du? Wir sollten dem Wenzel Bescheid geben.«

»Misch dich da nicht ein, Frau. Wenn die Elsbeth plemplem ist, dann ist das Wenzels Problem, nicht unseres. Was will sie denn von uns?«

»Butter und Blaubeeren.«

Und so nahm die nächste Katastrophe ihren Lauf.

Laurenz hatte sich an diesem heißen Samstagmittag tatsächlich gemeinsam mit Oleg darangemacht, Schubkarre für Schubkarre den Mist aus der Grube abzutragen und auf den großen Anhänger zu laden. Oleg holte gerade den Ochsen zum Anspannen, danach ging es zum Düngen auf die Felder. Morgen würden sie die Jauche abpumpen.

Laurenz selbst gönnte sich mit Kathi eine schnelle Limonade in der Küche. »Hör mal, kleiner Kolibri. Ich bin vorhin Peterle im Hof begegnet. Dein Kamerad sah aus, als hätte er seine Schnauze in einen blauen Farbtopf gesteckt. Fragt sich, was er wieder gefressen hat. Oder sollte ich besser sagen *ausgefressen?*«

»O nein!« Kathi schwante Unheil. Sie musste sofort an Elsbeths Blaubeerkuchen denken, den Peterle schon einmal verspeist hatte.

Plötzlich war draußen Lärm zu hören. Oskar, Hofhahn Adolf II. und eine Schar Gänse kündeten Besuch an. Dem Krawall nach zu urteilen, war er unwillkommen. Aus dem Augenwinkel bemerkte Laurenz, wie Franzi, die eben noch tief und fest unter dem Tisch geschlafen hatte, sich aufrappelte und aus der Küche huschte. Laurenz wusste, dass Franzi schlechte Eigenschaften der Menschen wittern konnte wie ein Hund das Wild. Und weil sie mit schlechten Menschen nichts zu tun haben wollte, verkrümelte sie sich.

Ein Blick durchs Fenster bestätigte seine Befürchtung. »Herrje, Gevatterin Fledermausohr! Nicht einmal die Mittagshitze kann sie aufhalten … Hoffentlich ist Annemarie von dem Lärm nicht aufgewacht!« Annemarie, die in letzter Zeit häufiger Kopfschmerzen plagten, ruhte bei geschlossenen Läden oben im Schlafzimmer.

Kathi und ihr Vater tauschten einen schicksalsergebenen Blick.

»Was hat sie denn da an? Ist das ein Waffenrock?«, wunderte sich Laurenz, der sich noch immer an die Scheibe drückte.

»Vater, sollten wir nicht …?«, erinnerte ihn Kathi an eine Prozedur, die sie sich für den Fall überlegt hatten, dass sie Besuch von einem Offiziellen erhielten.

»Stimmt ja, kleiner Kolibri! Bühne frei!«, rief Laurenz ohne jede Fröhlichkeit. Eine eingespielte Choreografie setzte ein. Der Vater eilte zur Wand und drehte das Bildnis des Heiligen Nepomuk um. Darauf prangte rückseitig das blasse Konterfei des Führers. Dorota versteckte ihre alte Bibel und Kathi Jules Vernes *Von der Erde zum Mond*. Stattdessen platzierte sie *Mein Kampf* gut sichtbar auf der Ofenbank neben dem Großvater. Der alte Kater, der seinen Lebensabend auf der Bank neben August verbrachte, protestierte energisch.

Zuletzt schlüpfte Kathi in Schürze und Pantinen. Laurenz sandte einen abschließenden prüfenden Rundblick durch die Küche, doch diese erschien nun wie eine perfekte nationalsozialistische Kulisse. Sodann verabschiedete er sich durch die rückwärtige Tür mit den Worten: »Wenn Elsbeth nach mir fragt, sie findet mich bei der Jauchegrube. Und heute stimmt es sogar!« Noch immer war dies die beste Ausrede, um Begegnungen mit Elsbeth zu vermeiden. Alle Petersdorfer bedienten sich dieser Methode. Falls Elsbeth sich darüber wunderte, wie eifrig in ihrem Heimatort Scheiße geschaufelt wurde, so verlor sie nie ein Wort darüber.

Kathi und Dorota fingen die Luttich an der Haustür ab, informierten sie wahrheitsgemäß, wo der Bauer sei, woraufhin sich Elsbeth zu ihrem Erstaunen in Richtung Jauchegrube aufmachte. Sobald die Frau den schmalen Durchlass zwischen Wohnhaus und Stall passiert hatte, sagte Dorota: »Oii, da wird sich der Bauer aber nicht freuen.«

Doch Kathi hörte ihr nicht zu. Im Augenwinkel nahm sie eine Bewegung wahr. *Peterle!* Er lugte um die Ecke der Scheune. Kathi rief ihm zu: »Los, verschwinde von hier! Versteck dich!«

Der Bock hatte nichts dergleichen im Sinn. Er scharrte mit dem Huf und setzte sich mit einem Sprung in Bewegung. Schon war er mit einem eleganten Satz an ihr vorbei und folgte der Luttich hinters Haus.

Kathi sprintete hinterher. Sie sah, wie die Luttich am Rand der Grube auf ihren Vater einredete, sich jäh umdrehte und beim Anblick des herannahenden Rehbocks erschrocken einen Schritt zurückwich. Dabei geriet sie aus dem Gleichgewicht und begann, wild mit den Armen zu rudern. Kathis Vater reagierte zwar, aber sein Griff ging nur noch ins Leere. Alles Blut strömte aus Kathis Gesicht. Die Zeit schien sich zu verlangsamen, während sie zusah, wie die Luttich rücklings ins Jauchebecken stürzte.

Am liebsten hätte sie sich die Augen zugehalten, aber es half ja nichts. Das Unglück war geschehen. Sie beobachtete, wie ihr Vater der um sich schlagenden Luttich die Mistgabel entgegenstreckte, um sie damit aus der Jauchegrube zu ziehen. Doch statt nach der Gabel zu greifen, ging die dicke Frau plötzlich mit einem Japsen unter. Dabei war die Grube in der Mitte nur einen guten Meter tief!

Kathis Vater blieb nichts anderes übrig, als ihr hinterherzuspringen. Nur mit Müh und Not gelang es ihm, die sich wie wild gebärdende Bürgermeisterfrau aus der braunen Brühe zu fischen.

Dorota war Kathi gefolgt. Erschrocken schlug sie nun die Hände über dem Kopf zusammen, gefolgt von einem deftigen *Gówno!*

Indessen lag die Luttich wie ein gestrandeter Käfer auf dem Rücken und rührte sich nicht. Laurenz kniete neben ihr. Er tätschelte ihre Wangen und rief sie mehrmals beim Namen. Keine Reaktion. Daraufhin brachte Laurenz sein Ohr nahe an ihre Brust und horchte, ob sie noch atmete. Gerade als er der Luttich mit der einen Hand die Nase zuhielt und mit der anderen ihren Mund öffnete, um sie zu beatmen, bäumte sie sich auf und gab eine tüchtige Ladung *Gówno* von sich.

Nun kam Oleg angetrabt. Er hielt kurz ungläubig inne, dann schnappte er sich geistesgegenwärtig den Schlauch von der Wand, mit dem er sonst Ochs und Kuh abspritzte, drehte den Hahn voll auf und richtete den Wasserstrahl auf die Luttich.

Da kam erst richtig Leben in Elsbeth. Sie setzte sich auf, würgte und spuckte, keuchte und prustete. Sobald sie wieder genug Luft in der Lunge hatte, begann sie, wie am Spieß zu brüllen, beschimpfte Gott und die Welt und ganz besonders Oleg, der unverdrossen weiter den Wasserstrahl auf sie richtete. Laurenz nahm die Zeternde beim Arm, versuchte, sie zu beruhigen und ihr aufzuhelfen. Sie wehrte seine Hand ab und schaffte es von alleine auf die Beine. Eines musste man der Bürgermeisterfrau lassen, stellte Laurenz fest – ihre Konstitution war mindestens so unverwüstlich wie ihre Niedertracht.

Oleg schwenkte kurz zu seinem Brotherrn, um die Jauche auch von ihm abzuspülen. Die praktische Dorota wiederum nutzte den Moment, um eine rasch herbeigeholte Decke über die Luttich zu werfen, da der Waffenrock in der Grube schwamm, ihr das Nachthemd unschicklich am Körper klebte und somit die Sicht auf Rundungen preisgab, die bisher Wenzel vorbehalten gewesen waren. Elsbeth nahm zwar die Decke an und zog sie eng um die Schultern, aber sie unterbrach nicht eine Sekunde ihre Schimpfkanonade.

Längst war auch Charlotte auf die Ereignisse aufmerksam geworden und aus dem Pferdestall herbeigeeilt. Ihr gelang es endlich, die Luttich etwas zu beruhigen und in ihr kürzlich modernisiertes Badezimmer zu führen. Annemarie hatte vom Fenster aus nur einen kurzen Blick auf die Vorgänge im Hof geworfen und sich gleich wieder zurückgezogen. Während Elsbeth ein Bad nahm, berichtete Laurenz seiner Frau von den jüngsten Vorkommnissen und konnte sich dabei die Bemerkung, dass es eben *immer noch ein Stückchen brauner ginge,* nicht verkneifen. Annemarie erkannte sofort, welche Tragweite dieses Ereignis für ihre Familie haben konnte. Elsbeth war heute schwer gedemütigt worden und in ihrer Verblendung gefährlicher denn je. Sie blieb also nicht nur aus gesundheitlichen Gründen im Hintergrund, sondern auch, damit Laurenz seinen gesamten Charme bei Elsbeth spielen lassen konnte.

Laurenz und Charlotte bemühten sich sehr um Elsbeth, tischten das Beste auf, was die Speisekammer zu bieten hatte, und kippten mit ihr etliche Gläschen Honigschnaps. Ein Korb mit weiteren Flaschen des goldgelben Elixiers und einer Auswahl von Dorotas erlesenen Köstlichkeiten stand gleichfalls für Elsbeth als Gastgeschenk bereit. Doch sie mühten sich vergeblich. Das unfreiwillige Bad in der Jauchegrube hatte Elsbeth ihre Erinnerung zurückgebracht. Ihr Anton, ihr wunderbarer, ihr schöner und perfekter Junge … Bevor sie ging, drohte sie Laurenz und Kathi deshalb mit tremolierender Stimme: »Ihr und euer heimtückischer Bock! Erschießen sag ich, erschießen! Tot soll er sein, wie mein Anton. Mein Antonnnnnnn …«

Noch lange hallte Elsbeths Heulen auf dem Hof nach, schien den Wipfeln der Bäume zu entsteigen, lag im Rascheln der Blätter und im Summen der Bienen. Vielleicht war es auch nur der Wind, der erstmals seit Tagen um die Hügel strich und die Menschen von der bleiernen Hitze erlöste.

Kurz darauf hatte Dorota eine Vision. Es geschah auf dem Hügel unter dem alten Apfelbaum, wohin sich Kathi mit Oskar und Peterle geflüchtet hatte. Die Eltern mussten sich um die Franzi kümmern, die nach Elsbeths Besuch einen ihrer Krampfanfälle bekam. Dorota bot deshalb an, mit Kathi zu reden, packte ein paar Karotten, Karamellbonbons und dazu etwas Leckeres für Oskar in ihre Schürze und machte sich mit Kathi und den Tieren auf zur Himmelsleiter. Zu viert veranstalteten sie ein kleines Picknick zu Antons Andenken.

Die Nisthöhle des Wiedehopfs über ihnen war leer, der Nachwuchs lange ausgeflogen. Kathi vermisste die fleißigen Vögel, sah ihnen gerne zu, wenn sie sich unermüdlich um den Nachwuchs kümmerten, den Instinkt einzig darauf ausgerichtet, das Überleben ihrer Küken zu sichern. Das erinnerte sie an Elsbeth, die ihr einziges Kind verloren hatte. »Sie tut mir leid«, sagte sie.

»Du bist ein gutes Mädchen, Herzele. Die Elsbeth ist eine arme Frau, die kam mit den Füßen zuerst aus dem Bauch. Sie war schon unglücklich, bevor das Unglück überhaupt über sie hereingebrochen ist. Es gibt solche Leut: Leut, die mit dem Glück nichts anfangen können.«

»Was ist Glück?«, fragte Kathi, die sich gerade selbst sehr unglücklich fühlte.

»Glück musst du in dem finden, was du tust, und in dem, was du hast, Herzele. Schau, du hast ganz viele gescheite Gedanken in deinem Kopf und ganz viel Herz da drinnen.« Dorota tippte Kathi sachte auf die Brust. »Das sind Topf und Deckel zusammen! Und du hast Eltern, die dich lieben, du hast die Großeltern und die Franzi und den Oleg. Und den Oskar und den Peterle.«

»Und dich.«

»Ja, Herzele. Und mich.«

Kathi hielt die Arme um die Beine geschlungen, ihr Kinn ruhte auf den Knien, und dicht neben ihr lag Oskar. Vor ihnen badete das weite Land im Sonnenlicht. Die Luft schmeckte nach Gras und Heu, die Vögel lärmten in den Bäumen, auf den Weiden ließen es sich Kuh, Pferd und Schaf gut gehen, und ringsum in den Feldern stand das Getreide hoch. Die Erntezeit nahte. Alles war so wie immer. Nichts hatte sich verändert. Die Welt drehte sich weiter, als wäre nichts geschehen.

Und das war es, was ihr zu schaffen machte. Wie konnte alles so normal sein, wo sich doch für sie selbst alles verändert hatte? Ihr Leben ohne Anton nie mehr dasselbe sein würde?

»Ich werde niemals wieder jemanden wie den Anton finden«, sagte sie traurig.

»Das stimmt.« Dorota nickte ernst. »Denn der Anton, der war einzigartig. Der Herrgott, der macht keinen Menschen gleich. Versprich mir eines, Herzele.« Dorota wischte Kathi mit dem Daumen eine Träne aus dem Gesicht. »Du sollst in deinem Leben ganz viel aus Freude weinen, ja? Denn die Tränen, die man gelacht hat, die kann man nicht mehr weinen.« Dorota stemmte sich hoch. Auch ihr Blick verlor sich nun in der Schönheit der Umgebung. *Gottes wunderbare Schöpfung …* Sie atmete tief ein, kostete die Düfte des Sommers. Doch es lag noch mehr in der Luft. Vorboten der Veränderung. Der Herbst stand bevor, streckte bereits die Finger nach dem Land aus.

Da ging ein jäher Ruck durch Dorotas Körper, ihr Blick wurde glasig und richtete sich nach innen.

Kathi sprang auf. *Dorota hatte eine Vision!*

In Trance hatte Dorota ihre Arme ausgebreitet. Mit tieferer Stimme als gewöhnlich rief sie: »Die Winde, die Winde sind in Bewegung geraten!«

Und tatsächlich waren die Vögel verstummt, und ein heftiger Wind kam auf. Er verfing sich heulend in den Bäumen, fegte in Wellen durch Gras und Felder, zerrte an Kleidern und Haaren. »Das Dunkel, du wirst es sehen! Das Einhorn ist fort, aber der Sternenmann wird kommen und dich mitnehmen! Doch hüte dich vor der falschen Biene! Hüte dich vor der falschen Biene!«, wiederholte Dorota. Dann war es vorbei. Dorota ließ die Arme sinken, ihr Blick klärte sich, und sie fragte verwirrt: »Wo bin ich? Was habe ich gesagt?«

Kathi wiederholte es Wort für Wort. Da Dorota zunächst stumm blieb, versuchte sie sich selbst an einer Erklärung: »Die falsche Biene, vor der ich mich hüten soll, das ist sicher die Elsbeth, oder? Aber wer ist der Sternenmann? Ist es Anton?«, fragte sie nach diesem Teil der Weissagung.

Dorota nickte abwesend; noch immer schien ein Teil ihres Geistes in den Nebeln ihrer Vision gefangen. »Du hast eine Bestimmung, Herzele«, sagte sie leise. »Zusammen mit dem Sternenmann. Er wird kommen und dich holen.«

Etwa zur selben Zeit saß Wenzel Luttich an seinem Schreibtisch und sann über sein Leben nach. Dabei landete er stets unweigerlich bei Elsbeth. Sie stammten beide aus Petersdorf, waren fast gleichaltrig, und die Elsbeth Köhler war schon seit der Schule hinter ihm her gewesen.

Damals besaßen die Köhlers den größten Hof im Ort. Irgendwann hatte sich die Elsbeth verplappert und zugegeben, dass ihr Vater sie früh auf ihn, den Bürgermeistersohn, angesetzt hatte. Der alte Köhler war für seinen Ehrgeiz bekannt gewesen. Neben den beiden Töchtern Babette und Elsbeth gab es noch den älteren Bruder Friedrich, der selbst schon zwei Kinder hatte. Dietrich und Paulina. Der Hoferbe Friedrich war im Großen Krieg gefallen, Babette, die ältere Tochter, arbeitete beim Pfarrer als Haushälterin, und darum sollte die zweite Tochter Elsbeth umso besser verheiratet werden. Seit die Köhlerscheune 1912 niedergebrannt war und Dietrich, der einzige Enkel des alten Köhlers, bei dem Brand ums Leben kam, war es mit der Familie stetig abwärtsgegangen. Der alte Köhler starb bald nach dem Brand, auch Paulinas Mutter starb früh.

Als Wenzel Elsbeth im Jahr des Scheunenbrandes ehelichte, war sie eine glühende Katholikin. Später tauschte sie ihren Gott ein und wurde eine ebenso fanatische Nationalsozialistin.

Elsbeth und er hatten sich jahrelang erfolglos bemüht, ein Kind zu bekommen. Elsbeth wünschte sich inständig einen Jungen. Einen Erben für das Bürgermeisteramt. Und den Köhlerhof. Er hätte sich auch über ein kleines Madele gefreut. Pfarrer Bertholds Bruder Johann, der selbst Arzt war, allerdings für Zähne, hatte ihm von einem Doktor namens Gustav Berchinger in München erzählt, der ihnen vielleicht helfen konnte, ihren Kinderwunsch zu erfüllen.

Also fuhr er mit Elsbeth im Frühjahr 1926 nach München. Sie fassten beide gleich Vertrauen zu diesem Doktor Berchinger. Die Kompetenz, die dieser in sich ruhende Mann ausstrahlte, verfehlte selbst bei Elsbeth ihre Wirkung nicht. Nie hatte er sie entspannter und zuversichtlicher erlebt; auf der gesamten Rückfahrt sang sie ein Loblied auf diesen Doktor Berchinger.

Und tatsächlich war Elsbeth nach einer weiteren Konsultation noch im selben Jahr mit dem gemeinsamen Sohn Anton schwanger geworden.

Damals in München wurde ihnen auch kurz die Gattin von Doktor Berchinger vorgestellt. Zu ihrem Erstaunen handelte es sich um die berühmte Opernsängerin Elisabeth Malpran, die eben von einer Konzertreise zurückkehrte. Eine so schöne und kultivierte Dame war dem Ehepaar Luttich nie zuvor begegnet. Er, Wenzel, hatte Schwierigkeiten gehabt, ihre elegante Erscheinung nicht unentwegt anzustarren. Elsbeth hingegen kannte da weniger Skrupel. Später war es Annemarie Sadler, die ihn an Elisabeth Malpran erinnerte. Wobei er die Verbindung weniger in den äußerlichen Merkmalen der Schönheit sah, vielmehr umgab beide Frauen dieselbe widersprüchliche Aura, eine Mischung aus Zartheit und Kraft.

Bei Elsbeth hatte Elisabeth Malpran nachhaltigen Eindruck hinterlassen. Selbst Jahre nach der Begegnung schwärmte sie noch von ihr und hörte alle ihre Rundfunkaufnahmen. Noch denkwürdiger jedoch als die Begegnung mit der berühmten Sängerin sollte sich eine andere erweisen. Denn am Abend desselben Tages hatte Elsbeth ihn noch in den Münchner Bürgerbräukeller geschleppt. Und dort war ihnen der Adolf Hitler leibhaftig begegnet.

Der künftige Führer des deutschen Volkes hatte eine flammende Rede gehalten, von der er, Wenzel, sich kaum an ein Wort erinnern konnte. Was ihm jedoch in bester Erinnerung blieb, war die regelrechte Verzückung seiner Elsbeth. An jenem Abend hatte seine Frau ihren Gott im Himmel gegen einen irdischen ausgetauscht. Und sie wirkte so lange auf ihren Angetrauten ein, bis er in die Partei eintrat, nur um endlich seine Ruhe zu haben. Vielleicht der einzige gute Rat, den er je von ihr angenommen hatte. Aber vielleicht kam das dicke Ende ja noch? Einiges von dem, was die Partei tat, gefiel ihm nicht. Das mit den Juden zum Beispiel war keine gute Sache. Er hatte im Großen Krieg an der Seite von tapferen jüdischen Kameraden gekämpft. Auch der Doktor Berchinger war, wie er sich nun entsann, Jude. Wie es wohl ihm und seiner Gattin in diesen Zeiten ergehen mochte?

»Sag mal, Wenzel! Hörst mir überhaupt zu?«

Unsanft fand sich Wenzel aus seinen Betrachtungen gerissen.

Elsbeth stand breitbeinig vor ihm. Zu seinem Erstaunen war sie gut frisiert und tadellos angezogen, zum ersten Mal seit Antons Tod. Ihre Miene jedoch stand auf Sturm. Nichts Neues. Was hatte sie gleich noch für einen Unsinn gezetert? Irgendein Peter habe ihren Blaubeerkuchen verspeist? Er hielt den Seufzer zurück. *Und was riecht denn hier so komisch?* Er schnüffelte und verzog das Gesicht.

»Ich will, dass du diesen Bock sofort erschießt!«, keifte sein Weib.

Da erst fiel Wenzel die Waffe in ihrem Arm auf. »Was ist denn schon wieder, Elsbeth? Was willst du mit meinem Gewehr?«

»Du hörst mir nicht zu!«, zeterte Elsbeth weiter. »Du sollst sofort den Bock schießen! Den von der Sadler Kathi!«

»Komm, Elsbeth. Ich schieß doch nicht den Bock von der Kleinen, bloß wegen deinem Blaubeerkuchen! Backst halt wieder einen. Und jetzt lass mir meinen Frieden, Weib. Ich hab zu arbeiten.«

»Von wegen arbeiten! Rumsitzen und träumen tust, während deine arme Frau von diesem Untier beinahe ermordet worden wäre.« Sie greinte jetzt. Und das konnte er noch weniger leiden als keifen und zetern. Sie musste schon ein paar Gläschen intus haben. Das sah er gar nicht gerne, wenn seine Frau bei Tag in diesem Zustand im Ort unterwegs war. Das gab wieder Gerede. Doch sie hatten ihr einziges Kind verloren, und er war bereit, der Elsbeth derzeit so ziemlich alles nachzusehen. Er merkte am eigenen Leib, was die Trauer mit einem anstellte.

»Na, na, Elsbeth. So schlimm kann's doch gar nicht gewesen sein. Immerhin stehst du noch quicklebendig vor mir.«

»Ja, aber fast wär's mit mir vorbei gewesen! Angegriffen hat es mich, das heimtückische Vieh! Von hinten! Ertrunken wär ich fast!«, heulte sie.

Sie fabuliert. Nicht ertrunken – betrunken, dachte Wenzel.

»Du glaubst mir nicht! Ich hab's dir gesagt. Die Sadlers sind gefährlich! Besonders diese Annemarie! Eiskalt ist die! Nicht mit der Wimper hat sie gezuckt, als sie aus dem Fenster auf mich runtergeschaut hat! Die ist so heimtückisch wie ihr Bock! Tät mich nicht wundern, wenn sie eine Jüdin wär!«, steigerte sich Elsbeth immer weiter hinein. »Erschießen, alle erschießen!« Ihre Stimme kippte.

»Jetzt mach mal einen Punkt, Elsbeth!«, sagte Wenzel streng. »Unser Doktor Berchinger in München war auch ein Jude. Den hast du doch gemocht! Geschwärmt hast von ihm, das weiß ich wohl.«

»Ja, aber nur, weil ich da noch nicht gewusst habe, dass er ein Jud ist!«

»Geh, Elsbeth, was hast denn wieder für eine Logik beisammen. Dem Doktor haben wir unseren Anton zu verdanken, vergiss das nicht.«

»Der Anton, der Anton! Der Schmerz, der Schmerz! Besser, er hätt gar nicht gelebt, der Anton«, jaulte sie. »Jetzt ist er tot. TOT! Und die Kathi ist schuld! Erschießen sag ich, erschießen!« Sie fuchtelte mit der Waffe herum, und Wenzel, obwohl mit einem dicken Fell gesegnet und einiges von Elsbeth gewohnt, wurde es nun doch zu bunt. Er stand auf und nahm seine Frau fest bei den Schultern: »Komm, setz dich, und dann trinken wir zwei ein Schnäpschen zusammen.« Bei der Gelegenheit entwand er ihr das Gewehr. Er hoffte, sie mit einem zusätzlichen Glas beruhigen zu können.

Elsbeth kippte denn auch folgsam zwei Stamperl nacheinander und erzählte ihm mit schwerer Zunge, was sich kurz zuvor auf dem Sadlerhof zugetragen hatte. Danach sank sie schlaff nach vorne und schlief mit der Wange auf seinem Schreibtisch ein.

Wenzel sperrte das Gewehr weg und versteckte den Schlüssel an einem sicheren Ort.

33

Niemand will die Wahrheit hören, wenn er eine gute Lüge serviert bekommt. Die Menschen nehmen nur die Gedanken auf, die sie selbst gebrauchen können …

Annemarie Sadler

Als hätte Elsbeths Sturz in die Jauchengrube nicht schon für genug Aufregung gesorgt, hielt dieser verhängnisvolle Augusttag für Familie Sadler noch ein weiteres Drama bereit.

Franzi hatte sich inzwischen von Elsbeths Besuch erholt und schlief neben August auf der Ofenbank. Annemaries Kopfschmerzen hatten endlich nachgelassen, und nach einem kleinen Spaziergang setzte sie sich mit Laurenz in der Stube zusammen. Oleg war allein mit dem Ochsen aufs Feld gezogen.

»Manche Menschen schöpfen aus dem Nichts«, seufzte Annemarie. »Und dennoch schaffen sie es, die halbe Welt in Atem zu halten.«

Laurenz nahm ihre Hand. »Sorge dich nicht wegen Elsbeth, mein Herz. Ich werde mit Wenzel sprechen. Er ist ein vernünftiger Mann.«

»Das ist er. Aber er ist ihrer Bosheit nicht gewachsen. In ihr sind keine guten Gefühle, keine Liebe. Was sie selbst nicht hat, will sie den anderen zerstören. Es entspricht ihrer Natur.«

Charlotte betrat die Stube. »Laurenz, du musst kommen und mir einen Heuballen aus der Scheune holen, um ihn in Aphrodites Box zu schaffen. Das Fohlen kommt bald.«

Kaum war Annemarie allein, da klopfte es an der Tür des Sadlerhofs, und Dorota führte eine unbekannte Frau in die Stube. Sie stellte sich Annemarie als Hildegard Blanic vor, die Schwester von Franz Honiok.

Die Frau war ziemlich aufgelöst und stolperte vor lauter Aufregung über die eigenen Worte, sodass Annemarie zunächst wenig von dem Gesagten verstehen konnte.

Schließlich kam heraus, dass Hildegards Bruder Franz seit dem gestrigen frühen Abend verschwunden war. Er sei von zwei Männern abgeholt worden! Verhaftet! Und sie sei schon in der Polizeikaserne in Beuthen gewesen, aber da habe man sie abgewimmelt und so getan, als wüsste man von nichts.

»Richtig grob sind die geworden! Und ein SS-Mann kam dann auch noch dazu, so ein großer, dunkler, in feiner Uniform. Richtig kultiviert sah der aus, und ich dachte schon, jetzt klärt sich alles auf, weil er mich so liebenswürdig anlächelte. Er hakte mich sogar unter, wie zu einem Spaziergang, und führte mich auf den Hof. Dort sagt er dann zu mir, ich solle am besten künftig still sein, nach Hause gehen und vor allem an meine Kinder denken. Warum sagt der denn so was?« Hildegard tupfte sich die Tränen aus den Augen und sah Annemarie mit einem Ausdruck an, als hoffte sie, diese könnte die Drohung aus den Worten tilgen – ihr erklären, sie habe den Mann da sicher missverstanden.

Doch Annemarie war überzeugt, dass Hildegard nichts missverstanden hatte. Der SS-Offizier hatte ihr offen gedroht – jene Art von Drohung, die Annemarie aus ihrem früheren Leben vertraut war. Sie spürte, wie eine kalte Hand nach ihr griff, aus dem Dunkel jener Vergangenheit, die sie vor elf Jahren hinter sich gelassen hatte. Tapfer drängte sie die Vorboten des nahenden Unheils zurück.

Kaum brachte Dorota dem Besuch etwas zu trinken, als Laurenz ins Haus zurückkehrte. »Bauer!«, rief Hildegard Blanic bei

Laurenz' Anblick, und die Erleichterung, die sich bei seinem Eintreffen auf ihrem Gesicht abmalte, ließ Annemarie kurz die Augen schließen. Wie oft hatte sie früher diesen Ausdruck der Hoffnung auf anderen Gesichtern gesehen, und immer war sie vergeblich gewesen.

»Bauer!«, wiederholte Hildegard nun. »Du musst meinem Bruder helfen!«

Da war er, der Satz, der die ganze Zeit im Raum gestanden und vor dem Annemarie sich gefürchtet hatte.

Dorota, die auch Laurenz ein Glas einschenkte, zog sich diskret hinter die Tür zurück, um wie üblich zu lauschen. Sie hörte, wie Bauer Laurenz sich zunächst von Hildegard nochmals den gesamten Ablauf von Franz' Verhaftung schildern ließ. Danach stellte er Fragen nach der Uhrzeit der Verhaftung, ob die Männer Polizeiuniform getragen und welchen Grund sie für die Festnahme angegeben hätten.

»Das ist es ja!«, rief Hildegard aufgeregt und verschüttete etwas Limonade. »Die beiden Männer waren in Zivil und haben gar nichts gesagt. Bloß, dass der Franz auf die Dienststelle mitkommen soll.«

»Was hat der Franz denn selbst dazu gesagt?«

»Ja auch nix! Nicht einen Piepser! Der war so was von verdattert! Einfach mitgelaufen ist er, als sie ihn mit den Handschellen abgeführt haben. Aber blass war er. Angst hat er gehabt. Das hab ich ihm schon angemerkt.«

»Und die Männer hatten keine Uniform an, sagst du, Hildegard?«

»Nein. Und gekannt hab ich sie auch nicht. Jedenfalls nicht vom Namen her. Den einen hab ich schon ein paarmal in Hohenlieben gesehen. Irgendein Offizieller ist das schon.«

»Fällt dir denn ein Grund ein, Hildegard, warum die den Franz mitgenommen haben könnten?«

Hildegard schüttelte den Kopf. »Nein, der Franz war ganz

vernünftig geworden, seit er aus Polen wieder zurück ist. Zu keiner Veranstaltung ist er mehr gegangen, und von den früheren Kontakten ist auch keiner mehr zu ihm gekommen. Das hätt ich schon gemerkt.«

Also muss er seine jüngsten Aktivitäten vor seiner Schwester geheim gehalten haben, mutmaßte Laurenz. Er sah zu Annemarie. Sie wirkte mitfühlend, hielt Hildegards Hand. Doch er spürte ihre innere Anspannung; mit Sicherheit würde sie ihm später von jeglicher Einmischung abraten.

»Aber mit den Nazis hat's der Franz in letzter Zeit schon gehabt«, fuhr Hildegard fort, und machte damit Laurenz' Überlegung zunichte, Franz habe seine Abneigung gegenüber den Nationalsozialisten vor seiner Schwester verborgen gehalten.

»Die Braunen, die haben ihn richtig aufgeregt! Wahnsinnige hat er sie genannt und die Feinde Polens und aller guter Menschen. Der Hitler sei der Schlimmste von allen, ein Teufel in Menschengestalt! Und dass die Deutschen einen neuen Großen Krieg planen und alle Juden und Polen töten wollten. Immer wenn er damit angefangen hat, hab ich dem Spinner den Mund verboten. Wegen der Nachbarn – wir haben doch so dünne Wände! Und jetzt hat er die Quittung. Abgeholt haben sie den Franz!« Hildegards Stimme kippte.

»Aber vorhin hast du doch noch gesagt, du wüsstest nicht, warum sie den Franz geholt hätten«, warf Annemarie ein.

»Das mit den Nazis hab ich mich nicht gleich sagen getraut. Man muss ja heutzutage aufpassen, was man sagt und zu wem. Stimmt doch!« Hildegard wischte sich eine weitere Träne aus den Augen. »Die haben ihn geholt, die Braunen, oder? Den Franz sehen wir nie wieder. Ach, warum hat er den Mund nicht halten können. Es ging uns doch gut! Er hätt doch bloß den Mund halten müssen! Aber die Politik hat er ändern wollen, der Dummkopf. Warum er?«, plärrte Hildegard los. Wie ein luftleerer Blasebalg sank sie darauf in sich zusammen und weinte hemmungslos.

Laurenz fühlte sich hilflos. Er wartete, bis Hildegard sich wieder halbwegs beruhigt hatte. Zwischendurch fand eine Flasche Bärenfang den Weg auf den Tisch. Dorota brachte sie mitsamt drei Gläsern. Laurenz schenkte ein.

Hildegard blieb noch eine Weile, dann fuhr Oleg sie mit dem Pritschenwagen zurück nach Hohenlieben. Sie nahm Laurenz' Versprechen mit, ein paar Erkundigungen über Franz' Verbleib einzuholen.

»Ich verstehe, dass du um deinen Freund besorgt bist«, sagte Annemarie später zu Laurenz. »Aber ich bitte dich, zuerst an deine Familie zu denken.«

»Ich werde vorsichtig sein«, versprach Laurenz.

34

Hegel bemerkte irgendwo, dass alle großen weltgeschichtlichen Tatsachen und Personen sich sozusagen zweimal ereignen. Er hat vergessen hinzuzufügen: das eine Mal als Tragödie, das andere Mal als Farce.

Karl Marx

Seit Peterle den Geschmack der Freiheit kennengelernt hatte, war es für Kathi schwieriger geworden, ihn wie früher in den Stall zu locken. Doch an diesem verhängnisvollen Tag, während Kathis Eltern mit Franz Honioks Schwester sprachen, trabte der Bock freiwillig und mit gesenktem Kopf hinter ihr her.

»Der Schlawiner weiß genau, was er heute angerichtet hat«, sagte Oleg und ließ Peterle an einem Salzstein lecken. »Da hast du uns allen hübsch was eingebrockt, was, du alter Gauner?« Oleg klopfte ihm mit der freien Hand auf die Flanke.

»Wir sollten ihn vielleicht nicht noch belohnen«, meinte Kathi unbehaglich. Elsbeths Drohung steckte ihr in den Knochen, genauso wie der hässliche Blick, den ihr Antons Mutter bei ihrem Abgang zugeworfen hatte. Die Frau wusste genau, wie sehr Kathi an dem Tier hing und wie viel Kummer sein Tod ihr bereiten würde. Kathi umarmte Peterle, schmiegte sich an ihn und ließ Tränen und angestautem Kummer freien Lauf.

Oleg beschäftigte sich derweil mit seinem neuesten Schnitzwerk, einer kleinen Katzenfigur für Franzi. Er war der Meinung, dass man Tränen die Zeit geben musste, die sie brauchten.

Als Kathi sich ausgeweint hatte, schmiedete sie mit Oleg einen wilden Plan nach dem anderen, wie sie den Rehbock vor Elsbeth Luttichs Zugriff schützen konnten.

Beim Abendessen bedrängte sie ihren Vater: »Wir müssen Peterle in Sicherheit bringen! Bitte, Vater!«

»Wie stellst du dir das vor, Kathi? Wir können ihn schlecht auf Dauer einsperren oder verstecken. Dein Rehbock ist kein Hund, sondern ein Wildtier, und das braucht den Wald.«

»Aber Elsbeth hat gesagt, dass sie ihn töten will!«

»Ich habe es gehört. Aber unser Peterle ist ja nicht ganz unschuldig an der Situation. Er hätte die Luttich schließlich fast umgebracht!«

»Können wir ihn nicht einfach weit weg von hier in einem anderen Wald aussetzen? Oleg meinte, wir könnten ihn über die Grenze nach Polen schaffen.«

Der Vater runzelte die Stirn. »Das ist viel zu gefährlich, Kathi, hörst du! Die Deutschen und die Polen fangen schon wieder an, sich um die Grenzen zu streiten. Muss ich dich daran erinnern, was mit Anton geschehen ist? Der Oleg sollte dir nicht solche Flausen in den Kopf setzen. Ich werde wohl ein ernstes Wort mit ihm reden müssen!«

Kathi erkannte ihren Fehler. Jetzt war der Vater auch noch schlecht auf Oleg zu sprechen! »Bitte, Vater, Oleg kann nichts dafür! Das war allein meine Idee! Ich habe Oleg nur gefragt, ob er mir helfen würde. Ich kann Peterle doch nicht einfach so seinem Schicksal überlassen. Anton und ich haben ihn zusammen gerettet.«

Sosehr den Vater die Verzweiflung seiner Tochter dauerte, dieses eine Mal blieb er hart: »Nein, Kathi, das ist mein letztes Wort! Schau, kleiner Kolibri«, fügte er etwas milder hinzu, »unser Peterle ist ein schlauer Kerl. Es besteht immer die Möglichkeit, dass die Jäger ihn gar nicht erwischen. Vielleicht sollten wir dieses Mal einfach auf Gott vertrauen.«

»Aber…«, setzte Kathi an.

»Nein, nun ist es gut. Ich will jetzt nichts mehr davon hören, Kathi! Geh und hilf Dorota in der Küche mit dem Abwasch.«

Etwa zur gleichen Zeit, zu der Laurenz Kathi in die Küche schickte, nahm SS-Sturmbannführer Alfred Naujoks, Gast im Gleiwitzer Hotel *Haus Oberschlesien,* einen Anruf aus Berlin entgegen.

Der Anrufer sagte nur zwei Worte, bevor er wieder auflegte. Sie lauteten: »Großmutter gestorben.«

Der Anrufer war Reinhard Heydrich, Chef der Geheimdienste von SD und SS. Das Codewort gab Naujoks grünes Licht für das »Unternehmen Tannenberg«.

Er rief seine Leute zusammen. Die Männer waren handverlesen und entstammten ausschließlich den Reihen der oberschlesischen SS.

Alle sprachen Polnisch.

35

Nichts zu tun, auch das ist Tat!

Kathi Sadler

Mitternacht. Alles schlief.

Zumindest hoffte Kathi das, als sie ihr Bett verließ und in die bereitgelegte Kleidung schlüpfte. Nach einem letzten Blick auf die schlafende Franzi schwang sie sich auf das Fenstersims. Da wurde sie erneut von der Erinnerung überwältigt. Immer wenn sie heimlich hinausgeklettert war, hatte zuvor das Käuzchen gerufen, als Zeichen, dass Anton unten auf sie wartete. Sie waren den Hügel hinaufgelaufen, hatten Mond und Sterne betrachtet und ihre verrückten Pläne geschmiedet. Eines Tages überraschte Anton sie mit einem Fernrohr. Er hatte sich eines von seinen Eltern gewünscht, weil er wusste, wie sehr sie sich nach einem sehnte. Damit eroberten sie neue Sternbilder, ganze Galaxien taten sich vor ihnen auf, ihre Träume wuchsen, wurden grenzenlos wie der Himmel und das All. Im August zur Monatsmitte richteten sie das Fernrohr auf die Perseiden, folgten staunend ihren leuchtenden Spuren im Dunkel, wundersamer Tanz der Sterne, Nacht der Sternschnuppen und Wünsche. Im Winter, sobald genügend Schnee lag, waren sie bei Vollmond mit dem Schlitten losgezogen und die Himmelsleiter auf der anderen Seite hinabgesaust. Weil sie viel zu waghalsig um die Bäume kurvten, kippte der Schlitten meist um, und dann lagen sie atemlos im Schnee, kicherten und freuten sich auf die nächste Abfahrt. Und obwohl es Antons Schlitten war, durfte sie ihn genauso oft lenken wie er.

Nun würde der Käuzchenruf vor ihrem Fenster nie mehr erklingen. Nie mehr würde Anton ihr zuwinken und sie für ein Abenteuer entführen. Alles, was ihr für den Rest ihres Lebens blieb, war die Erinnerung an ihre gemeinsamen Erlebnisse. Und Antons letztes Lächeln. Sie würde es niemals vergessen.

Traurig überlegte Kathi, wie viele Momente ihres Lebens nun mit einem »nie mehr« verbunden waren. Nie mehr würde es jemanden wie Anton für sie geben, nie mehr würde sie das Einhorn sehen …

Kathi löste sich aus den guten Erinnerungen und kehrte in die Gegenwart zurück. Sie kletterte das Spalier hinab. Wenigstens ihr Gefährte Oskar war unten zur Stelle. Sie schlang die Arme um seinen Hals und überließ sich kurz ihren Emotionen. Der Hund hielt ganz still. Anschließend fuhr sich Kathi einmal mit dem Ärmel über die Nase und lief zur Scheune.

Es hatte keiner großen Überredungskünste bedurft, damit Oleg ihr half, Peterle vor Elsbeths Zugriff zu schützen. Antons Tod lastete schwer auf dem Gewissen des Knechts, und er erklärte Kathi, dass er zwar ihren Freund nicht mehr zurückbringen könne, aber wenigstens den Rehbock wolle er für sie retten. Mitnehmen würde er sie nicht, das Grenzgebiet berge zu viele Gefahren. Selbst Kathis inständiges Betteln konnte Oleg nicht erweichen. Sie könne sich in der Nacht noch von dem Bock verabschieden, fahren jedoch würde er alleine.

Oleg hatte alles gut durchdacht. Um zu vermeiden, dass der Lärm des startenden Motors jemanden auf dem Hof auf den Plan rief, parkte er den Pritschenwagen am Abend, vollgeladen mit Heuballen, statt in der Scheune neben der Pferdekoppel.

Dort würde er ihn am nächsten Morgen entladen. Sollte das Fehlen des Wagens in der Scheune bemerkt werden, hatte er die passende Erklärung parat.

Peterle wirkte ziemlich bedröppelt. Zwar begrüßte er Kathi mit einem Scharren der Hufe, aber darauf verhielt er sich auffällig still. Er senkte gar den Kopf mit dem stattlichen Gehörn, damit Kathi ihm den Strick um den Hals legen konnte.

»Alles klar mit unserer Franzi?«, erkundigte sich Oleg.

»Ja, sie schläft tief und fest.«

»Gut! Dann komm jetzt, und immer leise.« Oleg hatte Kathi erlaubt, ihn wenigstens bis zur Koppel zu begleiten.

»Bist du sicher, dass es klappt?«, flüsterte Kathi. Während des Pläneschmiedens hatte sie sich stark und entschlossen gefühlt, doch nun bröckelte diese Sicherheit.

»Ja! Ich fahr auf Schleichwegen bis hinter Gleiwitz, wo die großen Wälder anfangen und ich mich bis zur Grenze gut auskenne. Da halt ich und treib den Peter den letzten Weg über die Grenze.« Er hob den Blick gen Himmel. »Klar und voller Sterne, das ist gut! Da kann ich ohne Licht fahren.«

Nun folgte, wovor sich Kathi die ganze Zeit gefürchtet hatte: der Abschied von Peterle. Ein letztes Mal umarmte sie ihn, presste ihre Wange an seinen Hals, atmete seinen kräftigen Tiergeruch ein. Ein weiteres Lebewohl. In ihrem Hals saß ein Kloß, der ihr das Atmen schwer machte. Und erst Peterles Blick! Er schien genau zu verstehen, was gerade vor sich ging. Kathi konnte sich kaum von ihm lösen. Doch Oleg schob sich nun zwischen sie und das Tier und hob den Bock ohne Umstände auf die Ladefläche. »Ich fahre jetzt.«

Kathi nickte, weil ihr die Stimme den Dienst verweigerte. Oleg kletterte vorne in den Wagen. Da gab der Rehbock einen klagenden Laut von sich, der Kathi mitten ins Herz schnitt. Oskar antwortete seinem Kumpel und sprang mit einem Satz auf den Pritschenwagen. »Oskar!«, rief Kathi. »Komm sofort da herunter!« Gleichzeitig startete Oleg den Motor, der Wagen rumpelte los, und etwas Stroh rieselte auf den Boden.

Oleg fuhr ohne Licht auf den alten, von den Bauern seit jeher genutzten Feldwegen. Über Jahrhunderte hatten die Ochsen- und Pferdegespanne tiefe Fahrrinnen gegraben. Die ganze Strecke begegnete Oleg lediglich ein einsamer Motorradfahrer. Als das einzelne Licht vor ihm auftauchte, fuhr er an den Rand. Für den Fall einer Kontrolle hielt er eine Flasche Schnaps auf dem Beifahrersitz bereit und würde behaupten, er käme von einer Sauftour und schliefe hier nur seinen Rausch aus. Aber der Motorradfahrer interessierte sich nicht für seinen Wagen, sondern brauste mit unverminderter Geschwindigkeit vorbei.

Obwohl Oleg ohne Licht und der schlechten Wege wegen mit gedrosselter Geschwindigkeit fuhr, erreichte er schon nach gut einer Stunde sein Ziel. In der Ferne sah er Lichter blinken. Sie stammten von den beiden Funktürmen des Senders Gleiwitz. Er scherte in einen Waldweg ein, folgte ihm mehrere Hundert Meter, bis er eine geeignete Stelle fand, um ihn zu verlassen. Abenteuerlich kurvte er noch ein wenig zwischen den Bäumen hindurch. Der alte Opel Blitz jammerte und hüpfte über den von Wurzeln durchzogenen Boden, bis Oleg ihn erlöste und den Motor abstellte.

Der Knecht stieg aus, ging um den Wagen herum und bekam den Schreck seines Lebens. Neben Peterle und Oskar tauchte auch Kathi zwischen den Heuballen auf. Sie sprang von der Ladefläche.

»Nicht böse sein, Oleg«, sagte sie hastig. »Der Oskar ist raufgesprungen, und ich habe nach ihm gerufen, aber er wollte nicht mehr herunter, und da bin ich ihm hinterher, und dann bist du losgefahren und …« Kathi hielt inne. Sie wusste selbst, wie schwach ihre Erklärung klang. Schließlich hätte sie sich jederzeit bemerkbar machen können, indem sie ans Führerhaus klopfte.

Oleg schüttelte entgeistert den Kopf und sagte nicht mehr als »Kathi, Kathi«.

»Ich habe nicht nachgedacht. Es ist einfach passiert. Bitte, sei nicht böse, Oleg«, wiederholte Kathi.

»Ich bin dir nicht böse, Kathi. Ich bin bloß enttäuscht.« Er wandte sich ab.

Noch einmal umarmte Kathi ihren Rehbock, küsste seine Stirn und ertränkte ihn fast mit ihren Tränen. Bis Oleg in seinem strengsten Ton sagte: »Es ist gut, Kathi. Wir müssen jetzt los. Und du setzt dich in den Wagen und rührst dich nicht vom Fleck, bis ich zurück bin. Tu einmal, was ich dir sage!« Darauf nahm Oleg den Strick auf, und Peterle trabte ergeben hinter ihm her.

Kathi sah den beiden nach. Vor ihren Augen schrumpften sie zu Schatten, und viel zu schnell hatte der Wald sie verschluckt. Ihr Blick konnte die Stelle nicht loslassen, wo sie die beiden wähnte, wünschte, sie könnte bei ihnen sein, den letzten Moment mit Peterle ausdehnen. Erinnerungen an jenen Tag überkamen sie, als sie und Anton das winzige, verletzte Kitz gefunden hatten.

Was war das? Plötzlich blitzte mitten im Dunkel ein Licht auf! Kathi beugte sich vor, drückte ihr Gesicht an die Windschutzscheibe. Tatsächlich! Ein unsteter Lichtpunkt bewegte sich durch die Nacht. Kathi meinte, darin eine Taschenlampe zu erkennen. Das Licht hielt ausgerechnet auf jene Stelle zu, wo sie Oleg und Peterle vermutete! War das eine der Patrouillen im Grenzgebiet, von denen Oleg zuvor gesprochen hatte?

Da erlosch das Licht. Dass es nicht mehr zu sehen war, flößte Kathi weit mehr Furcht ein als seine Entdeckung. Wo war es hin? Sie öffnete die Wagentür und lauschte angestrengt in die Dunkelheit. Nachts war der Wald genauso lebendig wie bei Tag. Doch zwischen all den Lauten der tierischen Waldbewohner auf ihrem nächtlichen Beutezug konnte Kathi nichts ausmachen, was auf eine menschliche Gegenwart hindeutete. Dennoch spürte sie eine unsichtbare Präsenz, eine Kälte, die ihr von den Füßen hinauf ins Herz kroch. Die Ahnung von Gefahr. *Oleg!* Sie musste ihn vor der Patrouille warnen! Allen Mahnungen Olegs zum Trotz sprang sie aus dem Wagen und rannte mitten hinein in den dunklen Wald.

Oskar verharrte verdutzt noch einige Sekunden an Ort und Stelle und jagte Kathi schließlich mit langen Sprüngen hinterher.

Eine Wurzel stoppte Kathis kopfloses Unterfangen. Sie stolperte, aber der weiche Waldboden dämpfte ihren Sturz. Keuchend blieb sie liegen. Oskar drängte sich an sie und stupste sie mit der feuchten Nase ins Gesicht.

»Schon gut«, flüsterte Kathi. Sie rappelte sich auf und presste sich an einen Baumstamm. Wieder horchte sie. Aber bis auf den eigenen Atem und das Trommeln ihres Herzens war da kein Laut. Vielmehr herrschte eine beklemmende Stille, selbst die Tiere waren verstummt. Mit dem Wald schien eine Verwandlung vor sich zu gehen, kaum spürbar, als wappnete er sich gegen das Fremde, das hier nichts zu suchen hatte.

Kathi konnten weder der Wald noch die Dunkelheit ängstigen; Gefahr drohte allein von den mit Taschenlampen umherschleichenden Menschen. Oder bildete sie sich das alles nur ein? Das Licht, die Gefahr? Angst, wusste sie, verwirrte die Sinne. Deshalb tat man aus Angst auch eine Menge dumme Dinge. Zum Beispiel, ohne Not in einen Wald hineinzulaufen, obwohl man seinem Freund vorher fest versprochen hatte, sich nicht vom Fleck zu rühren. Was hatte sie sich nur dabei gedacht? Oleg konnte sehr gut auf sich selbst aufpassen.

»Komm, Oskar«, flüsterte Kathi. »Wir gehen zurück zum Wagen!« Doch als sie sich aufrichtete, sah sie plötzlich das Licht wieder. Inzwischen war es ihr ein ganzes Stück näher gekommen. Kathi bildete sich sogar ein, die Umrisse von mehreren

Männern erkannt zu haben. Neben ihr begann Oskar, leise zu knurren.

»Still, Oskar«, raunte Kathi. Nach einigen Sekunden erlosch das Licht erneut, hinterließ nichts als Schwärze und unheimliche Stille. Kathi zählte langsam bis hundert, doch das Licht kehrte nicht wieder zurück.

»Auf zum Wagen, Oskar! Such den Weg«, flüsterte sie. Da erst merkte sie, dass ihr treuer Gefährte nicht mehr an ihrer Seite war!

»Oskar?«, flüsterte Kathi und nochmals: »Oskar?« Was für eine verfluchte Nacht! Wie konnte Oskar sie einfach hier allein zurücklassen? Das sah ihm gar nicht ähnlich. Und jetzt? Was sollte sie tun? Auf Oskars Rückkehr warten? Oder selbst den Rückweg suchen? Sie entschied sich für Letzteres, zumal Oskar sie überall finden würde. Von Baum zu Baum schleichend, hielt sie ständig Ausschau nach dem fremden Licht.

Plötzlich wurde sie von hinten gepackt und unsanft geschüttelt. »Was fällt dir ein, allein durch den Wald zu schleichen!«, zischte eine Stimme an ihrem Ohr. *Oleg!* Kathi fiel ein solcher Stein vom Herzen, dass sie sich hinsetzen musste. Da fuhr ihr Oskars raue Zunge übers Gesicht. Er hatte Oleg geholt! Dankbar schlang sie den Arm um ihn und hob ihren Blick zu Oleg. »Was ist mit Peterle?«, flüsterte sie erstickt.

»Alles gut. Er ist jetzt ein polnischer Bock. Da!« Oleg drückte Kathi ein Taschentuch in die Hand. »Putz dir die Nase, und dann komm. Wir sind nicht die Einzigen, die sich heute Nacht hier herumtreiben.«

»Ist es weit bis zum Wagen?«

»Nein. Bleib aber dicht hinter mir.«

Sie waren keine vierhundert Meter marschiert, als Oleg stoppte. Auch Oskar verharrte steifbeinig. Der Knecht gab Kathi ein Zeichen, sich niederzukauern. »Da ist jemand bei unserem Wagen!«, flüsterte er.

»Gówno! Und jetzt?« Was für eine Katastrophe, sollte man ihnen den Wagen stehlen! Ohne ihn kämen sie niemals rechtzeitig nach Hause. Ihre Eltern würden morgen früh durchdrehen vor Sorge.

Oleg schwieg. Angespannt horchte er weiter in die Dunkelheit. Nun kroch er noch einige Meter vorwärts und bog vorsichtig die Zweige eines Buschs auseinander. Kathi, die nicht alleine bleiben wollte, robbte ihm hinterher. Sie waren ihrem Pritschenwagen viel näher, als sie geglaubt hatte. Der Mond spiegelte sich in der Heckscheibe, und die Umrisse einer Gruppe Männer beim Wagen waren gut auszumachen. Kathi zählte derer sechs. Einer wollte sich eben eine Zigarette anzünden, doch ein anderer schlug sie ihm mit einem Unmutslaut aus der Hand. Sie steckten nun die Köpfe zusammen und beratschlagten leise.

Leider stand der Wind ungünstig und wehte die Stimmen von ihnen fort. Kathi begnügte sich damit, die Männer weiter zu mustern. Alle sechs trugen einfache Kleidung und Mützen. Einer wandte sich nun in ihre Richtung, als hielte er nach etwas Bestimmtem Ausschau. Kathi vergaß zu atmen, wähnte sich und Oleg entdeckt. Da sagte der Mann etwas auf Polnisch, und daraufhin lachte die gesamte Gruppe. Diesmal hatte ihnen der Wind die Worte zugetragen. Kathi spürte, wie sich Oleg neben ihr unmittelbar entspannte. »Wir haben Glück! Das sind polnische Grenzer! Kameraden!«

»Wieso Kameraden? Du bist doch Ukrainer?«, wunderte sich Kathi.

»Ich kenne ein paar von den polnischen Grenzern. Zwei sind Dorotas Neffen.«

Kathi, die durch Dorotas Unterricht genauso gut Polnisch sprach wie Oleg, hatte die Worte ebenfalls verstanden. Der Sinn war ihr dennoch entgangen. Deshalb fragte sie bei Oleg nach: »Was hat der Mann über die Freiheit gesagt?«

»Die Stunde der Freiheit ist gekommen. Ich werde mit ihnen reden. Du wartest hier, bis ich zurück bin.« Er stand auf, aber Kathi packte sein Hosenbein. »Bitte bleib!«, flüsterte sie.

Oleg ging neben ihr in die Hocke: »Was ist los?«

»Vielleicht gehen die Männer von allein weg?«

»Vielleicht. Aber dann nehmen sie womöglich den Wagen mit. Du bleibst hier, Kathi, und tust keinen Mucks. Verstanden?«

Angesichts Olegs Entschlossenheit fügte sich Kathi. Sie beobachtete, wie Oleg mit ausgebreiteten Armen auf die Männer zuging und sie auf Polnisch begrüßte. Doch anstatt seinen Gruß zu erwidern, riss einer der Männer sofort seine Waffe nach oben und gab zwei Schüsse auf Oleg ab. Kathis Freund kippte wie ein gefällter Baum um und blieb reglos liegen.

Das Grauen lähmte Kathi. Sie konnte nicht begreifen, was gerade direkt vor ihren Augen geschehen war. Oskar drängte sich dicht an seine Herrin. Das schlaue Tier gab keinen Laut von sich.

»Du Idiot!«, zischte einer der Männer und entriss dem Schützen die Waffe. »Bist du verrückt geworden, hier wild um dich zu ballern?«

Trotz ihres Entsetzens merkte Kathi, dass das Bild falsch war, vollkommen falsch. Und dann begriff sie, was daran nicht stimmte. Die Männer sprachen kein Polnisch, sondern Deutsch! Das waren Deutsche, als Polen verkleidet!

Während Kathi zitternd hinter dem Busch kauerte, gab der Anführer den Befehl zum Abmarsch.

Oleg ließen sie liegen. Auch der Wagen interessierte sie nicht weiter. Die Männer waren einzig und allein darauf bedacht, so schnell wie möglich diesen Ort hinter sich zu lassen, bevor der Schuss Neugierige anlockte.

Kathi fand kaum die Kraft, sich aufzusetzen. Immer wieder spulte sich die Szene vor ihrem inneren Auge ab. Der freundliche Gruß Olegs, die zwei Schüsse, die ihn niederstreckten.

Hinter ihr knackste ein Zweig, und Kathi dachte: *Jetzt bin ich auch dran …* Sie wartete auf den tödlichen Schuss.

Oskar war längst aufgesprungen. Anstatt zu knurren, wedelte er freudig mit dem Schwanz.

Es war kein Feind, es war Peterle. Er war zurück. Der Bock senkte zur Begrüßung den Kopf, dann trabte er schnurstracks zu Oleg.

TEIL 2

Krieg

Ich werde propagandistischen Anlass zur Auslösung des Krieges geben ... Der Sieger wird später nicht danach gefragt, ob er die Wahrheit gesagt hat oder nicht.

Adolf Hitler

36

Krieg, es ist Krieg –
und zwischen die Fronten geraten immer
die Unschuldigen.

Annemarie Sadler

Mit wild pochendem Herzen fuhr Dorota in ihrem Bett hoch. Sie spürte deutlich eine fremde Präsenz in ihrer Kammer. Dies war ein jahrhundertealtes Haus, und in seinen dicken Mauern gingen gelegentlich die Geister jener umher, die vor ihr waren. Sie kannte sie alle, und ihr Blick suchte den Raum ab.

Die erwarteten Schatten waren nicht da. Eigentlich war es sogar zu hell! *Grundgütiger,* durchfuhr es sie erschrocken. Sie hatte verschlafen! Das war ihr in fünfzig Jahren nicht passiert. Lange hatte sie nicht einschlafen können, trotz einer heißen Milch mit Honig vor dem Zubettgehen.

Und so wie dies keine gute Nacht gewesen war, würde es auch kein guter Tag werden … Dorota faltete die Hände und rief inbrünstig die Schwarze Madonna von Tschenstochau um Hilfe an. Dreimal zwei Jahre, so hatte sie geträumt, würde die Dunkelheit andauern. Erst dann würde das Licht über das Meer kommen, um sie alle zu retten.

Nie zuvor hatte Dorota das Bedürfnis verspürt, sich die Decke über den Kopf zu ziehen und bis zum Abend im Bett zu bleiben. Vielleicht auch gleich die nächsten sechs Jahre … Doch die Pflicht ließ sie die schweren Beine aus dem Bett schwingen. Es war Freitag, und eine Menge Arbeit lag vor ihr. In aller Eile wusch und kleidete sie sich an und schürte den Herd in der Küche. Danach ging sie, um wie an jedem Morgen ihren Sohn Oleg zu wecken.

Sie fand ihn nicht in seiner Kammer, sein Bett hingegen war ordentlich gemacht. Der gute Junge war schon im Stall und sah nach seinen Madeln! Die Liesl war stündlich dran mit dem Kalben.

Dorota setzte ihre Morgenroutine im Hühnerhaus fort, verteilte eine Schippe Körner, füllte frisches Wasser nach und sammelte die noch warmen Eier ein. Das Ei in seiner Vollkommenheit, überlegte Dorota, war der Beweis für die Existenz Gottes.

Auf dem Weg zurück über den Hof fiel Dorota ein Huhn auf, das seinen Kopf vorwitzig aus der Scheune streckte.

Jesus! Schon wieder eines entwischt! In Gedanken schalt sie Oleg. Er sollte am Abend dafür sorgen, dass das gesamte Federvieh sicher im Stall untergebracht war. Die Füchse waren letzthin zur Plage geworden. Aber seit bald zwei Monaten verbot ein Erlass die Jagd im Grenzgebiet. Die Bauern, deren Hühner und Gänse das Nachsehen hatten, beschwerten sich beim Bürgermeister. Der behauptete, ihm seien hier die Hände gebunden; das Jagdverbot sei von höchster Stelle angeordnet.

Huhn und Scheune rückten wieder in Dorotas Blickfeld. Sie lief zum Scheunentor, um es zu schließen, als sie das Fehlen des Pritschenwagens bemerkte.

Na so was, dachte sie verdutzt. Hatte der Bauer ihren Oleg so früh am Morgen schon auf Fahrt gesandt? Das war bereits vorgekommen und stellte daher keinen Anlass zur Sorge dar. In ihr regte sich dennoch ein ungutes Gefühl. Doch sie schüttelte es ab. Sich bei Tag zu sorgen stahl einem nachts den Schlaf. Was kommen musste, kam. *Der Mensch denkt, Gott lenkt.* So stand es in der Bibel.

Dorota setzte ihre übliche Routine fort, schaute nach den

Gänsen, den Ziegen und den Kaninchen, kehrte ins Haus zurück, deckte den Tisch, mahlte Kaffee, bereitete das Frühstück zu.

Laurenz erschien als Erster der Familie kurz nach sechs in der Küche, und Dorota kredenzte ihm seinen geliebten Kaffee. Schwarz und stark.

Während der Bauer seinen Kaffee trank und ein Brot mit Griebenschmalz verzehrte, holte sie Kartoffeln aus dem Vorratskeller unter der Speisekammer und begann, sie zu putzen. Beiläufig erkundigte sie sich dabei, bis wann der Oleg zurück sei und ob sie zwischenzeitlich einige seiner Pflichten übernehmen solle.

Der Bauer fragte zurück: »Der Oleg ist weg?«

»Ja, mit dem Pritschenwagen. Ist das nicht recht?«

»Na ja. Gefragt hat er mich nicht.«

»Dann ist es ganz sicher nicht recht!«, sagte Dorota in einem Ton, der nichts Gutes für ihren Ziehsohn verhieß. »Wo könnt er denn so früh hin sein?«, fragte sie, obgleich sie ja jetzt wusste, dass der Bauer in dieser Angelegenheit nicht schlauer war als sie.

»Das wüsste ich auch gerne«, antwortete Laurenz. Denn ausgerechnet heute Morgen hätte er den Opel selbst gebraucht.

Laurenz war nicht verärgert, vielmehr wunderte er sich. Es sah dem Knecht gar nicht ähnlich, sich den Wagen einfach so zu nehmen. Zumal er ihn jederzeit nutzen konnte, er brauchte seinen Brotherrn nur zu fragen.

»Ich sehe mal in der Scheune nach«, sagte Laurenz, als hoffte er, der Lieferwagen sei zwischenzeitlich wiederaufgetaucht. Was nicht der Fall war.

Einem Impuls gehorchend, lenkte Laurenz seine Schritte zum Scheunenanbau, in dem Olegs Bleibe untergebracht war. Er wollte die leere Hütte schon wieder verlassen, als ihm auf Olegs eigenhändig gezimmertem Tisch ein Zettel auffiel. Er trat näher. Es war tatsächlich eine Nachricht, verfasst in riesigen, unbeholfenen Buchstaben und gespickt mit Fehlern: *Bin mit Peterle zum auswildan gefarn. Bin am morgen zruck. Keine Sorge, ich pass auf. Oleg.*

Verärgert schüttelte Laurenz den Kopf. Was fiel dem Knecht ein? Vor weniger als drei Wochen war der Anton am Wall gestorben, und jetzt trieb sich der Oleg schon wieder dort herum? Was dachte er sich nur dabei? Das Jagdverbot sollte nicht die Füchse schonen, sondern die seltsamen Aktivitäten im Grenzgebiet verschleiern! Und wann, fragte er sich weiter, hatte Oleg eigentlich das Schreiben gelernt? *Kathi!* Sie musste es ihm beigebracht haben … Vermutlich als Gegenleistung für den Russischunterricht seinerseits. Und vermutlich hatte sie Oleg erst zu der verrückten Aktion überredet – genauso, wie sie es am Abend zuvor bei ihm versucht hatte.

Das Kind musste endlich lernen, dass es nicht allein nach seinem Kopf gehen konnte! Plötzlich wankte er. *O Gott!* Er hastete zurück ins Haus, die Treppe hoch und riss die Tür zum Kinderzimmer auf. Die schlimme Ahnung wurde zur Gewissheit: Kathis Bett war leer! Sein Zorn auf Oleg sprengte ihm beinahe die Brust.

An der Wand gegenüber schnorchelte Franzi friedlich vor sich hin. Er durchsuchte kurz das Zimmer, hoffte auf eine Nachricht von Kathi. Nichts. Wesentlich leiser schloss er die Tür, obwohl selbst eine Marschkapelle Franzi nicht aufgeweckt hätte.

Vor dem ehelichen Schlafzimmer zögerte er. Sollte er Annemarie wecken? Nein. Sie würde ohnehin in Kürze aufstehen, und vielleicht war das Schicksal ja gnädig und brachte ihnen Kathi und Oleg bis dahin zurück.

Doch Annemarie öffnete in diesem Augenblick die Tür. Ein Blick in Laurenz' Gesicht genügte: »Um Himmels willen, was ist geschehen? So sprich doch! Ist etwas mit Kathi oder Franzi?«

»Es ist Kathi. Sie ist mit Oleg unterwegs, um Peterle vor Elsbeth Luttich in Sicherheit zu bringen.«

»Oh, dieses verrückte Mädchen! Und die Elsbeth soll der Teufel holen! … Das gestern wäre nicht passiert, wenn sie uns nicht ständig heimsuchen und unserer Kathi das Leben schwer …« Annemarie brach mitten im Wort ab und schlug die Hände vors Gesicht. »Was rede ich denn da? Die Arme hat ihr einziges Kind verloren und ist vollkommen verwirrt. Und Kathi ergeht es nicht viel anders! Es ist unsere Schuld, Laurenz. Wir hätten wissen müssen, dass Kathi bereit ist, alles für ihren Peterle zu tun. Aber was hat sich Oleg nur dabei gedacht? Du wirst ein ernstes Wort mit ihm reden müssen …«, machte sich Annemarie Luft. Unmittelbar darauf sank sie an Laurenz' Brust, als hätte sie mit einem Mal alle Kraft verlassen.

Er fuhr ihr zärtlich über den Rücken. »Mein Herz, hör mir zu. Oleg liebt Kathi wie eine Schwester. Er wird auf sie aufpassen. Und er kennt den Wald im Grenzgebiet wie seine Westentasche.«

»Sie sind im Grenzgebiet?«

Laurenz erkannte seinen Fehler. Annemarie las ebenso wie er die Berichte in der Zeitung, in denen die Worte zwischen Deutschland und Polen wie Säbel rasselten. Zweifellos waren ihr auch die Gerüchte bekannt, deutsche Soldaten würden entlang der polnischen Grenze aufmarschieren. Wer sich jetzt im Grenzgebiet aufhielt, riskierte es, wie der junge Anton erschossen zu werden. Ob von Freund oder Feind, tat nichts zur Sache. Tot war tot. Wobei Laurenz nicht zu sagen wusste, wen er überhaupt als Feind bezeichnen sollte. Das Leben hatte ihn bisher gelehrt, dass der einzige Feind des Menschen der Mensch selbst war. »Den beiden wird nichts geschehen, Annemarie. Sie sind sicher bald zurück«, sagte er im Bewusstsein, dass seine Worte kaum als Beruhigung taugten. Sie klangen vielmehr nach einem Gebet. Ein Gebet, dessen Echo sich beharrlich durch die Jahrhunderte fortpflanzte, von all jenen Menschen wiederholt, die wie er auf die sichere Rückkehr eines geliebten Menschen hofften.

Annemarie hob den Kopf. Die Tränen in ihren Augen schimmerten silbern, ihr ganzes Wesen spiegelte sich darin, ihre Hingabe an die Liebe, ihr Mut, ihre Kraft. Dennoch gelang es ihm für den Bruchteil einer Sekunde, ihre innere Barriere zu durchbrechen. Die Sorge um Kathi machte sie beide verwundbar. Anders konnte er sich den jähen Anfall von Eifersucht auf Annemaries vergangenes Leben nicht erklären.

Annemarie fuhr sich mit dem Handrücken über die Lider, drängte die Tränen zurück. Ruhe und Haltung in den entscheidenden Momenten zu wahren, hatte ihr das Überleben gesichert. Was sie gesehen, was sie erlebt hatte … Allein das Wissen darum, wozu der Mensch fähig war, konnte einem den Verstand rauben. In ihrer Verzweiflung war sie einmal versucht gewesen, selbst Hand an sich zu legen, und entschied sich für das Leben und ihre Rache. Lange Jahre existierte sie nur dafür, zehrte von diesem mächtigen Gefühl.

Und dann entdeckte sie, dass es noch etwas Größeres gab, für das es sich lohnte, zu leben und zu kämpfen: Ihr begegnete die Liebe. Da erkannte sie, dass es nichts Dümmeres gab als Rache. Sich zu rächen änderte rein gar nichts, weder machte es Vergangenes ungeschehen noch die Toten wieder lebendig. Die Liebe zu Laurenz hatte ihr die Kraft gegeben, sich aus ihrem früheren Leben herauszuschälen, es wie eine alte Haut abzustreifen. Der Tag, als sie einwilligte, seine Frau zu werden, war für sie zum Tag ihrer Wiedergeburt geworden, der Beginn eines zweiten Lebens. Doch es gab jene Momente, in denen sich das alte und das neue Leben durchdrangen und die früheren Dämonen in ihr wüteten. Dunkle Momente nach langen, schlaflosen Stunden, in denen sie sich so verletzlich und angreifbar fühlte, dass sie sich manchmal fragte, ob die Liebe genug war. Dann fühlte sie sich allein, weil sie mit niemandem über das Geheimnis ihres Lebens sprechen konnte. Ein Geheimnis jedoch, das man mit niemandem teilen kann, entfaltet mit der Zeit eine zerstörerische Kraft. Tagsüber lag es wie eine Schlinge um Annemaries Hals. Sie hielt es im Zaum mit Arbeit und Pflichten, bändigte es mit den kleinen und großen Alltagssorgen. Vor allem aber waren es die Glücksmomente, die sie mit Laurenz, Kathi und Franzi erfuhr, die die Dämonen stets zurück ins Dunkel trieben.

Aber da gab es auch die Nächte, in denen sie ihr den Schlaf verwehrten und sie rastlos durchs Haus wandern ließen. Die Ringe unter ihren Augen wurden mit der Zeit dunkler, ihre Haut durchscheinender, ihr wundervolles Lächeln seltener. Laurenz bemerkte es wohl, doch er bedrängte sie nie, ihm das Geheimnis ihres Lebens zu enthüllen. Ihr wunderbarer Mann begnügte sich damit, sie zu lieben und auf Händen zu tragen. Und so ging sie aus ihren Zweifeln jedes Mal gestärkt hervor. Laurenz und ihre Kinder waren nun ihre ganze Welt.

»Wir müssen nach Kathi und Oleg suchen«, sagte Annemarie jetzt. »Bis zum Grenzgebiet sind es an die zwanzig Kilometer, und da Oleg unseren Wagen hat, müssen wir die Pferde nehmen.«

»Gut! Ich hole meine Mutter!«

»Ich bin hier«, meldete sich Charlotte.

Die Eheleute fuhren herum. Charlotte stand im Morgenmantel an der Treppe. »Ich habe alles gehört. Ich werde zusammen mit Annemarie reiten und meine Enkelin suchen. Du, Laurenz, wartest auf dem Hof auf unsere Rückkehr.«

»Nein, das werde ich sicher nicht tun! Du und Annemarie, ihr werdet hierbleiben, und ich …«

»Papperlapapp!«, ging Charlotte dazwischen. »Du bist ein lausiger Reiter, mein Sohn. Annemarie hingegen eine exzellente!«

Es war das erste Mal überhaupt, dass seine Mutter Lobendes über seine Ehefrau äußerte, und wäre er nicht so in Sorge um Kathi gewesen, hätte Laurenz' wohl eine entsprechende Bemerkung dazu abgegeben. Nun aber beschränkte er sich auf weiteren Protest. »Wie kannst du von mir erwarten, Mutter, dass ich hierbleibe, während ihr beiden Frauen euch in Gefahr begebt?«

»Weil ich das Grenzgebiet durch meine Ausritte tausendmal besser kenne als du, und wir *zwei Frauen* es weniger riskieren, erschossen zu werden, als ein einzelner Mann. Ende der Diskussion! Ich kleide mich jetzt an und bereite die Pferde vor. Annemarie«, wandte sie sich ihr zu, »ich erwarte dich in einer halben Stunde im Stall.« Sie rauschte die Treppe hinab.

Die Eheleute sahen sich erstaunt an. »Na so was«, murmelte Annemarie. Ihr entging dennoch nicht Laurenz' gekränkte Haltung, die verkniffenen Lippen. Er schickte sich an, seiner Mutter nach unten zu folgen. Annemarie hielt ihn zurück. »Ich stimme deiner Mutter zu. Überleg doch, mein Lieber«, sagte sie mit sanftem Nachdruck, »was ist, wenn Kathi zwischenzeitlich mit Oleg heimkehrt, aber wir sind beide fort? Besser, einer von uns bleibt hier und nimmt sie in Empfang. Und das solltest du sein. Kathi wird dich dann brauchen. Peterle bedeutet ihr viel.«

»Nein!«, sagte Laurenz. »Ich kann dich nicht gehen lassen, wissend, wie sehr du dich in Gefahr begibst. Während ich hier gemütlich im Warmen sitze! Ich wäre ein wahrlich schlechter Ehemann.«

»Aber wir können unmöglich beide gehen, Laurenz. Das wäre gegenüber Franzi verantwortungslos. Wir müssen auch an sie denken.«

»Das tue ich! Du bist ihre Mutter. Darum werde ich alleine mit Charlotte reiten«

»Nein!«, sagte diesmal Annemarie. »Ich würde vor Sorge ganz verrückt werden, und unsere kleine Franzi spürt meinen Zustand sofort. Wenn durch meine Schuld einer ihrer Anfälle ausgelöst würde … Du bist viel ruhiger und vernünftiger als ich, Laurenz. Lass mich mit deiner Mutter reiten, ich bitte dich!«

Als sich seine Frau und seine Mutter eine halbe Stunde später auf die Pferde schwangen, war Laurenz deutlich anzumerken, wie wenig es ihm behagte, sie ziehen zu lassen. Immerhin setzte er durch, dass Charlotte ihm das Gewehr gab, das sie zuvor an ihrem Sattel festgemacht hatte. »Zu gefährlich«, erklärte Laurenz. »Das ist eine Einladung, auf euch zu schießen!«

Danach begann für ihn das Warten. Es gab, stellte er fest, keine größere Folter, als auf jene zu warten, die man liebte. Sorge und Untätigkeit konnten einen wirklich in den Wahnsinn treiben, damit hatte Annemarie völlig recht. Dabei hatte er eine Menge Dinge zu erledigen, da er Olegs dringlichste Pflichten übernehmen musste. Wie ein Ertrinkender stürzte er sich in die Arbeit. Dennoch schleppten sich die nächsten Stunden mit einer Zähigkeit dahin, als hätte sich die Zeit verlangsamt.

Immer wieder trieb es ihn zur Hofeinfahrt, starrte er den Weg bis zur Biegung hinunter. Als könnte er die Rückkehr jener, die er liebte, erzwingen, wenn er nur oft genug nach ihnen Ausschau hielt. Seine Sinne spielten ihm dabei Streiche. Mehrmals glaubte er, ein Auto oder Hufe zu hören, oder er sah imaginäre Staubwolken aufsteigen. Doch der Weg blieb leer.

Endlich, kurz nach elf Uhr, machte Laurenz auf der Straße eine einzelne Person aus. Die Sonne stand bereits hoch, und er musste seine Augen abschirmen, um zu erkennen, wer sich da aus dem flirrenden Licht herauskristallisierte.

Als er den einsamen Besucher erkannte, wusste er, dass es ihm schwerfallen würde, höflich zu bleiben.

37

Krieg, das ist des Teufels Sieg!

Pfarrer Berthold Schmiedinger

»Vater, du musst sofort kommen! Oleg ist …« Erschrocken brach Kathi ab. Der Vater hatte sich bewegt, und sie entdeckte den Gast, den sein Rücken bisher vor ihr verbarg: *Die Luttich! Ausgerechnet …!*

Der Vater war bereits bei der Tochter, riss sie in seine Arme und erdrückte sie beinahe. Dabei versicherte er sich rasch, dass es ihr körperlich an nichts fehlte.

Kathi erboste es, die Luttich hier anzutreffen. Diese Frau trug Schuld an den Geschehnissen dieser Nacht! Allein ihre Drohung, Peterle zu erschießen, hatte sie veranlasst, ins Grenzgebiet zu fahren. Kathi wurde selbst überrascht von der Welle der Wut, die der Anblick dieser Frau in ihr entfachte. Sie hatte sich ehrlich bemüht, Antons Mutter zu mögen, als er noch lebte, und noch mehr nach seinem Tod. Weil sie verstand, dass ihr Antons Tod genauso wehtat wie ihr. Weil nun auch Elsbeths Gedanken und Erinnerung mit einem »nie mehr wieder« verknüpft waren …

Aber Antons Mutter war eine eigenartige Frau – jemand, der mit guten Gefühlen wie Liebe nichts anzufangen wusste. Als wäre Liebe eine Falle, in die sie nicht tappen wollte. Anton hatte ihr einmal gesagt, dass er nicht glaube, dass seine Mutter ihn wirklich liebe. Nicht auf jene Art, wie Kathis Eltern ihre Kinder liebten. Es käme seiner Mutter einzig darauf an, ihn zu kontrollieren und ihn aller Welt als den perfekten Sohn vorzuführen, als wäre er eine Trophäe.

»Das Kind ist ja völlig blutverschmiert!«, rief Elsbeth nun. »Wo kommst du bloß in diesem Zustand her?«

Kathi warf ihrem Vater einen flehentlichen Blick zu. Sie mussten Antons Mutter loswerden!

Der Vater war ihr längst einen Schritt voraus. »Gibt es Komplikationen im Stall? Will das verflixte Kalb noch immer nicht heraus?«

»Ja, ja! Bitte, Vater, du musst kommen!«, griff Kathi das sofort auf. »Oleg braucht deine Hilfe!«

Laurenz nahm das größte Schlachtmesser und dazu ein Hackebeil vom Wandbrett an sich, schwenkte beides vor Elsbeths Nase und sagte: »Du musst entschuldigen, Elsbeth, aber ich muss eine Kuh aufschneiden.« Er steckte das Messer in seinen Gürtel und fasste die Luttich mit der freien Hand am Ellbogen. »Ich begleite dich hinaus.«

Und das tat er. Er ließ ihren Arm nicht mehr los, bis sie die Hofeinfahrt erreicht hatten, und schob die Luttich ohne Umstände hindurch. Deutlicher konnte ein Rauswurf nicht erfolgen.

Elsbeths Mund war ein empörtes »O«. Doch etwas, was sie in Laurenz' Augen entdeckte, eine neue Form von Unerbittlichkeit, erstickte ihren Protest. Sie beschränkte sich darauf, Kathi einen bitterbösen Blick zuzuwerfen, und stapfte von dannen.

Laurenz zog Kathi von der Toreinfahrt weg. »Was ist mit Oleg? Wo ist er?«, fragte er leise.

»Im Wagen hinter der Scheune. Er ist verletzt!«

»Was ist passiert?«, fragte Laurenz auf dem Weg dorthin.

»Ein Mann hat auf ihn geschossen.«

»Welcher Mann?«

»Ich glaube, ein deutscher Soldat. Oleg meinte zuerst, er sei Pole, und deshalb hat er ihn auch auf Polnisch begrüßt. Der Mann hat sofort auf ihn geschossen!« Kathi schluchzte bitterlich auf. Jetzt, da die Verantwortung nicht mehr alleine auf ihr lastete, brauchte sie ihre Tränen nicht mehr zurückzuhalten.

»Ist ja schon gut, kleiner Kolibri. Ich bin jetzt da.«

Sie waren beim Wagen angelangt. Oleg hing schlaff über dem Lenkrad.

Laurenz öffnete die Fahrertür, und Kathi setzte ihre Erklärung fort: »Ich habe gedacht, er sei tot! Aber Peterle hat ihn angestupst, und da hat sich Oleg bewegt. Aufgewacht ist er erst nach einer Weile. Er hat mir gesagt, ich solle sein Hemd zerreißen und seine Brust fest damit verbinden. Dann wies er mich an, einen langen Stock zu suchen, den er sich unter die Schulter klemmen könne. Irgendwie haben wir es zusammen in den Wagen geschafft. Oleg hat mir noch gezeigt, wie ich ihm mit dem Schalthebel helfen kann, und wir sind bis hierher gefahren.«

»Mein tapferes Mädchen! Du hast das alles ganz wunderbar gemacht.« Laurenz lief um den Wagen herum und stieg auf der Beifahrerseite ein. Er nahm Oleg bei den Schultern und drückte ihn zurück in den Sitz. Der Knecht gab keinen Laut von sich. Der provisorische Verband war durchgeblutet, Olegs Atem ging flach, und seine Lider zuckten. »Lauf in die Küche, Kathi, und bring mir frische Geschirrtücher und dazu eine Flasche Bärenfang. Rasch!«

»Holst du Oleg nicht aus dem Wagen?«

»Nein, ich muss erst versuchen, die Blutung zu stillen.« Laurenz bereitete der hohe Blutverlust Sorge. Das Führerhaus glich einem Schlachthaus. Es war ihm ein Rätsel, wie Oleg es in diesem Zustand überhaupt noch nach Hause hatte schaffen können. Er befürchtete, dass der Knecht ihm in den nächsten Minuten unter den Händen wegsterben würde.

Auf Kathis Frage nach den anderen erklärte er, dass sich ihre Mutter mit Großmutter Charlotte auf die Suche nach ihr und Oleg gemacht habe und Dorota mit Franzi ins Dorf gegangen sei, um sich dort umzuhören.

Da erst begriff Kathi die Tragweite ihres Handelns. Für Peterles Sicherheit hatte sie nicht nur Olegs und ihr Leben aufs Spiel gesetzt, sondern auch die Mutter und Großmutter dazu gebracht, sich ihretwegen in Gefahr zu begeben.

Als Dorota eine halbe Stunde später zurückkehrte, war Oleg noch am Leben. Laurenz hatte ihn mit Kathis Hilfe verbunden. Nun schafften sie ihn zu dritt unter Zuhilfenahme eines Leiterwagens ins Haus und legten ihn in Dorotas Zimmer neben der Küche.

Dorotas Pragmatismus, mancher mochte es auch Gottvertrauen nennen, erwies sich wieder einmal als Segen. Sie klagte nicht, sie zeterte nicht, sondern machte sich unverzüglich an die Arbeit. Sie schälte Oleg aus seiner restlichen Kleidung, säuberte ihn und flößte ihm erst Wasser, dann Schnaps und danach Fleischbrühe ein. Anschließend schlachtete sie mit Erlaubnis des Bauern ein Huhn, um daraus noch mehr gute Fleischbrühe zuzubereiten.

Ja, Oleg lebte. Aber eine Kugel steckte noch in ihm, während die andere direkt durch ihn hindurchgegangen war: Der Knecht hatte ein Loch in der Schulter und ein zweites im Rücken, die Austrittstelle.

»Wie geht es ihm?« Schüchtern stand Kathi in der Tür, noch immer in ihrer blutbesudelten Kleidung.

Wie tapfer sein kleiner Kolibri war und wie stark, dachte der Vater. Gerade erst hatte sie ihren Freund Anton verloren, und nun musste sie auch um Olegs Leben bangen. Dennoch war Kathi ihnen die ganze Zeit ruhig und geschickt zur Hand gegangen. Er schuldete ihr die Wahrheit. »Ich weiß es nicht. Schau, unser Oleg ist stark wie zwei Ochsen. Aber es steckt noch eine Kugel in seiner Brust. Man müsste sie ihm herausschneiden. Und das kann nur ein Arzt tun.«

»Warum schickst du dann nicht nach einem Arzt, Vater?«, fragte Kathi.

»Weil kein Doktor wegen Oleg kommen würde«, sagte Dorota hinter Kathi. Sie schob sich an ihr vorbei ins Zimmer und stellte ein Tablett auf dem Nachttisch ab.

»Warum denn nicht?«

»Weil Oleg in Petersdorf als Pole gilt, und Deutschland und Polen seit heute im Krieg sind«, erklärte Dorota. Sie schenkte zwei Gläser Schnaps ein und reichte eines davon an Laurenz weiter. In stummem Einverständnis kippten beide das Glas hinunter.

»Krieg? Was denn für ein Krieg?«, fragte Kathi.

»Beim Krämer haben sie's erzählt!«, erklärte Dorota. »Der Hitler hat's im Radio gesagt … Und er hat auch gesagt, dass wir Polen ihn angefangen hätten! Dass glaubt doch kein Mensch nicht! Bei der Schwarzen Madonna – wir Polen sind doch nicht so blöd!«, ereiferte sich Dorota. Sie erlaubte sich einen zweiten Schnaps.

»Vater? Ist das wahr? Haben wir Krieg?« Kathi sah verschreckt aus. Sie wusste, was Krieg bedeutete und was er anrichten konnte. Seine erschütternden Folgen konnte sie jeden Tag auf der Ofenbank sitzen sehen: ihren Großvater August.

»Darum war die Elsbeth hier. Jetzt hat das verrückte Weib seinen Krieg«, sagte Kathis Vater grimmig. Auch er kippte sich ein zweites Glas hinter die Binde. »Sie hat behauptet, polnische Rebellen hätten eine Zollstation in Hochlinden und einen Radiosender in Gleiwitz überfallen und dabei mehrere Deutsche erschossen. Pure Propaganda! Es würde mich wundern, wenn davon auch nur ein Wort wahr wäre.«

»Gleiwitz? O Gott, das kann nicht wahr sein!«, entfuhr es Kathi. Alles Blut war aus ihrem Gesicht gewichen.

»Was hast du, Kathi?« Laurenz packte seine Tochter an den Schultern.

»Es könnte sein, dass Oleg und ich diesen Männern bei Gleiwitz begegnet sind! Sie hatten sich als Polen verkleidet, und einer hat auf Oleg geschossen!«

Laurenz begriff sofort die Tragweite des Geschehens. Seine Tochter und Oleg waren in der Nacht womöglich Zeugen einer von Hitlers Propagandalügen geworden! Natürlich hatten die Polen nicht zuerst geschossen, aber die Nazis wollten ihren verdammten Krieg, und dafür war ihnen jede Lüge recht. Und jeder Mord.

»Hör zu, Kathi«, sagte Laurenz eindringlich. Er sank auf ein Knie hinab, um seiner Tochter geradewegs in die Augen sehen zu können. »Wir haben darüber gesprochen, wie wichtig es ist, immer die Wahrheit zu sagen. Aber nun bitte ich dich, Stillschweigen zu wahren. Was immer du und Oleg heute Nacht im Grenzgebiet gesehen oder gehört habt, ihr dürft das nie jemandem erzählen! Verstehst du, warum ich dich darum bitte?«

Kathi presste die Lippen zusammen. Mit konzentriertem Ausdruck musterte sie zuerst ihren Vater, danach Dorota, die an Olegs Bett saß und ihrem Ziehsohn mit einem feuchten Tuch das Gesicht tupfte.

Kathi nickte. »Weil wir jetzt im Krieg mit Polen sind und wir als Polensympathisanten gelten?« Sie hatte nicht vergessen, wie Elsbeth sie kürzlich auf diese Weise beschimpft hatte.

Der Vater küsste ihre Stirn. »Mein kluger Kolibri«, sagte er und verspürte den jähen Drang, sich bei ihr zu entschuldigen. Weil seine Generation, die schon einen Krieg erlebt hatte, nicht stark und mutig genug gewesen war, um einen neuen zu verhindern. In ihm entzündete sich etwas, das er sonst nicht kannte: *Zorn.* Zorn auf die Politik, Zorn auf die Menschen. Zorn auf die gesamte restliche Welt, die Hitler bisher tatenlos zusah, während der Mann Europa wie einen ihm zustehenden Kuchen behandelte und sich Stück für Stück davon einverleibte. Erst Österreich, dann das Sudetenland, und nun holte er sich Polen – mit Russlands Hilfe! Hatte denn niemand erkannt, dass Hitler unersättlich war? Dazu musste man nicht viel von Politik verstehen, dazu reichte der gesunde Menschenverstand.

Aber er wollte sich nicht belügen, sah durchaus die Schuld auch bei sich selbst. Er hatte Franz schließlich fortgeschickt, als dieser zu ihm kam. Seitdem dachte er oft über dessen Worte nach: *»Ich habe Beweise, dass Hitler den Angriff auf Polen plant. Dann gibt es Krieg mit den Briten, Laurenz. Und dafür braucht Hitler Soldaten. Dann werden auch Bauern in Uniformen gesteckt …«*

Kurz wurde Laurenz schwarz vor Augen, überkam ihn das Gefühl, auf einen Abgrund zuzusteuern. Er war achtunddreißig, die jüngeren Jahrgänge würden vor ihm eingezogen werden. Zuerst verschlang das Kriegsmonster die jungen Männer. *Die Blüte des Landes,* wie Kaiser Wilhelm die Generation seiner Brüder bezeichnet hatte. Alfred und Kurt waren neunzehn und zwanzig gewesen, als man sie 1914 kurz nacheinander einzog, sein Vater August vierundvierzig, als er Mitte 1917 noch nach Russland geschickt wurde. Und seit zweiundzwanzig Jahren vegetierte er als verstörtes Kriegswrack auf der Ofenbank dahin.

Laurenz fing sich wieder, der dunkle Nebel in seinem Kopf lichtete sich. Die Situation war schlimm genug: Oleg halb tot, und seine Frau Annemarie und die Mutter in einem Gebiet unterwegs, das sich nun im Kriegszustand befand. Wenn er nicht den Verstand verlieren wollte wie sein Vater, sollte er sich besser gar nicht erst ausmalen, welchen Gefahren sich die beiden Frauen dort gerade aussetzten.

»Es tut mir leid«, stammelte Kathi neben ihm.

Laurenz zuckte zusammen. Seine kaum elfjährige Tochter

schien sehr genau zu wissen, was ihn umtrieb. »Das muss es nicht, kleiner Kolibri. Du wolltest lediglich deinen Freund retten. Es ist vielmehr meine Schuld. Ich habe nicht erkannt, wie ernst es dir damit ist. Sonst hätte ich dich unterstützt, anstatt dich wegzuschicken«, erklärte er. *So wie ich Franz nicht hätte fortschicken dürfen …* echote sein Gewissen. »Aber Oleg«, fuhr er ein wenig strenger fort, »würde genauso wenig hier liegen, wenn er sich mir anvertraut hätte.«

»Bitte, Vater! Mach Oleg keine Vorwürfe! Ich war es doch, die ihn dazu überredet hat. Und er wollte mich auch nicht mitnehmen. Ich bin heimlich hinten auf den Pritschenwagen geklettert. Oleg hat es erst im Grenzgebiet gemerkt. Ihn trifft keine Schuld!« Kathis große blaue Augen, die jenen ihrer Mutter so sehr glichen, schwammen in Tränen.

»Nein, Kathi. Ich bin schuld. Ich hätt's merken müssen …«, flüsterte eine kaum hörbare Stimme, und Dorota jubelte: »Jesus, Maria und Josef! Das Bubele ist wach!«

Laurenz beeilte sich, Oleg zu versichern, dass das Wichtigste jetzt seine Genesung sei.

Doch in den Augen seines Knechtes konnte er lesen, dass Oleg wusste, wie ernst es um ihn stand. Er bat um ein paar Minuten allein mit seiner Ziehmutter.

Zu hoffen, bangen und beten galt es auch für die sichere Heimkehr von Annemarie und Charlotte.

Erneut sah sich Laurenz zur Untätigkeit verurteilt. Er hatte jetzt den Wagen wieder; viel fehlte nicht, und er hätte sich auf die Suche nach den beiden Frauen gemacht. Mittlerweile brummten unentwegt Flugzeuge in Richtung Osten über sie hinweg, der deutsche Einmarsch in Polen war in vollem Gange. Selbst in der abgelegenen Hügellage des Sadlerhofs, viele Kilometer von der Staatsstraße entfernt, hörte man den Lärm der deutschen Invasoren und das Rasseln ihrer Kettenfahrzeuge.

Nicht nur, dass es Wahnwitz gewesen wäre, sich in dieser Situation auf die Suche zu begeben, er trug überdies die Verantwortung für Kathi und Franzi. Er konnte und wollte seine beiden Mädchen nicht auf dem Sadlerhof zurücklassen, mit Dorota als alleinigem Schutz.

Später wusste er nicht zu sagen, wie er den restlichen Tag überstanden hatte. Verstand und Fantasie verbündeten sich gegen ihn und warteten mit den furchtbarsten Variationen dessen auf, was zwei Frauen inmitten einer marschierenden Armee alles zustoßen konnte.

Es dunkelte bereits, als die erschöpften Frauen heimkehrten. Der Horror eines Tages voller Sorgen und Ungewissheit war im selben Augenblick vergessen, als Annemarie ihre Tochter in die Arme schloss. Auch Charlotte umarmte die Enkeltochter kurz, nicht ohne sie jedoch ob ihres unüberlegten Handelns zu tadeln. Nachdem Annemarie und Charlotte von den weiteren Ereignissen in Kenntnis gesetzt worden waren, überraschte Charlotte alle mit dem Satz: »Ich wüsste jemanden, der Oleg operiert.«

Und sie ging, ein Telefonat zu führen.

Gut zwei Stunden später, es war bereits nach zehn Uhr abends, fuhr ein Wagen in den Hof. Zu aller Erstaunen entstieg ihm der Tierarzt, Doktor Glickstein. Noch überraschender war, dass der Wagen auch Frau Glickstein und ihre kleinen Zwillinge beherbergte und sich das Gepäck auf dem Dach turmhoch stapelte. »Ich werde das Land verlassen«, erklärte Doktor Glickstein ungefragt, »und siedle mit meiner Familie zu meinem Bruder in London über. Ich habe meinen gesamten Besitz verkauft. Keinen Tag länger will ich unter dieser unwürdigen Regierung leben, die uns als Bürger zweiter Klasse abstempelt, bestiehlt und verprügelt. Niemand weiß, was denen als Nächstes einfällt.«

Laurenz beobachtete, wie Frau Glickstein den Arm warnend auf jenen ihres Mannes legte. Er kannte die Bedeutung von Geste und Blick. *Sei vorsichtig …*

Laurenz dachte an Annemarie und was sie sich für ihre Familie wünschte. »Vielleicht sollte ich mir das mit dem Ausland auch überlegen«, entfuhr es ihm spontan.

Doktor Glickstein reagierte verdutzt. »Warum? Sie haben dazu doch keinerlei Veranlassung. Sie und ihre Familie sind keine Juden, Herr Sadler! Der Hitler und seine Schergen brennen nur die Synagogen nieder, keine Kirchen.«

Es hätte Laurenz nicht überrascht, wäre in Glicksteins Ton eine Anklage mitgeschwungen. Doch es klang lediglich Fatalismus durch, ausgeformt durch dreitausend Jahre fortwährende Verfolgung. Umso mehr trafen ihn Glicksteins Worte. Er fühlte Schuld, er fühlte Scham, er fühlte Schmerz, als wäre er persönlich für das gesamte Elend dieser Welt verantwortlich. Und er fühlte den Drang, sich bei Doktor Glickstein zu entschuldigen. Und bei Frau Glickstein. Und den kleinen Zwillingen, die ihre mageren Gesichter gegen die Scheibe pressten und ihn neugierig beäugten. Die noch gar nicht begreifen konnten, was gerade mit ihnen passierte. Aber keine Silbe verließ seine Lippen, die Schuld der Menschen wog zu schwer, würde jedes Wort erdrücken. Dennoch wurde Laurenz ein seltener Moment der Klarheit geschenkt; er wurde eins mit dem Schmerz der Welt, dem vergangenen und dem gegenwärtigen, verstand, warum sich Jesus ans Kreuz hatte nageln lassen: weil der Schmerz so übermächtig in ihm geworden war, dass er ihn nur mit Schmerz auslöschen konnte. Und dem eigenen Tod. *Erlösung.*

»Wie Sie selbst sagten, Doktor Glickstein«, durchbrach Annemarie die kurzzeitig entstandene Stille, »wer weiß, was *denen* als Nächstes einfällt …«

Als Doktor Glickstein sich am frühen Morgen verabschiedete, tat er dies mit guter Prognose: »Da der Patient nach diesem immensen Blutverlust und nach der Entfernung der Kugel wider Erwarten noch lebt, steht zu hoffen, dass er sich auch weiter weigern wird zu sterben.«

Und das tat Oleg. Er überlebte.

38

Die Bösen hetzen die Dummen auf die Klugen,
weil sie die Einzigen sind,
die ihre Absichten entlarven können.

Marlene Kalten

Die Bösen, dachte Annemarie, *das sind immer die anderen.* Sie schaltete den Volksempfänger ab. Die Rede Hitlers vor dem Deutschen Reichstag zum Angriff auf Polen hatte sie tief erschüttert. Nun war er da, der Krieg. Und sie wusste, zwischen die Fronten gerieten immer die Unschuldigen. Sie sah zu ihrem Mann. In seinen Augen spiegelte sich all das, was sie selbst fühlte. »Was sollen wir tun?«, fragte sie.

»Wir können nichts tun«, antwortete Laurenz ehrlich. »Es ist zu spät. So hart es klingt, und sosehr ich mit den armen Polen fühle, aber wir können einzig hoffen, dass der Rest der Welt Vernunft bewahrt und gegen Hitler und Stalin nicht zu den Waffen greift. Dann wird der Krieg schnell vorbei sein.«

»Das habe ich nicht gemeint. Du hattest mir einmal versprochen, darüber nachzudenken, von hier fortzugehen.«

Laurenz erinnerte sich sofort an die gestrige Begegnung mit Doktor Glickstein. Längst bereute er seine spontane Bemerkung über das Fortgehen. »Ich habe darüber nachgedacht, Annemarie. Ich kann meine Mutter mit dem Hof nicht allein lassen.«

»Du müsstest den Hof ohnehin verkaufen«, erwiderte Annemarie. »Wir benötigen das Geld für einen Neuanfang.«

»Aber der Hof ist seit über dreihundert Jahren im Besitz meiner Familie!«

Annemarie fixierte ihn mit schmalen Augen.

Laurenz wand sich unbehaglich. Er enttäuschte sie, aber er konnte nicht anders. Er würde sein Leben für sie und ihre Kinder geben, aber ohne Not sein Heim und seine Heimat zu opfern, dazu fand er sich nicht bereit. *Annemarie verlangte zu viel!*

»Du hast es nie wirklich in Erwägung gezogen, deine Heimat zu verlassen«, konstatierte Annemarie.

Laurenz schwieg, fühlte sich nicht dazu imstande, seiner Frau jetzt in die Augen zu sehen.

»Weißt du, Laurenz«, sprach Annemarie weiter, »ich entsinne mich gut einer Zeit, als du kein Bauer sein wolltest. Doch nun bist du zu einem geworden und klammerst dich an dein Land. Anstatt an deine Kinder zu denken, versteigst du dich zu der trügerischen Hoffnung, der Krieg fände ein schnelles Ende. Aber es gibt keine ›schnellen Kriege‹! Du weißt ja gar nicht, was Krieg bedeutet, du hast noch nie einen am eigenen Leib erfahren, nie mit der Waffe in der Hand gekämpft! Und selbst wenn der Krieg nur einen einzigen Tag währte, sein Schrecken währt ewiglich!«

»Aber wenn wir gehen, dann nehmen wir unseren Kindern die einzige Heimat, die sie je gekannt haben!«, verteidigte er sich. »Wir sind doch glücklich hier. Was sollen wir in einem fremden Land?«

»Du scheust die Veränderung und hast Angst vor dem Ungewissen«, sagte ihm Annemarie auf den Kopf zu.

»Ja, das stimmt wohl. Und wenn ich mich schon so fühle, wie mag es da unseren Kindern ergehen, wenn wir sie aus allem herausreißen, was ihnen lieb und vertraut ist.«

»Du solltest deine Kinder nicht unterschätzen, Laurenz. Sie haben ein Leben in Frieden verdient.«

»Bitte, Annemarie! Es besteht doch momentan keine Veranlassung zu gehen. Uns geht es doch gut hier!«

»Ach? Weil wir keine Juden sind? Oder wirkt die deutsche Propaganda von der Stärke und Unbesiegbarkeit des Deutschen Reiches und seiner Soldaten?«

Laurenz konnte den Hohn in Annemaries Stimme kaum aushalten. Niemals zuvor hatten sie auf diese Weise miteinander gesprochen. Der Krieg war erst wenige Stunden alt, doch er griff bereits mit all seiner giftigen Boshaftigkeit nach ihnen. Dabei war sich Laurenz seiner paradoxen Haltung durchaus bewusst. Er hatte den Hof einst wegen seines Musikertraums verlassen und keinen einzigen Blick zurückgeworfen. Damals konnte er gar nicht schnell genug von Petersdorf fortkommen. Und nun war er so tief in dieser Erde verwurzelt, dass er für immer hierbleiben wollte, ihm der Gedanke, die Heimat zu verlassen, unerträglich erschien. Ein nie gekannter Schmerz bohrte sich in seine Brust, fraß sich durch seine Eingeweide, hinterließ Kummer und Verzweiflung. Er wollte Annemarie nicht enttäuschen. Aber zum ersten Mal konnte er ihr nicht das geben, was sie sich wünschte, ohne sich selbst dabei aufzugeben. *Sie verlangt zu viel,* wiederholte er, *während er* … Laurenz presste heftig die Lippen aufeinander, als könnte er damit die eigenen Gedanken eindämmen. Weil er ahnte, wohin dies führen würde. Doch er kämpfte vergebens; vor sich selbst kann man nicht fliehen. Längst war er in den Sog wirbelnder Gedankenketten geraten, wühlte jene verborgenen Tiefen in sich auf, in denen Bosheit und Tücke lauerten. Glicksteins Bemerkung schälte sich heraus, dass er, Laurenz, keine Veranlassung habe, seinem Beispiel zu folgen, da er kein Jude sei. Und als hätte sein persönlicher Teufel auf diese Gelegenheit gelauert, schlug er ohne Gnade los und stürmte mit einem Streich Laurenz' innerste Festung. Elf Jahre war es ihm gelungen, sich der Erkenntnis, Annemarie verberge etwas vor ihm, zu verschließen. Nun platzte diese Kapsel und spülte die Erinnerung an ihre erste Begegnung in Breslau an die Oberfläche. Er konnte sich noch jede Einzelheit jenes Tages ins Gedächtnis rufen. Der bittersüße Moment, als er Annemarie das erste Mal erblickte und sofort wusste, dass diese Frau mit den schönsten Augen der Welt seine Bestimmung war. Wie ihn gleichzeitig die Aura ihrer Traurigkeit überwältigte, diese ganze Welt des Schmerzes, die in ihren Augen lag. Das hatte den sehnsüchtigen Wunsch in ihm ausgelöst, diese Frau mit Liebe zu überhäufen und sie an einen Ort zu bringen, wo sie alles Vergangene vergessen und das Glück erfahren würde. Nun stellte er fest, dass er es war, der das Vergangene niemals richtig losgelassen hatte – dass tief in seinem Inneren der Vorwurf schwelte, seine Frau, die Mutter seiner Kinder, hüte ein Geheimnis vor ihm. Sie nicht die war, die sie vorgab zu sein.

»So ist das …«, bemerkte Annemarie gedehnt. Ihre Blicke trafen sich, forschten sich aus. Wie Gegner standen sie sich gegenüber, das erste Mal, seit sie einander begegnet waren.

Laurenz fand sich sofort im Nachteil. Er wusste um seine absolute Unfähigkeit, sich zu verstellen, und zweifelte nicht daran, dass Annemarie gerade alle seine Gedanken las. Doch nichts lag ihr ferner, als mit ihm darüber zu sprechen. Laurenz fühlte sich hin- und hergerissen zwischen dem Wunsch, das Schweigen zu brechen, und dem Wissen, dass es Dinge gab, die man lieber im Dunkeln ließ, da sie, einmal ans Licht gezerrt, erst dort ihre volle Zerstörungskraft entfalteten. Ihm war klar, dass seine Überlegungen allein dazu dienten, sich vor sich selbst zu rechtfertigen. Weil er dann nicht gezwungen war zu handeln. Er schalt sich einen elendigen Feigling, weil er die Wahrheit mehr fürchtete als die Ungewissheit.

Eine schier unerträgliche Spannung baute sich zwischen ihnen auf. Laurenz schien es, als wichen selbst die Wände vor dem Ansturm ihrer Gefühle zurück. Der Moment, der alles zwischen ihnen hätte zerstören können, verstrich. Laurenz hatte sich für das Vertrauen entschieden, das Fundament, auf dem ihre Liebe ruhte. Es kam ihm vor, als würde das gesamte Haus einmal tief ausatmen.

Unvermittelt spürte er Annemaries Arme um sich. »Ich verstehe dich, mein Herz, Liebe meines Lebens. *Die Heimat ist die Heimat.* Sie ist mehr als ein Ort, sie ist ein Gefühl … Und das kann man sich nicht einfach so aus dem Herzen reißen«, flüsterte sie, und er konnte die Tränen in ihrer Stimme hören. Auch er weinte lautlos. Sie schmeckten das salzige Seelenwasser auf ihren Lippen, als sie sich aneinanderklammerten und küssten, Koseworte stammelten und sich auf die Insel ihrer Liebe zurückzogen.

In einem allerdings irrte Annemarie.

Es war tatsächlich ein »schneller Krieg« oder vielmehr ein schneller Sieg. Niemand hätte geglaubt, dass der Krieg gegen Polen so bald beendet sein würde. Selbst die Generäle der Wehrmacht wurden von dem raschen Erfolg überrascht. Warschau kapitulierte am 27. September, nach intensiver Belagerung und massiver Bombardierung.

Nur wenige Wochen nachdem Deutschland in West- und Russland in Ostpolen einmarschiert waren, hörte das Land Polen als solches auf zu existieren. Der Traum der Zweiten Polnischen Republik, er hatte nur zwanzig Jahre gewährt. Im Deutschen Reich klopfte man sich gegenseitig auf die Schulter und feierte das, was man fortan den »Blitzkrieg« nennen würde.

Polen hatte sich unter hohen Verlusten wacker geschlagen. Doch seine Soldaten hatten außer ihrer Tapferkeit der technischen Überlegenheit der deutschen Panzer und Luftwaffe kaum etwas entgegenzusetzen. Laurenz kam eine unerhörte polnische Heldentat zu Ohren, und er gab die Geschichte beim Abendessen wieder: Bei Krojanty habe am ersten Kriegstag ein Reiterregiment mit gezogenen Säbel eine Attacke gegen vorstoßende Panzereinheiten geritten, sich tapfer mitten ins deutsche

Feuer geworfen, damit sich die eigenen Leute zurückziehen und neu sammeln konnten. Das verzweifelte Vorhaben der Ulanen gelang, doch der Blutzoll war hoch. Wenig später sei das Reiterregiment vollkommen aufgerieben worden. Großmutter Charlotte, die wie so oft in anderen Kategorien dachte, entfuhr ein »Ach, die armen Pferde!«.

Des Weiteren wusste Laurenz zu berichten, dass deutsche Bomber am ersten Kriegstag die polnische Kleinstadt Wielun in Schutt und Asche gelegt hatten. Er machte keinen Hehl aus seiner Verbitterung. Annemarie legte ihm die Hand auf den Arm, ähnlich wie es Frau Glickstein bei ihrem Mann getan hatte. Laurenz verstand, was seine Frau ihm damit sagen wollte: *Nicht vor den Kindern.*

Mit einem kleinen, um Verzeihung heischenden Lächeln widmete er sich wieder seiner Nudelsuppe. Seine Gedanken wanderten indessen weiter zu Franz Honiok. Sein Freund war nicht mehr aufgetaucht, galt seit nunmehr vier Wochen als vermisst. Seine vorsichtigen Nachforschungen hatten nichts ergeben. Bis auf offenkundiges Misstrauen im Gauleiteramt. Das hatte ihm Pfarrer Berthold gesteckt, der es von Wenzel Luttich wusste.

Franz' Voraussagen bewahrheiteten sich indessen alle: Stalin und Hitler hatten sich verbündet, waren in Polen einmarschiert, und England und Frankreich erklärten daraufhin dem Deutschen Reich den Krieg. *Wo bist du, Franz? Was ist mit dir geschehen?* War er nach Polen geflüchtet, um sich dem Widerstand anzuschließen? Oder hatte er sich den polnischen Verbänden in Rumänien zugesellt, wo die polnische Regierung und Teile des Oberkommandos Zuflucht suchten? Oder war Franz gar verschleppt wurden? Eine halbe Million junger Polen sollte angeblich ins Deutsche Reich deportiert werden, als kostenlose Arbeitskräfte. Bürgermeister Wenzel Luttich hatte verkündet, dass die Ersten auch bald in Petersdorf eintreffen würden. Laurenz wäre jede zusätzliche helfende Hand willkommen gewesen. Aber sicherlich keine Arbeitssklaven! Das erklärte er auch deutlich dem Wenzel. Darauf strich der über sein neuerdings glatt rasiertes Gesicht, als trauerte er seinem Bart insgeheim nach, und sagte: »Das haben wir nicht zu entscheiden, Sadler. Es geht um Agrarpolitik. Es gilt, den Plan zu erfüllen und den Ertrag zu steigern. Alles andere wird von oben als Widerstand gewertet. *Blut und Boden!* Du verstehst?«

Während Hitler und seine Berater einen neuerlichen Weltenbrand entzündeten, änderte sich im Alltag der deutschen Bevölkerung zunächst wenig. Für die Bauern im Reich verlief das Leben in seinen gewohnten Bahnen. Nachdem die Ernte eingefahren war, säten sie im September den Winterweizen, und für die Kinder begann nach dem Ende der Sommerferien wieder die Schule. Davor hatte sich Kathi gefürchtet. So vieles war in den vergangenen Wochen seit Antons Tod geschehen und hatte sie in Atem gehalten. Verbissen hatte sie sich in die Konstruktion der Rakete gestürzt, die sie genauso für Anton baute wie für sich. Der Schulstart brachte ihre kurzzeitig verdrängte Trauer wieder hoch. Anton war überall ... Auf dem Schulweg sah sie ständig über ihre Schulter, als erwartete sie, ihren Freund hinter sich radeln zu sehen. Am Morgen wollte sie wie selbstverständlich Karotten einstecken oder Dorota um Karamellbonbons für ihn bitten.

Auch die Schule wurde für Kathi zu einem traurigen Ort. Jeden Morgen musste sie sich neu überwinden hinzugehen. Im Unterricht ging es kaum mehr ums Lernen; alles schien nur noch darum zu kreisen, wie sie, die Mädchen und Jungen, Führer, Reich und Vaterland am besten dienen konnten. Die Mädchen schwärmten davon, viele Söhne zu bekommen, die Jungen freuten sich darauf, für den Führer in den Krieg zu ziehen. Immer wieder die gleichen Parolen und überall Feinde: *der Pole, der Engländer, der Franzose.* Und die schlimmsten Verbrecher seien sowieso die Juden. Das war für Kathi die größte Zeitverschwendung überhaupt, die dämliche Rassenkunde. Sie entbehrte jeder Logik, stattdessen reihte sich eine dumme Behauptung an die andere.

Zu Hause machte sie ihrem Unmut Luft. Ihre Eltern jedoch – und insbesondere ihre Mutter – hielten sie dazu an, sich zurückzuhalten, damit sie keine Schwierigkeiten bekam oder gar von der Schule verwiesen wurde.

»Schau, Kathi«, erklärte Annemarie, »es verhält sich ein wenig wie mit Elsbeth. Die wenigsten im Ort können mit ihr etwas anfangen. Aber mit ihr zu diskutieren oder zu streiten wäre sinnlos. Sie ist ein beschränkter Mensch und kennt nur eine Wahrheit: Wer nicht für sie ist, ist gegen sie und muss bekämpft werden. Darum ist es klug, gar nicht erst Elsbeths Aufmerksamkeit auf sich zu ziehen.« Ihre Mutter hatte sehr eindringlich mit ihr gesprochen und Kathi nachdenklich gestimmt. Seit jeher stürzten die Rätsel der Welt auf sie ein wie Türen, die sich endlos vor ihr aneinanderreihten. Kaum hatte sie eines gelöst und die Tür aufgestoßen, baute sich vor ihr die nächste mit einem neuen Rätsel auf. Nun fragte sie sich, ob sich womöglich auch ihre Mutter hinter einer solchen Pforte verbarg. Auf seltsame Weise hatte sie den Eindruck gewonnen, als würde ihre Mutter Fräulein Liebigs Vorsatz folgen, ihre Klugheit vor den weniger Klugen zu verbergen.

Also schwieg Kathi, wie es ihr die Mutter nahegelegt hatte, um weiter im Lyzeum bleiben zu können. Und es gab noch einen triftigen Grund für sie, einen Schulverweis zu vermeiden: Ihr lag sehr am weiteren Zugang zur umfangreichen Schulbibliothek, sie brauchte dieses Universum des Wissens ebenso wie die Luft zum Atmen. Mathematik, Physik und Mechanik, sie verschlang nach und nach sämtliche Werke dazu, und mit der Zeit fand sie auch Gefallen an Chemie. Anton hatte ihre Leidenschaft geteilt, und an Regentagen waren sie nach dem Unterricht fast immer dort anzutreffen gewesen. Manchmal glaubte sie, sie könne seinen Geist noch im Raum spüren, seine Stimme zwischen den Seiten flüstern hören.

Der einzige Lichtblick in dieser schweren, von Trauer durchtränkten Zeit war der bevorstehende Besuch von Kathis Freund Milosz. Noch in seinem letzten Brief im Juli hatte er ihr angekündigt, spätestens im September wieder auf dem Sadlerhof vorbeizuschauen. Jeden Tag kehrte Kathi hoffnungsfroh von der Schule heim, doch der Monat September neigte sich dem Ende zu, und Milosz ließ sich weder blicken noch etwas von sich hören.

Dabei hatte er versprochen, sie bei seinem nächsten Besuch weiter in die Geheimnisse der Kryptologie einzuführen. Kathi war vier, als sie entdeckte, dass man »acht« Ferkel genauso wie »8« Ferkel schreiben konnte, und es bedeutete trotzdem das Gleiche. Wenn man also alle Zahlen in Buchstaben schreiben konnte, und alle Buchstaben in Zahlen, dann konnte man eine eigene Geheimsprache entwickeln! Man musste nur das Alphabet durchnummerieren. Begeistert verschlüsselte Kathi als Erstes ihren Namen. Milosz erklärte sie, sie hieße nun 1112089. Laut Milosz verschlüsselten schon die Ägypter vor fünftausend Jahren ihre geheimen Botschaften. Längst war Kathi über die einfacheren Codes wie Cäsar-Chiffre, Fibonacci-Code oder die aus dem 13. Jahrhundert stammenden Methoden von Roger Bacon hinaus, und Milosz bescheinigte ihr eine erstaunliche analytische Kombinatorik. Das nächste Mal wollte er ihr zeigen, wie ein französischer Offizier im Großen Krieg den deutschen Militärcode ADFGX entziffert hatte. Auch ihre Mutter fand Gefallen an der Kryptoanalyse und gesellte sich oft zu Kathi, wenn sie über einem neuen Code brütete, den ihr Milosz wie eine Hausaufgabe aufgegeben hatte.

Ihr Vater erklärte, dass es Milosz vermutlich wegen des Krieges nicht mehr möglich sei, sie wie früher zu besuchen oder zu schreiben. Kathi begann, den Krieg mehr als alles andere zu hassen. Er nahm ihr einen weiteren Freund. Der Krieg war ein Dieb.

Erst Monate später überbrachte Pjotr, ein weiterer Neffe Dorotas, ihnen die Nachricht, Milosz habe aus Warschau fliehen müssen. Pjotr wusste noch mehr zu berichten, und Kathis Eltern setzten sich mit ihm in die gute Stube. Obwohl dazugebeten, zog es Dorota vor, in der Küche zu bleiben und weiter Erbsen zu pulen. Ihr genüge, sagte sie, dass Milosz in Sicherheit sei. All die anderen schlimmen Dinge wolle sie gar nicht wissen, denn *das sei nix gut für den Schlaf!*

Kathi hingegen brannte vor Neugierde. Sie huschte auf ihr Zimmer und belauschte das Gespräch durch die Ritzen, die man im Dielenboden gelassen hatte, damit im Winter die Wärme des Stubenofens nach oben steigen konnte. Wenn sie sich mit dem Ohr auf den Holzboden legte, konnte sie alles mithören. Am Ende wünschte sie, sie hätte es nicht getan. Das neue Wissen machte ihr Angst.

»Die Deutschen und die Russen sind dabei, die gesamte Intelligenz Polens auszulöschen«, hörte sie Pjotr sagen. »Sie erschießen Politiker, Professoren, Ärzte, Geistliche, Adelige und Offiziere. Täglich verschwinden mehr Leute. Darum musste Milosz nach Rumänien flüchten, und von da ist er weiter nach Frankreich gereist.«

Worauf ihr Vater antwortete: »Fragt sich nur, wie lange er dort sicher sein wird.«

»Hitler wird es doch sicher nicht wagen, Frankreich anzugreifen?«, rief ihre Mutter erschrocken.

»Nein, vergiss, was ich gesagt habe. Das war unbedacht. Frankreich ist seit dem Überfall auf Polen vorgewarnt. Die Franzosen kann der Hitler nicht so einfach überrollen. Seine Marschälle und Generäle werden ihm überdies davon abraten. Es wäre Wahnwitz.«

In der Nacht träumte Kathi vom Krieg – von großen, heulenden Ungeheuern, die Rauch ausstießen und erbarmungslos über alles hinwegwalzten, was ihnen im Wege stand.

Im Spätherbst trafen auf dem Hof die angekündigten Zwangsarbeiter, Jan und Alina, ein. Jan war ein schmächtiger und mürrischer Jüngling, der niemandem richtig in die Augen blicken wollte und die unerfreuliche Angewohnheit hatte, ständig auf den Boden zu spucken. Um sein Handgelenk trug er ein blaues Tuch, das vor Schmutz starrte und das er nie ablegte. Dorota war das unappetitliche Stück Stoff ein Dorn im Auge – zu gerne hätte sie es gewaschen. Eine diesbezügliche Aufforderung an Jan brachte ihr lediglich besagtes Bodenspucken ein. Alina lief den ganzen Tag mit verheulten Augen umher, und wenn man sie ansprach, schlug sie das Kreuz. Aber sie führte willig alle Arbeiten aus, während Jan ständig dazu animiert werden musste. Diese Aufgabe fiel Oleg zu. Die beiden waren sich vom ersten Tag an nicht grün. Oleg mühte sich redlich, ihm taten der Bursche und sein Schicksal leid, aber er hatte, wie er Kathi erklärte, ein Problem mit dessen Verschlagenheit. Nur zu Franzi war Jan nett, dann deutete sich sogar ein Lächeln in seinem Gesicht an. Auch Kathi hatte schon mehrmals versucht, mit Jan ins Gespräch zu kommen. Eines Morgens sprach sie ihn erneut an: »Das ist ein hübsches Tuch, Jan.«

Jan schien verblüfft. Meist antwortete er einsilbig und unwirsch, und mehr als ein Ja erwartete Kathi auch diesmal nicht.

Stattdessen erteilte er bereitwillig Auskunft: »Es gehörte meiner kleinen Schwester.«

»Gehörte?«

»Sie ist tot. Die Deutschen haben sie ermordet. Die Deutschen haben meine ganze Familie ermordet.« Jan spuckte neben Kathi aus und schlenderte davon. Von jenem Tag an mied sie ihn.

Am Abend erzählte sie ihrer Mutter von der Begegnung. »Ich glaube, Jan ist ein sehr trauriger Mensch. Und das macht ihn so wütend, mein Schatz«, erklärte diese ihr.

Alina hielt Annemarie und Laurenz anderweitig auf Trab: In den kommenden Monaten rundete sich ihr Bauch. Man hatte die junge Frau schwanger aus ihrer Heimat verschleppt! Ihrem Mann, einem jungen Lehrer, war mit der erstgeborenen kleinen Tochter die Flucht nach Rumänien geglückt. Das wusste Dorota zu erzählen, zu der Alina Zutrauen gefasst hatte.

Kathis Vater beriet sich darauf mit Pfarrer Berthold. Kurz darauf verschwand Alina, und die Aufregung im Ort war groß. Doch Kathi ahnte, dass ihre Eltern Alina Geld gegeben und ihr gemeinsam mit Pfarrer Bertholds Unterstützung zur Flucht verholfen hatten.

Statt Alina schickte man ihnen Wochen später ein blutjunges Ding auf den Hof, Wanda. Sie mochte kaum fünfzehn sein. Kathi unternahm den Versuch, sich auch mit ihr anzufreunden. Aber Wanda zeigte daran kein Interesse. Dafür schloss sie sich sofort eng an Jan an. Als Oleg die beiden zusammen im Heu erwischte, sah sich Laurenz gezwungen, ein Machtwort zu sprechen und diese Form des Umgangs zu verbieten. Und nachdem Jan von Dorota dabei erwischt wurde, wie er sich nachts trotzdem zu Wanda schleichen wollte, sahen Laurenz und Annemarie keine andere Möglichkeit, als das junge Mädchen am Abend in seiner Kammer einzusperren.

Wanda reagierte darauf zunehmend trotzig und sabotierte Dorota, wo sie nur konnte. Sie ließ den Herd ausgehen, verriegelte den Hühnerstall nicht richtig, sodass eines Nachts der Fuchs darin wütete, oder sie versalzte unbemerkt die Mittagssuppe. Vermutlich spuckte sie auch hier und da hinein.

Eines Tages verschwand Dorotas Bibel, die noch von ihrer Urgroßmutter stammte. Dorota hatte Wanda im Verdacht. Doch wie es dem Mädchen nachweisen, wenn das Buch nicht bei ihr gefunden wurde? Trotz intensiver Suche blieb die Bibel verschollen.

Jan wiederum ließ seinen Frust an den Tieren aus. Oleg hatte sich zunächst gewundert, warum seine Madel so nervös auf den Jungen reagierten. Bis er ihn eines Tages dabei erwischte, wie er die Liesl mit dem Stock traktierte. Das konnte Oleg nicht dulden, und weil sich das gutmütige Tier nicht wehren konnte, bekam Jan den Stock nun selbst zu spüren.

Kathis Eltern hingegen waren keine Freunde von Züchtigung und mahnten Oleg zur Mäßigung. Doch Oleg war der Meinung, dass Ermahnungen bei Jan nichts ausrichteten. Charlotte pflichtete dem Knecht bei: »Wer nicht hören will, der muss fühlen!« Charlotte verbot Jan energisch, sich ihren Pferden auch nur zu nähern. Jan spuckte neben ihr aus. Worauf Charlotte Oleg aufforderte, dem Unverschämten nochmals eine Tracht Prügel zu verabreichen, während Laurenz gebot: »Nein!«

Oleg fand sich zwischen zwei Befehlen gefangen. Jan feixte.

Kathi kam es so vor, als würden die Spannungen auf dem Hof täglich zunehmen. Auch Franzi blieb in ihrer eigenen Welt von den neuen Strömungen nicht unberührt. Ihre Krampfanfälle nahmen zu, und sie zog sich immer mehr in sich zurück. Noch öfters als früher suchte sie Zuflucht im Schlaf. Man fand sie bei August auf der Ofenbank, im Gehege bei den Ziegen oder Hühnern, und immer wieder büxte sie aus, um sich trotz des elterlichen Verbots beim Bienenhaus ins Gras zu legen.

39

Bei Tag sieht man die Sterne nicht.

Anton Luttich zu Kathi Sadler

Als Hitler ohne Not in Polen einfiel und England und Frankreich darauf dem Deutschen Reich den Krieg erklärten, waren Laurenz und Annemarie übereingekommen, kein weiteres Menschenkind in diese von Verrat und Wahnsinn befallene Zeit zu setzen.

Doch im Juni 1941, wenige Tage nach ihrem zweiundvierzigsten Geburtstag, bemerkte Annemarie, dass sie trotz aller Vorsichtsmaßnahmen nochmals ein Kind empfangen hatte. Im Moment der Gewissheit fuhren ihr tausend Dinge durch den Kopf: ihr Alter, der andauernde Krieg, die langen Monate der Melancholie nach Franzis Geburt. Dem ersten Schock folgte eine Welle der Freude. Dieses neue Leben war ein Geschenk! Als sie es Laurenz mitteilte, geriet dieser in einen wahren Taumel. Und während Hitler den deutsch-russischen Nichtangriffspakt brach und in die Sowjetunion einmarschierte, die deutschen Armeen von Sieg zu Sieg eilten, erlebte Annemarie eine unkomplizierte Schwangerschaft, eine Zeit der Hoffnung in einer sich auflösenden Welt.

Nicht nur die Eltern, auch Kathi erwartete sehnsüchtig die Ankunft ihres neuen Geschwisterchens. Und obwohl Franzi es nicht richtig zeigen oder ausdrücken konnte, wusste Kathi, dass sich ihre Schwester genauso auf den Familiennachwuchs freute wie sie.

Am fünfzehnten Februar 1942, am selben Tag, als die britische Royal Air Force begann, erstmals flächendeckend deutsche Städte zu bombardieren, war es so weit: Annemarie kam mit einem strammen Jungen nieder. Über seinen Namen herrschte rasch Einigkeit: Rudolph August. Die klaren blauen Augen hatte der kleine Rudi von der Mutter, die kastanienfarbenen Locken stammten eindeutig von seinem Vater, und seine Lungen waren so kräftig, dass Oleg behauptete, er könne ihn noch im Stall brüllen hören. Woraufhin Laurenz schmunzelnd zu Annemarie bemerkte: »Die Stimme ist sicher Charlottes Erbe.«

Rudis Schreie erfüllten das ganze Haus mit Glück. Auch Großmutter Charlotte verhehlte ihre Freude über den erhofften Stammhalter für den Sadlerhof nicht. Annemarie erholte sich dieses Mal erstaunlich schnell von der Geburt und blieb auch von der gefürchteten Kindsmelancholie verschont.

Selbst Jan der Mürrische erbat sich eines Morgens die Erlaubnis, den Kleinen an seiner Wiege zu besuchen. Sehr zum Unmut von Oskar. Wie schon nach Kathis und Franzis Geburt hatte er sich zum Beschützer des Säuglings aufgeschwungen und hielt sich bevorzugt in dessen Nähe auf.

Einzig der wundersame Herr Levy stellte sich nicht wie zuvor bei der Geburt von Kathi und Franzi auf dem Sadlerhof ein. Seit dem Sommer 1939 ward er nicht mehr gesehen und war nun genauso lange verschollen wie Milosz. Kathi hatte so sehr darauf gehofft, dass der alte Wanderhändler zu Rudis Geburt zurückkehren würde. Doch sie wartete vergeblich.

Einige Monate nach Rudis Geburt wurde Kathi ungewollt Zeugin eines Gesprächs.

Sie hielt sich gerade in der Speisekammer auf; die Großmutter hatte sie zur vierteljährlichen Bestandsaufnahme selbst hineingeschickt. Während Kathi Schinken, Würste und Weckgläser mit Marmeladen, Kompotten und eingelegten Salzgurken zählte und sorgfältig in eine Liste eintrug, vernahm sie, wie ihre Mutter die Küche betrat und die Großmutter zu ihr sagte: »Aus Berlin ist ein Brief für dich und Laurenz gekommen. Die Luttich hat ihn selbst vorbeigebracht.«

»Was steht denn drin?«, erkundigte sich Annemarie. Die Frage implizierte, dass Charlotte ihre Post las. Was durchaus den Tatsachen entsprach. Man lebte so eng aufeinander, dass kein Platz für Geheimnisse blieb.

»Hab nicht reingeschaut. Aber er ist wieder von der Zentraldienststelle in der Tiergartenstraße.«

»Was für eine hartnäckige Institution!«, entfuhr es Kathis Mutter ungehalten.

»Warum sträubt ihr euch so, die Franzi in die Heilanstalt zu geben? Ein Aufenthalt dort kann sicher nicht schaden, und vielleicht kann man ihr da sogar helfen? Noch ist sie klein, aber wenn keine Besserung eintritt, wird Franzi später zur Last werden. Aus einem unselbstständigen Kind wird ein unselbstständiger Erwachsener«, erklärte Kathis Großmutter.

»Ich soll unsere Franzi einer Institution übergeben, die Begriffe wie ›Reichsausschusskind‹ verwendet? Niemals! Und gerade du, Schwiegermutter, solltest wissen, dass ein Mensch niemals eine Last ist«, entgegnete Kathis Mutter. »Wie würdest du reagieren, wenn Berlin in einem Brief forderte, deinen Mann in die Klinik zu geben? Als *Reichsausschusssoldat?*«

Eine kurze Sprechpause entstand.

»Vielleicht«, sagte die Großmutter leise, »wäre es besser gewesen, der August hätte nicht überlebt.«

»Vielleicht wäre es besser gewesen, Franzi hätte nicht überlebt«, war das, was Kathi verstand. Sie begann am ganzen Leib zu zittern.

»Du suchst mehrmals die Woche die Kirche auf und stellst dennoch die Entscheidungen Gottes infrage?«, fragte Annemarie. Etwas Bitteres hatte sich in ihre Stimme geschlichen.

Bevor das Gespräch richtig hässlich werden konnte, erschien Kathis Vater auf der Bildfläche. Seine Begabung, den richtigen Augenblick abzupassen und jeder Situation die Schärfe zu nehmen, versagte auch diesmal nicht. »Wir haben ein neues Kälbchen! Ein kräftiger kleiner Bursche! Was gibt es zum Mittagessen?« Das Klirren eines Deckels war zu hören

»Finger weg!«, schalt die Großmutter. Sie mochte es nicht, wenn der Vater seine Nase in die Töpfe steckte.

»Was ist denn los?«, fühlte er vorsichtig vor.

Zumeist ignorierte er die Reibereien zwischen den beiden Frauen und überließ es ihnen selbst, das Gleichgewicht wiederherzustellen. Irgendwann hatte er Kathi zu verstehen gegeben, dass Einmischung in der Regel noch mehr Reibung erzeuge. Vor allem, wenn man als Mann zwischen zwei Frauen geriet. Aber er hatte seine Erklärung schmunzelnd vorgetragen – wie so oft verband er das Schwere mit dem Leichten.

»Es ist ein weiterer Brief aus Berlin eingetroffen«, informierte ihn Annemarie. »Deine Mutter ist der Ansicht, dass wir an die künftige Last denken sollten und Franzi wie aufgefordert der Klinik übergeben.«

»Mutter hat das nicht so gemeint. Nicht wahr?«

Kathi entging nicht der jähe Stahl in der Stimme ihres Vaters, mit der er sich klar auf die Seite ihrer Mutter stellte.

Der Funke der Reibung entzündete sich. »Nun, wenn du mich so fragst, Sohn, dann habe ich es so gemeint!«, sagte die Großmutter stur. »Blicken wir der Wahrheit doch ins Auge«, fuhr sie fort. »Die Franzi ist kein normales Kind, und die Kathi wird auch noch ganz wirr im Kopf werden, wenn sie ständig mit der Franzi herumsummt.«

Kathi hatte genug gehört. Vor manchen Worten musste man

davonlaufen, bevor sie einen noch mehr verletzen konnten. Sie stieß die Tür der Vorratskammer auf und flüchtete aus der Küche.

Der Vater fand die Tochter an ihrem Lieblingsplatz, auf dem Hügel unter dem alten Apfelbaum.

»Kleiner Kolibri, hier bist du!« Laurenz setzte sich neben sie ins Gras. Eine Weile gaben sich Vater und Tochter dem Schweigen hin. Das konnten sie sehr gut, sich in der Stille austauschen. Irgendwann sagte der Vater: »Du darfst es der Großmutter nicht verübeln. Sie hatte ein hartes Leben und kennt daher auch nur Härte. Von vier Kindern bin nur ich ihr geblieben, und der Großvater … Du weißt, sie hat es nicht leicht mit ihm.«

Kathis Hände wühlten sich ins Gras. »Und weil es für die Großmutter selbst nicht einfach ist, muss sie es anderen schwer machen?« Aus Kathi sprach keine Anklage, nur ihr Interesse, das Verhalten ihrer Großmutter zu ergründen.

Der Vater zupfte einen Halm und steckte ihn sich in den Mund. Während er darauf herumkaute, verlor sich sein Blick in der Weite der sie umgebenden Felder. Die Sonne vergoldete den hochstehenden Weizen, ließ das Blau der Kornblumen und das Rot des wilden Mohns leuchten. *Das Land aus Licht und Blumen.* Vergils *Arkadien.* Er hatte es nicht erst erschaffen müssen; es war immer schon da gewesen. Er hatte es nur nicht sehen können. Früher, vor Annemarie. Manchmal konnte er es selbst noch nicht richtig fassen, dass er zu dem geworden war, was er nie sein wollte: ein Bauer. Ein Mann, der seine Felder bestellte, der Wirt seines Landes, ein Landwirt. Dieses Land hatte sich ganz unmerklich in sein Herz geschlichen, und manchmal ertappte er sich dabei, wie er mit dem Land sprach. So verrückt es klang, aber er empfand es wirklich so, als kommunizierte es mit ihm. »Ich bin müde«, sagte zum Beispiel der Acker, als wollte er ihm mitteilen, seine Erde eine Saison ruhen zu lassen. Vielleicht, überlegte er weiter, war es das, was einen echten Bauern ausmachte: das Land als ein lebendes Wesen zu betrachten, das selbst wusste, was das Beste für es war. Sie kamen gut miteinander aus, das Land und er.

Als Junge hatte er die Schönheit seiner Umgebung als selbstverständlich hingenommen, machte sich nie die Mühe, sie richtig wahrzunehmen. Warum auch? Die Sonne schien, der Himmel war blau, und Gras und Blumen gediehen von alleine. Alles andere auf Hof und Land bedeutete Arbeit. Tagaus. Tagein. Monotonie. Der Rücken wurde krummer, das Haar grauer, und irgendwann lag man selbst unter der Erde, die man zuvor mühsam bestellt hatte. Was sollte an einem solchen Leben erstrebenswert sein? Als junger Mensch schätzte er nicht, was er hatte, sondern strebte nur nach dem, was er nicht hatte. Sein Leben auf dem Hof empfand er als Kette, die ihn ungewollt an dieses Land band. Als hätte ihn eine fremde Macht an diesen Ort gebracht und im falschen Leben ausgesetzt. Er fühlte sich zu Hause eigentlich immer wie ein Fremder – mit einer Mutter, die unerfüllbare Anforderungen an ihn stellte, und zwei älteren Brüdern, die nicht verstehen konnten, warum er sich nach einem anderen Leben sehnte als dem ihm vorbestimmten.

Als junger Mann wollte er nur fort, in die Stadt, die für ihn das Sprungbrett in die große weite Welt bedeutet hatte. Aber er war hierher zurückgekehrt, an seinen Ursprung, ging eine Bindung mit dem Land ein und fühlte sich dennoch frei wie nie zuvor in seinem Leben. Wie konnte er dies dem Kind erklären? »Schau, kleiner Kolibri«, versuchte er es, »ein jeder ist in seinem Leben gefangen. Der Herrgott hat uns Menschen zwar das Werkzeug mitgegeben, damit wir daraus ausbrechen können, doch manchen fehlt die Fähigkeit, es auch zu benutzen. Für sie wird die Welt immer ein kleiner Ort bleiben.«

Kathi runzelte die kleine Stirn. »Hm. Das würde bedeuten, dass im Grunde *Gott* Schuld daran trägt und nicht der

Mensch? Schließlich hat *er* die Menschen genauso gemacht, wie sie sind.«

»Nun, Gottes Absichten sind nicht so ganz meine Angelegenheit. Aber ich würde hier nicht von Schuld sprechen. Ich glaube, Gott denkt nicht in solchen Kategorien. Ich sehe ihn mehr als eine Art Komponist. Schau, Kolibri, die Tonleiter hat nur acht Töne, und dennoch kann man daraus Millionen verschiedenster Melodien zaubern. Stell dir vor, die Musik würde immer gleich klingen, dann wäre man ihrer bald überdrüssig.«

Kathi nickte ernst. »Also hat Gott so eine Art Grundmodell Mensch erschaffen und mischt es immer wieder durch, damit sich jeder Mensch vom anderen unterscheidet?«

»Ich denke, unserem Schöpfer ist an der Vielfalt gelegen. Es gibt immer zwei Blickwinkel. Du kannst nicht in deine eigenen Augen schauen – selbst wenn du in den Spiegel blickst. Aber ich sehe dich, kleiner Kolibri, wie du auch mich siehst. Wir stehen uns gegenüber wie auf einer Brücke. Es liegt an uns Menschen, diese Brücken zu überqueren und aufeinander zuzugehen.«

Kathi stellte sich bildlich vor, wie sie über eine Brücke ging. Doch leider stellte ihr Unterbewusstsein prompt Elsbeth Luttich ans gegenüberliegende Ende, und die blieb an Ort und Stelle und bewegte sich nicht einen Zentimeter vorwärts. Also fragte sie ihren Vater: »Und was ist, wenn nur ich mich vorwärtsbewege, der andere jedoch nicht?«

»Dann musst du versuchen, dein Gegenüber mit seinen eigenen Augen zu sehen. Wir Menschen sind Sinnesmenschen – wir sehen, wir hören, wir riechen, und wir schmecken. Jeder Mensch für sich ist einzigartig, er besitzt seine eigene Melodie. Finde seine Töne! Wenn du weißt, wie ein Mensch zu dem geworden ist, was er ist, dann kannst du ihn besser verstehen. Und ihm vielleicht sogar helfen. Es ist das, was du bei unserer Franzi tust. Unsere kleine Franzi kann nichts für ihren Defekt. Sie ist so geboren. Und genauso wie jeder andere Mensch auf dieser Welt hat sie selbst nicht darum gebeten, in diese Zeit oder in unsere Familie hineingeboren zu werden. Wir haben nicht einmal die Wahl, uns gegen das Leben zu entscheiden, wir werden einfach in es hineingeworfen. Ob König oder Bettler, ob Junge oder Mädchen, wir kommen alle nackt und hilflos zur Welt. Es ist das Schicksal, das am Tag unserer Geburt für uns entscheidet. Was wir aber wählen können, ist, Brücken zu überqueren.«

Später am Abend erinnerte sich Kathi daran, wie Wenzel Luttich nach Antons Tod zu ihr gesagt hatte, sie könne zu ihm kommen, wenn sie ein Problem habe. Sie ging zu ihren Eltern, bat sie um den Brief aus Berlin und erzählte ihnen, was sie damit vorhabe. Am nächsten Tag nach der Schule suchte sie Antons Vater auf und zeigte ihm das Schreiben. Er versprach zu helfen. Tatsächlich hörten die Briefe danach auf, und Franzi konnte auf dem elterlichen Hof bleiben.

40

Das Schicksal mischt die Karten,
Und wir spielen.

Arthur Schopenhauer

Als Kathi eines Nachmittags aus der Schule heimkehrte, kam ihr das erste Mal seit Monaten Peterle auf dem Hof entgegen. Froh schlang sie ihre Arme um seinen Hals. Seit bald drei Jahren bangte sie um sein Leben, doch der Rehbock hatte sich bisher als klüger als alle seine Häscher erwiesen. »Sag, wo hast du denn deinen Kumpel Oskar heute gelassen?«, wunderte sie sich. Peterle lief ihr zur offen stehenden Haustür voraus. Er wusste, dass er nicht ins Innere durfte, aber diesmal ignorierte er das Verbot und trabte schnurstracks in die Stube.

Dort lag Oskar neben Rudis Wiege und hob kaum den Kopf. »Was ist mit dir, Oskar? Bist du krank?«, fragte Kathi und kniete sich neben ihn. Oskar winselte und klopfte lediglich einmal schwach mit dem Schwanz auf den Boden. Kathi beugte sich zu ihm hinab. »Du riechst komisch.«

»Er hat gespuckt«, sagte Dorota hinter ihr. »Geht ihm nicht gut, unserem Oskar. Sein Fressen hat er nicht angerührt. Nicht mal Wasser will er.«

»Er muss irgendetwas Giftiges erwischt haben, einen Fuchsköder vielleicht«, meinte der Vater, der am Abend nach der Feldarbeit nach Oskar schaute.

»Dorota hat ihm einen Heilsud gekocht. Aber er hat nur ganz wenig davon trinken wollen. Bitte, Vater, können wir nicht den Tierdoktor holen?«

»Gegen das Gift wird er auch nicht viel mehr ausrichten können, Kathi.«

Kathi war verzweifelt, sie wollte ihren langjähren Gefährten nicht verlieren. Oleg erschien und trug Oskar in die Scheune. Obwohl Kathi am nächsten Morgen zur Schule musste, erlaubten ihr die Eltern, die Nacht über bei Oskar zu wachen. Peterle leistete ihr Gesellschaft. Dorota brachte Kathi Abendessen, aber sie ließ es unangerührt auf dem Tablett stehen. Bald darauf kuschelte sich auch Franzi zu ihr ins Heu. Kathi deckte sie zu. Die Kleine schlief alsbald neben ihr ein.

Der arme Oskar wurde immer wieder von Krämpfen geschüttelt. Zwischendurch winselte er leise. Kathi zerriss es das Herz, ihren treuen alten Freund derart leiden zu sehen. Sie fühlte sich so schrecklich hilflos. Das Einzige, was sie versuchen konnte, war, ihm etwas von Dorotas Sud einzuflößen. Mit letzter Kraft mühte sich Oskar ein-, zweimal aus der Schüssel zu schlabbern. Kathi wachte die ganze Nacht über ihn, aus Furcht, ihr Kindheitsgefährte könnte sterben, während sie schlief.

Kurz nach Mitternacht wurde Peterle unruhig. Er hob den Kopf, witterte und lief zum Scheunentor. Oskar erlitt gerade einen neuerlichen Krampfanfall. Da er zu schwach war, um selbst auf die Beine zu kommen, hielt Kathi ihn, während er sich erneut die Seele aus dem Leib würgte. Danach gelang es ihr wenigstens, ihm noch ein wenig von Dorotas Sud einzuflößen.

Wenig später ließ ein Geräusch Kathi aufhorchen. Ein Mann und eine Frau flüsterten draußen miteinander! Kathi schlich zum Scheunentor und linste durch einen Spalt. *Jan und Wanda!* Wie hatte sich Wanda aus ihrem Zimmer befreit? Den Eltern würde das nicht gefallen. Aber den beiden jungen Polen galt momentan nicht ihre Sorge. Sie setzte sich wieder zu Oskar, damit er ihre Nähe und Liebe spüren konnte.

Oskar kämpfte die gesamte Nacht gegen die Schatten. Als es dämmerte, lebte er noch, und Kathi schöpfte erstmals Hoffnung. Sie hob ihre Schwester auf, um sie zurück ins Haus zu tragen. Danach wollte sie Dorota bitten, ihr für Oskar mehr von dem Heilsud zuzubereiten.

Aber ihre mütterliche Freundin war noch gar nicht auf. Kathi hörte sie in ihrem Zimmer neben der Küche schnarchen. Ohne Licht anzumachen, tappte sie an der Stube vorbei zur Treppe, als sie stutzte.

Weshalb stand die Tür der guten Stube offen? Nachts sollte sie immer geschlossen sein. Kathi trat ein. In der Stube fand sie ihre Mutter im Sessel vor. Ihr Kopf war zur Seite gesunken, der kleine Rudi schlief an ihren Bauch gekuschelt. Sie musste Rudi hier gestillt haben und danach an Ort und Stelle eingeschlafen sein.

»Mutter?«, flüsterte Kathi. Doch ihre Mutter regte sich nicht.

Kathi legte die schlafende Franzi auf der Bank ab, um ihrer Mutter Rudi abzunehmen. Sie stützte sein Köpfchen, das sich unter der Mütze seltsam kühl anfühlte. Kathi drückte das Baby an sich und fuhr ihm mit der Hand mehrmals über den Rücken, um es zu wärmen. Rudi hing schlaff und schwer in ihren Armen. *Etwas stimmt nicht mit ihm.* Kathi schaltete das Licht ein, und der Schock durchfuhr sie wie ein scharfer Schmerz. Rudis Gesicht war bläulich angelaufen. Das Schlimmste aber war, er atmete nicht mehr! Kathi schrie: »Mutter!« Ihre Mutter zeigte keinerlei Reaktion. Kathi schüttelte sie und entdeckte dabei das Blut an ihrem Hinterkopf. Kathi schrie nach ihrem Vater, brüllte sich die Seele aus dem Leib. Niemand kam. Als wären alle übrigen Bewohner aus dem Haus verschwunden. Mit dem toten Rudi im Arm hastete Kathi die Treppe hinauf zum Schlafzimmer. Mit der freien Hand rüttelte sie ihren Vater und erntete wenigstens einen tiefen Seufzer. Vor Erleichterung wäre Kathi beinahe zusammengesunken. Gott sei Dank, ihr Vater lebte! Und es war kein Blut an ihm. Dennoch schlief er wie ein Toter.

Auch Charlotte und Dorota schienen am Leib unversehrt, ließen sich aber genauso wenig aufwecken. Mit Oleg erging es Kathi nicht anders.

Und Wanda und Jan waren fort.

Eine seltsame Sonntagsstille lag über dem Ort.

Petersdorf schien wie gelähmt ob des abscheulichen Verbrechens, dem der kleine Rudi zum Opfer gefallen war. Ein jeder fragte sich, wie abgrundtief man gesunken sein musste, um ein unschuldiges Baby zu ermorden. Das ganze Dorf war heute zur Beerdigung erschienen und nahm Anteil am Unglück der Sadlers.

Allein die Mutter konnte nicht Abschied von ihrem kleinen Sohn nehmen. Ein Schlag hatte sie in jener Nacht so schwer am Kopf getroffen, dass sie seither das Bewusstsein nicht wiedererlangt hatte.

Die Petersdorfer halfen Oleg und Dorota abwechselnd auf dem Hof, damit Laurenz mit den Kindern bei Annemarie im Krankenhaus wachen konnte.

Jeden Tag erkundigte sich der zuständige Kriminalbeamte bei den Ärzten nach dem Zustand der Patientin. Denn Annemarie war neben Kathi seine wichtigste Zeugin. An der Identität des Mörders herrschte von Beginn an wenig Zweifel: Jan. Mit Wanda als seiner Komplizin. Sie hatten auch das Haus durchwühlt, doch mit geringem Erfolg. Charlotte versteckte ihren Schmuck stets gut, und Bargeld befand sich nie viel im Haus. Mehr als ein paar silberne Kerzenleuchter, den Inhalt mehrerer Geldbörsen und dazu zwei Rucksäcke voller Lebensmittel hatten die Diebe nicht erbeutet. Einzig der Verlust der Eheringe, die ihnen vom Finger gezogen worden waren, fiel für Laurenz und Charlotte wirklich ins Gewicht.

Gestern war der ermittelnde Beamte aus Gleiwitz erneut zum Sadlerhof gekommen. Er informierte Laurenz, dass das Verbrechen von langer Hand vorbereitet und bis ins Detail geplant gewesen sein musste.

Im Topf mit den Resten des Abendessens der Familie stellte man ein starkes Schlafmittel fest. Niemand zweifelte daran, dass Wanda es beigemischt haben musste. Kathi hatte das Essen nicht angerührt und war deshalb als Einzige nicht davon betroffen gewesen. Es bestand auch kein Zweifel daran, dass Oskar, der bei der Flucht von Jan und Wanda Alarm geschlagen hätte, deshalb von den beiden vorab vergiftet worden war. Laurenz erregte sich sehr darüber, dass der Kriminalbeamte erneut einen Reporter mitbrachte. Die Nazipropaganda schlachtete das Verbrechen auf dem Sadlerhof aus, um alle Polen als Mörder und Verbrecher zu brandmarken. Dabei war sich Laurenz nicht einmal sicher, ob der Tod von Rudi tatsächlich absichtlich von Jan und Wanda herbeigeführt worden war. Vielleicht hatte Rudi einfach zu laut geschrien und sie nur zu fest zugepackt, damit er aufhörte.

Oskar erwies sich als der einzige Lichtblick im Dunkel jener Tage. Er überlebte den Giftanschlag tatsächlich, nicht zuletzt durch Dorotas Wundersud und Kathis Fürsorge. Er war noch schwach, aber mit jedem Tag erholte er sich ein Stück mehr.

Der Kriminalbeamte vernahm auch Kathi mehrmals zu der Mordnacht. Worüber sie nicht sprach, waren die Schuldgefühle, die sie seither quälten. Wenige Tage vor dem Verbrechen hatte sie Jan nach dem blauen Tuch gefragt. Warum nur? Mit ihrer Frage hatte sie ihn an den Tod seiner Familie erinnert. *Fragen töten …*

Nun stand sie mit ihrem Vater und Franzi vor dem winzigen Sarg ihres Bruders. Sie konnte den Anblick kaum ertragen. Alles fühlte sich so unwirklich an, ein Albtraum. Ihr Verstand weigerte sich standhaft zu glauben, dass sie niemals wieder mit ihrem kleinen Bruder spielen, seine Zehen kitzeln, sein glückliches Glucksen hören würde. Dass sie ihn niemals wieder im Arm halten und den weichen, duftenden Flaum auf seinem Köpfchen küssen würde. Ihm nie wieder eine Geschichte erzählte. Ihre Augen brannten von den vielen vergossenen Tränen, und erneut schüttelte sie ein trockener Schluchzer.

Der Vater drückte ihre Hand. Sie sah, wie bemüht er selbst um Haltung war, stark sein wollte für sie und Franzi. Franzi stand unter Schock. Der Schlaftrunk war zu stark für sie gewesen. Während die anderen noch im Laufe des Tages erwacht waren, rührte sich Franzi erst am folgenden Nachmittag. Seither war sie völlig verstummt. Kathi hatte ihrer Schwester zu erklären versucht, was mit Rudi und ihrer Mutter geschehen war. Aber Franzi hatte sich nur die Ohren zugehalten. Seit der Mordnacht wich sie ihrer Schwester nicht mehr von der Seite, als fürchtete sie, auch Kathi könne plötzlich aus ihrem Leben verschwinden. Nacht für Nacht kroch sie nun zu ihr ins Bett.

41

Eine Tonne Sprengstoff soll
über 250 Kilometer befördert werden …

Anforderungsprofil Raketenentwicklung
durch das Heereswaffenamt im März 1936

Peenemünde/Ostseeinsel Usedom

Es war Krieg. Panzer rollten, Bomben fielen, Menschen starben.

Auf den Schlachtfeldern schlug man sich, und in ihren sicheren Kommandoständen brüteten Marschälle und Generäle über den Plänen für das nächste Gefecht.

Auch in Berlin, London, Paris, Moskau und Washington wurde geplant. Nicht auf dem Feldherrenhügel, sondern im Labor. Zwischen den Wissenschaftlern der freien Welt war ein Wettlauf um den Bau der effektivsten Menschentötungswaffe entbrannt – eine Waffe, monströser und todbringender als jede Bombe vor ihr, und dazu eine Rakete, um sie an ihr Ziel zu bringen. Forscher töten in Gedanken.

»Meine Herren«, begann der Leiter der Versuchsanstalt Peenemünde seinen Vortrag, »heute ist der 3. Oktober 1942, und ich möchte schon jetzt behaupten, es ist ein historischer Tag!«

Der Projektor warf das erste Bild auf die Leinwand. Es zeigte einen Soldaten mit einem Maschinengewehr.

»Im Mittelalter hätte der Besitz einer einzigen dieser Waffen oder eines einzigen Panzers« – der Projektor klickte, und als Nächstes wurde ein Tigerpanzer abgebildet – »ausgereicht, um jede Ritterschlacht für sich zu entscheiden. Im Luftkrieg gegen England haben wir bisher fast zweitausenddreihundert Flugzeuge und mehr als zweitausend tapfere Piloten verloren. Heute …« Der Wissenschaftler legte eine kurze, dramatische Pause ein, »… präsentiere ich Ihnen eine Waffe, die ähnlich kriegsentscheidend sein wird, wie es ein Maschinengewehr vor fünfhundert Jahren gewesen wäre: die erste ballistische Langstreckenrakete der Welt.« Der Projektor klickte ein weiteres Mal, und ein Raunen ging durch den Raum.

»Meine Herren, hiermit präsentiere ich Ihnen unsere Großrakete Aggregat 4! Vierzehn Meter lang, dreizehn Tonnen schwer und mit 650 000 Pferdestärken ausgestattet. Und bevor Sie fragen« – der technische Leiter gestattete sich ein Lächeln –, »die Sprengladung beträgt knapp eine Tonne, und die Reichweite der Rakete wird Ihre geforderten zweihundertfünfzig Kilometer übersteigen. Durch diese Rakete wird kein Pilot mehr sein Leben opfern müssen. Durch diese Rakete wird das Deutsche Reich kein Flugzeug mehr verlieren!«

Ein ordengeschmückter Mann im Raum sprang auf und machte keinen Hehl aus seiner Begeisterung. »Das ist die Wunderwaffe, auf die wir gewartet haben! Das muss der Führer sehen!«

42

Es schneit, und alles löst sich auf.

Annemarie Sadler

Oktober 1942. Ein Sonntag im Hause Luttich. Mittagszeit.

»Kein Braten?«, fragte Wenzel. Argwöhnisch begutachtete er die von seiner Frau aufgetragene Terrine.

»Heute gibt es Eintopf«, sagte die und zückte den Schöpfer. Wenzel erhob sich halb von seinem Stuhl, linste in den Topf. »Und was soll das bitte sein?« Er nahm seinen Löffel, tauchte ihn hinein und stupfte einen dicken, schwammigen Brocken an. »Ist das etwa ein Schweineohr?« Eigentlich hätte Elsbeth schon seinem Ton entnehmen können, dass ein Gewitter im Anzug war.

»Löffelerbsen mit Schweinsohr«, bestätigte sie stolz.

»Aber es ist Sonntag! Da gibt es immer Braten!«, beschwerte sich Wenzel mit zunehmender Fassungslosigkeit.

»Der Führer isst am Sonntag auch keinen Braten. Es geht um das Opfer! Wer heute auf seinen Braten verzichtet, der kann fünfzig Pfennige an das Winterhilfswerk abgeben. Für die Armen! Der Führer hat gesagt …«

Wenzels Gesicht war mittlerweile hochrot bis zu den Ohren. »Still, Weib! Jetzt sagt dir der Luttich was! Ich bin ein hart arbeitender Mann, und ich will am Sonntag meinen Braten essen.

Hast du das verstanden, Weib!« Wenzel kramte in seiner Hose. »Hier hast du deine fünfzig Pfennige!« Er warf sie in den Topf und stürmte zur Tür.

»Wo willst du denn hin?«

»Zum Klose! Was Anständiges essen!«

Beim Klose röhrte wie immer das Radio. Goebbels hielt eine seiner Sonntagsreden. Wenzel bestellte sich das Tagesgericht. Seit Jahren fuhr er gut damit.

Als es serviert wurde, starrte er ungläubig auf den Teller. »Was ist das?«

»Löffelerbseneintopf. Mit Schweinsohr.«

»Das ist nicht dein Ernst!«

»Heute ist Opfersonntag. Der Führer hat gesagt ...«

»Ja, der Führer. Er sagt dies, er sagt das. Geh, Klose, hör auf, wir sind unter uns. Kannst dir das Geschwätz also sparen.« Angewidert schob Wenzel den Teller weg. »Hast du nichts Gescheites zu essen da?«

»Na ja, du könntest Geselchtes haben, oder ich brat dir ein paar Leberwürste. Mit Sauerkraut.«

»Die Leberwürste kämen mir sehr recht, sei so gut, Klose. Aber ohne Sauerkraut, mir stößt genug Saures auf. Aber bring mir noch einen Humpen Bier. Und stell um Himmels willen die Goebbelsschnauze ab. Das Geplärr ist ja schlimmer als das von meiner Elsbeth.«

Der Klose drehte den Volksempfänger ab, und Wenzel lehnte sich zufrieden im Stuhl zurück. Während sein Magen in Vorfreude auf die Mahlzeit ein wohlwollendes Knurren von sich gab, beschäftigte sich sein Verstand mit den jüngsten Nachrichten von der Front. So wie sich der bekannt empfindliche Darm des geliebten Führers blähte, was in seinen Augen kein Wunder war, wenn er Schweineohren fraß, blähten sich die Zeitungen vor Siegesmeldungen, Heldentaten und Führerworten.

Wenzel dachte an Russland. Und wenn er an Russland dachte,

rieselte es ihm kalt den Rücken hinab. Er war dort gewesen, im Winter 1916. Er musste nur die Augen schließen, um erneut die unbarmherzige Kälte zu spüren, die sich damals in seine Knochen gefressen hatte und ihm zur lebenslangen Plage geworden war. Bis heute saß die Kälte in ihm fest. Chronisches Rheuma, nannte es der Arzt. Neben der Winterkälte Russlands besorgte ihn auch die unendliche Weite des Landes. Wie einst Napoleons Soldaten waren deutsche Soldaten mitten hinein in diese endlose Weite marschiert, und Wenzel ahnte, dass nur wenige Männer wieder zurückkämen. Der russische Winter nahte.

Es hat begonnen, dachte er. Und es würde nicht beim »Opfersonntag« bleiben.

Bald würde jeder Tag ein Opfertag sein.

43

Sie war die Wissenschaft und wurde zum
Zerstörer der Welten.

Kathi Sadler

In der Nacht vom 17. auf den 18. August 1943 heulten auf der Ostseeinsel Usedom die Sirenen. Feindliche Bomber der RAF flogen einen massiven Angriff auf die deutsche Raketenproduktionsstätte Peenemünde. Die Briten fürchteten die neue Waffe der Deutschen: die Großrakete A4, von der deutschen Propaganda als Vergeltungswaffe V2 bezeichnet. Diese Raketen hatten bereits Ziele in London und Antwerpen getroffen und Hunderte Zivilisten getötet.

Die Operation der Briten lief unter dem Codenamen »Hydra« – dem NS-Raketenprogramm musste der Kopf abgetrennt, sprich, möglichst viele Wissenschaftler sollten getötet werden.

Doch die Mission der Briten war wenig erfolgreich. Wolken und Nebelwerfer erschwerten die Orientierung, das eigentliche Ziel wurde verwechselt. Und so landete der Löwenanteil der abgeworfenen Bomben drei Kilometer weiter südlich. Dutzende Einheimische und über siebenhundert Zwangsarbeiter starben sowie einige wenige Wissenschaftler, unter ihnen der Leiter der Triebwerkentwicklung samt Frau und Kind. Die maßgeblichen Männer der deutschen Raketenforschung, der technische Leiter Wernher von Braun und der Chef der Raketenentwicklung im Heereswaffenamt, Major Walter Dornberger, überlebten. Nur acht Wochen später hob erneut eine V2 von Peenemünde ab.

Die Entwicklung der Großrakete war so gut wie abgeschlossen, und die Konstruktionspläne hatte man bereits vor Monaten an einen anderen Ort gebracht – in die unterirdische Stollenanlage Mittelbau-Dora in Kohnstein, die neue und streng geheime Produktionsstätte der V1- und V2-Raketen.

Im Dezember 1943 reiste Rüstungsminister Albert Speer nach Kohnstein, um sich persönlich vom Fortschritt der Ausbauarbeiten zu überzeugen.

Während er mit forschem Schritt den Zugangsstollen zum Konstruktionsbüro des wissenschaftlichen Leiters der Heeresversuchsanstalt HVA durchquerte, konnte er seinen Stolz nicht verhehlen: Seine Leute hatten in Zusammenarbeit mit dem SS-Wirtschafts- und Verwaltungsamt wahrhaft Großes in Kohnstein geleistet. In wenigen Monaten war aus einer simplen Stollenanlage eine 250 000 Quadratmeter große Rüstungsproduktionsstätte aus dem Boden gestampft worden, zwei weitere Hauptstollen, zwei Kilometer lang und dreißig Meter hoch, mit vierzig Quertunneln verbunden, unterirdische Straßen und ein weitläufiges Schienennetz verlegt worden. Und das Ganze unter höchster Geheimhaltung!

Das Einzige, was den Gesamteindruck trübte, war der allgegenwärtige Staub und der abscheuliche Gestank nach Exkrementen. Speer ekelte sich. *Die Ingenieure sollen sich gefälligst etwas ausdenken, um hier Abhilfe zu schaffen,* überlegte er, als er den letzten Kontrollpunkt erreichte. Die Sicherheitsvorkehrungen waren enorm. Ähnlich wie im Führerhauptquartier Wolfsschanze gab es drei Sperrkreise, an denen man sich ausweisen musste. Für den Schutz des Raketenprogramms war kein Aufwand zu hoch.

Der Rüstungsminister kannte den wissenschaftlichen Leiter der HVA, Wernher von Braun, seit mehreren Jahren. Ein gut aussehender Mann, hochintelligent, musisch begabt – ein insgesamt hochkultivierter Mensch. Und ein Opportunist par excellence: Als Forscher war er dem Lockruf nahezu unbegrenzter Mittel erlegen, seit 1938 NSDAP-Mitglied und inzwischen in den Rang eines SS-Sturmbannführers aufgestiegen.

Speer hatte einen Grund für seinen unangekündigten Besuch in Brauns Konstruktionsbüro: Der Minister kam direkt aus der Wolfsschanze, wo sowohl der Führer als auch der Reichsführer SS Himmler ihm die immensen Kosten der HVA vorgehalten und ihn unmissverständlich aufgefordert hatten, endlich die versprochenen Wunderwaffen zu liefern. Kaum eingetreten, gab Speer den Druck weiter: »So geht das nicht, Sturmbannführer! Sie verlangen ständig mehr Geld, mehr Material, mehr Leute!«

»Es nennt sich Forschung, Herr Reichsminister«, erwiderte der wissenschaftliche Leiter des A4-Projekts. Scheinbar unbeeindruckt von Ton und Auftreten seines Besuchers verharrte Braun in Denkerpose vor einer mit Zeichnungen und Formeln eng beschriebenen Tafel.

»Hören Sie! Der Führer braucht rasche Ergebnisse. Das geht alles viel zu langsam!«

Wie um Speer zu bestätigen, griff Braun in aller Seelenruhe nach einem Schwamm, löschte ein paar Linien, um anschließend ein Stück Kreide aus der Tasche seines weißen Kittels zu befördern und eine Formel nachzubessern. Danach schritt er zu einem riesigen Tisch in der Mitte des Raumes, auf dem sich Papiere und Pläne stapelten. Er neigte sich über eine Zeichnung, der Zeigefinger glitt Zeile für Zeile über eine Spezifikation.

Der Rüstungsminister hatte genug von dieser Demonstration eines in seine Arbeit vertieften Mannes. Er legte Mütze und

Handschuhe ab, zog einen Stuhl heran und schlug die Beine mit den maßgefertigten Lederstiefeln übereinander. »Also gut«, sagte er. »Insgesamt wurden Mittelbau-Dora bereits vierzigtausend Gefangene als Arbeiter überstellt. Wie viele mehr benötigen Sie? Oder möchten Sie nochmals ins KZ Buchenwald, um eine persönliche Auswahl zu treffen?«

Damit errang Speer die Aufmerksamkeit des Wissenschaftlers. »Ich brauche nicht noch mehr dieser Elendsgestalten, die in ihrer eigenen Scheiße leben und zu Tausenden jämmerlich in den Stollen krepieren«, brach es aus von Braun hervor.

»Das hatten wir doch schon, Wernher«, wechselte Speer ins vertraute Du. »Du machst deine Arbeit, wir machen unsere.«

»Ich möchte nicht Bestandteil von etwas sein, das sich *Vernichtung durch Arbeit* nennt. Weißt du, wie es deine SS-Schergen hier nennen? *Verschrottung durch Arbeit!*«

Von Braun wirkte nun ehrlich empört, und der Minister seufzte. »Es sind nicht *meine* SS-Schergen, sondern Himmlers.« Speer hatte ein Taschentuch gezückt und entfernte damit den Staub von seinen Stiefeln.

»Du klingst wie dieser Kammler! Als ich deswegen bei ihm Beschwerde führte, erklärte er eiskalt: *Kümmern Sie sich nicht um die menschlichen Opfer! Die Arbeit muss vonstattengehen, und in möglichst kurzer Zeit.*«

Das, dachte Speer, erklärte, warum SS-Obergruppenführer Kammler, Leiter der Aufbauarbeiten der Stollenanlage, ihn soeben nicht persönlich begrüßt hatte. Der Mann vertrug weder Kritik noch Zurechtweisung und war allgemein für seine Rachsucht bekannt. Wie viele Despoten war er dünnhäutig, gleichzeitig war ihm bewusst, dass er selbst entbehrlich war – im Gegensatz zu einem Genie wie von Braun. Das hielt die Angelegenheit unter Tage wenigstens im Gleichgewicht.

»Vergiss Kammler, Wernher, und konzentriere dich auf deine Arbeit. Du kannst das System sowieso nicht ändern – du bist ein

Teil davon. Muss ich dich wirklich daran erinnern, dass auch deine Raketen Menschen töten? Männer, Frauen und Kinder? Worin besteht da der Unterschied?«

Von Braun wandte sich abrupt ab und stierte auf die Tafel.

Speer wartete ab. Es war nicht das erste Mal, dass von Braun ihn in diese Form der Diskussion verwickelte. Der Wissenschaftler würde sich wieder beruhigen. Letztlich war von Braun ein Getriebener, der seine Forschung über alles stellte.

Speers Geduld wurde belohnt. Als sich von Braun seinem Besucher erneut zuwandte, deutete nichts in seinem Gesicht auf den vorherigen Ausbruch hin. »Was ich brauche«, sagte er nachdrücklich, »sind keine halb verhungerten KZ-Häftlinge, sondern mehr kluge Köpfe. Ingenieure, Mathematiker, Physiker, Chemiker! Junge Leute mit frischen Ideen!«

»Das ist mir klar. Aber wo soll ich sie noch hernehmen? Wir haben bereits sämtliche Universitäten und Institute im Reichsgebiet ausgekämmt.«

Braun marschierte zu einer Anrichte und goss sich einen Kaffee aus einer bereitstehenden Thermoskanne ein. »Du auch?«

»Nein danke.«

Braun rührte Milch in seine Tasse. »Ich habe kürzlich erfahren, dass der Londoner *Daily Telegraph* seine Leser zu einem Geschwindigkeitswettbewerb im Lösen von Kreuzworträtseln aufgerufen hat. Warum nicht etwas Ähnliches versuchen, um verborgene Talente aufzuspüren? Wir könnten einen Preis ausloben für die Lösung eines mathematischen Rätsels. Ich könnte mir auch einen Wettbewerb in den Schulen vorstellen, eine Art Mathematik-Olympiade.«

Der Minister nickte nachdenklich. »Ein Mathematik-Wettstreit? Kein schlechter Ansatz, um unsere Jugend herauszufordern. Das wäre relativ schnell und einfach umsetzbar.«

»Dann sind wir uns ja einig. Ich schlage vor, den Wettbewerb für Schüler ab der sechsten Klasse aufzurufen.«

»Zwölfjährige?«, zweifelte der Minister.

»Für Intelligenz gibt es keine Altersbegrenzung. Genauso wie für Dummheit.« Von Braun klang, als hätte er bei Letzterem jemand Bestimmtes im Sinn.

»Also gut. Einen Versuch ist es wert. Bereitest du die Aufgabenstellung vor?«

»Schon fertig.« Von Braun trat an seinen Schreibtisch und griff zum Telefonhörer. »Die Lorbeeren gebühren übrigens nicht mir. Die Idee stammt von einem jungen Kollegen. Er hat bereits die richtigen Aufgaben dazu entworfen. Ich bitte ihn, sie mir zu bringen. So kannst du sie gleich mitnehmen.«

»Gut. Ich liefere sie im Reichsministerium für Wissenschaft ab und instruiere Reichsminister Rust entsprechend.« Speer erhob sich und setzte seine Mütze auf.

»Wohin gehst du?«

»Ich statte SS-Obergruppenführer Kammler einen Besuch ab. Er soll eine Kanalisation bauen lassen. Dieser widerliche Gestank ist ja nicht auszuhalten!«

44

Die Küken zählt man erst im Herbst.

Georgisches Sprichwort

»Es tut mir leid, mein Freund«, sagte Wenzel, nachdem er Laurenz über den letzten Stand der Mordermittlungen in Kenntnis gesetzt hatte. »Aber dieser Jan und seine Komplizin sind wie vom Erdboden verschluckt.«

Laurenz fuhr sich müde über die rot geränderten Augen. »Weißt du, Wenzel, inzwischen ist mir das einerlei. Ob die Verbrecher hängen oder nicht, das macht unseren Rudi nicht mehr lebendig – und es hilft auch meiner Annemarie nicht.«

Wenzel sah zu Annemarie, die neben Laurenz auf der Bank hockte wie eine leblose Puppe. Als nach Rudis Beerdigung die Neuigkeit die Runde machte, sie sei nach beinahe zwei Wochen aus ihrer Bewusstlosigkeit erwacht, hatte sich Wenzel mit der Familie gefreut. Sehr schnell war Ernüchterung eingetreten. Annemarie schien zwar wach, und sie ließ sich wie ein williges Kind füttern und herumführen, aber in ihrem Blick lag eine erschütternde Leere. Ihr Körper funktionierte, doch ihr Geist weilte irgendwo in einer Zwischenwelt, fern der Realität. Wie August lebte sie seit Rudis Tod hinter einer inneren Mauer, die ihr Bewusstsein gegen den Schrecken jener Nacht errichtet hatte. Inzwischen hielt dieser Zustand seit Monaten an, und die

Ärzte machten Laurenz wenig Hoffnung, dass sich daran noch einmal etwas ändern könnte.

Die Familie, und mit ihr Dorota und Oleg, taten das Menschenmögliche, gaben nicht auf. Annemarie wurde nie sich selbst überlassen, immer leistete ihr jemand Gesellschaft. Am Abend massierte Laurenz ihren Körper, rieb sie entweder mit Franzbranntwein oder Dorotas Kräuteröl ein, am Morgen wurde Annemarie von Dorota und Kathi gewaschen, gekämmt und angekleidet. Danach saß Annemarie bei Dorota in der Küche oder bei August auf der Ofenbank, gemeinsam mit Franzi. Und trotzdem sie mit Annemarie jeden Tag an die frische Luft gingen, für ausreichend Bewegung und Nahrung sorgten, schwand sie vor ihren Augen dahin, verblasste sie wie ein Bild, das zu lange der Sonne ausgesetzt war.

Pfarrer Berthold bekundete, es würde ihr an geistiger Nahrung fehlen. Regelmäßig schaute er vorbei, um Annemarie aus der Bibel vorzulesen. Auch heute hatte er sich auf dem Sadlerhof eingefunden und lauschte gemeinsam mit Laurenz Wenzels Bericht, während sie dem Bärenfang zusprachen.

»Um den Krieg ist es auch nicht gut bestellt«, fuhr Wenzel Luttich düster fort. »In Stalingrad bahnt sich eine schlimme Niederlage an.« Er leerte bereits sein drittes Glas.

»Mir wurde Ähnliches zugetragen«, bemerkte Charlotte. Wenzels Ankunft hatte sie aus dem Stall in die Stube gelockt. »Darum züchte ich nur noch Stutbuchstuten. *Arische Pferde.* Die kriegt die Wehrmacht nicht, dafür sorgt der Verband. Fünfzigtausend Pferde sollen allein in Stalingrad schon elendig verreckt sein.«

»Charlotte! *Bitte* …«, sagte Laurenz. Der Tadel war unüberhörbar.

»Was denn? Ja, die armen Soldaten! Aber sie haben wenigstens eine Wahl, oder? Die Pferde hingegen nicht. Mich könnte kein Befehl dieser Welt in den Krieg zwingen«, erklärte Charlotte streitlustig. Sie blickte dabei Wenzel an. Der ließ sich nicht provozieren. Er gab im Gegenteil etwas völlig Überraschendes von sich: »Vielleicht dauert es nicht mehr lang mit dem Krieg.«

»Hast du von Friedensverhandlungen erfahren?«, erkundigte sich Berthold sofort.

»Das muss aber unter uns bleiben!«, betonte Wenzel und beugte sich verschwörerisch vor. »Es tut sich was in der Wehrmacht«, verkündete er gedämpft.

»Jetzt sind wir nicht viel schlauer, Wenzel«, meinte Charlotte und schenkte ihm einen weiteren Schnaps ein.

Wenzel kippte auch den runter und redete weiter: »Ich war gestern auf einem Veteranentreffen in Gleiwitz. Man munkelt, die Wehrmacht habe genug davon, für unsinnige Durchhaltebefehle den Kopf hinzuhalten.«

Sie tauschten Blicke untereinander. Laurenz füllte reihum alle Gläser auf. Wenzel nahm seins, schwenkte es, wobei er so einiges verschüttete, und verlautbarte mit schon etwas schwerer Zunge: »Leut, ihr müsst mich nicht betrunken machen. Ich erzähl's euch auch so. Der Hitler hat den Krieg gewollt. Deshalb ist mein Junge tot. Zu viele haben schon sterben müssen. Den einzigen Sohn vom Klose Erich hat's jetzt auch erwischt. Schluss, sag ich! Wenn der Hitler tot wär, dann wär auch der Krieg vorbei. Es braucht nur einen einzigen mutigen Mann.«

»Heißt das, die Wehrmacht will den Hitler töten?«, fragte Laurenz. Ihm war nach dem dritten Glas schon hübsch schwummerig zumute. Er hatte noch nie viel vertragen.

»Ich hab nichts gesagt«, grinste Wenzel breit und deutete auf sein leeres Glas. Es wurde gefüllt. Alle prosteten sich zu. Auch Berthold. Er war gerade Mensch, nicht Pfarrer. Er würde für Hitler beten – danach.

Keiner sprach es aus, aber allen war klar, dass sie gerade auf Hitlers Tod tranken. Bis auf Charlotte. »Noch ist er nicht tot, der Hitler«, sagte sie in die Runde.

Prompt hob Wenzel sein Glas und lallte: »Auf die Spielverderberin Charlotte!«

Charlotte brachte die Flasche Bärenfang an sich. »Ich denke, ihr habt genug.«

Dorota betrat die Stube im rechten Augenblick mit einem Teller Weihnachtsgebäck. Draußen sank bereits die Dämmerung herab. Ein blasser Mond stieg auf, während die Schatten unbemerkt das Zimmer eroberten und sich in den Ecken niederließen. Keiner der vier nahm vom schwindenden Licht Notiz, zu sehr hielten sie die eigenen dunklen Überlegungen gefangen.

Dorota spürte die düstere Atmosphäre wohl und beeilte sich, die drei Kerzen auf dem traditionellen Adventskranz zu entzünden. Sie tat dies mit feierlicher Miene, zelebrierte den Moment, und das sanfte Kerzenlicht nahm den Schatten ihre Macht. Weniger als eine Woche bis Weihnachten. Das Fest des Friedens inmitten eines seit vier Jahren wütenden Krieges. Berthold nutzte die Gelegenheit, um das Thema auf das kommende Weihnachtsfest und das Krippenspiel zu lenken.

45

Heiliger Sankt Florian, verschon' mein Haus,
zünd' and're an!

Sprichwort

Zur Christmette an Heiligabend in Petersdorf konnte sich Pfarrer Berthold über eine nahezu voll besetzte Kirche freuen. Seit sich das Blatt durch das Eingreifen der Amerikaner in das Kriegsgeschehen gewendet hatte, sich ein Debakel in Stalingrad abzeichnete und die Alliierten bei ihren Bombenangriffen immer mehr deutsche Städte ins Visier nahmen, war die Tatsache, dass sich deutsche Armeen erstmals auf dem Rückzug befanden, kaum mehr schönzureden. Allein Elsbeth Luttich wiederholte papageienhaft: »Der Führer begradigt die Front!«

Seither waren viele von Bertholds verlorenen Schäfchen in den Schoß der Kirche heimgekehrt. Manche freilich nur nach Beginn der Dämmerung oder durch den Nebeneingang über die Sakristei.

Berthold mangelte es nicht an Verständnis für ihr Verhalten. Zum einen war es nicht leicht, in diesen Tagen an Gott zu glauben. Selbst er sah sich dunklen Momenten des Zweifels ausgesetzt, flehte Gott an, diesen Wahnsinn zu beenden. Oft wünschte er sich den Furor der Heiligen herbei, um den Gehörnten an der Gurgel zu packen und ihn zurück in die

Mäuler der vielköpfigen Nazibestie zu stopfen. In Gleiwitz und Kattowitz liefen die Rüstungsbetriebe auf Hochtouren, bewirtschaftet von Tausenden von Elendsgestalten, die in menschenunwürdigen Lagern untergebracht waren. Schlimme Gerüchte rankten sich um diese Lager. Doch kaum jemand wollte davon hören oder das Offensichtliche wahrhaben. Die Leute lebten nach dem Sankt-Florian-Prinzip: Solange sich ein Problem nicht direkt im eigenen Garten abspielte, existierte es nicht. Es war bequemer, an den gängigen Propagandalügen festzuhalten. Niemand belastete gerne freiwillig sein Gewissen. Darüber hinaus machte die nationalsozialistische Führung keinen Hehl aus ihrer Abneigung gegen die katholische Kirche und ihren Klerus. Hunderte Gottesmänner fristeten ihr Dasein entweder im Gefängnis oder hinter Stacheldraht in den Arbeitslagern. Sofern man sie nicht gleich ermordet hatte. Einzig aus dem Grund, weil sie es gewagt hatten, ihre Stimme gegen das Unrecht zu erheben.

Berthold löste sich aus der trüben Grübelei. Heute am Heiligen Abend waren nicht Hass und Zorn seine Aufgabe, sondern den Menschen Gottes Worte der Liebe zu verkünden. So hatte er auch an die polnischen Fronarbeiter gedacht, die fern der Heimat und ihrer Lieben waren. Jeden Einzelnen hatte er dieser Tage persönlich aufgesucht und eingeladen, gemeinsam mit den Petersdorfern die Christmesse zu feiern. Und bis auf einige wenige hatten sie alle den Weg in seine Kirche gefunden, um die Nacht von Christi Geburt zu feiern. Heute würden sie alle gemeinsam das Fest der Liebe begehen.

In vollem Ornat trat Berthold nun vor seine Gemeinde und ließ den Blick über seine herausgeputzte Schar schweifen. Außer einigen Kriegsversehrten, zwei glücklichen Heimaturlaubern, dem Schmied Justus sowie einem Dutzend als kriegswichtig eingestufter Bauern – die Armeen mussten ernährt werden – fand sich kaum mehr ein wehrfähiger Mann unter fünfzig Jahren in Petersdorf. Laurenz Sadler, der heute die Orgel bediente, war mit seinen nunmehr zweiundvierzig Jahren der Einberufung bisher nur deshalb entgangen, weil seine beiden Brüder tot waren und der Hof geführt werden musste. Der Rest der Kirchgänger setzte sich hauptsächlich aus Alten und Gebeugten, Frauen und Kindern zusammen, einige von ihnen Flüchtlinge aus den zerbombten Großstädten des Reiches.

Er kannte sie alle, ihr Leid, ihre Sorgen, ihre Nöte. Zu viele Petersdorfer Söhne hatten ihr Leben in diesem wahnwitzigen Krieg verloren, waren entweder vermisst oder standen im Feld. Petersdorf blutete aus.

Berthold füllte seine Brust mit dem Gefühl von Frieden – atmete den Duft von Weihrauch und Myrrhe, in den sich jener der Bienenkerzen mischte, lauschte den wundervollen Klängen des Transeamus und des Bach'schen Weihnachtsoratoriums, die durch das Kirchenschiff perlten und Gott und Mensch erfreuten. Heute Nacht feierten sie das Wunder von Jesu Geburt. Für einige wenige Stunden wollte er den Schrecken des Krieges von den Schultern seiner Schutzbefohlenen nehmen und sie mit Kraft und Zuversicht erfüllen. Als die Musik verstummte und ihr süßer Nachhall die Menschen in feierlicher Stille verharren ließ, sagte Berthold: »Lasset uns beten«, und faltete die Hände.

Am Ende der Messe führten die Petersdorfer Kinder das traditionelle Krippenspiel auf. Zwei Jahre war es ausgesetzt worden. In diesem Jahr aber hatte Berthold seinen Freund Wenzel überredet, Überzeugungsarbeit bei der Gauleitung zu leisten, weil eine gemeinschaftliche Veranstaltung wie das Krippenspiel wichtig für die Moral der Dorfbevölkerung sei.

Der Eifer der Kinder erfreute nicht nur sein Herz. Die Kinder wurden gelobt und geherzt, alle Petersdorfer sprangen auf. Bis auf Wenzel.

Es war schon vorgekommen, dass Wenzel in der Kirche einschlief. Doch dieses Mal konnte ihn selbst der Lärm am Ende des Krippenspiels nicht aufwecken.

Da Elsbeth sich mit ihrer Nachbarin unterhielt und nicht auf ihren Gatten achtete, trat Berthold zu ihm, um diskret seine Schulter zu rütteln. Und erschrak. Wenzel Luttich hatte die irdische Welt verlassen.

Berthold schlug das Kreuz über ihm. »Leb wohl, mein Freund«, murmelte er und schloss seinem ältesten Weggefährten die Augen. Für einen Moment überwältigte ihn Schwäche; alles um ihn herum verblasste, und er fand sich nackt und allein auf einem nebelumhüllten Felsen, ohne Licht, ohne Freude, ohne Hoffnung. Was, fragte er sich, sollte nun aus ihm werden?

Bald zeigte sich, wie oft Wenzel seine schützende Hand über die Petersdorfer gehalten hatte.

Am Morgen der Heiligen Drei Könige fuhr die Gestapo am Pfarrhaus vor und nahm Berthold mit. Zwei Wochen später lud man ihn vor der Kirche wieder ab, bleich und abgemagert, aber ungebrochen. Sein Ordinariat war Berthold entzogen worden, die Kirche geschlossen, das Pfarrhaus offiziell beschlagnahmt und mit Flüchtlingen aus den bombardierten Städten im Westen belegt. Über vierzig Jahre seines Lebens hatte Berthold darin verbracht. Er bezog ein winziges Quartier auf dem Köhlerhof, Elsbeths Elternhaus. Fest zugewiesen von der Gauleitung. Charlottes Angebot, auf dem Sadlerhof unterzukommen, war Berthold deshalb verwehrt. Lediglich einige wenige Habseligkeiten hatte er mitnehmen dürfen.

Fortan fanden in Petersdorf keine Gottesdienste mehr statt, für unausweichliche liturgische Handlungen wie Beerdigungen reiste der Pfarrer aus dem benachbarten Michelsdorf an.

Und während man sich in Petersdorf noch um das Schicksal des Pfarrers sorgte, erhielt Laurenz Sadler Mitte Januar seinen

Einberufungsbefehl. Innerhalb einer Woche habe er sich in der Gleiwitzer Kaserne zu melden.

Laurenz und seine Mutter zogen sich mit dem Brief in die gute Stube zurück. Es war nur ein Blatt Papier, doch es besaß die Macht, Laurenz ins Ungewisse zu schicken, an einen Ort, wo der Tod reiche Ernte einfuhr. Laurenz machte seinem Zorn Luft: »Was ist das nur für eine Welt! Keinem Staat sollte es erlaubt sein, derart über seine Bürger zu bestimmen!«

»Dieses Miststück Elsbeth!«, knurrte seine Mutter.

»Niemand kann mich zwingen, meine Kinder zu verlassen und in den Krieg zu ziehen!«, ergänzte Laurenz leidenschaftlich.

»Beruhige dich und setz dich, Sohn! Du machst mich ganz kirre, wenn du ständig hin und her rennst. Ich habe einen Vorschlag. Wir machen es wie der Hondlbauer aus Riebnik.«

Laurenz unterbrach seine rastlose Wanderung durch den Raum. »Was hat er denn gemacht, der Hondlbauer?«, fragte er skeptisch.

»Er ist mitsamt schwangerer Frau und den vier Kindern aufs Kreisamt gefahren und hat erklärt, er ließe seine Familie dort, weil er selbst ja in den Krieg ziehen muss. Er hat sein Ziel erreicht.«

»Was soll das heißen?«

»Seine Einberufung wurde daraufhin ausgesetzt. Morgen früh fahren wir mit den Mädchen und Annemarie zum Amt. Was der Hondlbauer kann, können wir auch.«

Sie wurden gar nicht erst vorgelassen, scheiterten bereits vor der Amtsstube mit ihrem Vorhaben. Der Geniestreich des Hondlbauern hatte sich in Windeseile herumgesprochen, und die nationalsozialistischen Beamten, die sich reihenweise von Familien bestürmt sahen, hatten dem ebenso rasch einen Riegel vorgeschoben. Wo käme man da hin, wenn sich die Männer plötzlich wegen ihrer Familien weigerten, in den Krieg zu ziehen? Wenn das Schule machte!

»Einen Versuch war es wert«, meinte Charlotte auf dem Rückweg. Alle waren niedergeschlagen.

»Können wir denn gar nichts dagegen tun, Einspruch erheben oder wie man das nennt, Vater?«, erkundigte sich Kathi.

»Doch, das könnten wir, kleiner Kolibri. Aber es würde vermutlich nichts nützen, und wir müssten zudem mit den Folgen leben. Weniger Lebensmittelmarken und mehr Kontrollen.« Gerade Letztere, wusste Kathi, konnten sie nicht brauchen. Wie alle Bauern in Petersdorf hatten sie ein wenig Vieh und Lebensmittel beiseitegeschafft.

Als sie wieder unter vier Augen waren, kündigte Laurenz seiner Mutter an: »Ich werde das tun, was ich schon vor Jahren hätte tun sollen! Wir packen das Nötigste und gehen von hier fort.«

»Fahnenflucht?« Charlotte war entsetzt. »Mit einer Frau, die nicht bei klarem Verstand ist, und den zwei Mädchen im Schlepptau? Hast du jetzt ebenfalls den Verstand verloren? Wie weit, glaubst du, werdet ihr kommen?«

»Ich muss es zumindest versuchen! Wenn sie mich schnappen, kümmere du dich um Annemarie und die Mädchen.«

»Sei doch vernünftig, Sohn! Sobald du als fahnenflüchtig eingestuft bist, werden sie dich enteignen. Wie soll ich mich ohne Hof um deine Familie und deinen kranken Vater kümmern?«

»Dann muss unsere Flucht gelingen. Und du und Vater kommt mit!« Laurenz blieb unbeirrt.

»Du willst deinen blinden alten Vater aus seinem angestammten Heim reißen? Gott, Laurenz, sei doch einmal in deinem Leben realistisch! Ich müsste ihn die ganze Zeit an der Hand führen, so wie du Annemarie! Ich sehe uns schon Arm in Arm des Weges marschieren. Zusammen wären wir so auffällig wie ein kahl rasierter grüner Pudel!«

Laurenz glättete sein widerspenstiges Haar. Er war keinesfalls bereit, von seinem Vorhaben abzulassen. »Das mit Vater sehe ich ein, Mutter. Aber ich werde nicht in den Krieg ziehen und meine Familie allein hier zurücklassen. Annemarie, die Kinder und ich gehen! Das ist mein letztes Wort. In sechs Tagen soll ich in der Kaserne antreten. Wenn wir morgen Nacht verschwinden, haben wir fünf Tage Vorsprung. Was haben wir an Bargeld zur Verfügung?«

»Wo willst du denn überhaupt hin?«

»Erst einmal so weit fort von hier wie möglich. Dann sehe ich weiter.«

»Ihr schafft es ja nicht einmal bis zum nächsten Bahnhof, ohne dass man euch erkennen wird.«

»Wir nehmen den Zug ab Groß Strehlitz. Dort kennt uns niemand.«

»Ach ja? Das sind dreißig Kilometer! Seid ihr unsichtbar?«

»Das lass meine Sorge sein.«

»Wie könnte ich? Lass davon ab, ich bitte dich. Dein Unternehmen ist doch von vorneherein zum Scheitern verurteilt.«

»Was willst du, Mutter? Soll ich etwa in den Krieg ziehen und Menschen totschießen, nur weil sie eine andere Uniform tragen als ich? Hast du nicht selbst einmal behauptet, niemand könnte *dich* dazu zwingen?«

Die Diskussion wogte noch eine Weile hin und her, Laurenz beharrte auf seinem Entschluss, und Charlotte beschimpfte ihn abwechselnd als Narr oder störrischen Esel. Da sie es ihm nicht ausreden konnte, blieb Charlotte am Ende nichts anderes übrig, als ihren Sohn bei seinem riskanten Unternehmen zu unterstützen.

»Also gut«, lenkte sie ein. »Geh mit deiner Familie nach Pommern zu meinem Onkel Egon. Ich gebe dir einen Brief für ihn mit. Er wird euch verstecken. Wenn Wenzel recht behält, und jemand in der Wehrmacht hat in Kürze genügend Mumm in den Knochen, den Hitler zu töten, dann müsst ihr nur das Ende des Krieges aussitzen.« Sie kamen überein, niemanden einzuweihen, auch nicht Dorota.

Falls Dorota etwas von den Vorbereitungen mitbekam, so ließ sie es sich nicht anmerken. Charlotte fuhr am frühen Morgen nach Gleiwitz und hob ihre gesamte Barschaft ab. Den übrigen Tag verbrachte sie damit, den verbliebenen Familienschmuck in die Kleidersäume einzunähen.

Laurenz suchte währenddessen seinen Freund Justus auf, um ihn zu bitten, ihn und seine Familie nach Groß Strehlitz zu fahren. Justus besaß als Schmied eine Sondergenehmigung für seinen alten Lieferwagen, damit er die Militärpferde im Umkreis beschlagen konnte. Justus reagierte auf Laurenz' Ansinnen nicht minder entgeistert als Charlotte. Auch er unternahm alles, Laurenz von seinem närrischen Fluchtplan abzubringen. Als dies nichts fruchtete, schlug er Laurenz völlig überraschend vor: »Warte noch bis übermorgen, Laurenz. Ich habe dann eine Sonderfahrt nach Dresden. Ich nehme euch bis dahin mit.«

»Dresden? Was willst du denn da?«

»Frag nicht.«

»Ich frage aber! Immerhin geht es um meine Familie!«

»Also gut. Ich erzähle es dir, weil du mein Freund bist und du den Mund halten kannst. Ich habe beim Beschlagen in Kattowitz einen Nazibonzen kennengelernt. Von Zeit zu Zeit heuert er mich für Botenfahrten an. Ich hole die Fracht bei ihm ab, und er sorgt mit den richtigen Papieren dafür, dass mein Wagen bis zur Übergabe nicht durchsucht wird.«

»Was ist das für eine Fracht?«, hakte Laurenz sofort misstrauisch nach.

»Woher soll ich das wissen? Die Kisten sind jedes Mal versiegelt.«

»Komm schon, Justus! Erzähl mir nichts, natürlich weißt du Bescheid!«

Justus gab nach. »Kunstgegenstände. Was in der Art.«

»Diebesgut? Du transportierst Diebesgut? Das nennt man Kollaboration!«

»Nein, das nennt man Überleben! Im Gegenzug lässt man mich und Maria in Frieden. Du weißt, sie hat eine jüdische Großmutter. Also, was ist jetzt? Willst du bis Dresden mitfahren oder nicht?«

Laurenz wandte sich ab, dachte nach. »Dein Transportwagen wird nie durchsucht?«, vergewisserte er sich nochmals.

»Nein, bei keiner Fahrt. Die Papiere sind eindeutig. Da traut sich keiner ran.«

Laurenz entschied sich. »Abgemacht!«

»Gut!« Justus klopfte seinem Freund auf die Schulter. »Wartet übermorgen Nacht um vier Uhr morgens unten an der Straße zwischen Michelsdorf und Petersdorf auf mich. Ich lese euch dort auf.«

Am folgenden Tag weihte Laurenz auch Kathi in den Fluchtplan ein. Als Gepäck gab es für jeden einen Rucksack, der ausschließlich mit Proviant gefüllt werden sollte. An Kleidung würden sie so viele Stücke wie möglich übereinander anziehen. Bei Temperaturen von derzeit bis zu minus fünfzehn Grad trug sowieso jedermann mehrere Schichten übereinander.

»Was ist mit Oskar?«, fragte Kathi ihren Vater. Sie las die Antwort in seinem Gesicht ab. »Aber …« Ihre Stimme versagte.

»Es tut mir leid, kleiner Kolibri. Wir können Oskar nicht mitnehmen.«

Am Vorabend der Flucht nahmen sie wie üblich gegen sechs Uhr ihre Mahlzeit ein. Dorota hatte tüchtig aufgetischt, ein wahres Festmahl. So zeigte sie auf ihre Art, dass sie im Bilde war.

Als Nachtisch gab es Franzis Leibspeise, eingelegte Birnen, und den berühmten italienischen Fruchtkuchen nach Pieros Rezept. Franzi bekam den Birnensaft und pickte reihum die getrockneten Beerenfrüchte aus den Kuchenstücken der anderen.

Nach dem Essen begaben sie sich in die gute Stube. Laurenz setzte sich an sein Cello, und Kathi begleitete ihn auf dem Akkordeon. Auf diese Weise nahmen sie Abschied von ihren Instrumenten, die ebenfalls zurückbleiben mussten. Ein letztes Mal spielten sie Annemaries Lieblingslied *Heimat ist ein Sehnsuchtsort.*

Nie hatten sie ihren Instrumenten süßere Töne entlockt, nie besser miteinander harmoniert, war ihr Spiel so voller Inbrunst gewesen. Es war der Schmerz des Abschieds, der Vater und Tochter zu wahrer Meisterschaft führte.

Vor Aufregung konnte Kathi nicht schlafen. Als ihr Vater sie um drei Uhr nachts weckte, war sie längst reisefertig. Franzi hingegen konnte kaum aus dem Schlaf geholt werden. Was interessierte sie ein Ausflug mitten in der Nacht? Kathi musste ihr gut zureden und mehrmals versichern, dass auch die Mutter sie begleitete. Erst dann war die Kleine dazu zu bewegen, die bereitgelegten Kleider anzuziehen. Annemarie gab wie immer keinen Laut von sich und ließ sich willig von Laurenz ankleiden. Um zehn vor vier machten sie sich auf den Weg, Annemarie trippelte an Laurenz' Arm, Kathi hielt Franzi fest an der Hand. Sobald sie die Wärme des Hauses verlassen hatten, schlug ihnen die Kälte entgegen wie eine Wand. Der gefrorene Schnee knirschte unter ihren Stiefeln, und mit jedem Atemzug stießen sie kleine Wölkchen aus.

Charlotte begleitete sie zum vereinbarten Treffpunkt an der Straße. Sie warteten, horchten in der Dunkelheit auf ein näher kommendes Motorgeräusch. Justus ließ sich Zeit. Die Minuten tropften dahin, wurden zu einer Viertelstunde. Franzi begann zu wimmern. Ihr war langweilig, und sie fror. Kathi erzählte ihr eine Geschichte. Auch sie spürte, wie die Kälte Schicht für Schicht unter ihre Kleidung kroch.

»Er kommt gleich«, versicherte Laurenz zum nunmehr dritten Mal. Er beriet sich flüsternd mit Charlotte. Um halb fünf entschied Laurenz, die Kinder mit der Großmutter zurück ins Haus zu schicken, während er sich zu Justus' Haus aufmachte.

Als er dort eintraf, empfing ihn Stille, im Haus des Schmieds brannte kein Licht. Laurenz schlich zur Garage und fand sie verschlossen. Er spähte durch ein kleines Seitenfenster. Der Wagen war fort. Enttäuscht und voller Zorn kehrte er heim.

Charlotte wartete mit Annemarie und den Kindern im wärmsten Raum des Hauses, der Küche. Oskar klebte an Kathis Seite, ließ sie nicht aus den Augen. Dorota war ebenfalls anwesend. In ihrem weißen, selbst genähten Frotteemorgenmantel ähnelte sie einem überdimensionierten Schneeball. Sie hatte Tee gekocht, die Reste des Fruchtkuchens standen auf dem Tisch. Aber nur Franzi bediente sich daran. Während sich Laurenz die Hände an seiner Tasse aufwärmte, erstattete er Bericht. »Justus' Wagen steht nicht in der Garage.«

»Wie? Dein Freund ist ohne dich gefahren?« Im Kopf übersetzte Laurenz Charlottes Ton: *Ich habe dir gesagt, dein ganzer Plan ist eine Schnapsidee!* Das machte Laurenz bockig, und er schlug mit der Faust auf den Tisch. »Es muss eine Erklärung geben! Justus würde mich nicht einfach so im Stich lassen.«

»Hast du dich vielleicht in der Uhrzeit geirrt? Oder im Tag?«

»Mutter!«, entfuhr es Laurenz genervt.

»Ich suche nur nach einer Erklärung. Was jetzt?«

»Wir gehen!« Laurenz erhob sich und griff nach seinem Rucksack. »Kommt, Kinder!«

»Wohin gehen wir, Vater?«, fragte Kathi.

»Nach Groß Strehlitz. Von dort nehmen wir den Zug.«

»Groß Strehlitz? Ist das nicht zu weit für Franzi und Mama?«

»Das Kind hat mehr Verstand als du, Laurenz! Außerdem ist es schon nach halb sechs. Petersdorf erwacht. Man wird euch sehen! Was denkst du, wie lange es dauert, bis dir Elsbeth die Militärpolizei auf den Hals hetzt?«

Laurenz plumpste schwer auf die Bank zurück. »Also gut, dann gehen wir eben morgen Nacht.« Er fühlte sich schrecklich nutzlos. Als Vater oblag es ihm, seine Familie zu schützen. Anstatt auf Annemarie zu hören und zu gehen, als es noch gefahrlos möglich gewesen wäre, hatte er gezögert.

Um acht Uhr klopfte Laurenz an Justus' Tür. Dessen Frau Maria öffnete ihm. »Guten Morgen, Laurenz!«, hieß sie ihn lächelnd willkommen. »Gut, dass du kommst, das erspart mir den Weg zu euch rauf. Der Justus musste gestern Abend dringend weg. Aber er hat mir gesagt, ich soll dir das gleich in der Früh bringen. Es sei eilig.« Sie streckte ihm ein Päckchen entgegen. Es war schwer. Laurenz musste ein überraschtes Gesicht gemacht haben, denn Maria erklärte: »Das sind die Stahlnägel, die du bestellt hast.«

Laurenz bedankte sich, eilte um die nächste Ecke und riss das Päckchen auf. Mit den Nägeln purzelte ein Zettel heraus: *»Laurenz, zwei SS-Männer stehen mit einer dringenden Anweisung vor meiner Tür. Sie lassen mir keine Zeit, ich soll sie sofort mit meinem Wagen begleiten. Ich melde mich bei dir, sobald ich zurück bin! J.«*

Die folgenden Stunden erwiesen sich als die schlimmsten seines Lebens, angefüllt mit Selbstanklage und Rastlosigkeit. Dennoch blieb er in seinem Entschluss standhaft. Falls Justus nicht rechtzeitig zurückkehrte oder sein Angebot, sie mit dem Wagen fortzubringen, nicht mehr galt, würde er gegen Mitternacht mit Frau und Kindern losmarschieren. Charlotte kam auf ihn zu. »Ich habe einen Vorschlag. Nimm Bukephalos. Annemarie und Franzi können auf ihm reiten. Oleg kann euch bis Groß Strehlitz begleiten und anschließend den Hengst heimbringen.«

Laurenz brachte nur ein »Danke, Mutter« hervor.

Kurz bevor es dunkelte, vernahmen sie ein Motorgeräusch. »Justus!«, rief Laurenz und rannte hinaus. Doch es war nicht Justus. Es war ein Militärfahrzeug, dem drei Soldaten entstiegen. Zwei waren mit MPs bewaffnet. »Laurenz Sadler?«, fragte ihr Kommandeur.

Laurenz trat vor. »Um was geht es?«

»Ihre Einberufung wurde vorverlegt. Wir haben Anweisung, sie in die Kaserne nach Gleiwitz zu bringen. Sie haben zehn Minuten Zeit, dann fahren wir los.« Der Mann zog eine Packung Zigaretten hervor.

»Was? Ich sollte doch erst am Freitag…«

»Ich bin nicht hier, um mit Ihnen zu diskutieren, Soldat. Die Anweisung ist eindeutig. Noch neun Minuten bis zur Abfahrt.« Die beiden Soldaten hatten am Wagen Aufstellung genommen. Sie sahen nicht aus, als würden sie zögern, von ihren Waffen Gebrauch zu machen.

Laurenz schoss kurz durch den Kopf, ins Haus zu gehen, durch den Hinterausgang zu verschwinden, die Himmelsleiter hinauf, um sich von dort in den Wald zu retten. Der Anfall verzweifelter Tollheit währte nur kurz. Er wusste um die Konsequenzen für seine Familie. Er ging hinein, wo ihm Kathi im Flur entgegenlief. Charlotte hatte sich vor einer halben Stunde nach Petersdorf aufgemacht, nachdem sie erfahren hatte, der Pfarrer sei von der Gestapo zurückgebracht worden. Sie wollte sich persönlich davon überzeugen.

Laurenz erklärte Kathi in wenigen Worten die neuen Umstände. »Wo ist Franzi?«, fragte er.

»In der Küche, bei Mama und Dorota.«

Der Abschied war schrecklich. Laurenz umarmte seine Kinder, presste sie voller Verzweiflung an sich. Er küsste Annemarie, nässte ihre Wangen mit seinen Tränen, versprach ihr, dass er wiederkehren würde; stammelte die Worte und Schwüre aller Soldaten, die in den Krieg befohlen wurden. Im gleichen Atemzug fühlte er sich wie ein Lügner und Betrüger, da er um die eigene Machtlosigkeit im Schicksalsspiel des Lebens wusste.

Von draußen erklang lang und enervierend eine Autohupe.

Nach wenigen Wochen Grundausbildung bestieg Laurenz Ende Februar 1944 einen Zug in Richtung Osten.

»Verflucht seist du, Elsbeth Luttich«, flüsterte Charlotte, als sie dem Zug hinterhersah, der ihr nun auch den letzten Sohn entführte. In ihrer Tasche verwahrte sie Laurenz' Abschiedsbrief an Annemarie. Ihr Sohn war und blieb ein Träumer! Er glaubte noch immer daran, dass Annemarie genesen und ihn eines Tages lesen würde.

Charlotte war allein zum Bahnhof gekommen. Damit hatte sie Laurenz' Wunsch entsprochen. Laurenz wollte die Kinder nicht der schwermütigen Stimmung auf dem Bahnsteig ausliefern, wo Mütter ihre Söhne und Frauen ihre Männer in den Krieg verabschiedeten. Charlotte pflichtete ihrem Sohn bei. Ein Bahnhof in Kriegszeiten war kein Ort für Kinder. Ihre eigenen Ohren schmerzten vom ungewohnten Lärm, den schrillen Trillerpfeifen, gebrüllten Befehlen und dem Kreischen und Zischen der Lokomotiven, die ihre Dampfwolken ungerührt in die Menge bliesen. Die Atmosphäre lastete derart bedrückend auf den Menschen, dass es Charlotte vorkam, als müsste sie durch eine zähe Masse aus Furcht und Tränen waten. Sie war einiges gewohnt und hart im Nehmen. Doch aus nächster Nähe mitzuerleben, wie Hunderte überwiegend Schwerstverletzte aus einem Waggon getragen wurden, Wunden und Stümpfe nur notdürftig versorgt, in Agonie und Schmerz wimmernd, oder wie Leichensäcke gleich Vieh auf Pferdekarren verladen wurden, das alles ließ auch sie nicht ungerührt. Leid und Kummer, wohin sie auch blickte. Würde es denn niemals anders werden?

Charlotte verließ den Bahnsteig. Dabei verfing sich ihr Blick in einem Plakat an der gegenüberliegenden Wand: *Räder müssen rollen für den Sieg.*

»Dämliche Parole!«, sagte sie laut.

»Was haben Sie gesagt?«, fragte ein Ordner mit Hakenkreuzbinde am Arm. Er stand plötzlich vor ihr, dieser Hüter des Krieges.

»Nichts. Ich habe nur laut gedacht.« Charlotte war von einer wütenden Kraft erfüllt, fühlte sich dazu imstande, den Mann mit einem einzigen Faustschlag niederzustrecken.

Der Ordner musste ihre Gewaltbereitschaft gespürt haben. Hastig wich er einen Schritt zurück und meinte lediglich: »Denken Sie das nächste Mal etwas leiser. Heil Hitler!« Und trollte sich.

»Heil ihn doch selbst«, murmelte Charlotte und lockerte ihre Faust. Sie machte sich auf den Heimweg. Als sie Pfarrer Berthold das nächste Mal traf, sagte sie zu ihm: »Welch ein makabres Schauspiel diese Bahnhöfe und Züge bieten! Vorne steigen sie lebendig ein, hinten trägt man sie tot wieder heraus.«

Und während Laurenz sich Kilometer um Kilometer der Ostfront näherte, ging mit Annemarie eine Veränderung vor.

Annemarie, die seit langer Zeit keine echte Seelenregung gezeigt hatte, in einem parallelen Universum, abgekoppelt von ihrem Schmerz, weilte, begann plötzlich immer öfters grundlos zu weinen. Und sie begann auch, sich gegen die Fütterung zu wehren. Alle sorgten sich. Der konsultierte Arzt konnte keine Entwarnung geben. Im Gespräch mit Charlotte äußerte er sich dahingehend, dass diese Anzeichen eine allmähliche Verschlechterung des Krankheitsbildes von Annemarie Sadler bedeuteten. Über kurz oder lang würde dies eine Einweisung erforderlich machen.

Nur wenige Tage darauf hob Annemarie den Kopf, sah sich verwirrt um und fragte: »Wo ist Laurenz?«

»Halleluja! Gott hat ein Wunder bewirkt!«, rief Berthold, als ihn Annemarie eine Woche später allein in der guten Stube empfing.

»Vielleicht«, lächelte Annemarie blass, von Bertholds offenkundiger Freude gerührt. »Doch meine Bitte an Euch ist, darüber Stillschweigen zu wahren. Charlotte und ich sind übereingekommen, meine Genesung vorerst geheim zu halten. Außer Euch sind nur Kathi und Dorota eingeweiht.«

Berthold nickte. »Ihr wollt Elsbeth Luttich keine Angriffsfläche bieten.«

»So ist es. Solange sie glaubt, ich sei eine lebende Tote, wird sie hoffentlich von weiteren Intrigen gegen meine Familie absehen.«

Ein frommer Wunsch, der sich sehr bald als ein Irrtum herausstellen sollte.

46

Klug zu sein bewahrt uns nicht davor,
dennoch dumme Dinge zu tun.

Laurenz Sadler

Gerüchten wohnt etwas Metaphysisches inne. Mühelos überwinden sie Zeit und Raum und verselbstständigen sich in einer Geschwindigkeit, dass Wahrheit und Fakten dabei auf der Strecke bleiben.

Das Gerücht, das an diesem Montagmorgen die Runde im Eichendorff-Lyzeum in der Wilhelmstraße machte, besagte, beim Rektor sei hoher Besuch aus Berlin eingetroffen. In einer Limousine mit Chauffeur!

Allerorts standen Schüler und Schülerinnen in Grüppchen und tuschelten. Auf dem Weg ins Klassenzimmer waren Kathi bereits die abenteuerlichsten Spekulationen zugeflogen. Am häufigsten wurde gemutmaßt, ihre Schule sollte wegen besonderer Leistungen ausgezeichnet werden.

Zunächst jedoch erklang der Gong, und der Unterricht begann mit dem üblichen Appell. Danach jedoch befahlen die Lehrer alle männlichen Schüler aus den Klassenräumen. Sie sollten sich in der Aula melden. Die Mädchen blieben ratlos zurück, da ihre Klassenlehrer sich ausschwiegen, obwohl einige Mutige wie Kathi die Hand hoben und nachfragten.

Bis vor einiger Zeit waren Jungen und Mädchen noch

getrennt unterrichtet worden, doch seit sich die Reihen der männlichen Primaner, Sekundaner und sogar der Tertianer gelichtet hatten und auch die Lehrer weniger geworden waren – männliche Lehrer unter fünfzig gab es kaum mehr, außer, sie waren versehrt –, war man zu der Praxis gemischter Klassen übergegangen. Seit Beginn des Schuljahres im Herbst 1943 hatten sich die Reihen der männlichen Schüler weiter ausgedünnt. Die Jungen, die 1943/44 ihren achtzehnten Geburtstag feierten, waren eingezogen worden, die Sechzehn- und Siebzehnjährigen wurden als Flakhelfer geholt, und nicht wenige noch Jüngere hatten sich freiwillig gemeldet.

Nach zwei Stunden, in denen man wohl Lärm vernehmen konnte, ansonsten aber nichts geschah, rief man alle übrigen Schüler in die große Aula. Aufgeregt schnatternd schob sich der Pulk der Schülerinnen durch die langen Gänge.

Ein Laut des Staunens erhob sich von den Erstangekommenen und pflanzte sich bis nach hinten durch: Die Aula hatte sich in ein riesiges Klassenzimmer verwandelt! Da, wo sonst lange Stuhlreihen für die Pflichtveranstaltungen standen, reihte sich nun Pult an Pult.

Kathi, die sich von der allgemeinen Aufregung nicht anstecken ließ – weil sie längst wusste, dass Preise und Auszeichnungen weniger mit dem Empfänger zu tun hatten, als vielmehr den Interessen des Auszeichnenden dienten –, suchte sich in der letzten Reihe das Pult ganz außen an der Wand aus und setzte sich.

Es war die Zeit der kleinen Pause, sie hatte wie immer Hunger und gedachte nicht, auf ihr mitgebrachtes Marmeladebrot zu verzichten. Bevor sie hineinbiss, sah sie sich verstohlen um. Aber niemand, der es ihr hätte verbieten können, befand sich in ihrer Nähe. Die Lehrer standen in einem Halbkreis auf der Bühne, und die Wichtigtuer von der Schülervertretung drängten sich wie üblich an vorderster Front. Niemand achtete auf sie, alle wollten wissen, was auf dem Podest vor sich ging.

Dort, am Rednerpult, stand Kathis ehemaliger Grundschullehrer Hermann Zille, der ihr als Rektor des Lyzeums wiederbegegnet war. Zille ließ seinen Blick langsam über die Schüler schweifen. Er genoss es sichtlich, die Verkündigung der Neuigkeit hinauszuzögern. Endlich hob er den verbliebenen Arm und erbat sich überflüssigerweise Ruhe. Denn bis auf ein gelegentliches Husten und Schniefen – die Hälfte der Schüler litt aufgrund der ungeheizten Klassenräume an Erkältungen – verharrte der Raum längst in gespannter Erwartung.

Neben dem Rektor stand breitbeinig der Unbekannte aus Berlin. Im Vergleich zu seiner massigen Größe wirkte der ohnehin schmächtige Rektor auf Zwergenmaß eingeschrumpft. Der Fremde trug Lederhandschuhe und einen zugeknöpften Trenchcoat. Neben sich hatte er einen schwarzen Aktenkoffer abgestellt.

»Schüler!«, rief der Rektor gewichtig und wippte auf den Fußballen, »unser verehrter Bildungsminister Rust hat sich einen Wettbewerb ausgedacht. Eine Mathematik-Olympiade! Unser geliebter Führer Adolf Hitler möchte die intelligentesten Kinder des Deutschen Reichs kennenlernen. Und …« Rektor Zille blies die Backen auf. »… die Sieger und ihre Klassenlehrer erwartet als Preis eine Fahrt nach Berlin, unserer Hauptstadt. Dort werden sie unserem Reichsbildungsminister persönlich vorgestellt!« Zilles Stimme überschlug sich fast vor Pathos. »Stellt euch diese Ehre vor! Also, Schüler des Eichendorff-Lyzeums: Ich erwarte von euch den vollen Einsatz zu Ehren unserer Schule! Habt ihr das verstanden?«

»Jawohl, Herr Rektor«, scholl es lautstark zurück.

Zille fuhr fort: »Das hier ist Hauptsturmführer Müller aus Berlin. Er ist Beauftragter des Reichsministeriums für Wissenschaft, Erziehung und Volksbildung. Er wird euch die Prüfung abnehmen. Gebt euer Bestes! Der Führer zählt auf euch! Heil Hitler!«

Die dressierten Kinder streckten den rechten Arm aus und schmetterten wie aus einem Mund: »Heil Hitler!«

Kathi hob ebenfalls die Hand, und zwar jene, in der sie das letzte Stück Brot hielt. Sagen tat sie nichts, dazu hatte sie den Mund zu voll. Nichtsdestotrotz stopfte sie den letzten Bissen auch noch hinterher.

Der Offizielle aus Berlin war indessen damit beschäftigt, seinen Koffer auf dem Rednerpult zu platzieren, und vertrieb damit den Rektor unmissverständlich von dessen Logenplatz. Hauptsturmführer Müller entledigte sich seiner Handschuhe, öffnete den Koffer und entnahm ihm einen prallen Umschlag. Er war mit einem Hakenkreuzsiegel versehen.

»Schüler!«, begann er. »Dies ist ein großer Moment! Mit diesem Test könnt ihr dem Führer beweisen, dass ihr die Klügsten eurer Generation seid!« Er ließ noch einen kurzen Vortrag folgen, in dem die Worte Pflicht, Ehre und Vaterland den weitaus breitesten Raum einnahmen, um zuletzt pathetisch zu rufen: »Das Reich zählt auf euch! Das Reich braucht euch! Und jetzt noch einige Regeln, bevor der Test verteilt wird: Es zählt die Geschwindigkeit, mit der ihr die Aufgaben löst! Jede Minute, die ihr vor der veranschlagten Stunde fertig seid, erhöht eure Möglichkeit auf den Sieg. Wer vor Ablauf der Stunde fertig ist, hebt sofort die Hand. Es wird nicht gesprochen und nicht abgeschrieben! Jede Zuwiderhandlung wird mit sofortigem Ausschluss aus dem Wettbewerb geahndet. Schüler, habt ihr die Regeln verstanden?«

Alle brüllten: »Jawohl, Hauptsturmführer!«

»Sehr gut! Und nun habe ich noch etwas für euch.« Müller lächelte, ohne dass dies sein Gesicht eine Spur freundlicher machte. Auf ein Zeichen seiner Hand teilte sich das Dutzend Lehrer auf dem Podest und machte dem uniformierten Chauffeur Platz, der hinter der Bühne auf seinen Auftritt gewartet hatte.

Der Mann trug eine Schachtel nach vorne, stellte sie ab und kehrte zurück hinter die Kulissen.

Müller griff in die Schachtel und hielt einen Packen Bleistifte in die Höhe, als handelte es sich um Trophäen: »Jeder von euch erhält heute ein persönliches Geschenk des Führers. Möge dieser Stift eure Hand zum Sieg führen!«

Endlich wurde der Test, zusammen mit dem Führer-Bleistift, verteilt. Sobald vor jedem das karierte Faltblatt lag, erging die letzte Müller'sche Instruktion: Auf der Vorderseite waren Namen, Alter, Klasse und Postanschrift zu vermerken. Danach zückte Müller eine Taschenuhr und hob die linke Hand wie ein Schiedsrichter: »Achtung!« Seine Hand schnellte nach unten. »Los geht's! Und ab jetzt gilt: absolute Ruhe!«

Kathi kam sich tatsächlich vor wie ein Sportler bei einem Wettbewerb, der beim Signalschuss losspurten musste. Ihre Füße zuckten genauso wie ihr Geist, und sie fühlte das altbekannte Kribbeln, sich auf eine neue Herausforderung einzulassen. Die erste Aufgabe erklärte sich von selbst: Sie mussten eine Textaufgabe lösen. Es ging um Rinder.

Die zweite war eine Differenzialrechnung, die Kathi bereits beim Durchlesen löste. Ein Kinderspiel. Ein wenig wunderte sie sich, dass man es ihnen so leicht machte.

Bei der dritten handelte es sich um eine weitere mathematische Formel, allerdings lag der Schwierigkeitsgrad hier weitaus höher. Sie freute sich darauf.

Die vierte Aufgabe war ungewöhnlich, und Kathi bezweifelte, dass ihre Mitschüler etwas Ähnliches schon einmal zu Gesicht bekommen hatten. Ihr hingegen war das Format vertraut: Es war ein »teuflisches Quadrat«. Jene Art von Zahlenrätsel, mit der sich Milosz gerne beschäftigt hatte, um, wie er behauptete, »sein Gehirn zu trainieren«.

Doch dieses Quadrat war anders, es war eines der Ordnung neun, sprich, mit einem Gitter von neun vertikalen und horizontalen Kästchen. Auch hier waren scheinbar wahllos ein paar Ziffern eingefügt worden. Darunter las Kathi: *Ergänze die fehlenden Ziffern von 1 bis 9. Keine Zahl darf zweimal vorkommen.* Kathis Augen huschten über die Zahlen, und fast sofort erkannte sie ein Muster. Zunächst nahm sie sich jedoch die Mathematiktextaufgabe vor und griff nach dem Bleistift. Kurz rümpfte sie die Nase, als sie das eingravierte Hakenkreuz darauf sah. Als Erstes hinterließ sie einen kapitalen Fettfleck auf dem Blatt. Dorota hatte es wieder einmal zu gut gemeint mit der Butter im Pausenbrot.

Vorne nahm der Abgesandte aus Berlin am Pult von Rektor Zille Platz – was diesen dazu verurteilte, eine geschlagene Stunde ohne Sitzgelegenheit auszukommen. Auch die Lehrer standen wie ein stummer Chor auf dem Podest herum; keiner hatte an Stühle für sie gedacht.

Kathi hob nicht die Hand, obwohl sie vor Ablauf der Stunde fertig war. Ihr Ehrgeiz, mit einem Lehrer oder gar mit Rektor Zille nach Berlin zu fahren, um irgendeinem Minister die Hand zu schütteln, hielt sich in Grenzen. Seit sie die Oberschule besuchte und dem Mathematikprofessor bei einer Aufgabe einen Fehler nachgewiesen hatte, was der ihr ziemlich übel nahm und sie deshalb vor Rektor Zille zitierte, beherzigte sie im Unterricht Fräulein Liebigs Rat, ihre Klugheit besser zu verbergen … Es klappte nicht immer. Manchmal ärgerte sie sich derart maßlos über Ignoranz und vorherrschende Vorurteile, dass sich ihre Gedanken verselbstständigten und ihr Wissen gegen ihren Willen aus ihr herausplatzte. Dem eigenen inneren Drang zu widerstehen wurde für sie zu einer täglichen Herausforderung. Es war wie bei ihrem Spiel auf dem Akkordeon: Wenn eine Melodie sie mitriss, konnte sie sie nicht einfach mittendrin abbrechen. Genauso verhielt es sich mit ihren Gedanken. Fesselte sie eine Aufgabe, musste sie sie zwanghaft zu einem Ende bringen. So wie heute. Die Zeit reichte gerade noch aus, um eine Zahlenreihe im Teufelsquadrat zu vertauschen und einen Fehler in den Lösungspfad der Mathematikaufgabe einzubauen.

Die Stunde war vorbei, und der Berliner rief: »Schluss! Stifte weglegen!« Die Testergebnisse wurden eingesammelt, und Müller verstaute den Stapel mit heiligem Ernst in einem zweiten Umschlag, den er versiegelte. Anschließend forderte er Rektor Zille auf, mit seiner Unterschrift den gesamten Vorgang zu bezeugen – Ordnung musste sein –, und verschwand, den Chauffeur im Gefolge, mit einem schneidigen »Heil Hitler!«.

47

Dass die gewöhnliche Geschichtsschreibung als angenehm gilt, führe ich auf denselben Grund zurück, aus dem eine gewöhnliche Unterhaltung als angenehm gilt: Ihr Charakter ist aus Höflichkeit und Lüge zusammengesetzt.

Friedrich Nietzsche

Während sich auf dem Sadlerhof im März 1944 die ersten Blüten öffneten, die Luft nach Frühling schmeckte und die Vögel in den Bäumen jubilierten, verschärfte sich die Lage im Reich zusehends: Nicht nur Mensch und Pferd und Fahrzeuge wurden eingezogen, das hungrige Kriegsmonster gelüstete es nach immer mehr Stahl. Es wiederholte sich die Praxis von 1917, als schon einmal die Kirchenglocken für den Krieg requiriert und eingeschmolzen worden waren. Aus Friedensglocken wurden eiserne Kanonen, eiserne Kugeln, eiserner Tod.

Auch die Petersdorfer Kirchenglocke sollte abmontiert werden, um in den Krieg zu ziehen. Berthold weinte. Doch dann formierte sich Widerstand im Dorf, und die Glocke verschwand über Nacht. Der Quartiermeister und seine Soldaten mussten unverrichteter Dinge abziehen. Ganz Petersdorf hielt zusammen. Sie hatten dem Krieg ihre Ehemänner, Brüder und Söhne geopfert, ihre Tiere und ihre Ernte. Ihre Kirchenglocke sollte ihnen der Krieg nicht auch noch nehmen. Einzig Elsbeth war nicht in die nächtliche Aktion eingeweiht worden.

Mit Olegs Hilfe versteckte Kathi ihre fertiggestellte und überwiegend aus Stahl und Blech gefertigte Rakete hinter Strohballen in der Scheune. Mit ihren stattlichen zwei Metern, ihrem schwarz-weißen Anstrich und dem Namen, den Kathi mit einer Schablone aufgetragen hatte, war sie auf den ersten Blick von den Abbildungen echter Raketen in Herrmann Oberths Buch kaum zu unterscheiden.

Doch weder die gegnerischen Soldaten noch deren Bomben und Granaten erwiesen sich als der deutschen Soldaten schlimmster Feind. Es waren der Hunger und die Kälte. Wenzel Luttich hatte damit recht behalten.

Der Mythos von der unbesiegbaren Wehrmacht begann bereits nach der Niederlage von Stalingrad zu bröckeln. Nichts Gutes hörte man auch aus Leningrad. Im zehnten Jahr seines Bestehens geriet das Tausendjährige Reich erstmals bedrohlich ins Schwanken. In der gleichgeschalteten Presse überbot man sich mit Relativierungen und Beschwichtigungen; die neuen Wunderwaffen wurden unablässig gepriesen, und Goebbels rief im Berliner Sportpalast den totalen Krieg aus. Weiterhin schien das Vertrauen in den Führer ungebrochen. Niemand wollte daran glauben, dass das Schlimmste eintreten und Deutschland den begonnenen Krieg verlieren könnte. Dass sich die Schmach von 1918 wiederholte …

Der Blutzoll des Krieges war hoch, und er stieg von Tag zu Tag, von Stunde zu Stunde. In Petersdorf hatte inzwischen jede Familie einen oder gar mehrere Verluste zu beklagen. Feldpost war Anlass zu großer Freude; Depeschen aus dem Kriegsministerium bedeuteten nichts Gutes. Der greise Postbote wurde zum Symbol für Himmel und Hölle.

Indessen bestimmten weiter das Wetter und die Tiere Arbeit und Rhythmus auf dem Sadlerhof. Die tägliche Hofroutine erzeugte zumindest den Anschein von Normalität. Eine Konstante inmitten der Unsicherheit des Krieges. Und während sie die Tiere versorgten, hofften sie auf Nachricht von Laurenz, beteten für seine körperliche Unversehrtheit – und dafür, dass der Krieg bald ein Ende finden würde.

Auf Jan war František gefolgt. An sich kein schlechter Kerl, jedoch erwies er sich als unermüdlicher Besserwisser und mindestens so stur wie Oleg. Die beiden trugen ihre täglichen Scharmützel aus, und Dorota mühte sich redlich, zwischen ihnen zu vermitteln. Annemarie bangte um ihren Mann, Charlotte um ihren Sohn und Kathi wie auch Franzi in ihrer eigenen kleinen Welt um den Vater.

Am späten Vormittag, wenn üblicherweise der Postbote erwartet wurde, drehten Annemarie und Charlotte eine kleine Spazierrunde im Hof. Als Annemarie mit der Familie übereingekommen war, ihre Genesung geheim zu halten, hätte sie nicht geglaubt, wie schwer ihr dies fallen würde. Es erforderte ihre gesamte Selbstbeherrschung, weiter täglich mit unbeteiligtem Blick und müden Bewegungen wahlweise an Charlottes, Dorotas oder Kathis Arm ihre Runden zu drehen. Sie kam sich dabei wie eine Gefangene beim Hofgang vor.

An diesem Tag war es jedoch nicht der Postbote, der Annemaries und Charlottes Aufmerksamkeit erregte, sondern ein schnittiges graues Cabriolet. Es preschte durch das Tor, bremste forsch im Hof ab und hüllte die beiden Frauen in eine kapitale Staubwolke.

»Verzeihung, meine Damen!«, rief der Fahrer, wahrhaftig erschrocken, und schwang sich, ohne den Schlag zu öffnen, aus dem Wagen. In Tweedjacke, Knickerbockern und geschnürten Lederschuhen war er in diesen Zeiten ein so seltener wie verblüffender Anblick. Eine Ledermütze mit Kinnschutz und eine Flugbrille vervollständigten sein exzentrisches Aussehen. Man musste nicht erst das Berliner Nummernschild sehen, um zu wissen, dass diese Sorte Mensch nur in der Großstadt gedieh.

Der Besucher löste nun den Kinnschutz, nahm Mütze und Brille ab und beförderte beides achtlos in den Wagen. Die zuvor verhüllte Augen- und Kinnpartie hob sich reinweiß vom verschmutzten Rest seines Gesichts ab. Einem sehr jungen Gesicht, wie Annemarie und Charlotte nun erkennen konnten. Fast noch ein Milchbart.

Die Tatsache, dass er trotzdem nicht im Felde stand und in Zeiten herrschender Benzinknappheit im Automobil herumfuhr, was nur Militär und Personen mit besonderem Status und Auftrag erlaubt war, versetzte bei Annemarie die Alarmglocken in Schwingung. Bereits am Morgen hatte sie sich unruhig und angreifbar gefühlt, jedoch tapfer gegen ihre Sorge angekämpft, dass Laurenz etwas zugestoßen sein könnte. Nun fragte sie sich, ob ihr Instinkt sie eventuell vor diesem jungen Mann hatte warnen wollen.

Charlotte klopfte sich indessen demonstrativ den Staub von ihren Reithosen. Die Regeln der Höflichkeit missachtend, nicht, dass sie sonst viel darauf geben würde, fuhr sie den Fremden an: »Was fällt Ihnen ein? Reicht es nicht, dass die Menschen sich auf dem Schlachtfeld gegenseitig niedermetzeln? Wollt ihr Berliner jetzt auch noch den Rest umbringen, indem ihr sie totfahrt?«

Immerhin besaß der Fahrer so viel Anstand zu erröten. Die Hände an der Hosennaht, verbeugte er sich formvollendet vor ihnen: »Die Damen sehen mich untröstlich, und ich kann Sie nur nochmals um Verzeihung bitten. Selbstverständlich komme ich für die Reinigung Ihrer Kleidung auf. Darf ich mich den verehrten Damen vorstellen? Ferdinand von Schwarzenbach«, schloss er seine kleine Rede.

Annemarie wurde von diesem ungewöhnlichen Auftritt in dem Maße überrascht, dass ihr erstmals ihre unbeteiligte Rolle entglitt und sie zu Charlotte blickte. Die runzelte die Stirn, schien sich gerade dasselbe zu fragen wie ihre Schwiegertochter: Konnte dieser Junker echt sein? Entweder spielte auch er eine Rolle, oder er war aus der K.-u.-k.-Zeit gefallen, versehentlich in einem Cabriolet gelandet, das ihn ausgerechnet nach Petersdorf führte.

Ihr Besucher redete bereits weiter. »Und mit wem habe ich das werte Vergnügen?«

Charlotte hatte nicht vor, es diesem jungen Aristokraten leicht zu machen, selbst wenn er aus ihren Kreisen stammte. »Na, hören Sie mal! Wissen Sie nicht, wen Sie besuchen wollten?«

»Touché!«, sagte Ferdinand von Schwarzenbach charmant lächelnd, während Charlotte eine zerknautschte Zigarre aus ihrer Tasche fischte und sich in den Mund steckte.

Sofort blitzte ein silbernes Feuerzeug in der Hand ihres Besuchers auf. Statt sich für das Feuer zu bedanken, paffte ihm Charlotte die erste Wolke ins Gesicht.

Von Schwarzenbach verzog keine Miene: »Darf ich fragen, ob das hier der Sadlerhof ist? Wenn ja, würde ich gerne Frau Annemarie Sadler meine Aufwartung machen.«

Was will er von mir?, fragte sich Annemarie überrascht. Offenbar besaß ihr junger Besucher keine Kenntnis von ihrem gesundheitlichen Zustand. Verstohlen unterzog sie diesen Schwarzenbach einer Musterung. Sollte sie ihre Maske fallen lassen? Sie musste erfahren, ob von diesem Mann eine Gefahr für ihre Familie ausging. »Ich bin Annemarie Sadler«, sagte sie und machte einen Schritt auf den Besucher zu – weniger eine Bewegung als eine Demonstration, dass sie es gewohnt war, jeder Gefahr entgegenzutreten. Charlotte neben ihr sog scharf die Luft ein.

»Sie sehen mich hocherfreut«, sagte von Schwarzenbach mit einem weiteren Diener.

Eine Pause entstand, in der sich ihr Besucher Charlotte zuwandte. »Dann sind Sie sicher die Schwester von Dame Annemarie«, sagte er charmant.

»Nein, ich bin Charlotte Sadler«, entgegnete Charlotte knapp.

»Von Schwarzenbach, Ferdinand, hm? Irgendwie verwandt mit Feldmarschall Franz-Josef von Schwarzenbach?«

»Mein Großvater.«

»Lebt er noch?«

»Ja, es geht ihm so weit gut.«

»Schade«, sagte Charlotte. »Also, was wollen Sie von meiner Schwiegertochter? Und bitte sparen Sie sich das Gesülze; ich habe wenig Zeit und muss wieder in den Stall.« Charlotte hüllte ihn in eine neuerliche Tabakwolke.

Diesmal konnte von Schwarzenbach ein Hüsteln nicht unterdrücken, was er vornehm hinter vorgehaltener Hand tat. »Gewiss, verehrte Dame«, sagte er sodann. »Der Grund meines Kommens gilt eigentlich Katharina Sadler.«

Charlotte spuckte ihre Zigarre aus.

Als Kathi aus der Schule kam, staunte sie nicht schlecht über das schnittige Horch-Cabriolet im Hof.

Dorota passte sie an der Haustür ab: »Herzele, für dich ist ein hübsches Herrchen aus der Stadt gekommen. Und so fein ausdrücken tut er sich, dass ihn unsereins gar nicht verstehen kann.«

Entsprechend vorgewarnt, betrat Kathi die gute Stube. Dennoch war sie nicht auf den merkwürdig gekleideten jungen Mann vorbereitet, der sich an Dorotas Blaubeertorte gütlich tat, sich jedoch bei ihrem Eintreten sofort höflich erhob.

Kathi bemerkte die verkrampfte Haltung ihrer Mutter. Neugierig musterte sie den Fremden. Sein Haar war eher nachlässig geschnitten, und eine blonde Locke kringelte sich auf seiner Stirn.

Der Besucher unterzog sie seinerseits einer Musterung. Allerdings auf eine Weise, als wären sie sich bereits begegnet. Was keineswegs der Fall war. Wer war dieser Fremde?

Zu ihrer Überraschung übernahm nun die Mutter die Vorstellung des Besuchers. Erschrocken fragte sich Kathi, was sie dazu bewogen haben könnte, die Rolle der abwesenden Kranken aufzugeben.

»Das ist meine Tochter Katharina. Kathi – der junge Mann ist Ferdinand von Schwarzenbach.«

Ferdinand verbeugte sich galant vor Kathi. »Guten Tag, junges Fräulein, ich bin hoch erfreut.«

Das war Kathi in fünfzehn Jahren nicht passiert. Sie sah ihn verblüfft an, und weil ihr nichts anderes einfiel, sagte sie ebenfalls: »Guten Tag«, und streckte ihm die Hand entgegen.

Er ergriff sie und schüttelte sie kräftig. Sodann rückte er ihr höflich einen Stuhl am Tisch zurecht, ebenfalls ein Novum für Kathi, wartete, bis sie Platz genommen hatte, und setzte sich zurück auf die Bank.

Kathis Mutter ergriff erneut das Wort. »Verzeihen Sie, wenn ich vorhin vielleicht nicht richtig hingehört habe, Herr von Schwarzenbach. Aber für welches Amt oder für welche Behörde arbeiten Sie gleich noch einmal?«

»Ich nannte weder das eine noch das andere, Frau Sadler«, antwortete von Schwarzenbach freundlich. »Ich bin Wissenschaftler, genauer gesagt, Mathematiker. Und ich habe die ehrenvolle Aufgabe, junge Talente im ganzen Reich ausfindig zu machen. Wir glauben, Ihre Tochter ist so ein Talent. Der Führer möchte unsere besonders begabte Jugend extra fördern. Zum Beispiel diesen jungen Menschen den Besuch einer Universität ermöglichen, wenn die persönliche wirtschaftliche Lage dies nicht zulässt«, erklärte er gespreizt.

Annemarie runzelte die Stirn. »Jemandem wie Ihnen, Herr von Schwarzenbach, der mit der Pracht Berlins und der Reichskanzlei vertraut ist, mögen unsere Wohnverhältnisse vielleicht ärmlich erscheinen. Aber ich versichere Ihnen, dass wir für unsere Kinder selbst sorgen können.«

»Ich wollte keineswegs taktlos wirken. Bitte verzeihen …«

»Geschenkt«, fiel ihm Annemarie ins Wort. Etwas an dem jungen Mann passte nicht ins Bild, wirkte aufgesetzt. War er wirklich so weltmännisch und höflich, oder war das nur das Feigenblatt, in das er sich hüllte? »Was mich zuvorderst interessiert«, sagte Annemarie nun, »wie sind Sie da ausgerechnet auf meine Tochter gekommen?«

Von Schwarzenbach drehte sich zu Kathi. »Na so was, Katharina! Du hast deinen Eltern nichts von der Mathematik-Olympiade in der Schule erzählt?«

Kathi zuckte mit den schmalen Schultern und nahm die Blaubeertorte ins Visier. Sie hatte einen Bärenhunger, wie immer nach der Schule. »Nein, wieso? Wir schreiben doch ständig irgendwelche Tests.«

»Nun ja. Es war mehr als ein Test, wenn ich das anmerken darf. Es handelt sich um einen landesweiten Wettbewerb. Für den Sieger wurden eine Fahrt nach Berlin und ein Besuch in der Reichskanzlei ausgelobt, wo der Reichsminister persönlich den ersten Preis übergeben wird. Und du fandest das nicht erwähnenswert?« Entgegen seinen Worten wirkte von Schwarzenbach in keinster Weise indigniert. Als er Kathi musterte, enthielt sein Blick nichts als professionelle Neugierde. Seine konzentrierte Aufmerksamkeit glich jener von Großmutter Charlotte, wenn sie ein neues, vielversprechendes Pferd begutachtete, dessen Kauf sie erwog.

Kathi war sein Interesse nicht lästig. Gerade, dass er so anders war, sich anders benahm und anders aussah, als sie es gewohnt war, fand sie ansprechend. Auch wenn sie es nicht genauer benennen konnte, aber in gewisser Weise erinnerte er sie an Fräulein Liebig und an Milosz. Und auch an Anton. Jeder der drei hatte etwas Besonderes an sich gehabt. Sie fragte sich unwillkürlich, was das Besondere an von Schwarzenbach war.

Auch ihr Gegenüber schien in Gedanken versunken. Vermutlich zog er gerade den Schluss, dass er es hier nicht mit den treuesten Anhängern der nationalsozialistischen Führung zu tun hatte. Aber Kathi maß dieser Erkenntnis keine Bedeutung bei. Trotz der Beunruhigung ihrer Mutter glaubte sie nicht, dass von dem jungen Mann eine Gefahr ausging. Dies besagte allein schon die Logik: Er kam aus Berlin, fuhr ein sündhaft teures Auto und trug Kleidung, die sich von einer Uniform unterschied wie der Tag von der Nacht. Dieser Mann war ein Privilegierter. Und dennoch benahm er sich völlig anders als all die strammen Nationalsozialisten, die sie bisher kannte. Selbst bei der Begrüßung war ihm kein »Heil Hitler!« über die Lippen gekommen. »Hocherfreut«, hatte er gesagt und »Guten Tag«.

Von Schwarzenbach nutzte die Pause und ließ sich eine weitere Gabel Kuchen schmecken. »Köstlich, wirklich köstlich«, lobte er und gab damit zu verstehen, dass er das Thema des unerwähnten Wettbewerbs nicht weiterverfolgen würde. Stattdessen sagte er zu Kathi: »Du wirst dir den Grund schon denken können, warum ich heute hierhergekommen bin. Ist es nicht so?«

Sekundenlang trotzte Kathi seinem Blick.

»Was …?«, fragte Annemarie, deren Kehle plötzlich zu eng wurde für Worte. Sie räusperte sich und begann den Satz neu. »Was wollen Sie von meiner Tochter, Herr von Schwarzenbach?«

»Nun denn, herzlichen Glückwunsch, Katharina, und Gratulation zu Ihrer klugen Tochter, Frau Sadler! Katharina hat den ersten Preis des Mathematikwettbewerbs gewonnen. Ich möchte Katharina deshalb gerne mit nach Berlin nehmen, damit sie dort ihren Siegerpreis in Empfang nehmen kann.«

»Was sagen Sie da? Meine Kathi soll mit Ihnen nach Berlin reisen? Aber das kommt ja gar nicht infrage!« Ihr Bauchgefühl hatte sie also nicht getrogen. Das Feigenblatt war ab, und dahinter versteckte sich ein Unruhestifter! Sie sprang auf. »Bedaure, Herr von Schwarzenbach, aber Sie haben den weiten Weg von Berlin umsonst gemacht. Meine Tochter bleibt hier, Punkt.

Unsere Dorota wird Ihnen ausreichend Proviant für die Rückfahrt nach Berlin einpacken. In der Hauptstadt soll die Versorgungslage inzwischen ja prekär sein, und auch die Nächte sollen sich nicht mehr ganz so komfortabel gestalten. Was man so hört.« Es war ein höflicher Rausschmiss, kombiniert mit der kaum verhohlenen Ansage, dass in Berlin Hunger herrschte und Bomben fielen. Kein Ort, an den eine Mutter freiwillig ihr Kind schicken würde.

Kathi hörte nicht mehr zu, seit von Schwarzenbach erwähnte, er wolle sie nach Berlin mitnehmen. Lange Zeit hatte sie nicht mehr an Dorotas Prophezeiung auf dem Hügel gedacht. Nun erinnerte sie sich an den Wortlaut: *Sie solle sich vor der falschen Biene hüten, und der Sternenmann würde kommen und sie holen.* Laut Dorota hätten sie und er eine gemeinsame Bestimmung. Mit neuem Interesse musterte sie ihren Besucher. Könnte dieser Ferdinand der Sternenmann sein?

»Nun, so weit sind wir noch nicht, Frau Sadler«, sagte der junge Wissenschaftler an dieser Stelle beschwichtigend. »Bitte entschuldigen Sie meine Ungeschicklichkeit mit Worten. Zunächst würde ich Kathi gerne einigen weiteren Tests unterziehen. Danach sehen wir weiter. In Ordnung? Und …« Schwarzenbach zögerte wie jemand, der einen weiteren Trumpf in petto hatte, jedoch unsicher war, ob er ihn bereits auf den Tisch legen sollte.

Annemarie war klar, dass es jetzt ans Eingemachte ging, und ließ ihn nicht vom Haken. »Was wollten Sie sagen, junger Herr?«

Zu spät fragte sich von Schwarzenbach, ob der Trumpf überhaupt ein Trumpf war und ob er nicht gerade einen Fehler beging. Doch aus dieser Nummer kam er nicht mehr heraus, zu weit hatte er sich bereits aus dem Fenster gelehnt. »Also, es ist so … Für den Fall, dass ich Ihr Vertrauen gewinnen kann, bin ich befugt, Ihnen etwas im Austausch hierfür anzubieten.«

»Was meinen Sie? Ein Handel mit meiner Tochter?« Annemarie sah aus ihrer stehenden Position auf ihn herab. »Sprechen Sie nicht in Rätseln. Oder gehört dies zu den Gepflogenheiten eines Mathematikers?«

Von Schwarzenbach nickte, sah jedoch demonstrativ zu August, der wie immer auf der Ofenbank hockte. Er hatte heute einen guten Tag, nur gelegentlich lief ein Zittern durch seinen mageren Körper. Kathi ging zu ihm, zog ein Taschentuch aus seiner Tasche und tupfte ihm fürsorglich einen Speichelfaden aus dem Mundwinkel.

»Mein Schwiegervater ist seit dem ersten Großen Krieg blind und taub«, antwortete Annemarie auf die nicht gestellte Frage. Ihr Ton und ihr Blick sagten etwas anderes: *Sehen Sie hin, junger Ferdinand von Schwarzenbach aus Berlin. Das ist es, was der Krieg aus einem einst gesunden und starken Mann gemacht hat.*

Ferdinand warf noch einen Blick auf die angelehnte Tür, bevor er in gedämpftem Ton fortfuhr: »Das ist auch für mich nicht einfach, Frau Sadler. Ich wurde wegen meiner Fähigkeiten ausgewählt, verstehen Sie? Nicht wegen meines Parteibuchs.«

»Ich verstehe«, erwiderte Annemarie kalt. »Sie tun etwas, das Sie gar nicht wollen. Haben sich der Herde angeschlossen, damit Sie weiter Cabriolet fahren und keine Uniform tragen müssen. Und was sagt das jetzt über Ihre Person aus?«

Schachmatt. Kathi bewunderte ihre Mutter.

Unvermittelt wirkte der selbstsichere, dauerhöfliche Besucher angeschlagen. Vermutlich hatte er sich mit der Ankunft in Petersdorf bereits im Ziel gewähnt und musste nun feststellen, dass er im Nachhinein disqualifiziert worden war. »Ich stimme Ihnen zu, Frau Sadler. Ich bin ein Opportunist, ein Mitläufer. Aber ich habe meine Gründe.«

»Mir sind Ihre Gründe egal, verstehen Sie? Kathi geht nirgendwohin. Ihr habt euch bereits meinen Laurenz geholt.

Meine Tochter bekommt ihr nicht!«, sagte Annemarie, und in ihrer Stimme lag eine Kälte, die Ferdinand frösteln ließ.

»Gut gesprochen!«, ließ sich Charlotte hören und stieß die Tür mit dem Stiefel auf. Mit ihr drang kräftiger Stallgeruch in den Raum.

Hinter ihr huschte Franzi herein. Sie lief schnurstracks um den Tisch herum, zwängte sich neben Ferdinand, nahm seine Gabel und begann in aller Seelenruhe, die Reste seines Kuchens zu verspeisen.

Unter normalen Umständen hätte Annemarie Franzis Treiben sofort ein Ende gesetzt. Da sie die Anwesenheit des jungen Mannes jedoch als Bedrohung für ihre Familie begriff, sagte sie lächelnd: »Darf ich vorstellen? Meine Tochter Franzi. Sie lebt in ihrer eigenen Welt, und für Kuchen würde sie ihre Seele verkaufen.« Annemarie beugte sich vor und strich Franzi liebevoll über den dunklen Scheitel. Die ließ sich beim Schmausen nicht stören.

Annemarie rief nun nach Dorota.

»Dorota, dein Kuchen schmeckt köstlich. Deck doch bitte auch für Kathi und Franzi ein.«

Falls Dorota sich wunderte, dass statt der auf dem Herd brodelnden Mittagssuppe Kuchen geordert wurde, so verzog sie keine Miene.

Von Schwarzenbach gab sich noch lange nicht geschlagen. Er nahm das Gespräch wieder auf, als wäre es nur umständehalber unterbrochen worden. Da er bei der Mutter nicht weiterkam, versuchte er sein Glück bei der Tochter. »Katharina, hast du denn schon einmal darüber nachgedacht, eine Universität zu besuchen?«

Kathi konsultierte zuerst per Augenkontakt ihre Mutter, bevor sie antwortete: »Sicher möchte ich auf die Universität. Ich will Physik und Ingenieurwesen studieren. Aber nur zusammen mit der Franzi.«

»Äh, ja«, entgegnete Ferdinand von Schwarzenbach, offenbar von der bestimmt vorgetragenen Forderung überrascht. »Du interessierst dich also für diese Fächer? Und wie kommst du gerade auf sie?«

Kathi zuckte mit den Schultern. Es lag ihr fern, einem ihr völlig Unbekannten von ihrem Traum vom Mond zu erzählen.

»Du willst es mir also nicht verraten?«

»Nein. Warum sind Sie Mathematiker geworden, Herr von Schwarzenbach?«, stellte Kathi die Gegenfrage.

Der senkte den Kopf. Dann lächelte er nicht nur, er grinste breit, was ihm etwas sehr Jungenhaftes verlieh.

In diesem Moment erinnerte er Kathi an Anton, an sein schelmisches Grinsen, wenn er eine seiner grandios-verrückten Ideen ausgeheckt hatte. Aber sogleich fuhr auch der altvertraute Stich in sie, sobald sie ihrem Freund in ihrer Erinnerung nahekam. Wieder einmal fragte sie sich, ob sein Tod sie je weniger schmerzen würde. Anton fehlte ihr jeden Tag. Trauer, überlegte Kathi, entzog sich jeglicher Physik; sie war eine universelle Kraft, auf die der Mensch keinen Einfluss hatte. Der Trauernde musste den Schmerz aushalten. Das war die Bürde, mit der sich der Tod an den Lebenden rächte. Vielleicht, überlegte Kathi weiter, war das der Grund für die Existenz Gottes? Wer an ihn glaubte, konnte sich wenigstens bei ihm beklagen. Das nannte man Gebet.

»Verrätst du mir auch, Kathi, weshalb du deine Schwester Franzi mit auf die Universität nehmen möchtest?«, unterbrach Schwarzenbach Kathis Gedanken.

»Weil ich ihr versprochen habe, dass ich sie niemals allein lassen werde«, antwortete Kathi schlicht.

Dorota erschien just in dem Moment mit einem Tablett und trug auf. Auch von Schwarzenbach erhielt ein frisches Stück Kuchen. Das Zeichen, dass ihm noch eine Kuchenlänge Gastfreundschaft gewährt wurde.

»Um auf das Tauschgeschäft zurückzukommen …«, begann er, und in seinem Gesicht zeichnete sich etwas ab, was zuvor nicht da gewesen war: Unbehagen. Offenbar wurde dem jungen Mathematiker mehr und mehr bewusst, wie sehr er sich bei diesem Auftrag verrechnet hatte. Er sah sich mit Emotionen konfrontiert, mit denen er wenig umzugehen wusste. Zu lange schon bewegte er sich in Kreisen, in denen alles der Logik und Rationalität untergeordnet war, wo Gefühle nur im Verborgenen schwelten.

Etwas an seinem offensichtlichen Zwiespalt warnte Annemarie. »Wissen Sie was? Behalten Sie es für sich! Wir sind nicht interessiert. Essen Sie Ihren Kuchen, und dann fahren Sie. Berichten Sie Ihren Vorgesetzten, es handle sich um einen Irrtum, Kathi sei nicht die Richtige. Wie auch immer, Ihnen fällt sicher etwas ein. Wortgewandt, wie Sie sind, nicht wahr?«

»Tauschgeschäft? Was für ein Tauschgeschäft?« Charlottes Gabel verharrte auf halbem Weg zwischen Teller und Mund. Einem Geschäft konnte sie bekanntlich selten widerstehen. »Reden Sie, von Schwarzenbach!«, forderte sie.

Es war dem jungen Mann anzumerken, dass er ungern zwischen die Fronten dieser beiden streitbaren Frauen geriet. Annemarie glaubte zu ahnen, was hinter seiner Stirn vor sich ging.

Doch sie irrte sich. Wie so oft stellten sich die Dinge weitaus komplexer dar, als sie zu Anfang schienen, und ein jeder hatte sein eigenes Päckchen zu tragen.

Oder wie Dorota zu sagen pflegte: *Unter jedem Dach ein Ach.*

48

Es wird niemals so viel gelogen wie vor der Wahl,
während des Krieges und nach der Jagd.

Louis Berger

Nein, überlegte Ferdinand, so hatte er sich das sicher nicht vorgestellt.

Als man ihm den Auftrag übermittelte, hatte er keinerlei Bedenken. Eine Wahlmöglichkeit bestand sowieso nicht, in diesen Kriegszeiten war alles Befehl und Gehorsam Pflicht. Außerdem, wer spielte nicht gerne den Boten von guten Nachrichten? Dazu winkte der Bonus der Sonderfahrt. Sprich, er erhielt die Genehmigung zur Nutzung seines seit langer Zeit in einer Potsdamer Garage vor sich hin staubenden Horch-Cabriolets. Sich endlich einmal wieder den Wind um die Nase wehen lassen, ein Gefühl von Freiheit zu genießen, dafür hätte er jede Kröte geschluckt.

Fast die gesamte Fahrt beschäftigten sich seine Gedanken mit der fünfzehnjährigen Katharina Sadler. Vier Aufgaben waren zu lösen gewesen, eine davon mit höchstem Schwierigkeitsgrad, über die selbst er sich lange den Kopf zerbrochen hatte. Und dieses Mädchen hatte keine Stunde für alle vier gebraucht! Von den beiden kleinen Fehlern ließ er sich nicht täuschen, sie schienen ihm allzu offensichtlich eingebaut. Bald würde er es genau wissen: Entweder die Ergebnisse entsprangen einem unwahrscheinlichen Zufall, oder bei der Kleinen handelte es sich tatsächlich um ein Genie. Sein Auftrag lautete, Katharina Sadler weiteren Tests zu unterziehen und zu entscheiden, ob sie ein Gewinn für die Heeresversuchsanstalt wäre. In dem Fall war er befugt, sie gleich mitzunehmen.

Auf seiner Fahrt quer durch das Land hatte er schockiert festgestellt, wie viel sich seit dem Sommer 1942, als er der HVA in Peenemünde zugeteilt worden war, im Deutschen Reich verändert hatte. Die beiden letzten Jahre war er bis auf zwei Fahrten nach Potsdam kaum aus dem Bunker auf der Ostseeinsel herausgekommen. Das Land wirkte auf ihn seltsam verblasst, als wäre es von einem kollektiven Erschöpfungszustand befallen. Das einst stolze Rot der Fahnen erschien ihm weniger leuchtend, und selbst die Uniformen wirkten matt und grau wie die Menschen, die sie trugen.

Nachdem er Berlin und Cottbus hinter sich gelassen hatte und weiter nach Niederschlesien vorgedrungen war, eroberten die Farben das Land zurück. Breslau, die Perle Schlesiens und viertgrößte Stadt des Reiches, glänzte wie in Vorkriegszeiten, sie lebte und pulsierte. Für die Alliierten war sie bisher unerreichbar und galt als Luftschutzkeller des Reiches. Ferdinand faszinierte die Gründerzeitarchitektur Breslaus. Als er die prachtvolle Kaiser-Wilhelm-Straße entlangfuhr, profan umgetauft in *Straße der SA,* hielt ihn die Ästhetik Breslaus so sehr gefangen, dass er vor lauter Bewunderung falsch abgebogen war. Es fiel ihm erst in der Schweidnitzerstraße auf, als er das Kaiser-Wilhelm-Denkmal zwischen den geflügelten Obelisken passierte. Dort flatterten dem abgesetzten Kaiser die roten Hakenkreuze an den Fahnenmasten vor der Nase, prallten das alte und das neue Reich aufeinander.

Er hätte die Fahrt noch mehr genossen, wenn man ihm in Berlin nicht im letzten Moment einen Aufpasser aufgenötigt hätte: Major Otto Odin, ein SD-Windfähnchen aus dem Reichssicherheitshauptamt. Der Major trug zivile Kleidung und wollte nicht mit seinem Titel angesprochen werden, sondern nur als Herr Odin. Odin sah ziemlich leidend aus, fast schon schwindsüchtig. Auf Ferdinands höfliche Nachfrage hin hatte der unwillkommene Beifahrer seine Aktentasche an sich gepresst und versichert, er habe nur etwas Verdorbenes gegessen und benötige Ruhe. Ferdinand wertete das als Aufforderung zu schweigen.

Kurz vor Breslau verschlechterte sich der Odin'sche Zustand dramatisch. Der Mann legte keinen Protest ein, als Ferdinand ihm vorschlug, eine Zwischenstation in der Stadt einzulegen, und das Hotel Deutsches Haus ansteuerte. Der Leidende konnte kaum mehr sprechen, geschweige denn ohne fremde Hilfe aus dem Wagen steigen. Als Ferdinand ihm mitteilte, er werde einen Arzt holen, gab ihm der SD-Mann mit einem Funken Restautorität zu verstehen, dass er keinen benötige, erbrach sich sodann in einem Schwall in den Fußraum und verlor endgültig das Bewusstsein.

Im nahe gelegenen Krankenhaus diagnostizierte man bei Herrn Odin einen Blinddarmdurchbruch. Allein eine sofortige Operation konnte den Kranken retten. Ferdinand zeigte seinen Sonderausweis und kümmerte sich um die Formalitäten. Der Patient wurde als Otto Odin aufgenommen, gemäß dem Hausausweis des Reichssicherheitshauptamts, den Ferdinand in dessen Anzugjacke fand. Er nahm auch den restlichen Tascheninhalt an sich, einen Schlüsselbund und ein silbernes Zigarettenetui. Eine Brieftasche fehlte, Ferdinand vermutete sie in der Aktentasche, die er vorsorglich im Kofferraum des Cabrios verstaute. Er hatte hineinsehen wollen, aber die Tasche war mit einem Schloss gesichert. Er fuhr nochmals zum Hotel, wo ihm der polnische Hausdiener beim Säubern des Wagens half und dafür großzügig entlohnt wurde. Anschließend rief er im Reichssicherheitshauptamt in Berlin an und bat darum, mit dem Vorgesetzten des Herrn Otto Odin zu sprechen. Er musste lange in der Leitung warten. Endlich schnarrte eine Stimme: »Sie wollen Meldung zu einem Otto Odin machen?«

»Ja. Er liegt im Kreiskrankenhaus Breslau. Blinddarmdurchbruch. Wäre es möglich, dass Sie seine Angehörigen verständigen?«

»Was fällt Ihnen ein! Sie sind hier im Reichssicherheitshauptamt und nicht bei der Heilsarmee! Im Übrigen gibt es hier keinen Otto Odin. Wie sagten Sie nochmals, heißen Sie? Schwarzenmann?«

Ferdinand legte schnell auf. Offenbar war Herr Odin geheimer als geheim. Darauf informierte er den Hotelbesitzer, er werde gegen Abend zurückkehren und buchte ein Einzelzimmer für die kommende Nacht. Pflichtbewusst erkundigte sich Ferdinand vor seiner Abfahrt nochmals telefonisch im Krankenhaus nach Odin, aber die Operation war noch im Gange. So kam es, dass er seinen Weg nach Petersdorf allein fortsetzte.

Eine Stunde widerstand Ferdinand der Verlockung der Aktentasche im Kofferraum. Dann bog er auf einen Feldweg ab und holte sie nach vorne. Er fand den richtigen Schlüssel am Bund des SD-Mannes. Vorsichtig entnahm er nacheinander den Inhalt: eine Brieftasche, einen Passierschein, einen Umschlag mit verschlüsselten Dokumenten, einen Stapel Lebensmittelkarten, mehrere Tafeln Schoka-Cola, ein Döschen des Aufputschmittels Pervitin und die Militärakte *Laurenz Sadler*. Das Foto einer jungen Frau entging seiner Inspektion, da es unbemerkt zwischen Sitz und Tür gerutscht war.

Als Erstes filzte er die Brieftasche. Wie sich herausstellte, hieß Herr Odin nicht Odin, sondern Erwin Mauser und war Major im Reichssicherheitshauptamt, Abteilung IV, Gegnererforschung und -bekämpfung. Als er den auf Katharina Sadler ausgestellten Passierschein entdeckte, der sie befugte, den inneren Sicherheitskreis von Mittelbau-Dora zu betreten, und sich

Laurenz Sadlers Akte ansah und den daran gehefteten Vermerk, wurde ihm klar, warum ihm der SD-Mann zur Seite gestellt worden war. Das Reichssicherheitshauptamt überließ nichts dem Zufall. Sein eigener Auftrag lautete lediglich, dem Mädchen nach erfolgter positiver Bewertung anzubieten, sie gleich persönlich mitzunehmen. Aber sicher nicht gegen ihren Willen. Das Mädchen war erst fünfzehn! Aber dieser Major Mauser hatte offenbar genau dies im Sinn gehabt.

Ferdinand packte alles sorgfältig und in der umgekehrten Reihenfolge, in der er es entnommen hatte, zurück und setzte seine Fahrt fort.

Der Weg ins oberschlesische Petersdorf führte durch malerische Landstriche, wand sich auf schmalen Straßen durch Wälder und Fluren, während sich in der Ferne bläulich das Riesengebirge abzeichnete. Als die ersten Dächer von Petersdorf hinter einem Hügel in Sicht kamen, parkte Ferdinand kurz am Straßenrand, reckte seine Glieder und streckte sein Gesicht der wärmenden Sonne entgegen. Obwohl er nicht an so etwas Profanes wie die Vorsehung glaubte, wusste er, dass es einen Grund gab, warum er genau hier an diesem Ort war. Viele seiner Kommilitonen unterschätzten den philosophischen Aspekt der Mathematik. Er hingegen hing der Überzeugung an, dass Mathematik nicht gefunden, sondern entdeckt werden musste. So wie der große Michelangelo einst erklärt hatte, dass er seinen David in einem Marmorstein entdeckte und ihn lediglich freigelegt hatte. Mathematik war für ihn mehr als nur ein wissenschaftliches Fach, Mathematik war Kunst – Schönheit in Logik verpackt.

Niemals wäre ihm der Gedanke gekommen, die Enthüllung von Katharinas Begabung könne der Familie Sadler nichts bedeuten. Sogar die Tochter zeigte nicht das geringste Interesse an der Auszeichnung oder einer Fahrt nach Berlin. Die Mutter verhielt sich ihm gegenüber geradezu feindselig, schien es gar nicht abwarten zu können, bis er ihr Haus wieder verließ.

Und nun lief er auch noch Gefahr, zwischen Hammer und Amboss zu geraten, da sich Schwiegermutter und Schwiegertochter in seiner Angelegenheit uneins waren.

Dabei imponierte ihm Annemarie Sadler. Er hätte sich selbst eine Mutter wie sie gewünscht. Seine eigene Mutter verschwand 1921 – er war damals kaum zwölf Monate alt – aus seinem Leben. Später erfuhr er, sie sei mit einem anderen durchgebrannt. Da er seinen alten Herrn kannte, konnte er es ihr nicht einmal verübeln. Sein Vater war als Botschafter in vielen Ländern tätig gewesen, darunter in Istanbul, Warschau und London. Es hatte ihn nicht kosmopolitischer gemacht. Im Gegenteil. Er glaubte an Kaiser Wilhelms Ausspruch, *am deutschen Wesen solle die Welt genesen.* Da kamen ihm die Nazis gerade recht; der alternde Diplomat war geschickt auf den braunen Zug aufgesprungen und hatte seiner dümpelnden Karriere neuen Schwung verpasst. Seinen Sohn übergab er der Kinderfrau. Später wurde der Knabe in ein Internat bei Wien gesteckt, wo man ihm jene Erziehung angedeihen ließ, die der einzige Sohn eines Grafen und Erbe preußischer Landgüter durchlaufen musste. Schlagstock, eiskalte Bäder und Karzer inklusive. Wenn Vater und Sohn in diesen Jahren zusammentrafen, fand sich der Sohn in allem, was er tat oder sagte, gerügt. Stundenlang musste Ferdinand die Erzählungen seines Vaters ertragen, wie er als Mitglied der deutschen Friedensdelegation im Januar 1920 in Versailles die anderen deutschen Diplomaten davor gewarnt hatte, den Vertrag in dieser Form zu unterschreiben. *Lieber verdorre ihm die rechte Hand!* Was ihn nicht daran gehindert hatte, am Ende auch seine Unterschrift darunterzusetzen, vermutlich mit der unverdorrten.

»Was ist, von Schwarzenbach? Sind Sie in Schockstarre gefallen? Sprechen Sie! Von welchem Tauschgeschäft faseln Sie da?«

Erschrocken wurde Ferdinand bewusst, wie sehr er sich

gerade in den eigenen Gedanken verstrickt hatte. Dabei war er es gewohnt, sich geistig auf einer langen, geraden Bahn zu bewegen. *Sicheres Terrain.* Diese Sadlerfrauen brachten ihn völlig aus dem Lot. Wie er sich nach seinem ruhigen Schreibtisch sehnte! Er sog tief die Luft ein – ein Gemisch aus Kaffeeduft, Zigarre und Pferd.

»Ich möchte die Damen bitten, mich jetzt nicht falsch zu verstehen. Ich bin nur der Bote«, begann er vorsichtig. Jetzt gab es kein Zurück mehr – indem er sich des Wissens aus Major Erwin Mausers Unterlagen bediente, legte er die Entscheidung in die Hände der Frauen. »Für den Fall, dass Katharina Sadler als kriegswichtig eingestuft werden sollte, bin ich befugt, Ihnen anzubieten, den Vater, den Gefreiten Laurenz Sadler, von der kämpfenden Truppe an der Ostfront zurückzubeordern und auf einen Schreibtischposten im Ersatzheer zu versetzen.«

»Sie Teufel!«, keuchte Annemarie.

»Ich komme mit nach Berlin!«, rief Kathi.

»Der Kuchen ist alle!«, summte Franzi.

Charlotte sagte nichts.

Es folgte ein Moment der Stille, ein spannungsgeladenes Vakuum, das auch Großvater August erfasste. Prompt erlitt er einen Anfall von Kriegsfuror, ließ Flüche vom Stapel, einer gotteslästerlicher als der andere, tobte und schlug mit seinem Stock um sich, als müsste er sich einer Überzahl Feinde erwehren.

»Beim Herrn! Was ist denn hier los?«, dröhnte eine Stimme vom Stubeneingang, und alle Köpfe fuhren herum. Nacheinander traten zwei Männer ein. Dorota drängte ihnen nach.

Wie auf ein Signal hin verstummte Großvater August. Er ließ seinen Stock fallen, wandte sich den Neuankömmlingen ebenfalls zu, während ein jäher Strom von Tränen seine zerfurchten Wangen nässte.

Annemarie war schreckensbleich geworden, ihre Hand fuhr an ihre Brust, und Dorota erklärte überflüssigerweise, was jeder sowieso sehen konnte: »Der Pfarrer und der Postbote sind gekommen.«

Kathi sprang auf. Ihr Stuhl stürzte dabei um, aber keiner achtete darauf. Annemarie ergriff die Hand ihrer Tochter, zog sie eng an sich, während Franzi sich neben den Großvater setzte. Seine magere Hand legte sich auf ihren Scheitel, und die Kleine lehnte sich an ihn.

Charlotte erhob sich wie in Zeitlupe. Zwar stützte sie sich kurz am Tisch auf, doch sie wankte nicht. Aufrecht wie eine Kerze stand sie da. Allein ihre Stimme klang brüchig, als sie die beiden Worte aussprach, die womöglich das Schicksal ihres letzten überlebenden Kindes besiegelten: »Mein Sohn?«

Der alte Postbote trat mit einer Depesche näher.

Charlotte sah zu Annemarie. »Er ist dein Mann«, sagte sie und ließ damit überraschenderweise ihrer Schwiegertochter den Vortritt.

Annemarie nickte, öffnete die Depesche und verschlang die wenigen Zeilen. »Er lebt!«, stieß sie hervor und erlöste damit alle aus ihrer Starre. Und weiter: »Aber er ist in Gefangenschaft!«

»Man hat ihn gefangen genommen?«, fragte Charlotte. »Wer? Die Russen?«

Annemarie bewahrte Haltung. Aber ihre Lippen bebten, als sie antwortete: »Das steht hier nicht.«

»Natürlich die Russen. So eine verdammte Scheiße!«, fluchte Charlotte und fiel auf die Bank zurück. »Nichts für ungut, Herr Pfarrer!«

»Nein, Sie haben ja vollkommen recht, Frau Charlotte. Manchmal muss es raus«, sagte der. Berthold sah müde aus, wie ein alter Kämpfer, der um die Aussichtslosigkeit der Schlacht wusste. »Manchmal«, flüsterte er so leise, dass niemand außer Kathi und Franzi ihn verstehen konnte, »beneide ich den alten August.«

Plötzlich stand vor jedem von ihnen ein Glas, und Dorota schenkte großzügig Schnaps aus.

Auch von Schwarzenbach trank. Plötzlich hasste er seinen Auftrag und ein Stück weit auch sich selbst. Nicht nur hatte er das Tauschangebot viel zu früh ins Spiel gebracht, sondern auch viel zu spät bemerkt, welche Verwerflichkeit darin steckte und in welchen Gewissenskonflikt er die Familie damit stürzen würde. Da hätte er auch gleich sagen können: *ein Leben für ein Leben.* Hätte er die Finger bloß von dieser verdammten Mauser-Aktentasche gelassen! Er hatte sich damit zum Handlanger der Nazis gemacht. Und wie hatte er nur im gleichen Atemzug das Wort »kriegswichtig« erwähnen können? Das ließ Rückschlüsse auf seine eigene Arbeit zu. Wie oft war ihm eingebläut worden, dass er niemals darüber sprechen durfte?

Aber er war weder Diplomat noch Taktiker, und mit Rhetorik, dem Spiel der Worte, hatte er noch weniger am Hut. Er war Mathematiker, und für ihn gab es keine reinere Wahrheit als die Sprache der Zahlen. Mit allem Übrigen tat er sich schwer.

Nervös spielten seine Finger mit dem silbernen Feuerzeug seiner Mutter. Dem einzigen Zeugnis ihrer Gegenwart, das ihm geblieben war. Alles andere hatte sein Vater verbrannt oder weggeworfen. Nichts in seinem Haus sollte an die Gräfin von Schwarzenbach erinnern. Oder an die erlittene Schmach. Ferdinand fragte sich, was er jetzt tun sollte? Aufstehen und gehen? Ja, das war das Beste. Man hatte ihn vorher schon nicht hier haben wollen, und jetzt noch sehr viel weniger. Er würde einfach das aufgreifen, was ihm Annemarie Sadler zuvor vorgeschlagen hatte, und seinem Vorgesetzten erklären, dass die junge Katharina nicht das hielt, was sie sich von ihr versprochen hatten. Danach würde er an seinen Schreibtisch in seinem unterirdischen Stollen zurückkehren und dort in Ruhe das Ende des Krieges abwarten. Dieser Krieg konnte nicht ewig dauern –

nicht, weil die Regierung einen Anfall von plötzlicher Vernunft erleiden und Frieden schließen würde. Nein, die Ressourcen gingen zur Neige. Benzin, Stahl, frische Soldaten …

Ferdinand leerte sein Schnapsglas, stand auf und strebte der Tür zu.

»Wo wollen Sie hin?« Es war Katharina, die ihn im Flur abfing.

»Ich fahre zurück. Alles Gute für Sie und Ihre Familie, Fräulein Sadler. Ich hoffe sehr, Ihr Vater übersteht die Gefangenschaft und kehrt am Ende des Krieges unversehrt nach Hause zurück. Leben Sie wohl.«

»Warten Sie! Sie sagten doch vorhin, Sie seien befugt, meinen Vater von der Ostfront abzuziehen?«

»Ja, mein Vorgesetzter hätte dies in die Wege leiten können. Es tut mir leid, dass …« Er ließ den Satz offen.

»Wenn ich mit Ihnen komme, könnten Sie dann nicht versuchen, meinen Vater trotzdem aus Russland zu holen? Es gibt doch so etwas wie den Austausch von Gefangenen?«

»Ja, das ist schon vorgekommen. Aber das ist eine höchst komplizierte Angelegenheit. Dazu müssen sehr viele gegenseitige Interessen erfüllt sein.«

»Geht es dabei auch um Geld?«

»Mitunter«, antwortete er vorsichtig.

»Ich könnte Gold beschaffen. Viel Gold«, sagte sie.

Ferdinand schluckte. Vertraulich beugte er sich vor. »Du solltest vorsichtig sein, wem du einen solchen Vorschlag unterbreitest, Katharina«, flüsterte er.

»Das ist keine Antwort«, erwiderte Kathi unbeeindruckt. »Also? Sind wir im Geschäft?«

Ferdinand war versucht zu seufzen, unterließ es jedoch. »Lass es mich dir erklären. Im Falle deines Vaters handelt es sich um eine Gefangennahme durch reguläre Soldaten der russischen Armee und nicht durch eine Räuberbande. In erster Linie geht es bei einem Gefangenenaustausch um ranghohe Offiziere, um Männer, die für ihr Land wichtig sind.«

»Es mag Sie verwundern, aber für mich gibt es nichts Wichtigeres als meinen Vater«, gab Kathi zornig zurück.

Ferdinand war zusammengezuckt. »Verzeihung, das war ungeschickt von mir. Ich wollte nicht andeuten, dass …«

»Sie sind öfters ungeschickt, oder?«

»Wie war das?«

»Weshalb sollte ich als kriegswichtig eingestuft werden können, wo ich doch nur einen Schulwettbewerb gewonnen habe?«

Verflixt, das Mädchen war wirklich schlau und besaß eine schnelle Auffassungsgabe.

»Das spielt jetzt keine Rolle mehr, Katharina. Ich entspreche dem Wunsch deiner Mutter und kehre zurück nach Berlin. Noch einmal: Leb wohl.« Er wollte die Tür öffnen, doch Katharina wich keinen Zollbreit von der Stelle.

»Sie verschweigen uns etwas«, sagte das Mädchen. Seit sie das Feuerzeug in seinen Händen gesehen hatte, wusste sie, dass Ferdinand nicht der Sternenmann sein konnte. »Oder Sie sind falsch. Sind Sie eine falsche Biene?«, griff sie ihn an.

»Wie bitte?«

»Ihr Feuerzeug. Das Wappen zeigt eine Biene.«

»Oh, das Wappen!« Ferdinand lächelte erleichtert, ohne zu merken, wie verdächtig ihn gerade seine Reaktion machte. Er zog das Feuerzeug hervor. »Es gehörte meiner Mutter. Sie war eine geborene von Bienenfeld.«

»Sie ist bereits verstorben? Das tut mir leid.«

»Äh nein, sie lebt noch, aber …« Ferdinand fand es irgendwie unpassend, einer Fünfzehnjährigen zu erklären, dass seine Mutter mit einem anderen Mann durchgebrannt war. »Es ist kompliziert«, sagte er schließlich.

»Aha. Wäre Ihre Erklärung in etwa so kompliziert wie die

Verhandlungen über einen Gefangenenaustausch oder meine mögliche Einstufung als ›kriegswichtig‹?«

Donnerwetter, wie kam er aus dieser Nummer bloß wieder heraus? Er sehnte sich danach, in seinen Wagen zu flüchten und Gas zu geben. Viel fehlte nicht, und er hätte die Kleine an den schmalen Schultern gepackt und zur Seite geschoben. Das jedoch verbot ihm seine gute Erziehung. »Wenn du nun zur Seite treten würdest?«, forderte er sie auf und lächelte, wenn auch nicht aufrichtig.

»Herr von Schwarzenbach, Sie wollen uns doch nicht etwa schon verlassen?«, fragte Annemarie hinter seinem Rücken. *Verflixt!* Jetzt erhielt die Tochter auch noch Schützenhilfe von der Mutter. Sein Lächeln entglitt ihm nun völlig. »Genau das hatte ich vor, Frau Sadler.«

»Bitte, bleiben Sie noch! Ich hätte da einige Fragen an Sie. Sie können mit uns zu Mittag essen. Dorota trägt gleich auf.«

Ferdinand brach der Schweiß aus. Erst konnten sie ihn nicht schnell genug loswerden, und nun sollte er noch bleiben. »Ich fürchte, ich muss Ihre freundliche Einladung ablehnen, Frau Sadler. Bitte entschuldigen Sie die Störung. Ich werde Sie künftig nicht mehr belästigen. Alles Gute für Ihren Gatten!« Er verbeugte sich knapp und wandte sich wieder der Tür zu, wo ihm allerdings Kathi weiterhin den Weg versperrte. Und zu allem Überfluss öffnete sich hinter ihr die Eingangstür, und ein wahrer Hüne erschien auf der Schwelle. Annemarie Sadler sagte: »Darf ich vorstellen, Herr von Schwarzenbach: Oleg, unser Knecht. Oleg, zeig doch unserem Gast den Weg in die Küche. Unter der Woche essen wir immer dort zu Mittag«, erklärte sie freundlich.

Ein Blick auf den muskelbepackten Knecht genügte Ferdinand, und er trottete hinter Oleg in die Küche.

Das Essen erwies sich als einfach, aber vorzüglich. Er hatte nie eine bessere Kartoffelsuppe gegessen, nie schmackhafteres Brot gekostet. Die Fragen, die Annemarie ihm stellte, schmeckten ihm allerdings weniger, und bis ihm klar wurde, worauf sie hinauswollte, fielen seine Antworten höchst einsilbig aus.

»Ihr Großvater ist also Feldmarschall?«, begann Annemarie und reichte ihm den Korb mit dem Brot.

»Ja.«

»Ist er noch im Dienst?«

»Nein.«

»Aber er pflegt sicher weiter gute Beziehungen zum Militär?«

»Ja.«

»Haben Sie einen guten Kontakt zu ihm?«

»Schon.« *Besser jedenfalls als zu meinem Vater …*

»Sehen Sie Ihren Großvater des Öfteren?«

»Äh, in letzter Zeit telefonieren wir nur.« Worauf wollte sie bloß hinaus?

Annemarie fixierte ihn nun mit schmalen Augen. »Ich möchte, dass Sie Ihren Großvater anrufen und ihn bitten herauszufinden, wo mein Mann genau gefangen genommen wurde und wo sich die infrage kommenden Kriegsgefangenenlager befinden.«

Ferdinand fiel fast der Suppenlöffel aus der Hand. »Was haben Sie gesagt?«

»Ich denke, meine Bitte war unmissverständlich.«

»Aber … ich verstehe nicht …«

»Ich auch nicht«, sagte Charlotte, und Ferdinand hatte schon auf Unterstützung gehofft, als Charlotte ergänzte: »Aber kühn gedacht! Rufen Sie den Halunken an, und richten Sie ihm einen schönen Gruß von Charlotte von Papenburg aus. Sagen Sie ihm, er sei es mir schuldig! Stichwort Aphrodite-Tempel.«

49

Die Last der Wahrheit wiegt schwerer,
als Gott selbst je zu tragen vermag.

Raffael Valeriani

Am Ende zeigte sich der junge von Schwarzenbach einverstanden, mit seinem Großvater zu reden. »Ich kann nichts versprechen, das wissen Sie sicher selbst«, verabschiedete er sich.

Kathi begleitete ihn nach draußen zu seinem Wagen.

»Auf Wiedersehen, Katharina! Es hat mich sehr gefreut.« Er wollte sich bereits in den Wagen schwingen, als er es sich anders überlegte. »Hör mir zu, Katharina«, sagte er eindringlich. »Im Januar hat eine russische Großoffensive die deutsche Belagerung um Leningrad gesprengt. Inzwischen haben die Russen alle Gebiete im Bereich der früheren polnischen Ostgrenze zurückerobert, unsere Armeen befinden sich auf dem Rückzug. Das bedeutet, die Front rückt beständig näher.«

»Wir werden den Krieg verlieren?«, flüsterte Kathi. Bevor ihr Vater eingezogen worden war, hoffte sie immer nur darauf, dass er rasch endete und wieder Frieden herrschte. Wer als Sieger daraus hervorging, spielte für sie keine Rolle. *Im Krieg gibt es nur Verlierer, kleiner Kolibri …* Seitdem ihr Vater selbst Soldat war und kämpfen musste, hatte sich ihre Einstellung gewandelt, klammerte sie sich in Gedanken an den Sieg. Was blieb ihr außer dieser Hoffnung?

Ferdinand sah die Qual in ihrem Gesicht. »Es tut mir unendlich leid, Katharina. Ich wollte dir keine Angst machen. Aber die bittere Wahrheit ist, dieser Krieg wird für das Deutsche Reich verloren gehen. Wenn es so weit ist, werden die Russen über die ehemalige polnische Grenze kommen, denn Stalin dürstet es nach Rache, er will Berlin! Die russische Armee wird durch Schlesien marschieren, und sie wird dabei dieselbe verbrannte Erde zurücklassen wie unsere Armeen beim Marsch auf Moskau. Du und deine Familie müsst dann zusehen, dass ihr rechtzeitig in Richtung Westen flieht. Sag das deiner Mutter. Hör zu, falls du je Hilfe benötigen solltest, schreib mir an diese Adresse, oder ruf an, und frag nach dem alten Wilhelm. Er dient unserer Familie schon seit fünfzig Jahren. Du kannst ihm vertrauen.« Er zog eine Karte hervor. »Hierauf ist die Anschrift und der Fernsprechanschluss meines Großvaters in Potsdam vermerkt.« Er verabschiedete sich nun endgültig und fuhr vom Hof. Kathi wandte sich der Haustür zu. Dort lehnte ihre Mutter und hatte jedes Wort mitgehört.

»Was hat das zu bedeuten, Mutter?«, fragte Kathi.

»Dass wir nicht mehr viel Zeit haben.« Annemarie sah blass und erschöpft aus. Die Ereignisse des Tages hatten sie ausgezehrt. Kathi sah es wohl und nahm ihren Arm. »Komm, ich helf dir hinein, Mutter.«

Sie führte sie in die Stube, wo sich Annemarie auf Laurenz' altem Sessel niederließ. Franzi kletterte sofort auf ihren Schoß. Kathi wollte sie gleich wieder herunterheben, da ihre Mutter sich ausruhen musste. »Lass sie, ihre Nähe tut mir gut.« Annemarie strich Franzi über das weiche Haar, und die Kleine kuschelte sich an ihre Brust. Charlotte lehnte am offenen Fenster, in der rechten Hand die Zigarre, in der linken ein Schnapsglas, und nickte Kathi zu. Zweifelsohne hatte auch sie jedes Wort des Gesprächs zwischen Kathi und ihrem Berliner Besuch belauscht.

Dorota trat in die Stube. »Der junge Herr hat seine Tasche vergessen.« Sie zeigte zur Eckbank.

»Warum hast du denn nicht gleich etwas gesagt. Wir hätten sie ihm doch noch mitgeben können!«, rief Kathi.

»Ich hab halt gedacht, es könnt nicht schaden ... Also, ich mein ... weil doch ... also wegen des Bauern ... äh ...«

»Ausgezeichnet, Dorota! Gut mitgedacht«, meldete sich Charlotte zu Wort. »Schauen wir nach, was der junge Herr in seiner Aktentasche hat!« Charlotte rüttelte am Verschluss. »Verdammt! Sie ist abgeschlossen. Dorota, hol mir eine Zange!«

»Sollen wir das wirklich tun, Mutter?«, wandte sich Kathi an Annemarie. »Ferdinand wird der Verlust sicher auffallen, und dann kommt er sie holen.«

Die Antwort ihrer Mutter kam für Kathi überraschend. »Es geht um deinen Vater, Kathi. Die Faschisten haben ihn in den Krieg geschickt. Diese Tasche enthält womöglich einen Hinweis über seinen Aufenthaltsort. Keine Macht der Welt wird mich davon abhalten, hineinzusehen.«

Die Zange wurde gebracht, das Schloss geknackt.

Brieftasche, Schokolade und Tablettendose schoben sie zur Seite, ebenso verfuhren sie mit dem Umschlag, nachdem sich dessen Inhalt als Buchstabensalat erwies. Charlotte und Annemarie interessierten sich primär für einen Schatz: Laurenz' Militärakte. Hektisch blätterte Annemarie darin herum »Hier!«, rief sie und zog ein einzelnes Blatt heraus. »Da steht, wohin man Laurenz zuletzt geschickt hat.«

»Und wo ist das?«, fragte Charlotte.

»Leningrad.«

Erschrocken sahen sie sich an. *Leningrad!* Schauplatz der jüngsten großen Niederlage! Das neue Stalingrad.

Charlotte schlug mit der Faust auf den Tisch. »Also haben ihn die verdammten Russen!«, fluchte sie laut und weckte damit August. Sein Kopf ruckte hoch.

»Die Russen, die Russen! Sie kommen uns zu holen«, fiel er wimmernd ein, als hätte er jedes Wort verstanden. Die Augen vor Entsetzen geweitet, wehrte er mit dünnen Armen einen Feind ab, den nur er sehen konnte. Zur Beruhigung steckte ihm Charlotte die Zigarre in den Mund. August nuckelte daran wie an einem Schnuller. Er hatte sich wieder eingenässt.

»Komm, Altbauer«, sagte Dorota freundlich und half ihm von der Bank. August war inzwischen so mager und eingeschrumpft, dass sein Gewicht kaum mehr die Hälfte seines früheren betrug. Dorota führte ihn behutsam hinaus.

Annemarie hing totenbleich in ihrem Stuhl, die Finger in die Armstützen gekrallt. Als wäre Augusts Urangst auf sie übergesprungen, murmelte sie: »Nicht die Russen, nicht die Russen …«

»Was denn? Was denn? Es reicht, dass sich August in die Hosen macht«, brummte Charlotte roh.

Annemarie war ihrer Schwiegermutter dankbar für den rauen Ton. Sie hatte sich gehen lassen. Und das vor ihren Kindern! Sie löste ihre verkrampften Hände, legte eine auf Franzis schmalen Rücken, mit der anderen zog sie Kathi zu sich heran. »Die Großmutter hat recht«, sagte Annemarie. »Das Wichtigste ist jetzt, dass wir zuversichtlich bleiben. Der Vater braucht alle unsere guten Gedanken.« Sie vermied das Wort Gebet. Denn ihr Vertrauen darin hatte sie vor langer Zeit verloren.

»Was haben wir hier? Sieht mir verdammt offiziell aus«, rief Charlotte, die im Rest der Dokumente wühlte.

»Es sieht doch alles offiziell aus«, meinte Annemarie.

»Ja, aber hier steht Katharinas Name drauf!«

»Lass mich das sehen«, sagte Annemarie und streckte die Hand danach aus. »Das ist ein Passierschein! Ausgestellt vom Heereswaffenamt in Berlin und unterzeichnet von einem Major Dornberger«, las sie laut vor.

»Sieh an, unser junger Schnösel wollte die Kathi gleich mitnehmen«, kommentierte Charlotte, nahm den Passierschein und machte Anstalten, ihn in die Ofenklappe zu befördern. Doch Franzi griff blitzschnell danach. Als Charlotte ihn nicht gleich losließ, begann Franzi zu wimmern.

»Lass gut sein, Charlotte. Wir können das Papier auch später verbrennen«, sagte Annemarie, und Franzi verstummte sofort. Die Kleine zog sich mit dem eroberten Dokument unter den Tisch zurück.

»Und jetzt?«, fragte Kathi.

»Nichts, ich muss nachdenken.«

»Nachdenken?«, meinte Charlotte. »Worüber? Ich kann mir nicht …«

»Bitte, Schwiegermutter, ich bin müde. Kathi, hilfst du mir ins Bett?«

»Natürlich.«

Mitten in der Nacht, nach langem Abwägen des Für und Wider, erhob sich Annemarie. Fünfzehn Jahre hatte sie ihr Geheimnis bewahrt. Nun jedoch galt es, ihre Kinder zu schützen. Sie klopfte an Charlottes Schlafzimmer. »Ich muss mit dir reden«, sagte sie zu ihr.

Zwei Stunden sprach Annemarie in der Stube über sich und ihre Vergangenheit.

Charlotte lauschte ihr still, die Hände mit den langen, kräftigen Fingern ruhten die ganze Zeit, wie zum Gebet gefaltet, in ihrem Schoß.

Nachdem Annemarie geendet hatte, ein wenig atemlos vom langen Sprechen und sichtlich mitgenommen von der Reise in die eigene Vergangenheit, forschte sie in den Zügen ihres Gegenübers. Würde Charlotte, diese nüchterne, stets von rationalen Überlegungen beherrschte Frau ihr glauben? Selbst in den eigenen Ohren klang ihre Geschichte allzu fantastisch. Dabei stand die wichtigste Information noch aus: ihre künftigen Pläne.

Prompt traf ein wacher Blick Annemarie. »War es das?«, fragte Charlotte.

»Nein.« Nach ihrer Lebensbeichte weihte Annemarie Charlotte in ihr weiteres Vorhaben ein.

Dieses Mal nickte Charlotte. »Ich sehe, du hast dir alles gut überlegt«, meinte sie. »Dein Entschluss steht unwiderruflich fest?«

»Ja. Sobald ich wieder bei Kräften bin.«

»So sei es. Wie kann ich dich dabei unterstützen?« Wie stets hielt sich Charlotte nicht mit Nebensächlichkeiten auf, beschränkte sich auf das Wesentliche.

»Das Vorrangigste sind Reisedokumente für die Kinder. Morgen fahre ich nach Breslau. Es gibt dort jemanden, der mir früher schon einmal geholfen hat. Allerdings sind seit dem letzten Kontakt fast zehn Jahre vergangen.«

»Zehn Jahre?« Charlottes Augenbrauen berührten fast ihren Haaransatz. »Ich sage, lass es! Viel zu gefährlich. Wenn dich dort jemand sieht und erkennt …«

»Die Kinder brauchen nicht nur Papiere, sie benötigen auch Schutz. Ich habe keine andere Wahl, als den Kontakt zu den Menschen aus meinem alten Leben zu suchen. Wir brauchen Verbündete, und sie verfügen über ein Netzwerk, das bis nach Übersee reicht. Ich bin auf ihre Hilfe angewiesen. Niemals könnte ich meine Kinder ins Ungewisse schicken!«

Charlotte fischte eine angerauchte Zigarre aus dem Aschenbecher und entzündete den Stummel mit einem Kienspan neu. Nach einem tiefen ersten Zug sagte sie: »Ich habe einen Vorschlag. Nicht du fährst nach Breslau, sondern ich. Das minimiert dein Risiko.«

»Das würdest du tun?«

»Warum bist du so überrascht? Mein Angebot hat nichts mit deinen nächtlichen Enthüllungen zu tun. Mir ist es gleich, ob du Waise oder Jüdin, Agentin oder Großfürstin bist. Du bist

Familie, und es geht hier um meine Enkelinnen. Also, wen soll ich in Breslau sprechen?«

»Nicht sprechen. Es geht darum, eine Nachricht in einer Kirche zu hinterlassen.« Annemarie erklärte Charlotte Prinzip und Funktionsweise eines toten Briefkastens.

»Was geschieht, wenn deine Nachricht den falschen Leuten in die Hände fällt?«

»Nichts. Ich werde die Nachricht verschlüsseln. Sie besteht überdies nur aus einem Wort. Einzig der richtige Adressat kennt seine Bedeutung.«

Charlotte brach am nächsten Morgen in einem grünen Lodenkostüm mit Jägerhut auf, am übernächsten war sie in einem blauen Kostüm mit weißem Kragen zurück. Annemarie hatte es noch nie an ihr gesehen.

»Das ging tüchtig in die Hose«, sagte Charlotte, nachdem sie sich mit ihrer Schwiegertochter in die gute Stube zurückgezogen hatte.

»Was ist passiert?«, fragte Annemarie alarmiert.

»Ich war bei dieser Kirche. Etwas ließ mich zögern. Erst dachte ich, es sei Angst, aber es war wohl eher mein Instinkt, der mich warnte. Also bin ich in die nächste Gasse, drückte dort einem Jungen ein Geldstück und die Nachricht in die Hand und sagte ihm, er bekomme noch eine Mark, wenn er den Auftrag erledigt habe. Ich würde hier auf ihn warten. Nach zehn Minuten fingen meine Füße an zu brennen. Ich setzte mich in ein kleines Café, von wo ich die Gasse im Blick hatte. Ich entdeckte den Jungen und wollte hinauslaufen, als mir zwei Männer auffielen, die sich hinter ihm herumdrückten. Hol mich der Teufel, dachte ich, wenn die nicht nach Gestapo aussehen!

Der Junge suchte mich. Nun liefen auch die Männer die Gasse ab, einer von ihnen schnappte sich das Kind und schlug es.«

»Armer Kerl«, bemerkte Annemarie.

»Keine Bange, der konnte sich losreißen und ist ihnen entwischt. Davon gehe ich zumindest aus, denn später habe ich die beiden Männer auf dem Platz vor der Kirche wiedergesehen.«

»Du bist trotzdem zur Kirche zurückgekehrt?« Annemarie schien fassungslos.

»Ja. Was hätte ich sonst tun sollen?«

»Dich in Sicherheit bringen?«, schlug sie kopfschüttelnd vor.

»Ich wusste ja nicht, ob der Junge meinen Auftrag ausgeführt oder vorher die Gestapo informiert hat. Ich musste mich daher vergewissern, was weiter passiert. Und keine Sorge, mir ist niemand gefolgt.« Charlotte kappte das Ende einer frischen Zigarre und roch am Tabak, bevor sie sie entzündete. Nach einem ersten Zug setzte sie die Schilderung ihres Abenteuers fort. »Ich nahm den Hinterausgang aus dem Café, tauschte in einem Geschäft mein gutes Kostüm gegen das Kleid und ein Kopftuch, dies für den Fall, dass mich der Junge genau beschrieben hat. Dann kehrte ich auf Umwegen zur Kirche zurück. Dort habe ich in einem Gasthaus Posten bezogen und die Kirche beobachtet. Leute gingen rein, Leute kamen raus. So ging das bis zum frühen Abend.«

Annemarie beugte sich atemlos vor. »Nun spann mich nicht so lange auf die Folter, Charlotte. Was ist weiter passiert?«

»Nichts. Trotzdem bin ich mir sicher, dein toter Briefkasten stand die ganze Zeit unter Beobachtung. Deine Nachricht ist verloren. Aber ich weiß einen anderen Weg, wie wir an Papiere kommen. Wir bitten Pfarrer Berthold um Hilfe. Er hat Laurenz und dir auch mit dieser kleinen schwangeren Polin geholfen.«

»Das weißt du?«

»Und wieder ist sie überrascht«, frotzelte Charlotte. »Mir entgeht nichts auf diesem Hof.«

»Die Gestapo hat unseren Pfarrer doch auch bereits im Visier. Und es ist etwas völlig anderes, eine Polin ins eigene Land zurückzuschmuggeln als zwei Kinder außer Landes«, zweifelte Annemarie an Bertholds Möglichkeiten.

»Berthold wäre nicht zurück, wenn ihm diese SS-Hunnen das Geringste hätten nachweisen können. Außerdem hat er dem Mädchen zur Flucht nach Rumänien verholfen.«

»Und wenn die Gestapo ihn nur hat laufen lassen, damit er sie zu seinen Mitverschwörern führt? Hast du daran schon einmal gedacht?«

»Der Gedanke ist mir gekommen. Aber momentan ist er unsere einzige Chance. Außer du wartest mit einer besseren Idee auf.«

»Nein. Also gut, sprich mit ihm. Aber es muss rasch gehen, wir sollten uns die Osterferien zunutze machen. Wenn wir Kathi aus der Schule nehmen oder sie krankmelden, könnte die Luttich misstrauisch werden.«

Der Kalender wurde herangezogen. »Der Ostersonntag fällt heuer auf den zehnten April«, bemerkte Charlotte. »Ich schlage vor, die Kinder besuchen noch die Messe. Spätestens am elften oder zwölften sollten sie im Zug Richtung Westen sitzen. Sag mal«, fiel ihr ein zu fragen, »was ist eigentlich aus unserem Schnösel Ferdinand geworden? Hat er sich inzwischen wegen der Aktentasche gemeldet?«

»Nein. Und das ist irgendwie seltsam.« Annemarie strich sich mit einer müden Geste eine Strähne hinters Ohr.

»Wir sollten die Tasche vielleicht loswerden«, meinte Charlotte.

Dieses Mal reagierte Annemarie. »Und was sagen wir ihm, falls er sich doch noch meldet? Womöglich hatte er einen Unfall mit dem Automobil?«

»Würde mich bei seiner Fahrweise nicht wundern«, meinte Charlotte auf ihre spezielle Art und ließ das Thema fallen.

Die beiden Frauen beratschlagten noch länger über die bevorstehende Flucht.

Der Horizont färbte sich bereits rosa, als Charlotte der erschöpften Annemarie aus dem Sessel half und mit ihr die Treppe hinaufstieg.

»Verrätst du mir, was es mit dem Feldmarschall von Schwarzenbach und dem Aphrodite-Tempel auf sich hat?«, fragte Annemarie Charlotte, als diese im Begriff stand, das Licht zu löschen. Sie hatte kaum mit einer Antwort gerechnet, erstaunlicherweise erhielt sie jedoch eine: »Wir waren dort verabredet, aber der Halunke ist nicht erschienen. Kurz darauf reiste ich mit meinem Vater zu einer seiner Fabriken in Gleiwitz. An jenem Tag bin ich August das erste Mal begegnet. Ich war siebzehn und er ein schneidiger Ulan. Für den Rest der Geschichte braucht es nicht sehr viel Fantasie. Ich geh in den Stall.«

Etwa zur selben Zeit lag Ferdinand von Schwarzenbach in seinem Zimmer im Deutschen Haus am Ring in Breslau und starrte zur Decke. Was sollte er tun? Er war jetzt sechsundzwanzig Jahre alt und besaß einen genialen Geist – die ganze Welt stand ihm offen. Stattdessen steckte er in einer Sackgasse fest. Die Rückfahrt am Vortag hatte er wie in Trance absolviert. Erst im Krankenhaus, als er sich nach Herrn Odins alias Mausers Befinden erkundigen wollte, fiel ihm das Fehlen der Aktentasche auf. Verflixt, er musste schleunigst zurück und sie holen! Falls der Major bereits nach seiner Tasche gefragt hatte, würde er einfach behaupten, sie befände sich im Hoteltresor im Deutschen Haus. Allerdings löste sich sein Problem von selbst. Im Krankenhaus wurde ihm mitgeteilt, dass der Blinddarmdurchbruch bei Herrn Odin zu einer weitreichenden bakteriellen Infektion des Bauchraums geführt und der Patient leider das Zeitliche gesegnet habe. »Heil Hitler, Herr von Schwarzenbach«, schloss der Stationsarzt seinen kurzen Bericht und eilte davon zum nächsten Patienten. Darauf kam ein Verwaltungsbeamter auf Ferdinand zu und fragte, wie er gedenke, die Kosten zu begleichen, und welche weiteren Maßnahmen er ergreifen wolle. Zum Beispiel, wohin der Verstorbene überführt werden solle? Er könne ihm auch ein erstklassiges Beerdigungsinstitut empfehlen, das sein Bruder … Ab diesem Punkt hörte Ferdinand nicht mehr zu. Er versicherte nur, dass er am nächsten Morgen wiederkäme, um alle Formalitäten zu besprechen – im Moment sei er dazu nicht imstande, schließlich träfe ihn der Tod seines guten Freundes unerwartet.

Nun lag er im Hotel, starrte gen Decke und fühlte sich, als hätte jemand den Draht zu seinem alten Leben gekappt. Der Hof und seine Bewohner spukten ihm im Kopf herum, zu nachhaltig war der Eindruck, den sie hinterlassen hatten. Der Sadlerhof war ein Ort, an dem die Menschen füreinander einstanden. Er hatte dies nie kennengelernt, es war für ihn eine völlig neue Lebenswelt.

Er traf eine Entscheidung. Er würde weder nach Potsdam noch in den Stollen im Harz zurückkehren. Am nächsten Tag verschwand er spurlos.

Gegen Mittag des folgenden Tages wurde aus dem Leichenkeller des Krankenhauses bei der Verwaltung angerufen, wann denn der Herr Odin abgeholt werden würde, er sei seit über sechsunddreißig Stunden da, und sie bräuchten den Platz, andernfalls müsse man beginnen, die Toten zu stapeln. Heil Hitler!

Darauf wurde eine Verbindung zum Deutschen Haus hergestellt, wo sie die Auskunft erhielten, der junge Herr von Schwarzenbach sei sehr früh abgereist. Leider, eine Nachricht habe er nicht hinterlassen …

Der Verwaltungsbeamte besah sich nochmals den einzigen Identifikationsnachweis, den das Krankenhaus von diesem Herrn Odin vorliegen hatte: einen Hausausweis für den Zutritt zum Dienstgebäude des Reichssicherheitshauptamts. Der Fall roch nach Ärger. Bevor er in Berlin anrief, befragte er daher nochmals den Stationsarzt und die Schwester. Diese erinnerte sich, der angeblich gute Freund des Herrn Odin habe am Telefon einmal seinen Namen verwechselt und sich nach einem Egon Maus oder ähnlich erkundigt. Auch der Stationsarzt wusste zu berichten, das Benehmen dieses jungen Mannes sei ihm von Beginn an merkwürdig vorgekommen. Als wäre er froh gewesen, Herrn Odin dem Krankenhaus überlassen zu können. Und nun war er abgereist, ohne sich weiter um seinen verblichenen Freund zu kümmern? Höchst seltsam, wenn nicht gar verdächtig!

Der Verwaltungsbeamte teilte die Meinung des Arztes. Und tat seine Pflicht. Er rief im Reichssicherheitshauptamt an, erklärte die Lage, erwähnte auch den Hausausweis. Im Sekretariat Major Erwin Mauser traf er jedoch nur eine junge Aushilfe an, da sich Mausers Sekretärin (und Geliebte) just krankgemeldet hatte. Die Aushilfe suchte in ihrer Liste vergeblich nach einem Otto Odin. Wenn er nicht auf der Liste des RSHA stand, so gab es ihn dort auch nicht, lautete ihre Auskunft. Diese kam dem Verwaltungsbeamten in Breslau sehr entgegen. Erleichtert legte er den Hörer auf die Gabel. Problem gelöst! Das Auge Berlins würde sich nicht auf ihn und »sein Krankenhaus« richten. Er wählte den Leichenkeller an und erklärte: »Odin wird verbrannt.« Und er tat noch etwas. Er löschte den Namen Odin aus dem Krankenverzeichnis. Odin war nie hier gewesen. Diese Maßnahme ersetzte komplizierte Abrechnungen. Und es verhinderte, schuldlos in fremde Angelegenheiten zu geraten und am Ende selbst in einem Ofen zu enden … Den Arzt informierte er entsprechend und dieser die Schwester. Und so verschwand auch Major Erwin Mauser von der Bildfläche.

Im fernen Berlin, im Reichssicherheitshauptamt/Referat IV, wurde die Nachricht über das Erwachen des toten Briefkastens mit höchstem Interesse aufgenommen. Ausgerechnet jetzt war der zuständige Leiter der Operation »Berijas Fluch«, Major Erwin Mauser, unerreichbar! Was kaum verwunderte, schließlich befand er sich nicht weit von den Ereignissen rund um die Magdalenenkirche im Keller des Breslauer Kreiskrankenhauses, trug ein Zettelchen um den großen Zeh und war genauso mause(r)tot wie der Briefkasten.

Da der Major abgängig war, übertrug SD-Chef Ernst Kaltenbrunner, Mausers Stellvertreter Dr. Theobald Witsch die vorläufige Leitung. Dr. Witsch, der erst kürzlich auf diesen Posten berufen worden war, zeichnete sich durch extremen Ehrgeiz aus. Er eilte unverzüglich nach Breslau, um die Operation persönlich zu überwachen. Sein Dienst wusste erst seit wenigen Tagen von der Existenz dieses Briefkastens, und es bestand durchaus die Möglichkeit, dass die Russen die Magdalenenkirche ebenfalls überwachten. Es galt, dem roten Feind zuvorzukommen.

Dr. Witsch erwies sich als zu ungeduldig, und er wollte sich beweisen. Den ersten Fehler beging er, als er den übergelaufenen Spion und Tippgeber des toten Briefkastens, Sokolow, aus seinem jahrelangen Kerker holte und mitnahm. Sokolow verstand es geschickt, Witsch von seinem Nutzen zu überzeugen, er könne etwaige russische Spione sofort an Ort und Stelle identifizieren. Er entwischte seinen Bewachern gleich nach der Ankunft in Breslau.

Dr. Theobald Witsch, der ahnte, dass ihn das seinen Kopf, zumindest aber seine eben erst in Fahrt gekommene Karriere kosten würde, beging prompt den zweiten Fehler: Er befahl, die Person, die sich als Erstes am toten Briefkasten zu schaffen machte, sofort zu verhaften, bevor die Russen sie in die Finger bekämen – anstatt abzuwarten, wie die vorsichtige Empfehlung eines Untergebenen lautete –, ob jene sie zu weiteren Komplizen führte. Witsch setzte sein vollstes Vertrauen in die Überzeugungskraft der Gestapo-Folterkeller, wie es ihn die Zusammenarbeit mit Sturmbannführer Hubertus von Greiff gelehrt hatte.

Aber der festgesetzte Pastor entzog sich seiner Befragung durch die blitzschnelle Einnahme einer Giftkapsel. Am Ende stand Dr. Witsch mit leeren Händen da.

50

Ich habe es oft gesagt:
Das ganze Unglück der Menschen rührt daher,
dass sie nicht ruhig in einem Zimmer bleiben können.

Blaise Pascal

Konstantin Pawlowitsch Sokolow zürnte dem Schicksal. Wie viel anders wäre sein Leben verlaufen, wäre er nicht im selben georgischen Städtchen Gori an der Kura geboren wie Josef Wissarionowitsch Dschugaschwili, genannt Stalin. Womöglich wäre er nie Marxist geworden, nie Tschekist? Aber so geriet er früh ins Fahrwasser des neun Jahre älteren Stalin und profitierte von dessen Aufstieg. Sie hatten in den glorreichen Tagen der Revolution Seite an Seite gekämpft und gemeinsam so manches Gelage gefeiert.

Doch mächtige Freunde bedeuteten auch mächtige Feinde – wie Lawrenti Berija, Stalins Günstling, der eifersüchtig über ihn wachte und jeden vernichtete, der in seinen Augen dem großen Führer des sowjetischen Volkes freundschaftlich zu nahe kam. Oder der zu viel über Stalins Vergangenheit aus den ersten Tagen der Revolution wusste …

Sokolow hatte die Säuberungen des großen Terrors zwischen 1936 und 1939 überstanden, um schließlich doch noch in Berijas Visier zu geraten. Nie wäre es ihm in den Sinn gekommen, zu den Deutschen überzulaufen. Es waren Berijas Intrigen, sein falsches Spiel, das ihm am Ende keine Wahl ließ, als sich den

Deutschen anzudienen, wollte er am Leben bleiben. Aber das war kein Leben. Seit fünf Jahren hungerte und vegetierte er in Feuchtigkeit und Dreck, während ihm die Ratten nachts übers Gesicht liefen.

Er hasste die Deutschen nicht. Sie taten nur ihre Arbeit. Sein Hass galt dem Mann, der ihn gezwungen hatte, sein Mütterchen Russland zu verlassen: Lawrenti Berija. Die Zeit im Gefängnis hatte er damit verbracht, sich jeden Tag eine neue grausame Art auszudenken, wie er ihn töten würde, wenn er jemals wieder nach Moskau käme. Hass und Rache waren gute Gefühle. Ohne sie hätte er die letzten fünf Jahre nicht überlebt.

Die Deutschen schienen ihn in ihrem Keller vergessen zu haben. Er glaubte nicht mehr daran, dass er noch einmal freikommen würde. Er glaubte, dass er in dem Kerker sterben würde. Bis dieser Dr. Witsch ins Spiel kam. Auf den ersten Blick erkannte er die Geltungssucht des Mannes und fütterte ihn mit einigen unbedeutenden Informationen, weil er sich davon einen Vorteil versprach. Freigang im Hof oder eine zusätzliche Ration Essen. Die Haft hatte seine Wünsche auf ein Minimum reduziert. Deshalb verriet er Witsch den dritten Standort des ihm bekannten Briefkastens in der Breslauer Magdalenenkirche. Er vergab sich damit nichts, nach fünf Jahren wäre er längst aufgegeben.

Es erstaunte ihn, als Dr. Witsch ihn nur wenige Tage später holen ließ und erneut eingehend dazu befragte. Er erriet schnell, dass der Briefkasten noch aktiv sein musste, und konnte den Gestapomann überzeugen, ihm in Breslau von Nutzen zu sein. Vor Ort hatte er seine Chance zur Flucht genutzt. Aber man spazierte nicht einfach so nach Moskau, nicht, wenn man weder über Papiere noch über Devisen verfügte und im gesamten Kriegsgebiet nach einem gefahndet wurde. Er brauchte Verbündete. Und das war das Problem. Er war vor fünf Jahren von der Bildfläche verschwunden, und es gab niemanden,

den er noch kontaktieren konnte. Nur eine Person gab es, die ihn vielleicht unterstützen würde: jene, die den toten Briefkasten aktiviert hatte. Nur drei Personen wussten von dessen Existenz. Eine war tot, blieben Elena und er. Sie beide standen zwar auf verschiedenen Seiten, doch sie hatten gemeinsame Feinde: Sverdlow und Jurowski. Die Mörder der Zarenfamilie waren zwar längst tot, doch Berija lebte noch.

Berija hatte bereits bei ihrer ersten Begegnung heftigen Abscheu in ihm ausgelöst. Dasselbe galt für dessen Handlanger Juri Petrow. Vor zehn Jahren hatten sich ihre Wege zufällig in Gleiwitz gekreuzt, und Juri erzählte ihm, er sei einer großen Sache auf der Spur. Nach dem fünften Wodka flüsterte er einen Namen. Kurz darauf verschwand er.

Einem ähnlichen Zufall war es zu verdanken, dass er den Namen des Ortes kannte, wo Juris Zwillingsschwester Sonia später von der Gestapo verhaftet wurde. Er hieß Petersdorf.

Sokolow machte sich auf den Weg.

51

»Ich kann Euch lehren, Vetter, selbst den Teufel
Zu meistern.«
»Und ich, Freund, kann Euch lehren, sein zu spotten
Durch Wahrheit.«

William Shakespeare

Drei Tage nach dem Fiasko in der Breslauer Kirche rollte eine mit vier Männern besetzte Limousine durch Petersdorf. Vor dem Gasthof »Beim Klose« kam sie zum Stehen. »Wir sind da, Sturmbannführer. Ich erkundige mich im Gasthof nach dem Weg zum Sadlerhof«, informierte der Chauffeur den hohen Fahrgast.

Der hob kaum den Blick. »Was für ein trübseliger Ort«, meinte er verdrossen. »Wie können Menschen nur in solcher Einöde leben …« Innerlich verfluchte er Theobald Witsch. Sein Dilettantismus hatte ihm den Auftrag eingebrockt.

Während der Chauffeur im Klose verschwand, stiegen die beiden jungen Begleiter des Sturmbannführers aus und rauchten eine Zigarette. Der Sturmbannführer wandte sich der dünnen Akte auf seinem Schoß zu. Sie gab nicht viel her, die Sadlers waren Durchschnitt. Einzig die angebliche Hochbegabung der Tochter stach hervor. Und eben das hatte Ferdinand von Schwarzenbach hierher geführt.

Wenig später kehrte der Chauffeur zurück. Neben ihm lief eine plumpe Frau, die sich sofort anschickte, durch die verdunkelten Scheiben zu schielen.

Der Chauffeur stieg ein. »Verzeihung, Sturmbannführer. Diese Dame ist die Bürgermeisterwitwe. Sie sagt, sie kennt die Sadlers gut und möchte Meldung machen.«

»Was denn für eine Meldung?«

»Das möchte sie nur Ihnen anvertrauen.«

Der Sturmbannführer verzog angewidert das Gesicht. Ihm waren diese von der eigenen Wichtigkeit berauschten Provinzbiedermeier zuwider. Aber er war hier, um Informationen zu sammeln. »Sie soll einsteigen, aber vorne, wenn ich bitten darf!« Das zwang die Frau beim Reden in eine unbequeme Position, was seine Hoffnung nährte, dass sie sich dann kürzerfasste. Diese Person sah ihm allzu redselig aus.

Die nächsten Minuten bestätigten den Eindruck. Die Frau sprudelte wie eine Quelle. Nach zwanzig Minuten wusste er alles über die Sadlers, aber mindestens genauso viel über Elsbeth Luttich. Eine Fanatikerin der schlimmsten Sorte. Niemand schadete der nationalsozialistischen Sache mehr als diese Leute. Denn wer sollte noch an die Überlegenheit der deutschen Rasse glauben, wenn er Personen wie dieser Frau begegnete? Er warf die Bürgermeisterwitwe kurzerhand aus dem Wagen und gab den Befehl zur Weiterfahrt.

Annemarie, die eben die Betten im Schlafzimmer aufschüttelte, hörte ein Motorgeräusch und lief zum Fenster. Sie sah, wie der Fahrer eilfertig aus dem Wagen sprang und den hinteren Schlag öffnete. Dem Fond entstieg ein langer, hagerer Mann in einem schwarzen Ledermantel. Seine Augenklappe bildete das perfekte Requisit zu seinem scharf gemeißelten Falkengesicht. Zwei weitere Männer, wesentlich jünger als ihr Anführer, begleiteten ihn. Der eine reichte ihm nun seine Mütze. Annemarie erkannte das Emblem. Der Totenkopf! *SS. Gestapo …*

Bevor der Mann das Haus betrat, musterte er seine Umgebung. Sein unversehrtes Auge wanderte auch die Fassade empor, und für den Bruchteil einer Sekunde glaubte sich Annemarie entdeckt. Hastig trat sie einen Schritt zur Seite.

Der Chauffeur kehrte zurück in den Wagen, während die anderen drei das Haus betraten.

Schon sah Annemarie ihre Schwiegermutter Charlotte über den Hof eilen und ebenfalls im Haus verschwinden.

Sie entkleidete sich hastig, schlüpfte in ihr Nachthemd und legte sich ins Bett. Ihre Gedanken überschlugen sich, ihr Atem ging in kurzen Stößen. Auf der Treppe waren Stimmen zu hören. »Ist das wirklich nötig, Herr von Greiff? Ich sagte Ihnen doch, meine Schwiegertochter ist seit der Ermordung ihres Kindes nicht mehr bei klarem Verstand«, sagte Charlotte laut.

Annemarie verstand es als Warnung. Sie versteifte ihren Körper, zwang sich, regelmäßig zu atmen, und starrte mit leeren Augen an die Decke.

Die Tür schwang auf, Dielen knarzten unter schweren Tritten. Schon fiel ein Schatten auf Annemarie. Der Blick des Gestapomanns schnitt wie eine Klinge in ihr Gesicht. Sie fror, als wäre die Temperatur im Raum gefallen. Unvermittelt schlug der Mann die Bettdecke zurück und setzte die quälende Musterung fort.

»Messer!«, sagte er plötzlich und streckte die Hand aus wie ein Chirurg.

Jemand trat näher und überreichte ihm das Gewünschte. Mit der einen Hand packte der Mann ihr Nachthemd, die andere mit dem Messer senkte sich auf Annemaries Brust und zerschnitt das Leinen vom Ausschnitt bis zu den Knöcheln. Bis auf die Miederhose war Annemarie seinen Blicken nun nackt ausgesetzt. Der Mann ließ sich auf der Bettkante nieder.

Sie behielt ihre Teilnahmslosigkeit bei, alles hing davon ab, ihn zu überzeugen, dass sie nichts weiter war als eine Frau, die der Verlust ihres Kindes um den Verstand gebracht hatte. Er umfasste ihre linke Brust, rieb ihre Brustwarze grob zwischen Daumen und Zeigefinger. Es schmerzte, und es war zutiefst demütigend. Annemarie hätte ihm am liebsten das Messer entrissen und an die Kehle gesetzt. Er beugte sich tief über sie, seine Hand tastete ihre Brust ab. »Dein Herz schlägt schnell, Annemarie Sadler«, raunte er.

»Natürlich reagiert sie!«, sagte Charlotte scharf. Sie war an die andere Seite des Bettes getreten und breitete energisch die Decke über Annemarie. Es hatte etwas Obszönes, wie Greiff auf der Bettkante hockte, während sich seine Hand noch unter der Decke bewegte. »Der Arzt sagt, die körperlichen Funktionen meiner Schwiegertochter seien normal, lediglich ihr Geist sei abwesend. Und? Reicht das? Haben Sie genug gesehen?«

Greiff erhob sich. »Sie sind eine tapfere Frau, Charlotte von Papenburg.« Er lächelte wie über eine geheime Pointe. Er stöberte kurz im Zimmer, öffnete den Schrank, betrachtete lange die Fotografie von Kathi und Franzi auf der Kommode. Die ganze Zeit über war sich Annemarie bewusst, dass er sie weiter belauerte. Er kehrte zu ihr zurück, schaute auf sie herab und zog mit der Zielsicherheit eines Dämons die Nachttischschublade auf, in der sie Laurenz' Abschiedsbrief verwahrte. Er enthielt nur wenige Worte, doch sie wiederholten sich seit dem ersten Lesen wie eine unheilvolle Melodie in ihrem Kopf: *Mein Herz, Liebe meines Lebens, verzeih mir! Für immer Dein, L.*

»Was hat er denn angestellt, dein L.? Hat er dich mit der Magd betrogen? Oder gar mit einer kleinen dreckigen Polin?«

»Kommen Sie, Sturmbannführer«, mischte sich Charlotte erneut ein. »Es ist sinnlos. Sie versteht Sie nicht. Gehen wir nach unten, trinken etwas, und dann verraten Sie mir, was Sie zu uns führt. Umso schneller bin ich Sie wieder los. Ich muss zurück an die Arbeit. Für Führer und Reich. Halleluja!«

Annemarie hätte Charlotte am liebsten den Mund zugehalten. Wie konnte sie den Mann nur so provozieren?

Doch Charlotte erfasste instinktiv die Natur ihres unwillkommenen Besuchers. Dieser Gestapomann hatte in seinem Leben zu viel Angst und Feigheit erlebt, er war ihrer längst überdrüssig. Wonach er gierte, waren Herausforderungen, Gegner.

Sie verließen das Schlafzimmer. Annemarie blieb allein zurück, zum Warten verurteilt. Und ihre kleine Franzi war unten!

»Also, worum geht es?« Charlotte hatte ihre Zigarrenkiste geholt. Obwohl ihr Vorrat rapide zur Neige ging und kein Nachschub zu erwarten war, bot sie Greiff davon an. Der lehnte ab und bat stattdessen um ein Glas Milch.

»Kuh, Ziege oder Stute?«, fragte Charlotte.

»Ich bevorzuge Kuh.«

»Ach was?«, antwortete Charlotte und warf einen langen Blick auf den jungen Adjutanten, der auf der Bank lümmelte wie des Königs Favorit.

Von Greiff klopfte sich auf den Schenkel und lachte auf. »Sie sind amüsant, Charlotte. Ich darf doch Charlotte sagen?«

»Wie es beliebt«, sagte Charlotte hinter einer Rauchwolke.

»Kommen wir zur Sache. Ferdinand von Schwarzenbach. Wann genau traf er hier bei Ihnen am Freitag ein, und um wie viel Uhr ist er wieder abgefahren?«

Charlotte nannte ihm beides.

»Hatte er einen Begleiter dabei?«

»Nein, er kam allein.«

»Hat Schwarzenbach zu irgendeinem Zeitpunkt einen Begleiter erwähnt?«

»Nein.«

»Waren Sie während der gesamten Zeit seines Besuchs anwesend?«

»Ja«, log Charlotte.

»Wer noch?«

»Meine Schwiegertochter und meine Enkelin Katharina«, antwortete Charlotte wahrheitsgemäß.

»Wo ist ihre Enkelin Katharina?«

»In Gleiwitz in der Schule. Aber Sie wird Ihnen auch nicht mehr erzählen können als ich.«

»Das zu beurteilen obliegt mir!«, wies er sie erstmals scharf zurecht. »Worüber haben Sie mit Ferdinand von Schwarzenbach gesprochen?«

»Nur über den Grund seines Besuchs: die Mathematik-Olympiade«, antwortete Charlotte, auch dies nicht ganz wahrheitsgemäß.

»Nach Ihrer eigenen Aussage war er beinahe zwei Stunden hier. Und Sie wollen nur über dieses Thema gesprochen haben?«

»Nun, wir waren uns darüber nicht ganz einig. Katharina wollte verständlicherweise ihre Mutter in diesem Zustand nicht verlassen. Es ging ein wenig hin und her. Der Rest war Konversation. Die Fahrt, das Wetter, das Übliche. Wir haben Kuchen gegessen. Möchten Sie welchen? Unsere Dorota ist eine hervorragende Bäckerin.«

»Ah, ich verstehe, Sie betreiben gerne Konversation, Charlotte. Dorota ist Dorota Rajewski. Eine Polin.«

»Gut, Sie haben Ihre Hausaufgaben gemacht. Könnten wir das Geplänkel nun bitte abkürzen? Um was geht es hier?«

»Was glauben Sie?« Von Greiff trank zum ersten Mal von seiner Milch.

»Entweder ist Ihnen der junge Schnösel abhandengekommen oder sein Begleiter. Vielleicht auch beide. Bedaure, hier werden Sie weder den einen noch den anderen finden.«

Von Greiffs Auge bohrte sich in Charlotte. »Ich glaube nicht, dass Sie mir alles verraten haben, Charlotte. Ich weiß, wie Lügen riechen. Und hier stinkt es eindeutig danach!«

»Das ist nur meine Zigarre, Hubertus.« Charlotte blies ihm eine weitere Wolke entgegen.

Von Greiff entblößte die Oberzähne, vielleicht war es seine Version eines Lächelns. »Ich frage mich, wie lange Ihre Schwiegertochter dort oben ihre kleine Scharade durchhält, wenn ich mir ihre Tochter vornehme. Die, die Ihre Köchin in der Küche versteckt. Wie hieß sie noch mal? Franziska? Sie ist ein wenig zurückgeblieben, wie man mir zugetragen hat.«

Charlotte biss sich auf die Zunge, aber ihre Augen sandten glühende Pfeile aus.

»Sie können mich so missbilligend und strafend ansehen, wie Sie möchten, Charlotte. Ich genieße es, mir Feinde zu schaffen.« Von Greiff trank sein Glas Milch aus und betupfte sich den Mund anschließend mit einem Tuch, das er aus seinem Ärmel zog.

»Ich bin nicht Ihr Feind, Sturmbannführer«, erwiderte Charlotte. »Ich kann Ihnen bloß nicht weiterhelfen. Ich wiederhole: Von Schwarzenbach war hier, und dann ist er wieder gefahren. Mehr gibt es nicht zu berichten.«

»Und dennoch belügen Sie mich, seit ich hier angekommen bin. Nun, ich hatte Sie gewarnt. Manfred!«, rief er seinem Adjutanten zu. »Hol das Mädchen aus der Küche, und bring es mir.«

»Das wird nicht nötig sein«, sagte Annemarie laut und trat in die Stube.

»Da sind Sie ja«, erwiderte von Greiff im Ton eines Mannes, der nichts anderes erwartet hatte. »Setzen Sie sich! Charlotte, Sie können gehen«, komplimentierte er sie ohne Umstände hinaus. »Also, Annemarie Sadler. Warum spielen Sie die Geisteskranke?«

»Weil es hier im Ort eine Person gibt, die meiner Familie übel will«, begann Annemarie und erzählte ihm von Elsbeth Luttich. Allein die Wahrheit konnte sie jetzt noch retten.

Von Greiff hörte ihrem Bericht mit verschränkten Armen zu. Als Annemarie geendet hatte, sagte er verächtlich: »Nichts ist so geisttötend wie Weiber und ihre Fehden! Diese verrückte Luttich hat mich bereits im Ort belästigt.« Er rieb sich den Nasenrücken, lange Sekunden, die Annemaries Puls weiter nach oben trieben. »Ich sage das selten«, fuhr von Greiff fort, »aber ich bin geneigt, Ihnen diese Räuberpistole abzunehmen.«

»Was?«, entfuhr es Annemarie verblüfft.

»Sie sind als Kretin dem Reich unnütz. Warum sollten Sie sich mit Ihrem Schwindel selbst in Gefahr bringen?«

»Ich tue es für meine Kinder.«

Von Greiff winkte ab. »Mütter«, er stieß das Wort aus, als spräche er von einer ansteckenden Seuche, »und ihre dummen Anstrengungen. Mein Interesse«, fuhr Greiff fort, »gilt allein von Schwarzenbach. Beantworten Sie meine Fragen, und überzeugen Sie mich, Annemarie Sadler. Umso schneller kann ich diesen trostlosen Ort hinter mir lassen. Ich habe Wichtigeres zu tun, als meine Zeit mit Provinztrivialitäten zu verplempern!«

Eine halbe Stunde später verfolgten Charlotte und Annemarie, wie von Greiffs Limousine vom Hof fuhr.

»Was für ein grässlicher Mensch. Ein Bluthund!«, sagte Charlotte laut.

»Ich glaube, wir müssen Elsbeth dankbar sein.«

»Wie bitte?«

»Greiff ist ihr zuvor im Ort begegnet. Sie muss ihm weiß Gott was über uns erzählt haben. Es gibt wohl nichts Glaubwürdigeres als üble Nachrede.«

»Nicht zu vergessen Niedertracht«, ergänzte Charlotte. Schwiegermutter und Schwiegertochter teilten einen Augenblick seltenen Einvernehmens.

»Er hat nicht nach Kathi gefragt«, sagte Annemarie nachdenklich.

»Was beunruhigt dich?«

»Ich überlege, ob er nach Gleiwitz fährt, um Kathi in der Schule zu verhören?«

»Verdammt!«, knurrte Charlotte. »Das würde er uns vorher sicher nicht auf die Nase binden. Ich fahre hin! Wenn er Kathi sprechen will, dann findet er meinen Stiefel in der Tür.«

»Danke dir, Charlotte. Und, Charlotte?«

»Was?«

»Vielleicht sollten wir Schwarzenbachs Aktentasche loswerden?«

»Ich kümmere mich darum.«

Von Greiff verzichtete auf eine Befragung Katharina Sadlers. »Wir fahren zurück nach Breslau!«, gab er dem Fahrer Anweisung. »Ich verschwende hier keine weitere Zeit«, bemerkte er zu seinem jungen Begleiter. »Schwarzenbach und Mauser sind doch längst über alle Berge. Die Ratten verlassen das sinkende Schiff, und ich jage Phantome.«

Am Abend erstattete er seinem Vorgesetzten Kaltenbrunner, Heydrichs Nachfolger, telefonisch Bericht aus Breslau. »Mein Besuch in Petersdorf hat nichts Neues ergeben, Obergruppenführer. Die Zeugenaussagen vor Ort decken sich mit jenen der Kontrollpunkte auf der Strecke zwischen Berlin und Petersdorf. Major Mausers Spur verliert sich noch vor der Ankunft in Breslau. Es gibt nicht einen Zeugen, der ihn in der Stadt gesehen hat. Von Schwarzenbach fuhr nachweislich ohne den Major von Breslau nach Petersdorf und übernachtete auch allein im Hotel. Das einzig Interessante ist der Fund einer Fotografie in Schwarzenbachs zurückgelassenem Wagen. Es ist dieselbe Person wie auf Sokolows Fotografie. Das Porträt war zwischen Sitz und Beifahrertür eingeklemmt. Ich setze meine Nachforschungen in Breslau fort.«

»Nein, Sie kehren sofort nach Berlin zurück, Sturmbannführer. Ich brauche Sie hier. Es braut sich etwas in der Wehrmacht zusammen.«

Von Greiff kam der Befehl sehr zupass. Denn er war auf der

Jagd nach seinem eigenen Phantom: Anna von Dürkheim alias Marlene Kalten. Sie war der einzige Mensch, der ihm je entkommen war. Dieses Weib hatte ihn zum Narren gemacht, und dafür würde sie büßen! Die jüngste Spur wies nach Berlin. Er hatte sich bereits auf dem Weg dorthin befunden, als ihm der Schwarzenbach/Mauser-Auftrag überantwortet wurde. Er malte sich aus, was er alles mit der Frau anstellen würde, sobald er sie in die Finger bekäme. Ein grausames Lächeln entblößte seine Zähne, als er sich im Fond zurücklehnte. »Nach Berlin!«, befahl er.

52

Es sinkt auf meine Augenlider
ein goldner Kindertraum hernieder.
Ich fühl's, ein Wunder ist geschehn.

Theodor Storm

Die Ankunft der Gestapo auf dem Hof versetzte Sokolow einen gehörigen Schrecken.

In der Nacht zuvor hatte er sich auf den Hof geschlichen und es sich auf dem Heuboden bequem gemacht. Er musste sich ausruhen. Es war nicht einfach gewesen, hierher zu gelangen. Unterwegs hielten sich Glück und Pech die Waage. Bei nächster Gelegenheit überfiel er einen Bauern und stahl ihm seine Kleider; dennoch musste er einen Großteil des Weges zu Fuß zurücklegen, weil kaum ein Fuhrwerk bereit war, ihn mitzunehmen. Die vergangenen Jahre hatten die Bauern gegenüber Fremden sehr viel misstrauischer werden lassen. Es war ihnen nicht zu verdenken. Unterwegs ernährte er sich vornehmlich von Milch, die er auf den Weiden direkt aus den Zitzen der Kühe trank, und von schrumpeligen Winteräpfeln, die er von einem Karren stahl. Eine Kombination, die seinem vom Gefängnisfraß geschwächten Magen nicht sonderlich bekam. Seither quälten ihn anhaltende Bauchkrämpfe.

Den Platz auf dem Heuboden hatte er gut gewählt. Vorne und hinten gab es jeweils ein kleines Fenster. So konnte er sowohl den Hof als auch den Zufahrtsweg überblicken. Als die Limousine auf den Hof rollte, erwog er kurz zu fliehen. Doch es hatte nicht den Anschein, als planten die Männer eine Durchsuchung. Also blieb er. Zwar vertrat sich der Chauffeur die Beine auf dem Hof und schaute dabei auch in den Stall und in die Scheune, aber er schien eher von Langeweile als von Neugier getrieben. Sokolow beglückwünschte sich, dass kein Krawall von Hund und Federvieh ihn letzte Nacht verraten hatte. Das Federvieh wurde nachts weggesperrt, und der Hund, ein schon betagteres Exemplar, schlief im Haus.

Im Morgengrauen erwachte der Hof mit der üblichen Routine eines Bauernhofs. Zwei Knechte verschwanden im Stall, eine sehr dicke Frau fütterte das Federvieh, um es anschließend herauszulassen. Kurz darauf trat auch ein junges Mädchen aus der Haustür und schwang sich auf ein Rad. Es war noch zu dunkel, als dass er viel von ihrem Gesicht hätte erkennen können. Es blieb für ihn nur ein blasser Fleck zwischen zwei dicken Zöpfen. Ebenfalls im Morgengrauen verschwand eine Person in einem angrenzenden Gebäude, aus dem Pferdewiehern tönte. Sie bewegte sich so rasch, dass ihm als Eindruck lediglich ihre hochgewachsene Statur blieb. Es konnte sich deshalb nicht um die von ihm gesuchte Person handeln. Die beiden Knechte zogen eine Stunde später mit dem Ochsen und einem Karren los. Sonst war ihm niemand aufgefallen.

Zu seinem Erstaunen verließ die Gestapo nach einer Stunde den Hof. Darauf durchschritt eine ältliche Matrone das Tor. Er hatte sie bereits auf dem Zufahrtsweg entdeckt, wo sie sich seit geraumer Zeit herumdrückte. Eine hochgewachsene, silberhaarige Frau trat ihr entgegen, dieselbe, die am Morgen seinen Blicken entflohen war und später die Gestapoleute in Empfang nahm. Es lag etwas Energisches in ihren Bewegungen; zweifelsfrei war sie es gewohnt, die Zügel in der Hand zu halten.

Der Besuch der Matrone war sichtlich unwillkommen und währte auch nicht lange.

Danach bekam er endlich Elena zu Gesicht. Bald zwanzig Jahre waren seit ihrer letzten Begegnung verstrichen und hatten ihre Spuren hinterlassen. Dennoch, sie war es wirklich. Aber etwas stimmte nicht mit ihr. Sie ging schleppend am Arm der silberhaarigen Frau, als litte sie an einem Gebrechen. Was war mit ihr geschehen? Er musste sie unbedingt alleine sprechen. Nach kaum zehn Minuten kehrte sie gemeinsam mit der Frau ins Haus zurück, und danach tauchte sie nicht wieder auf. Den ganzen Mittag lag er auf der Lauer, beobachtete die Vorgänge auf dem Hof und prägte sich jedes Detail ein. Der Hund, der interessiert überall herumschnüffelte, auch kurz in der Scheune, entfernte sich zusammen mit einem Rehbock. Mit Neid betrachtete Sokolow, wie Rauch aus dem Schornstein quoll. Ihn fror, trotz des Heus, das er um sich aufgehäuft hatte. Die Nacht war empfindlich kalt gewesen. Wie jede seiner Nächte in den letzten fünf Jahren.

Am frühen Nachmittag geschah etwas Merkwürdiges. Ein kleines Mädchen von elfenhaft zartem Wuchs, das er auf kaum mehr als sechs Jahre schätzte, verließ das Haus und spazierte in die Scheune. Sie sah sich darin um, gab einige schnüffelnde Laute von sich und näherte sich dann schnurstracks der Leiter. Sokolow hatte erwogen, sie hochzuziehen, jedoch befürchtet, ihr Fehlen könnte auffallen und erst recht Misstrauen hervorrufen.

Er zog sich nun weit hinter die gebündelten Heuballen zurück. Die Kleine kletterte herauf, und innerhalb einer Minute stand sie vor ihm und streckte ihm einen Apfel entgegen. Ein kleiner Halbmond war herausgebissen, und ihre riesigen dunklen Augen musterten ihn ohne Scheu. Seine Anwesenheit schien sie nicht im Geringsten zu befremden. Sokolow fühlte sich zum ersten Mal in seinem Leben überrumpelt. Das Kind erinnerte ihn an das kleine, zutrauliche Kätzchen, das er eines

Tages in einem Hinterhof gefunden und seiner Schwester mit nach Hause gebracht hatte.

Während er noch überlegte, was er tun sollte, zog das kleine Mädchen einen weiteren Apfel aus ihrem Schürzenkleid, biss einmal hinein, steckte ihn zurück, um es sich gleich darauf neben ihm im Heu gemütlich zu machen. Sie rollte sich wie eine kleine Schlange ein und schlief bereits, als Sokolow immer noch auf den angebissenen Apfel in seiner Hand schielte. Er hatte Hunger, aber musste es ausgerechnet ein Apfel sein? Er betrachtete das wundersame kleine Ding, das so ruhig neben ihm schlief. Jemand wie sie war ihm noch nie begegnet. Sie hatte einen großen Fleck vom Mund bis zur Wange, dessen schuppiges Muster dem einer Schlange oder Eidechse glich. Er berührte es sacht mit dem Finger. Es fühlte sich rau an. Er entdeckte einen ähnlichen, kleineren Fleck an ihrem Hals und an den Händen. Das Mädchen schlief still und friedlich und prustete die eingeatmete Luft mit einem drolligen Geräusch heraus. Und ohne dass er sich dessen bewusst gewesen wäre, begann er, seine Atmung ihrem Rhythmus anzupassen. Ihre Ruhe übertrug sich auf ihn wie eine schöne warme Decke. Mit einem Mal fielen ihm die Augen zu.

Als er zwei Stunden später mit einem erschrockenen Laut hochfuhr, war das eigenartige Mädchen verschwunden. Stattdessen fand er nun Elena an seiner Seite. In ihrem Gürtel steckte ein Messer, ihre langen, schlanken Finger hielten eine Armeepistole auf ihn gerichtet. Eine sperrige alte Mauser, doch er erinnerte sich, wie gut sie in den Tagen der Revolution damit schießen konnte.

Auch Elena erinnerte sich. »Sokolow«, sagte sie. »Was willst du hier? Wie hast du mich gefunden?«

Er erzählte ihr alles. Auch was er plante und warum. Er hatte nichts zu verlieren. Die Frage war nur, ob Elena es ihm glauben würde. Denn tat sie es nicht, endete seine Flucht hier und jetzt an diesem Ort. Sie würde ihn töten.

Als er fertig war, breitete er die Arme aus – als Zeichen seiner Bereitschaft, sein Schicksal anzunehmen. Er hatte in den vergangenen Jahren so oft mit seinem Leben abgeschlossen, dass es ihm nun wie eine glückliche Fügung erschien, stürbe er durch die Hand einer Landsmännin.

Elena lauschte seinem Bericht konzentriert. Nichts in ihren Zügen wies darauf hin, dass sie ihm glaubte. Sokolow stellte bereits Überlegungen an, wie sie ihn töten würde. Ein Pistolenschuss war wegen des Lärms unwahrscheinlich; er tippte auf das Messer. Ebenso wie ihr Vater, einst Chef der zaristischen Polizei Ochrana, wusste Elena meisterhaft damit umzugehen. Sokolow schloss mit seinem Leben ab. Gerade als er sich fragte, ob er ihr die Entscheidung abnehmen und versuchen sollte, an das Messer zu gelangen, sagte Elena: »Gut, ich werde dir helfen.«

»Was?« Obwohl er aus genau diesem Grund zu ihr gekommen war, schien er völlig überrascht. »Warum tust du das? Hast du keine Angst, ich könnte mit Verstärkung zurückkehren?«

»Nein! Sieh dich an, Sokolow, du bist ein alter Mann. Aber die Rache in deinen Augen ist wach und lebendig. Ich habe selbst jahrelang von der Vorstellung gezehrt, auf welche Art ich Mörder wie Berija töten würde. Geh nach Moskau, und bring das Monster für mich um. Ich kann dir etwas Vorräte und ein Jagdgewehr mitgeben. Und ich schreibe dir eine verschlüsselte Nachricht für einen Kontaktmann in Moskau. Sofern er noch lebt. Mehr kann ich nicht für dich tun. Aber du wirst noch heute Nacht von hier verschwinden.«

Sokolow ließ die Arme sinken. Erleichterung zeichnete sich auf seinen erschöpften Zügen ab. »Danke«, sagte er schlicht. »Weißt du, Elena Filipowna, ich habe nie an dir gezweifelt. Wenn es jemand schaffen konnte, dann du.«

»Du musst mir nicht schmeicheln, Sokolow. Ich habe dir bereits meine Hilfe zugesagt.«

»Ist die Großfürstin Ana …«

»DU!«, herrschte Elena ihn an, »sprichst ihren Namen nicht aus! Hörst du? Du hast kein Recht dazu!«

Sokolow ließ ein paar Sekunden verstreichen. »Was hast du mit Juri Petrow gemacht?«

»Nichts. Er geriet an die falsche Frau. Er ist tot.« Sie dachte nicht gerne an die Ereignisse jenes Tages zurück. Sie war Juri gefolgt, in der festen Absicht, ihn zu töten. Doch dann lief ihm Elsbeth über den Weg, und die beiden verschwanden im Haus der Luttichs. Sie hatte gehofft, Juri aus dem Weg räumen zu können, bevor er ein weiteres Mal mit dieser geschwätzigen Frau reden konnte. Der kleine Anton war ihr in die Quere gekommen. Und Wenzel Luttich erledigte den Rest und vertuschte die Angelegenheit.

»Und Juris Schwester Sonia?«

»Lass das Verhör! Ich bin dir keine Antworten schuldig.«

»Es war ein Fehler, euren Bewacher Domratchev damals am Leben zu lassen«, fuhr Sokolow unbeirrt fort.

Die Bemerkung traf Elena ins Mark. Sokolow wusste zu viel! Vielleicht war es ein Fehler, *ihn* am Leben zu lassen? Dennoch sagte sie: »Ich töte niemals grundlos. Im Gegensatz zu Männern deiner Sorte …«

Sokolow ging nicht darauf ein. »Domratchev hat euch geholfen und dafür bezahlt. Er starb unter der Folter. Falls es dich interessiert, er hat nicht geredet.«

Elena schloss kurz die Augen. Dimitri Wassilijev Domratchev war der Erinnerung wert, ein guter Mann, ein Mann mit Gewissen. Wie sie hatte er alles darangesetzt, die eigene Familie zu schützen. Die Wahrheit war eine andere, aber sie gehörte zu jenen Dingen, die sie so tief in ihrem Inneren vergraben hatte, als wären sie einer anderen Frau zugestoßen – jener Elena Filipowna, die sie früher gewesen war, und nicht Annemarie Sadler, zu der Laurenz' Liebe sie gemacht hatte.

Sokolow betrachtete sie forschend. Offenbar erwartete er weitere Fragen, und als sie ausblieben, sagte er: »Niemand hätte verhindern können, was in Jekaterinenburg geschah. Lenin hatte es befohlen. Interessiert es dich, was aus den Kindern der Frau wurde, deren Namen ich nicht aussprechen darf? Ich meine, es waren fünf? Drei Jungen und zwei Mädchen?« Sokolow verstand es, seiner Stimme das rechte Maß aus Gerissenheit und Bedeutungsschwere zu verleihen. Er wollte Elena aus der Reserve locken. Er hatte damit Erfolg, aber anders als erwartet. Mit einer raschen, kaum wahrzunehmenden Bewegung setzte sie ihm das Messer an die Kehle. »Du sagst mir jetzt alles, was du über die Angelegenheit weißt«, zischte sie.

»Du brauchst das Messer nicht«, entgegnete Sokolow ruhig. »Ich erzähle dir alles. Sonst hätte ich gar nicht davon angefangen.«

»Also gut. Sprich!« Elena ließ das Messer sinken, behielt es jedoch in der Hand. Sie konnte nicht verhindern, dass Sokolow sah, wie ihre Hände zitterten.

»Dimitri Domratschew und ich waren befreundet. Eines Tages wurde ich zufällig Zeuge, wie man ihn und seine schwangere Frau abholte. Ich bin dem Wagen gefolgt und habe anschließend Nachforschungen angestellt. Es dauerte eine Weile, bis ich dem Geheimnis der Fünf auf die Spur kam. Sie nannten sich *Orden der Schwertträger.* Was mir nicht ganz klar ist: Wie konnten die Männer wissen, welches Kind von wem war?«

»Das spielte für sie keine Rolle. Es kam ihnen nur darauf an, ihr Blut mit dem ihren zu vermischen.«

»Und das Motiv?«

»Woher sollte ich die Motive dieser Schweine kennen? Sadismus? Größenwahn? Wahnsinn?«

»Womöglich glaubten sie, im Falle einer erfolgreichen Konterrevolution könnten sie die Trumpfkarte ziehen und einen bolschewistisch erzogenen Erben der Romanows präsentieren?«, mutmaßte er.

»Lassen wir die Spekulationen, Sokolow. Du sagst mir jetzt alles, was du über die fünf Kinder weißt.«

»Meine Informationen sind nach fünf Jahren Gefängnis natürlich veraltet. Aber gesichert ist, dass der mittlere der Jungen tot ist, er starb mit sechs bei einem Autounfall. Eines der Mädchen wächst bei Berija auf.«

Elena schnappte nach Luft. »Weiß das Schwein über die Herkunft des Kindes Bescheid?«

»Nein. Er glaubt, sie sei die Waise eines getöteten Revolutionärs.«

»Was ist mit den anderen drei?«

»Von zweien ist mir weder der Aufenthaltsort noch die weitere Identität bekannt. Aber einer der Jungen wurde Anatoli Budjonin Pchela übergeben.«

»Diese roten Teufel!«, sagte Elena heftig. »Sie schrecken vor nichts zurück! Übergeben das Kind ausgerechnet einem der Männer, die seine Familie auf dem Gewissen haben. Ist Pchela über die Herkunft des Jungen im Bilde?«

»Nein, er ist genauso ahnungslos wie Berija.«

»Weißt du auch, welcher der Jungen bei ihm ist? Der ältere oder der jüngste von den dreien?« Elena konnte nicht verhindern, dass ihre Stimme atemlos klang.

»Nein. Warum fragst du?« In Sokolows Augen glomm Interesse auf.

»Nur so. Der jüngere schien bei der Geburt kränklich zu sein. Ich freue mich, dass er das Säuglingsalter überlebt hat.« Für den Bruchteil einer Sekunde schoss in ihr der Gedanke hoch, Pchela ausfindig zu machen und sich dem Jungen zu nähern. Vielleicht …

»Du solltest es dir aus dem Kopf schlagen«, sagte Sokolow leise. Und nach einer kleinen Pause. »Es tut mir leid, was damals mit deinem Vater und deiner Mutter geschehen ist. Boris und Tatjana hatten das nicht verdient.«

»Spar dir dein Mitleid!«, fauchte Elena. »Du bist …« Sie stockte. Die Begegnung mit Sokolow und die Erwähnung ihrer Eltern zeigten ihr, welche Kraft die Vergangenheit noch immer über sie besaß. Der Wunsch nach Vergeltung entfaltete einen Sog, in den sich das ferne Klagen der Toten mischte. Sie durfte sich nicht zu sehr darin verlieren. Alles, was jetzt für sie zählte, war ihre Familie. Jene, die lebte, und nicht jene, die die Bolschewiken ausgelöscht hatten. Auch blieb ihr das Wissen, nicht völlig versagt und wenigstens die Mutter der Kinder gerettet zu haben. Sie wusste sie in Übersee in Sicherheit vor den Schlächtern ihrer Familie. Sie hatte ihre Pflicht gegenüber der Großfürstin erfüllt, so wie sie es ihrem Vater vor seinem Tod versprochen hatte.

Aber wenn es stimmte, dass vier der fünf Kinder noch lebten … Möglichkeiten und Pläne formierten sich in ihrem Kopf. Doch sofort dachte sie wieder an Kathi und Franzi.

Diesmal erriet Sokolow ihre Gedanken. »Das kleine Mädchen mit dem Mal im Gesicht … Ist sie deine Tochter?«

»Ja. Du verdankst ihr dein Leben. Ohne Franzi hätte ich dich, ohne zu zögern, sofort getötet. Sie hat mir bedeutet, dass du keine Gefahr darstellst.«

»Wie kann sie das wissen? Sie ist nur ein kleines Mädchen.«

Elena sah ihn auf eine Weise an, die ihn den Blick senken ließ. Es war wirklich eine dumme Bemerkung gewesen. Er hatte selbst gespürt, dass etwas Außergewöhnliches von der kleinen Franzi ausging.

53

»Was ist ein schöner Tod?«

Kathi Sadler

Kathi merkte wohl, dass seit dem Besuch des jungen von Schwarzenbach etwas in Bewegung geraten war. Franzi schien es ebenfalls zu spüren, sie war quengelig und unruhig. Oskar, den seit dem letzten Winter zunehmend die alten Gelenke schmerzten und der es deshalb vorzog, mehr Zeit in der Küche oder vor der Ofenbank zu verbringen, ließ Kathi nicht aus den Augen und trottete ihr auf Schritt und Tritt hinterher. Selbst Peterle streunte wie in alten Zeiten nun wieder täglich um den Hof. Und ihre Mutter und die Großmutter verhielten sich neuerdings beinahe wie Freundinnen. Am Abend blieben sie oft noch stundenlang in der Stube, und mehrmals leistete ihnen dabei Pfarrer Berthold Gesellschaft. Kathi wunderte sich etwas darüber, dass er bei seinen spätabendlichen Besuchen auf sein Moped verzichtete und sich stattdessen auf dem Fahrrad abstrampelte. Wollte Pfarrer Berthold vermeiden, abends auf dem Hof gesehen zu werden? Die Fragen stauten sich in ihr. Aber jedes Mal, wenn sie sich deshalb an ihre Mutter wenden wollte, wurde sie auf später vertröstet.

Kathi versuchte deshalb ihr Glück bei der Großmutter Charlotte. In letzter Zeit war diese mitteilsamer geworden, und man konnte nun des Öfteren auf eine Antwort hoffen. Einmal hatte Kathi nach der Kirche mitbekommen, wie jemand ihre Großmutter als hartherzige und kalte Frau bezeichnete. Kathi wusste es besser. Ihre Großmutter mochte manchmal hart sein, aber sie blieb dabei stets gerecht; ihr Herz war nicht kalt. Sie fand die Großmutter in der Sattelkammer, wo sie auf einer Truhe hockte. Die Beine von sich gestreckt, kaute sie auf einer erloschenen Zigarre. Sosehr sie ihren Tabak liebte, im Stall zu rauchen, würde ihr niemals einfallen.

Kathi zögerte zunächst vor der Tür, weil sie von drinnen ein Stöhnen gehört hatte. Als litte ihre Großmutter Schmerzen. Sie hätte sie nicht darauf angesprochen, wenn ihre Großmutter nicht so grau im Gesicht gewesen wäre. »Ist dir nicht wohl?«

»Ach was, das Alter zwickt halt hier und da. Mein Vater, der alte Baron, pflegte zu sagen, der Tod zupfe an einem.«

Beunruhigt wich Kathi zurück.

»Komm, Kind, jetzt mach nicht gleich so ein erschrockenes Gesicht. Ich puste dem Tod noch die nächsten zwanzig Jahre meinen Rauch ins Gesicht. Mein Wort darauf. Und danach sterbe ich den schönsten Tod von allen.«

Natürlich musste Kathi fragen: »Was ist ein schöner Tod?«

»Von hier auf jetzt tot umzufallen. Peng, das war's. Und alle Mühsal hat ein Ende.«

»Man kann auch wie Babette Köhler friedlich im Bett einschlafen«, erinnerte sich Kathi leise.

»Ha!« Charlotte spuckte ihre kalte Zigarre aus. Mit einem Ächzen kam sie auf die Beine. »Frauen wie wir, Kathi, sterben nicht im Bett!« Sprach's, wuchtete sich einen Sattel auf die Schulter und stapfte aus der Kammer.

Kathi blieb allein zurück. Kurzzeitig hatte sie vergessen, was sie eigentlich von ihrer Großmutter wollte. Als es ihr wieder einfiel, trabte ihre Großmutter bereits auf ihrem Liebling Bukephalos IV. vom Hof.

54

Vor einem Schalter stehen: das ist das deutsche Schicksal.
Hinter dem Schalter sitzen: das ist das deutsche Ideal.

Kurt Tucholsky

Der April begann gewohnt wechselhaft, doch die Temperaturen wurden merklich milder, die Tage länger. In Petersdorf fing man an, sich für die kommenden Osterfeierlichkeiten zu rüsten. Palmkätzchen wurden geschnitten, und die Kinder banden die samtenen Kätzchen zu kleinen Sträußen und schmückten sie mit bunten Bändern. Der kleine Kirchenchor übte fleißig für die Ostermesse, und die Hausfrauen begaben sich an den Frühjahrsputz, es wurde gekehrt, gewischt und poliert. Auch die Küchen rüsteten sich für den Osterschmaus, Teig wurde gewalkt, gerollt und zu Fladen und Stollen gebacken. Jeder Bauer hatte für den Osterschmaus etwas beiseitegeschafft. Monatelang waren Lebensmittelmarken und Zutaten gespart und Mutterschafe versteckt worden. Krieg und Tod traten für kurze Zeit in den Hintergrund; man war in froher Erwartung der Auferstehung des Herrn. Allein die Lämmer hatten wie immer das Nachsehen.

Auch Insekten und Bienen waren summend erwacht, die Weiden färbten sich grün, und überall begann es, an Bäumen und Büschen zu knospen. Die Vögel lärmten in den Zweigen, jagten sich gegenseitig am Himmel und machten sich emsig an den Nestbau. Neues Leben brach sich überall Bahn, war nicht aufzuhalten.

Und während der Frühling winterblasse Wangen mit frischem Rosa färbte, dauerte Annemaries Rekonvaleszenz, die weiterhin im Geheimen stattfinden musste, weitaus länger, als sie selbst veranschlagt hatte. Am Morgen fühlte sie sich oft matt, und nach wie vor wurde sie von stetig wiederkehrenden Kopfschmerzen gepeinigt. Sie war noch weit von ihrer früheren Vitalität entfernt, und es gab Tage, an denen sie so niedergeschlagen war, dass sie fürchtete, ihre Kräfte nie mehr völlig zurückzuerlangen. Ein Glück, dass Sokolow nicht geahnt hatte, wie es wirklich um sie bestellt war. Die Episode mit ihm hätte auch anders ausgehen können. Doch die Sorge um ihre Kinder hatte kurzzeitig alle Kräfte in ihr geweckt, und auch er war sichtlich geschwächt gewesen.

»Was hattest du erwartet?«, meinte Charlotte, der weder Annemaries zähes Ringen noch ihre Zweifel verborgen blieben. »Du bist vierundvierzig, bist bald ein Jahr als Gespenst umhergewandelt, und jetzt willst du das alles in wenigen Wochen aufholen? Ruhig Blut!«, sagte sie im selben Ton, den sie bei nervösen Pferde anwandte. »Zunächst bringen wir die Mädchen auf den Weg. Die Papiere müssen nun jeden Tag eintreffen.«

»Das sagst du seit einer Woche. Und heute ist schon Gründonnerstag!«, begehrte Annemarie auf.

»Na bitte, es sind noch Kraft und Zorn in dir! Der Bote wird kommen«, bekräftigte Charlotte.

Der Bote blieb aus. Der Ostersonntag kam und ging. Am späten Sonntagabend radelte Pfarrer Berthold auf den Sadlerhof und überbrachte die Nachricht, dass er um den Boten fürchtete. »Im schlimmsten Fall sind die Papiere verloren, und wir müssen von vorn beginnen«, endete er seinen deprimierenden Bericht.

»Noch einmal Wochen warten?« Annemarie sah aus, als wäre sie dem Zusammenbruch nahe.

»Wir dürfen den Mut nicht verlieren, meine Tochter«, sagte Berthold.

»Mir mangelt es nicht an Mut, Herr Pfarrer. Es sind die fehlenden Möglichkeiten, die mir zu schaffen machen!«

»Gewiss. Gebt mir ein paar Tage Zeit, Frau Annemarie. Ich werde einen Weg finden, Eure Töchter aus dem Reich zu schmuggeln. Ich berate mich mit meinem Bruder Johann in Berlin. Noch ist nicht aller Hoffnung Abend.«

»Dank dir, Berthold«, sagte Charlotte. »Wir werden für ein gutes Schicksal des Boten beten.«

Während die drei Konspiranten noch Pläne schmiedeten, holte das Schicksal im Hintergrund zu einem neuen Schlag aus.

Am Dienstag nach Ostern überbrachte der Postbote einen Brief für Katharina Sadler. Nachdem Charlotte einen Blick auf den Absender geworfen hatte, suchte sie Annemarie auf. »Ein Schreiben für Kathi! Er ist vom Gauarbeitsamt in Kattowitz.« Charlottes Lippen waren nicht mehr als ein dünner Strich.

Annemaries Hand fuhr an ihre Brust. Der Raum schien sich zu verdunkeln, als fiele Elsbeths Schatten auf sie. »Wo ist Kathi?«, fragte sie leise.

»Sie hilft Dorota beim Wäschemangeln. Willst du ihn gleich öffnen?«

Annemarie überlegte nur kurz. »Ja, bitte. Ich muss wissen, was drinsteht.«

Charlotte positionierte sich hinter Annemarie und las die kurze Anweisung mit. »Kathi soll am ersten Mai das Landfrauenjahr antreten. Im Warthegau! Jetzt wollen sie mir auch noch mein Mädchen nehmen! Da steckt wieder diese Elsbeth dahinter!« Annemaries Hand mit dem Brief zitterte. »Warum kann sie meine Familie nicht endlich in Frieden lassen?«

Charlotte nahm das Schreiben und las es nochmals gründlich. »Das kann nur ein Versehen sein. Es ist unsinnig, jemanden, der ohnehin auf einem Bauernhof lebt, auf einen anderen zu senden. Außerdem ist mir bekannt, dass Schülerinnen, die eine höhere Schule besuchen, davon ausgenommen sind. Und mit fünfzehn ist Kathi ohnehin zu jung. Ich fahre gleich morgen nach Kattowitz und kläre das.«

Das Gauarbeitsamt war gut besucht, die Schlange vor der Amtsstube lang. Charlotte registrierte die seltsame Stille im Warteraum. Die Menschen, überwiegend Frauen und einige wenige ältere Männer, unterhielten sich, wenn überhaupt, nur leise flüsternd. Die meisten verharrten in der Pose des Bittstellers. Das war Charlottes Sache nicht. Wer sich kleinmachte, wurde klein behandelt. Sie trug ihr bestes Lodenkostüm aus dem Kaufhaus Brenninkmeyer zu Breslau, ihre Schuhe hatten zierliche Absätze, und den Hut schmückte eine Pfauenfeder. Nach zwei Stunden Wartezeit betrat sie die Amtsstube und trug selbstbewusst die Argumente vor, weshalb besagtes Schreiben an Katharina Sadler irrtümlich ergangen sein musste.

»Gute Frau«, erwiderte der Beamte gewichtig, ohne die vorgelegten Dokumente wie Kathis Geburtsurkunde zu beachten, »das hat schon alles seine Richtigkeit. Ein Irrtum ist ausgeschlossen. Der oder die Nächste bitte!«, rief er, und sogleich wurde hinter Charlotte die Tür geöffnet.

»Nicht so hastig, guter Mann!«, sagte Charlotte laut. Und zu dem eintretenden Greis: »Wir sind noch nicht fertig. Warten Sie draußen!« Der Mann zog sich sofort zurück, der Beamte vor ihr schien für eine Sekunde sprachlos. »Was …?«

»Ich habe Ihnen eine Kleinigkeit mitgebracht.« Charlotte zog einen geräucherten Schinken und eine Flasche Bärenfang aus der Krokodilledernen.

»Ein deutscher Beamter ist nicht bestechlich«, sagte der

Beamte leise. Die Geschwindigkeit jedoch, mit der beides unter seinem Tresen verschwand, verriet lange Übung. »Wie alt, sagten Sie, ist Ihre Enkelin?«

»Fünfzehn.« Charlotte schob ihm nochmals Kathis Geburtsurkunde zu, auf die er zuvor keinen Blick geworfen hatte.

»Aber sie wird heuer noch sechzehn«, sagte der Beamte nach kurzer Konsultation. »Wir haben hier einen eindeutigen Grenzfall!«

»Und sie besucht die höhere Schule in Gleiwitz. Sehen Sie, das ist ihr Schülerausweis.«

»Hm, ja. Wobei ich allerdings der Meinung bin, dass die Pflichten einer Frau woanders liegen. Dazu wird kein höherer Schulabschluss benötigt.« Er strich sich über den Spitzbart.

Charlotte hielt ihren Zorn im Zaum. »Aber, mein guter Herr! Wie könnte meine Enkelin dann eine Pilotin wie Hanna Reitsch werden und Flugzeuge für den Führer fliegen?«

»So, so, Ihre Enkelin möchte also Pilotin werden? Trotzdem, ein Irrtum ist bei uns noch nie vorgekommen. Aber um meinen guten Willen zu beweisen, sehe ich in der Akte nach.« Als der Beamte mit der Nase in der grünen Mappe zurückkehrte, konnte Charlotte schon an seinem Gesichtsausdruck erkennen, dass ihre Sache nicht gut stand.

»Ich habe hier ein Schreiben des Rektors des Eichendorff-Lyzeums, Herrn Hermann Zille, aus dem hervorgeht, dass die Leistungen der Schülerin Katharina Sadler nicht ausreichend sind für die weiteren Anforderungen einer höheren Schule«, sagte er triumphierend. »Damit ist die Sache geklärt. Katharina Sadler wird im Landfrauenjahr die Tugenden einer deutschen Frau und künftigen Mutter erlernen.«

»Was? Zeigen Sie her!« Charlotte riss ihm die Mappe beinahe aus der Hand.

»Na, hören Sie mal!«, erboste sich der Mann. »Was sind denn das für Faxen?«

»Gibt es hier ein Problem?« Ein Mann war unbemerkt durch eine zweite Tür im Hintergrund eingetreten. Er trug die schwarze Uniform eines höheren SS-Ranges.

»Nein, Herr Hauptsturmführer«, erwiderte der Beamte stramm. Doch Charlotte beschloss sofort, aufs Ganze zu gehen.

»Ich finde durchaus! Meine fünfzehnjährige Enkelin wurde irrtümlich für ein Landfrauenjahr angefordert. Auch gilt sie als sonderbegabt und hat erst in diesem März die landesweite Mathematikolympiade gewonnen. Nun heißt es plötzlich, sie müsse die Schule wegen mangelnder Leistungen verlassen. Das geht keinesfalls zusammen.«

»Hm, das klingt nach einem interessanten Fall. Und Sie sind …?«

»Charlotte Sadler. Geborene von Papenburg.«

»Und Sie sind auch der gesetzliche Vormund Ihrer Enkelin?«

»Nein, das ist der Vater.«

»Und er ist nicht hier, weil …?«

»Weil er an der Ostfront für den Führer kämpft.«

»Und die Mutter?«

»Sie ist krank.«

»Ich verstehe. Sie sind hier in Ihrer Vertretung. Haben Sie eine Handlungsvollmacht?«

»Nein, die habe ich nicht. Aber ich bin Katharinas Großmutter.«

»Herr Krawinkel«, wandte sich der Hauptsturmführer an den Beamten, »geben Sie Frau Sadler bitte das Formular einer Vollmacht. Da der Vater an der Ostfront kämpft, soll ausnahmsweise die Mutter des Mädchens das Formular ausfüllen, das Frau Charlotte Sadler berechtigt, in ihrem Namen zu handeln. Damit kommen Sie wieder, Frau Sadler, und wir werden den Fall Katharina Sadler einer Prüfung unterziehen. Es soll alles seine Ordnung haben. Dem Formular muss auch das amtliche Gesundheitszeugnis der Mutter des Mädchens beiliegen.«

Und täglich wiehert der Amtsschimmel... Charlotte nahm das Formular und wollte gehen, als hinter ihr der Beamte Krawinkel sagte: »Ich fürchte, wir haben hier ein weiteres Problem«, und erklärend fortfuhr: »Der Akte Sadler entnehme ich, dass sich Annemarie Sadler, besagte Mutter des Mädchens Katharina, seit einem persönlichen Verlust in einem geistig verwirrten Zustand befindet. Kürzlich wurde sie vom Amtsarzt als nicht zurechnungsfähig gemeldet.«

»Das ist der Grund, warum ich hier vorspreche«, erklärte ihrerseits Charlotte.

»Es hat also kein Übertrag der Vormundschaft durch den Vater auf Sie stattgefunden?«

»Nein.«

»Bedauere, wenn die Mutter als nicht geschäftsfähig gilt, dann kann sie die Vertretung selbstverständlich auch nicht auf Sie übertragen. Wir sind verpflichtet, uns an die Gesetze zu halten. Herr Krawinkel, händigen Sie der Dame das Formular für einen Übertrag der Vormundschaft aus. Das, Frau Sadler, senden Sie dann mit der Feldpost an den Vater und ...«

»Verzeihung, Herr Hauptsturmführer«, mischte sich erneut der Schalterbeamte in das Gespräch, »aber ich fürchte, auch das ist nicht möglich. Dem Gefreiten Sadler kann derzeit keine Feldpost zugestellt werden.«

»Warum das?«

»In der Akte steht, dass der Vater, Laurenz Sadler, seit Februar bei Leningrad vermisst wird.«

Dafür erntete der Beamte einen scharfen Blick des SS-Mannes, während Charlotte einen möglichst gleichmütigen Ausdruck zur Schau trug. Die Nennung von Leningrad war für sie eine doppelte Bestätigung. Immerhin konnte es jetzt kaum mehr einen Zweifel daran geben, wo sich Laurenz zuletzt aufgehalten hatte.

»Nun, dann bleibt Ihnen wohl nur der gerichtliche Weg, Frau

Sadler. Sie müssen einen persönlichen Antrag auf Vormundschaft stellen. Das dürfte angesichts der Umstände nicht schwer sein. Trotzdem schlage ich vor, Sie nehmen sich einen anwaltlichen Beistand. Ich wüsste da jemanden für Sie. Meinen Schwager. Er besitzt für solche Fälle eine ausgezeichnete Expertise. Hier haben Sie seine Karte. Ich kann Ihnen versichern, er ist der beste Mann für Ihre Angelegenheit.«

Nun hatte Charlotte genug. Es war Zeitverschwendung, sich noch länger mit diesen Paragrafenreitern aufzuhalten. Katharina sollte in drei Wochen ihren Dienst antreten. Kein Gericht der Welt würde so schnell entscheiden.

Unverrichteter Dinge kehrte Charlotte nach Petersdorf zurück. »Unfassbar, die pressen aus jeder Not noch ein Geschäft«, sagte sie zu Annemarie. »Dieser Tagedieb muss mich anhand meiner Kleidung als lukrativen Fang eingeschätzt haben. Prompt empfiehlt er mir seinen Schwager, und am Ende werden sich beide das Salär teilen, das man mir aus der Tasche zieht. Das haben sie sich fein ausgedacht, diese unbestechlichen und gesetzestreuen Geier!«, schnaubte Charlotte. Sie warf sich in einen Sessel.

»Wir müssen eine andere Lösung finden«, erklärte Annemarie, in deren Schläfen eine Migräne hämmerte. »Uns bleibt nicht mehr viel Zeit.«

»Dann müssen wir eben improvisieren.« Charlotte genehmigte sich einen Schnaps. »Auf der Rückfahrt habe ich mir Folgendes überlegt: Katharina tritt die Reise in den Warthegau wie gefordert an. Nein, warte, bevor du protestierst«, stoppte sie Annemarie schon im Ansatz. »Statt in Breslau in den Zug nach Posen umzusteigen, bleibt Katharina im Zug sitzen. Wir lösen ein zweites Ticket und geben es ihr mit. Bis in Posen ihre Abwesenheit auffällt, ist sie längst in Berlin. Und dort kann sie Pfarrer Bertholds Bruder in Empfang nehmen.«

»Berlin? Niemals! Sie evakuieren die Ausgebombten zu uns aufs Land, und ich soll meine Kinder dorthin schicken?«

»Es wäre nur kurz. Hör mir zu! In Pommern lebt mein Onkel Egon, der jüngere Bruder meines Vaters. Er hat Gut Papenburg nach dessen Tod geerbt. Er wird Kathi bei sich aufnehmen, wenn ich ihn darum bitte.«

»Pommern?« Annemarie sah nicht glücklich aus. »Der polnische Korridor ist davon nicht weit entfernt! Wenn die Russen auf das Deutsche Reich zumarschieren, werden sie auch dort einfallen.«

»Denkst du, das ist mir nicht bewusst? Jetzt geht es doch erst einmal darum, Kathi vor dem Landfrauenjahr zu bewahren. Wenn es zum Schlimmsten kommt, wird mein Onkel rechtzeitig Maßnahmen ergreifen. Zudem unterhält er gute Beziehungen nach Übersee. Es ist nicht ausgeschlossen, dass es ihm gelingt, Ausreisepapiere zu beschaffen!«

»Und Franzi? Hierbleiben kann sie nicht!«

»Auch das habe ich bedacht. Ich selbst werde zusammen mit Kathi und Franzi den Zug nach Breslau besteigen. Daran können selbst die Luttich und ihre Spione keinen Anstoß nehmen.«

»Ich komme auch bis Breslau mit!«, rief Annemarie spontan. »Dann kann ich noch einige Stunden mehr mit meinen Mädchen verbringen.«

»In deinem Zustand?«, hatte Charlotte geantwortet. »Mach dich nicht lächerlich, Annemarie. Du kannst kaum hundert Schritte gehen, ohne verschnaufen zu müssen.«

»Aber ...«

»Nichts aber! Du musst hierbleiben und weiter deine Rolle spielen, damit die Luttich keinen Verdacht schöpft.«

»Ich weiß.« Annemarie sackte in sich zusammen. »Aber mir bricht das Herz beim Gedanken, meine Mädchen ins Ungewisse zu schicken.«

»Das hatten wir doch längst«, sagte Charlotte hart. »Du schickst sie nicht ins Ungewisse, sondern es ist zu ihrer eigenen Sicherheit. Und vergiss nicht, es war auch Laurenz' Wunsch.«

»Es *ist* Laurenz' Wunsch. Sprich nicht in der Vergangenheit von ihm, Charlotte.«

»Du hast recht. Ich war nur gedankenlos.«

»Also in drei Wochen«, sagte Annemarie.

55

Solange es Schmetterlinge gibt, gibt es Hoffnung.

Trudi Siebenbürgen

Nie war die Zeit so rasch verflogen wie in diesen drei Wochen. Die Tage rasten an ihr vorüber, dass es Annemarie jeden Tag ein wenig mehr die Luft abschnürte. Dennoch gewann sie in dieser Zeit allmählich ihre frühere Vitalität zurück. Ihre Muskeln festigten sich, ihre Haut wurde weniger durchscheinend, und wenn sie auch kaum Hunger verspürte, so zwang sie sich doch aufzuessen, was ihr Dorota vorsetzte. Nicht nur frische Kraft pulsierte durch ihre Adern, auch die Pläne gaben ihr Auftrieb. Was hätte sie nicht alles dafür gegeben, wie früher mit ihren beiden Mädchen im frischen Frühlingsgras herumzutoben und von den ersten Beeren zu naschen, bis sich ihre Zungen dunkelrot färbten. Stattdessen war sie dazu verurteilt, weiter die Rolle der Mutter zu spielen, die der Tod ihres Kindes um den Verstand gebracht hatte. *Verflucht seist du, Elsbeth, weil du mich dazu zwingst!*

Und so drehte sie jeden Morgen und jeden Abend abwechselnd am Arm von Charlotte oder Kathi einige wenige schleppende Runden im Hof, um jeden Verdacht von sich abzulenken. Doch die Geheimhaltung zehrte an ihrer erstarkenden Gesundheit.

Auch Berthold hatte Charlottes Plan abgesegnet und sofort zugesagt, seinen Bruder Johann in Berlin zu verständigen.

»Ist das nicht gefährlich, über den Äther?«, wandte Annemarie ein.

»Sei unbesorgt, meine Tochter. Wir haben unsere eigene Methode, um uns zu verständigen.«

»Berthold, Ihr seid immer wieder für eine Überraschung gut«, sagte Charlotte.

Am frühen Abend des nächsten Tages trafen sich Charlotte und Pfarrer Berthold auf halbem Weg in einer kleinen Hütte zwischen dem Sadlerhof und dem Köhlerhof. Berthold hatte um das kurzfristige Treffen gebeten. Nachdem er bereits einmal verhaftet worden war, waren sie übereingekommen, dass er in diesen Wochen nicht zu häufig auf dem Sadlerhof gesehen werden sollte.

»Was ist los, Berthold«, fragte Charlotte. »Du wirkst aufgeregt.«

»Es gibt gute Neuigkeiten!«

»Ist der Bote mit den Papieren eingetroffen?«

»Besser! Milosz Rajewski hat mit mir Kontakt aufgenommen!«

»Milosz? Dorotas neunmalkluger Neffe?«, erinnerte sich Charlotte. »Inwiefern ist das eine gute Nachricht, außer für Dorota?«

»Milosz ist in London und arbeitet dort für die Regierung. Er hat angeboten, Katharina zu sich zu holen.«

»Wieso sollte er Katharina zu sich holen wollen? Der Mann ist an die vierzig! Was will er denn mit dem jungen Ding?«, fragte Charlotte pikiert.

»Nicht das, was du denkst, Charlotte. Milosz' Absichten sind absolut ehrenwert. Es geht um Katharinas besondere Talente. Aber eigentlich ist es doch gleich. Hauptsache, Milosz Rajewski unterstützt uns. Stell dir vor, Charlotte, wir können das Netzwerk der Briten nutzen, mit dem sie schon Dutzende ihrer Piloten aus Deutschland gerettet haben! So schleusen wir die Maus an der Katze vorbei.«

»Wie lautet der neue Plan?«, erkundigte sich Charlotte knapp.

»Wir schicken die Kinder wie gehabt nach Berlin. Mein Bruder Johann bringt sie selbst weiter bis nach Brüssel. Dort nimmt eine Schweizer Diplomatin Franzi und Katharina in ihre Obhut. Sie erhalten Papiere, die sie als Kinder dieser Frau ausweisen. Sie wird mit ihnen nach Bordeaux in Frankreich reisen. Von dort geht es über die Pyrenäen ins neutrale Spanien. Via Madrid gelangen sie dann ins britische Gibraltar.«

»Warum denn so umständlich? Warum können die Kinder nicht wenigstens ab Spanien fliegen?«

»Diplomatischer Luftverkehr findet kaum statt, und er wird streng überwacht. Eine Frau mit Kindern und entsprechenden Papieren hingegen reist auf dem Landweg relativ unbehelligt. Das Hauptaugenmerk der deutschen Spionageabwehr richtet sich nicht auf Kinder. Man hat mich wissen lassen, diese Frau habe schon mehrmals Kinder auf diese Weise gerettet.«

»Das ist eine lange Reise.«

»Über dreitausend Kilometer. Es ist nicht nur gefährlich, Charlotte, sondern auch teuer.«

»Wenn eintritt, was man über das Ende des Krieges sagt, werden wir danach sowieso nichts mehr haben. Da gebe ich es lieber gleich aus. Wie viel wird nötig sein?«

»Wie viel?«, fragte auch Annemarie, als ihr Charlotte später von dem Treffen berichtete und nachdem Charlotte ihr die Summe nannte: »Haben wir denn das Geld?«

»Lass das meine Sorge sein.«

»Also England. Wann sagen wir es Kathi?«, fragte Annemarie.

»Nicht zu bald. Besser, das Kind läuft noch eine Weile mit dieser Leichenbittermiene umher…«

Als es so weit war und Annemarie und Charlotte Kathi beiseitenahmen, um sie in ihre Pläne einzuweihen, erlebten sie eine Überraschung. Kathi fragte nur, ob das nicht alles sehr teuer sei, und als ihre Großmutter bejahte, meinte sie: »Ich bin gleich wieder da.«

Kathi jagte den Himmelsleiterhügel hinauf, kletterte auf den Apfelbaum, entschuldigte sich beim protestierenden Wiedehopf, da sie ihn beim Brüten störte, und fischte das Goldstück aus der Nisthöhle.

Sodann erklärte sie ihrer Mutter und Großmutter, woher es stammte und dass es davon noch sehr viel mehr gab.

Am zweiten Mai bestiegen Charlotte, Kathi und Franzi am Gleiwitzer Hauptbahnhof die Reichsbahn in Richtung Westen. Kathi trug die ihr verhasste BDM-Uniform. Ein Koffer und ein Rucksack bildeten ihr gesamtes Gepäck. Weniger wäre aufgefallen, mehr konnte Kathi nicht tragen, da sie eine Hand für Franzi frei haben musste. Der Inhalt des Koffers bestand aus je zwei Garnituren Kleidung für sie und ihre Schwester, der Rest waren Lebensmittel. Diese besaßen nun den gleichen Wert wie Gold. Auch der Rucksack war mit Lebensmitteln gefüllt. Ihr geliebtes Akkordeon musste Kathi schweren Herzens zurücklassen. Doch in ihre Kleider hatte sie genug Gold eingenäht, um sich in London ein neues Instrument kaufen zu können. In einem Beutel um den Hals verwahrte Kathi die Zugtickets, dreihundert Reichsmark für unterwegs und alle Lebensmittelkarten, die Annemarie und Charlotte auftreiben konnten.

Franzi selbst hatte nur eine kleine Brusttasche umgebunden. Sie enthielt Olegs kleine geschnitzte Katzenfigur nebst ein paar Münzen. An Kleidung trug sie zwei Garnituren übereinander, da sie ohnehin dazu neigte, schnell zu frieren. Kathi gab sich viel

Mühe, Franzi zu erklären, warum sie die Reise antreten mussten. Ihre Schwester war nicht daran interessiert. Um der Wahrheit Genüge zu tun, sie sträubte sich mit Händen und Füßen dagegen. Sie klammerte sich an ihre Mutter und weinte herzzerreißend. Sie konnte nicht begreifen, warum sie ihr Zuhause verlassen und ohne ihre Mutter verreisen sollte. Freilich spürte Franzi den Zwiespalt ihrer Mutter. Nichts wollte Annemarie mehr, als ihre Franzi fest in die Arme zu schließen und sie für immer zu behüten. Stattdessen musste sie ihre Kleine fortschicken. Am Ende blieb Annemarie nichts anderes übrig, als streng zu werden. Seither schmollte Franzi. Ihre Augen waren vom vielen Weinen gerötet, und seit dem Morgen gab sie nicht einen Laut mehr von sich. Sie wollte sich nicht einmal von ihrer Mutter verabschieden. Stumm, mit den eckigen Bewegungen einer Marionette, kletterte sie in den Wagen, blickte nicht einmal zurück.

Kathi weinte bitterlich beim Abschied. Sie musste alles zurücklassen. Ihre Mutter, ihre Großmutter, Dorota und Oleg. Und Oskar! Ein Leben lang würde sie sich an den traurigen Blick ihres Hundes erinnern. Als sie zu Oleg in den Pritschenwagen stieg, schlich Oskar mit eingeklemmtem Schwanz davon. Als sich Kathi nochmals umdrehte, um einen letzten Blick auf ihr Zuhause zu werfen, stand Peterle einsam auf der Straße und sah ihr hinterher.

Annemarie zog sich in ihr Zimmer zurück und gab sich der eigenen Verzweiflung hin. Erst als Berthold zwei Tage später kam, um ihnen mitzuteilen, die Kinder seien wohlbehalten von seinem Bruder in Berlin in Empfang genommen worden, trocknete sie ihre Tränen. Die erste Etappe war geschafft. Berlin war fünfhundert Kilometer entfernt, die Kinder waren nun vor Elsbeths Zugriff sicher. Schon am nächsten Tag würde die Reise weiter nach Brüssel gehen. In längstens zwei Wochen, meinte

Berthold, kämen die Kinder in Gibraltar an und wären somit in Sicherheit.

Nun war es an der Zeit, sich selbst für ihre große Reise zu rüsten.

»Du bist nach wie vor fest dazu entschlossen?«, fragte Charlotte.

»Natürlich. Ich habe diese monatelange Scharade nicht umsonst durchgezogen. Oder hast *du* plötzlich Bedenken?«, meinte Annemarie und forderte Charlotte mit ihrem Blick heraus. Sie befand sich in Streitlaune. Vielleicht, weil sie sich der Tollkühnheit ihres Vorhabens selbst bewusst war. Vielleicht, weil sie sich selbst Mut machen musste. Vielleicht, weil sie sich selbst für wahnwitzig hielt. Dieser Meinung war auch der Klumpen Angst, der sich in ihren Eingeweiden eingenistet hatte und mit jedem Tag ein Stückchen wuchs. Und er sprach mit ihr. *Du bist verrückt,* sagte der Klumpen. *Ich weiß,* antwortete sie. *Aber ich liebe. Und das ist größer als meine Angst. Also schweig still!*

»Nun«, antwortete Charlotte, »ein jeder muss seine eigenen Torheiten begehen. Nicht wahr?« Sie blickte vielsagend zu August, der wie eh und je auf der Ofenbank saß. Den Gehstock zwischen die Beine geklemmt, streichelte er den alten Kater Ratibor, der es sich auf seinem Schoß bequem gemacht hatte. Eine zweite Katze, Goldentraum oder Frankenstein, lag eingerollt an seiner rechten Seite, links von ihm schnarchte Oskar, und Olegs Lieblingshuhn hatte eines der Kissen als Brutstätte auserkoren. »Die Bank hat sich jüngst sehr bevölkert«, meinte Charlotte.

Später am Abend, als Charlotte und Annemarie nochmals gemeinsam in der guten Stube zusammenkamen, entging Annemarie nicht, wie Charlottes Augen sie abwägend musterten. *Nun will sie mir mein Vorhaben doch ausreden. Ich werde sie einfach ignorieren!*

Aber Charlottes Blick klebte an ihr. So wählte Annemarie den Angriff. »Warum siehst du mich so missbilligend an, Schwiegermutter?«

»Du erinnerst mich an Bukephalos«, kam es als überraschende Antwort zurück.

»Ich erinnere dich an dein Pferd?«

Charlotte überging die Bemerkung. »Mein Vater«, begann sie, »hatte sich immer einen Jungen gewünscht. Meine Mutter starb bei meiner Geburt, und so blieb ich sein einziges Kind. Ich bin kein Frauenmensch, Annemarie, bin nie gut mit ihnen ausgekommen. Als ich sechs wurde, schenkte mein Vater mir mein erstes Pferd. Andere Mädchen in meinem Alter bekamen ein Pony, ich bekam gleich ein Hengstfohlen: Bukephalos I. Er wurde stolze neunundzwanzig Jahre alt. Von ihm stammt Bukephalos II. ab, wie alle meine Pferde. Ich brachte Bukephalos II. mit hierher. 1917 kamen Soldaten auf den Hof, um unsere Pferde für die Armee zu requirieren. Mein Bukephalos entkam zum Petersdorfer Weiher und sprang hinein. Die Soldaten folgten ihm. Pferde können nicht lange schwimmen. Wenn der Hengst erschöpft wäre, würde er von allein herauskommen, und dann könnten sie ihn in Empfang nehmen, so dachten sie. Doch die Soldaten kannten meinen Bukephalos nicht. Er hielt sich lange über Wasser, und dann ging er einfach unter. Ich stand am Ufer und habe zugesehen. Bukephalos wählte für sich die Freiheit des Todes. Er wollte lieber sterben, als mit den Soldaten in den Krieg zu ziehen. Er war stur und eigensinnig und hatte einen starken Willen. So wie du. Dein Vorhaben ist so tollkühn wie aberwitzig. Aber ich verstehe, warum du es tun musst. Und du tust es für meinen Sohn. Wie könnte ich das je missbilligen?«

56

Und Hermann (Göring) hat gesagt, er wolle Meier heißen, wenn ein feindlicher Flieger zu uns hereinkäme!

Victor Klemperer

Franzi und Kathi folgten Pfarrer Bertholds Bruder Johann aus dem Telegrafenamt am Berliner Anhalter Bahnhof. Kathi hatte Johann Schmiedinger gleich erkannt. Nicht nur, dass er seinem Bruder sehr ähnlich sah, sie war ihm schon einmal vor Pfarrer Bertholds Tür begegnet, damals, als sie ihn wegen Fräulein Liebigs Verbleib aufsuchte.

»Das wäre erledigt«, sagte Johann Schmiedinger nach dem Telefonat und lächelte. »Berthold wird noch heute eurer Mutter die freudige Botschaft eurer wohlbehaltenen Ankunft übermitteln. Habt ihr Hunger, Mädchen?«

Kathi schüttelte den Kopf und packte Franzis Hand noch fester. Sie wollte so schnell wie möglich fort von diesem Ort. Auch auf den Bahnhöfen von Gleiwitz und Breslau hatte viel Betrieb geherrscht, aber das dichte Menschengedränge und der ohrenbetäubende Lärmpegel auf dem Berliner Bahnsteig verstörten Franzi geradezu. Überall waren die Auswirkungen des Krieges zu sehen. Nicht nur beschädigte Gebäude und Ruinen, die Bomben hatten auch in den Gesichtern der Menschen Verwüstungen hinterlassen. In Berlin war der Krieg real. Franzi zitterte, und Kathi befürchtete, ihre kleine Schwester könnte einen Anfall erleiden. Die Zugfahrt hingegen war ruhig verlaufen, Franzi hatte die meiste Zeit davon verschlafen.

»Dann kommt, ihr zwei. Ich wohne in der Berliner Vorstadt. Leider müssen wir einen Großteil zu Fuß gehen. Die Elektrische ist mal wieder ausgefallen.« Mit Kathis Koffer in der Hand ging er voran. Sie erreichten den Bahnhofsvorplatz. Dort ging es mindestens so laut zu wie auf den Bahnsteigen. Platz und umliegende Straßen waren durch Fahrzeuge aller Art verstopft. Militärlastwagen, aus denen Soldaten sprangen, Autos mit Holzvergaser, einige wenige Taxis und ein halbes Dutzend Pferdefuhrwerke, die darauf warteten, dass ihre Fracht abgeladen wurde. Und überall dazwischen wimmelte es von Menschen, die sich mit ihrem Gepäck abmühten. Kathi hatte noch nie so viele Kinderwagen auf einmal gesehen – bis sie in einen hineinsah und entdeckte, dass darin kein Säugling befördert wurde, sondern noch mehr Gepäck.

Plötzlich setzte eine Sirene ein. Bertholds Bruder sah in den Himmel und schrie: »Fliegeralarm! Kommt mit! Schnell, Mädchen! Bleibt dicht hinter mir!« Er lief los, so wie alle anderen auch.

Hinter ihnen öffneten sich die Schleusen des Bahnhofsgebäudes, und wahre Menschenmassen fluteten heraus. Kathi und Franzi wurden unbarmherzig von der Menge mitgerissen und verloren Johann Schmiedinger aus den Augen. Kathi sah noch, wie er sich nach ihnen umdrehte, verzweifelt versuchte, sich gegen den Strom zu stemmen. In der nächsten Sekunde hatte ihn die Menge verschluckt.

Im Moment der Gefahr schob Kathi Franzi geistesgegenwärtig vor sich, um sie mit ihrem Körper zu schützen und gleichzeitig zu verhindern, dass sie ihr aus der Hand gerissen wurde. Sie hielt Franzi mit beiden Armen umklammert, sie wurden angerempelt, geschubst und gegen andere Menschen gedrückt.

Wo es viele Menschen eilig hatten, kam niemand mehr richtig voran.

Unvermittelt erhob sich ein entsetzter Ruf. Vielstimmig pflanzte er sich rasend schnell durch die Menge fort: »*Die Pferde!* Die Pferde gehen durch!«

Die furchtbaren Schreie der Fliehenden mischten sich in das angstvolle Wiehern der Tiere in höchster Not. Schon brachen die Fuhrwerke mit ungeheurer Wucht durch die Menge, und die Menschen wurden reihenweise niedergemäht. Kathi war mit Franzi zwischen den panischen Menschen gefangen, wurde von ihnen weitergeschoben und fast zermalmt. Kaum zwei Meter von ihr entfernt schlug ein Pferdefuhrwerk eine tödliche Schneise durch die fliehende Menge. Kathi nutzte die Chance und stürzte unmittelbar hinter dem Wagen her, lotste Franzi zwischen hingestreckten Leibern und verlorenen Gepäckstücken hindurch. Irgendwie schafften sie es bis an den Rand des Platzes. Dem Zentrum der Panik vorerst entronnen, presste sich Kathi mit Franzi gegen eine Gebäudewand und suchte, wieder zu Atem zu kommen.

Während die Sirenen unablässig heulten, bliesen Blockwarte auf ihre Trillerpfeifen und wiesen den Menschen den Weg in die nächsten Luftschutzbunker. Auch Kathi stolperte mit Franzi die Betontreppen eines Kellers hinab.

Die folgende Bombardierung war das Schrecklichste, was Kathi je erlebt hatte. Sie konnte sich nicht vorstellen, wie jemand das mehr als einmal aushielt – eingepfercht zu sein in einem dunklen, überfüllen Raum voller fremder, verängstigter Menschen, während ringsum Bomben einschlugen, die Wände erzitterten und Putz auf die Köpfe rieselte. Nicht zu wissen, ob man je wieder das Tageslicht sehen oder ob man in der nächsten Minute unter Tonnen von Gestein begraben sein würde. Mütter versuchten ihre Kinder zu beruhigen, während andere nur dasaßen und apathisch ins Leere starrten. Viele der Älteren suchten Trost im Gebet. Jeder Bombeneinschlag erschütterte Kathi tief im Inneren. So war es, wenn Menschen Menschen töteten, dachte sie. Die Piloten sahen die Gesichter derer nicht, die sie mit ihren Bomben töteten, sahen weder ihre Angst noch ihre Verzweiflung, sahen nicht den Menschen. Sie führten nur Befehle aus. Kathi musste daran denken, dass Anton auch Pilot hatte werden wollen. Wäre er nicht gestorben, würde er dann auch umherfliegen und Bomben auf feindliche Städte und gesichtslose Menschen werfen?

Kathi schloss ihre Arme fester um die zitternde Franzi und summte ihr ihre Lieblingsgeschichte von Winnetou ins Ohr. Franzi beruhigte sich allmählich und schlief ein, als Winnetou und Old Shatterhand gerade Blutsbrüderschaft schlossen.

Fast zwei Stunden mussten sie bis zur Entwarnung ausharren. Zwischenzeitlich hatte Kathi erschrocken festgestellt, dass ihre Brusttasche mit ihrem gesamten Geld und den Lebensmittelmarken verschwunden war. Eine kleine Katastrophe inmitten der großen. Nun blieben ihnen nur noch die wenigen Münzen, die Franzi in ihrem Beutel um den Hals trug, und die Lebensmittel im Rucksack. Gleich nach der Entwarnung drängten die Ersten zur Tür. Doch der Luftschutzwart versuchte vergeblich, sie zu öffnen. Er rief den Wartenden zu, die Tür sei verbogen, vermutlich von Trümmern getroffen worden und nun versperrt.

Eine junge Frau mit einem Säugling auf dem Arm schrie: »Wir werden hier alle sterben!« Sie wollte sich nicht mehr beruhigen, weinte und klagte. Bis eine ältere Frau ihr eine Ohrfeige verabreichte und der letzte Schrei abrupt verstummte. Die wenigsten nahmen von der jungen Mutter überhaupt Notiz. Offenbar waren Schauspiele dieser Art an der Tagesordnung und die Menschen dadurch abgestumpft. Ein jeder hatte mit sich selbst genug zu tun und keine Kraft übrig für die Tragödien der anderen.

Kathi wiegte die schlafende Franzi in ihren Armen, seltsam

getröstet durch ihre Anwesenheit. Einmal mehr war sie dankbar für die Fähigkeit ihrer Schwester, die Welt mit all ihren Sorgen und Bürden auszusperren.

Am Eingang hatte sich indessen ein reger Austausch an Erwägungen und Mutmaßungen entsponnen. Kathi reckte den Kopf und lauschte. Der Luftschutzwart und mit ihm einige andere waren überzeugt, dass man oben bereits die Trümmer beiseiteräumte, um die Verschütteten herauszuholen. Vielleicht sahen sie es auch als ihre Aufgabe, die Moral der Übrigen möglichst lange aufrechtzuerhalten, überlegte Kathi. Irgendwann hörten sie tatsächlich, wie draußen Steine fortgeräumt wurden, und alle schöpften Hoffnung.

Gegen Mitternacht war es so weit. Entkräftet und halb erstickt vom Staub krochen die Menschen an die Oberfläche. Irgendjemand nahm Kathi Franzi ab und trug sie nach oben. Draußen fühlte sich die Luft kaum minder heiß und stickig an; der Qualm biss in ihren Augen. Kathi blickte sich um. Die Bomben hatten eine Schneise der Verwüstung geschlagen. Wo zuvor noch Gebäude standen, war nichts geblieben als eine rauchende Trümmerlandschaft. Das Bahnhofsgebäude brannte noch, und ringsum wüteten weitere Feuer und erleuchteten den Nachthimmel. Nicht weit entfernt entdeckte Kathi einen Pferdekadaver. Mehrere Personen machten sich bereits mit Messern an ihm zu schaffen. Sie wandte sich von dem grausigen Anblick ab, nur um gleich darauf über einen Toten zu stolpern. Jemand hatte Dachpappe über ihn gebreitet, aber sie war nicht groß genug, um ihn vollständig zu bedecken, sodass darunter noch die Füße mit den Pantoffeln hervorlugten.

Inmitten des Todes war bereits geschäftiges Treiben im Gange. Verletzte wurden weggetragen oder vor Ort versorgt, Frauen von der NS-Volkswohlfahrt gingen umher und verteilten Tee aus Thermoskannen. »Was fehlt der Kleinen?«, fragte eine Frau mit einer Rotkreuzbinde am Arm.

»Nichts, sie schläft nur«, versicherte Kathi.

»Und du?«

»Mir geht es gut.«

»Du blutest. Lass mich das ansehen. Gut, es ist nur eine Schramme.« Sie säuberte Kathis Wange. Kathi bekam noch ein Pflaster, dann widmete sich die Schwester dem nächsten Bedürftigen.

Kathi weckte Franzi. Die Kleine hustete eine Menge Staub aus. Auch Kathis Hals kratzte. Sie besorgte zwei Becher Tee und suchte eine abseitige Stelle, wo sie sich auf einer umgestürzten Badewanne niederließen. Kathi musste nachdenken. Doch zuerst fragte sie Franzi: »Hast du Hunger?« Sie schnallte den schweren Rucksack ab und öffnete ihn. »Was ist das?« Entgeistert hielt Kathi Franzis Autoatlas hoch. Die Kleine schnappte sofort danach und drückte das Buch wie einen Schatz an sich. Sie sah trotzig aus. Als es ans Packen ging, hatte Franzi ihren heiß geliebten Atlas angeschleppt, und Kathi musste ihr erklären, dass sie ihn nicht mitnehmen konnten, er war zu schwer. Weil Franzi weiter bockte, erklärte Kathi ihr, sie würde auch gerne ihr Akkordeon mitnehmen, müsse es jedoch genauso zu Hause lassen.

Aber Franzi hatte sie überlistet. Sie hatte heimlich einen Teil der Lebensmittel wieder ausgepackt und stattdessen den Atlas eingesteckt!

»Dann gibt es ab jetzt nur halbe Rationen!«, sagte Kathi streng. »Beschwer dich also nicht, wenn du Hunger hast.« Auch ein sperriges Weckglas mit eingelegten Birnen hatte die Kleine mitgenommen. Ihr Proviant hatte sich damit halbiert. Nebst Brot, Hartkäse, Räucherware und Fruchtkuchen befand sich nur noch ein Säckchen mit Dorotas Spezialkräutern darunter, die als Tee gut schmeckten und zudem gegen Erkältung und Magenweh wirkten. Und wenn Kathi daran roch, so wie jetzt gerade, auch ein wenig gegen Heimweh.

Um das Gewicht des Rucksacks etwas zu reduzieren, verspeisten die Schwestern die Birnen, der süße Saft half gegen das kratzende Gefühl im Hals.

Nun mussten sie Johann Schmiedinger wiederfinden. Kathi hatte seine Adresse auswendig gelernt, es war also möglich, ihn aufzuspüren. Nur, sie kannte sich in der fremden Stadt nicht aus. »Bleib hier sitzen«, sagte sie zu Franzi und lief zu der Rotkreuzschwester, um sie um Hilfe zu bitten. Die Schwester zeigte auf eine Frau von der NS-Volkswohlfahrt, die kannte das Stadtviertel. »Das ist aber am anderen Ende«, warnte sie.

»Macht nichts«, sagte Kathi. »Meine Schwester und ich sind gut zu Fuß.«

»Ihr solltet aber nicht mitten in der Nacht dorthin gehen. In Nächten wie diesen sind Plünderer unterwegs. Habt ihr einen Schlafplatz?«

»Nein.«

»Dann wartet, bis ich hier fertig bin. Ich nehme euch danach mit zu einer Notunterkunft für Wohnungslose.«

Die Notunterkunft entpuppte sich als ein umfunktioniertes Schulgebäude. Die Schwestern kamen in einem Stockbett unter, doch Franzi kroch sofort zu Kathi unter die Decke. Franzi quälte sich weiter mit Husten, der eingeatmete Staub setzte ihr zu.

Bei der Anmeldung hatte man sie nach ihren Papieren gefragt. Die eigenen waren mit Kathis Brustbeutel beim Bombenangriff verloren gegangen, was sie nun wahrheitsgemäß aussagte. Warum sie der Frau dennoch falsche Namen nannte, konnte sich Kathi später nicht erklären. Vielleicht, weil sie sich in dieser zerstörten Stadt so fremd fühlte, dass sie sich fragte, wer Katharina Sadler aus Petersdorf war? So wurden die Schwestern in Berlin zu Karla und Ida May. Müde trug die Frau sie in die Liste ein und zeigten ihnen ihren Schlafplatz.

Am nächsten Morgen erhielten Kathi und Franzi zum Frühstück eine Tasse Tee und je ein Brot mit Margarine und einem Klecks Marmelade, die, so fand Kathi, wie Kleister aussah und genauso schmeckte. Kathi hätte sich gerne umgezogen, aber da ihr Koffer zusammen mit Bertholds Bruder verschollen war, musste sie weiter in der BDM-Uniform herumlaufen. Sie hatte sie am Abend noch notdürftig gesäubert. Wasser zum Waschen gab es nicht.

Die Mädchen zogen los.

Kathi war inzwischen mit Franzis Streich versöhnt. Denn der Atlas erwies sich als höchst brauchbar: Er enthielt Straßenkarten der größten Städte Deutschlands. Als Kathi in den Seiten blätterte, fiel ein Dokument heraus. Es entpuppte sich als Kathis Passierschein aus Ferdinand von Schwarzenbachs zurückgelassener Aktentasche. Franzi hatte ihn sich seinerzeit geschnappt. Später war das Papier in Vergessenheit geraten. Franzi griff danach und ließ es blitzschnell in ihrem Brustbeutel verschwinden. Sie lächelte schelmisch. Kathi freute sich über Franzis erstes Lächeln seit Tagen und gab ihrer kleinen Schwester einen Kuss auf den Scheitel. Darauf wandte sie sich wieder dem Stadtplan zu. Mit seiner Hilfe fanden sie sich in der teilweise zerstörten Stadt zurecht und erreichten nach einer Weile die Straße in der Berliner Vorstadt, in der Pfarrer Bertholds Bruder ein bescheidenes Reihenhaus bewohnte.

Die gute Nachricht war: Das Haus stand noch. Die schlechte: Es wurde soeben ausgeräumt. Ein halbes Dutzend Uniformierte schaffte Möbel und Kartons aus dem Haus. Kathi sah, wie sich zwei von ihnen mit einem schweren Teppich abmühten, ein anderer trug eine hübsch verzierte Kaminuhr davon. Die Nachbarin zur Linken, eine Frau im Morgenmantel und mit Lockenwicklern im Haar, beobachtete vor ihrer Haustür die Vorgänge nebenan. Eben verließ ein Mann in einem Ledermantel Johann Schmiedingers Haus, entdeckte die neugierige Matrone und ging auf sie zu.

Kathi nahm Franzi fest an der Hand, und sie spazierten auf der anderen Straßenseite am Haus vorbei. Kathi hielt Ausschau nach Dr. Schmiedinger, konnte ihn jedoch nirgendwo erspähen. Er musste seine Praxis im Parterre betrieben haben, denn ein Mann in Uniform, mit einem losen weißen Arztkittel darüber, fuhr nun in einem Lieferwagen vor und ließ sich von zwei Männern einen Zahnarztstuhl und diverse Kleingeräte in den Wagen tragen. Das Ganze hatte die Routine eines Umzugs, wäre er nicht von Braunhemden durchgeführt worden. Die Mädchen mussten lange ausharren, bis die Uniformierten abzogen. Als letzten Akt hatten sie zwischen Haustür und Rahmen ein Siegel geklebt.

Danach klingelte Kathi tapfer bei der Nachbarin. Deren Vorgarten wurde von einer Kolonie Gartenzwerge bevölkert, die meist Hacke und Schaufel schulterten. Der Rest trug Laternen. Schneewittchen war nicht zugegen.

»Hier gibt's nichts zu betteln«, knurrte die Frau, in deren Mundwinkel ein Zigarettenstummel klebte. Sie wollte die Tür zuschlagen, doch Kathi hatte blitzschnell ihren Fuß dazwischengestellt.

»Wir wollen nicht betteln. Bitte, wir suchen Doktor Johann Schmiedinger«, sagte Kathi höflich.

»Ha, da seid ihr nicht die Einzigen!«, rief die Frau. »Was wollt ihr von ihm?«

»Ihn besuchen.«

»Wer's glaubt. Hört zu, verschwindet von hier. Der Mann wird von der Gestapo gesucht. Mehr weiß ich nicht.« Diesmal war sie schneller als Kathi und knallte ihr die Tür vor der Nase zu.

Franzi summte etwas. »Nein, Franzi«, erklärte Kathi ihr, »das ist keine böse Frau. Sie hat nur Angst. Komm, wir gehen.«

Franzi weigerte sich und summte: *Ich will einen Zwerg!*

Kathi sah sich gezwungen, ihr zu erklären, warum sie keinen haben konnte. Sie führte die widerstrebende Franzi in die nächste Straße. Kurz darauf standen sie vor dem rückwärtigen Teil des Schmiedinger-Hauses. Jedes der kleinen Reihenhäuser verfügte über einen Garten. Kathi schienen die Rasenstücke kaum größer als ein Handtuch; allein Dorotas Gemüsegarten zu Hause war dreimal so groß. Kathi wunderte sich, wie Menschen so eng aufeinander wohnen konnten. Sie erzählte Franzi, was sie vorhatte. »Wir warten, bis es dämmert, dann steigen wir in den Garten ein. Heute Nacht bleiben wir in diesem Haus.«

Warum?

»Weil uns Pfarrer Bertholds Bruder hier suchen wird.« Wenn er den Bombenangriff überlebt hatte. Wenn er nicht verletzt im Krankenhaus lag. Wenn er nicht genauso aus dem Haus geschafft worden war wie seine Möbel. Das waren viele Wenns, aber das Bestmögliche, was sie sich in dieser Situation erhoffen konnten.

Wo ist er mit unserem Koffer hin?

»Das weiß ich nicht.«

Ist er verreist?

»Das weiß ich nicht«, wiederholte Kathi. »Komm, Franzi, wir suchen uns einen guten Platz zum Warten.«

Ich will heim. Hier gibt es keine Bienen.

Es wurde ein langer Tag. Kathi hatte sich zunächst überlegt, die letzten Münzen in ihrem Besitz für ein Telefonat nach Hause zu benutzen. Vielleicht hatte sich Bertholds Bruder ja in Petersdorf gemeldet. Falls nicht, würde sie damit ihre Mutter nur in Angst und Sorge stürzen. Außerdem, sprach sich Kathi selbst Zuversicht zu, konnten sich die Dinge ja noch zum Guten wenden.

Am Abend gelangten sie ungesehen in den Garten und durch ein kleines Kellerfenster anschließend auch ins Haus. Sie durchsuchten es nach etwas Essbarem, um die eigenen Vorräte zu schonen. Doch die Vorratskammer war vollkommen geplündert. Wenigstens gab es im Haus noch Strom, und in der verlassenen Praxis fand Kathi einen kleinen Wasservorrat. Sie kochte Kräutertee, der Franzi guttat; ihr Husten hörte sich weniger trocken an.

Anschließend richtete Kathi für ihre Schwester eine Schlafstatt im Wohnzimmer ein. Bis auf einen umgestürzten Bücherschrank waren keine Möbel mehr vorhanden. Der Schrank erwies sich als zu schwer, um ihn wieder aufzustellen, deshalb stapelte Kathi die herausgefallenen Bücher an der Wand. In der Praxis trieb sie noch einige Handtücher und Kittel auf, die sie auf dem Boden vor der Terrassentür zu einem gemütlichen Nest arrangierte. Franzi kuschelte sich darin ein, ihren Atlas neben sich, und war bald darauf eingeschlafen.

Kathi hatte seit zwei Nächten kein Auge zugetan und bereitete sich auf eine weitere schlaflose Nacht vor. Mit klopfendem Herzen horchte sie in die beklemmende Stille, lediglich unterbrochen von Franzis vertrautem Atemgeräusch. Ihre Furcht, die Sirenen könnten wieder losheulen, hielt Kathi wach. Irgendwann mussten ihr vor Erschöpfung doch die Augen zugefallen sein, denn plötzlich fuhr sie erschrocken auf und wusste nicht gleich, wo sie war. Verwirrt blickte sie um sich, als es ihr wieder einfiel. Sie sah sofort nach Franzi.

Die Kleine schlief friedlich, den Kopf auf den Atlas gebettet, den Arm um einen Zwerg geschlungen. *Zwerg?* Kathi konnte es nicht fassen. Franzi hatte es schon wieder getan! Sich davonzuschleichen und zurückzukehren, während ihre Schwester schlief.

Sie musste den Zwerg unbedingt zurückbringen, bevor die Matrone sein Fehlen bemerkte und womöglich Alarm schlug! Kathi linste durch die Terrassentür. Es herrschte noch stockfinstere Nacht. Die angeordnete Verdunkelung tilgte alles Leben in der Stadt. Wie eine Totenstadt, dachte Kathi und gruselte sich davor, die Sicherheit des Hauses zu verlassen. Aber es musste sein.

Sie schlüpfte durch die Haustür, schlich sich in den Vorgarten nebenan und stellte den Zwerg zurück. Blitzschnell huschte sie zurück ins Haus. Die ganze Aktion hatte keine Minute beansprucht, doch Kathis Herz pumpte wie nach einem Marathonlauf.

Franzi fragte am Morgen nicht nach dem Zwerg. Sie war es gewohnt, dass die Gegenstände sich genauso schnell wieder verflüchtigten, wie sie sie anschleppte. Manchmal überlegte Kathi, ob vielleicht genau darin der Reiz für ihre Schwester bestand, die Dinge wenigstens für eine kurze Zeit zu besitzen, bevor sie sich wieder in Luft auflösten.

Kathi beschloss, einen weiteren Tag in dem Haus auf Johann Schmiedinger zu warten, zögerte bewusst den Moment hinaus, eine Entscheidung treffen zu müssen. Die Verantwortung lastete schwer auf ihr, und neben der Müdigkeit kämpfte sie selbst gegen eine Erkältung. Franzis Husten war zwar zurückgegangen, doch nun hatten sie beide eine Triefnase. Bald besaßen sie kein sauberes Taschentuch mehr. Kathi durchstöberte die Bücher und fand »Der letzte Mohikaner«. Franzi mochte es, und so las Kathi ihr stundenlang daraus vor. Dazwischen kochte sie Kräutertee, und gegen Abend stellte sich wiederum Besserung ein. Franzi ging es sogar so gut, dass sie das Kunststück fertigbrachte, ihre Schwester am folgenden Morgen erneut mit einem Zwerg im Arm zu überraschen. Erneut sah sich Kathi veranlasst, ihn zurückzubringen.

Dieses Mal hatte die Dämmerung bereits eingesetzt, und Kathi glaubte zu wissen, dass fremde Augen sie aus dem Haus gegenüber dabei beobachteten. Sie mussten Johann Schmiedingers Reihenhaus verlassen, hatten sich schon viel zu lange darin aufgehalten. Doch alles in ihr sträubte sich dagegen. Nicht allein, dass sie nur an diesem Ort darauf hoffen konnten, Bertholds Bruder wiederzufinden. Das Haus war ihre Burg, es hatte ihnen einen Rest an Sicherheit gegeben, sie vor der Großstadt geschützt, in der ihnen nichts vertraut war, die Luft nicht nach Frühling schmeckte und es keine Vögel gab. Nur Enge, Chaos und Staub und fremde, misstrauische Menschen.

Mit jedem Tag wuchs das Risiko ihrer Entdeckung, und außerdem fürchtete Kathi, ihre Schwester künftig jeden Tag »entzwergen« zu müssen. Nach einer letzten Tasse Kräutertee und einem Stück Fruchtkuchen begann Kathi, ihre wenigen Habseligkeiten einzusammeln.

Plötzlich konnten sie vor der Haustür zwei laute Stimmen hören. Eine gehörte der Matrone von nebenan. »Sie müssen mir das schon glauben, Herr Wachtmeister! Da drin haben sich Herumtreiber eingenistet. Und sie stehlen meine Zwerge!«

»Gute Frau, wir sind im Krieg. Wie stellen Sie sich das vor? Soll ich Ihre Zwerge zur Fahndung ausschreiben?« Der Mann lachte meckernd. Ein Schlüssel rasselte. Kathi packte rechts den Rucksack, links die Franzi und floh mit ihr durch den kleinen Garten. Sie schafften es bis in die nächste Straße. Dort weigerte sich Franzi, einen weiteren Schritt zu tun. *Ich will heim.*

Kathi zog den Rucksack über, aber so, dass sie ihn wie der wundersame Herr Levy vor dem Bauch trug, machte sich klein und sagte: »Huckepack«. Franzi kletterte sofort auf ihren Rücken, und Kathi trug sie mehrere Hundert Meter, ignorierte Schmerz und Erschöpfung, bis sich am Ende der Straße eine kleine Wiese auftat. Dort setzte sie Franzi ab. Ein Mann ging in der Nähe mit seinem Schäferhund spazieren. Er sah kurz zu ihnen hinüber, aber das Geschäft seines Hundes war ihm wichtiger. Kathi schielte immer wieder zu dem Hund. Sie vermisste Oskar.

Auch wenn die Vorstadtsiedlung bisher von Bomben verschont geblieben war, hatte der Krieg ihr dennoch seinen Stempel aufgedrückt. Die Fenster waren entweder vernagelt oder mit Dachpappe verdunkelt, und in den Vorgärten lagerten Sandsäcke und Eimer. Kathi fiel überdies auf, dass sich die Menschen in der Stadt anders bewegten als zu Hause, als duldete keine ihrer Angelegenheiten einen Aufschub. In Petersdorf gab es keine Hast. Die Menschen in ihrem Ort bewegten sich ruhig im Strom der Zeit, sie flohen sie nicht. Ihr Lebensrhythmus war der Natur und den Tieren angepasst, die sie zu versorgen hatten. Hier in der Stadt schien es jedermann eilig zu haben. Es war ein milder Frühlingstag, doch niemand ging spazieren, um ihn zu genießen.

Franzi zupfte an Kathis Rock. *Ich will heim.*

»Ich weiß, meine kleine Eidechse.« Sie gab Franzi ein Karamellbonbon. Auch Kathi zog es nach Hause. Doch sie war noch nicht bereit aufzugeben. Achthundert Kilometer trennten sie von Brüssel, wo die Frau in der Schweizer Botschaft auf sie wartete. Irgendwie mussten sie es bis dahin schaffen. Aber ohne die Hilfe von Johann Schmiedinger, ohne Papiere und ohne Geld war Brüssel momentan weiter entfernt als der Mond.

Der herausgefallene Passierschein rief in ihr die Erinnerung an die Begegnung mit Ferdinand von Schwarzenbach wach, und was er ihr beim Abschied gesagt hatte: Sie könne sich jederzeit bei ihm melden, sollte sie je Hilfe benötigen. Und er hatte ihr einen Namen genannt: den alten Wilhelm. Ferdinands Karte lag in der kleinen Kommode neben ihrem Bett, aber sie konnte sich an die Nummer erinnern, vergaß nie eine Zahl. Sie fragte sich zum nächsten Telegrafenamt durch, gab die Nummer in Potsdam durch und ließ sich verbinden.

Eine schleppend sprechende Stimme meldete sich. Der Akzent ähnelte Dorotas. »Ja, bitta schön? Palais des Feldmarschall Franz-Josef von Schwarzenbach? Heihidla.«

»Hier spricht Katharina Sadler. Ich bin eine Freundin des Enkels des Marschalls, Herrn Ferdinand von Schwarzenbach.

Er hat gesagt, wenn ich Hilfe brauche, soll ich mich an den alten Wilhelm wenden. Könnte ich ihn bitte sprechen?«

»Oh, oh, öha«, machte die Stimme. »Ich bin Wilhelm, aber es ist gerade säähr ungünstig, Fräulein.« Die Stimme senkte sich zu einem vertraulichen Ton herab. »Bitta schön, können Sie später nochmals anrufen?«

»Ich habe nicht genügend Geld und …« Was Kathi sagen wollte, wurde von einer schneidigen Stimme im Hintergrund ihres Gesprächspartners unterbrochen. »Halt! Mit wem sprechen Sie da! Geben Sie her! Wer ist am Apparat?«

»Karla May«, log Kathi. »Ich hätte gerne Ferdinand von Schwarzenbach gesprochen«, wiederholte sie unerschrocken.

»Wo sind Sie? Wir holen Sie ab.«

Kathi legte auf. Sie wusste zwar nicht, mit wem sie da gesprochen hatte, aber sie kannte den Ton.

Sie bezahlte das Gespräch, indem sie ihre letzten Münzen in die Hand des Schalterbeamten zählte. Was nun? Ohne Geld keine Weiterfahrt. Sie hatte keine Wahl und musste etwas von dem eingenähten Gold tauschen. Bloß wie? Sie kannte sich in dieser fremden Stadt nicht aus. Es musste hier doch auch so etwas Ähnliches geben wie den Basar, den Pfarrer Berthold jeden Monat veranstaltet hatte? In der Schule hatte sie flüstern hören, dass man es in der Stadt *Schwarzer Markt* nannte, dieser jedoch nicht gern gesehen wurde, weshalb der Tausch an einem geheimen Ort stattfinden musste. Wie fand man etwas Geheimes heraus, noch dazu als Fremde in einer fremden Stadt? Was hatte Großmutter Charlotte kürzlich gesagt? Gassenjungen wüssten alles. Am besten, sie hielt sich an einen der Jungen, die sich in der Nähe der Ruinen herumtrieben, stets auf der Suche nach etwas Verwertbarem. Sie suchte sich ein mageres Exemplar in kurzen Hosen aus, das auf einem Haufen Backsteine hockte und an einer Schleuder bastelte. Er hatte etwas Pfiffiges an sich.

»Was hast du denn zum Tauschen?«, fragte der sofort. Der Junge besaß ein zerknautschtes kleines Gesicht, das Kathi sofort an die Zwergenkolonie der Matrone denken ließ.

»Das sage ich dir nicht, aber ich kann dir bei deiner Schleuder helfen.«

Der Kleine zog eine Grimasse, zweifellos hielt er das für einen schlechten Tausch. »Ich will meinen Anteil am Geschäft«, sagte er. Auch diesen Ton kannte Kathi. Der Junge klang wie Großmutter Charlotte.

»Du bekommst deinen Anteil, wenn das Geschäft abgeschlossen ist.«

»Wie viel?«, beharrte er und schielte auf ihren Rucksack.

»Hör mal. Das weiß ich selbst erst, wenn das Geschäft getätigt wurde. Bei uns zu Hause vertrauen sich die Leute.«

»Wo kommst du her?«

»Aus Petersdorf in Schlesien.«

»Nie gehört. Ist es weit?«

»Im Grenzgebiet zu Polen.«

Der Junge verzog das Gesicht. »Also gut.« Er sprang von seinem Steinhaufen. »Triff mich hier um sechs Uhr. Dann führe ich dich zum Tauschplatz. Warum sieht deine Schwester so komisch aus? Habt ihr die in Polen mit einer Eidechse gekreuzt?«

Franzi summte etwas. »Meine Schwester findet, dass du wie ein Gartenzwerg aussiehst. Bis um sechs also!«

Franzi zupfte an Kathis Rock, summte erneut: *Ich will heim.*

»Ich weiß, meine Süße.«

Um sieben Uhr abends war Kathi um eine Erfahrung reicher. Sie verdankte es ihrem Instinkt, dass sie und Franzi gerade noch davongekommen waren.

Die Gegend, in die sie der Junge geführt hatte, kam ihr gleich zwielichtig vor. Franzi zog die ganze Zeit in die entgegengesetzte Richtung, und es widerstrebte Kathi, ihre Schwester gegen ihren Willen mitzuschleifen. Der Junge hatte nicht mehr pfiffig gewirkt, sondern verschlagen, und als sie vor einer dunklen Gasse standen, wo er ihnen den Vortritt ließ, indem er sie hineinwinkte, zögerte Kathi. Franzi nutzte den Moment, um sich loszureißen, und rannte den Weg zurück, Kathi ihr hinterher.

»Hey!«, rief der Junge, und als Kathi sich kurz umwandte, sah sie, wie ein weißhaariger Mann mit einer Axt aus der Gasse stürmte, gefolgt von einem Jüngling, der einen langen Stock schwenkte. Da begriff Kathi, dass sie nur knapp einem Überfall entkommen waren. Sie hatten nur noch für wenige Tage zu essen, keine Lebensmittelmarken und kein Geld. Nur ein Vermögen an Gold, eingenäht in Kathis BDM-Uniform. Gold, das sie weder essen noch tauschen konnten, ohne sich in Gefahr zu begeben. Kathi hätte es dennoch riskiert, weiter nach dem Schwarzen Markt zu suchen, aber nicht mit Franzi an der Hand. Sie würde sie kein zweites Mal dieser Gefahr aussetzen, andererseits konnte sie ihre Schwester auch nirgendwo alleine lassen. Kathis Faust presste die Münze, die sie am Nachmittag aus dem Futter gelöst hatte. So wertvoll, so nutzlos. Aber auch jetzt noch war sie nicht bereit aufzugeben. Sie dachte an den Abschied von ihrer Mutter, den Schmerz in ihren Augen und den Körper, der vor unterdrücktem Kummer gezittert hatte, weil sie ihre beiden Kinder fortschicken musste. Franzi war ihrer Mutter deshalb weiter gram, erwähnte sie nicht, noch fragte sie nach ihr. In Franzis Augen hatte die eigene Mutter sie in eine fremde Welt hinausgestoßen. Franzi verstand nicht, dass ihre Mutter es aus Liebe getan hatte, um ihre Kinder vor der nächsten Teufelei Elsbeth Luttichs zu schützen. Kathi fragte sich, wie viel Franzi von dem spüren konnte, was für sie selbst längst zur Gewissheit geworden war. Für einen Wimpernschlag hatte sich für Kathi der Schleier gelüftet, hinter dem sich die Dinge verbargen, die künftig noch geschehen sollten. Doch anders als Dorota bezog Kathi ihr Wissen nicht aus einer jähen Bilderflut in ihrem Kopf, sondern erstellte ein Mosaik des Wissens, indem sie den simplen Gesetzen der Logik folgte.

Zunächst waren es nur Fragmente, kleine, unverständliche Ausschnitte und Beobachtungen, und es dauerte eine Weile, bis für Kathi das Gesamtbild sichtbar wurde: die neue und vertraute Art, wie ihre Großmutter und Mutter die Köpfe zusammensteckten, wie ihr Gespräch verstummte und sich anderem zuwandte, sobald Kathi den Raum betrat. Wie sich langsam das Leben in die Augen ihrer Mutter zurückstahl und diese mit neuer Zuversicht erfüllte, die nicht allein den Fluchtplänen für ihre Kinder geschuldet war. Und das Lächeln in ihrem Gesicht, als sie von dem Goldschatz erfahren hatte. Es glich dem Aufblitzen der Sonne, wenn sie sich zwischen Wolkenbergen hervorkämpfte. Da begriff Kathi, dass ihre Mutter an die neuen Möglichkeiten dachte, die dieses Gold für sie eröffnete. Als wäre das, was zuvor nur als Utopie existiert hatte, plötzlich in greifbare Nähe gerückt. Ihre Mutter plante etwas Großes! Kathi glaubte ziemlich genau zu wissen, um was es sich handelte: Ihre Mutter wollte zu ihrem Vater, sie wollte ihn zurückholen! Aber das konnte sie erst in Angriff nehmen, wenn sie ihre Kinder vor Elsbeth Luttich in Sicherheit wusste. Heimkehren war also keine Option, zumal wegen des nicht angetretenen Arbeitsdienstes ebenfalls Repressalien drohten. Brüssel wiederum bedeutete eine Landesgrenze und starke Kontrollen. Deshalb dachte Kathi an Potsdam. Wenn sie es mit Franzi bis dorthin schaffte, würde der alte von Schwarzenbach ihnen doch sicher helfen? Stichwort *Aphrodite-Tempel.* Das hatte sie behalten. Sie konsultierte Franzis Atlas. Bis Potsdam waren es nur circa fünfunddreißig Kilometer. Nicht weit, aber zu Fuß mit Franzi … Heute würde es sowieso nichts mehr werden, da es bald dunkelte. Sie brauchten einen Schlafplatz. Franzi sah müde aus, ihre Nase lief, und sie hustete wieder auf jene trockene Art, die Kathi Sorge bereitete. Sie kehrte mit ihr zur Aufnahmestelle für Wohnungslose zurück, wo sie bereits die Nacht nach ihrer Ankunft verbracht hatten. Eine ältere Rotkreuzschwester ging die Reihen der Betten ab.

»Was fehlt der Kleinen?«, fragte sie und drehte Franzis Gesicht ins Licht. Franzi entzog sich ihr mit einem Unmutslaut und verkroch sich unter die Decke. Die Krankenschwester war die zweite, die Franzis Anderssein ansprach. Im Laufe der Jahre hatte sich der kleine schuppige Fleck über Franzis Lippe vergrößert und über ihre rechte Wange ausgebreitet. Die Petersdorfer waren an Franzis Anblick gewöhnt. Was man oft sah, sah man irgendwann nicht mehr. Hier, unter Fremden, fiel Franzi auf.

»Franzi hat Husten und Schnupfen«, antwortete Kathi auf die Frage. »Haben Sie Hustensirup? Bitte?« Franzi bekam einen Löffel voll und schlief bald darauf ein.

Die Verköstigung zum Frühstück fiel wieder sehr mager aus. Franzi summte: *Hunger.*

Angesichts von Franzis Erkältung war Kathi über ihren Appetit erleichtert. »Was möchtest du?«

Fruchtkuchen.

Der hatte es im Rucksack ganz nach unten geschafft. Kathi musste erst den Räucherschinken und die Salami hervorholen, um ranzukommen. Beide Lebensmittel waren ordentlich verpackt gewesen, doch die Salami hatte sich irgendwie davon befreit. An ihrem Tisch wurde es still. Alle starrten die Wurst an. Kathi brachte es nicht übers Herz, sie einfach wieder so zu verstauen. Sie steckte den Schinken ein und überließ die Salami ihren Tischgenossen. Danach zog sie Franzi in einen stillen Winkel und reichte ihr dort ein Stück Fruchtkuchen. Den Rest brachte Kathi in ihrer runden Brotdose unter. Um nicht jedes Mal den Rucksack absetzen zu müssen und weitere Begehrlichkeiten zu wecken, schnallte sie sich die Dose der Einfachheit halber um den Bauch und ließ die Bluse lose darüberbaumeln. Franzi bekam noch ein Karamellbonbon extra. Kathi wollte sich in Ruhe ihre nächsten Schritte überlegen. Doch Franzi spuckte das angelutschte Bonbon aus und summte: *Heute ist Sonntag. Gehen wir in die Kirche?*

»Franzi, du bist ein Genie!«, rief Kathi und umarmte sie. Warum hatte sie selbst nicht daran gedacht? Sie würde eine Kirche suchen und den dortigen Pfarrer fragen, ob er ihr dabei helfen konnte, ihr Gold zu tauschen. Sie erkundigte sich bei der Dame von der Volksfürsorge nach der nächsten Pfarrkirche, und die Schwestern marschierten los.

Gehen wir zu Pfarrer Berthold?, summte Franzi.

»Nein, wir gehen in eine andere Kirche.«

Pfarrer Berthold hat eine andere Kirche?

Kathi hatte alle Mühe, Franzi, die bislang nur die Petersdorfer Kirche kannte, zu erklären, dass Gott über mehr Gotteshäuser verfügte und es deshalb auch mehr Pfarrer gab. Franzi gefiel das Prinzip der Vervielfältigung nicht.

Gleich die erste Kirche erwies sich als überfüllt, teils umfunktioniert zum Lazarett für Leichtverletzte, teils Quartier für Wohnungslose. Im Kirchenschiff roch es auch nicht nach Wachs und Weihrauch, sondern nach allem, was Menschen ausscheiden konnten.

Die Kirche stinkt, summte Franzi.

Es dauerte eine Weile, bis sie sich zum Pfarrer durchgefragt hatten. Er wurde von einer Dame im Pelzmantel belagert, die sich mokierte, es sei eine bodenlose Frechheit, sie eine Wohnungslose zu nennen! Ausgebombt sei sie, nichts anderes. Und fortan würde sie den Göring nur noch Meier nennen! Der Pfarrer hörte ihr nur mit halbem Ohr zu, dies im wörtlichen Sinne, da ihm tatsächlich eines fehlte. Die Narbe war schlecht verheilt, der Pfarrer schlechter Laune, und sein Gesicht hing in schlaffen Falten herab, wie bei jemandem, der in kurzer Zeit viel Gewicht verloren hatte. Er entfloh der schimpfenden Dame, indem er rasch über ein paar auf dem Boden lagernde Menschen hinwegstieg. Kathi mit Franzi im Schlepptau hätte Mühe gehabt, ihn in dem Gedränge nicht erneut aus den Augen zu verlieren, wenn er nicht beinahe so groß gewesen wäre wie Oleg, der aus jeder Menge herausstach wie eine Maisstaude im Kleefeld. »Bitte, Herr Pfarrer«, sagte Kathi, als sie ihn endlich eingeholt hatten, »ich muss Sie dringend sprechen.«

»Na dann … Schieß los, Kleene«, sagte der Pfarrer und beugte sich zu ihr herab.

So inmitten der Menschen wollte Kathi ungern ihr Goldstück vorzeigen. »Äh, könnte ich Sie allein sprechen?«

»Willst du beichten?«

»Äh, nein. Ich …«

»Ach so«, sagte der Pfarrer gedehnt, »ich verstehe.« Sein Blick ruhte auf jener Stelle, wo sich unter Kathis Bluse die Brotdose wölbte. Er winkte einer Rotkreuzschwester. »Dafür ist die Schwester zuständig. Das nächste Mal denk vorher nach, bevor du herumscharwenzelst.« Schon hatte er wieder einen großen Schritt über mehrere am Boden Lagernde getan, und diesmal war Kathi zu verblüfft, um ihm zu folgen.

»Komm, Franzi«, sagte Kathi. »Wir suchen uns ein anderes Gotteshaus.«

Doch sie waren an diesem Tag vom Pech verfolgt. Die nächste Kirche war zerstört, in der übernächsten kein Pfarrer zugegen, aber es hieß, er würde bald kommen. Auch hier herrschten ähnliche Verhältnisse wie im ersten Gotteshaus. Eingezwängt zwischen Fremden, warteten die Schwestern den halben Tag. Sie bekamen etwas zu essen, dazu heißen Tee, und dann betrat zu ihrer Verblüffung derselbe Pfarrer, der Kathi für schwanger gehalten hatte, die Kirche. Er betreute auch diese Gemeinde, da der hiesige Pfarrer beim jüngsten Bombenangriff getötet worden war.

Franzi hatte der Tag nicht gutgetan. Sie hustete und schniefte, eine Rotkreuzschwester konnte jedoch kein Fieber feststellen. Kathi beschloss, bis zum nächsten Morgen in der Kirche zu bleiben, um Franzi die Möglichkeit zu geben, sich auszuruhen.

Am späten Abend setzten die Sirenen ein. Wieder stolperten sie die Treppen eines Luftschutzraumes hinab, wieder lauschten sie zitternd dem Sperrfeuer der Flak und den Einschlägen der Bomben, denen ein nervenzerfetzendes Pfeifen voranging. Dieses Mal erlitt Franzi einen ihrer Anfälle, sie wimmerte in hohen, spitzen Tönen, schlug um sich, und die Menschen im Bunker hatten wenig Verständnis. Eine Rotkreuzschwester erbarmte sich und gab Franzi eine Spritze zur Beruhigung.

Als sie am frühen Morgen in die Kirche zurückkehrten, hatte Kathi längst den Entschluss gefasst, diese furchtbare Stadt hinter sich zu lassen.

Im Bunker begegnete ihnen die Dame mit dem Pelzmantel wieder. Allerdings nicht mehr in ihrem Pelzmantel, sondern in einem Leinenmantel, der seine besten Tage hinter sich hatte. Kathi zögerte nicht, sie zu fragen, und erhielt bereitwillig Auskunft. Die Dame begleitete sie sogar zu dem Händler. Endlich konnte Kathi ihr Goldstück gegen Bares eintauschen. Der Mann haute sie zwar auch übers Ohr, aber die erhaltene Summe reichte für zwei Bahnfahrkarten.

Der Anhalter Bahnhof hatte trotz Bombenschaden seinen Betrieb wiederaufgenommen. Hohläugige Gestalten in fadenscheiniger Anstaltskleidung schleppten unter der Aufsicht Bewaffneter unentwegt Trümmer fort und Baumaterial heran, reparierten Schwellen und Gleise. In der Luft hing der Geruch von Staub, kaltem Feuer und etwas Undefinierbarem, das bei Kathi Übelkeit auslöste.

Auf dem Bahnhof herrschte das gleiche Gedränge und Geschiebe wie am Tag ihrer Ankunft, die Warteschlangen vor den Schaltern reichten bis zur Straße. Es war Mittag, bis sie endlich ganz vorne am Schalter anlangten. Für Franzi wurde dies zur Strapaze, sie hustete ständig. Endlich standen sie vor dem Beamten, und Kathi erkundigte sich spontan nach dem Preis für beide Strecken, Potsdam und Gleiwitz.

Franzi neben ihr summte zum wiederholten Male: *Ich will heim!*

Kathi wünschte sich nichts mehr als das, aber das hieße, dass ihre bisherige Odyssee umsonst gewesen wäre. Sie fragte noch, welcher Zug früher ginge, der nach Potsdam oder Gleiwitz via Breslau. Es war tatsächlich jener nach Breslau. In einer halben Stunde. Der nächste Zug nach Potsdam ginge in einer Stunde, aber Plätze gäbe es keine mehr.

»Tja, Frollein«, sagte der müde Schalterbeamte. »Alle Welt will raus aus der Stadt.« Kathi entschied, nochmals im Palais von Schwarzenbach in Potsdam anzurufen, und fragte sich nach dem nächsten Telefon durch.

Auch dort erwartete sie wieder eine Schlange. Als Kathi endlich an der Reihe war, knackte und knisterte die Leitung, und es dauerte eine Weile, bis die Verbindung mit Potsdam zustande kam. Erneut hörte sie die schleppende alte Stimme mit dem starken böhmischen Akzent am Apparat: »Palais des Feldmarschalls Franz-Josef von Schwarzenbach. Heihidla.«

»Hier ist Katharina Sadler. Ich hatte schon einmal …«

»Oh, oh, öha«, unterbrach sie die Stimme. »Ich bedaure vielmals, gnädiges Fräulein, aber ich muss Sie leider davon in Kenntnis setzen, dass der Herr Feldmarschall von Schwarzenbach gerade gestern das Zeitliche gesegnet hat. Der Verlust seines Enkels hat ihn tief getroffen.«

»Ferdinand ist gefallen?«, rief Kathi bestürzt. Franzi neben ihr begann zu weinen.

»Nein, der junge Herr ist zum Feind übergelaufen.«

Kathi fiel auf, dass der alte Wilhelm diesmal weder gedämpft noch vertraulich mit ihr sprach wie bei ihrem ersten Telefonat, sondern geschäftsmäßig klang. Als sagte der Teilnehmer einen Spruch auf. »Und, Fräulein …« Wilhelms Stimme sprach unverändert formell weiter, obwohl die nächsten Sätze höchst unsinnig klangen: »Ich soll Sie von der falschen Biene grüßen. Sie spielt jetzt Teufelsquadrat. Auf Wiederhören!« Dann klickte es. Die Verbindung war unterbrochen.

Nachdenklich legte Kathi den Hörer auf. Was hatte das zu bedeuten? Woher wusste der alte Wilhelm von der falschen Biene? Und von Milosz' Teufelsquadrat? Sie hätte sich gerne noch länger mit diesen Fragen beschäftigt, aber Franzi hustete erneut zum Gotterbarmen. Das Gesicht der Kleinen war gerötet, allerdings nicht vom Weinen, wie Kathi feststellte. Ihre Schwester hatte nun doch Fieber bekommen. Auch die kleine Hand war verschwitzt. Kathi fühlte sich erschöpft und ausgelaugt. Fast kam es ihr so vor, als wollte das Schicksal es verhindern, dass sie gen Westen reisten. Sie sah zum Himmel. Es dämmerte bereits, die Luft senkte sich feucht herab, und die Wolkentürme am Horizont kündigten Regen an. Ihr BDM-Kostüm war für diese Witterung viel zu dünn. Über eine Woche trug sie es nun schon, und sie fühlte sich schmutzig wie nie zuvor. Franzi hatte ihre beiden Garnituren Kleidung ebenso lange an, doch Kathi hatte die äußere einmal gegen die innere getauscht.

Brüssel schien in immer weitere Ferne zu rücken, und auch ihre letzte Hoffnung, Potsdam, hatte sich soeben zerschlagen. Sie bedauerte den Tod von Ferdinands Großvater. Dass er aber auch ausgerechnet jetzt sterben musste. Kathi kam es vor, als wäre sie in eine feindliche Welt geraten, die sie mit aller Macht von sich stieß. Wohin sie sich auch wandte, fand sie Steine in ihrem Weg. Ihre Vorräte gingen zur Neige, sie froren, und Franzi war krank. Das Vorhaben ihrer Mutter, das Frauenlandjahr und selbst Elsbeth Luttich, alle Gründe für ihre Flucht nach England waren nichts angesichts der Seligkeit, die ihnen eine

Rückkehr nach Hause versprach. In Kathi sammelten sich nochmals alle Widerstandskräfte. Ein Drittel ihrer Reise lag hinter ihnen. Sollten diese ganzen Strapazen umsonst gewesen sein?

Kathi traf eine Entscheidung. »Komm, Franzi!«

Mit Zügen und Schaffnern hatten sie mehr Glück als mit Kirchen und Gottesmännern. Der alte Schaffner fühlte sich bei Kathi und Franzi an seine Enkelinnen erinnert und sorgte dafür, dass sie in einem guten Abteil unterkamen. Als sie das zweite Mal umsteigen mussten, endete sein Dienst, doch er legte sie zuvor seinem Kollegen ans Herz. Schon am nächsten Nachmittag langten sie an ihrem Ziel an. Sie fanden auch relativ schnell einen gutmütigen Kutscher, der sie die letzten Kilometer unentgeltlich mitnahm. In ihrer Verzweiflung waren sie an jenen Ort zurückgekehrt, dem ihre Sehnsucht galt: Petersdorf.

57

Ich habe den Kampf gewählt, habe mich ihm verpflichtet,
bleibe ihm treu, bis mich die Erde deckt.
Dass sie meine Freunde töten, ist möglich.
Dass sie mich töten, ist auch möglich.
Dass wir kapitulieren: niemals, niemals, niemals!

Adolf Hitler

Der Hof lag unnatürlich still im Nachmittagslicht. Zwar krähte Hahn Adolf der Dritte, liefen Hühner und Gänse umher, und Kathi sah auch zwei Katzen umherstreifen, aber alles wirkte irgendwie gedämpfter, als hätte jemand in ihrer Abwesenheit eine riesige Glasglocke über den Sadlerhof gestülpt. Kathi suchte mit ihren Augen den Innenhof nach Oskar ab. Noch nie war sie heimgekehrt, ohne dass er auf sie zusprang. Unsicher verharrte sie, zögerte, den nächsten Schritt zu tun – wie damals bei Franzis Geburt, als sie vor der Schlafzimmertür gestanden und sich davor gefürchtet hatte einzutreten. Weil Nichtwissen oftmals gnädiger war als Gewissheit.

Franzi summte: *Wir sind die letzten Mohikaner.*

Kathi umfasste fester Franzis Hand. Sie zwang sich, logisch zu denken, auch wenn sie das Gefühl nicht loswurde, dass ihr Verstand seit Betreten des Hofes langsamer arbeitete, als wäre er ebenfalls in den Bann der Glasglocke geraten. Es war noch nicht ganz fünf Uhr. Um diese Zeit waren alle meist noch auf dem Feld anzutreffen und Dorota in der Küche, bei der Zubereitung des Abendessens.

Dorota erspähte die Heimkehrer durch das Fenster. Für Kathi

war es wie eine Erlösung, ihre mütterliche Freundin plötzlich aus dem Haus stürzen zu sehen.

»Bei der Schwarzen Madonna!«, schrie Dorota. »Es sind das Herzele und das Puppele!« Sie riss beide Mädchen in ihre Arme, lachte und weinte zugleich.

Franzi summte: *Wir sind von der Flucht zurück.* Und: *Ich habe Zwerge gesehen!*

»Meine lieben, lieben Madele! Dass es euch gut geht, dass es euch gut geht«, murmelte Dorota ununterbrochen und vergoss dabei ganze Sturzbäche an Tränen. »Ach, die Madonna ist gnädig. Heute ist ein guter Tag«, schniefte sie. »Solche Sorgen haben wir uns um euch Madele g'macht. Aber jetzt seid ihr ja da! Kommt rein! Habt ihr Hunger? Es gibt was Gutes zum Essen!«

Trotz aller Wiedersehensfreude hatte Kathi gleich das Gefühl, dass Dorota ihr etwas verschwieg.

Kathi quoll vor Fragen über. Doch sie mussten alle warten, bis die Großmutter aus Gleiwitz heimkehrte. Zwischenzeitlich bekamen sie die erste richtige Mahlzeit seit einer Woche, schrubbten sich in der Wanne den Schmutz der Reise von der Haut, und Franzi zwitscherte und summte die ganze Zeit über, verwandelte ihre Freude darüber, wieder zu Hause zu sein, in glückliche Töne. Sie fragte nach der Großmutter, dem Großvater, Oleg und Oskar und sogar nach Pfarrer Berthold. Und sie herzte die Katzen, die sich längst alle zu ihrer Begrüßung in der Küche eingefunden hatten. Nach ihrer Mutter fragte sie nicht.

Nach dem Essen und Baden nahm Franzi ihre alte Routine wieder auf. Sie legte den Atlas in ihren Leiterwagen, zog ihn in die gute Stube, kletterte zu August auf die Ofenbank und war in Sekunden eingeschlafen. Der alte Kater Ratibor, der sich ihr angeschlossen hatte, durfte bleiben, den Rest der pelzigen Schar scheuchte Dorota hinaus.

Kathi wandte sich fragend an Dorota, doch die wich ihrem Blick aus. Ein eiserner Ring legte sich um Kathis Herz. Sie erkannte Dorota nicht wieder. Dorota, ihre gute Dorota, die sonst stets fröhlich in der Küche werkelte, ein Lied auf den Lippen und im Rhythmus der Melodie wippend, sah aus wie eine alte Frau, der man alles genommen hatte. Was war geschehen? Welche Tragödien hatten sich in den zehn Tagen abgespielt, in denen sie und Franzi fort gewesen waren?

Kathi erfuhr es von ihrer Großmutter. Wenigstens Charlotte hatte sich nicht verändert. Von ihr ging dieselbe entschlossene Energie aus, mit der sie seit jeher widerspenstige Pferde zähmte und Schwierigkeiten trotzte, und sie schien auch kaum überrascht, als ihr Kathi im Hof entgegenlief. Sie drückte ihre Enkelin kurz an sich, sah nach Franzi auf der Ofenbank und sagte: »Gut, ihr habt es geschafft!« Ihr Ton ließ keinen Zweifel daran, dass sie nichts anderes von Kathi erwartet hatte.

»Was ist mit Mutter? Wo ist sie?«, drängte Kathi.

»Sie haben deine Mutter abgeholt.« Charlotte trank den Krug Bier, den ihr Dorota hinstellte, fast in einem Zug aus.

»Wer? Wer hat meine Mutter geholt?«

»Die Nazis. Wer sonst? Ich war heute wieder in Gleiwitz und habe verschiedene Ämter und Krankenhäuser abgeklappert. Aber niemand kann oder will mir sagen, wo man sie hingebracht hat. Beim Anwalt war ich heute auch. Ist es nicht verrückt? Uns steht der Rechtsweg offen!«

»Bitte, Großmutter, ich verstehe nicht…«

»Ich auch nicht. Es ist Krieg, es herrscht Unrecht, aber wir können trotzdem unser Recht einklagen, die Mutter zu besuchen. Sie haben sogar dafür ein Formular!« Charlotte knallte den leeren Krug auf den Tisch. »Entschuldige, Kind, ich bin wütend. Ich habe beinahe den ganzen Tag mit Irren verbracht. Und das ist das Perverse daran. Diese Irren holen deine Mutter ab und behaupten, sie sei verrückt! Haha!«

»Großmutter …«

»Schon gut, Kind. Es ist müßig, darüber zu klagen, und es ist ohnehin zu spät. Wir werden den Kelch bis zur bitteren Neige trinken müssen, und dann Gnade uns Gott.« Sie hatte mehr zu dem Krug gesprochen, doch nun wandte sie sich Kathi zu. »Wir, deine Mutter und ich, haben mit Pfarrer Berthold ein wenig gefeiert, als er uns die frohe Botschaft überbrachte, dass sein Bruder euch wohlbehalten in Berlin in Empfang genommen hatte. Am nächsten Morgen fuhren zwei Männer vor, packten deine Mutter, stießen ihr eine Spritze in den Arm, faselten etwas von Einweisung, und weg waren sie. Dorota hat es mir berichtet, ich kam zu spät, ich sah nur noch die Rücklichter. Minuten später kam unser polnischer Arbeiter vom Feld gerannt und berichtete, dass mehrere Soldaten Oleg unter Waffengewalt abtransportiert hätten. Danach dauerte es keine halbe Stunde, bis Elsbeth Luttich hier auftauchte. Ein Blick in ihr feistes Gesicht genügte, und ich wusste, weshalb das Weib gekommen war: um den Triumph ihrer Gemeinheit auszukosten! Sie schien enttäuscht, dass Annemarie schon fort war und sie mit mir als alleinigem Publikum vorliebnehmen musste. Nach dir und Franzi hat sie sich gar nicht erst erkundigt. Brühwarm rieb mir Elsbeth unter die Nase, dass man diesem verräterischen Pfarrer Berthold endgültig das Handwerk gelegt habe, genauso wie seinem Bruder in Berlin. Beide seien verhaftet worden! Da ging mir auf, warum sie nicht nach euch beiden gefragt hatte. Weil sie wusste, dass ihr in Berlin wart! Deine Tante Paulina ist just in dem Moment auf dem Hof aufgetaucht, als Elsbeth mir verkündete: ›Ihre Enkelinnen, Charlotte, die sehen Sie nicht wieder!‹ Ich war so voller Zorn, dass ich meine Hand erhob, um sie zu schlagen. Bei Gott, ich hätte es getan … Doch Paulina war um einiges schneller. Sie hatte eben erfahren, dass auch ihr Oleg abgeholt worden war. Sie schrie: ›Du hinterhältiges Miststück!‹, und warf sich wie eine Furie auf Elsbeth. Beide gingen zu Boden.« Charlotte verstummte wie jemand, der noch nicht alles gesagt hatte.

»Was heißt das?«, flüsterte Kathi, obwohl sie glaubte, die Antwort zu kennen.

»Elsbeth ist tot. Sie schlug beim Sturz unglücklich mit dem Kopf auf. Wir konnten nichts mehr für sie tun.« Es lag kein Bedauern in ihrer Stimme, Elsbeths Tod war lediglich der Schlussakkord einer Tragödie. Das Ende eines vergeudeten Lebens.

»Das kalte Herz stirbt allein«, murmelte Kathi.

»Wie?«

»Pfarrer Berthold hat das einmal zu mir gesagt. Es fiel mir eben wieder ein.« Kathi schluckte. »Was ist mit Tante Paulina?«

»Sie war heute mit mir in Gleiwitz. Sie versucht herauszufinden, was mit Oleg geschehen ist.«

»Aber …?«

»Wir haben Elsbeths Leiche verschwinden lassen. Sie liegt jetzt auf dem Grund der Jauchegrube. Ironie des Schicksals.« Charlotte zuckte mit den Achseln. »Hör zu, Kathi. Ich habe dir das alles erzählt, weil ich dich für klug und vernünftig genug halte, um mit der Wahrheit umzugehen. Offiziell wird Elsbeth seit einer Woche vermisst. Wir hatten schon zweimal Besuch von der Polizei, und der Kreisleiter war gestern auch hier. Wir sagen jedes Mal dasselbe: ›Wir haben Elsbeth am Tag ihres Verschwindens nicht gesehen.‹ Deine Tante Paulina unterstützt die Version mit ihrer Aussage: Sie sei den ganzen Tag hier gewesen, um auf dem Hof zu helfen. Ihre Tante Elsbeth habe sie nicht gesehen, jedoch gehört, dass diese an jenem Tag zum Wochenmarkt nach Michelsdorf wollte. Zu unserem Glück wurde Elsbeth auf dem Weg hierher von niemandem beobachtet. Und zu unserem noch größeren Glück scheint niemand im Ort sie groß zu vermissen.«

Nachdenklich fuhr Kathi mit dem Zeigefinger eine Schramme in dem alten Holztisch nach. Ein kleiner Splitter löste sich und bohrte sich in ihre Haut. Sie merkte es nicht einmal. Die gesamte Familie Luttich war tot. Erst Anton, dann sein Vater und jetzt die Mutter. Und während sie sich oft an ihren Anton erinnerte und es im Ort sicher nicht wenige gab, die gerne Wenzels gedachten, wollte ihr niemand einfallen, der Elsbeths auf diese Weise gedenken würde. Selbst mit ihrer eigenen Mutter hatte sich Elsbeth überworfen. Wie alle Toten würde Elsbeth zu Staub werden, aber sie würde keine Spuren der Erinnerungen auf der Erde hinterlassen. Doch sie war Antons Mutter gewesen, und deshalb sah Kathi es als ihre Aufgabe, sie nicht zu vergessen.

Von nun an schwammen, je nach Jahreszeit, verschiedene Blüten in der Jauchegrube.

58

Wie mitleidlos sind oft die mitleidigen Seelen!
Sie können über einen toten Kanarienvogel
oder einen kranken Hund weinen und im nächsten
Augenblick kalt und überlegend einen Mitmenschen
ins tiefste Herz verwunden.

Otto von Leixner

Zehn Tage waren sie und Franzi fort gewesen, und alles hatte sich verändert. Die Mutter war fort, und Oleg war fort. Doch wenigstens eine Freude gab es für Kathi: Oskar fand sich wenige Stunden nach ihrer Rückkehr wieder ein.

Und zumindest das Landfrauenjahr schien sich für Kathi erledigt zu haben. Weder traf ein Erinnerungsschreiben ein, noch fragte jemand nach ihr. Nachdem Elsbeth ihr Schicksal ereilt hatte, schienen ihre Intrigen mit ihr gestorben zu sein. Vielleicht lag es auch am Wirken des Klose Erich. Nach Wenzels Tod hatte er das Bürgermeisteramt übernommen.

Die Schule in Gleiwitz mied Kathi fortan. Sie wollte sich ungern Rektor Zille in Erinnerung bringen, der, wie sie seit dem Besuch der Großmutter auf dem Arbeitsamt wusste, das Landfrauenjahr gemeinsam mit der Luttich eingefädelt hatte.

Sie blieb auf dem Hof und packte überall mit an. Auch sie lebte nun unter einer großen Glasglocke. Alles darunter fühlte sich gedämpfter an, Gefühle, Farben und Geräusche, selbst ihr gesunder Appetit waren geschwunden. Dabei erfüllte die Glocke nur bedingt ihren Zweck, die bittere Realität des Krieges und seine Folgen auszublenden. Der Krieg hatte ihren Vater verschlungen und ihre Mutter, er hatte ein Wrack aus ihrem Großvater gemacht, und er hatte Monster wie Elsbeth Luttich hervorgebracht, die nur im Krieg gedeihen konnten. Niemand wusste, was mit Pfarrer Berthold, seinem Bruder Johann und Oleg geschehen war und ob sie überhaupt noch lebten. Und dies waren nur die Verwüstungen, die der Krieg in Kathis Familie angerichtet hatte. Millionen andere Familien erlitten ähnliche Tragödien und Leid.

Doch das Leben trieb sie vorwärts, stellte seine eigenen Ansprüche. Der Frühling ging in einen heißen Sommer über, sie standen in den Feldern und harkten Unkraut, während ihnen die Sonne den Nacken verbrannte. Kathi bekam Blasen an den Händen, und wenn sie aufbrachen und die rohe Haut wie Feuer brannte, begrüßte sie den Schmerz – weil er ihr zeigte, dass sie trotz der Glasglocke noch etwas spürte.

Ende Juli machte das gescheiterte Attentat auf den Führer die Runde. Einige Tapfere der Wehrmacht hatten es tatsächlich gewagt und dafür mit dem Leben bezahlt. Als die Liste mit den Hingerichteten bekannt wurde, betrank sich Charlotte das erste Mal in ihrem Leben.

Nur noch ein junger polnischer Zwangsarbeiter, Peta, lebte auf dem Hof. Er mühte sich redlich, seitdem František vor einigen Monaten verschwunden war. Aber ohne Olegs starke Arme war die Arbeit auf Hof und Feld nicht zu schaffen. Sie schufteten von früh bis spät, fielen abends wie betäubt ins Bett, erhoben sich morgens wie Automaten und begannen von vorne. Justus und der Klose Erich kamen ab und an vorbei und halfen bei den schwereren Arbeiten aus.

Für einige Monate stellte sich dennoch beinahe so etwas wie Normalität ein. Die Erntezeit kam und ging, die Bäume verfärbten sich und verloren ihre Blätter.

Ab dem Spätsommer war Merkwürdiges zu beobachten.

Charlotte und Paulina, die wegen Annemarie und Oleg nach wie vor nicht lockerließen, weiter bei den Gleiwitzer Behörden vorsprachen und sie mit Anwaltsbriefen bombardieren ließen, wussten zu berichten, dass sehr viele Offiziere mit ihren Familien und großem Gepäck in den Zügen nach Westen säßen. Dorota, die nach wie vor »auf Pilze« in den Wald ging, erzählte wiederum, sie sei dort schon mehrmals versprengten deutschen Soldaten über den Weg gelaufen. Die Worte *Deserteur* und *Volksverräter* machten die Runde.

Und während die einen dem Krieg zu entfliehen suchten und in Richtung Westen drängten, wurden die Jahrgänge 27/28 nebst den über Fünfzigjährigen eingezogen und mit Zügen in den Osten verfrachtet. Das Deutsche Reich versuchte, mit weiteren Soldaten einen Damm zu stopfen, der längst unwiderruflich gebrochen war.

Da der Sadlerhof östlich von Petersdorf lag, etwas abseits zwischen den Hügeln und nicht weit vom Petersdorfer Forst, ergab es sich zwangsläufig, dass er zur Anlaufstelle für den ein oder anderen Entflohenen wurde. Ob desertierter Soldat oder geflüchteter Gefangener, alle waren sie hungrig. Die Sadlers versorgten sie, so gut sie es vermochten. Die Mehrheit dankte es ihnen, doch es verschwand auch so manches Huhn, obwohl Hahn Adolf der Dritte sein Territorium unerschrocken verteidigte. Bis auch er eines Tages auf seinen Meister traf und man nur noch seinen Kopf hinter der Scheune fand.

Als Kathi erfuhr, dass die Wehrmacht nach den Pferden, den Kirchenglocken und einer gewissen Anzahl an Großvieh nun auch Gänse und Ziegen requirierte, setzte sie die Gänse samt ihren Gösseln auf den großen Leiterwagen, breitete eine Decke über sie und zog sie die vier Kilometer bis zum Petersdorfer Weiher, um sie dort freizulassen. Oleg würde es nie verwinden, wenn die deutschen Soldaten seine Lieblinge, alle eigenhändig von ihm aufgezogen, verspeisten.

An Heiligabend 1944, just am Tag von Kathis sechzehntem Geburtstag, kam der Klose Erich auf den Hof und erzählte ihnen, der Russe sei überall durchgebrochen, habe sich mit der polnischen Freien Armee verbündet, rücke immer näher. Es sei eine Frage weniger Wochen, bis der Feind Petersdorf erreichen würde.

Was das bedeutete, war jedem klar: Jahrelang hatte die deutsche Propaganda gegen die primitiven Russen gewettert, ihre Gräuel und ihre Brutalität angeprangert, sie gar als Menschenfresser tituliert.

Keiner wollte ihnen in die Hände fallen. Aber auch keiner wollte die Heimat verlassen.

Aus dem Volksempfänger plärrte es Durchhalteparolen. Aufrufe zum totalen Krieg, Aufrufe zum Heldentum, Aufrufe zum Volkssturm – für Kanonenfutter gab es keine Altersbeschränkung mehr. Wer noch laufen oder eine Waffe halten konnte, ran an den Feind! Und immer wieder: Der Einsatz der Wunderwaffen stünde kurz bevor. Kampf bis in den Tod! Auch der Führer kämpfe an vorderster Front für die Freiheit und den Sieg. Sieg Heil! Charlotte zog den Stecker.

Franzi bekam das bedrückende Klima schlecht. Sie bestand nun wieder ständig darauf, ihr Name sei nicht Franzi, sondern Ida. Noch häufiger als früher verschwand sie und versteckte sich.

Eines Tages trat Charlotte mit der Zigarrenkiste zu Dorota in die Küche, drückte sie ihr in die Hand und sagte: »Sie enthält noch zwei Stück. Versteck sie für mich, und gib sie mir erst zurück, wenn der Krieg vorbei ist. Ich will sie mit August am Tag des offiziellen Kriegsendes rauchen. So haben wir es auch am 11. November 1918 gehalten.«

Ein Zucken durchlief Dorota, und die Schachtel entglitt ihr. Erst zitterten nur ihre Hände, dann ihr gesamter Leib, und als sie ihre Stimme hob, flackerte ihr Blick in einer Weise, dass

Charlotte unwillkürlich zwei Schritte zurückwich. Es war das erste Mal, dass sie Augen- und Ohrenzeugin einer Prophezeiung Dorotas wurde. Sie bestand aus einem einzigen Satz, doch er fiel bei Charlotte, die um ihre Pferde genauso fürchtete wie um den Hof und seine Bewohner, auf fruchtbaren Boden.

»Die Russen«, sprach Dorota mit dumpfer Stimme, »werden die Pferde nicht bekommen.«

Die Weissagung brachte Charlottes Stimme der Vernunft zum Schweigen und entfachte in ihr eine wilde Hoffnung. In ihren Augen konnte sie nur eines bedeuten: Die Russen würden rechtzeitig aufgehalten werden!

Deshalb zögerte Charlotte, Maßnahmen für die Flucht zu ergreifen. Weihnachten und Silvester gingen vorüber, und Mitte Januar marschierte der Russe auf Gleiwitz. Charlotte war am 12. Januar ein letztes Mal zu ihrer »Amtsschimmel-Tortur« aufgebrochen und brachte die schlechte Nachricht mit zurück. Im Volksempfänger war davon keine Rede. Dort wurden die Russen nach wie vor von der heldenhaft kämpfenden Wehrmacht zurückgetrieben.

Im Schutz der Dunkelheit schlich zwei Tage darauf einer von Dorotas Neffen, Pjotr, auf den Hof. Er kam, um nach Dorota zu sehen und ihr zu raten, den Hof mit ihm zu verlassen – bevor die Russen kämen. Er trug eine Armbinde in den Farben der polnischen Fahne, und auf Kathis Frage hin erklärte er, Angehöriger der Freien Polnischen Armee zu sein, und die kämpfe jetzt an der Seite von Russland.

»Und in der Hölle scheint die Sonne … Polen und Russland verbündet, dass ich das noch erlebe«, sagte Dorota freudlos.

Ihr Neffe sah ein wenig säuerlich drein, erwiderte aber nichts. Dorota schickte ihn mit den Worten fort, sie *bliebe beim Herzele und Puppele auf dem Hof.*

Charlotte musste sich nach Pjotrs Besuch der Realität stellen und sprach mit dem Klose Erich. Der organisierte längst einen

Wagentreck. Einige der Petersdorfer Frauen und Mädchen waren bereits mit dem Zug in den Westen geflüchtet. Doch die Hauptbahnstrecken waren inzwischen geschlossen, weil der Russe bei Ohlau über die Oder gesetzt hatte. Damit bedrohte der Feind nicht nur ihren Rücken, sondern versperrte ihnen auch den Weg, zwang sie zu langwierigen Umwegen auf Nebenstraßen. Der Klose hatte Laurenz einst in die Hand versprochen, auf seine beiden Mädchen achtzugeben, und natürlich würde er Dorota, die sich nicht von Kathi und Franzi trennen wollte, mitnehmen. So war vorerst nicht mehr London das Ziel der Schwestern, sondern ein kleines Dorf am Rande der oberbayerischen Alpen, wo der Bruder vom Klose einen Hof bewirtschaftete.

Als Charlotte vom Klose heimkehrte und ihr die Fluchtpläne erklärte, fragte Kathi: »Du kommst nicht mit uns, Großmutter?«

»Nein, ich bleibe auf dem Hof, zusammen mit Peta. Wir können die Tiere nicht sich selbst überlassen.«

Keiner der Bauern wollte sein Vieh im Stich lassen. Doch sie konnten die Tiere unmöglich mitnehmen. Der Schnee lag hoch, und die Tiere fanden nirgendwo Futter. Das Heu für die Zugtiere der Fuhrwerke nahm bereits den meisten Raum auf den Wagen ein. Deshalb schickten mehrere ältere Bauern nur ihre Familien auf den Treck, während sie selbst auf ihren Höfen blieben und sich auch der Tiere ihrer Nachbarn annehmen würden. Auch die alte Hertha Köhler, Paulinas Großmutter, hatte sich dazu entschieden, während sie Paulina bat, mit dem Treck zu ziehen.

»Aber …«, begann Kathi.

Ihre Großmutter ließ sie nicht ausreden. »Sie können nicht alle umbringen, Kathi. Ich bin eine alte Frau, und etwas Böses wächst in mir heran.« Charlotte strich einmal kurz über ihren Bauch. »Wenn ich schon sterben muss, dann hier. Und seien wir ehrlich: Dein Großvater August würde keine drei Tage auf dem Treck überstehen.«

»Aber …«, setzte Kathi erneut an, und diesmal legte ihr Charlotte einen Finger auf die Lippen. »Schau, Kathi, ich habe den Großen Krieg überlebt und die Spanische Grippe und drei meiner Kinder beerdigt. Auch danach ist das Leben weitergegangen. Und das wird auch nach diesem Krieg so sein. Der Mensch ist ein Phönix; er verbrennt sich selbst und steigt aus der Asche auf. Du und Franzi, ihr könnt später hierher zurückkehren. Und so Gott will, kommen auch dein Vater und deine Mutter heim. Aber so lange trägst du die Verantwortung für deine Schwester. Geh mit Dorota und dem Klose!«

Ein weiteres Mal musste sich Kathi von Oskar verabschieden. Ihr Kindheitsgefährte war zu alt, um wie die Schäferhunde einiger Petersdorfer Bauern neben dem Treck herzulaufen.

Der Treck verzögerte sich, da an alle Petersdorfer Männer just am Tag der geplanten Abfahrt der Aufruf erging, sich dem Volkssturm in Gleiwitz anzuschließen. Die Männer murrten, und es gab einige Stimmen, die sich offen gegen den Befehl stellen wollten. Doch die Mehrheit beugte sich. Noch immer wirkte die Indoktrinierung, aber vor allem das Wissen um die drohenden Konsequenzen. Es gab jetzt viele Gerüchte über Standgerichte und Willkür und dass jeder Befehlsverweigerer sofort erschossen oder gleich aufgehängt wurde. Allein die Bemerkung, es herrsche weniger Mangel an Stricken als an Munition, galt als Wehrkraftzersetzung; Justus hätte deshalb fast selbst an einem Seil gebaumelt. Also wurden Ochs und Pferd wieder ausgespannt, und die Petersdorfer Männer fanden sich an der angegebenen Sammelstelle am Gleiwitzer Güterbahnhof ein. Dort trafen sie auf eine kleine Schar Männer aus dem Nachbarort Michelsdorf, aber nicht ein Offizieller ließ sich blicken. Sie alle warteten bis zum nächsten Morgen, danach kehrten sie in ihre Heimatdörfer zurück. Dass der Feind unaufhörlich näher rückte, war längst an den heulenden Stalinorgeln zu hören, die von deutscher Seite mit massivem Abwehrfeuer beantwortet wurden. In der Ferne blitzte und donnerte es wie bei einem heftigen Gewitter.

In aller Eile trommelte der Klose Erich seine Petersdorfer erneut zusammen. Letzte Instruktionen wurden erteilt, auch das Verhalten bei Gefahr besprochen: Im Falle von Feindberührung sollten sich sofort alle Frauen und Kinder unter den Fuhrwerken verstecken.

Kaum reihte sich Fuhrwerk an Fuhrwerk, war aufgeladen und angespannt, ein letztes Mal Ochs und Pferd getränkt, kam der Gauleiter mit drei uniformierten Begleitern im Kübelwagen auf den Kirchplatz gebraust, um sie in ihre Häuser zurückzuscheuchen. »Kein Mann, keine Frau und kein Kind muss sein Zuhause verlassen! Der Feind ist zurückgeschlagen und flieht in den Osten!« Leider konnte man ihn wegen des dröhnenden Gefechtslärms im Hintergrund kaum verstehen.

Kathi, die mit Franzi, Dorota und den drei Klosemädchen seit zwei Stunden in der eisigen Kälte auf dem Fuhrwerk ausharrte, bis die letzten Nachzügler zur Abfahrt bereit waren, war überzeugt, dass das Artilleriefeuer innerhalb der letzten Stunden deutlich näher gekommen war.

Auch der Klose schien dieser Ansicht zu sein. »Nichts für ungut, Kamerad Gauleiter! Aber für mich hört es sich an, als läge die Front gleich hinter dem Wald.« Er legte die Hände wie einen Trichter um den Mund und brüllte: »Los geht's, Petersdorfer! Wir fahren!« Er hob seine Peitsche.

»Halt! Wagt es ja nicht, ihr feiges Pack!«, brüllte der Gauleiter. Auf sein Zeichen legten die Soldaten ihre Gewehre an.

Der Klose brüllte »Feindberührung«, und die Petersdorfer Frauen und Mädchen konnten erstmals den Ernstfall proben. In Windeseile verschwanden sie unter den Fuhrwerken.

Schon hielt der Klose seine Jagdflinte in der Hand. Die

übrigen Männer folgten seinem Beispiel. Keiner wollte ein zweites Mal abspannen, nicht mit dem feindlichen Feuer im Rücken.

»Das ist offene Rebellion!«, hampelte der Gauleiter, und seine Mütze segelte davon. Einer der Soldaten sprang ihr sofort hinterher. Vielleicht wollte er sich auch aus der Schusslinie bringen.

»Und jetzt?«, rief der Klose Erich. »Wollt ihr uns alle erschießen?«

»Das müssen wir gar nicht!« Der Gauleiter lächelte sardonisch und rief: »Zielt auf die Zugtiere, Männer!«

Wer zuerst geschossen hatte, war danach nicht mehr festzustellen. Am Ende waren ein Gauleiter, ein Soldat und ein Ochse tot.

Ein Soldat war verletzt, der Mützenretter kam ungeschoren davon. Nachdem sie Gauleiter und Soldat rasch eine letzte Ruhestätte auf dem Friedhof bereitet hatten – schließlich waren sie Christenmenschen –, luden sie den verletzten Soldaten auf. Der andere schloss sich ihnen freiwillig an. Der tote Ochse wurde mithilfe seiner Artgenossen zur Seite gezogen und Ersatz aus einem nahen Stall herbeigeholt.

Währenddessen entschlossen sich nun doch zwei der Bauern, die Manger-Brüder, aus dem Treck auszuscheren. Sie klammerten sich nur zu gern an die Worte des Gauleiters. Und es gab noch mehr Aufregung. Paulina, die bei Justus auf dem Wagen mitfuhr, schrie plötzlich: »Es brennt! Der Köhlerhof brennt! Großmutter!« Sie sprang vom Wagen und stürzte davon. Niemand folgte ihr. Justus machte kurz Anstalten, doch seine Frau Maria hielt ihn zurück, so wie Dorota Kathi zurückhielt. »Du kannst nichts tun, Herzele. Ich glaube, die Hertha Köhler hat ihn selbst angezündet.«

Mit dreistündiger Verspätung gab der Klose endlich das Zeichen zur Abfahrt. »Los geht's! Hühott!«

In diesem Moment stellte Kathi fest, dass die Franzi sich

heimlich unter dem Berg Decken hervorgewühlt haben musste und verschwunden war. Weder Dorota, sie noch die drei Klosemädchen hatten etwas bemerkt. Es war ohnehin ein mittleres Drama gewesen, Franzi dazu zu bewegen, das Fuhrwerk zu besteigen. Für Franzi musste es sich anfühlen, als verschleppte man sie ein zweites Mal aus ihrem Zuhause. Sie hatten deshalb neben Proviant und dem Nötigsten an Kleidern auch Franzis kleinen Leiterwagen samt Atlas aufgeladen und den alten Kater Ratibor im Rucksack versteckt. Denn es war streng verboten, Haustiere mitzunehmen. Viele hatten deshalb ihre Kanarienvögel freigelassen, die nun verwirrt auf den Fensterbrettern der Häuser ihrer Besitzer hockten und die Welt nicht mehr verstanden. Kathi hatte die Frau vom Klose zur Krämerin sagen hören, sie sei mit ihren beiden Pudeln zum Tierarzt in Gleiwitz zum Einschläfern gefahren, und die Leute hätten dort mit ihren Lieblingen bis auf die Straße Schlange gestanden. Der Krieg brachte Tod und Chaos über alles und jeden.

Und nun wollte der Treck losfahren, und Franzi war nicht da!

Kathi kroch auf dem Wagen nach vorne und erklärte dem Klose die Situation. Der entgegnete, er könne nicht warten, der Feind komme mit jeder Minute näher. Aber sie kämen ohnehin nur langsam vorwärts, und sobald sie die Franzi gefunden habe, solle sie mit einem der Pferde der Großmutter nachkommen. Also schnappte sich Kathi ihren Rucksack, in dem der Kater unwillig maunzte. Dorota war bereits vom Wagen gestiegen, in der Hand ihren wertvollsten Besitz: ihren Kräuterkoffer. Auf dem Rücken trug sie Kathis Akkordeon, das sie auf dem Fuhrwerk gar nicht erst abgenommen hatte. Einer Eingebung folgend, reichte Kathi ihr noch Franzis Leiterwagen und Atlas hinab.

Hinter ihnen kam Bewegung in den Treck.

Kathi sah dem Klose hinterher, der hoch oben neben seiner Frau Ilse thronte. Langsam kroch das Fuhrwerk über den Kirchplatz in Richtung Westen. Dorota und sie wandten sich gen Osten, zum Sadlerhof. Nirgendwo sonst wäre Franzi zu finden.

Keine zwei Kilometer trennten sie von ihrem Zuhause, aber Kathi war noch niemals ein Weg so lang vorgekommen.

Auf dem Sadlerhof herrschte eine beklemmende Stille, eine Stille, die sich bis in ihr Herz ausbreitete und es heftig zum Schlagen brachte. Etwas stimmte nicht.

Dorota schien dasselbe zu empfinden. Sie schlug erschrocken das Kreuz, und ihr Gesicht wurde zu einer weißen Maske. »Herzele«, sagte sie, »du bleibst hier. Ich sehe im Haus nach.«

»Nein, ich …« Weiter kam Kathi nicht. Sie hörte hinter sich einen merkwürdig jaulenden Ton, und schon sprang sie etwas an und warf sie um. »Oskar!«, schrie sie und wälzte sich mit ihm auf dem Boden, ein Bündel aus Mensch und Hund. Dorota war unterdessen im Haus verschwunden.

Kathi befreite sich von Oskar und rief laut nach Franzi, glaubte aber nicht wirklich daran, dass ihre Schwester freiwillig zum Vorschein kommen würde. Daher befahl sie Oskar, nach Franzi zu suchen, und folgte Dorota ins Haus.

Sie fand sie im Schlafzimmer ihrer Großeltern. Dort hatte sich ein schreckliches Drama ereignet: Angetan mit ihren besten Kleidern lagen Charlotte und August tot in ihrem Bett.

Dorota hatte ihre Gesichter bereits mit einem Tuch bedeckt, doch gegen die vielen Blutspritzer auf Wand und Bettdecken konnte sie nichts tun. Sie kniete am Bett und betete mit gesenktem Kopf. Sie bemerkte Kathi zunächst nicht. Erst als Kathi gegen den alten Armeerevolver ihres Großvaters stieß und stolperte, stemmte sie sich hoch, die Bewegungen langsam und mühsam, alsränge sie gegen unsichtbare Kräfte. »Sieh nicht hin, Herzele«, sagte sie mit rauer Stimme und führte Kathi hinaus.

»Was …«, würgte Kathi als einziges Wort hervor. Danach erbrach sie sich, sackte zu Boden, und das schwarze Nichts senkte sich gnädig auf sie herab. Ihr letzter Gedanke galt ihrer Großmutter, die nun doch in ihrem Bett gestorben war.

Kathi erwachte auf der Küchenbank. Neben ihr schlief Franzi eng an sie gekuschelt. Kathi fühlte sich grauenvoll, in ihrem Mund war ein bitterer Geschmack, und das Echo entsetzlicher Geschehnisse sandte kleine Schockwellen durch ihren Körper. Momentan jedoch fehlte ihr jede Erinnerung. Verwirrt sah sie sich um. Wie kam sie hierher? Hatte sie nicht eben noch auf einem Fuhrwerk gesessen?

Unter dem Tisch regte sich etwas, eine Schnauze streckte sich zu ihr empor, und eine raue Zunge leckte ihr über die Hand. *Oskar!* Schlagartig setzte die Erinnerung ein, und der Schmerz traf sie wie der Hieb einer Peitsche. *Die unheimliche Stille, das Blut, der Tod ihrer Großeltern …*

Dorota stellte einen Becher Kräutertee vor ihr ab. »Trink, Herzele. Es wird dir helfen.« Nie war Dorotas Gesicht so grau gewesen, hatte niemals diesen tiefen Ausdruck der Erschütterung getragen. Kathi zwang sich, einen Schluck zu trinken. Sie erwartete, dass er genauso nach Asche schmecken würde, wie sich ihr Inneres anfühlte. Doch schon nach dem ersten Schluck breitete sich wieder etwas Wärme in ihr aus.

Dorota kam ihrer möglichen Frage zuvor. »Ich habe ein wenig Met und Bärenfang hineingegeben. Das ist der Krieg, er lässt uns nicht einmal Zeit für Trauer. Ich brauche dich jetzt tapfer und stark, Herzele. Wir müssen mit der Franzi sofort von hier weg.« Dorota hatte den Kopf zum Fenster gewandt. Kathi horchte in die Ferne. Der Kriegslärm war ihnen wieder ein Stück näher gekommen.

»Geht es wieder?«, fragte Dorota, und Kathi nickte. Sie hob den Becher noch einmal an ihre Lippen und fragte: »Wo ist Peta?«

»Ich weiß es nicht. Vielleicht hat ihn deine Großmutter weggeschickt.«

Kathi stand auf. Sie taumelte, musste sich am Tisch aufstützen. Bis zur Tür stakste sie unsicher wie ein Storch. »Ich sattle zwei Pferde«, kündigte sie an.

»Nein, Herzele. Wir müssen laufen.«

»Aber warum? Wir …« Mit aufgerissenen Augen hielt Kathi inne. Sie erinnerte sich an die beängstigende Stille, auch Dorotas Augen verrieten ihr, dass sie noch nicht das ganze Ausmaß der Tragödie kannte. »Was?«, flüsterte sie erstickt.

»Deine Großmutter«, antwortete Dorota mit brüchiger Stimme, »hat nicht nur sich und den Großvater gerichtet, sondern auch alle ihre Pferde.«

»Sie hat die Pferde erschossen? Alle? Auch Bukephalos? Die Fohlen?« Kathi legte die Hand auf ihr Herz, als könnte sie damit Angst und Grauen eindämmen. Die Großmutter hatte für ihre Pferde gelebt! Wie verzweifelt sie gewesen sein musste, um das zu tun. Und wie entschlossen. Genau wie sie immer gesagt hatte: Der Russe würde ihre Pferde niemals bekommen. Damit erfüllte sich auch Dorotas Prophezeiung. Charlotte hatte somit ihre Lieblinge vor dem Krieg bewahrt. Und ihnen dennoch den Tod gebracht.

Sie weckten Franzi. Der Leiterwagen, beladen mit dem Atlas, Dorotas kleinem Kräuterkoffer und Kathis Akkordeon, stand vor der Tür bereit. Ratibor saß maunzend neben dem Rucksack. Kathi ließ ihn hineinschlüpfen und schulterte ihn. Das Cello ihres Vaters hatten sie schon vor Tagen im Verschlag unter Olegs Austrittshäusel versteckt, weitere Familienerbstücke im Hügel unter dem Apfelbaum vergraben. Ihr Reiseproviant befand sich bei den Kloses auf dem Wagen, zusammen mit dem größten Teil ihres Goldes. Selbst trugen sie nur ein paar der Münzen bei sich, eingenäht in den Saum ihrer Kleidung.

Sie kamen nicht weit. Sie hatten eben erst die Senke hinter sich gelassen und es den Hügelkamm hinauf geschafft. Kurz überließ sich Kathi der Erinnerung an rasante Schlittenfahrten im Winter, ihre Wettfahrten mit Anton. Die Aufregung am Start, der Kitzel der Gefahr, die Stürze. Der Geruch nasser Kleidung, kalte Hände, rote Backen, Gelächter. Die Vorfreude auf eine Tasse heißen Kakaos in Dorotas Küche. *Glück.* Vergangen und vorbei. Geblieben waren nur der Schnee und die Kälte. Kathi warf einen kurzen Blick auf Franzi; sie hatten sie so gut eingepackt, dass sie wie eine kleine, runde Stoffkugel aussah, aus der kaum die rosige Nasenspitze hervorlugte.

Ihre erhöhte Lage erlaubte ihnen eine gute Sicht auf die Weggabelung. Links führte die Straße in den Wald Richtung Michelsdorf und rechts nach Petersdorf. Kathi spürte Oskar neben sich. Er hatte Schwanz und Ohren aufgestellt, witterte aufmerksam. Das ließ sie zögern. Plötzlich brachen unten ein deutscher Panzer und mehrere Fahrzeuge aus dem Wald hervor und stießen in Richtung Petersdorf vor. Ein Trupp Soldaten mit ihren Gewehren lief neben dem Panzer her, alle drehten sich immer wieder um, als wäre ihnen der Feind auf den Fersen.

Das war er in der Tat. Aus dem Wald kamen mehrere russische Fahrzeuge gefahren, der rote Stern auf der Motorhaube war unschwer zu erkennen. Die deutschen Soldaten schwärmten aus, ließen sich in den Graben fallen und zielten auf den Feind. Kathi, Dorota und Franzi standen auf dem erhöhten Zufahrtsweg wie auf dem Präsentierteller. Sie warfen sich nun ebenfalls zu Boden. Kathi zog Franzi mit sich, die dabei ihren Leiterwagen losließ, der nun mitsamt dem Gepäck den Hügel hinunterrollte, die Landstraße kreuzte und in den Straßengraben kippte. Um ein Haar hätte er dabei einen Soldaten gerammt. Der sah sich erstaunt um, hob dabei den Kopf zu weit und ein feindlicher Schuss streckte ihn nieder.

In den harten Schnee gepresst, warteten Dorota, Kathi und Franzi auf das Ende des Gefechts. Oskar duckte sich neben ihnen. Die Deutschen rückten ab, die Russen kamen hinterher. Immer mehr Fahrzeuge und auch Panzer stießen aus dem Wald hervor und fuhren dunkle Wolken ausstoßend in Richtung Westen. Doch zwei russische Armeewagen nahmen die Gabelung zum Sadlerhof. Sie bremsten auf Höhe der drei Flüchtenden. In ihrer Kleidung waren sie im Schnee kaum zu übersehen. Dorota und Kathi hatten noch versucht, sich mit Franzi einzugraben, aber der Schnee war hart gefroren wie Beton. Gewehre klickten, und gleich darauf hatte man sie auf die Ladefläche des ersten Fahrzeugs verfrachtet. Kathi bemerkte, dass der junge Beifahrer im nachfolgenden Wagen sie beobachtete. Sie begegnete seinem Blick, und kurz geriet ihr Herz aus dem Takt. Sie glaubte, einen Geist zu sehen. *Anton! Das war Anton!* Doch ihr Verstand hatte sich ihrem innersten Wunsch nur einen Augenblick gebeugt. Natürlich war es nicht Anton. Der junge Mann ähnelte ihm nur. Aber warum starrte er sie so an? Da endlich begriff sie. Er war ein Gefangener wie sie, er trug eine deutsche Fliegeruniform!

Sie nickte ihm zu, und er erwiderte ihre Geste. Und dann lächelte er sie an. Es war ein Lächeln, das den Himmel teilte und wie ein Sonnenstrahl in Kathis Herz fuhr. Dort pulsierte es und sandte wärmende Impulse aus, kleine, strahlende Lichtpunkte, wie Sterne.

Mut, sagte dieses Lächeln und: Du bist nicht allein.

Zwei Minuten später waren Kathi, Franzi und Dorota wieder auf dem Sadlerhof und wurden vor einen russischen Major gezerrt. Dorota begann sofort, auf Polnisch auf ihn einzureden. Der Major befahl ihr barsch auf Deutsch: »Maul halten!«

59

Bis heute dunkle Schatten ragen,
die verlorenen Himmel von einst beklagen.
Einst hoffnungsfroh, nun entseelt und starr –
wem Vergeltung mehr gilt als das Leben, der ist ein Narr.

Raffael Valeriani

Major Arkadij Wladimirowitsch Tolkin musterte die drei Gefangenen. Er mochte keine Gefangenen. Gefangene waren Ballast. Noch dazu Frauen und Kinder. Seine Männer schielten bereits auf das junge Mädchen. Er wollte hier nichts als zwei, drei Tage zur Ruhe kommen und warten, bis alle seine Verbände, die während der Offensive auf unterschiedlichen Widerstand gestoßen waren, aufgeschlossen hatten. Im Hintergrund hörte er seine Leute rumoren. Sie durchwühlten das Haus, Gegenstände wurden auf den Boden geworfen, Schranktüren schlugen, Geschirr splitterte. Er brüllte einen Befehl, und sogleich verstummte der Radau im Haus. Ein Soldat erschien und machte Meldung. Nun zahlte sich Olegs jahrelanger Unterricht aus. Kathis Russisch mochte nicht perfekt sein, aber sie konnte den Worten des Rotarmisten recht gut folgen, behielt ihre Kenntnisse jedoch wohlweislich für sich. Die Russen waren auf ihre toten Großeltern gestoßen. Major Tolkin verschwand kurz im Schlafzimmer, kehrte zurück. »Wer sind Tote in Bett?«, fragte er mit starkem Akzent.

»Die Großeltern dieser armen Kinder«, antwortete Dorota leise.

Der Russe musterte die armen Kinder. Kathi fand, dass er müde und gereizt aussah, wie jemand, der sich mit einer Fülle an Problemen konfrontiert sah und mit der Reihenfolge der Prioritäten haderte. Wie ein Menschenfresser sah er nicht aus. Tatsächlich umgab ihn eine gewisse Traurigkeit. Ähnlich den melancholischen Helden in den Büchern von Tolstoi und Dostojewski, die sie gelesen hatte. Kathi merkte, dass sie keine Angst vor diesem Major Tolkin empfand. Und dann betrat ein Mann die gute Stube, und sein Anblick war ein solcher Schock, dass Kathi glaubte, ins Bodenlose zu stürzen. Er brachte schlagartig all die entsetzlichen Bilder zurück, die sie in den letzten beiden Jahren loszuwerden versucht hatte, damit der Schmerz sie nicht vernichtete wie ihre Mutter. Kathi schwankte, und Dorota griff stützend nach ihrem Arm. Nun lächelte der Mann sie an, wie jemand, der sich der Wirkung seiner Taten bewusst war und sie nach wie vor genoss. Das brachte Bewegung in Kathi, sie sah nur noch rote Schleier. »Mörder!«, schrie sie völlig außer sich und stürzte sich auf Jan. Ihr Angriff überrumpelte den Mann, er krachte rücklings auf den Boden und riss Kathi mit sich. Sie hatte ihm bereits eine Wange zerkratzt, bevor der Major und ein weiterer Mann sie von ihm herunterzerrten.

»Ich sehe, du kennst diesen Mann«, kommentierte der Major ungerührt.

Jan war bereits wieder auf den Beinen. Kathi atmete schwer, doch sie stellte sich furchtlos seinem hasserfüllten Blick.

»Was hast du da in deinem Rucksack?«, rief er. Jan riss ihn grob von Kathis Schultern, öffnete ihn und beugte sich darüber. Ratibor sprang ihm mit gezückten Krallen ins Gesicht und verwüstete Jans andere Wange. Sodann verschwand der Kater blitzschnell zwischen den Beinen der russischen Soldaten, die sich inzwischen alle am Eingang zur Stube drängten. Sie fanden Jan, dem das Blut über beide Wangen lief, urkomisch, ahmten das Fauchen der Katze nach und schlugen sich grölend auf die Schenkel.

Jan bahnte sich wütend einen Weg aus der Stube, nicht ohne zuvor Kathi einen brutalen Hieb in den Bauch zu verpassen.

Franzi stieß einen keuchenden Laut aus, als hätte der Schlag sie getroffen. Und während Kathi sich krümmte, der Schmerz ihr die Luft aus den Lungen saugte, sah sie, wie sich Dorotas Fuß nach vorne schob und sie Jan ein Bein stellte. Der knallte der Länge nach hin, was die Russen mit weiteren Heiterkeitsausbrüchen quittierten. Jan rappelte sich hochrot auf und drängte sich endgültig durch die Männer hindurch nach draußen.

Einzig der Major zeigte keine Heiterkeit. Er sah vielmehr aus wie jemand, dessen Liste von Problemen gerade noch ein Stückchen länger geworden war. Was sollte er tun?, fragte er sich. Dieser Jan war Pole, Angehöriger der Freien Armee, die nun mit Russland verbündet war. Er hatte gut gegen die Deutschen gekämpft und sie hierher geführt. Dieser Hof war Jans Kriegsbeute. Sobald er mit seinen Männern abzog, würde der Pole die beiden Mädchen töten. Aber darüber wollte er sich jetzt nicht den Kopf zerbrechen. Er wollte etwas zu essen, sich danach zurückziehen und in Ruhe nochmals den Brief seiner Frau lesen, dessen Gewicht wie Blei in seiner Brusttasche lag. Er hatte ihn heute Morgen erhalten, doch darin ging es um Ereignisse, die Wochen zurücklagen. Heute Nacht würde er um seine kleine Tochter weinen, mit über einem Monat Verspätung. Sein Mädchen war lange krank gewesen und am Ende zu schwach. Die Industrie Russlands produzierte hauptsächlich Waffen, während die Bevölkerung darbte. Es gab zu wenig zu essen und zu wenig Medizin. Ihr Führer Stalin hatte sein Volk darauf eingeschworen, Opfer für den Fortschritt zu bringen. Und erst recht für den Krieg. Er bezweifelte jedoch, dass

Stalin hungerte. Es gab Gerüchte über Gelage im Kreml. Er verdammte den Krieg, der ihn daran hinderte, nach Hause zu eilen und seine Nadja zu trösten. Und sich von ihr trösten zu lassen. Bald zwei Jahre hatte er seine Familie nicht gesehen. Verdammter Krieg, verdammte Deutschen, die sein Land feige angegriffen und ihm den Krieg aufgezwungen hatten!

Sein Interesse wandte sich wieder den drei Gefangenen zu. Sie hielten sich an den Händen, konnten sich gegenseitig den Trost spenden, der ihm versagt blieb. »Sagt eure Namen!«

Franzi summte. *Ich bin Ida.*

»*Warum bist du Ida?*«, summte Kathi zurück.

Sag es ihm!

»Ich bin Kathi, das ist Dorota, und das ist … *Ida.*«

Kathi sah, wie der Major zurückzuckte. Verblüffung stand in seinen Augen und kurz auch etwas Weiches, Zugängliches.

Dorota nutzte diesen Augenblick der Milde. »Haben die Herrschaften vielleicht Hunger? Ich mach Ihnen was Gutes zum Essen, ja?«

»Du bist Polin?«, wandte sich der Major Dorota zu und unterzog sie einer Musterung.

»Und Köchin!«, erwiderte Dorota in einem Ton, als setzte diese Berufsgattung Zauberkräfte voraus. Der Major gab seine Einwilligung und schickte sie in die Küche. Zuvor nahm er Kathis Rucksack an sich. Hilflos musste sie mit ansehen, wie er damit die Küche verließ. Ihr Notizbuch befand sich darin, mit all ihren Gedanken und Zeichnungen und Ideen. Ihre Träume auf Papier.

Jan mitgerechnet, der sich irgendwohin verzogen hatte, um seine Wunden zu lecken, galt es insgesamt zehn Männer zu verköstigen. Kurz fragte sich Kathi, was aus dem jungen gefangenen Piloten geworden war. Seit ihrer Ankunft hatte sie ihn nicht mehr gesehen. Allerdings standen nur noch zwei der ursprünglich drei Wagen im Hof. Ein Rotarmist zeigte Dorota Kisten mit deutschen Armeekonserven, die ihnen in die Hände gefallen waren. Sie sollten sich bedienen. Kathi half Dorota bei der Zubereitung. Franzi war quengelig und verlangte nach ihrem Atlas. Erst als Kathi ihren Mondstein aus der Tasche fischte und ihn Franzi gab, wurde sie ruhiger. Sie kroch zu Oskar unter die Küchenbank. Kathis Gefährte musste sich unbemerkt hereingeschlichen haben, während die Russen durch Jans Missgeschick abgelenkt waren.

Sie bereiteten Borschtsch, da in Speisekammer und Vorratskeller noch genügend Kartoffeln, Rote Beete, Karotten, Bohnen, Weißkohl und Zwiebeln lagerten. Frisches Fleisch gab es schon länger keins mehr, aber einige der Armeekonserven enthielten Rindfleisch.

»Ihr Mädchen müsst noch heute Nacht hier weg«, flüsterte Dorota.

»Du nicht?«, fragte Kathi verwirrt zurück.

»Ich bleibe und kümmere mich um Jan.« Dorotas Messer fuhr heftig in einen Strunk Kohl. Aus der Stube drangen Trinksprüche und Gesänge herüber, die Gläser klirrten. Da der Eintopf eine Weile köcheln musste, hatte Dorota zuvor den hungrigen Russen dicke Scheiben eines verbliebenen Holzofenbrots und die letzten Ziegenkäse nebst Weckgläsern eingelegter Gurken aus der Vorratskammer aufgetischt. Dorota, der es stets Vergnügen bereitet hatte, wenn es jemandem an ihrer Tafel schmeckte, war nun weniger davon erbaut, wie schnell die Speisen in den Mägen der unwillkommenen Gäste verschwanden. »Sie essen nicht, sie stopfen!«, schimpfte sie. Bis auf den Major, der sich wenigstens des Bestecks bediente. Und er hielt sich beim Trinken zurück. Dafür tranken seine Leute umso mehr. Anfangs hatten sie lautstark nach mehr Wodka verlangt, die beiden vorrätigen Flaschen waren im Nu geleert gewesen. Doch Dorotas selbst gebrannter Honigschnaps schien ihnen nicht weniger zu munden. Dorota kehrte mit zwei weiteren leeren Flaschen aus der Stube zurück. Sie servierte allein, es genügte, wenn man sie ständig in den Po kniff. Keine Manieren, diese Soldaten! Und in die Ecke hatten sie auch gepisst. Sie hatte sich beim Major beschwert, als sie die Schweinerei beseitigte. Am Tisch saßen nur fünf, vier hielten draußen Wache. Auf Befehl des Majors brachte ihnen Dorota ihr Essen hinaus, und sie bekamen nur ein Glas Schnaps zugeteilt. Aber Dorota ließ ihnen heimlich mehr zukommen. Das Saufgelage gehörte zu ihrem Plan. Die Russen kannten noch nicht die fatale Wirkung ihres Bärenfangs. Er machte nicht nur den Kopf schwer, sondern auch die Beine. Morgen würden die Russen kaum laufen können. Blieben der Major und Jan. »Hör zu, Herzele«, erläuterte Dorota ihren Plan. »Ich gebe Schlafkräuter in Essen und Getränke.«

»Wie Jan das getan hat?«, flüsterte Kathi und schauderte bei der Erinnerung.

»Ja, du und Franzi müsst einen Vorsprung gewinnen.«

Als Dorota ihren Kräutervorrat überprüfte, stellte sie fest, dass die vorhandene Menge zu gering war, um die Männer für Stunden außer Gefecht zu setzen. In der Aufregung hatte sie völlig vergessen, dass sich ihre besten Kräuter in dem Koffer befanden, der im Graben lag. Keine fünfhundert Meter trennten sie von ihm, und dennoch war er für sie unerreichbar.

»Was ist los, Dorota? Du wirkst bestürzt.«

»Ach, Herzele, mein schöner Plan«, jammerte Dorota. »Die ganzen Schlafkräuter sind in meinem Koffer!«

»Dann müssen wir ihn holen«, meinte Kathi entschlossen.

»Ach, Herzele.« Dorota nahm Kathis Gesicht in ihre Hände und drückte ihr einen Kuss auf die Stirn. »Wir sind Gefangene. Wir können nicht mehr herumspazieren, wie es uns gefällt. Aber ich denke mir was aus. Alles wird gut. Der Franzi und dir wird nix passieren. Vertrau mir, ja?«

»Hattest du …?« Hattest du wieder das Zweite Gesicht, wollte Kathi fragen, doch sie wurde von einem der Soldaten unterbrochen, der den Kopf hereinsteckte und lautstark nach Essbarem verlangte. In seinen Fingern glomm eine Zigarre, und Dorota seufzte auf. »Die haben sie auch schon entdeckt.« Sie gab dem Russen, was er wollte.

Kathi wollte ihre Frage wiederholen, aber Dorota wusste ohnehin Bescheid. Während sie die Zutaten im Topf verrührte und ordentlich mit getrockneten Kräutern würzte, sagte sie: »Ich weiß nicht immer genau, was mir die Bilder sagen wollen, aber ich weiß, dass du und Franzi den Hof unversehrt verlassen werdet.«

»Und Jan?«

»Jan wird vom weißen Raben geholt«, sagte Dorota knapp und gab noch eine Schütte getrocknete Bohnen in den Topf. »Herzele, hol mir noch ein paar Karotten aus der Speisekammer.«

Am Ende war das Gericht so sämig, dass der Kochlöffel darin stecken blieb. Dazu teilte Dorota weiter tüchtig Selbstgebrannten aus. Major Tolkin trank weiterhin so gut wie nichts.

»Nix dagegen, wenn die Mannsbilder vernünftig sind«, sagte Dorota, als sie zu Kathi zurückkehrte, »aber ausgerechnet heute hätt's das nicht gebraucht. Jetzt will der Herr noch einen Kaffee. Mit Rahm! Wenigstens hat er selbst Bohnen dabei.« Dorota schwenkte eine kleine Dose, griff nach der Mühle und reichte beides Kathi. Während Kathi die Bohnen mahlte, erhitzte Dorota Wasser, stellte Tassen bereit und schöpfte Rahm vom letzten Eimer Milch im Vorratskeller.

Während Dorota das Tablett für den Major arrangierte, bückte sich Kathi unter den Tisch. Als sie das erste Mal nach Franzi geschaut hatte, schlief ihre Schwester, friedlich an Oskar gekuschelt.

Nun waren beide nicht da. Nur Franzis Atlas lag unter dem Tisch. *Atlas?* Kathi stieß sich den Kopf schmerzhaft an der Tischkante. Wie kam Franzi an den Atlas?

»Hast du dir wehgetan, Herzele?«

»Die Franzi ist nicht da!«

»Bei der Madonna, hoffentlich ist sie nicht rüber zu den Soldaten!« Dorota stürzte hinaus, Kathi hinterher. Doch Dorota merkte es rechtzeitig und schickte Kathi zurück. »Bleib in der Küche, Herzele! Es ist gefährlich, wenn Männer trinken!«

Dorota kehrte schnell zurück. »Da ist sie nicht. Ich such sie im Haus. Du bleibst hier und sperrst die Türen ab.«

Kaum war Dorota im oberen Stock verschwunden, hörte Kathi ein Kratzen an der Hintertür, die in den Durchlass zur Jauchegrube führte. Es waren Franzi und Oskar. Franzi zog die traurigen Überreste ihres Leiterwagens hinter sich her. Kathi verschlug es die Sprache. Franzi summte: *Du musst ihn wieder ganz machen.*

»Was? Wie?«, stotterte Kathi verdattert.

Wie immer.

Kathi schüttelte den Kopf, wusste nicht, ob sie vor Erleichterung lachen oder mit Franzi schimpfen sollte. Ihr schwindelte, als hätte sie ebenfalls vom Bärenfang getrunken. Franzi hatte sich einmal mehr wie eine Eidechse unbemerkt an jedermann vorbeigeschlängelt. Franzi summte: *Ich hole dein Akkordeon.*

Kathi kniete sich vor Franzi. »Nein, bitte lass es, wo es ist. Hör mir zu, Franzi. Es ist sehr wichtig, was ich dir jetzt sage.« Sie erklärte Franzi, wie gefährlich das war, was sie getan hatte, und wie wichtig, dass sie jetzt immer ganz nahe bei Dorota und ihr blieb und sich vor allem von den fremden Männern fernhielt.

Jan ist nicht fremd.

»Du musst dich trotzdem von Jan fernhalten«, betonte Kathi.

Warum?

»Jan mag keine Bienen.«

Das stimmte Franzi nachdenklich.

»Ich fürchte mich, wenn du nicht da bist, Franzi. Bitte geh

nicht mehr fort, ohne es mir zu sagen. Versprichst du mir das?«

Vielleicht. Gibt es Kuchen?

Dorota kam zurück. Als Kathi ihr die Tür öffnete und sie Franzi erblickte, seufzte sie erleichtert auf. Franzi bekam ihren Fruchtkuchen, während der Major nebenan seinen Kaffee schlürfte. Dorota wurde in die Stube gerufen, und die Russen, satt und zufrieden vom guten Essen, feierten sie lautstark als ihre Babuschka! Sie durfte erst gehen, nachdem sie mit ihnen einen Schnaps getrunken hatte.

Danach zog sich der Major zurück, stieg mit schwerfälligen Schritten die Treppe hinauf, und Kathi hörte, wie oben eine Tür geöffnet wurde. Heute Nacht würde ein Fremder im Bett ihrer Eltern schlafen.

Seine Männer setzten ihr Gelage fort.

Dorota und Kathi berieten sich. Doch ohne die Schlafkräuter barg eine Flucht zu viele Risiken.

»Ich hole deinen Koffer«, sagte Kathi. »Es ist dunkel, und ich kenne mich hier aus. Ich schaffe das.«

»Nein«, wehrte Dorota erschrocken ab. »Wenn dich die Wachen erwischen … Und auch der Jan ist immer noch da draußen!«

»Aber die Franzi hat es auch geschafft!«

»Die Franzi ist die Franzi«, erwiderte Dorota knapp, »ein kleiner Luftgeist. Ich gehe. Ich bin Polin. Mir werden sie nichts tun.«

»Aber …«

»Nein, Kathi, du musst jetzt auf mich hören. Schließ hinter mir ab, lösch das Licht, und versteck dich mit Franzi im Vorratskeller hinter den Fässern. Ich bin bald zurück.« Sie umarmten sich.

Franzi hatte wenig Lust, im kalten und dunklen Vorratskeller zu hocken, der über eine Steintreppe in der Speisekammer zu erreichen war. Erst als Kathi einwilligte, ihren Atlas und den teils zersplitterten Leiterwagen mitzunehmen, fand sie sich dazu bereit. Weil Franzi Zwerge mochte, versuchte Kathi, sie mit der Geschichte von Schneewittchen bei Laune zu halten.

An der Stelle mit dem vergifteten Apfel summte Franzi: *Ich mag das Märchen nicht.*

»Soll ich dir ein anderes erzählen? Das von Aschenputtel?«

Nein, in Märchen sind immer die Frauen die Bösen …

»Was?« Von der Warte hatte es Kathi noch nie betrachtet. Aber tatsächlich wimmelte es in Grimms Märchen von Hexen und bösen Schwiegermüttern. »Soll ich dir nochmals die Geschichte von Winnetou erzählen?«, bot sie an.

Ja!

»Es war einmal der edelste aller Indianer …« Weit kam Kathi allerdings nicht. Oben hatte Tumult eingesetzt, und sie war sich sicher, dass sie sowohl Jan als auch Dorota schreien hörte.

»Warte hier, Franzi. Rühr dich nicht vom Fleck, hörst du? Oskar, du passt auf.« Kathi rannte durch den Vorratskeller, die Stufen hinauf, entriegelte die Tür zur Speisekammer und danach jene zur Küche.

Der Lärm kam aus dem Flur, die Haustür stand offen. Eine der Wachen stützte sich auf sein Gewehr und beobachtete interessiert die Vorgänge im Inneren. Jan schlug auf Dorota ein, beschimpfte sie und ließ seine gesamte Wut an ihr aus. Die angetrunkenen Russen aus der Stube griffen nicht ein, stattdessen feuerten sie die beiden Kontrahenten an. Denn Dorota wehrte sich ordentlich, beschimpfte Jan auf Polnisch und landete die gleiche Anzahl an Treffern. Beim Eingang entdeckte Kathi ihr Akkordeon, von Dorotas Kräuterkoffer jedoch weit und breit keine Spur.

Einer der Rotarmisten wurde nun auf Kathi aufmerksam, die ihren Kopf unvorsichtig aus der Küchentür gesteckt hatte. Der Soldat stieß seinen Kameraden an. Nur Jan und Dorota, die sich wie zwei Kampfhähne umkreisten, trennten Kathi von den beiden. Schon machten die beiden Männer Anstalten, sich an den Kämpfenden vorbeizudrängen. In ihren Augen stand etwas, das Kathi Angst einflößte.

Später wusste Kathi nicht, welcher Impuls sie dazu getrieben hatte, doch sie griff nach ihrem Akkordeon und begann zu spielen.

Jan wirbelte herum. Bevor Dorota reagieren konnte, packte er Kathi und stieß sie mitten in die Gruppe Russen. »Frau, komm, Towaritsch! Schöne deutsche Frau!«, schrie er.

Mit einem Mal waren da überall Hände an ihrem Körper, tasteten, kniffen, zerrten, Stoff riss. Kathi schrie. Auch Dorota schrie und schwenkte plötzlich eine gusseiserne Pfanne. Sie teilte tüchtig damit aus. Oskar bellte wie von Sinnen, doch Kathis Gefährte verstummte jäh mit einem entsetzlichen Laut. Franzi jammerte, stieß hohe, keuchende Klagelaute aus, und über allem tönte Jans irres Lachen.

Ein Schuss machte dem Treiben ein Ende. Nur mit seinen Hosen bekleidet, stand Major Tolkin auf der Treppe, in der Hand den Revolver. Er sah sehr wütend aus. Er brüllte einen Befehl und jagte seine Männer damit zurück in die Stube. Die Wache verzog sich ebenfalls hastig nach draußen. Dorota wankte zu Kathi. Die Polin war übel zugerichtet. Ein Auge schwoll bereits zu, und sie blutete an der Lippe.

»Herzele, ist dir was geschehen?«, nuschelte sie.

»Nein, nur ein paar zerrissene Kleider. Wo ist Franzi?« Sie war im Flur nirgends zu sehen. Sich gegenseitig stützend, kehrten Dorota und Kathi in die Küche zurück. Franzi kauerte weinend bei Oskar auf dem Boden. Der Hund lag in einer Blutlache, und sie selbst war blutverschmiert. Franzi weinte. Kathi warf sich neben ihr zu Boden. »Geht es dir gut, mein Schatz? Haben sie dir wehgetan?«

Jan hat Oskar wehgetan!

Kathi tastete Franzi ab, fand sie glücklicherweise unversehrt. Dorota kniete ebenfalls auf dem Boden. »Ach, der arme Oskar!«

Oskar hat Jan gebissen.

Wo war Jan? Kathi hörte, wie jemand hinter ihr die Küche betrat. Sie sprang auf, bereit, Jan eigenhändig umzubringen.

Es war der Major. »Tot?«, fragte er mit Blick auf Oskar. Oskar bewegte sich nun, kroch mit letzter Kraft zwischen Kathi und den Russen und stieß ein schwaches Knurren aus.

»Du hast treuen Kameraden, Mädchen.« Der Russe beugte sich herab und legte seine Hand auf Oskars Kopf. »Zu Hause ich habe Wölfe gezähmt.«

Ein Zittern durchlief Oskar. Kathi bettete seinen Kopf in ihren Schoß, und ihre Tränen tropften in sein Fell. Sie sah flehentlich zu Dorota. Die schüttelte den Kopf. »Ich kann nichts mehr für deinen Oskar tun, Herzele. Er kehrt zu unserem Schöpfer heim.«

Ein letztes Mal blickte Oskar zu Kathi auf, ein letztes Mal leckte er ihre Hand, ein letztes Mal fühlte sie sein Herz schlagen. Dann verstummte es für immer. Und so erlosch sein gutes, treues Hundeleben in ihren Armen. Aber es blieb ihr keine Zeit für Trauer. Der Major hatte das Akkordeon im Flur aufgehoben. »Spiel!«, forderte er Kathi auf.

Sie hatte keine Wahl. Der Major stand als Einziger zwischen ihr und den Begierden seiner Männer.

Die angetrunkenen Russen reagierten begeistert auf die Musik. Kathi spielte ihr gesamtes Repertoire, bis ihre Arme zitterten und ihre Finger gefühllos wurden – und noch immer wollten die Russen sie nicht gehen lassen. Die Männer sangen und tanzten, und zigfach musste Kathi für sie das Lieblingslied ihrer Mutter spielen: *Heimat ist ein Sehnsuchtsort.* Einer der Männer hatte ein Zupfinstrument dabei, er nannte es Balalaika, und nach kurzer Zeit nahm er die Melodie des Liedes auf, und sie spielten es im Duett. Auf der Balalaika klang das Lied noch sehnsuchtsvoller, und am Ende weinten alle Russen. Auch der Major. Irgendwann erhob er sich, erteilte Befehle. Die fünf Soldaten verteilten sich auf dem Fußboden und legten sich schlafen. Der Major schwankte die Treppe hinauf, und Kathi kehrte zu Dorota in die Küche zurück. Jan hatte sich nicht wieder blicken lassen.

60

Nichts ist so unzerstörbar wie eine vorgefasste Meinung.

Kathi Sadler

So verging die erste Nacht mit den Russen. So müde und erschöpft Dorota und Kathi auch waren, sie taten kein Auge zu. Denn noch immer lagen die toten Großeltern in ihrem Schlafzimmer am Ende des Flurs. Sie schlichen sich zu ihnen und beteten für sie bis zum Sonnenaufgang. Im ungeheizten Zimmer war es fast so kalt wie im Vorratskeller.

Franzi wollte bei Oskar bleiben. Kathi hatte ihren Kindheitsgefährten zugedeckt und in die Speisekammer getragen. Ihre Schwester war nicht allein. Ratibor war zurückgekehrt und mit ihm Oderberg, Rybnik und Frankenstein. Die Hofkatzen waren gekommen, um Abschied zu nehmen. Gemeinsam hielten sie Wache.

Am Morgen bat Kathi den Major um die Erlaubnis, ihre Großeltern zu beerdigen.

»Ihr wollt graben, bitte«, meinte der. »Meine Männer Besseres zu tun als graben.« Das hatten sie in der Tat. Sie waren dabei, das Haus und die Stallungen gründlich auf den Kopf zu stellen, auf der Suche nach verborgenen Schätzen.

Dorota und Kathi wickelten Charlotte und August in mehrere Decken und schleppten sie nacheinander nach draußen. Danach holten sie auch Oskar. Sie hatten nicht vor, die drei zu begraben. Sie wussten, dass es hoffnungslos war. Seit Wochen war das Thermometer selten höher als auf minus zehn Grad geklettert. Erst vor einem Tag hatten sich der Klose und mehrere Männer vergeblich abgemüht, Gräber für den Gauleiter und den Soldaten auszuheben. Am Ende war eine Gruft geöffnet und die Männer dazugelegt worden.

Sie schafften Kathis Großeltern stattdessen in einen der alten Vorratsstollen unter dem Hügel, in dem sie im Sommer ihre Butter und den Käse frisch hielten. Etwas Besseres stand ihnen nicht zur Verfügung. Sie hofften, dass die Kälte die Toten so lange konservieren würde, bis sie sie im Frühling ordentlich begraben konnten. Dorota verwahrte noch einige getrocknete Lavendelsträußchen in ihrer Kammer. Sie drapierten die Blumen auf den Laken, und Dorota und Kathi verabschiedeten sich mit einem letzten Gebet.

Draußen trafen sie wieder auf den Major. Er war wegen der toten Pferde erbost. »Verschwendung!«, schimpfte er. Und er wollte wissen, wo das restliche Vieh aus den Ställen geblieben sei?

»Freigelassen«, antwortete Kathi knapp.

Er packte sie am Arm und zerrte sie in die Scheune. »Was ist das?« Seine Leute hatten die Strohballen beiseitegeräumt, die Oleg seinerzeit um ihr Werk aufgetürmt hatte.

»Eine Rakete.«

»Das sehe ich! Woher? Wo sind mehr Raketen?«

»Es gibt nur diese.«

»Du lügst! Wo sind mehr Raketen?«

»Es gibt keine. Ich habe sie gebaut. Es ist Spielzeug.«

»Du lügst!«, beharrte der Major. Er berührte die Rakete vorsichtig, als könnte sie bei unsachgemäßer Behandlung zünden.

Kathi trat näher und klopfte mit der Faust gegen das dünne

Blech. Die Rakete schwankte ein wenig. »Sehen Sie? Sie ist ganz leicht. Sie ist nicht echt.«

Der Major sah sie scharf an. Dann zog er Kathis Tagebuch hervor. Er blätterte es auf und zeigte auf eine von Kathis Konstruktionszeichnungen. »Und das? Woher?«

»Es ist meins. Ich zeichne gerne.«

»Von dir? Nein, das ist Arbeit von Ingenieur.« Er zeigte auf die Initialen KS vorne. »Wer ist KS? Dein Vater? Bruder? Sie bauen Raketen, um uns zu vernichten?«

Ein Soldat kam aufgeregt über den Hof gelaufen. Er schwenkte etwas. Kathi erkannte die Aktentasche, die der junge Schwarzenbach im letzten Jahr zurückgelassen hatte.

Der Major warf nur einen kurzen Blick auf den Inhalt, dann packte er Kathi, zerrte sie ins Haus und die Treppe nach oben. Das Studierzimmer ihres Vaters hatte sich inzwischen in eine Art Kommandozentrale verwandelt. Am Morgen waren weitere Rotarmisten eingetroffen. Auf Geheiß des Majors zapften sie Strom und Leitungen an, und Kabelstränge führten nun von unten herauf in das Zimmer. Ein Soldat saß mit Kopfhörern vor einem Feldtelefon, überall lagen technische Gerätschaften herum, es knackte und rauschte.

Der Major kippte den Inhalt der Aktenmappe auf den Tisch, trennte das Wichtige vom Unwichtigen. Als Erstes nahm er sich die Brieftasche des unglücklichen Major Mauser vor, gefolgt von der Militärakte Laurenz Sadlers. Zuletzt zog er die verschlüsselten Dokumente heran. Er nahm jedes Blatt einzeln zur Hand, hob es gegen das Licht und unterzog es einer gründlichen Prüfung. Kathi hatte die Dokumente nur einmal kurz gesehen, aber nun entdeckte sie darauf handschriftliche Anmerkungen ihrer Mutter, die zuvor nicht vorhanden gewesen waren. Sie musste versucht haben, sie zu entschlüsseln! Die Prozedur zog sich hin, Kathi wurde immer nervöser, besonders als der Major mehrere Blätter las, die der Handschrift nach ebenfalls von ihrer Mutter stammten. Zwischendurch traf sie mehrmals der scharfe Blick des Majors. Als wäre sie ein weiteres Objekt aus der Aktentasche, das es gründlich zu studieren galt.

Das Verhör begann.

Kathi blieb bei der Wahrheit, erzählte vom gewonnenen Mathematikwettbewerb und von Ferdinand von Schwarzenbach, der ihr die frohe Botschaft überbrachte und bei seiner Abfahrt seine Mappe vergessen hatte.

»Warum so gut versteckt? Unter Bodendiele in Schlafzimmer? Diese Mappe gehört Spion. Wer ist Spion in deiner Familie? Vater, Onkel oder wer? Namen!« Immer wieder fragte er sie auch nach einem Konstantin Pawlowitsch Sokolow und klopfte dabei auf die verschlüsselten Dokumente. Sie hatte noch nie von dem Mann gehört.

So ging es Stunden. Wenn das Feldtelefon klingelte, schickte der Major sie nach unten. Danach ließ er sie wieder holen. Auch Kathis Tagebuch war Gegenstand seiner Befragung. Sie mühte sich redlich, ihm zu erklären, dass es in ihrer Familie weder Spione noch Waffen- oder sonstige Ingenieure gebe und die Zeichnungen alle von ihr stammten.

»Geben Sie mir Papier und Bleistift, und ich zeichne Ihnen alles auf, was Sie auch im Buch finden. Vielleicht glauben Sie mir dann, dass der Inhalt von mir stammt.«

Der Major setzte ihr das Verlangte tatsächlich vor, und Kathi skizzierte in kürzester Zeit das Grundprinzip einer Rakete samt Triebwerk, Brennkammern und Steuerungselementen.

»Du gutes Gedächtnis. Alles gelernt!«

Kathi hatte genug davon, jemanden, der scheinbar nur danach trachtete, seine vorgefasste Meinung bestätigt zu sehen, vom Gegenteil zu überzeugen. Sie vermisste ihre Eltern, ihre Großeltern und Oskar und wünschte sich nur eines: sich in eine ruhige Ecke zurückzuziehen, damit sie um sie weinen konnte. Sie war es leid, sich wie eine Lügnerin und Verbrecherin behandeln zu lassen. »Wissen Sie was?«, blaffte sie. »Es ist mir egal! Sie glauben ja sowieso nur das, was Sie wollen!«

»Ah! Jetzt zeigen Zähne!« Der Major lehnte sich zurück. Er sah aus, als hätte Kathi soeben seinen Verdacht bestätigt.

Kathi stieß einen Unmutslaut aus.

Das Telefon meldete sich erneut, und der Major winkte sie hinaus.

Kathi lief zu Dorota in die Küche. In ihrer alten Schürze, die Arme unter den hochgekrempelten Ärmeln mehlbestäubt, bearbeitete sie einen Berg Teig mit dem Walkholz. Auf der Anrichte lag ein aufgeschlagenes Kochbuch. »Herzele«, begrüßte Dorota sie. »Ist es vorbei?« Das hatte sie in den letzten Stunden jedes Mal gefragt, wenn der Major Kathi für seine Telefonate aus dem Zimmer geschickt hatte. Auch dieses Mal antwortete Kathi: »Ich weiß es nicht.« Franzi saß ausnahmsweise am Tisch und nicht darunter und sah aus, als hätte sie ein Mehlbad genommen. Emsig stach sie Quadrate aus einer Teigplatte aus.

»Ich mache Piroggen für die Russen. Gutes Essen, gute Laune«, erklärte Dorota. »Ach, du bist so blass, mein Herzele. Lässt dich der Major nicht endlich in Frieden? Ich koch dir einen Tee, ja?« Dorota strich Kathi mitfühlend über die Wange und hinterließ darauf eine blasse Mehlspur.

»Hast du Jan gesehen?« Zu all ihrer Trauer sorgte sich Kathi wegen ihm. Jan war unberechenbar wie ein tollwütiger Hund. Sie fürchtete weniger um sich als um Franzi. Jan wusste, wenn er Franzi etwas antat, träfe er Kathi damit am meisten.

»Nein. Ich glaube, Jan ist im Dorf.« Dorota hatte den Teig zu heftig bearbeitet. Er riss. Sie formte eine neue Kugel und klatschte sie auf den Tisch. Kathi ahnte, dass Dorota ihr etwas verschwieg.

»Es riecht verbrannt«, sagte sie.

»Es ist draußen. Im Dorf … brennt es.«

»Jan zündet die Häuser an?«

Dorota blickte Kathi auf eine Weise an, die Antwort genug war.

»Hast du deshalb die Vorhänge zum Hof zugezogen?« Kathi schritt zum Fenster.

Dorota rief noch erschrocken »Nein, Herzele!«

Doch Kathi lugte bereits durch den Spalt und zuckte zurück. Der Hof war nicht mehr weiß vom Schnee, sondern blutrot gefärbt. Die Russen schlachteten die von Charlotte am Vortag getöteten Pferde.

»Es ist gutes Fleisch«, sagte Dorota leise, »und die Kälte konserviert es. Ich wollte nicht, dass Franzi oder du es siehst.«

»Ich habe meine toten Großeltern in ihrem Blut gesehen«, sagte Kathi und wandte sich vom Fenster ab. »Ich will nichts davon essen«, fügte sie hinzu.

Der Major beorderte Kathi zurück in sein Zimmer, verhörte sie bis zum Abend, traktierte sie mit den immer gleichen Fragen. Am nächsten Morgen ging es mit kleinen Unterbrechungen weiter. Kathi wunderte sich, dass er davon nicht müde wurde. In ihr regte sich Widerstand und die Lust, ihm irgendeine wilde Räuberpistole aufzutischen. Vielleicht hörten die dämlichen Fragen ja auf, wenn sie zugab, eine Spionin zu sein? Von unten drang Lärm herauf. *Franzi! Dorota!* Wie ein Blitz fegte Kathi zur Tür hinaus und jagte die Treppe hinunter. Zu schnell für den Major und die Wache, denen lediglich ihre Rückansicht blieb.

Ein Rotarmist hielt Dorota in Schach, während ein anderer versuchte, Franzi den Atlas zu entwinden. Mit einer Hand griff er in Franzis Haare und packte zu. Sie japste vor Schmerz. Kathi sprang dem Mann wütend auf den Rücken und trommelte mit ihren Fäusten auf seinen Kopf ein. Der Major zerrte sie von ihm herunter, trennte die Kontrahenten und brüllte auf Russisch: »Ruhe!«

Die beiden Soldaten standen sofort stramm. Franzi klammerte sich weinend an ihren Atlas, während der Rotarmist erklärte, er sei auf Befehl des Genossen Major dabei, alle Bücher im Haus zu überprüfen.

Der Major streckte die Hand aus. »Gib mir den Atlas!«

Franzi schüttelte störrisch den Kopf, setzte sich auf den Boden und schützte den Atlas mit ihrem Körper. Kathi griff ein. Sie summte: *Lass sie in das Buch sehen, danach bekommst du es wieder.*

Versprochen?

Versprochen.

Kathi nahm das Buch, der Major fächerte es auf, und ein zusammengefaltetes Papier fiel heraus. Einer der Soldaten hob es mit einer schnellen Bewegung auf und reichte es dem Major. Der besah es sich, runzelte die Stirn, packte Kathi grob am Arm und stieß sie die Treppe hinauf. Den Atlas behielt er. Franzis Jammerlaut folgte ihnen.

Du hast es versprochen!

Kathi bekam noch Dorotas Versuch mit, die Schwester zu trösten. Schon schlug die Tür hinter ihr zu, und ein Wortsturm brach über Kathi herein. Der Major wedelte mit dem Dokument vor ihrer Nase. »Du gelogen! Du Zutritt zu geheimer Anlage der Deutschen!« Er blätterte den Atlas durch, fand die Kringel, die Franzi um einige Orte gezogen hatte. Sein Finger tippte auf »Ratzenried«. »Was ist dort? Eine Fabrik? Geheime Waffenproduktion?« Jedes Wort war scharf wie ein Pfeil. Erstmals wirkte der Major, als stünde er kurz davor, die Wahrheit aus ihr herauszuprügeln.

Kathi verübelte es ihm nicht einmal. Der Major glaubte sich endgültig darin bestätigt, dass ihn die junge Deutsche schon die ganze Zeit an der Nase herumführte.

Kathi fürchtete sich nicht vor Schlägen. Schlimmere Wunden als jene, die ihre Seele bereits davongetragen hatte, konnte ihr der Russe nicht zufügen.

Die Situation war mehr als absurd. Kathi wusste nicht, ob sie lachen, weinen oder schreien sollte. Oder mit dem Kopf gegen die Wand schlagen. Ähnlich musste es Menschen ergehen, bevor sie den Verstand verloren … Der Major wollte die Wahrheit von ihr wissen? Wie würde er reagieren, wenn sie ihm erklärte, die Kringel stünden lediglich für Franzis Zufallssystem, um Namen für die zahlreichen Hofkatzen auszuwählen? Sie kannte die Antwort. Er würde ihr nicht glauben, und sie stünden wieder am Ausgangspunkt. Kathi beschloss, von nun an zu schweigen.

Der Major schlug sie nicht; er sperrte sie draußen in Olegs ehemaliger Behausung ein. Lediglich eine dünne Decke schützte sie vor der beißenden Kälte, und pro Tag erhielt sie nur eine Scheibe Brot und einen Schöpfer Wasser.

»Du sollst frieren und hungern wie das russische Volk!«

Hunger und Kälte waren nichts, was Kathi fürchtete. Doch der Major entzog sie dadurch der Gesellschaft von Dorota und Franzi. Und das war die schlimmste Folter für Kathi: nicht zu wissen, was mit ihnen in der Zwischenzeit geschah.

Am folgenden Morgen teilte der Major Kathi mit, sie sei nicht mehr sein Problem. Jemand anders würde kommen und sich ihrer annehmen. Er und seine Männer rückten ab, Deutsche zu töten und Berlin zu erobern. Vier seiner Männer ließ er zur Bewachung zurück. Sie waren die Einzigen, die Kathi während ihrer Gefangenschaft zu Gesicht bekam. Sie brachten ihr die kargen Essensrationen und leerten ihren Notdurfteimer.

Eines Nachts, es war am vierten Tag ihrer Gefangenschaft, machte sich draußen jemand am Riegel zu schaffen. Kathi setzte sich auf und horchte in die Stille. »Dorota?« flüsterte sie. Langsam schwang die Tür auf. Der Mond stand groß und rund am Himmel und erhellte die Winternacht. Sein fahles Licht fiel in einem schrägen Streifen in die Kammer und zeichnete einen menschlichen Umriss nach. Es war nicht Dorotas runde

Gestalt, sondern die Silhouette eines Mannes, schmal und nicht sehr groß.

»Wer ist da?«, hauchte Kathi. Sie fror, nicht allein der Kälte wegen.

Ein leises Keuchen antwortete ihr. Nun machte der Mann einen taumelnden Schritt vorwärts. Er musste betrunken sein!

»Hab ich dich!«, raunte Jan auf Deutsch und nestelte an seiner Hose herum. Er war gekommen, um sich zu holen, was ihm seiner Meinung nach zustand. Sollte sie schreien? Was würden die Russen tun? Noch immer galt das Verbot des Majors, sich an ihr zu vergreifen. Bisher hatten sich die Wachsoldaten daran gehalten, trösteten sich mit gelegentlichen Kniffen in Brüste und Po. Kathi rutschte ans Bettende, ihre Hände tasteten nach dem Notdurft-Eimer darunter. Bevor sie ihn Jan ins Gesicht schleudern konnte, stürzte er jedoch mit einem Stöhnen zu Boden und bewegte sich nicht mehr.

Kathi war verwirrt und beunruhigt. Was sollte das jetzt? Eine Finte von Jan? Worauf wartete er? Dass sie zu ihm kroch, damit er sich umso triumphierender auf sie stürzen konnte?

»Jan?«, flüsterte sie, und nochmals: »Jan?« Langsam streckte sie einen Fuß aus und stupfte ihn. Keine Reaktion.

Plötzlich spürte sie eine weitere Gegenwart. Kathi wich sofort erneut zur Wand zurück. Jemand schloss behutsam die Tür.

»Hab keine Angst«, raunte eine Stimme und eine Taschenlampe blitzte auf. »Ich bin es, Herr Levy!«

Kathi rieb sich die Augen. Es war tatsächlich der alte Wanderhändler. Nach all den Jahren! »Sie sind zurückgekehrt …«, stotterte sie fassungslos.

»Geht es dir gut, Mädchen? Hat der Mann dir wehgetan?«

»Nein, er kam herein und ist dann einfach umgefallen.«

Sie drehten Jan auf den Rücken, und Herr Levy leuchtete ihm ins Gesicht. Jans Augen starrten blicklos ins Leere. Er war tot.

Kathi war wie betäubt von der Wendung der Ereignisse. Sie sah zu, wie Herr Levy den schmutzigen Verband von Jans Hand löste. Sie war auf das doppelte ihrer Größe angeschwollen, und aus einer hässlichen Wunde quollen Blut und Eiter.

»Das sieht mir ganz nach dem Biss eines Tieres aus. Die Blutvergiftung hat den Mann getötet«, sagte Herr Levy.

Heiß fuhr es in Kathi, und in ihrem Kopf klangen Franzis Worte wie ein stilles Echo nach: *Oskar hat Jan gebissen!* »Oskar!«, flüsterte Kathi. »Er hat ihn gebissen!«

»Dein Hund? Ein guter Kamerad und Beschützer.«

»Ja, das war er.«

Herr Levy fragte nicht weiter. Es war schon immer einfach gewesen, sich mit ihm zu unterhalten. Es gehörte zu seinen bemerkenswerten Eigenschaften, dass er sich nie mit überflüssigem Geschwätz aufhielt.

»Was machen Sie hier, Herr Levy?«, fragte Kathi. Wie Pjotr trug der alte Wanderhändler eine Armbinde in den polnischen Farben.

»Ich bin Jan gefolgt. Gestern trafen unsere Gruppen aufeinander, und er prahlte damit, dass ihm bald der Sadlerhof gehören würde. Aber ich war sowieso auf dem Weg hierher. Ich habe eine Botschaft für deine Großmutter. Sag, warum hat man dich in Olegs Hütte gesperrt?«

»Die Russen halten mich für eine Spionin.«

»Warum?«

»Das ist eine lange Geschichte.«

»Gut, erzähl sie mir ein anderes Mal. Jetzt müssen wir gehen.«

»Aber ich kann nicht gehen! Dorota und Franzi sind noch im Haus.«

»Ja natürlich. Wie geht es den beiden?«

»Ich hoffe gut, ich habe sie seit vier Tagen nicht mehr gesehen.«

»Wie viele Russen sind hier auf dem Hof?«

»Vier.«

»Fein, die Vier ist meine Glückszahl! Lass mich nachdenken«, sagte Herr Levy und dachte nach. »Wir machen das so«, meinte er darauf. »Ich suche Dorotas Neffen Pjotr und komme mit ihm wieder. Dann nehmen wir euch drei mit.«

So wie es Herr Levy sagte, hörte es sich einfach an. Aber Kathi wusste jetzt schon, wie lang ihr die Zeit werden würde, bis er zurückkehrte.

»Warum seid ihr zwei überhaupt noch hier? Eure Mutter erzählte mir, sie hätte euch nach England geschickt.«

Kathi blieb beinahe das Herz stehen. »Sie haben mit meiner Mutter gesprochen?«, hauchte sie.

»Ich bin ihr Anfang Oktober in der Nähe von Moskau begegnet. Sie war dorthin unterwegs.« Er brachte dies mit einer Selbstverständlichkeit an, als liefe er in Russland ständig alten Bekannten über den Weg. Doch dann schlug er sich auf die Stirn. »Ich bin ein Schmock! Immer muss ich mit der Tür ins Haus fallen!«

Aus Kathi sprudelten die Fragen. »Wie geht es Mutter? Wie hat sie es geschafft, den Nazis zu entkommen? Was hat sie gesagt? Hat sie von Vater gesprochen?«

»Deiner Mutter geht es gut. Sie machte einen sehr entschlossenen Eindruck. Sie hat mir einen Brief für deine Großmutter mitgegeben.«

Kathi senkte den Kopf. »Großmutter ist tot und auch der Großvater.«

»Das tut mir sehr leid, mein Kind. Ich kannte sie lange, sie waren gute Menschen. Ich werde das Kaddisch für sie beten.« Kurz senkte sich Schweigen über sie.

Ein Röhren vor der Tür ließ sie herumfahren. »Was war das?«, fragte Herr Levy irritiert. »Es klang fast wie ein Tier?«

»Das muss Peterle sein. Ein Freund.«

»Aha«, machte Herr Levy, öffnete die Tür einen Spalt und

lugte hinaus. »Da steht ein Rehbock!«, sagte er ohne Anzeichen von Verwunderung und zog die Tür weiter auf. Peterle trabte herein. Kathi schlang sofort ihre Arme um seinen Hals. Das Tier wandte den Kopf und pustete ihr seinen warmen Atem ins Gesicht. Draußen erklang ein Ruf. *Die Wache!*

»Ich glaube, Peterle wollte uns warnen!«

»Dann muss ich wohl gehen«, sagte Herr Levy bedauernd. »O hier, der ist dann wohl für dich!« Er reichte Kathi einen Umschlag und schlüpfte hinaus.

Wieder erklang ein Ruf: »Halt! Stoj!« Schnee knirschte unter schnellen Schritten.

»Los, du musst auch von hier fort!«, rief Kathi und hieb Peterle leicht auf die Flanke. Der Bock sah sie an, als wüsste er, dass es kein Wiedersehen mehr geben würde, und setzte sich in Bewegung. Kathi sah ihm hinterher, als er vom Hof galoppierte. Mit dem tröstlichen Wissen, dass Herr Levy zurückkehren würde, sah sie den beiden heraneilenden Rotarmisten entgegen.

61

Soldier – Hard Working Man – Poet

Inschrift auf dem Grabstein von Anatoly Shapiro,
auf Long Island/USA
»Held der Ukraine« und Befreier von Auschwitz

Jans Tod blieb für Kathi ohne Konsequenzen. Die Russen warfen nur einen kurzen Blick auf Jan und einen längeren auf dessen offenen Hosenstall. Dann schleiften sie den Toten aus der Kammer und sperrten Kathi wieder ein.

Den ganzen Tag kümmerte sich niemand um sie, auch ihre Scheibe Brot am Mittag erhielt sie nicht. All dies kümmerte sie nicht. Sie besaß jetzt einen Schatz. *Den Brief ihrer Mutter.*

Am späten Nachmittag vernahm Kathi zum ersten Mal seit der Abfahrt des Majors Motorengeräusche. Türen schlugen, Stimmen unterhielten sich auf Russisch. Die Wachen machten Meldung. Die von Major Tolkin angekündigte Ablöse musste eingetroffen sein. Kurz darauf wurde Kathi geholt. Der Hof hatte sich mit Fahrzeugen gefüllt, und ein halbes Dutzend Rotarmisten war damit beschäftigt, Kisten abzuladen und ins Haus zu tragen. Kathi wurde in die gute Stube geführt. Der Weg führte an der Küche vorbei, aber die Tür war geschlossen.

Am Fenster, vor dem ihr Vater gerne beim Cellospiel gestanden hatte, lehnte eine schlanke Frau. Unter ihrem olivfarbenen Militärmantel blitzten Uniform und Revolver hervor, auf ihrem blonden Haar saß die Armeekappe mit dem roten Stern.

Lederne Handschuhe und eine Reitgerte hatte sie auf dem Tisch abgelegt. Die Frau bewegte sich jetzt auf Kathi zu. Kathi blickte in wache grüne Augen. Sie weckten in ihr eine Erinnerung. Aber erst als die Fremde sie mit: »Guten Tag, Kathi«, begrüßte, erkannte sie sie schlagartig. Obwohl sicher zehn Jahre seit ihrer letzten Begegnung vergangen waren.

»Sie sind Fräulein Liebig!«, rief sie ungläubig.

Die Frau lächelte. »Ich freue mich, dass du dich so gut an mich erinnerst, Katharina.«

Kathi fand es verwirrend, nach all den Ereignissen plötzlich wieder Fräulein Liebig gegenüberzustehen. Und was sollte diese Uniform? »Wie kommen Sie hierher? Warum tragen Sie diese Sachen?«, platzte es aus ihr heraus.

»Später. Du stinkst. Geh in die Küche, Katharina. Dort wartet ein Bad auf dich. Wir unterhalten uns danach. Ich habe noch zu tun.« Sie rief einen Befehl auf Russisch, und zwei Männer begannen daraufhin, Armeekisten in die Stube zu tragen. Fräulein Liebig schenkte Kathi keine weitere Beachtung.

Einer der Russen schloss die Küchentür für sie auf. Er hatte Kathi kaum hineingeschubst, als sie sofort von vier Armen umklammert wurde. Worte wurden gestammelt, Tränen vergossen.

Wenig später saß Kathi in der Zinkwanne und schrubbte sich mit Dorotas Hilfe den Schmutz der letzten Tage von der Haut. Bevor sie Franzi daran hindern konnte, war sie vollbekleidet zu ihr in die Wanne gehüpft.

Dorota schimpfte, weil man Kathi fast habe verhungern lassen. »Aber ich will nicht klagen. Heute ist ein guter Tag. Diese Genossin Kommissar ist gekommen. Frau Kommissar, hab ich zu ihr gesagt, es ist ein schlimmes Verbrechen, Kinder hungern zu lassen.«

»Mir fehlt nichts, Dorota«, versicherte Kathi ihr aufs Neue. »Danke, dass du so gut auf die Franzi aufgepasst hast.«

»Herzele, ihr seid doch wie meine Kinder.« Dorota schöpfte eine Kelle Suppe aus einem der brodelnden Töpfe. »Vorräte gibt es genug«, erklärte sie ungefragt und reichte Kathi ein Stück Brot dazu. »Die Russen haben die verlassenen Höfe geplündert. Die Kommissarin hat gesagt, ich soll genügend kochen, heute Abend tät noch mehr Besuch kommen.«

Kathi überlegte, dass sich für Dorota das Leben nicht grundlegend geändert hatte. Sie war nach wie vor in der Küche zu Hause, fand Frieden darin, so viel zu tun zu haben und dabei für Franzi und sie sorgen zu können. Wenigstens sie war ihnen geblieben. Kathi berichtete Dorota von ihrer nächtlichen Begegnung mit Herrn Levy und von Jans Tod.

»Der Oskar«, sagte Dorota, »der hat dich noch im Tod beschützt.«

Nicht nur Kathi bekam wieder feuchte Augen, auch Dorota tupfte sich mit einem Zipfel ihrer Schürze die Lider.

»Mutter«, sagte Kathi mit belegter Stimme, »hat Herrn Levy einen Umschlag mitgegeben. Es sind zwei Briefe, einer für die Großmutter, einer für mich. Möchtest du meinen lesen?«

Dorota säuberte sich die Hände und las.

»Meine über alles geliebte Tochter,

ich habe Deine Großmutter gebeten, Dir meinen Brief erst zu geben, wenn der Krieg zu Ende ist und ich noch nicht zurückgekehrt sein sollte. Großmutter kennt den Grund, warum ich fortgehen musste. Sie wird es Dir sagen. Auch wenn ich glaube, dass Du es längst ahnst, meine kluge Tochter. Aber ich wollte Dich nicht mit falschen Hoffnungen zurücklassen. Herr Levy wird Dir berichtet haben, dass es mir gelungen ist, den Nazis zu entkommen, doch hat es mein Vorhaben um Monate zurückgeworfen. Aber ich gebe nicht auf. Ich habe eine Spur deines Vaters gefunden, und ich werde ihn nach Hause bringen! Dann werden wir wieder als Familie zusammen sein. Bis dahin vertraue ich Dir Franzi an. Ich weiß, sie ist bei Dir in guten Händen. Als Mutter kann ich es mir nicht versagen, Dir einige gute Ratschläge mitzugeben. Das Wichtigste: Glaube immer an Dich selbst, Kathi, und an Deine Stärke! Meide jene, die einen schwachen Geist haben und leicht beeinflussbar sind, sie sind niemals verlässlich. Sei tapfer und mutig. Sei dem Leben stets zugewandt und für die Liebe offen. Und denke immer daran, eines Tages werden Vater und ich wieder bei Euch sein. Sei umarmt, und gib meiner kleinen Franzi einen Kuss von mir! Ich liebe Euch.

Tausend zärtliche Küsse,
Eure Mutter

Deine Mutter ist eine tapfere Frau«, sagte Dorota. Sie merkte wohl, wie durcheinander Kathi war. Nach all den Monaten und all den schrecklichen Ereignissen nun ein Lebenszeichen von ihrer Mutter zu erhalten, überwältigte sie. Doch der Krieg war noch nicht vorbei, die Großeltern waren tot und sie selbst Gefangene der Russen.

»Herzele, was schreibt deine Mutter an die Großmutter?«

»Ich habe es noch nicht gelesen.« Kathi hielt die Nachricht unschlüssig in der Hand. Ein Brief an eine Tote.

»Möchtest du, dass ich es für dich tue?«

Wortlos übergab Kathi ihr den Umschlag. Dorota öffnete ihn und fasste die Nachricht für Kathi nach dem Lesen zusammen: »Deine Mutter schreibt ihr ebenfalls von der gelungenen Flucht, bittet sie, euch nach Hause zu holen, sobald es hier wieder sicher ist, und dir zu sagen, warum sie fortgehen musste.«

Auch Kathi las nun die wenigen Zeilen. Ihre Großmutter hatte ihr Wissen mit ins Grab genommen. Was hätte sie ihr erzählen sollen? Welches Geheimnis verbarg ihre Mutter noch?

Es dämmerte bereits, als der angekündigte Besuch eintraf. Die Genossin Kommissar hatte bei Anbruch der Dunkelheit auf dem Innenhof und der Zufahrt Fackeln aufstellen lassen. Es verlieh der Szenerie eine beinahe gespenstische Festlichkeit.

Kathi verschanzte sich in einer Ecke am Küchenfenster und beobachtete, wie ein Soldat den Schlag des Armeefahrzeugs aufriss und salutierte. Dem Gefährt entstieg ein großer, dünner Mann mit einem Schnurrbart, der ihm rechts und links schlaff von den Lippen hing. Nicht weniger auffallend war das rötliche Mal, das sich über seine gesamte Wange zog. In seinem langen Mantel, den er wie eine Trophäe trug, schritt er leicht hinkend der Genossin Kommissar entgegen. Nach knapper militärischer Begrüßung hörte Kathi ihn sagen, dass er hoffe, man habe ihn nicht umsonst in diese Einöde gejagt.

Zunächst speiste der Mann mit der Genossin Kommissar alleine in der Stube. Er hatte seinen eigenen Vorrat an Wodka dabei.

»Bei der Schwarzen Madonna«, sagte Dorota, die beide bediente, in der Küche zu Kathi: »Der sauft gern. Auch wenn nicht alles stimmen tut, was man über die Russen sagt … Aber das mit dem Saufen ist nicht gelogen.«

Als Kathi geholt wurde, empfing sie starker Zigarrenqualm. Sie musste sofort an ihre Großmutter denken, sah sie vor sich, wie sie in dem Sessel saß und genüsslich am Tabak roch, bevor sie ihn entzündete. Nun hockte ein fremder, hochdekorierter Russe in Charlottes Sessel und taxierte Kathi, als wäre sie ein exotisches Tier. Er erhob sich und ging einmal um Kathi herum. »Dieses Kind, eine Spionin? Lächerlich!«, sagte er verächtlich auf Russisch. Kathi schloss die Augen und pflichtete ihm von ganzem Herzen bei. Mochte der General noch so übellaunig daherkommen, er war der Erste, der ihre Spionagetätigkeit in Zweifel zog. Gerade fiel es ihr besonders schwer, sich ihre Sprachkenntnisse nicht anmerken zu lassen.

»Sie ist sechzehn, Genosse General. Major Tolkin hat mich nicht grundlos kontaktiert. Das Mädchen ist sonderbegabt wie Genosse Ni…«

»Ja, ja, gut.« Der General winkte ab, wie jemand, der nicht gelangweilt werden wollte. »Es ist Ihr Spielfeld, Genossin Oberst. Ich will Ergebnisse, keine Einzelheiten.« Er gähnte. Kathi sollte noch lernen, dass alles, was aus diesem schmallippigen Mund mit dem Tartarenbart kam, entweder gelangweilt oder abschätzig klang. »Zeigen Sie mir mein Quartier, Genossin. Wo ist mein Bursche?«

»Hier!« Ein junger Soldat, der im Flur ausgeharrt hatte, erschien sofort an der Tür. Seine Haltung glich jener eines unterwürfigen Hundes, der in seinem Leben nichts als Prügel erfahren hatte.

Ein weiterer Rotarmist bezog in der guten Stube Stellung, während die Genossin mit dem General in Richtung Treppe verschwand. Auch in dieser Nacht würde ein Fremder im Bett von Kathis Eltern schlafen. All diese Fremden, ging es Kathi durch den Kopf, die nun im Haus ihrer Familie ein und aus gingen. Mehr als drei Jahrhunderte waren Sadlers darin gewandelt, hatten in ihm gelebt, geliebt und gelitten. Ein Haus war mehr als nur aus Stein und Holz, es war verwoben mit den Schicksalen der Menschen, die darin geboren und gestorben waren. Erst durch seine Bewohner wurde aus einem Haus ein Heim, in dem man sich ihrer für immer erinnerte.

Kathi, der man befohlen hatte, in der Stube zu bleiben, setzte sich. Auf dem Tisch lagen die angeblichen Beweise ihrer Spionagetätigkeit ausgebreitet, inklusive der Aktentasche des jungen von Schwarzenbach. Genosse Tartarenbart und Genossin Liebig mussten sie studiert haben. Einzig ihr Tagebuch fehlte. Kathis Blick fiel auf Franzis Atlas. Symbol ihres gebrochenen Versprechens. Zu gerne hätte Kathi das Buch an sich genommen und Franzi zurückgebracht.

Kathi war die Aufmerksamkeit unheimlich, die ihr zuteilwurde. Dabei handelte es sich nur um ein dummes Missverständnis! Ein Missverständnis, das Fräulein Liebig in ihr Leben zurückgebracht hatte. Kathi, die nicht an Zufälle glaubte, fieberte der Erklärung entgegen.

Ihre frühere Lehrerin kehrte zurück. Kathi sprang auf.

»Setz dich, Katharina«, sagte Fräulein Liebig geschäftsmäßig. »Du kennst Milosz Rajewski?«

»Was?« Das war kaum die Frage, die Kathi als Erstes erwartet hätte. »Er ist der Neffe von Dorota, unserer Köchin. Er hat uns früher öfters besucht.«

»Du weißt, dass er Mathematiker ist?«

»Ja. Das ist kein Geheimnis.«

»Aber du kennst sein Geheimnis?«

»Was?«

»Sprich in ganzen Sätzen. Was weißt du über Milosz Rajewskis Auftrag?«

»Ich verstehe nicht …?«

»Wenn du nicht aufhörst, dich dumm zu stellen, Katharina, kann dieses Gespräch auch sehr schnell eine unerfreuliche Wendung nehmen.«

»Fräulein Liebig …«, setzte Kathi an, doch weiter kam sie nicht.

»Vergiss Fräulein Liebig! Die hat es nie gegeben. Mein Name ist Sonia Iwanowna Petrova. Ich bin politische Kommissarin im Range eines Oberst. Mehr musst du nicht wissen. Sprich mich mit Genossin Oberst an. Ich wiederhole: Was weißt du über Milosz Rajewskis Auftrag?«

»Nichts! Ich habe ihn seit fünf Jahren nicht gesehen. Er floh zu Beginn des Krieges aus Polen.«

»Wohin ist er geflohen?«

»Einer seiner Cousins hat uns erzählt, Milosz sei über Rumänien nach Frankreich geflohen. Jetzt ist er in Großbritannien«, gab Kathi bereitwillig Auskunft. Milosz' Reiseroute und sein derzeitiger Aufenthaltsort wäre höchstens für die Deutschen von Interesse. Russland hingegen war mit Großbritannien verbündet. Vermutlich war dies nur ein Test, ob sie die Wahrheit erzählte.

Der Antwort der Genossin Oberst entnahm Kathi, dass sie von ihr tatsächlich nichts Neues erfahren hatte. »Wir wissen, dass Milosz als Kryptologe für den polnischen Geheimdienst arbeitete und inzwischen auch für die Briten tätig ist. Hat er nach seiner Flucht mit dir Kontakt aufgenommen?«

»Was wollt ihr von Milosz?«, platzte es aus Kathi heraus.

Die Genossin hieb mit der Gerte auf den Tisch. »Beantworte nur meine Fragen, Katharina!«

»Milosz hat sich gemeldet, allerdings bei unserem Pfarrer Berthold. Sie erinnern sich an ihn? Milosz wollte mich nach London holen.«

»Ah! Nun kommen wir weiter.« Die Genossin lehnte sich vertraulich vor. »Milosz ist also dein Geliebter, Katharina?«

»Milosz? Aber, nein, er ist doch schon alt!«, entrüstete sich Kathi mit der ganzen Jugend ihrer sechzehn Jahre.

Die Genossin lächelte ohne Wärme. »Milosz Rajewski ist vierzig. Er ist gut aussehend und klug.« Sie nahm ihre Reitgerte, stand auf und lief ein paar Schritte, die Hände auf dem Rücken verschränkt. Vor dem Fenster blieb sie breitbeinig stehen und sah hinaus. Die Gerte tippte viermal gegen den Oberschenkel. Poch, poch! Poch, poch! Wie ein Herzschlag. Kathi konnte den Blick nicht von der Bewegung abwenden. Sie machte sie nervös. Und diese Bemerkung über Milosz? Was sollte das?

Die Genossin wandte sich ihr wieder zu. Sie sah genauso aus wie das Fräulein Liebig, das Kathi geliebt und bewundert hatte. Doch aus ihr war eine völlig andere Person geworden. *Nein, es ist genau umgekehrt,* überlegte Kathi. Sie war immer diese Person gewesen und nur in die Rolle des Fräulein Liebig geschlüpft. Der Schock traf Kathi verspätet. Getäuscht zu werden war furchtbar, aber wenn es von jemandem kam, den man geliebt und dem man vertraut hatte …

»Gut«, sagte das frühere Fräulein Liebig jetzt. »Ich glaube dir, Katharina. Dann erkläre mir bitte eines: Welche Veranlassung hätte der polnische Spion Milosz, ein junges deutsches Mädchen zu sich nach London zu holen? Ein Unternehmen, für das mehrere Menschen Kopf und Kragen riskieren mussten. Milosz hat eine Frau und Tochter in Warschau. Warum nutzt er seine Kontakte nicht für sie? Warum du, wenn nicht aus Liebe?«

Erst da ging Kathi die Taktik dieser Frau auf, die sie einmal für ihre Freundin gehalten hatte. Sie war ihr geradewegs in die Falle gelaufen! Jetzt sah es aus, als hätten sich Milosz und die Briten etwas von ihrer Mitarbeit versprochen. War das wirklich so? In Wahrheit hatte sie sich nie Gedanken über Milosz' Motive gemacht. Ihre Mutter und Großmutter wollten sie und Franzi vor dem Krieg in Sicherheit bringen. Und Milosz' Hilfe schien die beste Möglichkeit.

Offenbar wertete die Genossin Kathis Schweigen als Eingeständnis. »Kennst du Wernher von Braun?«

»Wernher von Braun?«, wiederholte Kathi den Namen. Noch so eine unverständliche Frage. Kathi konnte sie nicht einordnen. Doch sie agierte nun vorsichtiger. Sie hatte eben erfahren, ein Verhör bestand aus Fragen, um die Fallstricke gelegt waren, in denen man sich verheddern konnte. »Alle Schüler kennen ihn«, antwortete sie wahrheitsgemäß. »Die Lehrer sagten über ihn, er sei ein Genie und leite das deutsche Raketenprogramm.«

»Wir wissen, was die deutsche Propaganda über ihn verbreitet: *Das Genie Wernher von Braun ist der Beweis für die Überlegenheit der deutschen Rasse*, bla, bla. Ich habe *dich* gefragt, Katharina. Kennst du ihn? Bist du ihm persönlich begegnet?«

»*Was?* Nein! Wie sollte ich?«

»Immerhin hast du einen seiner engsten Mitarbeiter getroffen.«

»Das ist nicht wahr!« Eine Absurdität toppte die nächste, erst waren es seltsame Fragen und jetzt diese Unterstellung. Kathi erfasste das Gefühl, ungebremst auf einen Abgrund zuzurasen.

»Du lügst! Wir wissen, dass du dich im März '44 hier mit Ferdinand von Schwarzenbach getroffen hast. Also? Sag die Wahrheit, Katharina!«

»Es stimmt, dieser Ferdinand hat uns besucht. Aber aus einem anderen Grund, als mir von seiner Bekanntschaft mit diesem Herrn Braun zu erzählen«, erklärte Kathi ein wenig bockig. Wie ermüdend es war, sich ständig verteidigen zu müssen... »Ich hatte einen Schülerwettbewerb gewonnen, und er wollte mich zur Preisverleihung nach Berlin mitnehmen. Meine Mutter lehnte das strikt ab. Anschließend ist er wieder gefahren. Dabei« – Kathi zeigte auf die Sachen auf dem Tisch, – »hat er seine Aktentasche vergessen und sie auch nicht mehr abgeholt.«

»Hm, einer der engsten wissenschaftlichen Mitarbeiter von Wernher von Braun, ein Mann, der maßgeblich an der Konstruktion der Fieseler 103 und der Aggregat 4 beteiligt ist, kommt einfach so von Peenemünde nach Petersdorf gefahren, um hier Preisrichter zu spielen? Nettes Märchen, Katharina. Ich gebe dir eine letzte Chance. Wo werden die Fieseler 103 und die A4 produziert? Wo befindet sich eure neue geheime Fabrikanlage? Wo produziert ihr Deutsche diese Waffen?«

»Ich weiß nicht einmal, was Fieseler und A4 sind. Und ich kenne auch keine geheimen Fabrikanlagen«, sagte Kathi matt.

»Du kennst nicht eure Wunderwaffen? Wem willst du das erzählen? Euer Goebbels nennt sie V1 und V2. Vergeltungswaffen. *Wunderwaffen!* Selbstverständlich bist du bestens über die geheime Anlage informiert. Du besitzt eine Zugangsberechtigung!« Die Genossin tippte mit der Gerte auf das Dokument.

»Ich warne dich, Katharina. Meine Geduld ist nicht endlos. Also hör auf zu lügen, und sag die Wahrheit!«

»Ich will ja gar nicht abstreiten, dass ich von den Wunderwaffen gehört habe. Ich kannte nur die technischen Bezeichnungen nicht. Mir ist klar, wie das aussieht. Der Besuch von Schwarzenbach, die Zutrittsberechtigung, die Aktentasche. Aber das ist alles ein Missverständnis, Genossin Oberst! Es gibt eine Erklärung für all das.«

»Natürlich gibt es die! Du hast deinen Freund von Schwarzenbach unterstützt, Raketen zu bauen. Ein Modell steht in der Scheune! Und in deinem Buch befinden sich detailgenaue Zeichnungen und Berechnungen. Leugnen ist zwecklos, Katharina. Besser, du fängst an zu kooperieren. Also, wo baut ihr Deutsche eure Raketen?«

Kathi schlug die Hände vors Gesicht. Es war zwecklos.

»Sieh mich an, Katharina.«

»Aber ich weiß es doch nicht!«, schrie Kathi verzweifelt. »Von Schwarzenbach war wegen des Schülerwettbewerbs hier, sonst nichts. Und dann hat er seine Tasche vergessen. Das ist die Wahrheit. Bei der Schwarzen Madonna von Tschenstochau!«, rief sie Dorotas Hausheilige zu Hilfe. Zumindest half die Anrufung, dass die Genossin erneut die Taktik wechselte. »Vielleicht ist ja wirklich alles ganz anders. Ferdinand von Schwarzenbach ist verschwunden. Einer unserer Agenten sagt, die Deutschen sind überzeugt, er sei zu den Briten übergelaufen.«

»Aha«, machte Kathi. Was war das wieder für ein neues Minenfeld?

»Sprechen wir über diese Tasche. Ist es wirklich seine?«

»Bitte?«

»Es findet sich kein Hinweis darauf. Vielmehr deutet ihr Inhalt darauf hin, dass sie einem hochrangigen SD-Offizier namens Erwin Mauser gehört. Er ist übrigens ebenso spurlos verschwunden, und zwar genau an jenem Tag, als von Schwarzenbach dich aufsuchte. Die Deutschen fahnden fieberhaft nach ihm.«

»Aha«, wiederholte Kathi. Sie kam sich ein wenig vor wie beim Blindekuh: Mit verbundenen Augen wurde man von den Mitspielern um die eigene Achse gedreht, bis man am Ende blind und taumelnd mitten im Raum stand. In diesem Zustand sollte man einen der umtanzenden Mitspieler greifen.

»Wer ist die Leiche in eurer Jauchegrube?«

Kathi fiel fast vom Stuhl. *Elsbeth!* Selbst tot holte sie sie noch ein!

Die Genossin spitzte die Lippen. »Ich sehe, du weißt, um wen es sich handelt. Also, ich höre!«

Kathi erzählte die Geschichte von Elsbeth Luttich, die versehentlich in die Jauchegrube gefallen war. Was ja so weit stimmte. Beim ersten Mal. Den Part, dass ihre Tante Paulina die Frau später angegriffen und sie dabei unglücklicherweise zu Tode kam, ließ sie unter den Tisch fallen.

Die Genossin erhob sich und nahm ihre Wanderung durch den Raum wieder auf. Die Aura der Gefahr, die sie umgab, verstärkte sich dadurch noch. Sie glich einem Raubtier, das auf den richtigen Moment für einen tödlichen Angriff lauerte. »Eine Jauchegrube ist eine exzellente Art, um Spuren zu verwischen. Erhebliche Teile des Skeletts sind bereits zersetzt. Wir haben auch Überreste eines Waffenrocks gefunden. Daran waren eine Reihe deutscher Orden befestigt. Weißt du, Katharina«, fuhr die Genossin mit der sanften Stimme Fräulein Liebigs fort, »es ist traurig, dass du mich weiter belügst. Ich erinnere mich gut an diese nervige Person Elsbeth. Du willst mir also allen Ernstes weismachen, dass Elsbeth versehentlich in eure Grube gefallen ist, und ihr habt sie dann einfach da drin liegen gelassen? Die Frau des Bürgermeisters? Ein Spezialist aus Moskau ist hierher unterwegs, um das Skelett zu untersuchen. Wir finden die Wahrheit ohnehin heraus. Wir könnten uns jedoch eine Menge

Zeit sparen, Katharina, wenn du uns sagst, wer die Leiche wirklich ist. Ich frage dich das ein letztes Mal: Wer ist es? Schwarzenbach oder Mauser?«

Kathi schüttelte fassungslos den Kopf. Die Genossin saß in der gleichen Blase wie dieser Major Tolkin. Alles, was sie sagte, prallte daran ab. »Ich weiß nicht, warum Sie mir überhaupt Fragen stellen, Genossin, da Sie mir ohnehin nichts glauben. Fragen Sie doch die Petersdorfer nach der Bürgermeistersfrau Elsbeth Luttich. Die können Ihnen sagen, dass sie im Mai 1944 plötzlich spurlos verschwunden ist.«

»Selbst wenn es sich bei der Leiche um Elsbeth handelte … Wer sagt denn, dass du und deine Helfer Schwarzenbach und Mauser nicht trotzdem getötet und anschließend habt verschwinden lassen?«

Kathi biss die Zähne zusammen, um ihren Frust nicht laut herauszuschreien. Die Genossin verdrehte alles so, dass es zu ihrem Verdacht passte. Worauf wollte sie bloß hinaus? Wusste diese Frau es überhaupt selbst? Oder war diese absurde Anschuldigung ein weiterer Fallstrick? Anfangs hatte sie noch die Hoffnung gehegt, das ehemalige Fräulein Liebig davon überzeugen zu können, dass sie nichts weiter als ein sechzehnjähriges Mädchen war, das zufällig eine Begabung für Mathematik und Physik besaß. Nun glaubte sie erkannt zu haben, dass ihr Gegenüber noch ganz andere Absichten verfolgte und mehr von ihr wollte, als ihre Fragen bisher preisgaben. Kathi kam sich vor wie eine Maus, mit der die Katze spielt, bevor sie sie verspeist. Sie, die von ihren Eltern zu Geradlinigkeit erzogen worden war, konnte nicht länger an sich halten. »Vielleicht sollten Sie sich erst einmal selbst darüber klar werden, Genossin, was Sie von mir wollen. Erst heißt es, ich sei eine Art Spionin, die zu den Briten überlaufen wollte, dann bin ich Waffenexpertin und arbeite Ferdinand von Schwarzenbach zu. Und nun soll ich ihn auch noch umgebracht haben? Ich versenke also seine Leiche in der Jauchegrube, aber seine Tasche behalte ich, ja? Zusammen mit der Brieftasche eines Major Mauser, den ich auch getötet oder habe verschwinden lassen, was auch immer. Da bekomme ich fast vor mir selber Angst!« Kathi hielt atemlos inne. Vermutlich würde sie jetzt die Reitgerte zu spüren bekommen. Es war ihr gleich. Wenn man sie nur endlich in Frieden ließ…

Die Genossin wirkte seltsam befriedigt; Kathi erntete für ihren Ausbruch das erste echte Lächeln von ihr. »Bravo! Du schlägst dich wacker, Katharina. Angesichts der Gefahr, in der du und deine Schwester Franziska schwebt, gibst du mir Kontra. Das beweist nur, dass ich mich in dir nicht getäuscht habe.«

Kathi hatte gerade entdeckt, dass Trotz ein gutes Mittel gegen Furcht und Müdigkeit sein konnte. »Was ich von Ihnen nicht behaupten kann, Genossin«, sagte sie. »Warum haben Sie sich damals als deutsche Lehrerin ausgegeben? Das war lange vor dem Krieg.« Kathi erwartete keine Antwort, doch zu ihrer Überraschung erhielt sie eine.

»Ich kam hierher, weil ich meinen Zwillingsbruder Juri suchte. Er war damals verschwunden.«

»Vielleicht sollten Sie alle Jauchegruben der Umgebung trockenlegen.«

»Vorsicht, Katharina! Treib es nicht zu weit.«

»Warum haben Sie vorhin Franzi erwähnt?«

»Damit du nicht vergisst, dass es hier nicht nur um dich allein geht.«

»Sie wollen mich mit Franzi erpressen?« Die Angst, dieses bewegliche, unberechenbare Gespenst, war zurück.

»Gibt es denn etwas zu erpressen?«

»Nein! Sie müssen mir nur glauben! Ich habe Ihnen die Wahrheit gesagt. Ich lüge nicht!«, sagte Kathi laut.

»Ach ja? Warum habt ihr dann den Major angelogen und ihm gegenüber behauptet, Franziska heiße Ida?«

Kathi zuckte zusammen. Diese Frau war unheimlich. »Franzi wollte das so. Sie hat ihren eigenen Willen.«

»Wie hast du erfahren können, dass die kleine Tochter des Majors vor einigen Wochen gestorben ist?«

»Ich wusste es nicht! Und welche Rolle spielte es?«

»Sie hieß Ida«, erklärte das falsche Fräulein Liebig.

Kathi ließ resigniert den Kopf hängen. Sie erwog, den Autoatlas aufzuschlagen und auf die Ida-Widmung zu zeigen. Und verwarf den Gedanken sogleich wieder. Es führte vermutlich nur zu weiteren Fragen, diesmal zu dieser unbekannten Ida. Die Kommissarin würde ihr niemals glauben, dass Franzi manchmal Dinge sagte oder tat, die man unmöglich erklären konnte. Also unterließ sie jeden Versuch. »Und jetzt?«, fragte sie.

»Reden wir über deine Eltern. Wo sind sie?«

»Vater wird seit Leningrad vermisst, und Mutter wurde im letzten Jahr … abgeholt.« Das Wort »abgeholt« barg den gesamten Schrecken, den die teuflische Willkür der Nazis zu verbreiten wusste. Kathi war fest entschlossen, die Flucht ihrer Mutter nicht zu erwähnen.

»Soweit ich weiß, war deine Mutter keine Jüdin. Was hat sie getan?«

»Nichts. Mutter ist lange krank gewesen, nachdem Jan sie geschlagen und meinen kleinen Bruder Rudi getötet hatte. Sie wurde in eine Heilanstalt gebracht.«

»Jan, der Pole, stimmt. Über ihn haben wir noch gar nicht gesprochen«, sagte die Genossin. »Soldat Kassinowitsch hat mir berichtet, er habe diesen Jan tot aus deiner Zelle gezogen. Erzähl mir, was passiert ist.«

»Nicht viel. Jan brach bei mir ein, und dann ist er einfach tot umgefallen.«

»Wie überaus praktisch.« Die Genossin blätterte kurz in der Militärakte von Laurenz Sadler. Offenbar war das Kapitel Jan für sie damit bereits abgeschlossen. »Noch einmal zu deinen Eltern,

Katharina. Dein Vater wurde spät eingezogen, mit knapp dreiundvierzig, und deine Mutter abgeholt. Ich muss dir mitteilen, dass deine Mutter vermutlich längst tot ist. Die Deutschen halten sich nicht lange mit geistig Verwirrten auf. Sie schaffen sie in Lager und vergasen sie.«

»Was?« Kathi war aufgesprungen. »Das ist nicht wahr!«

»Setz dich! Ihr Deutsche seid Bestien! Ist dir Auschwitz ein Begriff? So etwas wie dort ist mir noch nie begegnet. Und glaube mir, Katharina, ich habe schon so einiges in meinem Leben gesehen.« Die Genossin rief einen Befehl, und einer der Soldaten brachte ihr eine lederne Mappe. Sie zog einen Stapel Bilder heraus. »Sieh sie dir an, die Leichenberge. Und hier, die Überlebenden, die wie Tote aussehen!« Die Genossin legte ihr weitere Bilder vor, erzählte von furchtbaren Dingen, von Gaskammern, Krematorien und Massengräbern. Von Räumen voller Haare und Schuhe, Kleidung und Brillen. All das Hab und Gut, das man den Toten gestohlen hatte.

Kathi wandte sich ab und erbrach sich.

»Ja, jetzt übergibst du dich, da diese Abscheulichkeiten längst geschehen sind!«, sagte die Genossin kalt. »Und das Morden hält an! Es gibt unzählige Vernichtungslager wie Auschwitz. Die Deutschen töten unentwegt, wie Maschinen. Sie wissen, dass sie den Krieg verlieren, und deshalb bringen sie in den Lagern noch so viele sie können um. Niemand soll überleben und Zeugnis ablegen. Du, Katharina, kannst dazu beitragen, dass diese abscheulichen Taten aufhören. Du kannst Leben retten. Und du kannst deine Mutter rächen.«

»Wie?«, wisperte Kathi schwach.

»Sag mir, wo die Deutschen ihre V1- und V2-Raketen produzieren. Wir bombardieren sie und beenden den Krieg.«

»Aber ich weiß es doch nicht!«, krächzte Kathi.

»Ich kann veranlassen, dass in unseren Kriegsgefangenenlagern nach deinem Vater gesucht wird. Du willst doch, dass dein Vater nach Hause kommt?« Die Stimme der Genossin lockte.

Kathi brach in Tränen aus. »Ich wünsche mir nichts mehr als das! Aber ich schwöre Ihnen, ich weiß es nicht. Warum wollen Sie mir denn nicht endlich glauben? Warum sind Sie so gemein?«

»Weil ich Jüdin bin und du eine Deutsche!« Die Genossin rief dem Rotarmisten zu: »Bring die Schwester her. Und einen Strick.«

»Was?« Kathi wollte dem Soldaten hinterherstürzen. Die Genossin packte blitzschnell ihren Arm und drehte ihn ihr auf den Rücken. Ein sengender Schmerz schoss von Kathis Arm in ihren Rücken, machte sie vollkommen bewegungsunfähig. Sie hörte, wie Dorota in der Küche schrie, dann riss der Laut ab. Die Küchentür schlug zu, und der Soldat stieß Franzi in die Stube. Die Neunjährige klammerte sich sofort an Kathi.

Soldat ist böse, summte sie.

Kathi wünschte, sie könnte alles Böse von Franzi fernhalten. Franzi wurde ihr entrissen. Die Genossin gab den Befehl, Franzi auf einem Stuhl festzubinden. Franzi summte: *Ich will nicht Winnetou spielen!*

Kathi versuchte, ruhig zu bleiben, da ihre Angst sich auf Franzi übertragen würde. Sie wurde auf einen Stuhl neben Franzi gefesselt. Was passierte hier? Es kam ihr vor, als wäre die Luft plötzlich dünner geworden. Das Atmen fiel ihr schwer.

Die Genossin schickte den Soldaten hinaus, zog ihren Revolver, entfernte alle Patronen bis auf eine, stieß die Trommel einmal an und richtete sie sodann auf Franzi. »Wir spielen eine Runde. Mag sein, dass die erste Kugel deine Schwester trifft oder die letzte. Also, Katharina. Wo befindet sich die geheime Stollenanlage der Deutschen?« Sie lud durch und drückte ab. Das leere Klicken war ein entsetzlicher Laut. Wie ein Schnitt quer durch Kathis Körper. Alles ging so schnell, dass sie gar keine Möglichkeit hatte, zu reagieren.

Es war die Demonstration der Genossin, dass sie es ernst meinte und nicht spielte. Auch wenn sie es ein Spiel nannte.

»Glück gehabt«, sagte sie im Plauderton. »Die nächste trifft. *Vielleicht*. Also?« Sie saß auf der Tischkante und ließ ein Bein locker pendeln.

»Ich weiß es nicht«, schluchzte Kathi. »Bitte tun Sie meiner Schwester nichts!«

Franzi summte: *Ich mag das Spiel nicht.*

»Warum sind Sie so gemein?«, wiederholte Kathi schreiend.

»Warum sollte ich die Kinder einer Vaterlandsverräterin schonen?«

»Was?«, japste Kathi.

Statt einer Antwort zog die Genossin die Waffe erneut durch, es klickte, und die Mündung zielte auf Franzi. »Letzte Chance, Katharina. Wo befindet sich die geheime Raketenanlage der Deutschen?« Ihr Finger krümmte sich am Abzug.

»Ich weiß es nicht, ich weiß es nicht, ich weiß es nicht«, brüllte Kathi und zerrte wild an ihren Fesseln. Franzi begann zu zittern. Ein Krampfanfall stand kurz bevor.

Die Genossin ließ den Revolver langsam sinken. »Ich glaube dir, Katharina. Du scheinst es wirklich nicht zu wissen. Aber ich musste völlig sichergehen. Das verstehst du doch, ja?« Sie befreite die Schwestern von ihren Fesseln. »Morgen sprechen wir weiter. Geht jetzt in die Küche. Ihr könnt vorerst dortbleiben.«

62

Und die Welt strebte danach, sich von der Erde zu lösen.

M. N. Balanina, Mutter von Sergej Koroljow

Steifbeinig kam der General am nächsten Morgen die Treppe herab. Genossin Sonia erwartete ihn bereits beim Frühstück in der Stube. »Kaffee, General?«, bot sie ihm an.

»Nein, gehen wir nach draußen. Ich brauche frische Luft. Dieses Haus stinkt nach Pisse.« Im Hof meinte er: »Also?«

»Die Kleine weiß nichts.«

»Du hast also herausgefunden, dass sie nichts weiß. Ich gratuliere, Genossin Oberst!«

»Sie kann uns dennoch nützlich sein, General. Vergesst die Liste nicht!«

»Die Liste, die Liste!«, meckerte der General, und sein dünner Bart zitterte. »Wenn die Deutschen und Briten das Mädchen haben wollen, ist das noch lange kein Maßstab für Russland!«

»Genosse Sergejow teilt meine Einschätzung, nachdem er die Aufzeichnungen des Mädchens durchgesehen hat. Er will, dass wir ihm Katharina schicken.«

»Genosse Sergejow war noch nie wählerisch. Ich sage, Russland verfügt selbst über ausreichend kluge Köpfe«, knurrte der General. »Sie ist eine Deutsche, ein Feind! Am Ende baut sie eine Rakete und jagt uns alle damit in die Luft.«

Genossin Petrova war damit vertraut, dass der General hinter jeder Ecke Verrat und Sabotage witterte. Was nicht verwunderte: Zu lügen, zu betrügen und zu verraten hatte ihm erst den Weg zu seiner erstaunlichen Karriere geebnet. Er sah die Welt wie in einem Spiegel – und ein Verräter erblickt darin immer einen Verräter.

Die Genossin senkte den Kopf, damit der General ihr verächtliches Lächeln nicht sah. Sie war ihm längst einen Schritt voraus. Nun erläuterte sie ihm ihren Plan.

Der General hob amüsiert den Zeigefinger, sein Lachen ein trockenes Bellen. »Ha! Sie sind eine Teufelin, Sonia Iwanowna! Das wird Xenia gar nicht gefallen, nein, das wird ihr gar nicht gefallen.«

Kathi, die die zwei im Hof umherspazieren sah, mutmaßte, dass man über sie sprach. Doch sosehr sie sich durch das angelehnte Küchenfenster bemühte, sie verstand kein Wort der Unterhaltung. Erst als sich die beiden der Haustür näherten, konnte sie die letzte Äußerung aufschnappen: *Das wird Xenia gar nicht gefallen.*

Neben sich spürte sie Franzi. Ihre Schwester hatte einen riesigen dunklen Fleck auf der Wange. »Franzi, was hast du denn mit deinem Gesicht angestellt?«

Franzi hatte sich das halbe Gesicht mit Kohlenstaub beschmiert. Sie summte: *Ich spiele böser General.*

Kathi konnte ihrer Schwester nur beipflichten. Das ehemalige Fräulein Liebig mochte sich als teuflisches Biest entpuppt haben, doch sie war im Rahmen ihrer Motive noch berechenbar. Der General hingegen bewegte sich außerhalb jeden menschlichen Spektrums. Nie zuvor war Kathi einem Menschen begegnet, der allein durch seine Präsenz Angst und Schrecken verbreitete. Die eigenen Soldaten wichen vor ihm zurück, mieden es, seinen Weg zu kreuzen. Geschah es dennoch, standen sie sofort stramm, den Blick starr geradeaus gerichtet. Major Tolkin hatten die Männer respektiert. Den General aber fürchteten sie. Sonia Iwanowna, die Genossin Oberst, war die Einzige, die sich nicht von ihm einschüchtern ließ.

Der General reiste noch am Vormittag mit seiner Entourage ab. Mit ihm wich die Spannung aus dem Haus. Plötzlich schienen sich alle wieder normal zu bewegen und nicht wie ungelenke Marionetten. Auch die Genossin Oberst stieg am Morgen in einen Wagen und kehrte erst am Abend wieder zurück. Entgegen ihrer Ankündigung wurde Kathi nicht zu ihr gerufen.

Nur ein Soldat erschien in der Küche und holte Kathi, damit sie das obere Stockwerk säuberte. Kathi war froh, sich auf diese Weise beschäftigen zu können. In ihrem Kopf wirbelten so viele Gedanken durcheinander, dass ihr davon fast schwindelte. Während sie Laken glatt strich, Betten aufschüttelte und den Boden fegte, versuchte sie, all jene Informationen, die sie durch die Genossin Oberst erhalten hatte, mit ihrem eigenen Wissen zu verknüpfen und den Faden bis zu seinem Ursprung zurückzuspulen – bis zu dem Moment, an dem alles schiefzulaufen begann. Merkwürdig fand sie, dass der junge Ferdinand von Schwarzenbach nach seinem Besuch bei ihnen verschwunden sein sollte. Als sie in Berlin auf seine Hilfe hoffte, hielt er sich vermutlich gar nicht mehr im Deutschen Reich auf.

Das würde auch die kryptische Nachricht des alten Wilhelm bei ihrem zweiten Anruf im Palais Schwarzenbach erklären: *Ich soll Sie von der falschen Biene grüßen. Sie spielt jetzt Teufelsquadrat.* Ferdinand hatte sie damit wissen lassen, dass er zu den Briten übergelaufen war! Und dort mit Milosz zusammenarbeitete. Kathi wandte sich der zurückgelassenen Aktentasche zu. War es von ihm tatsächlich reine Vergesslichkeit gewesen oder gar Absicht? Wenn sie nicht ihm, sondern diesem Major Mauser gehörte, wie die falsche Liebig behauptet hatte, bedeutete sie für Ferdinand Ballast. Wenn sie die Tasche nur gleich vernichtet hätten! Erst ihr Inhalt fügte für die Genossin das Bild zu einer stimmigen Einheit zusammen. Die Beweise deuteten klar auf sie und ihre Familie.

Und dennoch war die Wahrheit eine andere. Ferdinand und die Tasche waren nicht der Anfang des Fadens. Sie selbst war es! Weil sie diesem dämlichen Wettbewerb nicht hatte widerstehen können. Dabei war es ausgerechnet das falsche Fräulein Liebig gewesen, das ihr einst beigebracht hatte, dass es klüger sei, die eigene Klugheit zu verbergen. Hätte sie es nur beherzigt! Dann säße sie jetzt nicht in diesem Schlamassel. Das Gewicht der eigenen Verantwortung wog schwer. Hier ging es nicht nur um sie. Auch Franzi und Dorota waren davon betroffen. Selbst ihre eigene Mutter hatte sie davor gewarnt, Aufmerksamkeit zu erregen.

Dabei war das Ende des Fadens noch lange nicht erreicht. Die Genossin hielt ihn fest in ihrer Hand und würde ihn nach ihrem Gutdünken weiterspinnen. Und da war noch mehr. Das größte Rätsel, der verworrenste Faden von allen, lag in der Bemerkung der Kommissarin, ihre Mutter Annemarie sei eine Vaterlandsverräterin. Es ergab keinerlei Sinn. Dieser Faden besaß weder einen Anfang noch ein Ende. Das musste sich diese Sonia ausgedacht haben, um sie zu verwirren. Eine Art Folter mit Worten. Genauso wie sie behauptet hatte, ihre Mutter sei längst tot. Aber sie wusste es besser. Herr Levy hatte sie auf dem Weg nach Moskau getroffen!

Doch das war Monate her. Würde Herr Levy trotzdem mit Dorotas Neffen zurückkehren, jetzt, da Sonia den Hof besetzt hielt? Fragen über Fragen. Und keine einzige Antwort.

Als wären Kathis Gedanken noch nicht übervoll, zwängte sich nun auch der junge Gefangene in der Fliegeruniform hinein. Was wohl aus ihm geworden war? In Olegs Hütte hatte sie oft an ihn gedacht. Dann schob sich das Bild ihres toten Jugendfreundes Anton dazwischen, und sein Lächeln und das des jungen Gefangenen verschmolzen. Eine Begegnung mit einem Unbekannten, kurz wie ein Herzschlag, und ein Lächeln wie aus Mondlicht, und sie fand sich Gefühlen ausgesetzt, deren Intensität der Trauer jener ersten Wochen glich, als sie Anton verloren hatte.

Seit damals hatte sich ihre Welt nie mehr richtig zusammengefügt, und weitere Stücke waren herausgebrochen: der Vater vom Krieg verschluckt, ihre Großeltern tot, genauso Oskar. Oleg verhaftet, Paulina verschwunden und ihre Mutter ein verschwommenes Rätsel. Ihr Leben als Ganzes fühlte sich vernarbt und brüchig an, mühsam zusammengehalten durch die Verantwortung für Franzi und die Hoffnung, dass ihre Eltern eines Tages zurückkehrten. Wenn sie an den jungen Gefangenen dachte, glaubte sie, auch in ihm ein verlorenes Bruchstück ihres Lebens zu erkennen. Dabei war sie ihm nie wirklich begegnet, und dass sie ihn nochmals wiedersehen würde, war ebenso unwahrscheinlich wie ihr Traum von einer Reise zum Mond.

Dennoch hielt sie fortan jeden Tag Ausschau nach dem jungen Unbekannten, getrieben von einer inneren Kraft, von der sie noch nicht wusste, dass es Erwartung war.

Eine weitere Nacht sank auf den Sadlerhof herab. Dorota und Franzi schliefen auf einem improvisierten Lager auf dem Küchenfußboden.

Kalte Stille hatte sich über das Haus gelegt. Am Tag war Schnee gefallen, doch gegen Abend zeigte das Thermometer erneut zweistellige Minusgrade an. Im Hof saßen mehrere Rotarmisten um eine Feuerstelle, verhielten sich jedoch ruhig. Die Genossin Oberst führte ein strenges Regiment, teilte Alkohol nur in geringen Rationen zu. Wer Wache hatte, bekam nur ein Glas.

Kathi kniete auf der Bank in der Küche und presste ihr Gesicht gegen die Scheibe. Sie fühlte die Kühle der Nacht an ihrer Wange, und für einen Moment glaubte sie eins zu werden mit dem Fenster, mit all seinen Einschlüssen und Fehlern und Narben und den Menschen, die vor ihr hier gesessen hatten, um Mond und Sterne zu betrachten. Voller Sehnsucht blickte sie in den Himmel, der schwarz schimmerte wie poliertes Glas. Dort oben existierte eine Welt ohne Menschen. Eine Welt ohne Unrecht. Eine Welt ohne Krieg. Dort oben lockten endlose Freiheit und die Gestirne, in denen ihre Wünsche widerhallten. Manchmal fragte sie sich, ob die Anziehungskraft des Mondes für sie gerade in seiner Unerreichbarkeit lag.

Wie so oft ließ sie ihrem Geist Flügel wachsen, flog höher und höher in die luftleere Stille einer ewigen Nacht, wo noch niemand vor ihr gewesen war. Es war tröstlich, auf diese Weise zu träumen. Die Tyrannen dieser Welt mochten vielleicht über die Macht verfügen, die Menschen ihrer Freiheit zu berauben. Sie wegzusperren. Sie zu töten. Doch ihre Träume konnten sie ihnen niemals nehmen. Denn jeder Mensch trug sein eigenes, einzigartiges Universum im Kopf. Zum ersten Mal kam Kathi der Gedanke, dass es vielleicht das war, was Tyrannen fehlte. Sie sahen aus dem Fenster und erblickten nur die dunklen Dinge. Hatten das Licht verloren. Konnten nicht mehr erkennen, wie schön die Welt war. Mit all ihren Einschlüssen und Fehlern und Narben. Die Seelen der Tyrannen waren blind.

63

Der alte Grundsatz »Auge um Auge«
macht schließlich alle blind.

Martin Luther King

Dorota, Kathi und Franzi blieben Gefangene im eigenen Haus. Sie wohnten und schliefen in der Küche, nachts sperrte man sie darin ein. Im übrigen Haus und in den Ställen durften sie sich nur zum Arbeiten aufhalten.

Wie zuvor Major Tolkin erkor die Genossin Oberst den Sadlerhof zu ihrer Kommandozentrale. Sie verließ das Haus meistens sehr früh am Morgen und kehrte erst am Abend zurück. An anderen Tagen saß sie in der guten Stube, umgeben von einem Berg Papiere. Ihre Hauptaufgabe schien darin zu bestehen, Listen zu erstellen, die täglich von einem Kurier abgeholt wurden. Kathi erinnerte diese Tätigkeit an ihre eigene, wenn die Großmutter sie an den ersten Frühlingstagen in die Vorratskammer zur Bestandsaufnahme geschickt hatte.

Auch der Bestand vom Sadlerhof wurde auf seine Verwendung hin geprüft. Den alten Pritschenwagen, den 1943 selbst die Quartiermeister der Wehrmacht nicht mehr hatten haben wollen, da ihn »nur noch der Rost zusammenhielte«, transportierte man zuerst ab. Auch die Kirchenglocke war in ihrem Versteck in einem der Stollen unter dem Hügel entdeckt worden. Die Petersdorfer hatten sie unter Einsatz ihres Lebens vor ihrem

Schicksal bewahrt – nur, damit sie nun den Russen in die Hände fallen konnte! Welche Ironie, dachte Kathi, wenn sie nun eingeschmolzen und zu Kugeln verarbeitet würde, die dann deutsche Soldaten töteten …

Alles, was irgendwie nach Wert aussah oder sonst wie gefiel, wurde mitgenommen, darunter Kathis Fahrrad, Dorotas betagte Handnähmaschine und selbst die kupfernen Bettflaschen von Kathis Großeltern, mit denen sie im Winter ihre Laken angewärmt hatten.

Besonders von Interesse war für die Russen alles, was irgendwie technisch oder elektrisch aussah und möglichst auch ein Kabel vorweisen konnte: der Rundfunkempfänger, der Fernsprechapparat samt Halterung. Oder auch Laurenz' Fotoapparat.

Beim Saubermachen vermisste Kathi Tage später die bestickten Wandbilder im oberen Flur. Vermutlich dienten die deutschen Sprüche einem Rotarmisten als Souvenir. Diese Form der Plünderung versetzte Kathi an jenen Tag in Berlin zurück, als Uniformierte das Haus von Pfarrer Bertholds Bruder ausgeräumt hatten. Der Stärkere hielt sich schadlos am Schwächeren, der Sieger am Verlierer.

Auch die Frauen waren Verlierer. Kathi lauschte Unterhaltungen, in denen sich die Soldaten mit ihren schrecklichen Taten brüsteten. In diesen Momenten verfluchte sie ihre Sprachkenntnisse. Die Russen redeten auch abfällig über die Polen. Dabei waren sie doch ihre Verbündeten. Als sie einen Wagen mit dem Sadler'schen Hab und Gut beluden, hörte Kathi, wie einer sagte, was das mit dem alten Teppich solle, in Russland gebe es weit schönere! Der andere antwortete: »Hauptsache, die dreckigen Polen bekommen ihn nicht!«

Während sich das Haus leerte, füllten sich die Ställe wieder mit Tieren. Als Erstes trieben die Rotarmisten ein Dutzend Kühe den Hügel herauf, es folgten Schweine, Ziegen und Hühner. Mithilfe einiger Soldaten nahm der Hof seinen landwirtschaftlichen Betrieb wieder auf. Stroh und Heu waren in der Scheune noch ausreichend vorhanden. Die Genossin Oberst hatte Dorota zur Bäuerin erklärt und machte sie für den reibungslosen Ablauf verantwortlich. Armeewagen brachten weitere Rotarmisten, aber die Genossin quartierte sie nicht im Haus, sondern in den Pferdeställen ein. Kathi fiel auf, dass die meisten Rotarmisten noch sehr jung waren – genauso wie die Soldaten im Dritten Reich von Jahr zu Jahr jünger geworden waren.

Mit den Kühen trieben die Rotarmisten auch einige Frauen und Mädchen herauf. Nacht für Nacht vergnügten sie sich mit ihnen in Stall und Scheune. Dorota fertigte Ohrstöpsel aus Bienenwachs, damit die Kinder die Schreie der gequälten Frauen nicht hörten. Jeden Abend beteten sie für die armen Seelen.

Noch etwas beschäftigte Kathi in jenen Tagen: Herr Levy tauchte nicht wieder auf. Aber das war vermutlich besser so. Denn aus vier Rotarmisten war ein ständiges Dutzend geworden.

Zwei lange zähe Wochen vergingen, in denen die Genossin Kathis Anwesenheit kaum zur Kenntnis nahm. Das angekündigte Gespräch fand nicht statt. In Kathi festigte sich der Eindruck, als warte die Genossin Kommissarin auf etwas Bestimmtes. Sie sollte recht behalten.

Eines Tages beorderte die Genossin Kathi in die gute Stube. Erneut vergeudete sie keine Zeit mit Geplänkel. »Setz dich, Katharina. Es wurde beschlossen, dich nach Moskau zu schicken. Du besitzt einige Talente, die für uns von Interesse sind. Wir werden dich ausbilden und fördern.«

»Was? Aber …«

»Du willst doch studieren?«

»Ja, aber …«

»Hör auf mit dem ständigen Aber. Du willst studieren. Wir

bieten dir die beste Universität Moskaus. Nur wenigen wird diese Chance geboten. Du solltest dankbar sein.«

Für Dankbarkeit war in Kathis Kopf gerade kein Platz. Ihre Gedanken überschlugen sich. *Moskau?* Ihre Mutter hatte nach Moskau gewollt! Und war dabei dem wundersamen Herrn Levy begegnet … Nur ein Zufall? Oder hatte Herr Levy »Moskau« genauso aus seinem Bauchladen hervorgezaubert wie einst den Mondstein, den Abakus und Franzis Atlas, der einmal einer unbekannten Ida gehört hatte und sie es nur der Nennung dieses Namens verdankten, dass Major Tolkin sie vor seinen Männern gerettet hatte? Das war der Moment, in dem Kathi ihren Gedankenzug, der bereits rasant gen Moskau fuhr, stoppte. Ihr war klar, dass sie niemals nach Moskau gehen konnte, um dort nach ihrer Mutter zu suchen. Sie musste auf Franzi achtgeben! Bedächtig sagte sie: »Ich kann nicht nach Moskau. Ich kann nicht einmal Russisch.«

»Und wieder lügst du mich an, Katharina«, sagte die Genossin Oberst. »Denkst du, ich habe nicht bemerkt, dass du jedes Wort verstehst?«

Zwecklos, es zu leugnen. Nun hatte diese Sonia sie schon zum zweiten Mal bei einer Lüge ertappt. Kathi überlegte, ob das Angebot, in Moskau zu studieren, nichts als eine weitere Finte der Genossin war.

»Hat es dir die Sprache verschlagen?« Die Genossin schenkte sich Tee aus dem Samowar ein und gab zwei Löffel Zucker in die beinahe durchscheinende Tasse. Der Samowar, ein silbern glänzendes Ungetüm mit ziseliertem Adelswappen, wie auch das filigrane Teegeschirr hatten sich in einer der zahllosen Kisten befunden, die die Genossin mitgebracht hatte. Kathi war bereits aufgefallen, dass die Genossin Oberst schöne Dinge mochte und es gerne warm und reinlich hatte. Sie schlief unter einer flaumig weichen Daunendecke, ihr Zimmer musste täglich gefegt und feucht ausgewischt werden, und jeden Abend verlangte sie ein heißes Bad. Es gehörte zu Dorotas und Kathis Pflichten, am Abend für ausreichend heißes Wasser zu sorgen, in das zusätzlich ein Glas Honig und mehrere, noch euterwarme Liter Milch gerührt wurden. Eine solch sündhafte Verschwendung guter Lebensmittel! Dorota war jedes Mal außer sich. Zum Bad genoss die Genossin Schaumwein mit französischem Etikett aus kegelförmigen Kelchen. Kathi hoffte, die Kisten enthielten auch Honig. In der sich leerenden Sadler'schen Vorratskammer standen noch ganze zwei Gläser.

Die Genossin hielt die Teetasse wie eine Schale mit beiden Händen und schlürfte daraus mit gespitzten Lippen. »Möchtest du auch eine Tasse grünen Long Jing? Die Teeblätter stammen aus dem fernen China. Die Chinesen nennen ihn auch Drachentee.« Die Genossin hielt die Tasse weiter an ihre Lippen und sog genießerisch das Aroma ein. Wieder wurde Kathi an ihre Großmutter erinnert, wenn diese vor dem Anzünden an ihren Havannas schnüffelte und das ferne exotische Kuba pries. Der jähe Kloß in ihrem Hals hinderte Kathi an einer Antwort. So nickte sie nur.

Die Genossin goss ihr eine Tasse ein, und während sie ihr diese reichte, sagte sie: »Du kannst mich Sonia nennen, wenn wir allein sind. Vor allen anderen bin ich weiter die Genossin Oberst für dich. Verstanden?«

Erneut nickte Kathi. Sie kostete den Tee, der weniger eine grüne als vielmehr eine klare gelbliche Färbung aufwies.

Sie tranken den Tee schweigend und in kleinen Schlucken. Die Genossin wirkte vollkommen entspannt. Kathi hingegen fühlte sich wie im Auge des Sturms. Sie wartete darauf, dass Sonia sie erneut in einen Strudel aus Fragen, Beschuldigungen und Fallstricken reißen würde.

Es begann.

»Als die Deutschen in Polen einmarschiert sind, weißt du, was eine ihrer ersten Maßnahmen war, Katharina? Sie schlossen die Universitäten und Schulen, erschossen Professoren und Lehrer. Die polnische Bevölkerung sollte keinen Zugang mehr zu Bildung erhalten. Ungebildete Bauern sind leichter zu regieren.«

Sonia legte die Hand auf ihre leere Tasse, gab Kathi Zeit, auf das Gesagte zu reagieren.

»Heißt das«, fragte Kathi vorsichtig, »dass deutsche Universitäten und Schulen nach dem Krieg geschlossen werden?« Und etwas mutiger: »Aber das wäre dasselbe, was Deutschland getan hat. Damit wärt ihr nicht besser!«

»Du verwechselst Ursache und Wirkung, Aktion und Reaktion, Katharina. Nicht Russland hat Deutschland feige angegriffen! Unser Väterchen Stalin hat eurem Hitler die Hand des Friedens gereicht und einen Pakt mit Deutschland geschlossen. Und dann hat Deutschland unser Land hinterrücks überfallen, Millionen Russen sind getötet worden! In deutschen Vernichtungslagern verhungern Hunderttausende unserer tapferen Soldaten. Verhungern! Weißt du, wie sich das anfühlt?« Sonias Stimme hatte sich gehoben, doch es war nur ein kurzes Aufflackern einer Gefühlsregung. »Euch Deutschen muss eine Lektion erteilt werden. Ihr werdet keine Möglichkeit mehr erhalten, einen weiteren Krieg anzuzetteln«, endete sie kalt.

Kathi, die nur Fotografien eines Lagers zu Gesicht bekommen hatte, wurde von neuerlicher Übelkeit befallen. Um wie viel stärker musste die Wirkung sein, wenn man selbst dort gewesen war.

»Ich weiß, woran du denkst«, sagte Sonia, die Kathis Blässe fehlinterpretierte. »An die deutschen Mädchen im Pferdestall. Wenn unsere Männer über deutsche Frauen herfallen, dann ist das allein die Reaktion auf eure schrecklichen Taten! Russland wollte diesen Krieg nicht, die Deutschen haben ihn uns aufgezwungen. Nun lebt mit den Folgen! Dieser Pole, Jan … Denkst du, er ist so geboren worden, als Kindsmörder? Nein, ihr Deutschen habt ihn erst zum Mörder gemacht! Ihr habt in Wielun seine gesamte Familie getötet. Er hat sich lediglich gerächt.«

Die Genossin belauerte Kathi über den Rand ihrer Tasse hinweg, ihr abschätziger Blick war nicht zu deuten.

»Wenn du die Deutschen so sehr hasst, Sonia, warum bietest du mir dann an, in Moskau zu studieren?«

»Weil Wissen universal ist und allen Menschen zur Verfügung stehen sollte, Mann, Frau und Kind. Das hat ein Deutscher gesagt. War es Einstein oder Marx? Egal, es war auf jeden Fall ein Jude.« Sie winkte ab. »Als du sechs warst, Katharina, haben wir oft über das Universum gesprochen. Damals hast du mich gefragt, ob man mit einem Flugzeug dort hinauffliegen könne. Und ich habe dir geantwortet, dass kein Fluggerät so hoch hinauffliegen kann. Weißt du noch, was du mir darauf geantwortet hast?«

Kathi nickte. »Dass ich die Erste sein will.«

»Damals war es nur der große Traum eines kleinen Mädchens. Ich verrate dir nun etwas, Katharina. In Moskau gibt es Frauen und Männer, die diesen Traum teilen. Hunderte Wissenschaftler, Ingenieure, Physiker, Chemiker und Mathematiker forschen zur Stunde gemeinsam daran, ein Fluggerät zu konstruieren, das weit über die Atmosphäre hinaus ins unbekannte All fliegen kann. Eines Tages wird es ein Russe sein, der als Erster auf dem Mond spazieren geht. Nicht die Amerikaner, nicht die Briten oder die Deutschen. Ein Russe! Es gibt Flughäfen und Bahnhöfe, aber Russland wird den ersten Weltraumbahnhof bauen. Etwas Ähnliches hat die Menschheit noch nicht gesehen.« Sonia beugte sich vor, sprach noch eindringlicher auf Kathi ein. »Ich bin selbst Physikerin, und ich weiß um die Möglichkeiten. Aber Träume werden nicht von alleine wahr. Wenn es also damals nicht nur das Geschwätz eines kleinen Mädchens gewesen ist, Katharina, sondern du dir wirklich wünschst, zum Mond zu fliegen, dann musst du eine Russin werden.«

Sonias enthusiastische Rede verblüffte Kathi. Offenbar war

sie nicht die Einzige, die träumte. Doch es war alles ein bisschen zu viel auf einmal. Sie hatte nur gefragt, warum sie in Moskau studieren sollte, und darauf legte ihr Sonia den Traum vom Mond zu Füßen. Und alles nur wegen einiger Skizzen in ihrem Tagebuch und dem Interesse von Ferdinand und Milosz? Die Genossin spielte mit ihr. Natürlich, so musste es sein!

Kathis Gedanken klärten sich. Nach Moskau gehen und Russin werden? Unmöglich. Sie ging nirgendwohin ohne Franzi. Oder Dorota.

Die Genossin erwartete eine Antwort.

Kathi erwog die Konsequenzen einer Ablehnung. Würde man sie wieder in Olegs Behausung sperren? Oder holte die Genossin erneut ihren Revolver hervor und erpresste sie damit, Franzi zu erschießen? Welche Wahl blieb ihr überhaupt? Sie war eine Gefangene. Dennoch brachte sie es nicht über die Lippen, freiwillig zuzustimmen. Zumindest dankbar sollte sie sich zeigen. »Das ist ein überwältigendes Angebot«, begann sie vorsichtig. »Aber ich kann nicht nach Moskau gehen. Ich muss mich um meine kleine Schwester kümmern.«

»So sind wir wieder beim *Aber* angelangt.« Die Genossin lächelte unergründlich. Sie schenkte ihnen beiden Tee nach, gab sich selbst zwei Löffel Zucker dazu und deutete auf Kathis Tasse. »Du auch?«, fragte sie freundlich. Die erste Tasse war Kathi noch ohne Zucker angeboten worden.

Kathi spielte mit. »Ja, bitte. Nur einen Löffel. Danke schön!«

»Möchtest du einen Keks?« Die Genossin kramte bereits in einer der Kisten und holte eine rot-grün karierte Schachtel hervor. »Es sind schottische. Man nennt sie Butterfinger. Sie sind köstlich. Noch besser schmecken sie, wenn man sie in Sahne tunkt. Boris!«, rief sie nach ihrem Adjutanten. »Geh in die Küche, und hol uns dicke Sahne.«

Es dauerte zehn Minuten, bis die Sahne kam. Dorota musste sie erst per Hand schlagen. Währenddessen pries die Genossin

Russland als das schönste Land der Welt. Sie schwärmte von den Wundern Moskaus, den goldenen Türmen und Kuppeln des Kremls und der Pracht seiner Zarenpaläste und Kirchen, sprach vom geistigen Reichtum des Landes durch seine Dichter und Wissenschaftler.

Kathi lauschte ihr interessiert. Die Genossin war eine großartige Erzählerin, nicht ohne Grund hatte sie als Lehrerin ihre Schüler derart fesseln können. Für einen kurzen Moment blitzte das frühere Fräulein Liebig durch die russische Uniform hindurch.

Die Sahne wurde gebracht. Kathi ahmte Sonia nach und tunkte ihren Keks in die fette weiße Wolke. Einträchtig kauten sie, Kathi lobte das Gebäck. Die Genossin umsorgte Kathi wie die perfekte Gastgeberin, als säßen hier zwei junge Frauen bei einer gemütlichen Plauderstunde zusammen.

Kathi wurde es immer unbehaglicher zumute, fragte sich, was die Genossin mit ihren Aufmerksamkeiten bezweckte.

»Weißt du«, fragte die Genossin und leckte sich Sahne vom Finger, »wer die Hydra ist?«

Kathi hatte aufgehört, sich über Sonias Gesprächskapriolen zu wundern. »Eine mehrköpfige Wasserschlange aus der griechischen Mythologie. Schlägt man einen Kopf ab, wachsen zwei neue Köpfe nach.«

»Ja, die Vorteile einer humanistischen Erziehung …«, bemerkte Sonia leichthin. »Ich musste es erst nachlesen. Am 17. August 1943 haben die Briten eine Operation gestartet, die sie ›Hydra‹ tauften. Das Ziel der RAF war Peenemünde auf der Ostseeinsel Usedom, wo Männer wie Walter Dornberger, Wernher von Braun und Walter Thiel die sogenannten Vergeltungswaffen entwickelten und starteten. Die Briten wollten mit ihrer Aktion so viele deutsche Wissenschaftler wie möglich töten und damit der deutschen Raketenforschung den Kopf abschlagen. *Hydra!*« Sonia lachte silbern auf. »Selbst der Humor der Briten ist kultiviert. Wenn sie ihre tödlichen Bomben abwerfen, dann verleihen sie der Aktion zumindest einen griechisch-mythologischen Anstrich.«

Kathi wartete, worauf Sonia diesmal abzielte.

»Die Briten und Amerikaner wissen, dass ihnen die deutsche Militärtechnik um Jahre voraus ist. Sie wollen sie haben. Und dazu brauchen sie die Wissenschaftler, die sie entwickelt haben. Es existiert eine Liste mit hundertfünfzig Namen. Wernher von Braun findet sich ebenso darauf wie Ferdinand von Schwarzenbach. Die Anwerbung hat längst begonnen, vereinzelt gab es auch Entführungen. Die Amerikaner nennen es Projekt ›Overcast‹. Sie halten das Projekt geheim und betrügen damit Russland! Wir sind zwar ihre Verbündeten, aber sie behandeln uns wie nützliche Idioten! Das ist das betrügerische Gesicht des imperialistischen Westens. Sie verachten den Bolschewismus und fühlen sich uns überlegen. Damit sind sie nicht besser als die Nationalsozialisten!«, rief Sonia verächtlich. »Der Kommunismus«, fuhr sie ruhiger fort, »ist die beste Staatsform für das Volk. In unserem sowjetischen Staat haben wir die Klassenunterschiede abgeschafft. Alle Menschen sind gleich! Wir sind alle Brüder. Das ist die wahre Essenz der Freiheit! Niemand besitzt mehr als der andere, alles gehört allen.«

Kathi stellte sich vor, wie alle Russen in Honigwasser badeten und französischen Schaumwein tranken. Doch die Bemerkung über die Entführung von Wissenschaftlern hatte Eindruck bei ihr hinterlassen. Sie begriff, dass vor allem der Krieg die Menschen gleichmachte. Wie sehr sich doch die Methoden der Sieger und Verlierer glichen, sobald die Rollen vertauscht waren … Statt Polen, Franzosen oder Belgier würden nun Deutsche als Zwangsarbeiter verschleppt werden. Es war die Angst vor der Rache der Sieger, die die Nazis anspornte, dieses nutzlose und idiotische Kriegsgemetzel bis zum bitteren Ende auszufechten und Soldaten wie Zivilisten immer weiter für nichts in den Tod zu treiben. Wie der Gauleiter, der den Petersdorfer Treck aufzuhalten suchte.

Es spielte keine Rolle, ob sie sich Moskau verweigerte. Ob sie es wollte oder nicht, sie würde dorthin gebracht werden. Sie tröstete sich mit dem Gedanken, dass die Russen sie nicht dazu zwingen konnten, Waffen für sie zu bauen.

Wieder war ihr die Genossin eine Nasenlänge voraus. »Du fragst dich sicher gerade, wie wir dich dazu zwingen sollten, deine geistigen Fähigkeiten in den Dienst Russlands zu stellen? Nun, du hast ja noch deine kleine Schwester. Sicher möchtest du nur das Beste für sie.«

Ein Satz wie der Hieb einer Peitsche. Kathi zuckte unter dem verbalen Schlag zusammen. Ja, eine Wahl hatte nie bestanden.

»Es geht hier um Interessen, Katharina«, erklärte Sonia weiter. »Nicht nur Militärtechnik ist Kriegsbeute, sondern in allererster Linie ist es das technische Wissen, das diese Entwicklung ermöglicht hat. Russland kann nicht zulassen, dass die Westalliierten allein davon profitieren. Wir haben unser eigenes Projekt Overcast, und du stehst auf der Liste. Du bist Kriegsbeute, Katharina. Wir werden dich nicht zurücklassen. Außer du wählst den Tod. Für dich und deine Schwester. Ein einzelner Schuss ins Herz wäre human, aber es gibt auch andere Möglichkeiten. Zum Beispiel den … Pferdestall.«

Kathi stieß einen keuchenden Laut aus. »Du bist ein Monster!«

»Ich übe nur das Recht des Siegers aus, Katharina«, erwiderte Sonia ungerührt. »Und vergiss nicht, ich kann nach deinem Vater fahnden und dafür sorgen, dass er als Gefangener gut behandelt wird. Es liegt an dir! Für den Fall, dass du kooperierst, bekommst du einen Mentor zur Seite gestellt. Niklas«, rief sie laut. »Du kannst jetzt kommen!«

64

Ich weiß nicht, wie mir geschieht.
Weiß nicht, was Wonne ich lausche,
mein Herz ist fort wie im Rausche,
und die Sehnsucht ist wie ein Lied ...

Rainer Maria Rilke

Die Tür öffnete sich, und der junge deutsche Kriegsgefangene trat ein. Einfach so. Kathi sprang auf. Er lächelte sie an, und die Welt um Kathi löste sich auf. So oft hatte sie von ihm und seinem Lächeln aus Mondlicht geträumt, dass sie nun glaubte, zu halluzinieren.

Er sagte: »Ich bin Niklas. Schön, dich kennenzulernen, Katharina.« Er streckte ihr die Hand entgegen, aber sie stand einfach nur da und starrte ihn wie eine Erscheinung an. Was machte er hier? Wo kam er her?

»Ich glaube, unserer Katharina hat es die Sprache verschlagen«, meinte Sonia amüsiert.

»Aber ...«, stotterte Kathi. *Aber er ist ja ein Deutscher,* hatte sie sagen wollen. Sie plumpste auf ihren Stuhl zurück.

»Katharina liebt es, ihre Sätze mit einem *Aber* zu beginnen«, erklärte Sonia. »Ich lasse euch zwei nun allein.« Und sie ging. Einfach so.

Niklas zog einen Stuhl heran und setzte sich Kathi gegenüber.

»Das muss alles sehr verwirrend für dich sein, Katja«, sagte Niklas und nahm ihre Hand. Kathi hatte nicht das Gefühl, als wäre ihr Kopf noch mit ihrem Körper verbunden. »Ich habe grünen Tee aus China getrunken«, stammelte sie. »Aber eigentlich ist er gar nicht grün, sondern gelb. Die Chinesen nennen ihn Drachentee.« *Was rede ich da? Seine Augen sind grün. Ein helles Grün.*

»Möchtest du noch einen Tee?«

»Was?«

»Die Beschleunigung ist die zweite Ableitung des Ortes nach der Zeit.«

Was hat er gesagt? Kathi blinzelte, als erwachte sie aus einem tiefen Schlaf. Die Taubheit in ihrem Kopf wich. *Physik!* Er spricht von Physik! »Du bist Physiker?«, fragte sie beinahe zaghaft.

»Hurra! Endlich sprechen wir dieselbe Sprache.« Wieder schenkte er ihr dieses Lächeln, das irgendetwas mit ihrem Blutdruck anstellte. Eine Kathi bisher unbekannte Form von Physik.

»Warum Einhorn?«, fragte er.

»Was?«, stotterte sie. *Er muss mich für blöde halten.*

»Die Rakete in der Scheune«, präzisierte er. »Warum hast du sie *Einhorn* genannt?«

O nein! Warum musste er sie ausgerechnet gleich nach dem Einhorn fragen? Wie sollte sie ihm das mit Anton erklären und Dorotas Märchen? Glaubten Physiker an Märchen?

Er spürte ihren Zwiespalt. »Du kannst es mir ein anderes Mal erzählen, wenn du magst. Hast du Fragen, Katja?«

»Wachsen an einem Apfelbaum Äpfel?«, rutschte es Kathi heraus.

Niklas lachte laut heraus. »Du bist lustig, Katja.«

Ich bin lustig! »Warum nennst du mich Katja?«

»Weil ich finde, dass der Name zu dir passt.«

Kathi stellte die Frage, die ihr auf der Zunge brannte. »Warum arbeitest du für die Russen? Hat man dich dazu gezwungen?«

»Nein. Die Deutschen haben mich in ihre Uniform gezwungen, mir ein Gewehr in die Hand gegeben und mir befohlen, den Feind zu töten. Aber niemand hat das Recht, irgendjemanden zum Feind zu erklären, nur um ihm das Land zu stehlen. Für mich gibt es keine Feinde. Nur Menschen. Wir sind alle Brüder.«

»Bist du ein Kommunist?«

»Wenn du so willst. Aber in erster Linie bin ich ein Mensch.«

»Und Physiker.«

»Ja. Und Ingenieur. Und Pilot. Ich teste das, was ich baue, gerne selbst.«

»Pilot?«, hauchte Kathi.

»Ich wollte schon immer wissen, wie die Welt von oben aussieht. Wir teilen denselben Traum, Katja.«

Kathi mochte es, wie er sie nannte. Noch mehr mochte sie es, wie er den Namen aussprach. »Ich bin noch nie geflogen«, verriet sie ihm jetzt. »Nur von der Scheune.«

»Lass mich raten: Du hast dir Flügel gebastelt und bist gesprungen?«

»Ja!«

»Ich auch! Ein gebrochener Fuß. Und du?«

»Nur ein paar Schrammen. Und Hausarrest.«

»Wie alt warst du?«

»Neun. Und du?«

»Acht.« Sie kicherten wie alte Freunde, die eine gemeinsame Erinnerung teilten, obwohl das Ereignis zeitversetzt und Hunderte Kilometer voneinander entfernt stattgefunden hatte.

»Wie alt … ich meine …«

»Wie alt ich bin, möchtest du wissen? Zweiundzwanzig.«

»Und du bist schon fertig mit dem Studium?«

»Als Sonderbegabter durfte ich mit fünfzehn auf die Universität. Was möchtest du studieren, Katja?«

»Alles!«

»Das habe ich auch gesagt, als man mich gefragt hat.« Wieder lächelte er dieses Lächeln, das den Himmel teilte und Träume freisetzte, die heller leuchteten als jede Galaxie.

»Wie geht es jetzt weiter?«, fragte Kathi.

Niklas verstand, was sie beschäftigte. »Ich habe Fachbücher mitgebracht. Wir werden einige Tage zusammenarbeiten, und du musst einige Tests absolvieren, damit ich den Umfang deiner Begabung und Fähigkeiten einschätzen kann. Vom Studium her stünde dir in Moskau alles offen: Physik, Mathematik, Ingenieurswesen, Flugzeugtechnik… In Russland sind Frauen keinerlei Einschränkungen ausgesetzt. Ich werde dein Studium als Mentor begleiten. Parallel wirst du Teil meiner Forschungsgruppe sein. Mein wissenschaftlicher Ansatz ist es, von Beginn an Theorie mit Praxis zu verbinden. Es wäre ein ganz neues Leben, Katja.«

Kathi ließ sich Zeit mit der Antwort. Niklas' Angebot glich jenem von Ferdinand. Damals waren die Voraussetzungen jedoch andere gewesen. »Ich habe eine kleine Schwester. Sie heißt Franzi. Wir wissen nicht, was mit unseren Eltern ist. Vater gilt als vermisst, und meine Mutter… wurde im letzten Jahr von den Nazis verschleppt. Wer kümmert sich um Franzi, wenn ich studiere?«

Niklas sah sie an, als hätte sie ihn eben mit einem Problem konfrontiert, von dem er nichts wusste. »Das kleine Mädchen in der Küche ist deine Schwester? Kann sie nicht bei der alten Frau bleiben?«

»Nein! Ohne Franzi gehe ich nirgendwohin. Und auch nicht ohne Dorota«, entgegnete Kathi kategorisch.

Niklas maß sie mit einem langen Blick. Als betrachtete er das Ergebnis eines Experiments, das nicht ganz seinen Erwartungen entsprach. Kathi hielt seinem Blick stand. Ein erstes Kräftemessen. Die Atmosphäre lud sich spürbar auf.

Niklas linker Wangenmuskel zuckte. Locker lehnte er sich nun zurück, streckte die langen Beine aus. »Dann nimmst du sie eben beide mit. Du studierst, und Dorota passt auf deine Schwester auf. Problem gelöst!«

»Das würde gehen?« Kathi war völlig überrascht. Sie hatte mit einem langen und zähen Kampf gerechnet.

Den musste Niklas später mit der Genossin Oberst ausfechten. Davon würde Kathi erst sehr viel später erfahren.

So gern sie weiter mit Niklas gesprochen und Zeit mit ihm verbracht hätte, trieb es Kathi auch zu Franzi zurück. Die Schwester würde sie schon vermissen. Da kam ihr eine Idee. »Komm doch mit in die Küche, Niklas. Ich stelle dich Franzi und Dorota vor.«

Auf Niklas Geheiß sperrte ein Rotarmist die Küchentür auf.

Dorota und Franzi reagierten neugierig auf den unerwarteten Besuch. Franzi zupfte Niklas am Ärmel und summte. Kathi klärte Niklas kurz über die besondere Form der geschwisterlichen Kommunikation auf, bevor sie ihm Franzis Frage übersetzte.

»Franzi«, sagte Kathi schmunzelnd, »fragt, ob du ihr einen Zwerg mitgebracht hast.«

»Einen Zwerg? Da muss ich leider passen. Aber ich habe etwas anderes für dich.« Er zog ein längliches Stück Schokolade aus seiner Tasche, auf dem *Hershey's Sweet Milk Chocolate* stand, und überreichte es ihr. Franzi verzog sich damit sofort unter den Tisch. Allerdings aß Franzi die Schokolade nicht. Sie fand die Verpackung aus glänzendem Stanniolpapier weitaus interessanter.

Dorota hingegen fand Niklas interessant. Immer wieder wanderte ihr Blick von Kathi zu dem jungen Mann. Er hatte sie mit den Worten begrüßt: »Sie sind also die Babuschka mit den Zauberhänden! Meine Brüder schwärmen von Ihren Kochkünsten!«

»Oii«, machte Dorota daraufhin, »wie viele Brüder haben Sie denn?«

»Alle und keinen, Mütterchen«, schmunzelte Niklas.

Zu seiner Überraschung brach Dorota in Tränen aus. »*Mütterchen!* Ach, so hat mich mein Oleg immer genannt…« Sie schluchzte und tupfte sich mit einem Zipfel ihrer Schürze die Augen. »Geht schon wieder, geht schon wieder«, murmelte sie und: »Heute ist ein guter Tag.«

Niklas sah verwirrt zu Kathi. »Ihr Sohn?«, fragte er leise auf Russisch. Kathi nickte. Sohn oder Ziehsohn machte keinen Unterschied. Ein Rotarmist erschien und meldete, dass die Genossin Oberst bereit sei zur Abfahrt. »Ich muss gehen, Katja«, sagte Niklas. »Wir sprechen morgen weiter. Nur ein Gedanke noch: Frag dich, ob es nicht egal ist, von wo die Rakete startet. Hauptsache, sie landet auf dem Mond…«

Dorota und Kathi sahen zu, wie Niklas zehn Minuten später zur Genossin Oberst in den Armeewagen stieg. Er trug jetzt Uniform und Mütze eines russischen Offiziers.

»Ein feiner junger Mann«, sagte Dorota. »Warum nennt er dich Katja?«

Kathi berichtete ihr alles über das Gespräch mit Niklas in der guten Stube.

»Möchtest du denn in Moskau studieren, Herzele?«, fragte Dorota.

»Das weiß ich nicht«, antwortete Kathi ehrlich. »Wenn ich mich frei entscheiden könnte, lautete die Antwort sicher Nein. Aber ich habe keine Wahl. Die Genossin Oberst sagt, ich sei Kriegsbeute.«

»Oi… Wie meine alte Nähmaschine, ja?«

Kathi verzog den Mund zu einem halben Lächeln. »So könnte man auch sagen. Aber in diesem Fall wären es drei Nähmaschinen. Ich habe darauf bestanden, dass ich nicht ohne Franzi und dich gehen würde. Niklas hat gesagt, das sei kein Problem. Wir drei könnten zusammenbleiben.«

Darauf sagte Dorota etwas, auf das Kathi nicht vorbereitet war: »Es tut mir im Herzen weh, aber Franzi und du, ihr müsst alleine nach Moskau gehen. Ich werde nicht mitkommen.«

Kathi war verblüfft. Noch bevor sie etwas erwidern konnte, fuhr Dorota fort: »Alles hat ein Ende. In diesem Jahr ist der Wiedehopf nicht in den Apfelbaum zurückgekehrt. Aber das Ende des einen ist immer auch der Anfang von etwas Neuem. Mein Weg führt nicht nach Osten. Ich muss hierbleiben und auf meinen Oleg warten.«

Kathi riss die Augen auf. »Oleg lebt? Hattest du eine Vision? Was ist mit meinen Eltern? Hast du sie auch gesehen?« In ihrer Erregung hatte sie nach Dorotas Hand gefasst.

»Nicht so richtig, Herzele. Die Bilder sind verwirrend und schwer zu deuten. Sie fließen einmal in die eine, dann wieder in die andere Richtung. Ich bin mir nur in einem sicher: Es ist deine und Franzis Bestimmung, nach Moskau zu gehen. Das wurde mir eben klar, als ich den jungen Niklas in den Wagen einsteigen sah. Schau hinaus, Herzele! Was siehst du?«

Auf dem Hof standen zwei russische Militärfahrzeuge und einige Rotarmisten. Sie rauchten. Die sowjetische Fahne, die sie auf der Scheune befestigt hatten, blähte sich im Wind.

»Was meinst du?«, fragte Kathi.

»Sieh dir ihre Mützen an, Herzele. Und ihre Fahrzeuge. Und ihre Fahne! Er ist überall!«

»Was ist überall?«

»Der Stern! Deine Bestimmung, Herzele. Niklas ist der Sternenmann!«

EPILOG

Lange hatte das deutsche Volk nichts mehr von seinem Führer gehört. Am 30. Januar 1945 hielt Adolf Hitler seine letzte Rundfunkansprache, beschwor ein letztes Mal den Endsieg. Wenig später erließ er den Nero-Befehl »Verbrannte Erde«. Auf ihrem Rückzug sollten die Armeen die deutschen Gebiete vollständig verwüsten. Rüstungsminister Speer erhielt den Befehl, die Infrastruktur in den deutschen Städten zu zerstören. Nichts sollte dem Feind in die Hände fallen.

Am 30. April 1945 beging Adolf Hitler gemeinsam mit Eva Hitler-Braun Selbstmord, ihre Körper ließ er verbrennen. Der Führer zerfiel zu Asche und Staub.

Als die Nachricht von Hitlers Tod auf dem Sadlerhof bekannt wurde, waren den ganzen Tag Freudenschüsse zu hören. Die Rotarmisten riefen: »Hitler kaputt, Stalin gut!« Eine Woche später kapitulierte das Deutsche Reich. Der Krieg war vorbei.

Kathi hatte diesen Tag herbeigesehnt und sich gleichzeitig davor gefürchtet. Als Kriegsbeute bedeutete ihr der Frieden wenig. Jeden Tag hoffte sie auf Nachricht von ihren Eltern oder Herrn Levy, hoffte weiterhin auf eine Wendung der Ereignisse, um nicht nach Moskau verschleppt zu werden. Es musste doch irgendetwas passieren, das sie vor diesem Schicksal bewahrte!

Zunächst passierte wenig: Die Genossin Kommissar überließ die Befehlsgewalt ihrem Stellvertreter, bestieg gemeinsam mit Niklas ein Armeefahrzeug und verschwand für Wochen. Erst Mitte Juni kehrte sie auf den Sadlerhof zurück. Allein.

»Niklas hat zu tun«, erklärte Genossin Sonia knapp auf Kathis Nachfrage und nahm ihre vormalige Routine wieder auf. Stundenlang brütete sie in der guten Stube über Papieren, fertigte Listen und Protokolle an, führte Telefonate, unternahm Tagesfahrten. Boten gingen ein und aus.

Eine Woche nach ihrer Rückkehr rief sie Kathi frühmorgens zu sich. Der Tisch in der Stube bog sich unter Delikatessen. Die Genossin bestrich sich eben genussvoll ein luftiges weißes Brot mit einer schwarzen, klebrigen Paste aus einer Dose; die ganze Stube stank nach Fisch.

»Es ist so weit, Katharina«, sagte sie zwischen zwei Bissen. »Morgen geht es nach Moskau.«

»Schon?«, hauchte Kathi. »Was ist mit meinem Vater, Genossin Sonia? Du hast gesagt, wenn ich mit nach Moskau käme, würdest du in den Lagern nach ihm suchen. Hast du ihn gefunden? Ist er am Leben? Kann ich ihn besuchen?«, preschte sie vor.

»Zuerst musst du dich als nützlich für die Sowjetunion erweisen, Katharina. Dann lässt sich vielleicht etwas arrangieren.«

»Heißt das, mein Vater lebt?« Die Hoffnung ließ sämtliche Nervenenden Kathis vibrieren.

Die Genossin grub ihre Zähne genüsslich in das Brot. Sie kaute lange, bevor sie Kathi mit ihrer Antwort erlöste: »Ja, dein Vater ist am Leben. Er ist in Sibirien und büßt seine Schuld am russischen Volk.«

»Sibirien? Du sagtest, er könne nach Hause! Bitte, lass ihn frei!«

»Du verkennst deine Lage! Du bist eine Gefangene, Katharina. Also hör auf, Forderungen zu stellen. Es bedeutet bereits ein großes Entgegenkommen meinerseits, dich zusammen mit deiner Schwester nach Moskau zu schicken. Du kannst dich dafür bei Niklas bedanken. Und jetzt verschwinde, ich habe zu tun.«

Kathi ließ nicht locker. »Bitte, Sonia, ich tue alles, was du willst. Aber lass meinen Vater frei!«

»Keine Diskussion! Und jetzt raus mit dir, bevor ich dich hinauswerfen lasse!«

Kathi schwebte dennoch wie auf Wolken davon. Immerhin wusste sie jetzt, dass ihr Vater noch lebte! Voller Euphorie berichtete sie Franzi und Dorota davon. Sie wollte nicht nach Moskau, aber wenn es bedeutete, dass sie irgendwann ihren Vater sehen konnte, würde sie jeden Weg antreten. Nur, wie sollte sie es Franzi erklären, dass sie morgen von hier fortgehen, die Heimat verlassen mussten? Stunde um Stunde schob Kathi den Moment der Wahrheit vor sich her.

Gerade als sie sich endlich dazu durchgerungen hatte, geschah etwas Wunderbares!

Einer der Rotarmisten, die an der Zufahrt zum Hof Wache hielten, kündigte der Genossin Oberst Besuch an. Kurz darauf fuhr ein polnisches Armeefahrzeug auf den Sadlerhof. Einer der Männer im Wagen schwenkte die polnische Fahne aus dem Fenster.

Kathi wollte kaum ihren Augen trauen, als dem Wagen neben Dorotas Neffen Pjotr und Herrn Levy auch Oleg und ihre Tante Paulina entstiegen. Bis auf Oleg trugen alle die Armbinde der Freien Polnischen Armee. Oleg hingegen trug eine russische Uniform. Ausgerechnet jetzt befand sich Dorota auf dem Feld und inspizierte die frische Aussaat.

Kathi wollte sofort hinausstürzen, aber die Wache im Flur hinderte sie daran und stieß sie zurück in die Küche. Trotz des strengen Verbots riss Kathi dort ein Fenster auf, schrie und winkte ihren Freunden zu. Oleg und Paulina liefen in ihre Richtung, wurden jedoch durch Rotarmisten aufgehalten.

Die Genossin Oberst trat den Ankömmlingen entgegen. Es folgte eine kurze Diskussion, Dokumente wurden vorgezeigt und von der Genossin geprüft. Darauf gab die Genossin ihr Einverständnis und ließ die Ankömmlinge zu Kathi und Franzi.

Nach all dem Erlebten und Erlittenen und den monatelang ausgestandenen Ängsten im eigenen Zuhause konnte Kathi diese Wendung der Ereignisse kaum fassen. Immer wieder schüttelte sie überwältigt den Kopf, sah von Paulina zu Oleg, suchte den Blick von Herrn Levy und blickte zu Pjotr, als fürchtete sie, die vier könnten sich jeden Moment vor ihren Augen wieder in Luft auflösen.

Paulina und Oleg hatten einiges zu berichten. Die alte Hertha Köhler war tot, Paulina hatte sich beim Versuch, die Großmutter aus dem brennenden Haus zu retten, eine Rauchvergiftung zugezogen und konnte dem Treck nicht folgen. »Ich habe mich im Keller verschanzt und von den Vorräten gelebt. Oleg hat mich später dort gefunden.«

»Und ich«, nahm Oleg die Erzählung auf, »wurde von den Deutschen nach Auschwitz in ein Lager gebracht. Ich musste dort in einer Fabrik Granaten befüllen. Als die Russen Ende Januar kamen und uns befreiten, habe ich im Kommandeur Anatoly Shapiro einen Kameraden aus der Heimat erkannt.« Oleg strich über seine Uniform, zog Paulina an sich und küsste sie herzhaft.

»Oleg ist jetzt ein Sieger«, strahlte Paulina. Sie hob ihre Hand und zeigte einen schmalen Goldring. »Wir haben geheiratet! Und wir haben Papiere, dass der Sadlerhof uns gehört. Wir bleiben hier. Und ihr auch. Es ist euer Zuhause.« Paulina fuhr Franzi liebevoll über den Kopf.

In diesem Augenblick öffnete Dorota die Tür und erstarrte auf der Schwelle.

»Mütterchen!«, rief Oleg und sprang polternd auf.

»Oleg, mein Oleg!« Die beiden wollten sich gar nicht mehr loslassen. Es wurde viel aus Freude geweint an diesem Nachmittag.

Auch Kathi konnte einiges berichten, nicht zuletzt, dass die Genossin Sonja ihr heute verraten hatte, dass ihr Vater Laurenz noch am Leben war. Einzig ihre bevorstehende Abreise nach Moskau hielt sie vor den Freunden zurück. Noch immer hatte sie nicht mit Franzi darüber gesprochen, und sie brachte es auch nicht übers Herz, trübe Stimmung in die Atmosphäre der Glückseligkeit zu bringen.

Später zog sie sich mit Franzi in eine ruhige Ecke zurück und erklärte ihr alles. »Du musst nicht mit nach Moskau kommen, Franzi. Du kannst bei Dorota, Oleg und Tante Paulina auf dem Hof bleiben!«

Doch Franzi überraschte sie: *Ich will bei dir bleiben.*

Ende Band 1 der Heimat-Saga.

NACHBEMERKUNG

»Das Ende von etwas Altem ist immer auch der Anfang von etwas Neuem.« Das sagt Dorota zu Kathi, und es gilt auch für die Geschichte der Familie Sadler: Das ist nicht das Ende, im nächsten Jahr geht Kathis und Franzis Reise weiter in *Als die Sehnsucht uns Flügel verlieh*.

Schließlich hatte Kathi schon als kleines Mädchen große Träume, und nichts wirkt stärker in uns, als die Wünsche, die wir bereits als Kinder hegten.

In Band 2 der Heimat-Saga werden Sie erfahren, wie Kathi als junge Frau und Fremde in einem ihr feindlich gesinnten Russland ihren Traum verwirklicht. So hat sie großen Anteil am Wettlauf zum Mond, und sie kämpft, umgeben von Eifersucht, Neid und Verrat, um Niklas, die Liebe ihres Lebens. Gleichzeitig ist sie jederzeit bereit, ihr eigenes Schicksal dem von Franzi unterzuordnen. Denn sie hat es sich und auch ihrer Mutter Annemarie versprochen, auf die Schwester achtzugeben.

Franzis Leben liegt buchstäblich in Kathis Hand: Für ihre Entführer ist Franzi Ballast, lebensunwertes Leben. Um ihre kleine Schwester zu schützen, greift die erfindungsreiche Kathi zu einer List.

Was geschieht in der Zwischenzeit mit Kathis Mutter Annemarie? Gelingt das gefahrvolle Unternehmen, ihren Mann Laurenz aus einem sibirischen Gefangenenlager zu befreien? Und wird Kathi ihre ferne Heimat wiedersehen, nach der sie sich in all den Jahren sehnt?

Bis es so weit ist, habe ich noch einige Seiten vor mir, und eine Menge Recherche. Auch eine Reise nach Russland ist geplant.

Historische Fakten bilden die Grundlage dieses Romans. Inspiriert ist er von meiner eigenen Familiengeschichte. So habe ich einige Familienanekdoten einfließen lassen. Die Anekdote vom Hondlbauern, der mit seiner Familie aufs Kreisamt fuhr, um der Einberufung zu entgehen, hat sich so zugetragen. Der Hondlbauer war mein Großvater.

Natürlich habe ich mir auch wieder einige kleine künstlerische Freiheiten erlaubt. Zum Beispiel entspringen Petersdorf und Michelsdorf meiner Fantasie – auch wenn es damals Orte gleichen Namens gegeben hat, so lagen sie nicht ganz so nah an der damaligen deutsch-polnischen Grenze.

Franzis rätselhafte Krankheit ist heute unter dem Begriff Sklerodermie (griechisch skleros »hart«, derma »Haut«) bekannt. Im Anhang finden Sie mehr Informationen dazu.

Personen der Zeitgeschichte treten unter ihrem Klarnamen auf, bei einigen weniger bekannten habe ich die Namen etwas verändert. Eine solche Romanfigur ist Milosz Rajewski, Kathi Sadlers Freund im Buch. Sein Vorbild ist der 1980 in Warschau verstorbene polnische Mathematiker und Kryptologe, Marian Rejewski. Bereits 1932 legte er die Grundlage für die spätere Entschlüsselung der deutschen Chiffriermaschine Enigma. Während des Krieges floh er erst nach Frankreich, später nach England.

Eine der tragischsten Gestalten in der Geschichte des Zweiten Weltkriegs ist sicher Franz Honiok – im Buch eng mit der

Familie Sadler befreundet. Offiziell gilt er der Geschichtsschreibung heute als erster Toter des Zweiten Weltkriegs. Honioks sterbliche Überreste sind bis heute verschollen. Vielleicht möchten Sie kurz, in diesem Moment, innehalten und seiner Seele gedenken, wie auch der Abermillionen weiterer unschuldiger Toter, hingemordet von grausamen Fanatikern.

Viel ist über den Ersten und Zweiten Weltkrieg geschrieben worden, Zehntausende Bücher beschäftigen sich mit diesem Thema. Auch ich reihe mich darin ein. Um Zeugnis abzulegen wider das Vergessen, auf dass sich die Geschichte nicht wiederholt. Zwischen 1914 und 1945 liegen nur einunddreißig Jahre. Wie konnte es innerhalb dieses Zeitraums zweimal zu einem derartigen Weltenbrand kommen?

Darum ist der Dialog so wichtig. Reden wir miteinander. Um es mit den Worten einer Auschwitz-Überlebenden zu sagen: »Solange man miteinander redet, schießt man wenigstens nicht aufeinander.«

An dieser Stelle möchte ich an weitere, oft vergessene Opfer erinnern. Denn die Unschuldigen leiden immer mit den Schuldigen. Und dazu gehören auch die Tiere im Krieg.

Pferde, Esel, Maultiere, Ochsen, Hunde, Brieftauben, sie waren Verbrauchsmaterial – wie Patronen, Gewehre, Klappspaten … und Soldaten.

In London steht ein bronzenes Mahnmal. Es heißt: »Animals in War« – *Tiere im Krieg.* Ein erschöpftes Pferd trabt durch eine Mauerlücke, gefolgt von einem Hund und zwei schwer beladenen Mauleseln. Auf der Mauer steht: »They had no choice« – *Sie hatten keine Wahl.*

Diese Tiere stehen stellvertretend für all jene, die, ebenso wie die Menschen, in sinnlosen Kriegen und Konflikten eingesetzt und zu Tode geschunden, auf den Schlachtfeldern zerfetzt, erschossen oder vergast wurden und werden. In England starben im Ersten Weltkrieg allein acht Millionen Pferde, eine Quote von fünfundsechzig Prozent. Die durchschnittliche Überlebensdauer eines Artilleriepferdes: zehn Tage. Jene, die das Gemetzel überlebten, waren danach genauso traumatisiert wie der Mensch. Und weil jedem Krieg eine Hungersnot folgt, landete die Mehrzahl der heimkehrenden Pferde dann beim Metzger.

Auch vierzigtausend Hunde zogen in den Krieg. Sie dienten im Trommelfeuer der Geschütze als Meldegänger, beförderten Post oder wurden eingesetzt, um vor Giftgas zu warnen und Bomben aufzuspüren. Die Mehrzahl der Tiere wurde privat rekrutiert. Es gab Pferde- und Hundemusterungen. Auch Tausende von Brieftauben starben im ersten Gaskrieg der Menschheitsgeschichte.

Ähnliche Zahlen liefert der Zweite Weltkrieg. An der afrikanischen Front wurden zusätzlich Kamele und Elefanten eingesetzt.

Die Tiere, die ihren Dienst im Krieg verrichten mussten, mussten erst einmal »schussfest« gemacht werden, wie es im Militärjargon heißt. Die Tiere wurden dazu in Bunker gesperrt. Dann schossen die Ausbilder Kanonen ab oder zündeten Granaten. So sollte Pferden und Hunden die Angst vor den Explosionen abtrainiert werden. Was uns Menschen halt so einfällt, wenn wir das Denken ausschalten.

Humanismus bedeutet nicht nur, ein emphatisches, mitleidendes Wesen zu sein, sondern es ist auch ein Auftrag, mit allen lebenden Wesen zu fühlen. Der Philosoph Richard David Precht schreibt dazu: *»Es gibt zwei Kategorien von Tieren. Die eine glaubt, dass es zwei Kategorien von Tieren gibt, und die andere hat darunter zu leiden.«*

Oder wie es das Universalgenie Leonardo da Vinci ausdrückte: Wahrlich ist der Mensch der König aller Tiere, denn seine Grausamkeit übertrifft die ihrige.

DANKSAGUNG

Lieber Leser, wie schön, Ihnen hier zu begegnen! Danke, dass Sie mich auf der Reise durch dieses Buch begleitet haben.

Meinem Mann, Schatz meines Lebens, danke ich für seine Liebe, Geduld und ewig währende Fürsorge und dafür, dass er sich jeden Kommentar über ungesunde Autorennahrung (Cappuccinos und Schokoküsse) verkneift. Ich ergreife diese Gelegenheit, um mich vor ihren unbekannten Erfindern zu verneigen. Durch sie besteht mein Blut aus Koffein und Zucker. Höchstwahrscheinlich verdankt der Cappuccino seinen Namen österreichischen Soldaten, die im Ersten Weltkrieg in Italien stationiert waren: Sie wollten auch in Italien nicht auf ihren gewohnten Kapuziner (Kapuze = Cappuccino) verzichten. Die ersten Schokoküsse hingegen sind um 1800 in Dänemark entstanden.

Inniger Dank geht an meine liebe Freundin und Lektorin Myriam, deren Mitarbeit und beständiger Rat für mich unverzichtbar geworden sind. Ich liebe sie, auch wenn sie mich mit Kommas, Kommentaren und etwas, das sie »Duden« nennt, quält. Unsere Diskussionen rund um die fachgerechte Leerung von Jauchegruben werden mir immer in Erinnerung bleiben. Danke, Myriam, dass es Dich in meinem Leben gibt! Sämtliche

Fehler oder Irrtümer in diesem Buch sind selbstverständlich allein der (Sturheit der) Autorin zuzuschreiben.

Mein Dank gilt ebenso Andrea Müller bei Piper, die das Buchprojekt vom ersten Schritt an begleitet hat und, obwohl sie nicht nur mich als Autor betreut, die wunderbare Eigenschaft besitzt, einem das Gefühl zu vermitteln, es gebe gerade nichts Wichtigeres als meinen Anruf. Danke, liebe Andrea, dass Du immer für mich Zeit hast.

Ebenso möchte ich mich bei der Verlegerin Felicitas von Lovenberg für ihr anhaltendes Vertrauen danken und dem ganzen tollen Team bei Piper.

Zum Dank verpflichtet bin ich auch meinen guten Geistern Ramona und Ludwig, die mich durch jeden technischen Dschungel lotsen, da ich im Gegensatz zu Kathi ein technisches Schaf bin.

Unbedingt zu erwähnen sind auch diese besonderen Menschen: die Bestsellerautoren Barbara Schiller von B. C. Schiller und Lisa Torberg, die mich, seit ich sie kennenlernen durfte, beständig unterstützt und motiviert haben. Mädels, ich bin froh, dass ich Euch kenne, Ihr seid die Besten!

Mein Dank gilt auch meinen treuen KampfleserInnen: Christine, Ro, Ludwig, Heike, Tine und Eva. Eure permanente Unterstützung, Aufmunterung und Kritik bedeutet mir alles.

Hans Reiser danke ich dafür, dass er mir freundlicherweise Briefe seines Großvaters zur Verfügung stellte, die er seiner Familie als Soldat aus dem Ersten Weltkrieg schrieb.

Und da ist auch meine wunderbare Agentin Lianne Kolf, die als Erste an meine Bücher glaubte und für mich Himmel und Hölle in Bewegung gesetzt hat, damit mein Traum wahr werden konnte.

Und ich möchte meiner geliebten Mami danken, dem Menschen mit dem größten Herzen auf der Welt. Nebenbei ist sie auch die weltbeste Kuchenbäckerin und Marmeladenköchin.

Und natürlich danke ich vor allem meinen Lesern. Das sind Sie, ich schreibe und brenne für Sie! Ich wünsche Ihnen und allen Ihren Lieben von Herzen Gesundheit, Glück und Liebe – denn Liebe ist das Einzige, das diese Welt heilen kann …

Bis bald … und wer weiß, vielleicht treffen wir uns einmal persönlich bei einer Lesung? Ich würde mich sehr freuen!

Seien Sie umarmt,

Ihre Hanni M.

FELDPOSTBRIEFE

(Im Original wiedergegeben, etwaige enthaltene Fehler wurden bewusst belassen.)

Verfasst vom Soldaten Hans Reiser in der Kaserne München, am Sonntag, 2. August 1914, kurz vor dem Ausbruch des Ersten Weltkriegs.

Liebe Eltern!

habe Euren Brief erhalten. Wie ich sehe, macht Ihr Euch Kummer – besonders Du liebe Mutter –, weil ich in den Krieg muss. So gefährlich ist's dann doch nicht, beim direkten Kanonenfutter bin ich ja nicht dabei, und was mich trifft, trifft ja hunderttausend andere auch. Wenn wir uns vor dem Ausrücken nicht mehr sehen sollten, so tröste Dich nur, ich komme ja wieder. Ich war jetzt in der Stadt drin, man sieht viele Tränen, andererseits ist eine Begeisterung, die einen mitreißt und wo man stolz ist, ein Soldat zu sein. Es ist jetzt eine ernste Zeit, aber ich bin froh, sie miterleben zu können. Soeben erfuhr ich, dass ich zur Fußartillerie eingeteilt bin. Ich bleib beim Leutnant (Trauch), der jetzt Adjutant geworden ist. Ich bin beritten und bekomme außerdem einen Reservegaul mit. Bewaffnet bin ich mit Säbel und Armeepistole. Wir können wahrscheinlich erst am 7. oder 8. Mobilmachungstag fort. Und zwar nach Germersheim –, also gegen Frankreich.

Bei uns ist jetzt Mordsbetrieb. Seit gestern kommen ganze Scharen von Reservisten und Pferden, schwere schöne Reit- und Zugpferde. Die wenn wüssten, was ihnen bevorsteht. Das ist eben der Krieg.

Ich hab jetzt viel zu tun. Heute müssen wir einliefern, feldgrau herauslassen, die Ausrüstung besorgen, – vom Sonntag merken wir nichts. Schicken könnt ihr mir schon noch was, Wurst oder Geld dafür, Schokolade. Das Geld reicht vorläufig, ich tu es in den Brustbeutel, ist dann sicher. Ich verspreche Euch, recht oft zu schreiben, viel wird's aber nicht sein, weil ich mit drei Gaul und dem Leutnant ziemlich viel Arbeit hab.

Also regt Euch nicht so stark auf, das Glück wird mich auch diesmal nicht verlassen, und »jede Kugel trifft ja nicht«! So gefährlich ist die Sache überhaupt nicht, im Gegenteil, schön ist es, fürs Vaterland ins Feld zu ziehen. Und sehen werd ich auch was.

Also nochmals recht viele Grüße an alle Bekannten und besonders an Euch,

von Eurem Hans.

Auszug aus einem Feldpostbrief, geschrieben, als die Eltern ihrem Sohn Hans ein Christbäumerl an die Front nach Frankreich schickten:

Durch Eure Aufmerksamkeit bleibt mir das 1. Weihnachtsfest im Krieg unvergesslich. Am Hl. Abend war die Kirche voll von Soldaten. Ein protestantischer Geistlicher hielt eine Ansprache, die zu Herzen ging. Das »Stille Nacht, heilige Nacht« brauste durch die Kirche. Ich hab seit Langem wieder gebetet. Danach hielt der Major eine kernige Rede, und jeder Soldat bekam ein Geschenk.

Es fiel kein Schuss an diesem Abend. Viele von uns sind nach Russland abgezogen worden. Wir haben einfach zu viele Gegner. Aber der endliche Sieg wird unser sein.

Auszug aus einem Feldpostbrief im 3. Kriegsjahr

Wer von Anfang an dabei war weiß, was durchzumachen war. Tag und Nacht Bereitschaft, Märsche und Ritte durch Wälder und feindliche Dörfer, wo man nicht wusste, ob es nicht aus dem nächsten Fenster kracht. Oft hatte man nichts zu essen oder das Fleisch war roh. Das Wasser, mit dem man kochte, war grau vor Dreck. Dann die Schlachtfelder: Tote und Sterbende lagen herum, Verwundete und tote Pferde. Der Gestank brennender Dörfer begleitete uns und auch der von verwesenden Tieren. Man war wie betäubt und konnte vor Grausen keinen Bissen essen. Hoffentlich dauert es nicht mehr lange …

Weitere Auszüge, die für sich stehen:

Ein Geschützfeuer, wie ich es noch nie gehört habe, nicht einmal bei Arras. Luft und Erde erzitterten, Leuchtkugeln blitzen, wie wenn immer Gewitter wäre. Die stürmenden Truppen werden hingeführt wie Schafe und verrecken haufenweise. Der deutsche Soldat ist der eben gutmütigste Michl, der rumläuft. Es ist unglaublich, was von den Leuten verlangt wird und gemacht wird es, wenn auch mit Fluchen und Verwünschungen. Jetzt sitzen wir in diesem Drecksloch und es geht kein Ende her, es ist schrecklich …

Mit der Kriegsanleihe wird bei uns Reklame gemacht. Der Major forderte uns zum Zeichnen auf. Keiner hat sich gerührt.

Die Herren Offiziere und die Ordonnanzen bringen immer wieder Flöhe aus dem Kasino mit. Jetzt haben wir dieses Übel auch noch. Am Tag die Fliegen und die Hitze und in der Nacht die Flöhe. Schickt bitte Flohpulver, denn der Arzt hat immer zu wenig. Hoffentlich werden die Herrschaften wegen der vielen Verluste bald zum Frieden-Schließen gezwungen. Vielleicht bringt uns die Krise im Reichstag dem Ende näher. Neulich haben sie mir einen scharfen Brief abgefangen. Wenn man den Schwindel so sieht, und immer noch kein Ende hergeht, rutscht einem schon mal mehr raus, als man sagen darf. Mein Pferd war sehr krank. Hatte Sand gefressen. War eine harte Zeit für mich. Ist Gott sei Dank besser …

LITERATUR/ QUELLENNACHWEISE

Aphorismen zur Lebensweisheit, Insel Verlag, Frankfurt a. M., Leipzig, 1976

Marcus Aurelius Antonius: *Des Kaisers Marcus Aurelius Antonius Selbstbetrachtungen*. Übersetzt von Albert Wittstock. Verlag von Philipp Reclam 1949

William Blake: *Zwischen Feuer und Feuer. Poetische Werke*. Zweisprachige Ausgabe. Übersetzt von Thomas Eichhorn. Dtv Verlagsgesellschaft 2007

Christopher Clark: *Die Schlafwandler*, © Pantheon Verlag 2013

Theodor Fontane: *Gedichte I*, hrsg. Von Joachim Krueger und Anita Golz, Aufbau Verlag 1995

Adolf Hitler: *Zweite Ansprache an die Oberbefehlshaber vom 22. August 1939, laut Dokument 1014-PS des Nürnberger Prozesses gegen die Hauptkriegsverbrecher*. In: *Der Prozeß gegen die Hauptkriegsverbrecher vor dem Internationalen Militärsgerichtshof*. Nürnberg, 14. November 1945–1. Oktober 1946. Bd. XXVI. Nürnberg 1947

Günter Hofmann: *Flucht und Vertreibung vor 70 Jahren*, © Druckerei und Verlag Hille 2015

Martin Luther King Jr.: *Stride Toward Freedom: The Montgomery*

Story, The classic account of the start of the Civil Rights movement that transformed a nation. Introduction by Clayborne Carson. London 2011

Victor Klemperer: *LIT – Notizbuch eines Philologen;* Aufbau-Verlag 1947

Natalja Koroljowa: *S. P. Koroljow, Vater, Zweites und Drittes Buch,* © Elbe-Dnjepr-Verlag 2010

Karl Kraus: *Aphorismen*, Kapitel 4, Volk und Welt 1982

Otto von Leixner: *Aus meinem Zettelkasten.* Sprüche aus dem Leben für das Leben, Verein der Bücherfreunde Berlin 1896

Anne Morrow Lindbergh: *Bring mir das Einhorn. Jahre meiner Jugend,* Motto auf S. 5. Aus dem Amerikanischen von Anjuta Aigner-Dünnwald und Elisabeth Piper, © Piper Verlag, 1972

Karl Marx/Friedrich Engels: *Werke. Band 8: Der achtzehnte Brumaire des Louis Bonaparte.* Dietz Verlag 1960

Horst Möller: *Die Weimarer Republik,* © Piper Verlag München, 2018

Herta Müller: *Eine Fliege kommt durch den halben Wald,* In: Literarisches aus erster Hand. 10 Jahre Paderborner Gast-Dozentur für Schriftsteller. Hrsg. Hartmut Steineke, Igel, 1994, ISBN 3-927104-77-9, S. 173–186 (zuerst: Kursbuch (Zeitschrift) 110, Dezember 1992, zitiert mit freundlicher Genehmigung der Carl Hanser Verlag GmbH & Co. KG, © Herta Müller

Wilhelm Müller: Die Winterreise. Mit einem Nachwort von Dietrich Fischer-Dieskau. Insel Verlag GmbH 2015

Hanni Münzer: Honigtot. Honigtot-Saga, Band 1. Piper Verlag GmbH 2015

Hanni Münzer: Marlene. Honigtot-Saga, Band 2. Piper Verlag GmbH 2016

Simon Sebag Montefiore: *Stalin, am Hof des roten Zaren,* © Fischer Taschenbuch Verlag 2013

Vladimir F. Nejrassow (Hrsg.): *Berija, Henker in Stalins Diensten,* © edition q Verlags-GmbH, Berlin, 1992

Friedrich Nietzsche: *Werke. Kritische Gesamtausgabe, Band. 4/3, Nachgelassene Fragmente Sommer 1872–Ende 1874,* Hrsg. von Giorgio Colli und Mazzino Montinari, Berlin 1969

Blaise Pascal: *Gedanken über die Religion.* Übersetzt von Karl Adolf Blech. Vollständige Neuausgabe mit einer Biographie des Autors. Hrsg. Von Karl-Maria Guth

Karl Heinrich Pohl, *Gustav Stresemann, Biografie eines Grenzgängers,* © Verlag Vandenhoeck und Ruprecht, 2015

Richard David Precht: *Tiere denken,* © Wilhelm Goldmann 2016

Hans Reiser: *Glück und Unglück san nah beinand,* © Hans Reiser 2016

René Maria Rilke: Erste Strophe des Gedichts »Lieben – IV« in: *Traumgekrönt. Neue Gedichte,* Verlag P. Friesenhahn, Leipzig 1897

Antoine de Saint-Exupéry: *Bekenntnis einer Freundschaft.* Übersetzt von Joseph Leitgeb, Karl Rauch Verlag 2010

Jesuitenfabeln, in: Salzburger Chronik für Stadt und Land, 10. März 1903

Wilhelm Shakespeare: *König Heinrich IV.* Erster Teil, 3. Aufzug, 1. Szene. Übersetzt von Wilhelm Schlegel. Berlin 1800

DER SPIEGEL 05 / 2015: *Die letzten Zeugen.* 19 Auschwitz-Überlebende berichten. Hamburg 2015

Theodor Storm: *Weihnachtslied.* In: Gedichte, Berlin 1885

Kurt Tucholsky: *Der Traum – ein Leben, Szenen aus einer Revue von Alfred Polgar und Theobald Tiger,* in: *Kurt Tucholsky: Gesammelte Werke in zehn Bänden.* Band 5. Reinbek bei Hamburg 1975

Johannes Weyer: *Wernher von Braun.* rororo, Hamburg 1999

Patrick White: *Im Auge des Sturms* © Piper Verlag 1992, Lizenzausgabe der Claasen Verlag GmbH, Düsseldorf 1974

Oscar Wilde: *Der Fächer der Lady Windermere,* 3. Akt, übersetzt von David Brink, 1892

A. Wilh. V. Zuccalmaglio: *Deutsche Volkslieder mit ihren Original-Weisen,* unter Mitwirkung von E. Baumstark, »als Fortsetzung des A. Kretzschmer'schen Werkes«. Zweiter Teil. Vereins-Buchhandlung, Berlin 1840

ANHANG

Franzis Krankheit SKLERODERMIE:

Die systemische Sklerodermie ist eine Autoimmunerkrankung aus der Gruppe der Kollagenosen und primär durch eine langsam zunehmende Verhärtung des Bindegewebes gekennzeichnet. Je nach Krankheitsverlauf können sowohl die Haut als auch innere Organe wie Magen-Darm-Trakt, Lunge, Herz und Nieren betroffen sein.

Über neunzig Prozent der Patienten leiden unter dem Raynaud-Syndrom: durch Angst und Stress verursachte schmerzhafte Gefäßkrämpfe, die sich durch plötzlich eisige und verfärbte Finger äußern. Weniger häufig trifft es auch Zehen, Ohren, Nase oder den Mundbereich.

Die Betroffenen leiden oft auch an allgemeiner Müdigkeit, Fieber, Gewichtsabnahme, Wasseransammlungen an Händen und Füßen, Schluckbeschwerden, Atemnot, Gesichtsveränderungen (der Mund wird kleiner) und einem sehr unangenehmen Engegefühl der Haut, als wäre der Körper darin eingemauert. Frauen erkranken etwa sechsmal häufiger als Männer.

Eine kausale Behandlung ist nicht möglich. Die Therapie konzentriert sich auf die symptomatische Therapie der Hautmanifestationen sowie der jeweiligen Organschäden.

DIE BERÜHMTE SCHLESISCHE »LERGE«

»Lerge«, so nennt im Buch Pfarrer Schmiedinger Kathi einige Male. Kaum ein Wort im Schlesischen erfährt eine solche Bedeutungsvielfalt. Dazu das Gedicht eines unbekannten Verfassers:

In jeder Stadt, an jedem Ort,
da gibt es zweifellos ein Wort,
an dem man, wenn man's einmal nennt,
den »Eingeborenen« erkennt. –
In Breslau um a Gabelberge,
da gab es die berühmte »Lerge«.
»Du tälsche Lerge«, das hat seinen Sinn,
»Mensch, Lerge!«, da liegt Musicke drin! –
»Du arme Lerge«, bei Kummer und Schmerzen,
»Du feezige Lerge«, beim Lachen und Scherzen;
Und sind die Kinder noch kleine Zwerge,
das Erste und Letzte ist immer: »Du Lerge!«
Beim Kascheln, beim Schippeln, beim Fangen,
beim Titschern,
überall hört man's »Du Lerge« zwitschern.

GLOSSAR

Backform Hakenkreuz	Mancher Bäcker und Metzger formte seine Produkte wie Hakenkreuze. Hakenkreuzgebäck, Hakenkreuzwurst … Am Ende sah sich Goebbels gezwungen, eine Art »Antikitschministerium« zu bilden, um diesen Auswüchsen zu begegnen.
Enigma	Rotor-Schlüsselmaschine. Diente der Wehrmacht im Zweiten Weltkrieg zur Verschlüsselung des Nachrichtenverkehrs.
Gestapo	Geheime Staatspolizei, Politische Polizei und Kriminalpolizei während der Zeit des Nationalsozialismus 1933–1945
Hitler/Stalin-Pakt/	Noch im Jahr 1989, unter Präsident Gorbatschow, leugnete die Sowjetunion die Existenz des Zusatzprotokolls und wies es als antisowjetische Propaganda zurück.

Lubjanka	Zentrale der Politischen Polizei in Moskau mit eigenem Gefängnis
Marterl	Religiöses Kleindenkmal am Wegesrand, meist aus Holz und/oder Stein bestehendes Kruzifix, wahlweise das plastische Votivbild eines Heiligen
NKWD	Sowjetisches Volkskommissariat des Inneren – verfügt über eigene Truppen und ab 1935 eine Geheimpolizei
NSDAP	Nationalsozialistische Deutsche Arbeiterpartei
Ochrana	(Ochrannoje otdelenie) Geheimpolizei im zaristischen Russland
SD	Geheimpolizei der NSDAP und SS
Transeamus	Weihnachtliches Chorwerk eines unbekannten Komponisten aus Schlesien. Nach Ende des Zweiten Weltkriegs erlangte das Transeamus Weltberühmtheit, wurde eine Art Ersatzhymne für schlesische Flüchtlinge und Vertriebene
Tscheka	Sowjetische Kommission zur Bekämpfung von Konterrevolution und Sabotage

ZEITTAFEL

1914–1918	Erster Weltkrieg – Sturz der Hohenzoller, Habsburger und Romanows
1917–1921	Russische Revolution und Bürgerkrieg
1919	Gründung des Völkerbundes
1922	Benito Mussolini ergreift die Macht in Italien
1925	Josef Stalin ergreift die Macht in der Sowjetunion
1929	Schwarzer Freitag in den USA – weltweite Wirtschaftskrise
1933	Adolf Hitler ergreift die Macht in Deutschland
1939	Deutschland und Russland schließen Nichtangriffspakt

1939	Überfall auf Polen; Großbritannien und Frankreich erklären Deutschland Krieg
1939–1945	Zweiter Weltkrieg
1937–1945	Pazifikkrieg
1944	Die Alliierten landen in der Normandie
1945	Deutschland kapituliert im Mai – Kriegsende in Europa
1945	Amerika zündet zwei Atombomben in Japan
1945	Japan kapituliert – Ende Zweiter Weltkrieg im September